BASTEI
LÜBBE
Paperback

Paperback von David Gemmell
im BASTEI-LÜBBE-Programm:

28 212 Der Löwe von Macedonien
28 213 Der Dunkle Prinz

David Gemmell

Die Drenai-Saga

DIE LEGENDE

Fantasy-Roman

Ins Deutsche übertragen
von Irmhild Seeland

BASTEI
LÜBBE
Paperback

BASTEI-LÜBBE-TASCHENBUCH
Band 28 218

Erste Auflage:
März 1994

Deutsche Lizenzausgabe 1994
Bastei-Verlag Gustav H. Lübbe
GmbH & Co., Bergisch Gladbach
Originaltitel: Legend
Lektorat: Wolfgang Neuhaus/
Reinhard Rohn
Titelillustration: Mark Harrison
Umschlaggestaltung:
Quadro Grafik, Bensberg
Satz: KCS GmbH,
Buchholz/Hamburg
Druck und Verarbeitung:
Clausen & Bosse, Leck
Printed in Germany

ISBN 3-404-28218-3

Der Preis dieses Bandes
versteht sich einschließlich der
gesetzlichen Mehrwertsteuer.

Prolog

Der Drenai-Herold wartete nervös vor den großen Türen des Thronsaales, flankiert von zwei Nadir-Wächtern, die geradeaus starrten, die schrägstehenden Augen fest auf den Bronzeadler gerichtet, mit dem das dunkle Holz verziert war.

Er leckte sich die trockenen Lippen und zog den Purpurumhang um seine knochigen Schultern zurecht. Im Ratssaal in Drenan, neunhundert Kilometer weiter südlich, war er so zuversichtlich gewesen, als Abalayn ihn gebeten hatte, diese delikate Mission zu übernehmen: eine Reise in das ferne Gulgothir, um die Verträge zu unterzeichnen, die mit Ulric, dem Herrscher der Nadirstämme, geschlossen worden waren. Bartellus hatte in der Vergangenheit geholfen, Verträge zu entwerfen, und war zweimal bei Gesprächen in Vagria im Westen und in Mashrapur im Süden dabeigewesen. Jedermann wußte, wie wertvoll der Handel war und daß die Notwendigkeit bestand, kostspielige Unternehmen wie Kriege zu vermeiden. Ulric würde keine Ausnahme bilden. Zwar hatte er die Völker der nördlichen Steppe überfallen und ausgeplündert, aber diese hatten schließlich auch sein Volk über die Jahrhunderte hinweg mit ihren Steuern und Überfällen ausgeblutet. Sie hatten die Saat ihrer eigenen Zerstörung gesät.

Nicht jedoch die Drenai. Sie hatte die Nadir immer mit Takt und Höflichkeit behandelt. Abalayn selbst hatte Ulric zweimal in seiner Zeltstadt im Norden besucht – und war königlich empfangen worden.

Aber Bartellus war über die Verwüstung in Gulgothir entsetzt gewesen. Daß man die gewaltigen Tore niedergerissen hatte, war nicht verwunderlich, aber viele der Verteidiger waren anschließend verstümmelt worden. Auf dem großen Platz in der Hauptfestung war ein Hügel aus menschlichen Händen errichtet worden. Bartellus schauderte und versuchte, diese Erinnerungen zu verdrängen.

Drei Tage hatten sie ihn warten lassen, aber sie waren höflich gewesen – sogar freundlich.

Wieder zupfte er seinen Umhang erneut zurecht; denn er war sich bewußt, daß seine hagere, eckige Gestalt der Heroldsrobe wenig zur Ehre gereichte. Er nahm ein Leinentuch aus seinem Gürtel, mit dem er sich den Schweiß von der hohen, kahlen Stirn wischte. Seine Frau warnte ihn ständig, daß sein Kopf verwirrend glänzte, wenn er nervös war. Ihm wäre lieber gewesen, diese Beobachtung wäre unausgesprochen geblieben.

Er warf einen Blick auf den Wächter zu seiner Rechten und unterdrückte ein Schaudern. Der Mann war kleiner als er und trug einen stachelbesetzten Helm, der mit Ziegenfell eingefaßt war, sowie eine bemalte hölzerne Brustplatte und einen gezackten Speer. Sein Gesicht war flach und grausam, die schrägstehenden Augen dunkel. Falls Bartellus jemals einen Mann brauchte, um einem anderen die Hand abschlagen zu lassen ... Er blickte nach links – und wünschte, er hätte es nicht getan, denn der Wächter sah ihn an. Bartellus fühlte sich wie ein Kaninchen unter einem herabstürzenden Habicht und richtete seinen Blick hastig wieder auf den Bronzeadler auf der Tür.

Barmherzigerweise hatte das Warten ein Ende, denn die Türen schwangen auf.

Bartellus holte tief Luft und marschierte hinein.

Der Raum war lang; zwanzig Marmorsäulen trugen die mit Fresken versehene Decke. An jeder Säule hing eine brennende Fackel, die düster tanzende Schatten an die Wände warfen, und bei jeder Säule stand ein Nadir-Wächter mit einem Speer. Die Augen starr nach vorn gerichtet, marschierte Bartellus die fünfzig Schritt bis zum Thron auf dem Marmorpodest.

Darauf saß Ulric, Kriegsherr des Nordens.

Er war nicht hochgewachsen, strahlte jedoch Macht aus, und als Bartellus näher kam, war er vom Aussehen und der spürbaren Energie dieses Mannes beeindruckt. Er besaß die hohen Wangenknochen und das nachtschwarze Haar der Nadir, doch seine schrägstehenden Augen waren überraschend violett. Der dreifach gegabelte Bart gab dem dunklen Gesicht einen dämonischen Anschein, der jedoch durch das warme Lächeln des Mannes Lügen gestraft wurde.

Was Bartellus jedoch am meisten beeindruckte, war die Tatsache, daß der Herrscher der Nadir eine weiße Drenai-Robe trug, die mit Abalayns Familienwappen bestickt war: einem goldenen Pferd, das sich über einer silbernen Krone aufrichtete.

Der Herold verbeugte sich tief.

»Herr, ich bringe Euch die Grüße des Fürsten Abalayn, dem gewählten Führer der freien Völker der Drenai.«

Ulric erwiderte den Gruß mit einem Nicken und bedeutete ihm mit einer Handbewegung, fortzufahren.

»Abalayn beglückwünscht Euch zu Eurem großartigen Sieg über die Rebellen von Gulgothir und hofft, daß Ihr nun, wo die Greuel des Krieges hinter Euch liegen, Zeit findet, die neuen Verträge und Handelsvereinbarungen zu prüfen, die er mit Euch bei seinem überaus erfreulichen Aufenthalt hier im letzten Frühjahr besprochen hat. Ich habe hier einen Brief von Abalayn, ebenso die Verträge und Vereinbarungen.« Bartellus trat vor und reichte Ulric drei Schriftrollen. Ulric nahm sie und legte sie behutsam neben sich auf den Boden.

»Ich danke dir, Bartellus«, sagte er. »Sag mir, fürchten die Drenai wirklich, daß meine Armee ganz gegen Dros Delnoch marschieren wird?«

»Ihr scherzt, Herr?«

»Keineswegs«, antwortete Ulric mit seiner tiefen, wohlklingenden Stimme unschuldig. »Die Händler haben mir erzählt, daß in Drenan viel darüber geredet wird.«

»Das ist nur mäßiges Geschwätz«, erklärte Bartellus. »Ich selbst habe geholfen, die Vereinbarungen aufzusetzen. Wenn ich bei den komplizierten Stellen behilflich sein kann, wäre es mir ein Vergnügen.«

»Ich bin sicher, daß alles in Ordnung ist«, meinte Ulric. »Aber du mußt verstehen, daß mein Schamane Nosta Khan die Omen prüfen muß. Ein primitiver Brauch, ich weiß, aber das siehst du sicherlich ein, nicht wahr?«

»Selbstverständlich. Solche Dinge sind eine Frage der Tradition«, erwiderte Bartellus.

Ulric klatschte zweimal in die Hände, und aus den Schatten zur Linken tauchte ein verhutzelter alter Mann in einem schmutzigen Umhang aus Ziegenfell auf. Unter seinem knochigen rechten Arm trug er ein weißes Huhn und in seiner linken Hand eine große flache Holzschale. Ulric erhob sich, als er näher kam, streckte die Hände aus und ergriff das Huhn am Hals und den Beinen.

Langsam hob Ulric es über seinen Kopf – und dann, während Bartellus' Augen sich vor Entsetzen weiteten, ließ er das Huhn sinken und biß ihm den Hals durch, so daß der Kopf vom Körper gerissen wurde. Die Flügel schlugen noch wild; Blut quoll hervor und bespritzte und tränkte das weiße Gewand. Ulric hielt den zuckenden Kadaver über die Schale und beobachtete, wie der Lebenssaft das Holz befleckte. Nosta Khan wartete, bis der letzte

Tropfen aus dem Fleisch gequollen war, und hob dann die Schale an die Lippen. Er blickte zu Ulric auf und schüttelte den Kopf.

Der Kriegsherr warf das Huhn beiseite und zog langsam das weiße Gewand aus. Darunter trug er eine schwarze Brustplatte und ein Schwertgehänge. Er nahm den Kriegshelm aus schwarzem Stahl, eingefaßt mit Silberfuchsfell, der neben dem Thron stand, und setzte ihn auf. Dann wischte er sich den blutverschmierten Mund am Drenai-Gewand ab und warf es Bartellus nachlässig vor die Füße.

Der Herold blickte auf das blutgetränkte Gewand zu seinen Füßen.

»Ich fürchte, die Omen sind nicht günstig«, sagte Ulric.

1

Rek war betrunken. Nicht betrunken genug, daß es eine Rolle spielte, aber genügend, um keine Rolle zu spielen, dachte er, als er in den rubinroten Wein blickte, der blutige Schatten im Bleikristallglas warf. Ein Holzfeuer im Kamin wärmte seinen Rücken. Der beißende Rauch stieg ihm in die Augen, dieser scharfe Geruch des Rauches, der sich mit dem Gestank ungewaschener Körper, vergessener Mahlzeiten und muffiger, feuchter Kleider mischte. Eine Laternenflamme tanzte kurz in dem eisigen Wind, als ein Schwall kalter Luft in den Raum drang. Dann wurde sie wieder ausgesperrt, als ein neuer Gast die Holztür zuknallte und eine Entschuldigung in die überfüllte Wirtsstube murmelte.

Die Gespräche, die in dem plötzlichen eisigen Hauch verstummt waren, wurden wieder aufgenommen. Ein Dutzend Stimmen aus verschiedenen Gruppen verschmolzen zu einem monotonen Murmeln. Rek nippte an seinem Wein. Er schauderte, als jemand lachte – das Geräusch war so kalt wie der Winterwind, der um das Holzhaus heulte. Als ob jemand über dein Grab geht, dachte er und zog seinen blauen Umhang fester um die Schultern. Er brauchte nicht die Worte zu hören, um zu wissen, worum sich alle Gespräche drehten; es war seit Tagen dasselbe.

Krieg.

So ein unscheinbares Wort. Eine solche Qual. Blut, Tod, Eroberung, Hunger, Pest und Schrecken.

Erneut dröhnte Gelächter durch den Raum. »Barbaren!« brüllte eine Stimme über dem Gemurmel. »Leichte Beute für Drenai-Lanzen.« Noch mehr Gelächter.

Rek starrte den Kristallkelch an. So schön. So zerbrechlich. Mit Sorgfalt, ja, Liebe hergestellt, kunstvoll geschliffen wie ein hauchfeiner Brillant. Er hob das Kristall dicht an sein Gesicht und betrachtete das Dutzend Augen, die sich darin spiegelten.

Und jedes klagte an. Für einen Moment hätte er am liebsten das Glas zertrümmert, die Augen und diese Anklage zerstört. Aber er tat es nicht. Ich bin nicht verrückt, sagte er zu sich selbst. Noch nicht.

Horeb, der Wirt, wischte sich die dicken Finger an einem Handtuch ab, warf einen müden, aber wachsamen Blick über die Menge, immer auf der Hut vor Ärger und bereit, mit einem Wort und einem Lächeln einzugreifen, ehe Hohn und Fäuste notwendig wurden. Krieg. Warum ließ die Aussicht auf so blutige Unternehmen Männer auf das Niveau von Tieren herabsinken? Einige der Zecher – genaugenommen die meisten – kannten Horeb gut. Viele hatten Familie: Bauern, Händler, Handwerker. Alle waren sie freundlich, die meisten mitfühlend, vertrauenswürdig, sogar sanft. Und hier waren sie und redeten von Tod und Ruhm und von ihrer Bereitschaft, jeden zu verprügeln oder zu erschlagen, der mit den Nadir sympathisierte. Die Nadir – selbst der Name wurde voller Verachtung ausgesprochen.

Aber sie werden es noch lernen, dachte er traurig. Oh, und wie sie lernen werden! Horebs Blick schweifte durch den großen Raum und blieb voller Wärme auf seinen Töchtern hängen, die Tische abräumten und Krüge austeilten. Die kleine Dori errötete unter ihren Sommersprossen bei einem deftigen Scherz; Besa, das Abbild ihrer Mutter, groß und blond; Nessa, dick und unansehnlich und von allen geliebt, kurz vor ihrer Hochzeit mit dem Bäckerlehrling Norvas. Gute Mädchen. Geschenke der Freude. Dann fiel sein Blick auf die hochgewachsene Gestalt in Blau, die am Fenster saß.

»Verdammt, Rek, hör auf damit«, murmelte er, wohl wissend, daß der Mann nicht auf ihn hören würde. Horeb wandte sich ab, fluchte, zog dann seine Lederschürze aus und ergriff einen halbvollen Krug Bier und einen Becher. Dann fiel ihm noch etwas ein. Er öffnete einen kleinen Schrank und nahm eine Flasche Portwein heraus, die er für Nessas Hochzeit aufbewahrt hatte.

»Geteiltes Leid ist halbes Leid«, sagte er, während er sich auf den Stuhl Rek gegenüber quetschte.

»Ein Freund in Not ist ein Freund, den man meiden sollte«, erwiderte Rek, nahm die angebotene Flasche und füllte sein Glas nach. »Ich kannte einmal einen General«, sagte er, starrte in den Wein und drehte das Glas zwischen seinen schlanken Fingern. »Hat nie eine Schlacht verloren. Aber auch nie eine gewonnen.«

»Wie das?« fragte Horeb.

»Du kennst die Antwort. Ich hab' es dir schon früher erzählt.«

»Ich habe ein schlechtes Gedächtnis. Jedenfalls höre ich gern zu, wenn du Geschichten erzählst. Wie konnte er nie verlieren und doch nie gewinnen?«

»Er hat aufgegeben, wann immer er bedroht wurde«, sagte Rek. »Schlau, was?«

»Wie kam es, daß seine Männer ihm folgten, wenn er nie gewann?«

»Weil er nie verlor. Und sie auch nicht.«

»Wärst du ihm gefolgt?« fragte Horeb.

»Ich folge niemandem mehr. Am wenigsten Generälen.« Rek wandte den Kopf und lauschte den anderen Gesprächen. Er schloß die Augen, um sich zu konzentrieren. »Hör dir das an«, sagte er leise. »Hör dir ihr Geschwätz von Ruhm und Ehre an.«

»Sie wissen es nicht besser, Rek, mein Freund. Sie haben es noch nicht gesehen, nicht geschmeckt. Die Krähen, die wie eine schwarze Wolke über einem Schlachtfeld kreisen und ein Festmahl abhalten an den Augen der Toten; Füchse, die an zerrissenen Sehnen zerren, Würmer . . .«

»Hör auf, hör auf! Du brauchst mich nicht daran zu erinnern. Ich wäre verdammt, wenn ich ginge. Wann heiratet Nessa?«

»In drei Tagen«, antwortete Horeb. »Er ist ein guter Junge, er wird für sie sorgen. Backt immer Kuchen für sie. Sie wird bald aufgehen wie Hefe.«

»So oder so«, meinte Rek augenzwinkernd.

»Allerdings«, antwortete Horeb mit einem breiten Grinsen.

Die Männer schwiegen und ließen den Lärm über sich hinwegspülen. Jeder trank und dachte nach, geborgen in ihrem Zweierkreis. Nach einer Weile beugte Rek sich vor.

»Der erste Angriff wird in Dros Delnoch stattfinden«, sagte er. »Weißt du, daß sie nur zehntausend Mann dort haben?«

»Ich habe gehört, es wären noch weniger. Abalayn hat die Regulären eingeschränkt und konzentriert sich auf Bürgerwehren. Trotzdem, es sind immerhin sechs hohe Mauern und eine starke Festung. Und Delnar ist kein Narr – er hat an der Skeln-Schlacht teilgenommen.«

»Wirklich?« sagte Rek. »Ich habe gehört, dort stand ein Mann gegen zehntausend. Ein Mann, der Berge auf den Feind schleuderte.«

»Die Sage von Druss, der Legende«, sagte Horeb und senkte die Stimme. »Die Geschichte eines Giganten, dessen Augen Tod waren und dessen Axt Schrecken bedeutete. Bleibt dicht zusammen, Kinder, und haltet euch von den Schatten fern, in denen das Böse lauert, wenn ich meine Geschichte erzähle.«

»Du Schuft!« sagte Rek. »Das hat mich immer erschreckt. Du hast ihn gekannt, nicht wahr – die Legende, meine ich?«

»Vor langer Zeit. Es heißt, er ist tot. Wenn nicht, muß er heute über sechzig sein. Wir waren in drei Feldzügen zusammen, aber ich habe nur zweimal mit ihm gesprochen. Aber einmal habe ich ihn in Aktion gesehen.«

»War er ein guter Krieger?« fragte Rek.

»Furchterregend. Es war kurz vor Skeln und der Niederlage der Unsterblichen. Eigentlich nur ein Scharmützel. Ja, er war ein sehr guter Krieger.«

»Du bist nicht gerade gut, was Einzelheiten angeht, Horeb.«

»Willst du, daß ich genauso rede wie diese anderen Idioten, die von Krieg und Tod und Morden schwatzen?«

»Nein«, antwortete Rek und trank seinen Wein aus. »Nein, das will ich bestimmt nicht. Du kennst mich doch, oder?«

»Genug, um dich zu mögen. Obwohl...«

»Obwohl was?«

»Obwohl du dich selbst nicht magst.«

»Ganz im Gegenteil«, widersprach Rek und schenkte sich nach, »ich mag mich selbst sehr wohl. Es ist nur, daß ich mich besser kenne als die meisten Leute.«

»Weißt du, Rek, manchmal glaube ich, du verlangst zuviel von dir.«

»Nein. Nein, ich verlange sehr wenig. Ich kenne meine Schwächen.«

»Mit Schwächen ist es eine komische Sache«, erwiderte Horeb. »Die meisten Leute sagen dir, daß sie ihre Schwächen kennen. Wenn man sie fragt, erzählen sie dir: ›Na ja, ich, zum Beispiel, bin zu großzügig.‹ Also komm schon, erzähl sie mir, wenn du mußt. Dafür sind Wirte ja da.«

»Na ja, ich, zum Beispiel, bin zu großzügig – besonders Wirten gegenüber.«

Horeb schüttelte den Kopf, lächelte und verfiel in Schweigen.

Zu intelligent für einen Helden, zuviel Angst für einen Feigling, dachte er. Er beobachtete, wie sein Freund das Glas leerte, es hochhob und sein in unzählige Facetten zerlegtes Gesicht betrachtete. Einen Augenblick lang glaubte Horeb, er würde es zerschmettern, so stark war der Zorn in Reks gerötetem Gesicht gewesen.

Dann stellte der Jüngere den Kelch behutsam wieder auf den Tisch.

»Ich bin kein Narr«, sagte er sanft. Er versteifte sich, als er merkte, daß er laut gesprochen hatte. »Verdammt!« sagte er. »Jetzt habe ich doch zuviel getrunken.«

»Laß mich dir auf dein Zimmer helfen«, bot Horeb an.

»Ist dort eine Kerze angezündet?« fragte Rek, leicht auf seinem Stuhl schwankend.

»Natürlich.«

»Du wirst sie nicht verlöschen lassen, nicht wahr? Bin nicht versessen auf die Dunkelheit. Ich habe keine Angst, verstehst du? Ich mag sie nur nicht.«

»Ich werde die Kerze nicht verlöschen lassen, Rek. Vertrau mir.«

»Ich vertraue dir. Ich habe dich gerettet, nicht wahr? Weißt du noch?«

»Ja, natürlich weiß ich das noch. Gib mir deinen Arm. Ich bringe dich die Treppen hinauf. Hier lang. So ist es gut. Ein Fuß vor den anderen. Gut!«

»Ich habe nicht gezögert. Direkt hinein, mit erhobenem Schwert, nicht wahr?«

»Ja.«

»Nein. Das stimmt nicht. Ich habe zwei Minuten zitternd dagestanden. Und du bist verwundet worden.«

»Aber du bist gekommen, Rek. Verstehst du das nicht? Die Verwundung spielt keine Rolle – du hast mich jedenfalls gerettet.«

»Für mich spielt es eine Rolle. Ist in meinem Zimmer eine Kerze?«

Hinter ihm lag grau und finster die Festung, umrissen von Rauch und Flammen. Der Schlachtlärm erfüllte seine Ohren. Er rannte; sein Herz klopfte, und sein Atem ging stoßweise. Er warf einen Blick zurück. Die Festung war nahe, näher, als sie vorher gewesen war. Vor ihm lagen die grünen Hügel, welche die sentrische Ebene schützten. Sie schimmerten und wichen vor ihm zurück, verhöhnten ihn mit ihrer Ruhe. Er lief schneller. Ein Schatten fiel über ihn. Die Tore der Festung öffneten sich. Er wehrte sich gegen die Kraft, die ihn zurückzog. Er schrie und bettelte. Doch die Tore schlossen sich, und er war wieder mitten in der Schlacht, ein blutiges Schwert in der zitternden Hand.

Er erwachte, die Augen weit aufgerissen, die Nasenflügel gebläht. Ein Schrei wollte sich seiner Lunge entringen. Eine zarte Hand streichelte sein Gesicht, und sanfte Worte beruhigten ihn. Sein Blick wurde klar. Es war kurz vor der Morgendämmerung; das rosa Licht eines jungfräulichen Tages drang durch das Eis auf der Innenseite seines Schlafzimmerfensters. Er drehte sich um.

»Du hattest eine unruhige Nacht«, sagte Besa, deren Hand über seine Stirn strich. Er lächelte, schlug die Gänsedaunendecke zurück und zog das Mädchen zu sich unter die Decke.

»Jetzt bin ich nicht mehr unruhig«, sagte Rek. »Wie könnte ich auch?« Die Wärme ihres Körpers erregte ihn, seine Finger liebkosten ihren Rücken.

»Heute nicht«, sagte sie, küßte ihn leicht auf die Stirn und machte sich los. Sie warf die Decke zurück, schauderte und lief durch den Raum, um ihre Kleider aufzusammeln. »Es ist kalt«, sagte sie. »Kälter als gestern.«

»Hier drin ist es warm«, erklärte er und richtete sich auf, um ihr beim Anziehen zuzusehen. Sie warf ihm einen Kuß zu.

»Es ist schön, mit dir herumzutollen, Rek. Aber ich will keine Kinder von dir haben. Und jetzt raus aus dem Bett. Heute morgen kommt eine Reisegruppe hierher. Das Zimmer ist vermietet.«

»Du bist eine schöne Frau, Besa. Wenn ich einen Funken Verstand hätte, würde ich dich heiraten.«

»Dann ist es gut, daß du keinen hast. Denn ich würde dich abweisen, und das würde dein Selbstbewußtsein nie verkraften. Ich suche einen Mann, der solider ist.« Ihr Lächeln nahm ihren Worten die Schärfe. Fast.

Die Tür ging auf, und Horeb kam geschäftig herein. Er trug ein Kupfertablett, auf dem Brot, Käse und ein Krug standen.

»Was macht der Kopf?« fragte er und stellte das Tablett auf den hölzernen Tisch neben dem Bett.

»Gut«, antwortete Rek. »Ist das Orangensaft?«

»Ja, und er kostet dich einiges. Nessa hat einen vagriaschen Händler abgefangen, als er das Schiff verließ. Sie hat eine Stunde gewartet und Frostbeulen riskiert, nur um Orangen für dich zu bekommen. Ich glaube nicht, daß du das wert bist.«

»Wohl wahr«, lächelte Rek. »Traurig, aber wahr.«

»Willst du heute wirklich nach Süden aufbrechen?« fragte Besa, während Rek am Orangensaft nippte. Er nickte.

»Du bist ein Narr. Ich dachte, du hättest genug von Reinard.«

»Ich werde ihn meiden. Sind meine Kleider gereinigt?«

»Dori hat Stunden damit verbracht«, sagte Besa. »Und wofür? Damit du sie im Gravenwald wieder schmutzig machst.«

»Darum geht es nicht. Man sollte immer möglichst gut aussehen, wenn man eine Stadt verläßt.« Er warf einen Blick auf das Tablett. »Ich kann den Anblick dieses Käses nicht vertragen.«

»Macht nichts«, erklärte Horeb. »Er steht trotzdem auf der Rechnung.«

»In diesem Fall werde ich mich zwingen, ihn zu essen. Reisen heute noch mehr Leute?«

»Eine Gewürzkarawane bricht nach Lentria auf – sie werden durch Graven ziehen. Zwanzig Männer, schwer bewaffnet. Sie nehmen die Ausweichroute nach Süden und Westen. Eine Frau reist allein – aber sie ist schon weg«, erklärte Horeb. »Und schließlich ist da noch eine Gruppe von Pilgern. Aber sie brechen nicht vor morgen auf.«

»Eine Frau?«

»Nicht ganz«, meinte Besa. »Aber fast.«

»Na, na, Mädchen«, sagte Horeb, breit grinsend, »du bist doch sonst nicht so boshaft. Ein großes Mädchen mit einem guten Pferd. Und sie ist bewaffnet.«

»Ich hätte mit ihr reisen können«, sagte Rek. »Dann wäre die Reise vielleicht vergnüglicher geworden.«

»Und sie hätte dich vor Reinard beschützen können«, sagte Besa. »Sie sah danach aus. Jetzt komm schon, Rek, zieh dich an. Ich habe keine Zeit, hier zu sitzen und dir beim Frühstück zuzusehen wie einem Grafen. Du hast in diesem Haus schon genug Unordnung gestiftet.«

»Ich kann nicht aufstehen, solange du da bist«, protestierte Rek. »Das schickt sich nicht.«

»Du Idiot«, sagte sie und nahm das Tablett. »Sieh zu, daß er aufsteht, Vater, sonst bleibt er noch den ganzen Tag liegen.«

»Sie hat recht, Rek«, erklärte Horeb, als die Tür sich hinter ihr schloß. »Es ist Zeit für dich zu gehen, und da ich weiß, wie lange du brauchst, um dich für die Öffentlichkeit präsentabel zu machen, ist es wohl am besten, ich überlasse dich dieser Tätigkeit.«

»Man muß möglichst gut aussehen . . .«

». . . wenn man eine Stadt verläßt. Ich weiß. Das sagst du immer, Rek. Ich sehe dich unten.«

Wieder allein, änderte sich Reks Verhalten. Die Lachfältchen um seine Augen wurden zu Zeichen der Anspannung, fast der Trauer. Die Drenai waren als Weltmacht am Ende. Ulric und die Nadir-Stämme hatten bereits mit ihrem Marsch auf Drenan begonnen, und sie würden auf Strömen von Blut in die Städte der Ebenen reiten. Selbst wenn jeder Drenai-Krieger dreißig Stammesleute tötete, blieben immer noch Hunderttausende übrig.

Die Welt veränderte sich, und Rek wurden allmählich die Verstecke knapp.

Er dachte an Horeb und seine Töchter. Seit sechshundert Jahren hatte die Rasse der Drenai der Welt eine Zivilisation aufgedrückt, für die sie nicht geeignet war. Sie hatten brutal erobert, weise gelehrt und, im großen und ganzen, gut geherrscht. Aber sie hatten ihren Sonnenuntergang erreicht, und ein neues Reich wartete, bereit, aus Blut und Asche des alten zu erstehen. Er dachte wieder an Horeb und lachte. Was immer auch geschieht, der alte Mann wird überleben. Selbst die Nadir brauchen gute Wirtshäuser. Und die Töchter? Wie würde es ihnen ergehen, wenn die Horden durch die Stadttore brachen? Blutige Bilder überfluteten seine Gedanken.

»Verdammt!« brüllte er, rollte sich aus dem Bett und riß das eisverkrustete Fenster auf.

Der Winterwind streifte seinen bettwarmen Körper und brachte ihn zurück in die Wirklichkeit des heutigen Tages und zu seinem langen Ritt nach Süden. Er ging zur Bank hinüber, auf der seine Kleider ausgelegt waren, und zog sich rasch an. Das weiße, wollene Unterhemd und die blaue Hose waren Geschenke von der sanften Dori; die Tunika mit dem goldbestickten Kragen ein Überbleibsel aus besseren Tagen in Vagria; die Weste mit dem Schaffellfutter und den goldenen Bändern ein Geschenk von Horeb, und die schenkellangen Hirschlederstiefel ein Überraschungsgeschenk von einem müden Reisenden in einer abgelegenen Herberge. Und wie dieser Reisende erst überrascht gewesen sein muß! dachte Rek, als er sich an den Kitzel aus Angst und Aufregung erinnerte, als er vor nicht einmal einem Monat in das Zimmer des Mannes geschlichen war und die Stiefel gestohlen hatte. An der Garderobe stand ein mannshoher Bronzespiegel, in dem Rek seinem Bild einen langen Blick zuwarf. Er sah einen hochgewachsenen Mann mit schulterlangem braunen Haar und gepflegtem Schnurrbart, der in seinen gestohlenen Stiefeln eine gute Figur machte. Er hängte sich das Wehrgehänge um und schob sein Langschwert in die schwarzsilberne Scheide.

»Was für ein Held«, sagte er mit einem zynischen Lächeln zu seinem Spiegelbild. »Was für ein Schmuckstück von einem Helden.« Er zog das Schwert und vollführte ein paar Scheinattacken und Paraden, prüfte dabei jedoch ständig mit einem Blick sein Spiegelbild. Das Handgelenk war noch immer geschmeidig, der Griff sicher. Was immer du nicht bist, sagte er sich – ein Mann des Schwertes bist du. Vom Fensterbrett nahm er den silbernen Stirnreif, seinen Talisman. Er war sein Glücksbringer, seit er ihn in einem Bordell in Lentria gestohlen hatte. Er schob ihn sich über die Stirn und hielt damit sein dunkles Haar zurück.

»Du bist vielleicht nicht wirklich großartig«, erklärte er seinem Spiegelbild, »aber bei allen Göttern in Missael, du siehst so aus!« Die Augen lächelten ihm entgegen. »Spotte nicht über mich, Regnak Wanderer«, sagte er. Er warf sich den Umhang über den Arm und schlenderte in den langgestreckten Raum hinunter, wo er seinen Blick prüfend über die frühen Gäste schweifen ließ. Horeb winkte ihm vom Tresen her einen Gruß zu.

»Das ist schon besser, Rek, mein Junge«, sagte er und lehnte sich in spöttischer Bewunderung zurück. »Du könntest direkt einem von Serbars Gedichten entsprungen sein. Was zu trinken?«

»Nein. Ich glaube, das lasse ich für eine Weile – vielleicht zehn Jahre. Das Gebräu von gestern nacht gärt noch immer in meinen Eingeweiden. Hast du mir etwas von deinem abscheulichen Fraß für unterwegs eingepackt?«

»Madige Kekse, verschimmelten Käse und eine zwei Jahre alte Speckseite, die von allein kommt, wenn du sie rufst«, antwortete Horeb. »Dazu eine Flasche vom miesesten . . .«

Die Unterhaltung brach ab, als der Seher die Wirtsstube betrat. Sein ausgeblichenes blaues Gewand schlotterte um seine hageren Beine; den langen Stab stieß er kräftig auf die Bodendielen. Rek schluckte seinen Abscheu über das Erscheinungsbild des alten Mannes hinunter, als er in die leeren Höhlen blickte, in denen einst die Augen gewesen waren.

Der alte Mann streckte seine Hand aus, an welcher der Mittelfinger fehlte. »Silber für eure Zukunft«, sagte er. Seine Stimme klang trocken wie der Wind, der durch winterkalte Zweige weht.

»Warum tun die Seher das?« fragte Horeb.

»Das mit den Augen, meinst du?« fragte Rek zurück.

»Ja. Wie kann man sich nur selbst die Augen ausstechen?«

»Weiß der Himmel. Sie sagen, es hilft ihnen bei ihren Visionen.«

»Hört sich ungefähr so sinnvoll an, als wenn du dir dein Ding abschneiden würdest, um dadurch dein Geschlechtsleben erfreulicher zu gestalten.«

»Es muß solche und solche geben, Horeb, alter Freund.«

Angezogen vom Klang ihrer Stimmen hinkte der alte Mann mit ausgestreckter Hand näher. »Silber für eure Zukunft«, singsangte er. Rek wandte sich ab.

»Mach schon, Rek«, drängte Horeb. »Laß sehen, ob diese Reise gut für dich verläuft. Was kann es schon schaden?«

»Du zahlst. Ich höre zu«, antwortete Rek.

Horeb schob die Hand tief in die Tasche seiner Lederschürze und ließ eine kleine Münze in die Hand des alten Mannes fallen. »Für meinen Freund hier«, erklärte er. »Ich kenne meine Zukunft.« Der alte Mann hockte sich auf den Holzfußboden und griff in einen arg mitgenommenen Beutel, aus dem er eine Handvoll Sand zum Vorschein brachte, die er um sich herum verstreute. Dann holte er sechs Knöchelchen hervor, die geschnitzte Runen trugen.

»Das sind Menschenknochen, nicht wahr?« wisperte Horeb.

»Das behaupten sie«, erwiderte Rek. Der alte Mann begann in der Alten Sprache zu singen; eine zittrige Stimme hallte in dem Schweigen wider. Er warf die Knochen auf den sandbestreuten Boden; dann fuhr er mit den Händen über die Runen.

»Ich habe die Wahrheit«, sagte er schließlich.

»Laß die Wahrheit, alter Mann. Erzähl mir eine Geschichte voll goldener Lügen und prächtiger Mädchen.«

»Ich habe die Wahrheit«, sagte der Seher, als hätte er nicht gehört.

»Zur Hölle damit«, fuhr Rek auf. »Dann erzähl mir die Wahrheit!«

»Willst du sie wirklich hören, Mann?«

»Laß das verdammte Ritual! Rede endlich, und dann Schluß!«

»Ruhig, Rek, ruhig! Das ist nun mal seine Art«, sagte Horeb.

»Vielleicht. Aber er nimmt sich reichlich Zeit, um mir den Tag zu verderben. Der alte Bastard erklärt mir wahrscheinlich, daß ich mir die Pest hole.«

»Er wünscht die Wahrheit«, sagte Horeb zum Seher, dem Ritual entsprechend, »und wird sie gut und weise nutzen.«

»Das will er nicht und wird er nicht«, sagte der Seher. »Aber das Schicksal muß gehört werden. Du willst nicht Worte deines Todes hören, Regnak der Wanderer, Sohn des Argas, und so werde ich sie verschweigen. Du bist ein Mann von unstetem Charakter und nur sporadischem Mut. Du bist ein Dieb und Träumer, und dein Schicksal wird dich heimsuchen und verfolgen. Du wirst davonlaufen, um ihm zu entgehen, doch jeder Schritt wird dich ihm näherbringen. Aber das weißt du ja, Langbein, denn du hast gestern nacht davon geträumt.«

»Ist das die Wahrheit, alter Mann? Dieser sinnlose Quatsch! Ist das ein fairer Tausch gegen eine Silbermünze?«

»Der Graf und die Legende werden zusammen auf der Mauer stehen. Und Männer werden träumen, und Männer werden sterben, aber wird die Festung fallen?«

Der alte Mann drehte sich um und war verschwunden.

»Was hast du letzte Nacht geträumt, Rek?« fragte Horeb.

»Du glaubst doch nicht etwa an diesen Unsinn, Horeb?«

»Was hast du geträumt?« beharrte der Wirt.

»Ich habe überhaupt nicht geträumt. Ich habe geschlafen wie ein Klotz. Wenn nur nicht die blöde Kerze gewesen wäre. Du hast sie die ganze Nacht brennen lassen, und sie stank. Du mußt vorsichtiger werden. Es hätte zu brennen anfangen können. Jedesmal, wenn ich hier bin, warne ich dich wegen dieser Kerzen. Aber du hörst einfach nicht auf mich.«

2

Rek sah schweigend zu, wie der Bursche den kastanienbraunen Wallach sattelte. Er mochte das Pferd nicht – es hatte einen niederträchtigen Blick, und die Ohren lagen flach am Kopf an. Der Bursche, ein dünner Junge, sprach besänftigend auf das Tier ein, während er mit zitternden Fingern den Sattelgurt festzog.

»Warum konnte ich keinen Grauen bekommen?« fragte Rek. Horeb lachte.

»Weil es dich einen Schritt zu nahe an eine Farce herangebracht hätte. Untertreibung ist alles, Rek. Du siehst so schon aus wie ein Pfau, und wie es nun einmal steht, wird jeder lentrische Matrose Jagd auf dich machen. Nein, ein Brauner ist schon richtig.« Ernsthafter setzte er hinzu: »Und in Graven ist es dir vielleicht lieber, nicht so aufzufallen. Ein großes, weißes Pferd kann man nicht leicht übersehen.«

»Ich glaube nicht, daß es mich mag. Siehst du, wie es mich anschaut?«

»Sein Vater war das schnellste Pferd in Drenan und seine Mutter ein Schlachtroß von Wundwebers Lanzenträgern. Du könntest dir keinen besseren Stammbaum wünschen.«

»Wie heißt es?« fragte Rek, noch nicht überzeugt.

»Ulan«, antwortete Horeb.

»Kein übler Name. Ulan ... na ja, vielleicht, nur vielleicht.«

»Narzisse ist soweit, Herr«, sagte der Bursche und zog sich rasch von dem Pferd zurück. Das Tier schwang den Kopf herum und schnappte nach dem Jungen, der stolperte und fiel.

»Narzisse?« fragte Rek. »Du hast mir ein Pferd gekauft, das *Narzisse* heißt?«

»Was ist schon ein Name, Rek?« meinte Horeb unschuldig. »Nenn es, wie du willst. Du mußt zugeben, es ist ein schönes Tier.«

»Wenn ich nicht ein feines Gespür für das Lächerliche hätte, würde ich ihm einen Maulkorb anlegen. Wo sind die Mädchen?«

»Zu beschäftigt, um einem Tagedieb wie dir nachzuwinken, der nur selten seine Rechnung bezahlt. Und jetzt ab mit dir!«

Rek ging vorsichtig auf den Wallach zu und redete dabei leise auf ihn ein. Das Pferd warf ihm einen unheilvollen Blick zu, erlaubte ihm aber, daß er sich in den Sattel schwang. Er nahm die Zügel, richtete seinen blauen Umhang, so daß er genau im richtigen Winkel über den Rücken des Pferdes fiel, und lenkte das Tier zum Tor.

»Ach, Rek, ich hätte fast vergessen...«, rief Horeb und eilte ins Haus. »Warte einen Moment!« Der untersetzte Wirt verschwand, um Sekunden später mit einem kurzen Bogen aus Horn und Ulmenholz sowie einem Köcher mit schwarzschäftigen Pfeilen wieder aufzutauchen. »Hier. Ein Gast hat dies vor einigen Monaten als Teilzahlung zurückgelassen. Sieht wie eine gute Waffe aus.«

»Wunderbar«, sagte Rek. »Ich war mal ein guter Bogenschütze.«

»Ja«, bestätigte Horeb. »Aber wenn du den Bogen benutzt, dann denk daran, daß das spitze Ende des Pfeiles von dir wegzeigen muß. Und jetzt verschwinde – und paß auf dich auf.«

»Danke, Horeb. Du auch. Und vergiß nicht, was ich über die Kerzen gesagt habe.«

»Bestimmt nicht. Mach dich auf den Weg, Junge. Und viel Glück.«

Rek ritt durch das Südtor, an dem der Wächter gerade die Laternendochte beschnitt. Die Schatten der Morgendämmerung wurden in den Straßen von Drenan kürzer, und kleine Kinder spielten unter dem Fallgitter. Er hatte die Südroute aus dem offensichtlichsten aller Gründe gewählt. Die Nadir kamen von Norden her anmarschiert, und der schnellste Weg von einer Schlacht weg lag genau in Gegenrichtung.

Er stieß dem Wallach die Fersen in die Flanken und eilte südwärts. Zu seiner Linken stieg die aufgehende Sonne gerade über die blauen Gipfel der Berge im Osten. Der Himmel war blau, die Vögel sangen, und hinter ihm erklangen die Geräusche der erwachenden Stadt. Aber die Sonne ging nur für die Nadir auf, wie Rek wußte. Für die Drenai war es die Dämmerung des letzten Tages.

Von einem Hügelkamm blickte er auf den Gravenwald hinab, der weiß und jungfräulich unter seiner winterlichen Schneedecke lag. Und doch war dies ein Ort der bösen Legenden, den er normalerweise gemieden hätte. Daß er sich entschloß, ihn dennoch zu betreten, bewies, daß er zweierlei wußte: einmal, daß sich die Legenden um die Taten eines lebendigen Menschen rankten, zum zweiten, daß er den Mann kannte.

Reinard.

Er und seine Bande blutdürstiger Halsabschneider hatten ihr

Hauptquartier in Graven und waren eine offene, schwärende Wunde für den Handel. Karawanen wurden ausgeplündert, Pilger ermordet, Frauen vergewaltigt. Und doch konnte selbst eine Armee sie nicht aufspüren, so riesig war der Wald.

Reinard. Gezeugt von einem Höllenfürsten, geboren von einer edlen Dame von Ulalia. So erzählte er es jedenfalls. Rek hatte gehört, daß Reinards Mutter eine lentrische Hure war, sein Vater ein namenloser Seemann. Er hatte dieses Wissen allerdings nie weitergegeben – er hatte nicht, wie man so sagt, den nötigen Mumm. Und selbst wenn er ihn besessen hätte, überlegte er, hätte er ihn gewiß bald verloren. Eine Lieblingsbeschäftigung von Reinard im Umgang mit Gefangenen bestand darin, einzelne Teile von ihnen über heißen Kohlen zu rösten und sie den Unglücklichen vorzusetzen, die gleichzeitig mit ihnen gefangengenommen worden waren. Falls er auf Reinard traf, wäre es wohl das beste, ihm das Blaue vom Himmel vorzuschmeicheln. Und wenn das nichts nützte, ihm die letzten Neuigkeiten zu erzählen, ihn in Richtung der nächsten Karawane zu schicken und so schnell wie nur möglich aus seinem Herrschaftsbereich zu verschwinden.

Rek hatte Wert darauf gelegt, alles über die Karawanen und deren Routen zu erfahren, die durch Graven kamen. Seide, Juwelen, Gewürze, Sklaven, Vieh. In Wahrheit hatte er nicht den geringsten Wunsch, dieses Wissen mit jemandem zu teilen. Nichts wäre ihm lieber, als in Ruhe durch Graven zu reiten und zu wissen, daß das Schicksal der Karawanen in den Händen der Götter lag.

Die Hufe des Wallachs machten auf dem Schnee kaum Geräusche, und Rek ließ ihn langsam gehen, damit verborgene Wurzeln das Pferd nicht zum Stolpern brachten. Die Kälte begann, durch seine Kleidung zu kriechen, und schon bald fühlten sich seine Füße in den Hirschlederstiefeln steifgefroren an. Er holte sich ein Paar Schaffellhandschuhe aus seinem Gepäck.

Das Pferd trottete weiter. Gegen Mittag hielt Rek an, um ein kurzes, kaltes Mahl einzunehmen. Er pflockte den Wallach an einem zugefrorenen Wasserlauf an; dann schlug er mit seinem starken ventrischen Dolch ein Loch in das Eis, damit das Tier trinken konnte. Er klopfte ihm den langen Hals, und sofort fuhr der Kopf des Braunen mit entblößten Zähnen hoch. Rek sprang zurück und fiel in eine tiefe Schneewehe. Dort blieb er für einen Moment liegen; dann lächelte er.

»Ich wußte doch, daß du mich nicht magst«, sagte er. Das Pferd sah ihn an und schnaubte.

Als er wieder aufsteigen wollte, fiel Reks Blick auf die Hinterhand des Pferdes. Tiefe Peitschennarben zeigten sich dort.

Sanft fuhr er mit der Hand darüber. »So«, sagte er, »jemand hat dich also durchgepeitscht, Narzisse? Aber deinen Willen haben sie nicht gebrochen, was, Junge?« Er schwang sich in den Sattel. Mit etwas Glück, schätzte er, hatte er den Wald in fünf Tagen hinter sich.

Knorrige Eichen mit krummen Wurzeln warfen geheimnisvolle dunkle Schatten über den Pfad, und der Nachtwind ließ die Zweige wispern, als Rek den Wallach tiefer in den Wald lenkte. Der Mond ging über den Bäumen auf und warf geisterhaftes Licht auf den Pfad. Mit klappernden Zähnen begann er, einen guten Lagerplatz zu suchen, den er nach einer Stunde in einer flachen Senke an einem eisbedeckten Tümpel fand. Er baute in ein paar Büschen einen Unterstand, um das Pferd vor dem schlimmsten Wind zu schützen, und errichtete dann ein kleines Feuer neben einer umgestürzten Eiche und einem großen Felsen. Windgeschützt in der Wärme, die von dem Felsen zurückstrahlte, braute Rek Tee, um damit das getrocknete Fleisch hinunterzuspülen. Dann zog er sich eine Decke um die Schultern, lehnte sich gegen die Eiche und beobachtete die tanzenden Flammen.

Ein ausgemergelter Fuchs steckte seine Schnauze aus einem Busch und starrte auf das Feuer. Aus einem Impuls heraus warf Rek ihm einen Streifen Trockenfleisch zu. Das Tier blickte unablässig zwischen dem Mann und dem Bissen hin und her, bevor es aus seiner Deckung schoß und sich das Fleisch schnappte. Dann verschwand es im Dunkeln. Rek streckte seine Hände dem Feuer entgegen und dachte an Horeb.

Der untersetzte Gastwirt hatte Rek aufgezogen, nachdem sein Vater im Norden in den Kriegen gegen die Sathuli getötet worden war. Ehrlich, treu, stark und zuverlässig – das alles war Horeb. Und er war freundlich, ein wahrer Fürst unter den Menschen.

Rek war es gelungen, Horeb in einer unvergeßlichen Nacht etwas zurückzuzahlen, als drei vagrische Deserteure ihn in einer Gasse unweit der Schänke angegriffen hatten.

Glücklicherweise hatte Rek getrunken, und als er zuerst den Klang von Stahl auf Stahl hörte, war er vorangestürmt. In der Gasse kämpfte Horeb eine verlorene Schlacht. Sein Küchenmesser war keine ebenbürtige Waffe für die Schwerter der drei. Doch der alte Mann war Krieger gewesen und bewegte sich geschmeidig. Rek war wie erstarrt auf dem Fleck stehengeblieben; sein eigenes Schwert war vergessen. Er versuchte, sich vorwärts zu bewegen, aber seine Beine verweigerten ihm den Gehorsam. Dann durchdrang ein Schwert Horebs Abwehr und riß eine große Wunde in sein Bein.

Rek hatte geschrien, und dieser Klang hatte ihn von seinem Schrecken befreit.

Das blutige Scharmützel war in wenigen Momenten vorüber. Rek setzte den ersten der Angreifer mit einem Hieb quer über die Kehle außer Gefecht, parierte einen Stoß des zweiten und drängte den dritten mit der Schulter gegen die Mauer. Vom Boden aus packte Horeb diesen dritten Angreifer und erstach ihn mit seinem Küchenmesser. Der zweite Mann flüchtete in die Nacht.

»Du warst großartig, Rek«, sagte Horeb. »Glaub mir, du kämpfst wie ein alter Kämpe.«

Aber alte Kämpen erstarren nicht vor Angst, dachte Rek.

Er legte ein paar Zweige auf die Flammen. Eine Wolke verbarg den Mond, eine Eule schrie. Reks zitternde Hand schloß sich um seinen Dolch.

Verdammte Dunkelheit, dachte er. Und verflucht seien alle Helden!

Er war eine Zeitlang Soldat gewesen, stationiert in Dros Corteswain, und es hatte ihm Freude gemacht. Dann aber war aus den Sathuli-Scharmützeln ein Grenzkrieg geworden, und die Freude ließ nach. Er hatte sich gut gemacht, war befördert worden. Seine Vorgesetzten hatten ihm gesagt, daß er taktische Begabung besäße.

Aber sie wußten nichts von seinen schlaflosen Nächten. Meine Männer haben mich respektiert, dachte er. Aber das lag daran, daß er vorsichtig war – geradezu übervorsichtig. Er hatte den Dienst quittiert, ehe seine Nerven ihn verraten konnten. »Bist du verrückt, Rek?« hatte Gan Jovi ihn gefragt, als er um Entlassung aus dem Dienst bat. »Der Krieg weitet sich aus. Es kommen noch mehr Truppen, und ein guter Offizier wie du kann mit Sicherheit mit einer Beförderung rechnen. In sechs Monaten führst du mehr als eine Zenturie. Vielleicht bieten sie dir sogar den Adler eines Gan an.«

»Ich weiß das alles, Gan, und glaub mir, es tut mir wirklich leid, die Kampfhandlungen nicht mitzuerleben. Aber es handelt sich um

Familienangelegenheiten. Ich würde meine rechte Hand geben, um bleiben zu können, das weißt du.«

»Ja, ich weiß, mein Junge. Und, bei Missael, wir werden dich vermissen. Falls du es dir doch anders überlegst, haben wir hier immer einen Platz für dich frei. Jederzeit. Du bist der geborene Soldat.«

»Ich werde daran denken, Gan. Vielen Dank für deine Hilfe und Ermutigung.«

»Noch eins, Rek«, sagte Gan Jovi, sich in seinem geschnitzten Stuhl zurücklehnend. »Du weißt um die Gerüchte, daß die Nadir sich auf einen Marsch nach Süden vorbereiten?«

»Es gibt immer wieder solche Gerüchte, Gan.«

»Ich weiß, sie kursieren schon seit Jahren. Aber dieser Ulric ist schlau. Er hat die meisten Stämme erobert, und ich glaube, er ist fast soweit.«

»Aber Abalayn hat gerade einen Vertrag mit ihm unterzeichnet«, entgegnete Rek. »Gegenseitiger Friede gegen Handelserleichterungen und finanzielle Unterstützung bei seinen Bauvorhaben.«

»Das meine ich ja, Freund! Ich will nichts gegen Abalayn sagen, er regiert die Drenai seit zwanzig Jahren. Aber man kann einen Wolf nicht dadurch aufhalten, daß man ihn füttert, glaub mir! Jedenfalls ... ich will damit sagen, daß Männer wie du schon bald gebraucht werden. Also roste nicht ein.«

Das letzte, was die Drenai jetzt brauchten, war ein Mann, der Angst vor der Dunkelheit hatte. Was sie brauchten, war ein neuer Karnak der Einäugige – eine ganze Schar davon. Einen Grafen aus Bronze. Hunderte wie Druss die Legende. Und selbst wenn dies durch irgendein Wunder eintrat – könnten solche Männer sich gegen die Flut von einer halben Million Stammeskrieger stemmen?

Wer konnte sich eine solche Masse überhaupt vorstellen?

Sie würden über Dros Delnoch hinwegfluten wie ein aufgewühltes Meer, das wußte Rek.

Wenn ich glaubte, daß eine Chance bestünde, würde ich nicht gehen. Sieh den Dingen ins Gesicht, dachte er. Selbst wenn der Sieg gewiß wäre, würdest du die Schlacht meiden.

Wen würde es in hundert Jahren kümmern, ob die Drenai überlebt hatten? Es wäre das gleiche wie beim Skeln-Paß, in Legenden verschleiert und verherrlicht weit über die Wahrheit hinaus.

Krieg!

Fliegen, die sich wie schwarze Flecken auf den Eingeweiden von

Männern niederließen, die vor Schmerzen schrien und sich mit blutigen Händen die Leiber zusammenhielten und auf ein Wunder hofften. Hunger, Kälte. Furcht, Krankheit, Wundbrand, Tod!

Krieg für Soldaten.

An dem Tag, an dem er Dros Corteswain verließ, kam einer der Culs zu ihm und reichte ihm nervös ein gutverschnürtes Paket. »Von der Truppe, Dun«, sagte er.

Er hatte es geöffnet, verlegen und sprachlos, und hatte einen blauen Umhang mit einer Adlerschließe aus gehämmerter Bronze gefunden.

»Ich weiß nicht, wie ich euch allen danken soll.«

»Die Männer baten mich zu sagen . . . nun, es tut uns leid, daß du uns verläßt. Das ist alles, Dun.«

»Mir tut es auch leid, Korvac. Familienangelegenheiten, verstehst du?«

Der Mann hatte genickt. Wahrscheinlich wünschte er, auch Familienangelegenheiten regeln zu müssen, die ihm gestatteten, die Dros zu verlassen. Aber Culs konnten nicht einfach ihren Abschied nehmen – nur die Klasse der Duns konnte eine Festung während eines Krieges verlassen.

»Nun denn, viel Glück, Dun. Ich hoffe, wir sehen uns bald wieder.«

»Ja! Bald.«

Das war zwei Jahre her. Gan Jovi war durch einen Schwerthieb umgekommen, und einige von Reks Mitoffizieren waren in den Sathulikämpfen getötet worden. Von den einzelnen Culs hatte er nichts gehört.

Die Tage vergingen – kalt, düster, aber gnädigerweise ereignislos, bis zum Morgen des fünften Tages, als er auf einem hochgelegenen Pfad an einer Gruppe von Ulmen vorbeikam. Dort hörte er das Geräusch, das er am meisten haßte, das Klirren von Stahl auf Stahl. Doch aus irgendeinem Grund gewann seine Neugier die Oberhand über seine Angst. Er pflockte das Pferd an, schwang sich den Köcher auf den Rücken und legte eine Sehne auf den Hornbogen. Dann arbeitete er sich vorsichtig durch den schneebedeckten Wald voran. Er bewegte sich lautlos, katzengleich, bis er an eine Lichtung kam. Kampfgeräusche hallten dort wider.

Eine junge Frau in einer Rüstung aus Silber und Bronze stand mit dem Rücken gegen einen Baum und wehrte verzweifelt den vereinten Angriff dreier Gesetzloser ab. Es waren untersetzte, bärtige

Männer, die mit Schwertern und Dolchen bewaffnet waren. Die Frau hatte eine schlanke Klinge, ein tanzendes, zuckendes Rapier, das mit erschreckender Geschwindigkeit schnitt und zustieß.

Die drei, die bestenfalls schwerfällige Schwertkämpfer waren, behinderten sich gegenseitig. Einer schrie auf, als das Rapier seinen Unterarm streifte.

»Nimm das, du Mistkäfer«, rief das Mädchen.

Rek lächelte. Sie war keine Schönheit, aber kämpfen konnte sie.

Er legte einen Pfeil auf die Sehne und wartete auf den richtigen Moment zum Schießen. Das Mädchen duckte sich unter einem hinterhältigen Hieb und stieß ihre Klinge durch das Auge des Angreifers. Als er aufschrie und stürzte, wichen die beiden anderen zurück. Sie waren jetzt wachsamer, trennten sich, um von beiden Seiten anzugreifen. Das Mädchen hatte diesen Moment gefürchtet, denn es gab keine Verteidigungsmöglichkeit, nur Flucht. Ihr Blick schoß von einem zum anderen. Nimm den Großen zuerst, vergiß den anderen und hoffe, daß sein erster Hieb nicht tödlich ist. *Vielleicht* konnte sie ja beide mitnehmen.

Der Große bewegte sich nach links, während sein Kamerad nach rechts schwenkte. In diesem Moment schoß Rek, der auf den Rücken des Gesetzlosen gezielt hatte. Der Pfeil drang durch den linken Schenkel des Mannes. Rasch legte er einen zweiten Pfeil auf, als der verblüffte Mann herumfuhr, Rek erblickte und haßerfüllt schreiend auf ihn zuhinkte.

Rek zog die Sehne zurück, bis sie seine Wange berührte, hielt den linken Arm straff und ließ den Pfeil los.

Diesmal gelang der Schuß etwas besser. Er hatte auf die Brust gezielt – das größtmögliche Ziel –, doch der Pfeil flog zu hoch, und jetzt lag der Gesetzlose auf dem Rücken, der schwarze Schaft ragte aus seiner Stirn, und Blut strömte in den Schnee.

»Du hast dir Zeit gelassen, dich hier einzumischen«, sagte das Mädchen kühl, trat über den Körper des dritten Gesetzlosen hinweg und wischte ihre schlanke Klinge an seinem Hemd sauber.

Rek riß seinen Blick vom Gesicht des Mannes los, den er gerade getötet hatte. »Ich habe dir das Leben gerettet«, sagte er, eine wütende Antwort unterdrückend.

Sie war groß und gutgebaut – fast männlich, dachte Rek. Ihr Haar war lang, mausblond und ungekämmt. Sie hatte blaue Augen, die tief unter dichten Brauen lagen, die ihr unstetes Temperament verrieten. Ihre Figur war durch das silberne Kettenhemd und die bronzenen Schulterpolster nicht zu erkennen, und ihre Beine steckten in formlosen grauen Wollhosen, die mit Lederbändern an den Oberschenkeln befestigt waren.

»Was starrst du so?« wollte sie wissen. »Noch nie eine Frau gesehen?«

»Na, das beantwortet zumindest die erste Frage«, sagte er.

»Was soll das heißen?«

»Daß du eine Frau bist.«

»Ach, sehr komisch!« Sie hob eine Schaffellweste auf, die unter dem Baum lag, klopfte den Schnee ab und schlüpfte hinein. Sie trug nichts dazu bei, ihre Erscheinung zu verbessern, dachte Rek.

»Die Kerle haben mich überfallen«, erklärte sie. »Haben mein Pferd getötet, diese Bastarde! Wo ist dein Pferd?«

»Deine Dankbarkeit überwältigt mich«, antwortete Rek mit einem zornigen Unterton. »Das sind Reinards Männer.«

»Wirklich? Wohl ein Freund von dir, was?«

»Das nicht gerade. Aber wenn er wüßte, was ich getan habe, würde er meine Augen über dem Feuer rösten und sie mir als Appetithäppchen servieren.«

»Na schön, ich verstehe deinen Standpunkt. Ich bin äußerst dankbar. Und wo ist jetzt dein Pferd?«

Rek ignorierte sie, vor Wut mit den Zähnen knirschend. Er ging zu den Toten, zog seine Pfeile hinaus und wischte sie an der Weste des Mannes ab. Dann durchsuchte er methodisch die Taschen der drei Toten. Um sieben Silbermünzen und einige Goldringe reicher, kehrte er zu dem Mädchen zurück.

»Mein Pferd hat nur einen Sattel. Ich reite«, sagte er eisig. »Ich habe alles für dich getan, was ich wollte. Jetzt mußt du dich um dich selbst kümmern.«

»Verdammt ritterlich von dir«, gab sie zurück.

»Ritterlichkeit ist nicht gerade meine starke Seite«, sagte er und wandte sich ab.

»Scharfschießen auch nicht gerade«, schnaubte sie.

»Was?«

»Du hast aus zwanzig Schritt auf seinen Rücken gezielt und sein Bein getroffen. Das kommt daher, weil du ein Auge zugemacht hast – das verzerrt die Perspektive.«

»Vielen Dank für die Lektion im Bogenschießen. Viel Glück!«

»Warte!« rief sie. Er drehte sich um. »Ich brauche dein Pferd.«

»Ich auch.«

»Ich werde dafür bezahlen.«

»Es steht nicht zum Verkauf.«

»Na gut. Dann bezahle ich dich dafür, daß du mich irgendwohin bringst, wo ich ein Pferd kaufen kann.«

»Wieviel?«

»Ein Goldraq.«

»Fünf«, forderte er.

»Dafür könnte ich drei Pferde kaufen«, tobte sie.

»Es ist ein Markt für Verkäufer.«

»Zwei – das ist mein letztes Wort.«

»Drei.«

»Also schön, drei. Und wo ist jetzt dein Pferd?«

»Zuerst das Geld, meine Dame.« Er streckte die Hand aus. Ihre blauen Augen blickten frostig, als sie die Münzen aus einem Lederbeutel holte und sie in seine Hand legte.

»Ich heiße Regnak – Rek für meine Freunde«, sagte er.

»Das interessiert mich nicht im geringsten«, versicherte sie.

3

Sie ritten in einem Schweigen dahin, das so frostig war wie das Wetter. Das große Mädchen saß hinter Rek im Sattel. Er widerstand der Versuchung, das Pferd zur Eile anzutreiben, trotz der Furcht, die an ihm nagte. Es wäre ungerecht zu sagen, daß es ihm leidtat, sie gerettet zu haben – schließlich hatte das für seine Selbstachtung geradezu Wunder gewirkt. Er fürchtete, jetzt auf Reinard zu stoßen. Dieses Mädchen würde niemals schweigend dasitzen und seinen Lügen und Schmeicheleien zuhören. Und selbst wenn sie durch eine glückliche Fügung den Mund hielt, würde sie ihn sicherlich anzeigen, weil er Informationen über die Reiserouten der Karawanen weitergegeben hatte.

Das Pferd stolperte über eine verborgene Wurzel, und das Mädchen rutschte seitlich ab. Reks Hand schoß vor. Er ergriff ihren Arm und zog sie wieder in den Sattel.

»Leg deinen Arm um meine Taille, ja?« bat er.

»Wieviel wird mich das kosten?«

»Tu's einfach. Es ist zu kalt zum Streiten.«

Ihre Arme legten sich um ihn, ihr Kopf lehnte gegen seinen Rücken.

Dicke, dunkle Wolken ballten sich über ihnen zusammen. Es wurde kälter.

»Wir sollten unser Lager früh aufschlagen«, meinte er. »Das Wetter wird schlechter.«

»Da hast du recht.«

Es begann zu schneien, und der Wind frischte auf. Rek duckte sich vor der Kraft des Sturms und blinzelte in die kalten Flocken, die ihm in die Augen stachen. Er lenkte den Wallach vom Pfad herunter in den Schutz einiger Bäume. Er mußte sich am Sattelknauf festklammern, als das Pferd einen steilen Hang hinaufkletterte.

Ein offener Lagerplatz wäre in diesem wilden Sturm reine Torheit, wie er wußte. Sie brauchten eine Höhle oder zumindest die windabgewandte Seite eines Felshanges. Sie ritten noch über eine Stunde, bis sie schließlich auf eine Lichtung kamen, die von Eichen und Ginster umstanden war. Auf der Lichtung stand eine aus Holzbalken gezimmerte Kate, mit einem Dach aus gestampfter Erde. Rek warf einen Blick auf den Schornstein: kein Rauch. Er trieb den Wallach voran. Neben der Hütte befand sich ein dreiseitig geschlossener Unterstand mit einem Dach aus Flechtwerk, das sich unter der Schneelast bog. Er führte das Pferd hinein.

»Steig ab«, sagte er zu dem Mädchen, doch ihre Hände lösten sich nicht von seiner Taille. Er blickte an sich hinab. Die Hände waren blau, und er begann, sie heftig zu reiben. »Wach auf!« rief er. »Wach auf, verdammt noch mal!« Er machte sich aus ihren Armen los, glitt aus dem Sattel und fing sie auf, als sie fiel. Ihre Lippen waren blau, das Haar voller Eis. Er legte sie über die Schultern, löste sein Bündel vom Sattel, lockerte den Gurt und trug das Mädchen zu der Kate.

Die hölzerne Tür stand offen. Schnee trieb in das Innere, als er eintrat.

Die Kate hatte nur einen Raum: In einer Ecke unter dem einzigen Fenster stand ein schmales Bett, ansonsten gab es eine Feuerstelle, ein paar einfache Schränke und einen Vorrat an Feuerholz, der an der anderen Wand aufgestapelt war – genug für zwei, vielleicht drei Nächte. Drei rohe Stühle und ein Tisch aus einem Ulmenstamm vervollständigten das Mobiliar. Rek ließ das bewußtlose Mädchen auf das Bett fallen, fand einen Besen und fegte den Schnee aus der Hütte. Er schloß die Tür, doch eine verrottete Angel aus Leder gab nach, so daß die Tür oben wieder einen Spalt offenstand. Fluchend zog er den Tisch zur Tür und stellte ihn gegen den Rahmen.

Rek öffnete sein Bündel, holte seine Zunderschachtel heraus und ging zu der Feuerstelle. Wem auch immer die Hütte gehörte oder wer sie gebaut hatte, er hatte ein fertig aufgeschichtetes Feuer zurückgelassen, wie es in der Wildnis Brauch war.

Aus dem kleinen Beutel holte Rek zerkrümelte trockene Blätter und schichtete sie unter den Zweigen auf den Rost. Er goß etwas Lampenöl aus einer kleinen Lederflasche darüber; dann schlug er seine Feuersteine zusammen. Seine kalten Finger waren ungelenk, und es wollte kein Funke entstehen, also hielt er einen Moment inne und zwang sich, ein paarmal tief durchzuatmen. Dann versuchte er es erneut mit dem Feuerstein, und diesmal entzündete der Funke den Zunder. Er beugte sich vor und blies sanft darauf. Als die Zweige brannten, suchte er kleinere Äste aus dem Vorrat und legte sie behutsam auf das Feuer. Die Flammen tanzten höher.

Er zog zwei Stühle zur Feuerstelle, breitete seine Decken darüber und wandte sich dann dem Mädchen zu. Sie lag auf dem einfachen Bett und atmete kaum.

»Das ist die verdammte Rüstung«, sagte er. Er fingerte an den Bändern ihrer Weste herum, drehte sie dann auf den Bauch und zog ihr die Weste aus. Rasch entledigte er sie ihrer übrigen Kleidung und begann, sie warmzureiben. Er sah nach dem Feuer, legte noch drei Scheite nach und breitete dann die Decke vor dem Kamin aus. Er hob das Mädchen hoch und legte sie so vor das Feuer, daß er ihren Rücken warmrubbeln konnte.

»Stirb mir jetzt nicht!« tobte er und massierte ihre Beine. »Wag es bloß nicht!« Er trocknete ihr das Haar mit einem Handtuch und wickelte sie in die Decken. Der Fußboden war kalt, der Frost drang von unten her in die Kate, also zog er das Bett vors Feuer und hob sie mühsam darauf. Ihr Puls ging langsam, aber gleichmäßig.

Er sah in ihr Gesicht hinab. Es war schön. Nicht im klassischen Sinn, das wußte er, denn die Brauen waren zu dicht und zu dunkel, das Kinn zu eckig und die Lippen zu voll. Aber es lag eine Kraft darin, Mut und Entschlossenheit. Und noch mehr als das: im Schlaf fand eine fast kindliche Sanftheit Ausdruck.

Er küßte sie sacht.

Er knüpfte seine Schaffelljacke zu, schob den Tisch beiseite und trat hinaus in den Sturm. Der Wallach schnaubte, als er näherkam. in dem Unterstand fand sich Stroh. Rek nahm eine Handvoll und rieb damit den Rücken des Pferdes ab.

»Wird eine kalte Nacht, mein Junge. Aber hier drin sollte es dir einigermaßen gutgehen.« Er breitete die Satteldecke über dem Rücken des Pferdes aus, gab ihm etwas Hafer zu fressen und kehrte dann in die Kate zurück.

Das Gesicht des Mädchens hatte bereits eine etwas frischere Farbe, und sie schlief friedlich.

Bei einer Durchsuchung der Schränke kam eine alte Eisenpfanne zum Vorschein. Rek löste die Beutel und die stählerne Feldflasche von seinem Packen, nahm ein Stück getrocknetes Fleisch heraus und begann, Suppe zu kochen. Ihm war jetzt wärmer, und er zog Umhang und Jacke aus. Draußen heulte der Wind, als der Sturm schlimmer wurde, doch drinnen spendete das Feuer Wärme, und weiches, rotes Licht erfüllte die Hütte. Rek zog die Stiefel aus und rieb sich die Zehen. Er fühlte sich gut. Lebendig.

Und verdammt hungrig!

Er nahm einen lederbezogenen irdenen Becher aus seinem Gepäck und probierte die Suppe. Das Mädchen rührte sich, und er spielte mit dem Gedanken, sie aufzuwecken, verwarf ihn jedoch wieder. Wenn sie wach war, war sie ein kratzbürstiges Biest. Sie drehte sich auf die andere Seite und stöhnte und streckte eins ihrer langen Beine unter der Decke hervor. Rek grinste, als er sich ihren Körper wieder vorstellte. Ganz und gar nicht männlich! Sie war zwar groß, aber wunderbar proportioniert. Er starrte ihr Bein an; sein Lächeln verschwand. Er stellte sich vor, nackt neben ihr zu liegen...

»Nein, nein«, sagte Rek laut zu sich. »Vergiß es.«

Er deckte sie wieder zu und aß seine Suppe weiter. Sei auf der Hut, ermahnte er sich. Wenn sie aufwacht, wird sie dich beschuldigen, daß du ihre Lage ausgenutzt hast, und dir die Augen auskratzen.

Er nahm seinen Mantel, wickelte sich hinein und streckte sich neben dem Feuer aus. Der Fußboden war jetzt wärmer. Er legte noch ein paar Scheite nach, bettete den Kopf auf die Arme und beobachtete, wie die Flammen tanzten und flackerten, hin und her...

Er schlief.

Er erwachte vom Duft gebratenen Specks. Die Hütte war warm, und sein Arm fühlte sich geschwollen und verkrampft an. Das Mädchen war nirgends zu sehen. Dann ging die Tür auf, und sie trat ein und klopfte sich den Schnee von der Weste.

»Ich habe nach dem Pferd gesehen«, erklärte sie. »Bist du bereit zu frühstücken?«

»Ja. Wie spät ist es?«

»Die Sonne ist vor etwa drei Stunden aufgegangen. Der Schneefall läßt nach.«

Er richtete seinen schmerzenden Körper auf und dehnte die verspannten Rückenmuskeln. »Zuviel Zeit in weichen drenanischen Betten«, meinte er.

»Daher wahrscheinlich auch der Bauch«, bemerkte sie.

»Bauch? Ich habe eine krumme Wirbelsäule. Jedenfalls handelt es sich nur um entspannte Muskeln.« Er sah an sich herab. »Na schön, es ist ein Bauch. Noch ein paar Tage so weiter, und er ist weg.«

»Das bezweifle ich nicht«, sagte sie. »Jedenfalls hatten wir Glück, daß wir diese Hütte gefunden haben.«

»Ja, allerdings.« Das Gespräch erstarb, während das Mädchen den Speck wendete. Rek war das Schweigen unbehaglich, und sie begannen beide gleichzeitig zu reden.

»Das ist lächerlich«, sagte sie schließlich.

»Ja«, gab er zu. »Der Speck riecht gut.«

»Ich . . . ich möchte dir danken. So – jetzt ist es gesagt.«

»Es war mir ein Vergnügen. Was hältst du davon, wenn wir noch einmal von vorne anfangen, als hätten wir uns noch nie gesehen? Ich heiße Rek.« Er streckte die Hand aus.

»Virae«, sagte sie und ergriff seinen Arm im Kriegergruß.

»Es ist mir ein Vergnügen. Und was führt dich in den Gravenwald, Virae?«

»Das geht dich verdammt noch mal nichts an«, fuhr sie auf.

»Ich dachte, wir wollten noch einmal von vorn anfangen?«

»Tut mir leid! Wirklich! Sieh mal, es ist nicht leicht, friedlich zu sein – ich mag dich nicht besonders.«

»Wie kannst du das sagen? Wir haben kaum zehn Worte miteinander gewechselt. Ein bißchen wenig, um einen Charakter beurteilen zu können, findest du nicht?«

»Ich kenne deine Sorte«, erwiderte er. Sie nahm zwei Teller, ließ geschickt den Speck aus der Pfanne gleiten und reichte ihm einen. »Arrogant. Ihr haltet euch für ein Geschenk der Götter an diese Welt. Frei und ungebunden.«

»Und was ist daran verkehrt?« fragte er. »Niemand ist vollkommen. Ich genieße mein Leben, ich habe nur das eine.«

»Leute wie du haben dieses Land ruiniert«, entgegnete sie. »Menschen, die nur für das Heute leben. Die Gierigen und Selbstsüchtigen. Wir waren einst ein großes Volk.«

»Unsinn. Wir waren einst Krieger, die alles eroberten und der Welt die Regeln der Drenai aufzwangen. Die Pest darüber!«

»Das war doch nichts Schlechtes! Die Völker, die wir erobert haben, sind aufgeblüht, oder? Wir haben Schulen, Krankenhäuser, Straßen gebaut. Wir haben den Handel gefördert und der Welt die Gesetze der Drenai gegeben.«

»Dann solltest du dich nicht so darüber aufregen«, sagte er, »daß die Welt sich verändert. Jetzt werden es die Gesetze der Nadir sein. Der einzige Grund, weshalb die Drenai Eroberungen machten, war, daß die anderen Völker ihren Zenit überschritten hatten. Sie waren fett und träge, voller selbstsüchtiger, gieriger Menschen, die sich um nichts scherten. Alle Völker werden einmal so.«

»Du bist wohl ein Philosoph, was?« fauchte sie. »Na, ich halte deine Ansichten für so wertlos wie dich selbst.«

»So, jetzt bin ich also wertlos? Was weißt du denn von ›wertlos‹, so, wie du als Mann verkleidet herumstolzierst? Du bist eine Kriegerimitation. Wenn du so begierig bist, die Werte der Drenai aufrechtzuerhalten, warum gehst du dann nicht mit all den anderen Narren nach Dros Delnoch und schwenkst dein hübsches kleines Schwert gegen die Nadir?«

»Ich komme gerade von dort, und ich werde dorthin zurückkehren, sobald ich erledigt habe, was ich vorhatte«, antwortete sie eisig.

»Dann bist du eine Närrin«, erwiderte er lahm.

»Du warst Soldat, nicht wahr?«

»Was interessiert dich das?«

»Warum hast du die Armee verlassen?«

»Das geht dich einen Dreck an.« Er hielt inne. Dann, um das unbehagliche Schweigen zu brechen, fuhr er fort: »Wir sollten heute nachmittag Glen Frenanc erreichen. Es ist zwar nur ein kleines Dorf, aber dort werden Pferde verkauft.«

Sie beendeten ihre Mahlzeit, ohne zu reden. Rek war zornig und fühlte sich unbehaglich, aber er brachte es nicht fertig, die Kluft zwischen sich und dem Mädchen zu überbrücken. Sie räumte die Teller ab und säuberte die Pfanne. In ihrem Kettenhemd bewegte sie sich schwerfällig.

Virae war wütend auf sich selbst. Sie hatte nicht mit ihm streiten wollen. Stundenlang, während er geschlafen hatte, war sie durch die Hütte geschlichen, um ihn nicht zu stören. Als sie aufwachte, war sie zuerst wütend und verlegen darüber gewesen, was er getan hatte, aber sie wußte genug über Erfrierungen und dem Ausgesetztsein in der Kälte, um zu wissen, daß er ihr das Leben gerettet hatte. Und er hatte ihre Lage nicht ausgenutzt. Hätte er das getan, hätte sie ihn ohne Zögern oder Bedauern getötet. Sie hatte ihn genau betrachtet, als er schlief. Auf eine merkwürdige Weise sieht er gut aus, dachte sie und entschied dann, daß es doch etwas anderes war, das ihn anziehend machte – vielleicht eine gewisse Sanftheit? Oder Sensibilität? Es war schwer, das genau festzustellen.

Warum sollte er anziehend sein? Es ärgerte sie. Sie hatte keine Zeit für Romanzen. Dann streifte sie ein bitterer Gedanke: Sie hatte nie Zeit für Romanzen gehabt. Oder war es so, daß die Romanze keine Zeit für sie hatte? Sie war als Frau schwerfällig, ihrer selbst in Gegenwart von Männern unsicher – es sei denn, im Kampf oder unter Kameraden. Seine Worte kamen ihr wieder in den Sinn: »Was weißt du von ›wertlos‹, so, wie du als Mann verkleidet herumstolzierst?«

Zweimal hatte er ihr das Leben gerettet. Warum hatte sie gesagt, daß sie ihn nicht leiden konnte? Weil sie Angst hatte?

Sie hörte, wie er aus der Hütte trat, und dann eine fremde Stimme.

»Regnak, mein Guter? Ist es wahr, daß du eine Frau bei dir da drinnen hast?«

Sie griff nach ihrem Schwert.

4

Der Abt legte die Hände auf den Kopf des jungen Albinos, der vor ihm kniete, und schloß die Augen. Er sprach, von Geist zu Geist, nach Art des Ordens.

»Bist du bereit?«

»Wie kann ich das sagen?« antwortete der Albino.

»Öffne mir deinen Geist«, sagte der Abt. Der junge Mann ließ die Kontrolle fahren; in seinem Geist überlappte sich das Bild des friedlichen Gesichts des Abtes mit seinen Gedanken; sie wurden undeutlich, verschwammen, vermischten sich mit den Erinnerungen des älteren Mannes. Die kraftvolle Persönlichkeit des Abtes überdeckte die des Albinos wie eine behagliche Decke, und er schlief ein.

Das Loslassen war schmerzlich, und seine Ängste kehrten zurück, als der Abt ihn weckte. Wieder war er Serbitar, und seine Gedanken waren seine eigenen.

»Bin ich bereit?« fragte er.

»Du wirst es sein. Der Bote kommt.«

»Ist er würdig?«

»Urteile selbst. Folge mir nach Graven.«

Ihre Geister stiegen empor, miteinander verschlungen, hoch über das Kloster, frei wie der Winterwind. Unter ihnen lagen die schneebedeckten Felder am Rand des Waldes. Der Abt steuerte sie pulsierend über die Bäume hinaus. Auf einer Lichtung stand eine Gruppe von Männern vor der Tür einer Kate, in der ein hochgewachsener junger Mann stand. Hinter ihm stand eine junge Frau mit einem Schwert.

»Welcher ist der Bote?« fragte der Albino.

»Sieh genau hin«, antwortete der Abt.

Für Reinard war in letzter Zeit nicht alles nach Wunsch gelaufen. Ein Überfall auf eine Karawane war zurückgeschlagen worden und hatte ihm schwere Verluste eingetragen. Dann waren drei weitere seiner Männer bei Einbruch der Dunkelheit tot aufgefunden worden, darunter sein Bruder Erlik. Ein Mann, den er zwei Tage zuvor gefangengenommen hatte, war vor Angst gestorben, lange bevor das eigentliche Vergnügen beginnen konnte, und das Wetter war auch immer schlechter geworden. Das Pech verfolgte ihn, und er kannte den Grund nicht.

Verdammt sei der Sprecher, dachte er bitter, als er seine Männer zu der Hütte führte. Hätte der nicht in einem seiner drei Tage währenden Schlafzustände gelegen, hätte der Überfall auf die Karawane verhindert werden können. Reinard hatte mit der Idee gespielt, ihm im Schlaf die Füße abzuhacken, aber Vernunft und Gier hatten sich die Waage gehalten. Der Sprecher war von unschätzbarem Wert. Er war aus seiner Trance erwacht, als Reinard Erliks Leiche ins Lager trug.

»Siehst du, was geschehen ist, während du geschlafen hast?« hatte Reinard getobt.

»Du hast acht Männer bei einem mißglückten Überfall verloren, eine Frau hat Erlik erschlagen und noch einen Mann, nachdem sie ihr Pferd getötet hatten«, antwortete der Sprecher. Reinard starrte den alten Mann scharf in die blicklosen Augenhöhlen.

»Eine Frau, sagst du?«

»Ja.«

»Es wurde noch ein dritter Mann getötet. Was ist mit ihm?«

»Getötet durch einen Pfeil mitten in die Stirn.«

»Wer hat geschossen?«

»Der Mann, der Regnak heißt. Der Wanderer, der gelegentlich hier vorbeikommt.«

Reinard schüttelte den Kopf. Eine Frau brachte ihm einen Becher Gewürzwein, mit dem er sich auf einem großen Stein an einem flackernden Feuer niederließ. »Das kann nicht sein! Das würde er nicht wagen! Bist du sicher, daß er es war?«

»Er war es«, antwortete der Sprecher. »Und jetzt muß ich ruhen.«

»Warte! Wo sind sie jetzt?«

»Ich werde es herausfinden«, sagte der alte Mann und ging zurück zu seiner Hütte. Reinard rief nach einer Mahlzeit und ließ Grussin kommen. Der Axtkämpfer hockte sich vor ihm auf den Boden.

»Hast du schon gehört?«

»Ja. Glaubst du das?« antwortete Grussin.

»Es ist lächerlich. Aber wann hat der alte Mann sich je geirrt? Werde ich allmählich alt? Wenn einen Krähe wie Rek meine Männer angreifen kann, muß ich doch etwas falsch machen. Dafür werde ich ihn langsam über dem Feuer rösten!«

»Uns werden die Lebensmittel knapp«, erklärte Grussin.

»Was?«

»Die Lebensmittel gehen zu Ende. Es war ein langer Winter, und wir brauchten diese verdammte Karawane.«

»Es kommen noch mehr Karawanen. Zuerst suchen wir Rek.«

»Ist es das wert?« fragte Grussin.

»Ob es das wert ist? Er hat irgendeiner Frau geholfen, meinen Bruder umzubringen. Ich will, daß diese Frau an einen Pfahl gebunden wird und alle Männer ihren Spaß mit ihr haben. Ich will ihr das Fleisch in schmalen Streifen von Kopf bis Fuß von den Knochen schneiden. Und dann können die Hunde sie haben.«

»Wie du willst.«

»Du klingst nicht sehr begeistert«, sagte Reinard und schleuderte seinen leeren Teller über das Feuer hinweg.

»Nein? Nun, vielleicht werde *ich* langsam alt. Als wir herkamen, schien es einen Grund für das alles zu geben. Aber ich vergesse allmählich, was es war.«

»Wir sind hergekommen, weil Abalayn und seine räudigen Hunde meinen Hof geplündert und meine Familie umgebracht haben. Und *ich* werde das nicht vergessen. Du wirst doch wohl nicht langsam weich, oder?«

Grussin bemerkte das Funkeln in Reinards Augen.

»Nein, bestimmt nicht. Du bist der Anführer, und was immer du sagst, ist für mich in Ordnung. Wir werden Rek suchen – und die Frau. Warum ruhst du dich jetzt nicht ein wenig aus?«

»Scheiß auf Ruhe«, brummte Reinard. »Geh schlafen, wenn du mußt. Wir brechen auf, sobald der alte Mann uns gesagt hat, wohin wir müssen.«

Grussin ging zu seiner Hütte und warf sich auf das mit Farnkraut gefüllte Bett.

»Hast du Sorgen?« fragte seine Frau Mella, kniete neben ihm nieder und reichte ihm einen Becher Wein.

»Wie würde es dir gefallen, wenn wir fortgingen?« fragte er und legte ihr seine große Hand auf die Schulter. Sie beugte sich vor und küßte ihn. »Wo du auch hingehst, ich werde mit dir gehen«, sagte sie.

»Ich habe es satt«, erklärte er. »Ich bin es müde zu töten. Es wird mit jedem Tag sinnloser. Er muß verrückt sein.«

»Pssst!« wisperte sie wachsam. Sie beugte sich zu seinem bärtigen Gesicht hinunter und flüsterte ihm ins Ohr: »Sprich solche Befürchtungen nie aus. Im Frühling können wir heimlich verschwinden. Bleib so lange ruhig und tu, was er von dir verlangt.«

Er nickte, lächelte und küßte sie aufs Haar. »Du hast recht«, sagte er. »Laß uns schlafen.« Sie rollte sich neben ihm zusammen, und er deckte sie liebevoll zu. »Ich verdiene dich nicht«, sagte er leise, als ihr die Augen zufielen. Wann hatte es angefangen, schiefzugehen? Als sie noch jung und voller Feuer waren, war Reinards Grausamkeit nur gelegentlich ausgebrochen, als ein Mittel, um eine Legende zu schaffen. So hatte er jedenfalls gesagt. Sie würden ein Stachel in Abalayns Seite sein, bis ihnen Gerechtigkeit widerfahren war. Und jetzt dauerte es schon zehn Jahre. Zehn elende, blutige Jahre.

Und hatte es je eine Rechtfertigung dafür gegeben?

Grussin hoffte es.

»He, kommst du?« fragte Reinard von der Tür her. »Sie sind in der alten Hütte.«

Es war ein langer Marsch gewesen und bitterkalt, doch Reinard hatte es kaum gespürt. Zorn erfüllte ihn mit Wärme, und die Aussicht auf Rache kräftigte seine Muskeln, so daß die Kilometer nur so dahinflogen.

Seine Gedanken waren voller Bilder von süßer Rache und der Musik von Schreien. Er würde die Frau zuerst nehmen und sie dann mit einem glühenden Messer schneiden. Erregung strömte warm durch seine Lenden.

Und was Rek anging ... Er wußte, wie Rek aussehen würde, wenn er sie kommen sah.

Entsetzen. Entsetzen, das den Geist lähmte und die Eingeweide verkrampfte.

Doch er irrte sich.

Rek war wütend und bebend aus der Hütte getreten. Die Verachtung auf Viraes Gesicht war kaum zu ertragen. Nur Zorn konnte ihn fortwischen. Und auch das nur mühsam. Er konnte nichts dafür, was er war und wer er war. Manche Männer sind nun mal zum Helden geboren. Andere zum Feigling. Welches Recht hatte sie, ihn zu verurteilen?

»Regnak, mein Lieber! Stimmt es, daß du eine Frau da drin hast?«

Reks Augen überflogen die Gruppe. Mehr als zwanzig Männer standen im Halbkreis hinter dem großen, breitschultrigen Anführer der Gesetzlosen. Neben ihm stand Grussin, der Axtkämpfer, riesig und kräftig, die doppelschneidige Axt in der Hand.

»Morgen, Rein«, sagte Rek. »Was führt dich her?«

»Ich hörte, du hättest eine warme Bettgenossin und dachte: ›Der gute alte Rek hat bestimmt nichts dagegen, sie zu teilen.‹ Und ich möchte dich in mein Lager einladen. Wo ist sie?«

»Sie ist nicht für dich, Rein. Aber ich biete dir etwas anderes an. Eine Karawane Richtung . . .«

»Vergiß die Karawane!« rief Reinard. »Bring einfach die Frau heraus.«

»Gewürze, Juwelen, Pelze. Es ist eine große Karawane«, sagte Rek.

»Davon kannst du mir unterwegs erzählen. Ich verliere langsam die Geduld. Bring sie heraus!«

Reks Zorn flammte auf, sein Schwert fuhr aus der Scheide.

»Dann komm her und hol sie dir, du Bastard!«

Virae trat aus der Tür und stellte sich neben ihn, die Klinge in der Hand, als die Gesetzlosen ihre Waffen zogen und näherrückten.

»Wartet!« befahl Reinard mit erhobener Hand. Er trat vor und zwang sich zu einem Lächeln. »Jetzt hör mir mal zu, Rek. Das ist doch sinnlos. Wir haben nichts gegen dich. Du warst immer ein Freund. Und was bedeutet dir diese Frau? Sie hat meinen Bruder getötet. Du siehst also, es ist eine Frage der persönlichen Ehre. Steck dein Schwert weg, und du kannst gehen. Aber ich will sie lebendig.« Und dich auch, dachte er.

»Wenn du sie willst, dann hol sie dir!« rief Rek. »Und mich dazu. Komm schon, Rein. Du weißt doch noch, wofür ein Schwert da ist? Oder willst du tun, was du sonst auch immer tust? Dich zwischen die Bäume zurückziehen, während deine Männer für dich das Sterben übernehmen? Dann lauf, du Wurm!« Rek sprang vor, und Reinard wich rasch zurück und stolperte gegen Grussin.

»Tötet ihn – aber nicht die Frau!« befahl er. »Ich will diese Frau.«

Grussin trat vor, die Axt schwang an seiner Seite. Virae kam näher und stellte sich neben Rek. Der Axtkämpfer blieb zehn Schritt vor dem Paar stehen. Er sah Rek in die Augen: kein Anzeichen von Wanken oder Weichen. Er schaute die Frau an. Jung, hochgewachsen – nicht schön, aber eine gutaussehende Frau.

»Worauf wartest du, du Hornochse!« schrie Rek. »Hol sie dir endlich!«

Grussin machte kehrt und ging zurück zu der Gruppe. Ein Gefühl der Unwirklichkeit packte ihn. Er sah sich wieder als junger Mann, der auf seinen ersten Besitz sparte. Er besaß einen Pflug, der seinem Vater gehört hatte, und die Nachbarn wollten ihm helfen, nahe einem Ulmenwäldchen ein Haus zu bauen. Was hatte er nur mit all den Jahren gemacht?

»Du Verräter!« brüllte Reinard und fuchtelte mit seinem Schwert.

Grussin parierte den Hieb mühelos. »Vergiß es, Rein. Laß uns nach Hause gehen.«

»Tötet ihn!« befahl Reinard. Die Männer sahen einander an; einige rückten vor, andere zögerten. »Du Bastard! Du verräterisches Stück Dreck!« schrie Reinard und holte erneut aus. Grussin nahm einen tiefen Atemzug, griff seine Axt mit beiden Händen und zerschmetterte das Schwert. Die Schneide fuhr durch den Griff und bohrte sich in die Seite des Anführers. Er fiel auf die Knie und sackte in sich zusammen. Dann trat Grussin einen Schritt vor; die Axt hob sich, sauste herunter, und Reinards Kopf rollte in den Schnee. Grussin ließ seine Waffe fallen; dann ging er zurück zu Rek. »Er war nicht immer so, wie du ihn kanntest«, sagte er.

»Warum?« fragte Rek und ließ sein Schwert sinken. »Warum hast du das getan?«

»Wer weiß? Es war nicht für dich oder sie. Vielleicht hatte irgend etwas in meinem Innern einfach genug. Wo war diese Karawane?«

»Ich habe gelogen«, log Rek.

»Gut. Wir werden uns nicht wieder begegnen. Ich verlasse Graven. Ist sie deine Frau?«

»Nein.«

»Du könntest es schlechter treffen.«

»Ja.«

Grussin drehte sich um und ging zu dem Toten, um seine Axt zu holen. »Wir waren lange Jahre Freunde«, sagte er. »Zu lange.«

Ohne sich noch einmal umzusehen, führte er die Gruppe zurück in den Wald.

»Ich glaube es einfach nicht«, sagte Rek. »Das war ein richtiges Wunder.«

»Laß uns zu Ende frühstücken«, sagte Virae. »Ich koche uns einen Tee.«

Drinnen begann Rek zu zittern. Er setzte sich, und sein Schwert fiel klirrend zu Boden.

»Was ist los?« fragte Virae.

»Nur die Kälte«, antwortete er zähneklappernd. Sie kniete neben ihm nieder und massierte seine Hände, ohne etwas zu sagen.

»Der Tee wird helfen«, meinte sie. »Hast du Zucker dabei?«

»In meinem Gepäck, in rotes Papier eingewickelt. Horeb weiß, daß ich ein Süßmaul bin. Die Kälte macht mir sonst nicht soviel aus, entschuldige.«

»Schon gut. Mein Vater sagt immer, süßer Tee ist wunderbar gegen . . . Kälte.«

»Ich möchte wissen, wie sie uns gefunden haben«, überlegte er. »Der Schnee letzte Nacht müßte unsere Spuren verdeckt haben. Seltsam.«

»Ich weiß nicht. Hier, trink das.«

Er schlürfte den Tee, den lederbezogenen Becher mit beiden Händen haltend. Virae war emsig damit beschäftigt, aufzuräumen und die Satteltaschen zu packen. Dann fegte sie die Asche aus dem Kamin und schichtete Holz für den nächsten Reisenden auf, der die Hütte benutzen würde.

»Was machst du in Dros Delnoch?« fragte Rek. Der süße, heiße Tee beruhigte ihn.

»Ich bin die Tochter von Graf Delnar«, antwortete sie. »Ich lebe dort.«

»Haben sie dich wegen des kommenden Krieges fortgeschickt?«

»Nein. Ich habe Abalayn eine Botschaft überbracht, und jetzt habe ich noch eine Botschaft für jemand anders. Wenn ich sie abgegeben habe, gehe ich nach Hause. Fühlst du dich jetzt besser?«

»Ja«, sagte Rek. »Viel besser.« Er zögerte, hielt aber ihrem Blick stand. »Es war nicht nur die Kälte«, gestand er.

»Ich weiß. Es macht nichts. Jeder fängt nach so einer Sache an zu zittern. Aber es zählt nur, was man während eines Kampfes tut. Mein Vater hat mir erzählt, daß er nach der Schlacht am Skeln-Paß einen Monat lang nicht ohne Alpträume schlafen konnte.«

»Du zitterst aber nicht«, stellte er fest.

»Das liegt daran, daß ich mich beschäftige. Möchtest du noch etwas Tee?«

»Ja, danke. Ich dachte, wir würden sterben. Und für einen Augenblick war es mir sogar egal – es war ein wundervolles Gefühl.« Er hätte ihr gern gesagt, wie gut es getan hatte, sie neben sich zu haben – doch das brachte er nicht fertig. Er wäre gern durch das Zimmer gegangen und hätte sie in die Arme genommen – und wußte, daß er es nicht tun würde. Er sah sie einfach nur an, während sie ihm nachschenkte und den Zucker umrührte.

»Wo hast du gedient?« fragte sie. Sie war sich seines Blickes bewußt, konnte ihn aber nicht deuten.

»Dros Corteswain. Unter Gan Jovi.«

»Er ist tot«, sagte sie.

»Ja – durch einen Schwerthieb. Er war ein guter Anführer. Er hat den Krieg kommen sehen. Ich bin sicher, Abalayn wünschte, er hätte auf ihn gehört.«

»Nicht nur Jovi hat ihn gewarnt«, sagte Virae. »Alle Kommandanten im Norden haben dies in ihren Berichten erwähnt. Mein Vater hatte jahrelang Spione unter den Nadir. Es war offenkundig, daß sie vorhatten, uns anzugreifen. Abalayn ist ein Narr – selbst jetzt noch schickt er Boten mit neuen Verträgen zu Ulric. Er will nicht einsehen, daß der Krieg unvermeidlich ist. Weißt du, daß wir nur zehntausend Mann in Delnoch haben?«

»Ich hörte, sogar noch weniger«, antwortete Rek.

»Sechs Ringwälle und eine Stadt müssen verteidigt werden. In Kriegszeiten sollte die Truppenstärke eigentlich doppelt so hoch sein. Und die Disziplin ist auch nicht mehr, was sie einmal war.«

»Weshalb?«

»Weil sie alle auf den Tod warten«, sagte sie mit Zorn in der Stimme. »Weil mein Vater krank ist – er liegt im Sterben. Und weil Gran Orrin das Herz einer reifen Tomate hat.«

»Orrin? Ich habe noch nie von ihm gehört.«

»Abalayns Neffe. Er befehligt die Truppen, aber er ist nutzlos. Wenn ich ein Mann wäre ...«

»Ich bin froh, daß du keiner bist«, warf er ein.

»Warum?«

»Ich weiß nicht«, antwortete er lahm. »Nur, um etwas zu sagen ... ich bin einfach froh, daß du kein Mann bist, das ist alles.«

»Jedenfalls würde ich die Truppen befehligen, wenn ich ein

Mann wäre. Ich hätte es viel besser gemacht als Orrin. Warum starrst du mich so an?«

»Ich starre nicht, ich höre dir zu, verdammt noch mal. Warum mußt du mich immer so unter Druck setzen?«

»Soll ich das Feuer anzünden?« fragte sie.

»Warum? Bleiben wir noch so lange?«

»Wenn du willst.«

»Das überlasse ich dir«, sagte er.

»Dann laß uns heute hier bleiben. Das ist alles. Das gibt uns etwas Zeit, um uns... vielleicht besser kennenzulernen. Wir haben es ziemlich schlecht angefangen. Und du hast mir dreimal das Leben gerettet.«

»Einmal«, widersprach er. »Ich glaube nicht, daß du an der Kälte gestorben wärst, dafür bist du zu kräftig. Und Grussin hat uns beide gerettet. Na ja, ich hätte schon Lust, heute hier zu bleiben. Aber ich warne dich, ich habe nicht vor, wieder auf dem Fußboden zu schlafen.«

»Das brauchst du auch nicht.«

Der Abt lächelte über die Verlegenheit des jungen Albinos. Er löste seine Hände von dem geistigen Halt und ging zurück zu seinem Schreibtisch. »Komm zu mir, Serbitar«, sagte er laut. »Bereust du deinen Eid des Zölibats?«

»Manchmal«, antwortete der junge Mann und erhob sich von den Knien. Er klopfte sich den Staub von dem weißen Gewand und setzte sich dem Abt gegenüber.

»Das Mädchen ist würdig«, sagte Serbitar. »Der Mann ist ein Rätsel. Wird ihre Kraft nachlassen, wenn sie sich lieben?«

»Im Gegenteil«, antwortete der Abt. »Sie brauchen einander. Erst gemeinsam sind sie vollständig, wie in dem Heiligen Buch. Erzähl mir von ihr.«

»Wie könnte ich das?«

»Du warst in ihrem Geist. Erzähl mir von ihr.«

»Sie ist die Tochter eines Grafen. Als Frau hat sie kein Selbstvertrauen. Und sie ist das Opfer gemischter Wünsche.«

»Warum?«

»Das weiß sie nicht«, wich er aus.

»Das ist mir klar. Weißt *du* warum?«

»Nein.«

»Was ist mit dem Mann?«

»Ich war nicht in seinem Geist.«

»Nein. Aber was ist mit dem Mann?«

»Er hat große Ängste. Er hat Angst zu sterben.«

»Ist das eine Schwäche?« fragte der Abt.

»In Dros Delnoch wird es eine sein. Der Tod ist dort fast gewiß.«

»Ja. Aber kann es eine Stärke sein?«

»Ich wüßte nicht wie«, antwortete Serbitar.

»Was sagt der Philosoph über Feiglinge und Helden?«

»Der Prophet sagt: ›Dem Wesen der Definition nach ist nur der Feigling der größten Heldentaten fähig.‹«

»Du mußt die Dreißig zusammenrufen, Serbitar.«

»Muß ich die Führung übernehmen?«

»Ja. Du sollst Die Stimme der Dreißig sein.«

»Aber wer werden meine Brüder sein?«

Der Abt lehnte sich in seinem Stuhl zurück. »Arbedark wird das Herz sein. Er ist stark, furchtlos und wahrhaftig. Es kann niemand anders sein. Menahem wird die Augen sein, denn er ist begabt. Ich werde die Seele sein.«

»Nein!« widersprach der Albino. »Das geht nicht. Meister, ich kann dich nicht führen.«

»Aber du mußt. Du wirst über die anderen entscheiden. Ich werde auf deine Entscheidungen warten.«

»Warum ich? Warum muß ich der Anführer sein? Ich sollte die Augen sein. Arbedark sollte uns führen.«

»Vertrau mir. Alles wird enthüllt werden.«

»Ich wurde in Dros Delnoch aufgezogen«, erzählte Virae Rek, als sie vor dem flackernden Feuer lagen. Sein Kopf ruhte auf seinem zusammengerollten Umhang, ihr Kopf lag auf seiner Brust. Er strich ihr übers Haar, ohne etwas zu sagen. »Es ist ein majestätischer Ort. Warst du schon einmal dort?«

»Nein. Erzähl mir davon.« Er wollte eigentlich nichts darüber hören, aber er mochte auch nicht reden.

»Die Stadt hat sechs äußere Mauern, jede von ihnen über sechs Meter dick. Die ersten drei Mauern hat Egel, der Bronzegraf, gebaut. Aber dann wuchs die Stadt, und mit der Zeit wurden drei weitere Mauern errichtet. Die ganze Festung überspannt den Delnoch-Paß. Mit Ausnahme von Dros Purdol im Westen und Corteswain im Osten ist es die einzige Route, auf der eine Armee durch das Gebirge gelangen kann. Mein Vater hat die alte Festung umgebaut und zu seinem Heim gemacht. Von den oberen Türmen ist die Aussicht wundervoll. Im Sommer ist die ganze sentrische Ebene im Süden golden vor Getreide. Und nach Norden geht der Blick in unendliche Ferne. Hörst du mir überhaupt zu?«

»Ja. Goldene Ausblicke. Unendliche Ferne«, sagte er sanft.

»Bist du sicher, daß du das hören willst?«

»Ja. Erzähl mir noch mal von den Mauern.«

»Was willst du wissen?«

»Wie stark sind sie?«

»Sie sind bis zu zwanzig Meter hoch, und alle fünfzig Schritt haben sie vorspringende Türme. Jede Armee, die die Dros angreift, würde schreckliche Verluste erleiden.«

»Was ist mit den Toren?« fragte er. »Eine Mauer ist nur so stark wie die Tore, die sie schützt.«

»Der Bronzegraf hat daran gedacht. Jedes Tor liegt hinter einem eisernen Fallgitter und besteht aus je einer Bronze-, Eisen- und Eichenschicht. Hinter den Toren befinden sich Tunnel, die in der Mitte schmaler werden, ehe sie auf der Ebene zwischen den Mauern enden. Die ganze Dros wurde wunderschön geplant, nur die Stadt verdirbt alles.«

»Inwiefern?«

»Ursprünglich hatte Egel die Lücken zwischen den Mauern als Schlachtfelder ohne Deckungsmöglichkeiten vorgesehen. Sie lagen zur nächsten Mauer hin bergauf, so daß der Angriff von Feinden verlangsamt wurde. Es war auch psychologisch von Vorteil, denn wenn sie zur nächsten Mauer kommen – falls sie es überhaupt schaffen –, wissen sie, daß weitere Schlachtfelder auf sie warten.«

»Und wie hat die Stadt das verdorben?«

»Sie wurde immer größer. Jetzt gibt es überall Häuser bis zur sechsten Mauer. Es gibt keine Schlachtfelder mehr. Eigentlich das genaue Gegenteil – jetzt gibt es überall Deckung.«

Er drehte sich um und küßte sie auf die Stirn. »Wofür war das jetzt?« wollte sie wissen.

»Muß es denn für etwas sein?«

»Es gibt für alles einen Grund«, sagte sie.

Er küßte sie wieder. »Das war für den Bronzegraf«, erklärte er. »Oder für das Nahen des Frühlings. Oder eine vergangene Schneeflocke.«

»Du redest Unsinn«, meinte sie.

»Warum hast du mich dich lieben lassen?« fragte er.

»Was ist denn das für eine Frage?«

»Warum?«

»Das geht dich überhaupt nichts an!« rief sie.

Er lachte und küßte sie noch einmal. »Jawohl, meine Dame. Ganz recht. Geht mich nichts an.«

»Du machst dich über mich lustig«, klagte sie und bemühte sich aufzustehen.

»Unsinn«, widersprach er und hielt sie fest. »Du bist schön.«

»Bin ich nicht. War ich auch nie. Du machst dich wirklich über mich lustig.«

»Das werde ich niemals tun. Und du *bist* schön. Und je mehr ich dich ansehe, um so schöner wirst du.«

»Du bist ein Narr. Laß mich hoch.«

Er küßte sie wieder und drängte seinen Körper dicht an ihren. Der Kuß dauerte an; sie erwiderte ihn.

»Erzähl mir mehr von der Dros«, bat er schließlich.

»Ich möchte jetzt nicht darüber sprechen. Du neckst mich, Rek. Das lasse ich mir nicht gefallen. Ich will heute nacht nicht mehr daran denken. Glaubst du an Schicksal?«

»Ich weiß nicht. Ein bißchen.«

»Ich meine es ernst. Gestern hätte es mir nichts ausgemacht, nach Hause zu gehen und mich den Nadir zu stellen. Ich habe an die Sache der Drenai geglaubt und war bereit, dafür zu sterben. Gestern hatte ich keine Angst.«

»Und heute?« fragte er.

»Wenn du mich heute fragen würdest, würde ich nicht nach Hause gehen.« Sie log, aber sie wußte nicht, warum. Eine Woge der Furcht brandete in ihr auf, als Rek die Augen schloß und sich zurücklehnte. »Doch, du würdest«, sagte er. »Du mußt.«

»Was ist mit dir?«

»Es ergibt keinen Sinn«, sagte er.

»Was ergibt schon einen Sinn?«

»Ich glaube nicht an das, was ich fühle. Das habe ich nie getan. Ich bin fast dreißig Jahre alt und kenne die Welt.«

»Wovon redest du überhaupt?«

»Ich rede von Schicksal. Bestimmung. Ein alter Mann ohne Augen in einem schäbigen blauen Gewand. Ich spreche von Liebe.«

»Liebe?«

Er öffnete die Augen, streckte die Hand aus und streichelte ihr Gesicht.

»Ich kann dir nicht sagen, wieviel es mir bedeutet hat, daß du heute morgen neben mir standest. Es war der Höhepunkt meines Lebens. Nichts sonst spielte noch eine Rolle. Ich konnte den Himmel sehen – er war blauer, als ich es je erlebt habe. Alles war gestochen scharf. Ich war mir mehr bewußt, am Leben zu sein, als je zuvor. Ergibt das irgendeinen Sinn?«

»Nein«, sagte sie sanft. »Eigentlich nicht. Findest du mich wirklich schön?«

»Du bist die schönste Frau, die je eine Rüstung trug«, erwiderte er lächelnd.

»Das ist keine Antwort. Warum bin ich schön?«

»Weil ich dich liebe«, sagte er, erstaunt, wie leicht ihm die Worte über die Lippen gingen.

»Heißt das, daß du mit mir nach Dros Delnoch kommst?«

»Erzähl mir noch mal von diesen herrlichen hohen Mauern«, bat er.

5

Das Klostergelände war in Übungsplätze aufgeteilt, von denen einige gepflastert, einige grasbewachsen waren. Wieder andere waren mit Sand bestreut oder hatten einen trügerisch glitschigen Kiesbelag. Die Abtei selbst stand in der Mitte des Geländes. Es war eine umgebaute Festung aus grauem Stein mit zinnengekrönten Wehrgängen. Vier Mauern und ein Burggraben umgaben die Abtei. Die Mauern waren eine spätere, kriegerische bauliche Erweiterung aus weichem, goldgelbem Sandstein. An der westlichen Mauer wuchsen und blühten, geschützt unter Gras, Blumen auch außerhalb ihrer eigentlichen Blütezeit in dreißig verschiedenen Schattierungen. Es waren ausnahmslos Rosen.

Der Albino Serbitar kniete vor seinem Stock; sein Geist war eins mit der Pflanze. Er hatte dreizehn Jahre mit der Rose gerungen und verstand sie nun. Es bestand Einvernehmen und Harmonie.

Sie verströmte ihren Duft für Serbitar allein. Blattläuse schrumpften und starben auf der Rose, wenn Serbitar sie anschaute, und die weiche, seidige Schönheit der Blüten erfüllte seine Sinne wie ein Rauschmittel.

Es war eine weiße Rose.

Serbitar setzte sich, schloß die Augen und folgte dem Erwachen neuen Lebens in dem Busch. Er trug volle Rüstung, bestehend aus silbernem Kettenhemd, Schwert mit Scheide und ledernen, mit Silberringen besetzten Beinkleidern. Neben ihm lag ein neuer silberner Helm, der in den Älteren Runen das Zeichen für ›Eins‹ trug. Sein weißes Haar war geflochten. Er hatte grüne Augen – die Farbe der Rosenblätter. Sein schmales Gesicht mit der durchscheinenden Haut über den hohen Wangenknochen besaß die mystische Schönheit des Schwindsüchtigen.

Er verabschiedete sich und beruhigte sanft die Ängste der Pflanze. Sie kannte ihn, seit ihr erstes Blatt sich entrollt hatte.

Und jetzt würde er bald sterben.

Ein lächelndes Gesicht schob sich in seine Gedanken, und Serbitar spürte, daß es Arbedark war. Wir warten auf dich, pulsierte die innere Botschaft.

Ich komme, antwortete er.

In der großen Halle war der Tisch gedeckt worden. An jedem der dreißig Plätze standen ein Krug Wasser und ein Gerstenkuchen. Dreißig Männer in voller Rüstung saßen schweigend dort, als Serbitar eintrat und seinen Platz am Kopfende der Tafel einnahm. Er verbeugte sich vor Vintar, dem Abt, der nun zu seiner Rechten saß.

Schweigend aß die Gesellschaft; jeder hing seinen eigenen Gedanken nach, jeder ergründete seine Gefühle an diesem Höhepunkt ihrer mehr als dreizehnjährigen Ausbildung.

Schließlich sprach Serbitar und erfüllte so die rituelle Pflicht des Ordens.

»Brüder, die Suche ist uns auferlegt worden. Wir, die wir gesucht haben, müssen erlangen, was wir suchen. Ein Bote von Dros Delnoch wird kommen und uns auffordern zu sterben. Was fühlt das Herz der Dreißig in dieser Sache?«

Alle Augen wandten sich dem schwarzbärtigen Arbedark zu. Er entspannte seinen Geist, gestattete ihren Gefühlen, über ihn hinwegzufluten, wählte Gedanken aus, analysierte sie, schmiedete sie um in ein einigendes Konzept, mit dem sie alle einverstanden waren.

Dann sprach er. Seine Stimme war tief und volltönend.

»Das Herz der Sache ist, daß die Kinder der Drenai vor der Auslöschung stehen. Ulric hat die Nadirstämme unter sein Banner geschart. Der erste Angriff auf das Reich der Drenai wird auf Dros Delnoch erfolgen, das Graf Delnar bis zum Herbst halten soll. Abalayn braucht Zeit, um eine Armee zu sammeln und auszubilden.

Wir nähern uns einem erstarrten Augenblick im Schicksal dieses Erdteils. Das Herz sagt, wir sollten unsere Wahrheit in Dros Delnoch suchen.«

Serbitar wandte sich an Menahem, einen hakennasigen, dunklen jungen Mann, der sein Haar zu einem Pferdeschwanz gebunden hatte, der mit Silberfäden durchwirkt war. »Und wie sehen die Augen der Dreißig diese Sache?«

»Gehen wir zu der Dros, wird die Stadt fallen«, sagte Menahem. »Sollten wir uns weigern, wird die Stadt ebenfalls fallen. Unsere Anwesenheit wird lediglich das Unvermeidliche hinauszögern. Sollte der Bote würdig sein, uns um unser Leben zu bitten, dann sollten wir gehen.«

Serbitar wandte sich an den Abt. »Vintar, was sagt die Seele der Dreißig?«

Der ältere Mann fuhr sich mit der schlanken Hand durch das schütter werdende graue Haar; dann stand er auf und verbeugte sich vor Serbitar. Er wirkte in seiner Rüstung aus Silber und Bronze seltsam fehl am Platze.

»Wir werden aufgefordert, Menschen eines anderen Volkes zu töten«, sagte er mit sanfter, fast trauriger Stimme. »Man wird von uns verlangen, sie zu töten, nicht weil sie böse sind, sondern nur, weil ihre Führer das tun wollen, was die Drenai selbst vor sechs Jahrhunderten taten.

Wir stehen zwischen dem Meer und den Bergen. Das Meer wird uns gegen die Berge schleudern, und so müssen wir sterben. Die Berge werden uns hindern, dem Meer zu entkommen, und so wird uns das Meer an ihnen zerschmettern. Auch dann werden wir sterben. Wir alle hier sind Meister im Umgang mit Waffen. Wir suchen den vollkommenen Tod als Gegenstück zum vollkommenen Leben. Es ist wahr, daß die Aggression der Nadir in der Geschichte nichts Neues darstellt. Aber ihre Taten werden unaussprechliche Schrecken für das Volk der Drenai bedeuten. Mit der Verteidigung dieser Menschen halten wir die Werte unseres Ordens hoch. Daß unsere Verteidigung scheitern wird, ist kein Grund, den Kampf zu meiden. Denn es zählt das Motiv, das rein ist, nicht das Ergebnis.

Mit Trauer sagt die Seele, daß wir nach Dros Delnoch reiten müssen.«

»Also«, sagte Serbitar, »wir sind uns einig. Auch ich empfinde stark in dieser Angelegenheit. Wir sind als Ausgestoßene der Welt in diesen Tempel gekommen, gefürchtet und gemieden. Wir lernten zusammen, um den letzten Widerspruch zu erschaffen. Unsere Körper sollten lebende Waffen werden, um unserem Geist die höchste Friedfertigkeit zu bringen. Krieger-Priester sind wir, wie es die Alten nie waren. In unserem Herzen wird keine Freude sein, wenn wir den Feind töten, denn wir lieben alles Leben.

Wenn wir sterben, werden unsere Seelen hinauseilen und die Fesseln der Welt überwinden. Alle kleinlichen Eifersüchte, Intrigen und Gehässigkeiten werden wir hinter uns lassen, wenn wir zu der QUELLE reisen.

Die Stimme sagt, wir reiten.«

Ein dreiviertel Mond hing am wolkenlosen Nachthimmel und warf die blassen Schatten der Bäume um Reks Lagerfeuer. Ein unglückliches Kaninchen, ausgenommen und in Lehm eingehüllt, lag auf den Kohlen, als Virae vom Fluß zurückkam und sich mit einem von Reks Ersatzhemden den nackten Oberkörper abtrocknete.

»Wenn du wüßtest, was mich das gekostet hat«, sagte er, als sie sich auf einen Stein am Feuer setzte. Ihr Körper schimmerte golden im Schein der Flammen.

»Dein Hemd hat noch nie einem besseren Zweck gedient«, meinte sie. »Wie lange dauert es noch, bis das Kaninchen fertig ist?«

»Nicht mehr lange. Du wirst dir den Tod holen, wenn du bei diesem Wetter weiter halbnackt hier rumsitzt. Mein Blut gefriert zu Eis, wenn ich dich nur ansehe!«

»Seltsam«, bemerkte sie. »Heute morgen hast du mir noch erklärt, daß dein Blut zu kochen anfängt, wenn du mich nur ansiehst.«

»Das war in einer warmen Hütte mit einem Bett. Ich habe noch nie viel darum gegeben, im Schnee zu lieben. Hier, ich habe dir eine Decke gewärmt.«

»Als ich noch ein Kind war«, begann sie und legte sich die Decke um die Schultern, »sind wir immer fünf Kilometer durch die Berge gelaufen, mitten im Winter, nur in Tunika und Sandalen. Das war sehr erfrischend. Und ausgesprochen kalt.«

»Wenn du so abgehärtet bist, wieso warst du dann blau angelaufen, ehe wir die Hütte fanden?« fragte er. Ein breites Grinsen nahm der Frage den Stachel.

»Die Rüstung«, antwortete sie. »Zuviel Stahl, nicht genug Wolle darunter. Wenn ich vorn geritten wäre, hätte ich mich nicht so gelangweilt, daß ich eingeschlafen wäre. Wie lange, hast du gesagt, braucht das Kaninchen noch? Ich bin am Verhungern.«

»Ist gleich fertig. Ich glaube . . .«

»Hast du jemals ein Kaninchen so zubereitet?«

»Ehrlich gesagt, nein. Aber es ist schon richtig so. Ich habe es bei anderen gesehen. Wenn man den Lehm zerschlägt, geht das Fell mit ab. Es ist ganz leicht.«

Virae war noch nicht überzeugt. »Ich bin Ewigkeiten hinter dem mageren Biest hergewesen«, sagte sie und erinnerte sich mit Vergnügen daran, daß ein einziger Pfeil aus vierzig Schritt Entfernung genügt hatte, um das Kaninchen zu erlegen. »Kein schlechter

Bogen, wenn auch ein bißchen zu leicht. Es ist ein alter Kavalleriebogen, nicht wahr? Wir haben in Delnoch auch ein paar. Die modernen bestehen aus Silberstahl. Sie haben eine größere Reichweite und höhere Durchschlagskraft. Ich sterbe vor Hunger.«

»Geduld steigert den Appetit«, meinte er.

»Weißt du, ich mag es nicht, Lebewesen in ihrer besten Zeit zu töten. Aber wenn man sie essen kann, dient es einem sinnvollen Zweck.«

»Dem Kaninchen würde deine Argumentation bestimmt gefallen«, sagte Rek.

»Können Kaninchen denken?« fragte Virae.

»Das weiß ich nicht. Ich habe es auch nicht wörtlich gemeint.«

»Warum hast du es dann gesagt? Du bist ein seltsamer Mann.«

»Es war nur ein abstrakter Gedanke. Hast du niemals einen abstrakten Gedanken? Fragst du dich nie, woher eine Blume weiß, wann es Zeit zum Wachsen ist? Oder wie ein Lachs den Weg zurück zu seinem Geburtsort findet?«

»Nein«, antwortete sie. »Ist das Kaninchen gar?«

»Aber *worüber* denkst du nach, wenn du nicht gerade planst, Leute umzubringen?«

»Essen«, erwiderte sie. »Was ist nun mit dem Kaninchen?«

Rek rollte den Lehmklumpen mit einem Stock aus der Asche und beobachtete, wie er im Schnee zischte. »Und jetzt? Was machst du jetzt?« fragte sie. Er ignorierte sie und nahm einen faustgroßen Stein, den er kräftig gegen die Lehmhülle schlug. Sie brach auf und gab den Blick auf ein halbgares, halbgehäutetes Kaninchen frei.

»Sieht gut aus«, meinte sie. Er stocherte mit seinem Messer in dem dampfenden Fleisch herum. »Kannst du das essen?« fragte er.

»Sicher. Kann ich dein Messer haben? Welches Stück möchtest du?«

»Ich habe noch ein paar Haferkuchen übrig. Ich glaube, das genügt mir. Willst du jetzt endlich etwas anziehen!«

Sie hatten ihr Lager in einer flachen Einbuchtung unter einem überhängenden Felsen aufgeschlagen – nicht tief genug, um als Höhle bezeichnet zu werden, aber groß genug, um die Hitze des Feuers zurückzustrahlen und den schlimmsten Wind abzuhalten. Rek kaute an seinen Haferkuchen und schaute zu, wie das Mädchen das Kaninchen verschlang. Schließlich warf sie die Reste des Kadavers in die Büsche. »Die Dachse werden sich darüber freuen«, sagte sie. »Keine schlechte Methode, ein Kaninchen zuzubereiten.«

»Ich bin froh, daß es dir geschmeckt hat.«

»Du bist nicht gerade ein Waldläufer, was?« fragte sie.

Rek warf den Rest seines Haferkuchens dem unglücklichen Kaninchen hinterher. »Die Dachse schätzen vielleicht einen Nachtisch«, erklärte er. Virae kicherte glücklich.

»Du bist wunderbar, Rek. Du bist anders als alle Männer, die ich kenne.«

»Ich glaube nicht, daß mir gefallen wird, was vermutlich als nächstes kommt«, sagte er. »Warum schlafen wir jetzt nicht einfach?«

»Nein. Hör mir zu. Ich meine es ernst. Mein ganzes Leben habe ich davon geträumt, den richtigen Mann zu finden: groß, friedlich, stark, verständnisvoll. Liebevoll. Ich habe nie geglaubt, daß es ihn wirklich gibt. Die meisten Männer, die ich kennengelernt habe, waren Soldaten – grob, geradeheraus wie Speere und so romantisch wie ein hitziger Bulle. Und ich habe Dichter kennengelernt, sanft in Worten und Taten. Wenn ich mit Soldaten zusammen war, habe ich mich nach Dichtern gesehnt, und wenn ich mit Dichtern zusammen war, nach Soldaten. Ich glaubte schon, den Mann, den ich mir wünschte, könnte es gar nicht geben. Verstehst du?«

»Du hast dein ganzes Leben nach einem Mann gesucht, der kein Kaninchen kochen kann? Natürlich verstehe ich dich.«

»Wirklich?« fragte sie sanft.

»Ja. Aber du kannst es mir trotzdem erklären.«

»Du bist, was ich mir immer gewünscht habe«, sagte sie errötend. »Du bist mein Helden-Feigling – meine Liebe.«

»Ich wußte, es würde was kommen, das mir nicht gefällt«, sagte er.

Als sie noch ein paar Scheite aufs Feuer legte, streckte er seine Hand nach ihr aus. »Setz dich neben mich«, bat er. »Dann ist es wärmer.«

»Du kannst ein Stück von meiner Decke zu dir rüberziehen«, sagte sie, kam um das Feuer herum in seine Arme und legte ihren Kopf an seine Schulter. »Du hast doch nichts dagegen, daß ich dich meinen Helden-Feigling nenne?«

»Du kannst zu mir sagen, was du willst«, antwortete er, »solange du immer da bist, um es zu mir zu sagen.«

»Immer?«

Der Wind fuhr durch die Flammen, und er schauderte.

»Immer dauert für uns nicht sehr lange, nicht wahr? Wir haben nur so lange Zeit, wie Dros Delnoch hält. Jedenfalls – du könntest meiner überdrüssig werden und mich fortschicken.«

»Niemals!« widersprach sie.

»›Niemals‹ und ›immer‹. Bis jetzt habe ich über diese Wörter nie viel nachgedacht. Warum habe ich dich nicht vor zehn Jahren getroffen? Dann hätten diese Wörter wenigstens etwas bedeutet.«

»Das bezweifle ich. Ich wäre erst neun Jahre alt gewesen.«

»Ich habe es nicht wörtlich gemeint. Poetisch.«

»Mein Vater hat an Druss geschrieben«, sagte sie. »Dieser Brief und meine Mission sind alles, was ihn am Leben hält.«

»Druss? Aber selbst wenn er noch am Leben ist, muß er heute uralt sein. Das ist ja schon obszön. Skeln liegt bereits fünfzehn Jahre zurück, und schon damals war er alt. Sie werden ihn in die Dros tragen müssen.«

»Vielleicht. Aber mein Vater setzt viel auf diesen Mann. Er hat geradezu Ehrfurcht vor ihm. Er hat das Gefühl, er ist unbesiegbar. Er hat ihn einmal als den größten Krieger unserer Zeit beschrieben. Er sagte, Skeln-Paß sei Druss' Sieg gewesen, und daß er und die anderen nur Statisten waren. Als ich noch klein war, hat er mir die Geschichte immer erzählt. Wir saßen an einem Feuer wie diesem hier und haben Brot über den Flammen geröstet. Und dann hat er mir von Skeln erzählt. Wundervolle Tage waren das.« Sie verfiel in Schweigen und starrte in die Glut.

»Erzähl mir die Geschichte«, bat er und zog sie näher an sich. Mit der rechten Hand strich er ihr das Haar zurück, das ihr ins Gesicht gefallen war.

»Du kennst sie bestimmt. Jeder weiß über Skeln Bescheid.«

»Das schon. Aber ich habe sie noch nie von jemandem gehört, der dabei war. Ich habe mir die Spiele angesehen und den Sagendichtern zugehört.«

»Sag mir, was du gehört hast, und ich flechte die Einzelheiten ein.«

»Na schön. Es waren nur wenige hundert Drenai-Krieger, die den Skeln-Paß hielten, während der größte Teil der Drenai-Armee woanders zusammengezogen war. Es war der ventrische König, Gorben, der ihnen Sorgen machte. Sie wußten, er war auf dem Marsch, aber nicht, wo er zuschlagen würde. Er schlug am Skeln-Paß zu. Sie waren fünfzig zu eins unterlegen, und sie hielten aus, bis Verstärkung kam. Das ist alles.«

»Nicht ganz«, widersprach Virae. »Gorben hatte eine innere

Armee von zehntausend Mann, die er die Unsterblichen nannte. Sie waren noch nie besiegt worden, doch Druss besiegte sie.«

»Ach komm«, sagte Rek. »Ein Mann allein kann keine Armee besiegen. Das ist etwas für Sagendichter.«

»Nein, hör zu. Mein Vater sagte, am letzten Tag, als die Unsterblichen schließlich in den Kampf geschickt wurden, hatte die Linie der Drenai zu wanken angefangen. Mein Vater ist sein Leben lang Krieger gewesen. Er versteht etwas von Schlachten und dem Auf und Ab von Mut und Panik. Die Drenai standen kurz vor dem Zusammenbruch. Aber dann, gerade als ihre Reihen nachzugeben drohten, brüllte Druss einen Schlachtruf und griff an, wild mit seiner Axt um sich schlagend. Die Ventrier wichen vor ihm zurück. Und dann, plötzlich, drehte sich der Mann um, der ihm am nächsten war, und wollte davonlaufen. Die Panik breitete sich aus wie ein Waldbrand, und die gesamte ventrische Schlachtreihe brach zusammen. Druss hatte die Flut gewendet. Mein Vater sagt, an dem Tag war er wie ein Gigant. Übermenschlich. Wie ein Kriegsgott.«

»Das war *damals*«, meinte Rek. »Ich weiß nicht, wie ein zahnloser alter Mann von Nutzen sein könnte. Kein Mann kann dem Alter widerstehen.«

»Da hast du recht. Aber kannst du dir nicht vorstellen, was für einen moralischen Auftrieb es geben wird, wenn er einfach nur da ist? Die Männer werden sich um das Banner scharen. Eine Schlacht Seite an Seite mit Druss der Legende zu schlagen – darin liegt eine Art Unsterblichkeit.«

»Hast du den alten Mann je kennengelernt?« fragte Rek.

»Nein. Mein Vater wollte es mir zwar nie erzählen, aber irgend etwas ist zwischen ihnen vorgefallen. Druss wollte nie mehr einen Fuß nach Dros Delnoch setzen. Ich glaube, es hatte etwas mit meiner Mutter zu tun.«

»Mochte sie ihn nicht?«

»Nein, es ging um einen Freund von Druss. Seben hieß er, glaube ich.«

»Was ist mit ihm geschehen?«

»Er wurde bei Skeln getötet. Er war Druss' ältester Freund. Das ist alles, was ich von ihm weiß.« Rek spürte, daß sie log, ließ es jedoch dabei bewenden. Das waren ohnehin uralte Geschichten.

Wie Druss die Legende . . .

Der alte Mann zerknüllte den Brief und ließ ihn fallen. Es war nicht das Alter, das Druss bedrückte. Er genoß die Weisheit seiner sechzig Jahre, das Wissen und den Respekt, den es ihm eintrug. Doch die körperlichen Verwüstungen, die die Zeit anrichtete, waren etwas ganz anderes. Seine Schultern waren noch immer mächtig über der breiten Brust, aber die Muskeln hatten ein angespanntes Aussehen angenommen – drahtige Linien, die sich im Zickzack über seinen Rücken zogen. Auch seine Taille war während des letzten Winters spürbar umfangreicher geworden. Und fast über Nacht, stellte er fest, war sein schwarzer Bart grau geworden, mit schwarzen Sprenkeln darin. Die durchdringenden Augen jedoch, die ihr Abbild in dem silbernen Spiegel anstarrten, waren noch so klar wie früher. Ihr Blick hatte ganze Armeen in Schrecken versetzt, hatte heldenhafte Gegner dazu gebracht, errötend und beschämt zurückzutreten, hatte die Phantasie von Menschen angeregt, die ihre Helden brauchten.

Er war Druss die Legende. Der unbesiegbare Druss, Meister der Axt. Die Legende seines Lebens wurde überall den Kindern erzählt – und das meiste davon ist tatsächlich nur Legende, überlegte Druss. Druss, der Held, unsterblich, göttergleich.

Seine vergangenen Siege hätten ihm einen Palast voller Reichtümer und Scharen von Konkubinen sichern können. Fünfzehn Jahre, bevor Abalayn ihn unter einem Regen von Edelsteinen begraben hatte, nach seinen Taten am Skeln-Paß.

Aber am nächsten Morgen war Druss in die Skoda-Berge zurückgekehrt, hoch in das einsame Land dicht unter den Wolken. Inmitten der Pinien und Schneeleoparden war der graue, alte Krieger in sein Nest zurückgekehrt, um wieder die Einsamkeit zu kosten. Seine Frau, die dreißig Jahre bei ihm gewesen war, lag dort begraben. Er hatte vor, auch hier zu sterben, obwohl er wußte, daß niemand da sein würde, um ihn zu begraben.

Während der letzten fünfzehn Jahre war Druss nicht untätig gewesen. Er hatte verschiedene Länder durchwandert und Kampftruppen für kleinere Fürsten geführt. Im letzten Winter war er in sein Bergdomizil zurückgekommen, um dort nachzudenken und zu sterben. Er wußte schon lange, daß er in seinem sechzigsten Jahr sterben würde – schon vor der Prophezeiung des Sehers vor so vielen Jahrzehnten. Er war imstande gewesen, sich selbst mit sechzig vorzustellen, aber niemals darüber hinaus. Wann immer er versuchte, sich vorzustellen, er wäre einundsechzig, sah er nichts als Dunkelheit.

Seine knorrigen Hände schlossen sich um einen hölzernen Becher und führten ihn an seine von grauem Bart umwucherten Lippen. Der Wein war stark; er selbst hatte ihn vor fünf Jahren gekeltert. Er war jetzt gealtert – besser als er selbst. Aber der Wein war nun aufgebraucht, und er lebte noch – für eine kleine Weile.

Die Hitze in seiner spärlich eingerichteten Hütte wurde drückend, als die Frühlingssonne das Holzdach erwärmte. Langsam zog er die Schaffelljacke aus, die er den ganzen Winter über getragen hatte, und die Unterweste aus Roßhaar. Sein stämmiger Körper, von Narben übersät, verriet sein Alter nicht. Er betrachtete die Narben. Er erinnerte sich deutlich an die Männer, deren Waffen sie geschlagen hatten: Männer, die niemals alt geworden waren wie er, Männer, die in ihrer Blüte gestorben waren unter seiner singenden Axt. Seine blauen Augen wanderten zu der Wand neben der Tür. Dort hing sie, Snaga, was in der alten Sprache ›Schnitter‹ hieß. Ein schlanker Schaft aus schwarzem Stahl, in den mit Silberdraht Runen der Alten eingelassen waren, und eine Doppelklinge, die so geformt war, daß sie beim Schwingen sang.

Selbst jetzt noch konnte er ihr süßes Lied hören. Ein letztesmal noch, Bruder meiner Seele, rief sie ihm zu. Ein letzter blutiger Tag, ehe die Sonne untergeht. Seine Gedanken wanderten wieder zu Delnars Brief zurück. Er war an die Erinnerung gerichtet, nicht an die Menschen.

Druss erhob sich aus dem hölzernen Stuhl und fluchte, als seine Gelenke knirschten. »Die Sonne ist untergegangen«, wisperte der alte Krieger der Axt zu. »Jetzt wartet nur noch der Tod, und das ist ein geduldiger Schurke.«

Er ging aus der Hütte und blickte zu den fernen Bergen hinüber. Seine massige Gestalt und das schwarzgraue Haar waren ein Miniaturspiegelbild der Berge, die er betrachtete. Stolz, stark, alterslos, mit schneebedeckten Kuppen, trotzten sie der Frühlingssonne, die sich mühte, ihnen die winterlichen Hauben aus jungfräulichem Schnee zu nehmen.

Druss sog tief die wilde Pracht in sich hinein, atmete die kühle Brise und kostete das Leben, als wäre es zum letztenmal.

»Wo bist du, Tod?« rief er. »Wo versteckst du dich an einem so herrlichen Tag?« Die Echos hallten in den Tälern wider ... TOD, TOD, Tod, Tod ... TAG, TAG, Tag, Tag ...

»Ich bin Druss! Und ich trotze dir!«

Ein Schatten fiel über Druss' Augen, die Sonne am Himmel

erstarb, und die Berge verschwanden in Nebel. Schmerz krallte sich in seinen Brustkorb, bis tief hinab in seine Seele, so daß er beinahe stürzte.

»Stolzer Sterblicher!« zischte eine schlangengleiche Stimme durch den Schleier der Pein. »Ich habe dich nie gesucht. Du hast mich in all diesen langen, einsamen Jahren gejagt. Bleib hier auf diesem Berg, und ich verspreche dir noch zwei weitere Jahre. Deine Muskeln werden verkümmern, dein Hirn wird erweichen. Du wirst fett werden, alter Mann, und ich werde nur kommen, wenn du darum bettelst.

Oder will der Jäger noch eine letzte Jagd?

Suche mich, wenn du willst, alter Krieger. Ich stehe auf den Mauern von Dros Delnoch.«

Der Schmerz hob sich vom Herzen des alten Mannes. Er taumelte, sog tief die Bergluft in seine schmerzenden Lungen, und sah sich um. Die Vögel sangen noch immer in den Bäumen; keine Wolke verdeckte die Sonne, und die Berge standen hoch und stolz, wie sie es immer getan hatten. Druss ging in die Hütte zurück und trat an eine Eichentruhe, die er bei Einbruch des Winters geschlossen hatte. Der Schlüssel lag tief unten im Tal. Er legte seine gewaltigen Hände um das Schloß und begann zu drücken. Die Muskeln auf seinen Armen wanden sich. Adern traten an Hals und Schultern hervor. Das Metall ächzte, gab nach und brach. Druss warf das Schloß beiseite und öffnete die Truhe. Darin lag eine Weste aus schwarzem Leder, die Schultern mit schimmerndem Stahl besetzt, dazu eine schwarzlederne Kappe, die nur von einer silbernen Axt geschmückt wurde, die zwei silberne Schädel flankierten. Lange, schwarze Lederhandschuhe kamen zum Vorschein, bis zu den Knöcheln mit Silber besetzt. Rasch zog er sich an, bis er schließlich zu den Lederstiefeln kam – ein Geschenk von Abalayn vor so vielen Jahren.

Zum Schluß griff er nach Snaga, die fast von selbst in seine Hand zu springen schien.

»Noch ein letztesmal, Bruder meiner Seele«, sagte er zu ihr. »Ehe die Sonne untergeht.«

6

Vintar an seiner Seite, beobachtete Serbitar von einem hohen Balkon, wie die beiden Reiter sich dem Kloster näherten und auf das Nordtor zugaloppierten. Kleine Grasflecken zeigten sich an jenen Stellen im Schnee, auf die ein warmer Frühlingswind aus Westen traf.

»Keine Zeit für Liebende«, sagte Serbitar laut.

»Es ist immer Zeit für Liebende, mein Sohn. In Kriegszeiten noch mehr als sonst«, erwiderte Vintar. »Hast du den Geist des Mannes geprüft?«

»Ja. Er ist seltsam. Ein Zyniker aus Erfahrung, ein Romantiker aus Neigung und jetzt ein Held aus Notwendigkeit.«

»Wie wird Menahem den Boten prüfen?« fragte Vintar.

»Mit Angst«, antwortete der Albino.

Rek fühlte sich wohl. Die Luft, die er atmete, war frisch und klar, und eine warme Brise aus Westen versprach, daß der schlimmste Winter seit Jahren sich dem Ende näherte. Die Frau, die er liebte, war an seiner Seite, und der Himmel war blau und klar.

»Was für ein großartiger Tag, um zu leben«, sagte er.

»Was ist am heutigen Tag so besonders?« wollte Virae wissen.

»Er ist schön. Schmeckst du es nicht? Der Himmel, der Wind, der schmelzende Schnee?«

»Jemand kommt uns entgegen. Er sieht aus wie ein Krieger«, erwiderte sie.

Der Reiter näherte sich ihnen und stieg vom Pferd. Sein Gesicht war von einem schwarzsilbernen Helm bedeckt, der von einem Busch aus Roßhaar gekrönt wurde. Rek und Virae stiegen ebenfalls ab und gingen auf ihn zu.

»Guten Morgen«, grüßte Rek. Der Mann beachtete ihn nicht. Seine dunklen Augen, die man durch die Schlitze im Helm sehen konnte, ruhten auf Virae.

»Du bist der Bote?« fragte er sie.

»Das bin ich. Ich möchte den Abt Vintar sprechen.«

»Zuerst mußt du an mir vorbei«, sagte er, trat einen Schritt zurück und zog ein Langschwert aus silbernem Stahl.

»Warte mal«, mischte sich Rek ein. »Was soll das? Man muß sich den Zutritt in ein Kloster doch sonst nicht erkämpfen.« Wieder beachtete der Mann ihn nicht, und Virae zog ihr Rapier. »Aufhören!« befahl Rek. »Das ist doch verrückt.«

»Halt dich da raus, Rek«, bat Virae. »Ich werde diesen silbernen Käfer in kleine Häppchen zersäbeln.«

»Nein, das wirst du nicht«, widersprach er und ergriff ihren Arm. »Gegen eine Rüstung kann dein Rapier nichts ausrichten. Und was soll das ganze überhaupt? Du bist nicht hier, um mit irgendwem zu kämpfen. Du sollst lediglich eine Botschaft überbringen, das ist alles. Da muß irgendwo ein Irrtum vorliegen. Warte einen Moment.«

Rek ging auf den Krieger zu. Seine Gedanken überschlugen sich, seine Augen suchten nach Schwachstellen in der Panzerung. Der Mann trug eine maßgefertigte Brustplatte über einem Kettenhemd aus Silberstahl. Eine silberne Halsplatte schützte seinen Nacken. Die Beine steckten bis zu den Schenkeln in ledernen Beinkleidern, die mit Silberringen verstärkt waren; die Schienbeine schützten lederne Platten. Nur Knie, Hände und Kinn boten Angriffsmöglichkeiten.

»Willst du mir jetzt sagen, was hier vorgeht?« fragte Rek. »Ich glaube, du hast den falschen Boten erwischt. Wir sind hier, um den Abt zu sprechen.«

»Bist du bereit, Weib?« fragte Menahem.

»Ja«, antwortete Virae. Sie vollführte mit dem Rapier eine Acht in der Luft, um ihr Handgelenk zu lockern.

Reks Schwert fuhr in seine Hand. »Verteidige dich!« rief er.

»Nein, Rek, er gehört mir«, rief Virae. »Ich brauche dich nicht, um für mich zu kämpfen. Geh zur Seite!«

»Du kannst ihn nach mir haben«, erwiderte Rek. Er wandte seine Aufmerksamkeit wieder Menahem zu. »Na los, komm schon. Wollen doch mal sehen, ob du genauso schön kämpfst, wie du aussiehst.«

Menahem richtete seine dunklen Augen auf die hochgewachsene Gestalt, die vor ihm stand. Im selben Moment drehte sich Rek der Magen um. Dies war der Tod! Der kalte, endgültige Tod, mit madenzerfressenen Augenhöhlen. In diesem Zweikampf gab es keine Hoffnung für ihn. Panik brandete in ihm auf, und seine Glieder begannen zu zittern. Er fühlte sich wieder als Kind, eingesperrt in einen dunklen Raum, wissend, daß sich in den schwarzen Schatten Dämonen verbargen. Angst stieg als bittere Galle in ihm auf, Übelkeit schüttelte ihn. Er wollte davonlaufen ... er mußte laufen.

Statt dessen schrie Rek auf und griff an. Seine Klinge zielte sirrend auf den schwarzsilbernen Helm. Überrascht parierte Menahem hastig, und ein zweiter Hieb traf um ein Haar. Der Krieger wich einen Schritt zurück, verzweifelt bemüht, wieder die Initiative zu gewinnen, doch Reks wütender Angriff hatte ihn aus dem Gleichgewicht gebracht. Menahem parierte, bewegte sich, versuchte, Rek zu umrunden.

Virae beobachtete in staunendem Schweigen, wie Rek seine Angriffe fortsetzte. Die Schwerter der beiden glitzerten in der Morgensonne, webten ein blendendes Muster aus weißem Licht. Sie bewiesen erstaunliche Fertigkeiten. Virae überkam eine Woge des Stolzes. Sie hätte Rek am liebsten angefeuert, widerstand jedoch dem Verlangen, da sie wußte, daß die geringste Ablenkung den Ausgang des Kampfes beeinflussen konnte.

»Hilf mir«, pulsierte Menahem an Serbitar, »sonst muß ich ihn vielleicht töten.« Er parierte einen Hieb, erwischte ihn jedoch nur zwei Fingerbreit vor seiner Kehle. »Wenn ich kann«, setzte er hinzu.

»Wie können wir den Kampf beenden?« fragte Serbitar Vintar. »Der Mann ist ein Berserker. Ich komme nicht zu ihm durch. Er wird Menahem bald töten.«

»Das Mädchen!« antwortete Vintar. »Schließe dich mir an.«

Virae erschauerte, als sie sah, wie Reks Kräfte noch wuchsen. Ein Berserker? Ihr Vater hatte ihr von solchen Männern erzählt, aber sie hätte nie gedacht, daß Rek zu ihnen gehörte. Sie waren verrückte Mörder, die im Kampf jede Spur von Vernunft und Angst verloren und so zu den tödlichsten Gegnern wurden. Alle Schwertkämpfer schwanken zwischen Angriff und Verteidigung, denn trotz des Willens zu gewinnen ist auch immer der gleich starke Wunsch vorhanden, nicht zu verlieren. Doch ein Berserker verliert jegliche Angst, er ist ganz Angriff, und er nimmt seinen Gegner unweigerlich mit sich, falls er verlieren sollte. Ein Gedanke durchzuckte sie auf einmal mit aller Macht, und plötzlich wußte sie, daß der Krieger Rek überhaupt nicht töten wollte – der Zweikampf war nur eine Probe.

»Steckt die Schwerter weg!« rief sie. »Aufhören!«

Die Männer kämpften weiter.

»Rek, hör mir zu!« rief sie. »Es ist nur eine Probe. Er will dich nicht töten.«

Ihre Stimme drang wie aus weiter Ferne zu Rek und durch den roten Schleier vor seinen Augen. Er trat zurück und spürte dabei mehr die Erleichterung des anderen, als daß er sie sah. Dann holte er tief Luft und entspannte sich. Seine Beine und Hände zitterten.

»Du bist in meinen Geist eingedrungen«, beschuldigte er den Krieger. Er fixierte die dunklen Augen des anderen mit kaltem Blick. »Ich weiß zwar nicht wie, aber wenn du das je wieder tust, werde ich dich töten. Verstehst du?«

»Ich verstehe«, antwortete Menahem leise. Seine Stimme drang nur gedämpft durch den Helm. Rek schaffte es erst beim zweiten Versuch, sein Schwert in die Scheide zu stecken, und wandte sich dann an Virae, die ihn mit merkwürdigem Blick anschaute.

»Es war nicht mein wahres Ich«, sagte er. »Sieh mich nicht so an, Virae.«

»Oh, Rek, es tut mir leid«, sagte sie mit Tränen in den Augen. »Es tut mir wirklich leid.«

Eine neue Angst durchfuhr ihn, als sie ihr Gesicht abwandte. »Verlaß mich nicht«, bat er. »Es geschieht nur selten, und ich würde mich niemals gegen *dich* wenden. Niemals! Glaub mir!«

Sie wandte sich zu ihm um und schlang die Arme um seinen Hals. »Dich verlassen? Was redest du da? Es ist mir egal, du Dummkopf. Ich hatte nur Mitleid mit dir. O Rek, du bist ein solcher Idiot! Ich bin doch kein Schankmädchen, das beim Anblick einer Ratte zu kreischen anfängt. Ich bin eine Frau, die unter Männern aufgewachsen ist. Unter Soldaten. Kämpfern, Kriegern. Glaubst du wirklich, ich würde dich verlassen, weil du ein Berserker bist?«

»Ich kann es beherrschen«, sagte er und drückte sie fest an sich.

»Wo wir hingehen, Rek, brauchst du das nicht«, antwortete sie.

Serbitar verließ den Balkon des Klosters und schenkte sich einen Becher Quellwasser aus einem irdenen Gefäß ein.

»Wie hat er es gemacht?«

Vintar lehnte sich in seinem Ledersessel zurück. »In ihm ist ein Brunnen voller Mut, genährt von vielen Dingen, die wir nur erraten können. Doch als Menahem ihn mit Furcht nährte, reagierte er mit Gewalt. Denn Menahem konnte nicht verstehen, daß dieser Mann die Furcht selbst fürchtet. Hast du die Erinnerung an seine Kindheit mitbekommen, als Menahem in seine Gedanken eindrang?«

»Die Tunnel?«

»Ja. Was soll man von einem Kind halten, das Angst vor dem Dunkeln hat und dennoch dunkle Tunnel sucht, um hindurchzugehen?«

»Er hat versucht, seine Ängste zu überwinden, indem er sich ihnen stellte«, erklärte Serbitar.

»Das tut er heute noch. Und deswegen wäre Menahem fast gestorben.«

»In Dros Delnoch wird es nützlich sein«, meinte Serbitar lächelnd.

»Mehr, als du ahnst«, sagte Vintar. »Mehr, als du ahnst.«

»Ja«, erklärte Serbitar Rek, als sie im eichengetäfelten Studierzimmer mit Blick auf den Hof saßen. »Ja, wir können Gedanken lesen. Aber ich versichere dir, wir werden nicht mehr versuchen, die deinen zu lesen – oder die deiner Gefährtin.«

»Warum hat er mir das angetan?« fragte Rek.

»Menahem ist die Augen der Dreißig. Er mußte sich überzeugen, daß du würdig bist, uns um ... den Dienst zu bitten. Du erwartest, daß wir mit deinen Truppen kämpfen, daß wir die feindliche Taktik analysieren und unsere Fähigkeiten zur Verteidigung einer Festung einsetzen, die uns nichts bedeutet. Der Bote muß würdig sein.«

»Aber ich bin doch nicht der Bote. Ich bin lediglich ein Begleiter.«

»Wir werden sehen – Wie lange weißt du schon von deinem ... Leiden?«

Rek blickte durch das Fenster auf den Balkon. Ein Zaunkönig landete auf dem Geländer, schärfte seinen Schnabel an den Steinen und flog wieder davon. Leichte Wolken bildeten sich, wollige Inseln im klaren Blau des Himmels.

»Es ist bisher nur zweimal passiert. Beide Male in den Sathuli-Kriegen. Einmal, als wir nach einem morgendlichen Überfall auf ein Dorf umzingelt wurden, das zweitemal, als ich zur Wacheinheit für eine Gewürz-Karawane gehörte.«

»Unter Kriegern ist es durchaus verbreitet«, sagte Serbitar. »Es ist eine Gabe der Furcht.«

»Es hat mir zweimal das Leben gerettet, aber es macht mir angst«, erklärte Rek. »Es ist, als ob jemand anders die Kontrolle über meinen Geist und meinen Körper übernimmt.«

»Aber das ist nicht der Fall, sei versichert. Du bist es ganz allein. Fürchte nicht, was du bist, Rek – darf ich dich Rek nennen?«

»Natürlich.«

»Ich wollte nicht über Gebühr vertraulich sein. Es ist ein Spitzname, nicht wahr?«

»Eine Kurzform für Regnak. Mein Pflegevater, Horeb, hat ihn mir gegeben, als ich noch ein Kind war, und der Name ist geblieben.«

»Glaubst du«, fragte Serbitar, »daß du dich in Dros Delnoch wohl fühlen wirst?«

Rek lächelte. »Du meinst, ob ich den nötigen Mut dazu habe?«

»Offen gesagt, ja. Das will ich dich fragen.«

»Ich weiß es nicht. Hast du den Mut?«

Der Hauch eines Lächelns glitt über das blasse, hagere Gesicht, als der Albino über die Frage nachdachte. Seine schlanken Finger trommelten leise auf den Schreibtisch.

»Das ist eine gute Frage. Ja, ich habe den Mut. Meine Ängste haben nichts mit dem Tod zu tun.«

»Du hast meine Gedanken gelesen«, sagte Rek. »Du kannst *mir* sagen, ob auch ich den Mut habe. Ich meine es ernst. Ich weiß nicht, ob ich eine lange Belagerung aushalten könnte. Es heißt, daß Männer solchem Druck nicht standzuhalten vermögen.«

»Ich kann dir nicht sagen«, antwortete Serbitar, »ob du durchhalten wirst oder nicht. Du bist zu beidem fähig. Ich kann nicht sämtliche Begleiterscheinungen einer Belagerung analysieren. Stell dir selbst die Frage: Was ist, wenn Virae fallen würde? Würdest du trotzdem bleiben?«

»Nein«, antwortete Rek, ohne zu zögern. »Ich würde ein schnelles Pferd satteln und wäre auf und davon. Mir liegt nichts an Dros Delnoch. Oder dem Reich der Drenai.«

»Die Drenai sind dem Untergang geweiht«, sagte Serbitar. »Ihr Stern ist gesunken.«

»Dann glaubst du also, daß die Dros fallen wird?«

»Letztendlich muß sie fallen. Aber noch kann ich nicht so weit in die Zukunft sehen. Der Weg des Nebels ist seltsam. Oft zeigt er Ereignisse, die noch kommen werden, aber öfter noch Ereignisse, die nie eintreten. Es ist ein gefährlicher Pfad, den nur der echte Mystiker mit Gewißheit beschreiten kann.«

»Der Weg des Nebels?« fragte Rek.

»Oh, tut mir leid, das kannst du ja nicht wissen. Es ist ein Weg auf einer anderen Ebene . . . eine vierte Dimension? Eine Reise des Geistes, ähnlich einem Traum. Aber du kannst diesen Traum steuern und sehen, was du sehen möchtest. Es ist schwer, das einem Nicht-Sprecher zu erklären.«

»Willst du damit sagen, daß deine Seele außerhalb deines Körpers reisen kann?« fragte Rek.

»O ja, das ist der leichte Teil. Wir haben dich vor der Hütte im Graven-Wald gesehen. Wir haben dir geholfen, indem wir den Axtkämpfer Grussin beeinflußten.«

»Ihr habt ihn Reinard töten lassen?«

»Nein. So groß sind unsere Kräfte nicht. Wir haben ihn lediglich in die Richtung gestoßen, über die er ohnehin schon nachdachte.«

»Ich weiß nicht, ob es mir so recht behagt zu wissen, daß ihr solche Macht habt«, erklärte Rek, vermied jedoch, dem Albino dabei in die grünen Augen zu sehen.

Serbitar lachte; seine Augen funkelten, und das blasse Gesicht spiegelte seine Erheiterung wider.

»Freund Rek, ich halte mein Wort. Ich habe dir versprochen, nie wieder meine Gabe zu nutzen, um deine Gedanken zu lesen, und ich werde mein Versprechen halten. Keiner der Dreißig wird deine Gedanken lesen. Glaubst du, wir wären Priester, die der Welt entsagten, wenn wir anderen etwas zuleide tun wollten? Ich bin der Sohn eines Grafen, aber wenn ich wollte, könnte ich auch ein König sein, ein Herrscher, mächtiger als Ulric. Du brauchst dich nicht bedroht zu fühlen. Wir müssen entspannt miteinander umgehen. Noch mehr – wir müssen Freunde sein.«

»Warum?«

»Weil wir einen Augenblick miteinander teilen werden, der nur einmal im Leben kommt – wir werden sterben.«

»Das ist deine Ansicht«, entgegnete Rek. »Ich betrachte es nicht so, daß die Reise nach Dros Delnoch nur ein anderer Weg ist, Selbstmord zu begehen. Es ist eine Schlacht, das ist alles. Nicht mehr, nicht weniger. Eine Mauer kann man verteidigen. Eine kleine Truppe kann einer größeren standhalten. Die Geschichte ist voller Beispiele dafür – nimm nur Skeln-Paß.«

»Das ist wahr«, gab Serbitar zu. »Aber man erinnert sich an solche Fälle, weil sie Ausnahmen sind. Laß uns bei den Tatsachen bleiben. Die Dros wird von einer Streitmacht verteidigt, die weniger als ein Drittel der vollen Besetzung ausmacht. Die Moral ist schlecht, die Furcht groß. Ulric hat eine Truppe von mehr als einer halben Million Kriegern, die alle bereit, ja, sogar begeistert sind, für ihn im Kampf zu sterben. Ich bin Waffenmeister und habe Kriegführung studiert. Dros Delnoch wird fallen. Befreie deinen Geist von allen anderen Schlußfolgerungen.«

»Warum kommt ihr dann mit uns? Was gewinnt ihr dabei?«

»Wir sterben«, antwortete Serbitar, »um dann zu leben. Aber ich werde jetzt nichts mehr dazu sagen. Ich will dich nicht bedrücken, Rek. Wenn es Sinn hätte, würde ich dir Hoffnung machen. Aber meine ganze Kampfstrategie ist darauf aufgebaut, das Unvermeidliche hinauszuzögern. Nur dann kann ich meinen Zweck erfüllen – und eurer Sache dienen.«

»Ich hoffe, du wirst deine Meinung für dich behalten«, sagte Rek. »Virae glaubt, daß wir durchhalten können. Ich verstehe genug von Kriegführung und Moral, um klar zu sagen: Falls sich deine Theorie unter den Männern verbreitet, gäbe es scharenweise Deserteure. Wir wären schon am ersten Tag geschlagen.«

»Ich bin kein Tor, Rek. Ich sage es *dir,* weil es gesagt werden muß. Ich werde in Delnoch dein Ratgeber sein. Du brauchst mich, um die Wahrheit zu sagen. Direkt werde ich mit den Soldaten nichts zu tun haben, ebensowenig wie die Dreißig. Die Männer werden uns ohnehin meiden, sobald sie wissen, wer wir sind.«

»Vielleicht. Warum sagst du, du würdest mein Ratgeber sein? Graf Delnar ist der Befehlshaber. Ich werde nicht einmal Offizier sein.«

»Als Ratgeber«, erwiderte Serbitar, »kann ich eurer Sache am besten dienen. Die Zeit wird alles viel besser erklären, als ich es vermag. Habe ich dich deprimiert?«

»Keineswegs. Du hast mir gesagt, daß alles hoffnungslos ist, daß wir alle praktisch tot sind und daß die Drenai am Ende sind. Da soll ich deprimiert sein? Ganz und gar nicht.«

Serbitar lachte und klatschte in die Hände. »Du gefällst mir, Rek. Ich glaube, daß du durchhalten wirst.«

»Ich werde schon durchhalten«, erwiderte Rek lächelnd. »Denn ich werde wissen, daß an der letzten Mauer zwei Pferde stehen, die darauf warten, gesattelt zu werden. Übrigens, habt ihr nichts Stärkeres zu trinken als Wasser?«

»Leider nein«, antwortete Serbitar. »Alkohol schwächt unsere Kräfte. Falls du jedoch etwas brauchst, in der Nähe ist ein Dorf. Ich könnte jemanden hinschicken, um etwas für dich zu holen.«

»Ihr trinkt nicht. Ihr habt keine Frauen. Ihr eßt kein Fleisch. Was macht ihr zur Entspannung?«

»Wir studieren«, erklärte Serbitar. »Und wir üben, und wir pflanzen Blumen und züchten Pferde. Unsere Zeit ist sehr ausgefüllt, das kann ich dir versichern.«

»Kein Wunder, daß ihr losziehen wollt, um irgendwo zu sterben«, sagte Rek voller Inbrunst.

Der kleine Schreibtisch war übersät mit zerbrochenen Federkielen und zerknitterten Pergamenten. Sie unterdrückte ein Lächeln, als der ältere Mann an seinen Brustplatten-Riemen herumfingerte. Er hätte kaum weniger wie ein Krieger aussehen können.

»Kann ich dir helfen?« fragte sie, stand auf und beugte sich über den Schreibtisch.

»Danke sehr, meine Liebe«, antwortete er. »Es ist reichlich schwer.« Er lehnte die Rüstung gegen den Schreibtisch und goß sich etwas Wasser ein; dann bot er den Krug Virae an, die jedoch den Kopf schüttelte.

»Tut mir leid, daß das Zimmer so unordentlich ist, aber ich habe mich sehr beeilt, um mein Tagebuch fertigzustellen. So viel ist zu sagen, und so wenig Zeit.«

»Nimm es doch mit«, meinte Virae.

»Lieber nicht. Zu viele andere Probleme, mit denen ich mich beschäftigen muß, wenn wir erst einmal unterwegs sind. Du hast dich verändert, seit wir uns das letztemal gesehen haben, Virae.«

»Zwei Jahre sind eine lange Zeit, Abt«, sagte sie vorsichtig.

»Ich glaube, es liegt an dem jungen Mann, der bei dir ist«, sagte er lächelnd. »Er hat großen Einfluß auf dich.«

»Unsinn. Ich bin immer noch dieselbe.«

»Dein Gang ist selbstsicherer geworden. Du bist nicht mehr so unbeholfen, wie ich dich in Erinnerung habe. Er hat dir etwas gegeben, denke ich.«

»Lassen wir das. Was ist mit der Dros?« fuhr sie ihn errötend an.

»Entschuldige, Liebes. Ich wollte dich nicht verlegen machen.«

»Du hast mich nicht verlegen gemacht«, log sie. »Aber jetzt zu Dros Delnoch. Wie könnt ihr uns helfen?«

»Wie ich deinem Vater vor zwei Jahren sagte, wird unsere Hilfe in Organisation und Planung bestehen. Wir werden die Pläne des Feindes kennen. Wir können euch unterstützen, diese Pläne zu durchkreuzen. Wir können taktisch die Verteidigung organisieren, und militärisch können wir kämpfen wie hundert Mann. Aber unser Preis ist hoch.«

»Mein Vater hat zehntausend Goldraq in Ventria hinterlegt«, sagte sie. »Beim Kaufmann Asbidare.«

»Gut. Dann ist das erledigt. Wir reiten morgen früh.«

»Darf ich dich etwas fragen?« bat Virae. Er öffnete die Hände und wartete. »Wofür braucht ihr das Geld?«

»Für den nächsten Tempel der Dreißig. Jeder Tempel wird durch den Tod des letzten finanziert.«

»Oh. Und was geschieht, wenn ihr nicht sterben solltet? Ich meine, angenommen, wir gewinnen?«

Seine Augen glitten prüfend über ihr Gesicht. »Dann geben wir das Geld zurück«, erklärte er.

»Ich verstehe.«

»Du bist nicht überzeugt?«

»Es spielt keine Rolle. Was hältst du von Rek?«

»In welcher Hinsicht?« fragte der Abt zurück.

»Laß uns keine Spielchen treiben, Vater Abt. Ich weiß, daß du Gedanken lesen kannst. Ich möchte wissen, was du von Rek hältst.«

»Die Frage ist nicht präzise genug – nein, laß mich ausreden«, sagte er, als er sah, wie ihr die Zornesröte ins Gesicht stieg. »Meinst du als Mann, als Krieger oder als zukünftigen Ehemann für die Tochter eines Grafen?«

»Alles drei, wenn du willst. Ich weiß es nicht. Sag es mir einfach.«

»Na schön. Glaubst du an Schicksal?«

»Ja«, antwortete sie und erinnerte sich daran, daß sie Rek dieselbe Frage gestellt hatte. »Ja, das tue ich.«

»Dann glaube dieses: Es war vorherbestimmt, daß ihr euch begegnet. Ihr seid das vollkommene Paar. Du förderst seine Stärken und milderst seine Schwächen. Was er für dich tut, weißt du bereits. Als Mann ist er nicht einzigartig, nicht einmal etwas Besonderes. Er hat keine großen Talente. Er ist weder Dichter noch Schrifsteller noch Philosoph. Und als Krieger – nun, er verfügt sporadisch über Mut, hinter dem sich große Ängste verbergen. Aber er ist verliebt. Und das wird seine Stärke vergrößern sowie die Kraft, seine Ängste zu bekämpfen. Und als Ehemann? In Tagen des Friedens und des Überflusses wäre er meinem Gefühl nach launenhaft und eigensinnig. Aber jetzt . . . er liebt dich, und er ist bereit, für dich zu sterben. Mehr kannst du von einem Mann nicht verlangen.«

»Warum habe ich ihn ausgerechnet jetzt getroffen?« fragte sie mit Tränen in den Augen. »Ich will nicht, daß er stirbt. Ich glaube, ich würde mich umbringen.«

»Nein, mein Liebes. Das glaube ich nicht, obwohl ich zugebe, daß dir wahrscheinlich so zumute sein wird. Warum jetzt? Warum nicht? Leben oder sterben, ein Mann und eine Frau brauchen Liebe. In unserer Rasse selbst liegt das Bedürfnis danach. Wir brauchen es, um teilen zu können. Jemandem anzugehören. Vielleicht stirbst du, noch ehe das Jahr um ist. Aber vergiß nie: Das Haben kann man dir vielleicht wegnehmen, das Gehabthaben niemals. Es ist viel besser, Liebe gekostet zu haben, ehe man stirbt, als allein zu sterben.«

»Das glaube ich auch. Aber ich hätte gern Kinder und ein Zuhause gehabt. Ich hätte Rek gern mit nach Drenan genommen und ein bißchen mit ihm geprotzt. Ich hätte diesen Ziegen am Hofe gern gezeigt, daß auch mich ein Mann lieben kann.« Sie biß sich auf die Lippen, um die Tränen zurückzuhalten.

»Diese Frauen bedeuten nichts. Ob sie dich sehen oder nicht, ändert nichts an der Tatsache, daß sie im Unrecht waren. Und es ist noch ein wenig zu früh für Verzweiflung. Es ist Frühling, und es dauert noch viele Wochen, bis wir die Dros erreichen. In der Zwischenzeit kann alles mögliche geschehen. Ulric kann einen Herzanfall erleiden oder vom Pferd stürzen und sich das Genick brechen. Abalayn schließt vielleicht noch einen Vertrag. Der Angriff mag auf eine andere Festung erfolgen. Wer weiß?«

»Du hast recht. Ich weiß nicht, warum ich plötzlich so voller Selbstmitleid bin. Rek zu treffen, war für mich etwas Wunderbares. Du hättest ihn sehen sollen, wie er sich Reinards Bande entgegengestellt hat. Du kennst doch Reinard?«

»Ja.«

»Nun, seinetwegen brauchst du dir keine Sorgen mehr machen. Er ist tot. Rek hat sich zwanzig von diesen Halunken zum Kampf gestellt, weil sie mich haben wollten. Zwanzig! Er hätte niemals mit allen kämpfen können. Verdammt, jetzt fange ich doch an zu weinen!«

»Warum auch nicht? Du liebst einen Mann, der dich verehrt, und die Zukunft sieht düster und hoffnungslos aus.« Er ging zu ihr, nahm ihre Hand und zog sie hoch. »Virae, für die Jungen ist es immer am schlimmsten.«

Sie legte den Kopf an seine Schultern, als die Tränen flossen. Er legte die Arme um sie und tätschelte ihr den Rücken. »Kann Dros Delnoch bestehen?« fragte sie.

»Alles ist möglich. Wußtest du, daß Druss auf dem Weg dorthin ist?«

»Er hat zugestimmt? Das sind gute Neuigkeiten.« Sie schniefte und wischte sich mit dem Ärmel über die Augen. Dann kamen ihr Reks Worte wieder in den Sinn. »Er ist doch nicht senil, oder?«

Vintar lachte laut auf. »Druss! Senil? Gewiß nicht. Was für ein wunderbarer Gedanke! Druss ist ein alter Mann, der niemals senil sein wird. Denn das würde bedeuten, er gibt sich irgendwie geschlagen. Aber Druss gibt sich niemals geschlagen. Niemals ist mir ein Mann von so eisernem Willen begegnet.«

»Du kennst ihn?«

»Ja, ihn und seine Frau Rowena. Ein schönes Kind. Und Druss ist ein Redner von seltenem Talent. Begabt, sogar mehr als Serbitar.«

»Ich habe immer geglaubt, Rowena wäre nur Teil der Legende«, sagte Virae. »Hat er wirklich die Welt durchquert, um sie zu finden?«

»Ja«, antwortete Vintar. Er ließ Virae los und kehrte zu seinem Schreibtisch zurück. »Sie wurde kurz nach ihrer Hochzeit gefangengenommen, als das Dorf von Sklavenjägern überfallen wurde. Er ist ihr jahrelang nachgejagt. Sie waren ein segensreich glückliches Paar. Wie du und Rek, das sollte mich nicht wundern.«

»Was ist mit ihr geschehen?«

»Sie ist gestorben. Kurz nach Skeln-Paß. Sie hatte ein schwaches Herz.«

»Der arme Druss!« sagte sie. »Aber er ist immer noch stark, sagst du?«

»Wenn er starrt, zittern Täler«, zitierte Vintar, »wo er geht, schweigen wilde Tiere, wenn er spricht, wanken Berge, wenn er kämpft, verlöschen Armeen.«

»Aber kann er immer noch kämpfen?« drängte sie.

»Ich glaube, daß er noch ein, zwei Scharmützel überstehen wird«, sagte Vintar unter dröhnendem Gelächter.

7

Nach zwei Tagen war Druss etwa einhundertzwanzig Kilometer von Skoda entfernt und näherte sich mit dem ausgreifenden Schritt der Soldaten den blühenden Tälern am Rande des Skultik-Waldes. Er war noch einen Dreitagesmarsch von Dros Delnoch entfernt, und Anzeichen des kommenden Krieges waren überall zu sehen. Verlassene Häuser, unbestellte Felder, und die Menschen, denen er begegnete, waren wachsam und mißtrauisch gegenüber Fremden. Sie tragen die Niederlage sichtbar wie einen Mantel, dachte Druss.

Von einem flachen Hügel blickte er auf ein nahes Dorf mit etwa dreißig Häusern hinab. Einige der Häuser waren roh gezimmert, andere wiesen eine sorgfältigere Bauweise auf. In der Mitte des Weilers befand sich ein offener Platz mit einem Gasthaus und einem Pferdestall.

Druss rieb sich die Schenkel und versuchte, die rheumatischen Schmerzen in seinem geschwollenen rechten Knie zu finden. Seine rechte Schulter tat ihm weh, aber es war nur ein dumpfes Pochen, mit dem er leben konnte, eine Mahnung an vergangene Schlachten, als ein ventrischer Speer ihn unter dem Schulterblatt getroffen hatte. Aber das Knie! Ohne Rast und einen Eisbeutel würde es ihn nur noch wenige Kilometer tragen.

Er räusperte sich, spie aus und wischte sich dann mit seiner Riesenhand die bärtigen Lippen ab. Du bist ein alter Mann, sagte er zu sich. Es hat keinen Sinn, so zu tun, als wäre das nicht der Fall. Er hinkte den Hügel hinunter zum Gasthaus und überlegte wieder einmal, ob er ein Pferd kaufen sollte. Sein Kopf sagte ja, sein Herz nein. Er war Druss die Legende, und er ritt niemals. Ohne zu ermüden, konnte er die ganze Nacht hindurch wandern und den ganzen Tag lang kämpfen. Es würde die Moral heben, wenn er zu Fuß nach Dros Delnoch hineinmarschiert käme. Die Leute würden sagen: »Bei allen Göttern, der alte Knabe ist von Skoda hierher marschiert.« Und andere würden antworten: »Natürlich. Das ist Druss. Er reitet niemals.« Doch sein Verstand sagte ihm, er solle ein Pferd kaufen und es dann am Waldrand zurücklassen, vielleicht fünfzehn Kilometer vor Dros Delnoch. Wer würde das schon merken?

Die Gaststube war überfüllt, doch der Wirt vermietete auch Zimmer. Die meisten Gäste waren auf der Durchreise, auf dem Weg nach Süden oder nach Westen ins neutrale Ventria. Druss zahlte, nahm einen Beutel voll Eis mit auf sein Zimmer, setzte sich auf das harte Bett und preßte den Beutel gegen das geschwollene Knie. Er war nicht lange in der Gaststube geblieben, aber lange genug, um einige Gespräche mit anzuhören und zu erkennen, daß viele der Männer Soldaten waren. Deserteure.

Er wußte wohl, im Krieg gab es immer Männer, die sich lieber davonmachtenn als zu sterben. Aber viele der jungen Männer da unten hatten eher demoralisiert als feige gewirkt.

Standen die Dinge in Delnoch so schlecht? Er entfernte das Eis und massierte die Flüssigkeit vom Gelenk. Seine dicken Finger drückten und preßten; er knirschte vor Schmerz mit den Zähnen. Schließlich war er zufrieden, öffnete sein Bündel und nahm ein Stück kräftiger Baumwolle heraus, das er straff um das Knie wickelte. Dann rollte er seine wollenen Beinkleider wieder herunter und zog den schwarzen Stiefel über den Fuß. Er grunzte, als er das verletzte Knie durchdrückte. Er erhob sich, ging zum Fenster und stieß es auf. Sein Knie fühlte sich besser an – nicht viel, aber es reichte. Der Himmel war blau und wolkenlos, und eine kühle Brise strich durch Druss' Bart. Hoch oben kreiste ein Adler.

Druss ging zu seinem Gepäck zurück und nahm den zerknitterten Brief aus Delnar heraus. Er nahm ihn mit zum Fenster, um besseres Licht zu haben, und glättete das Pergament.

Mein teurer Kamerad,

selbst jetzt, wo ich schreibe, bekomme ich Nachrichten über die Armee der Nadir, die sich bei Gulgothir sammelt. Es steht fest, daß Ulric bereit ist, sich nach Süden zu wenden. Ich habe an Abalayn geschrieben und um Verstärkung gebeten. Aber es wird keine kommen. Ich habe Virae zu Vintar geschickt – erinnerst Du Dich an den Abt der Schwerter? – und um Die Dreißig gebeten. Ich klammere mich an Strohhalme, mein Freund.

Ich weiß nicht, in welchem Gesundheitszustand Dich dieser Brief antreffen wird, aber er ist in Verzweiflung geschrieben. Ich brauche ein Wunder, oder die Dros wird fallen. Ich weiß, Du hast geschworen, nie wieder einen Fuß hineinzusetzen, aber alte

Wunden heilen, und meine Frau ist tot, wie auch Dein Freund Seben. Du und ich sind die einzigen Lebenden, die die Wahrheit kennen. Und ich habe nie darüber gesprochen.

Dein Name allein wird ausreichen, die Zahl der Deserteure zu mindern und die Moral wiedererstarken zu lassen. Ich bin von schlechten Offizieren umgeben, die aus politischen Gründen ernannt worden sind, aber meine schwerste Bürde ist Gan Orrin, der Befehlshaber. Er ist Abalayns Neffe und ein strenger Zuchtmeister. Er ist verhaßt, aber ich kann ihn nicht absetzen. In Wahrheit führe ich nicht länger das Kommando.

Ich habe Krebs. Er verzehrt mich von Tag zu Tag mehr.

Es ist nicht gerecht, Dir davon zu erzählen, denn ich weiß, daß ich meinen bevorstehenden Tod ausnutze, Dich um einen Gefallen zu bitten.

Komm und kämpfe mit uns. Wir brauchen Dich, Druss. Ohne Dich sind wir verloren. Genauso wie in Skeln. Komm, so schnell Du kannst.

Dein Waffenbruder
Graf Delnar.

Druss faltete den Brief zusammen und steckte ihn tief in die Tasche seiner Lederweste. »Ein alter Mann mit geschwollenem Knie und arthritischem Rücken. Wenn du Hoffnungen auf ein Wunder hast, mein Freund, wirst du woanders suchen müssen.«

Auf einer Eichenkommode stand neben einem Waschbecken ein silberner Spiegel, und Druss starrte sein Spiegelbild unverwandt an. Die Augen waren von einem durchdringenden Blau, der Bart eckig gestutzt, das Kinn fest. Er nahm den Lederhelm ab und kratzte sich das dicke, graue Haar. Seine Gedanken waren ernst, als er den Helm wieder aufsetzte und nach unten ging.

An der langen Theke bestellte er Bier und lauschte auf die Gespräche, die um ihn herum geführt wurden.

»Sie sagen, Ulric hat eine Million Mann«, sagte ein hochaufgeschlossener junger Bursche. »Und ihr habt ja gehört, was er in Gulgothir getan hat. Nachdem die Stadt sich geweigert hatte, sich zu ergeben, hat er jeden zweiten hängen und vierteilen lassen, nachdem er die Stadt eingenommen hatte. Sechstausend Mann. Es heißt, die Luft war schwarz vor Krähen. Stellt euch das mal vor! Sechstausend!«

»Weißt du auch, warum er das getan hat?« fragte Druss, sich in das Gespräch einmischend. Die Männer sahen erst einander, dann Druss an.

»Selbstverständlich wissen wir das. Er ist ein blutdürstiger Wilder, das ist es.«

»Keineswegs«, widersprach Druss. »Trinkt ihr etwas mit mir?« Er rief den Wirt und bestellte Bier. »Er hat es getan, damit Männer wie ihr diese Geschichte auch in andere Städte tragen könnt. Warte! Versteh mich nicht falsch«, sagte er, als er merkte, wie dem Mann die Zornesröte ins Gesicht stieg. »Ich habe dich nicht dafür getadelt, daß du diese Geschichte erzählt hast. Es ist ganz normal, daß sich solche Dinge verbreiten. Aber Ulric ist ein gewiefter Soldat. Nehmt mal an, er hätte die Stadt eingenommen und die Verteidiger wie Helden behandelt. Dann würden sich andere Städte ebenso heftig wehren. Aber so schickt er die Angst voraus. Und Angst ist ein starker Verbündeter.«

»Das hört sich so an, als ob du ihn bewunderst«, sagte ein anderer Mann. Er war kleiner und hatte einen lockigen blonden Schnurrbart.

»Ja, das tue ich«, erklärte Druss lächelnd. »Ulric ist einer der größten Generäle unseres Zeitalters. Wer sonst hätte es in den letzten tausend Jahren geschafft, die Nadir zu einen? Es ist die Art der Nadir, jeden zu bekämpfen, der nicht zu ihrem Stamm gehört. Wenn tausend Stämme so denken, können sie nie zu einer Nation werden. Ulric nahm seinen eigenen Stamm, die Wolfsschädel, und änderte die Strategie der Nadirkriege. Jedem Stamm, den er eroberte , ließ er die Wahl, sich ihm entweder anzuschließen oder zu sterben. Viele zogen es vor zu sterben, aber die meisten wählten das Leben. Und so wuchs seine Armee. Jeder Stamm behält seine eigenen Gebräuche bei, und diese werden sogar geehrt. Einen solchen Mann kann man nicht leichthin abtun.«

»Ulric ist ein verräterischer Schurke«, warf ein Mann aus einer anderen Gruppe ein. »Er hat einen Vertrag mit uns unterzeichnet. Und jetzt will er ihn brechen.«

»Ich verteidige ja auch nicht seine Moral«, sagte Druss ruhig. »Ich will nur klarmachen, daß er ein guter General ist. Seine Truppen verehren ihn.«

»Mir gefällt jedenfalls nicht, wie du redest, alter Mann«, sagte der größte der Zuhörer.

»Nein?« fragte Druss. »Dann bist du wohl Soldat?«

Der Mann zögerte, warf seinen Kameraden einen Blick zu und zuckte die Achseln. »Ist auch egal«, sagte er, »vergiß es.«

»Oder bist du Deserteur?«

»Ich habe gesagt, vergiß es, Alter«, tobte der Jüngling.

»Seid ihr alle Deserteure?« fragte Druss, lehnte sich gegen die Theke und ließ seinen Blick über die etwa dreißig Anwesenden schweifen.

»Nein, nicht alle«, erklärte ein junger Mann, der sich aus der Menge löste. Er war groß und schlank; unter seinem Bronzehelm quollen dunkle Zöpfe hervor. »Aber du kannst die, die Deserteure sind, nicht dafür tadeln.«

»Kümmer dich nicht darum, Pinar«, sagte einer. »Wir haben doch lange genug darüber gesprochen.«

»Ich weiß. Endlos«, erwiderte Pinar. »Aber es ändert nichts an der Lage. Der Gan ist ein Dreckskerl. Schlimmer noch, er ist unfähig. Aber wenn ihr desertiert, sorgt ihr dafür, daß eure Kameraden keine Chance haben.«

»Sie haben sowieso keine Chance«, sagte der Kleine mit dem blonden Schnurrbart. »Wenn sie auch nur einen Funken Verstand hätten, würden sie mit uns kommen.«

»Dorian, du bist selbstsüchtig«, sagte Pinar sanft. »Wenn die Kämpfe beginnen, wird Gan Orrin seine idiotischen Regeln vergessen müssen. Wir werden alle viel zu beschäftigt sein, uns darum zu scheren.«

»Ich finde, wir hatten schon genug Drill«, sagte Dorian. »Glänzende Rüstungen, Morgenparaden, Gewaltmärsche. Mitternächtliche Inspektionen. Strafen für nachlässiges Salutieren, ungekämmte Haare oder Reden nach dem Lichtlöschen. Der Mann ist verrückt.«

»Wenn sie euch erwischen, werdet ihr gehängt«, sagte Pinar.

»Er wagt es nicht, uns Leute hinterherzuschicken. Sie würden ebenfalls desertieren. Ich bin nach Dros Delnoch gekommen, um gegen die Nadir zu kämpfen. Ich habe einen Hof, eine Frau und zwei Töchter. Ich bin nicht wegen dem ganzen Quatsch mit den glänzenden Rüstungen hergekommen.«

»Dann geh, mein Freund«, sagte Pinar. »Ich hoffe, du wirst es nicht bedauern.«

»Ich bedaure es jetzt schon. Aber mein Entschluß steht fest«, sagte Dorin. »Ich gehe nach Süden, um mich Wundweber anzuschließen. Das ist mal ein Soldat!«

»Lebt Graf Delnar noch?« fragte Druss. Der junge Krieger nickte abwesend. »Wie viele Männer halten noch die Stellung?«

»Was?« fragte Pinar, als er merkte, daß Druss mit ihm sprach.

»Wie viele Männer habt ihr in Delnoch?«

»Was geht dich das an?«

»Ich bin auf dem Weg dorthin.«

»Warum?«

»Weil man mich darum gebeten hat, Freundchen«, sagte Druss. »Und in mehr Jahren, als ich zählen mag, habe ich nie einem Freund eine Bitte abgeschlagen.«

»Dieser Freund hat dich gebeten, dich uns in Dros Delnoch anzuschließen? Ist er verrückt? Wir brauchen Soldaten, Bogenschützen, Lanzenträger, Krieger. Ich habe keine Zeit, respektvoll zu sein, alter Mann. Aber du solltest nach Hause gehen – wir brauchen keine Graubärte.«

Druss lächelte grimmig. »Du sprichst unverblümt, Bursche. Aber dein Verstand steckt in deinen Hosen. Ich habe meine Axt mehr als doppelt so lange geschwungen, wie du am Leben bist, und alle meine Feinde sind tot oder wünschten, sie wären es.« Seine Augen funkelten, als er auf den jungen Mann zuging. »Wenn du dein Leben erst einmal fünfundvierzig Jahre lang in einem Krieg nach dem anderen verbracht hast, dann mußt du ziemlich flink sein, um zu überleben. Und du, mein Kleiner, der kaum entwöhnt ist, bist für mich nichts weiter als ein bartloser Jüngling. Dein Schwert sieht an deiner Seite ja ganz hübsch aus. Aber wenn ich wollte, könnte ich dich töten, ohne dabei auch nur ins Schwitzen zu geraten.«

Schweigen legte sich über den Raum, und die Zuschauer bemerkten den Schweiß auf Pinars Stirn.

»Wer hat dich nach Dros Delnoch gerufen?« fragte er schließlich.

»Graf Delnar.«

»Ich verstehe. Nun, der Graf ist schon seit längerem krank, Herr. Vielleicht bist du noch ein Krieger, vielleicht auch nicht. Und ich bin ganz gewiß ein bartloser Jüngling für dich. Aber laß mich dir folgendes sagen. Dros Delnoch wird von Gan Orrin befehligt, und er wird dir nicht erlauben zu bleiben – Graf Delnar hin oder her. Ich bin sicher, daß du das Herz auf dem rechten Fleck hast, und es tut mir leid, wenn ich respektlos gewesen bin. Aber du bist zu alt für den Krieg.«

»Das Urteil der Jugend!« meinte Druss. »Es ist nur selten von Wert. Na schön, auch wenn es mir sehr gegen den Strich geht, ich sehe, daß ich mich immer noch beweisen muß. Stell mir eine Aufgabe, Bursche.«

»Ich verstehe nicht«, erwiderte Pinar.

»Stell mir eine Aufgabe. Irgend etwas, was sonst niemand hier kann. Dann werden wir sehen, wozu der alte Mann noch imstande ist.«

»Ich habe keine Zeit für solche Spielchen. Ich muß zurück in die Dros.« Er wandte sich zum Gehen, aber Druss' Worte trafen ihn wie ein Schlag und ließen ihm das Blut gerinnen.

»Du verstehst nicht, Bursche. Wenn du mir keine Aufgabe stellst, muß ich dich töten. Denn ich lasse mich nicht beleidigen.«

Der junge Mann drehte sich wieder um. »Wie du willst. Also gut, wollen wir auf den Marktplatz gehen?«

Die Gaststube leerte sich, und die Menge bildete auf dem leeren Dorfplatz einen Kreis um die beiden Männer. Die Sonne brannte heiß, und Druss sog tief die Luft ein und genoß die Wärme des Frühlings.

»Es wäre sinnlos, dich einer Kraftprobe zu unterziehen«, erklärte Pinar, »denn du bist gebaut wie ein Bulle. Aber wie du weißt, stellt der Krieg vor allem Ausdauer und Zähigkeit auf die Probe. Ringst du?«

»Ich war mal dafür bekannt«, sagte Druss und zog seine Weste aus.

»Gut! Dann kannst du deine Fähigkeiten nacheinander an drei Männern meiner Wahl ausprobieren. Bist du einverstanden?«

»Gegen diese verweichlichten, verfetteten Drückeberger? Kein Problem«, meinte Druss. Ein zorniges Murmeln lief durch die Menge, doch Pinar brachte sie mit einer Handbewegung zum Schweigen.

»Dorian, Hagir, Somin. Wollt ihr es mit dem alten Knaben hier aufnehmen?«

Die drei waren die ersten, die Druss an der Theke getroffen hatte. Dorian zog seinen Mantel aus und schnürte sein schulterlanges Haar im Nacken mit einem Lederband zusammen. Unbemerkt prüfte Druss sein Knie: Es war nicht sehr kräftig.

»Seid ihr bereit?« fragte Pinar.

Beide Männer nickten, und sofort ging Dorian den älteren an. Druss holte aus, packte den anderen an der Kehle, beugte sich vor, griff ihm mit der rechten zwischen die Beine und hob ihn hoch. Mit einem Grunzen hievte er ihn noch höher und warf ihn dann drei Meter weit durch die Luft, bis er wie ein nasser Sack auf die Erde prallte. Dorian erhob sich halb, setzte sich dann wieder hin und schüttelte den Kopf. Die Menge johlte.

»Wer ist der nächste?« fragte Druss.

Pinar nickte einem anderen Jüngling zu. Als er jedoch die Angst in dessen Gesicht sah, trat er vor. »Du hast deinen Punkt gemacht, Graubart. Du bist stark, und ich war im Unrecht. Trotzdem wird Gan Orrin dir nicht erlauben zu kämpfen.«

»Freundchen, er wird mich nicht aufhalten. Wenn er es versucht, werde ich ihn an ein schnelles Pferd binden und zu seinem Onkel zurückschicken.«

»Du alter Bastard!« Dorian hatte sein Langschwert aufgehoben und kam auf Druss zu, der mit verschränkten Armen dastand und wartete.

»Nein«, sagte Pinar. »Steck die Waffe weg, Dorian.«

»Verschwinde oder zieh dein Schwert«, fauchte Dorian. »Ich habe genug von diesen Spielchen. Du glaubst, du bist ein Krieger, alter Mann? Dann wollen wir mal sehen, ob du deine Axt zu gebrauchen verstehst. Wenn nicht, werde ich dir etwas Luft im Bauch verschaffen.«

»Junge«, sagte Druss mit kaltem Blick, »überleg dir gut, auf was du dich einläßt. Denn täusche dich nicht! Du kannst nicht gegen mich kämpfen und überleben. Das hat noch kein Mann geschafft.« Die Worte waren sanft gesprochen, aber niemand bezweifelte, was der alte Mann sagte.

Außer Dorian.

»Das werden wir ja sehen. Zieh deine Waffe!«

Druss ließ Snaga aus der Scheide gleiten; seine kräftige Hand schloß sich um den runden Schaft. Dorian griff an.

Und starb.

Er lag am Boden; der Kopf war halb von den Schultern getrennt. Druss hämmerte Snaga tief in die Erde, um die Klinge vom Blut zu säubern, während Pinar wie betäubt dastand. Dorian war zwar kein herausragender Schwertkämpfer gewesen, aber ein gewisses Können hatte er sehr wohl besessen. Doch der alte Mann hatte das singende Schwert beiseite gefegt und in einer fließenden Bewegung den Angriff verkehrt – alles, ohne auch nur die Füße zu bewegen. Pinar blickte auf den Körper seines

Kameraden hinab. Du hättest in der Dros bleiben sollen, dachte er.

»Ich wollte nicht, daß das geschieht«, sagte Druss, »aber ich habe ihn gewarnt. Es war seine Entscheidung.«

»Ja«, gab Pinar ihm recht. »Bitte verzeih mir, was ich gesagt habe. Ich glaube, du wirst uns eine große Hilfe sein. Entschuldige mich jetzt. Ich muß helfen, ihn wegzubringen. Willst du nachher etwas mit mir trinken?«

»Ich treffe dich in der Gaststube«, antwortete Druss.

Der große, dunkelhaarige junge Mann, mit dem Druss noch hätte ringen sollen, kam auf ihn zu, als er durch die Zuschauer ging.

»Entschuldigung, Herr«, sagte er. »Es tut mir leid wegen Dorian. Er ist nun mal hitzköpfig. War er immer schon.«

»Jetzt nicht mehr.«

»Es wird keine Blutrache geben«, erklärte der Mann.

»Gut. Ein Mann mit Frau und Töchtern kann es sich nicht leisten, außer sich zu geraten. Der Mann war ein Narr. Bist du ein Freund der Familie?«

»Ja. Ich heiße Hagir. Unsere Höfe liegen dicht beieinander. Wir sind ... waren ... Nachbarn.«

»Dann will ich hoffen, Hagir, daß du dich um seine Frau kümmerst, wenn du nach Hause kommst.«

»Ich gehe nicht nach Hause. Ich gehe zurück nach Dros Delnoch.«

»Was hat deine Meinung geändert?«

»Mit allem Respekt, du. Ich glaube, ich weiß, wer du bist.«

»Triff deine Entscheidungen allein, bürde sie nicht mir auf. Ich will gute Soldaten in Dros Delnoch, aber auch Männer, die durchhalten.«

»Ich bin nicht gegangen, weil ich Angst hatte. Ich war nur diese verrückten Regeln leid. Aber wenn Männer wie du dabei sind, stehe ich es durch.«

»Gut. Wir trinken später noch etwas zusammen. Jetzt muß ich ein heißes Bad nehmen.«

Druss drängte sich an den Männern vorbei durch die Tür und ging in die Gaststätte.

»Gehst du wirklich zurück, Hagir?« fragte einer der Männer.

»Ja. Ja, ich gehe zurück.«

»Aber warum?« wollte ein anderer wissen. »Es hat sich doch

nichts geändert. Abgesehen davon, daß wir wahrscheinlich alle gemeldet und ausgepeitscht werden.«

»Es liegt an ihm – *er* geht dorthin. Der Meister der Axt.«

»Druss! Das war Druss?«

»Ja, ich bin ganz sicher.«

»Wie gräßlich«, sagte der andere.

»Wie meinst du das, Somin?« fragte Hagir.

»Dorian – Druss war Dorians Held. Weißt du nicht mehr, wie er immer von ihm sprach? Druss hier, Druss da. Das ist einer der Gründe, warum er sich überhaupt verpflichtet hat – um wie Druss zu sein, ihm vielleicht sogar zu begegnen.«

»Nun, er ist ihm begegnet«, sagte Hagir ernst.

Druss, der dunkelhaarige Pinar, der großgewachsene Hagir und der grobschlächtig wirkende Somin saßen an einem Ecktisch in der langgestreckten Gaststube. Um sie herum hatte sich eine Menschenmenge geschart, angezogen von der Legende um den grauen alten Mann.

»Nur knapp über neuntausend, sagst du. Wie viele Bogenschützen?«

Pinar machte eine wegwerfende Handbewegung. »Nicht mehr als sechshundert, Druss. Die anderen sind übriggebliebene berittene Lanzenträger, Infanteristen, Speerträger und Techniker. Der größte Teil der Besatzung besteht aus Bauern von der sentrischen Ebene, die sich freiwillig gemeldet haben. Sie sind mutig.«

»Wenn ich mich recht erinnere«, sagte Druss, »ist die erste Mauer vierhundert Schritt lang und zwanzig breit. Man braucht tausend Bogenschützen auf dieser Mauer. Und ich meine nicht nur tausend Bögen. Wir brauchen Männer, die auf hundert Schritt ihr Ziel treffen!«

»Wir haben sie aber nicht«, erklärte Pinar. »Dafür stehen fast tausend Legionsreiter auf unserer Habenseite.«

»Gut. Wer führt sie an?«

»Gan Hogun.«

»Derselbe Hogun, der die Sathuli bei Corteswain in die Flucht geschlagen hat?«

»Ja«, antwortete Pinar stolz. »Ein fähiger Soldat, der sehr auf Disziplin hält und trotzdem von seinen Männern verehrt wird. Bei Gran Orrin ist er allerdings nicht sonderlich beliebt.«

»Kann ich mir vorstellen«, meinte Druss. »Aber das ist ein Problem, mit dem wir uns in Dros Delnoch beschäftigen werden. Wie steht's mit Nachschub?«

»Da gibt es einige Schwierigkeiten. Wir haben genügend Lebensmittel für ein Jahr, und wir haben noch drei Brunnen entdeckt, einen sogar in der Festung selbst. Wir haben fast sechstausend Pfeile, zahlreiche Speere und einige hundert zusätzliche Kettenhemden.

Aber das größte Problem ist die Stadt selbst. Sie hat sich von der dritten bis zur sechsten Mauer ausgebreitet, Hunderte von Gebäuden von Mauer zu Mauer. Es gibt keine Schlachtfelder, Druss. Sobald der Feind die sechste Mauer überwunden hat, hat er bis zur Festung überall Deckung.«

»Auch darum kümmern wir uns, wenn wir dort sind. Gibt es noch Gesetzlose in Skultik?«

»Sicher. Wann hätte es sie dort nicht gegeben?« fragte Pinar.

»Wie viele?«

»Unmöglich zu sagen. Fünf- oder sechshundert, vielleicht.«

»Weiß man, wer ihr Anführer ist?«

»Auch das ist schwer zu sagen«, antwortete Pinar. »Den Gerüchten nach handelt es sich um einen jungen Adeligen, der die größte Bande anführt. Jeder Anführer ist angeblich entweder ein Adliger oder ein Fürst. Woran denkst du?«

»Ich denke, daß es Bogenschützen sind«, sagte Druss.

»Aber du kannst jetzt nicht nach Skultik, Druss. Alles könnte passieren. Sie könnten dich töten.«

»Wohl wahr. Alles mögliche könnte passieren. Mein Herz könnte versagen, meine Leber streiken. Ich könnte krank werden. Ein Mann kann sich nicht sein Leben lang um das Unerwartete sorgen. Ich brauche Bogenschützen. In Skultik gibt es Bogenschützen. So einfach ist das, mein Junge.«

»Nein, so einfach ist es eben nicht. Schick jemand anders. Du bist zu wertvoll, als daß wir dich verlieren könnten«, sagte Pinar und ergriff den Arm des alten Mannes.

»Ich bin schon zu lange dabei, um mich noch zu ändern. Direkte Aktionen zahlen sich aus, Pinar, glaub mir. Und es steckt noch mehr dahinter. Aber davon erzähle ich dir ein andermal.

Und jetzt«, sagte er, sich zurücklehnend, an die Menge gewandt, »wißt ihr, wer ich bin und wohin mein Weg führt. Ich werde offen mit euch reden. Viele von euch sind davongelaufen, manche sind verängstigt, einige demoralisiert. Versteht mich richtig: Wenn Ulric Dros Delnoch einnimmt, werden die Länder der Drenai zu Ländern der Nadir. Die Höfe, die ihr bewirtschaftet, werden Nadir-Höfe. Eure Frauen werden die Frauen der Nadir. Es gibt einige Dinge, vor denen kein Mann davonlaufen kann. Ich weiß das.

In Dros Delnoch riskiert ihr euer Leben. Aber alle Menschen müssen sterben.

Selbst Druss. Selbst Karnak der Einäugige. Selbst der Bronzegraf.

Ein Mann braucht viele Dinge, damit sein Leben erträglich wird. Eine gute Frau. Söhne und Töchter. Kameradschaft. Wärme. Nahrung und Unterkunft. Aber vor allem muß er wissen, daß er ein Mann ist.

Und was ist ein Mann? Jemand, der wieder aufsteht, wenn das Leben ihn zu Boden geworfen hat. Jemand, der die Faust zum Himmel reckt, wenn ein Sturm seine Ernte vernichtet hat – und dann wieder sät. Und wieder. Ein Mann bleibt durch die Wirrungen des Schicksals ungebrochen.

Dieser Mann mag niemals gewinnen. Aber wenn er sich selbst betrachtet, kann er stolz sein auf das, was er sieht. Denn auch wenn er nur einen niedrigen Rang hat, als Bauer oder Leibeigener oder wenn er arm ist – er ist unbezwingbar.

Und was ist der Tod? Ein Ende der Mühsal. Ein Ende von Hader und Furcht.

Ich habe in vielen Schlachten gekämpft. Ich habe viele Männer sterben sehen. Die meisten sind stolz gestorben. Denkt daran, wenn ihr über eure Zukunft entscheidet.«

Die feurigen blauen Augen des alten Mannes blickten prüfend über die Menge und versuchten, die Reaktionen abzuschätzen. Er wußte, er hatte sie gepackt. Es war Zeit zu gehen.

Er verabschiedete sich von Pinar und den anderen, bezahlte trotz der Proteste des Wirts seine Rechnung und machte sich auf den Weg nach Skultik.

Er war wütend, als er loszog und die Blicke der Menschen im Rücken spürte, die auf die Straße gekommen waren, um ihm nachzusehen. Er war wütend, weil er wußte, daß seine Ansprache voller Falsch gewesen war, und er war ein Mann, der die Wahrheit liebte. Er wußte, das Leben zerbrach viele Männer. Manche waren stark wie Eichen – bis ihre Frau starb oder sie verließ oder bis ihre Kinder litten oder hungerten. Andere starke Männer zerbrachen, wenn sie ein Glied oder – schlimmer noch – den Gebrauch ihrer Beine oder das Augenlicht verloren. Jeder Mann hat eine Schwachstelle, wie stark er im Geiste auch sein mag. Irgendwo tief in seinem Innern ist die Stelle, die nur die launische Grausamkeit des Schicksals finden kann. Die Stärke eines Mannes entspringt letztendlich seinem Wissen um die eigenen Schwächen, wie Druss wußte.

Seine eigenen Ängste drehten sich um Vergreisung und Senilität. Schon der Gedanke daran ließ ihn zittern. Hatte er in Skoda wirklich eine Stimme gehört, oder war es nur sein eigenes Entsetzen gewesen, das in ihm widerhallte?

Druss die Legende. Der stärkste Mann seiner Zeit. Eine Tötungsmaschine, ein Krieger. Und warum?

Weil ich nie den Mut hatte, Bauer zu sein, sagte Druss zu sich.

Dann lachte er, verdrängte alle düsteren Gedanken und Selbstzweifel. Das war eine seiner Gaben.

Heute hatte er ein gutes Gefühl dabei. Er würde Glück haben. Wenn er sich an bekannte Pfade hielt, würde er bestimmt auf Gesetzlose treffen. Ein alter Mann, ganz allein, war eine nicht zu verachtende Beute. Wenn sie ihn unbemerkt und unbelästigt durch den Wald ziehen ließen, wären sie eine sehr unfähige Bande.

Der Wald wurde allmählich dichter, als er die Ausläufer von Skultik erreichte. Riesige, knorrige Eichen, grazile Weiden und schlanke Ulmen verschränkten ihre Zweige ineinander, soweit das Auge reichte – und weit darüber hinaus, wie er wußte.

Die Mittagssonne schickte schimmernde Lichtstrahlen durch die Zweige, und der Wind trug das Rauschen kleiner Wasserfälle von verborgenen Flüssen heran. Es war ein Ort der Verzauberung und Schönheit. Zu seiner Linken unterbrach ein Eichhörnchen seine Jagd nach Nahrung und beobachtete wachsam, wie der alte Mann vorbeimarschierte. Ein Fuchs duckte sich im Unterholz, und eine Schlange glitt rasch unter einen alten Baumstumpf, als er näher kam. Über ihm sangen Vögel einen Chor des Lebens.

Den ganzen Nachmittag über wanderte Druss weiter und brach gelegentlich in frohen Gesang mit anzüglichen Versionen von Schlachtgesängen zahlreicher Völker aus.

Gegen Abend spürte er, daß er beobachtet wurde.

Wie er das spürte, konnte er nie erklären. Die Haut im Nacken spannte sich, und ihm wurde zusehends bewußt, daß ebendieser Nacken ein gutes Ziel abgab. Was es auch war, er hatte gelernt, seinen Sinnen in dieser Hinsicht zu trauen. Er löste Snaga aus ihrer Scheide.

Kurz darauf gelangte er auf eine kleine Lichtung, umgeben von einem Kreis aus Buchen, die sich schlank und gerade vor einem Hintergrund aus Eichen abzeichneten.

In der Mitte der Lichtung saß ein junger Mann auf einem umgestürzten Baum. Der Mann trug eine handgewebte grüne Tunika und lederne, braune Beinkleider. Auf seinen Schenkeln ruhte ein Langschwert. Neben ihm lagen ein Langbogen und ein Köcher voller mit Gänsefedern versehener Pfeile.

»Guten Tag, alter Mann«, sagte er, als Druss erschien. Wendig und stark, dachte Druss, als er mit dem Auge des Kriegers die katzengleiche Anmut des Mannes erkannte, der aufstand, das Schwert in der Hand.

»Guten Tag, Bursche«, sagte Druss und sah aus den Augenwinkeln eine Bewegung im Unterholz zu seiner Linken. Ein Wispern von Tuch auf Zweig kam von rechts.

»Was führt dich in unseren bezaubernden Wald?« fragte der junge Mann. Druss ging lässig auf eine Buche zu und setzte sich, mit dem Rücken gegen den Stamm gelehnt.

»Der Wunsch nach Einsamkeit«, sagte er.

»Ach ja. Einsamkeit! Und nun hast du Gesellschaft. Vielleicht nicht gerade dein Glückstag heute.«

»Ein Tag bringt soviel Glück wie der andere«, meinte Druss, das Lächeln des anderen erwidernd. »Warum bittest du deine Freunde nicht zu uns? Es muß doch feucht sein, da im Gebüsch herumzuschleichen.«

»Wie unhöflich von mir, wirklich. Eldred, Ring, kommt her und begrüßt unseren Gast.« Mit schafsdummen Gesichtern bahnten sich zwei weitere Jünglinge ihren Weg durch das Gebüsch und stellten sich neben den ersten. Beide trugen die gleiche Tunika und lederne Beinkleider. »Jetzt sind wir alle da«, sagte der erste.

»Bis auf den Bärtigen mit dem Langbogen«, meinte Druss. Der junge Mann lachte. »Komm heraus, Jorak. Dem alten Herrn hier entgeht nichts, wie es scheint.« Der vierte Mann trat auf die Lichtung. Er war groß, einen Kopf größer als Druss – und gebaut wie ein Ochse. In seinen gewaltigen Pranken wirkte der Langbogen wie ein Spielzeug.

»Nun, werter Herr, sind wir alle hier. Sei doch so freundlich und entledige dich aller Wertsachen, denn wir haben es eilig. Im Lager brät ein Hirsch über dem Feuer und süße neue Kartoffeln, mit Minze gewürzt. Ich möchte nicht zu spät kommen.« Er lächelte, beinahe entschuldigend.

Druss erhob sich auf seine kräftigen Beine; seine blauen Augen funkelten vor Kampflust.

»Wenn ihr meine Börse wollt, müßt ihr sie euch verdienen«, erklärte er.

»O verdammt«, sagte der junge Mann lächelnd und setzte sich wieder. »Ich habe dir ja gleich gesagt, Jorak, daß dieser alte Knabe hier etwas von einem Krieger an sich hat.«

»Und ich habe dir gesagt, daß wir ihn einfach hätten niederschießen und seine Börse nehmen sollen«, erwiderte Jorak.

»Das ist unsportlich«, meinte der erste. Er wandte sich an Druss. »Hör zu, alter Mann, es wäre flegelhaft von uns gewesen, dich aus der Entfernung abzuschießen. Nun, das stellt uns vor ein kleines Problem. Wir müssen deine Börse haben, siehst du das nicht ein? Was hätte es sonst für einen Sinn, Räuber zu sein?« Er hielt inne, tief in Gedanken versunken, und fuhr dann fort: »Du bist offensichtlich kein reicher Mann. Was immer wir auch bekommen, wird keiner großen Mühen wert sein. Was hältst du davon, wenn wir eine Münze werfen? Wenn du gewinnst, behältst du dein Geld, wenn wir gewinnen, nehmen wir es. Und ich gebe noch eine freie Mahlzeit dazu. Hirschbraten! Wie klingt das?«

»Nicht gut. Wenn ich gewinne, bekomme ich *eure* Börsen und eine Mahlzeit«, sagte Druss.

»Na, na, altes Roß! Du mußt dir nicht gleich Freiheiten herausnehmen, wenn wir uns bemühen, freundlich zu sein. Na schön! Was hältst du davon: Der Ehre muß genüge getan werden. Wie wäre es mit einem kleinen Kampf gegen Jorak hier? Du siehst ziemlich stark aus, und er versteht sich gut auf Faustkämpfe.«

»Abgemacht!« sagte Druss. »Wie sind die Regeln?«

»Regeln? Wer auf den Beinen bleibt, hat gewonnen. Ob du gewinnst oder verlierst, wir schulden dir ein Abendessen. Ich mag dich – du erinnerst mich an meinen Großvater.«

Druss grinste breit, griff in sein Gepäck und zog seine schwarzen Handschuhe an. »Du hast doch nichts dagegen, Jorak, oder?« fragte er. »Da ist die alte Haut auf den Knochen, sie reißt so leicht.«

»Laß es uns hinter uns bringen«, sagte Jorak und trat vor. Druss trat ihm entgegen und maß die ehrfurchteinflößende Breite seiner

Schultern. Jorak sprang vor und setzte zu einem rechten Haken an. Druss duckte sich und ließ seine rechte Faust in den Bauch des anderen krachen. Ein Luftschwall quoll aus dem Mund des Riesen. Druss machte einen Schritt zurück und donnerte einen rechten Haken gegen das Kinn. Jorak stürzte mit dem Gesicht voran zu Boden. Er zuckte noch einmal; dann blieb er reglos liegen.

»Die Jugend von heute«, sagte Druss traurig, »hat einfach kein Stehvermögen mehr.«

Der junge Anführer kicherte. »Du hast gewonnen, Vater der Zeit. Aber gib mir um meines rasch dahinschwindenden Ansehens willen die Gelegenheit, dich bei etwas zu übertreffen. Wir machen eine Wette. Ich setze meine Börse gegen deine, daß ich ein besserer Bogenschütze bin als du.«

»Wohl kaum eine faire Wette, Bürschchen. In dem Punkt gebe ich nach. Aber ich werde eine Wette mit dir eingehen: Wenn du den Baumstamm da hinter mir mit einem Pfeil triffst, werde ich zahlen.«

»Ach, komm, werter Herr, worin liegt da die Kunst? Das sind weniger als fünfzehn Schritte, und der Stamm ist drei Hand breit.«

»Versuche es, und du wirst sehen«, erklärte Druss.

Der junge Gesetzlose zuckte die Achseln, wog seinen Bogen in der Hand und zog einen langen Pfeil aus dem rehledernen Köcher. Mit einer fließenden Bewegung seiner kräftigen Finger zog er die Sehne zurück und ließ den Pfeil los. Als sich der Bogen krümmte, zog Druss Snaga, und die Axt flog sirrend in einem glitzernden Bogen aus weißem Licht durch die Luft. Der Pfeil des Gesetzlosen zersplitterte, als die Axt ihn traf. Der junge Mann blinzelte und schluckte. »Ich hätte was darum gegeben, so etwas zu sehen«, sagte er.

»Hast du ja!« meinte Druss. »Wo ist deine Börse?«

»Leider«, sagte der junge Mann und nahm seine Börse vom Gürtel, »ist sie leer. Aber sie gehört dir, wie vereinbart. Wo hast du diesen Trick gelernt?«

»In Ventria, vor vielen Jahren.«

»Ich habe schon gute Arbeit mit der Axt gesehen. Aber das grenzt ans Unglaubliche. Ich heiße Bowman.«

»Ich bin Druss.«

»Ich weiß, altes Schlachtroß. Taten sprechen lauter als Worte.«

8

Hogun schluckte seine Verzweiflung hinunter. Seine Gedanken arbeiteten fieberhaft. Er und zweihundert seiner Legionsreiter standen mehr als tausend Nadirsoldaten gegenüber, der Kavallerie Ulrics.

Ausgeschickt, um Stärke und Stellung der Nadir-Horden festzustellen, waren Hogun und seine Männer nun fast zweihundertfünfzig Kilometer von Delnoch entfernt. Er hatte Orrin fast angefleht, diesen Plan aufzugeben, aber der erste Gan war nicht davon abzubringen gewesen.

»Ein Gan, der sich weigert, einen direkten Befehl auszuführen, wird mit sofortiger Suspendierung bestraft. Ist es das, was du willst, Hogun?«

»Du weißt genau, daß ich das nicht will. Aber diese Mission ist sinnlos! Wir wissen durch unsere Spione und zahllose Flüchtlinge genau über die Stärke von Ulrics Truppen Bescheid. Zweihundert Männer in diese Einöde zu schicken, ist Wahnsinn.«

Orrins braune Augen hatten vor Zorn nur so gesprüht, und sein fettes Kinn hatte gezittert, als er sich bemühte, seine Wut zu unterdrücken. »Verrückt, ja? Ich frage mich ... Liegt es einfach daran, daß dir der Plan nicht gefällt, oder hat der berühmte Krieger von Corteswain Angst, den Nadir zu begegnen?«

»Die Schwarzen Reiter sind die einzige kampferprobte Truppe von Wert, die du hier hast, Orrin«, erklärte Hogun, so überzeugend er konnte. »Bei einem solchen Plan könntest du alle zweihundert Mann verlieren und dabei nicht mehr erfahren, als wir ohnehin schon wissen. Ulric hat fünfhunderttausend Mann, und mehr als doppelt so viele an Gefolge, Köchen, Technikern und Huren. Er wird innerhalb von sechs Wochen hier sein.«

»Hörensagen«, murmelte Orrin. »Du brichst im Morgengrauen auf.«

Hogun war kurz davor gewesen, ihn umzubringen, so kurz davor, daß Orrin die Gefahr gespürt hatte.

»Ich bin dein Vorgesetzter«, sagte er mit einer Stimme, die fast schon ein Wimmern war. »Du wirst mir gehorchen.«

Und Hogun hatte gehorcht. Mit zweihundert seiner besten Männer auf schwarzen Pferden – seit Generationen zu den besten Schlachtrössern des Kontinents gezüchtet – war er nach Norden galoppiert, als die Sonne eben über den Delnoch-Bergen aufging.

Außer Sichtweite der Dros hatte er das Tempo verlangsamt und den Männern bedeutet, ohne Formation zu reiten, und ihnen die Erlaubnis erteilt, sich zu unterhalten. Dun Elicas kam zu ihm getrabt und zügelte sein Pferd.

»Schlimme Sache, Herr.« Hogun lächelte, sagte jedoch nichts. Er mochte den jungen Elicas. Der Mann war ein geborener Krieger und ein guter Leutnant. Er saß auf dem Pferd, als wäre er darauf geboren, ein echter Zentaur. Und ein Wilder im Kampf, mit seinem handgearbeiteten silbernen Säbel, der drei Fingerbreit kürzer war als die normale Ausführung.

»Was sollen wir eigentlich herausfinden?« fragte er.

»Stärke und Stellung der Nadir-Armee«, antwortete Hogun.

»Das wissen wir bereits«, sagte Elicas. »Was für ein Spiel treibt der fette Narr eigentlich?«

»Genug davon, Elicas«, erwiderte Hogun streng. »Er will sichergehen, daß unsere Spione nicht ... übertrieben haben.«

»Er ist eifersüchtig auf dich, Hogun, er wünscht deinen Tod. Sieh dem ins Gesicht, Mann. Niemand kann uns hören. Du weißt, was er ist – ein Höfling. Und er hat keinen Mumm. Die Dros wird keinen Tag halten. Er wird mit Sicherheit sofort die Tore öffnen.«

»Der Mann steht unter furchtbarem Druck. Das Schicksal der Drenai lastet auf seinen Schultern«, sagte Hogun. »Laß ihm etwas Zeit.«

»Wir haben aber keine Zeit. Schick mich zu Wundweber, Hogun. Laß mich ihm unsere Lage erklären. Man könnte ihn doch ablösen.«

»Nein. Glaub mir, Elicas, es würde nichts nützen. Er ist Abalayns Neffe.«

»Der alte Mann wird viele Fragen beantworten müssen«, schnaubte Elicas. »Falls wir irgendwie lebend aus dieser Sache herauskommen, wird er bestimmt gestürzt.«

»Er regiert seit dreißig Jahren. Das ist zu lange. Aber, wie du sagst, falls wir lebend da durchkommen, dann wegen Wundweber. Und bestimmt wird er anschließend die Macht übernehmen.«

»Dann laß mich jetzt zu ihm reiten«, drängte Elicas.

»Es ist nicht der richtige Zeitpunkt. Wundweber kann nicht handeln. Nein, laß die Finger davon. Wir erledigen unseren Auftrag, und mit etwas Glück kommen wir unbemerkt davon.«

Aber sie hatten kein Glück gehabt. Fünf Tage von Delnoch entfernt waren sie auf drei Nadirspäher gestoßen. Sie hatten nur zwei töten können; der dritte hatte sich tief über sein Steppenpony geduckt und war wie der Wind in den Wald galoppiert. Hogun hatte sofortigen Rückzug angeordnet, und mit einem Quentchen Glück hätten sie es schaffen können. Elicas war der erste, der gesehen hatte, wie die Spiegelbotschaften von Hügel zu Hügel aufblitzten.

»Was denkst du?« fragte er, als Hogun stehenblieb.

»Ich denke, daß wir viel Glück brauchen. Es hängt davon ab, wie viele Soldaten sie in der Nähe haben.« Die Antwort auf diese Frage ließ nicht lange auf sich warten. Am späten Nachmittag sahen sie die Staubwolke im Süden. Hogun blickte sich um.

»Lebus!« rief er, und ein junger Soldat galoppierte heran. »Du hast doch Augen wie ein Adler. Schau mal dort hinüber. Was siehst du da?«

Der junge Mann beschattete mit der Hand die Augen; dann spähte er in die Richtung, aus der sie gekommen waren.

»Staub, Gan. Von vielleicht zweitausend Pferden.«

»Und vor uns?«

»Vielleicht tausend.«

»Danke. Geh wieder zurück an deinen Platz. Elicas?«

»Ja?«

»Umhänge zusammengerollt. Wir nehmen sie mit Lanzen und Säbeln.«

»Jawohl!« Er galoppierte zurück. Die schwarzen Umhänge wurden gelöst und gefaltet, um dann an die Sättel gebunden zu werden. Die schwarzsilbernen Rüstungen glänzten in der Sonne, als ein Mann nach dem anderen sich auf den Angriff vorbereitete. Aus den Satteltaschen wurden schwarzsilberne Unterarmschützer geholt und angelegt. Dann wurden kleine runde Schilde von den Sattelknäufen genommen und am linken Arm befestigt. Riemen wurden festgezurrt, Rüstungen geprüft. Die näherkommenden Nadir waren jetzt schon einzeln auszumachen, aber ihre Schlachtrufe wurden noch von dem Donnern der Hufe übertönt.

»Visiere runter!« rief Hogun. »Keilformation!«

Hogun und Elicas bildeten die Spitze des Keils; die übrigen Reiter nahmen ihre Position ein, je hundert auf beiden Seiten.

»Vorwärts!« rief Elicas. Die Truppe fiel erst in leichten, dann in vollen Galopp, die Lanzen schräggestellt. Als sich der Abstand verringerte, spürte Hogun, wie sein Blut in Wallung geriet, und er hörte, wie sein Herz im Rhythmus der donnernden Hufe pochte.

Jetzt konnte er die Gesichter der Nadir erkennen und ihre Rufe hören.

Der Keil stieß in die Reihen der Nadir. Die großen schwarzen Pferde bahnten sich einen Weg durch die Leiber der kleineren Bergponies. Hoguns Lanze drang in die Brust eines Nadirs und zerbrach, als der Mann von seinem Pony geschleudert wurde. Dann ließ Hogun seinen Säbel durch die Luft sausen, schlug einen Mann aus dem Sattel, parierte einen Streich von links und zog dem Angreifer seine Waffe rückhändig über die Kehle. Zu seiner Rechten stieß Elicas einen Schlachtruf der Drenai aus. Sein Pferd stieg auf die Hinterhand und trommelte mit den Hufen auf ein geschecktes Pony ein, das seinen Reiter abwarf, der unter die heranstürmende Masse der Angreifer geriet. Dann waren die Schwarzen Reiter durch und hielten auf die zerbrechliche, ferne Sicherheit von Dros Delnoch zu.

Hogun drehte sich um und sah, wie die Nadir sich wieder formierten und nach Norden zogen. Man verfolgte sie also nicht. »Wie viele Männer haben wir verloren?« fragte er Elicas, als ihr Trupp wieder in Schritt fiel.

»Elf.«

»Es hätte schlimmer sein können. Wen?«

Elicas zählte die Namen auf. Alles gute Männer, die schon manche Schlacht überstanden hatten.

»Dieser Bastard Orrin wird dafür büßen!« sagte Elicas bitter.

»Vergiß es! Er hatte recht. Zwar mehr durch Glück als Urteilskraft, aber er hatte recht.«

»Was meinst du damit? Wir haben nichts Neues erfahren und elf Männer verloren.«

»Wir haben erfahren, daß die Nadir näher sind, als wir glaubten. Diese Hundesöhne gehörten zum Stamm der Wolfsschädel. Das ist Ulrics eigener Stamm, sie sind seine persönliche Garde. Er würde sie seiner Haupttruppe nie so weit vorausschicken. Ich würde sagen, wir haben noch einen Monat – wenn wir Glück haben.«

»Verdammt! Und ich wollte das Schwein schon aufschlitzen und die Folgen gern in Kauf nehmen.«

»Gib Befehl, daß heute nacht kein Feuer gemacht wird«, ordnete Hogun an.

Na, Dicker, dachte Elicas, das war deine erste gute Entscheidung. Möge es nicht die letzte sein.

9

Der Wald besaß eine zeitlose Schönheit, die Druss' Kriegerseele rührte. Verzauberung hing in der Luft. Knorrige Eichen wurden im silbernen Mondlicht zu schweigenden Wächtern, majestätisch, unsterblich, unnachgiebig. Was scherten sie die Kriege der Menschen? Ein sanfter Windhauch wisperte in den Zweigen. Ein Strahl Mondlicht badete einen herabgefallenen Ast und verlieh ihm eine ätherische Pracht. Ein einsamer Dachs, der ins Licht geraten war, huschte ins Unterholz.

Die Männer, die sich um das Lagerfeuer geschart hatten, brachen in einen rauhen Gesang aus, und Druss fluchte leise. Wieder war der Wald nichts weiter als ein Wald, die Eichen nichts weiter als große Bäume. Bowman kam mit zwei Lederbechern und einem Weinschlauch zu ihm herüber.

»Einer der besten Ventrier«, sagte er. »Er macht dein Haar wieder schwarz.«

»Soll mir recht sein«, meinte Druss. Der junge Mann schenkte erst Druss, dann sich selbst ein.

»Du siehst so melancholisch aus, Druss. Ich dachte, die Aussicht auf eine weitere ruhmreiche Schlacht würde dir das Herz aufgehen lassen.«

»Deine Männer sind die schlechtesten Sänger, die ich seit zwanzig Jahren gehört habe. Sie vergewaltigen das Lied ja.« Druss lehnte sich gegen eine Eiche und spürte, wie der Wein die Anspannung fortspülte.

»Warum gehst du nach Dros Delnoch?« fragte Bowman.

»Die schlechtesten Sänger waren eine Bande gefangener Sathuli. Sie sangen immer und immer wieder dieselbe dämliche Strophe. Schließlich haben wir sie gehen lassen – wir dachten, wenn sie zu Hause so weitersingen, haben sie in einer Woche den Kampfgeist ihres Stammes gebrochen.«

»Nun sieh mal, altes Schlachtroß«, sagte Bowman. »Ich bin kein Mann, den man so einfach beiseite schiebt. Antworte mir – egal was! Lüg mich an, wenn du willst. Aber sag mir, warum du nach Dros Delnoch gehst.«

»Warum willst du das wissen?«

»Es interessiert mich. Selbst ein Einäugiger kann sehen, daß Delnoch fallen wird, und du hast genug Erfahrung, um die Wahrheit zu erkennen, wenn du sie siehst. Also, warum?«

»Hast du eine Ahnung, mein Freund, in wie vielen solcher verlorener Schlachten ich in den letzten vierzig Jahren gekämpft habe?«

»Nicht in allzu vielen«, erwiderte Bowman, »sonst wärst du nicht hier und könntest darüber reden.«

»Nein. Wie entscheidest du, daß eine Schlacht verloren ist? Zahlen, strategische Vorteile, Stellungen? Das ist alles nicht mehr wert als ein Spatzenfurz. Es kommt auf die Männer an, die den Willen haben. Die größte Armee wird wanken, wenn ihre Männer weniger bereit sind zu sterben als zu siegen.«

»Rhetorik«, schnaubte Bowman. »Die kannst du dir für die Dros aufheben. Die Narren dort werden sie begierig einsaugen.«

»Einer gegen fünf, und der eine wird behindert«, sagte Druss, sich mühsam beherrschend. »Auf wen würdest du setzen?«

»Ich weiß, worauf du hinauswillst, Alter. Und was, wenn der eine Karnak der Einäugige wäre? Hm? Na, dann würde ich auf ihn setzen. Aber wie viele Karnaks gibt es in Dros Delnoch?«

»Wer weiß? Selbst Karnak war einst unbekannt. Er hat sich auf einem blutigen Schlachtfeld seinen Namen gemacht. Auch in Dros Delnoch wird es am Ende viele Helden geben.«

»Dann gibst du es also zu? Die Dros ist zum Untergang verurteilt«, sagte Bowman triumphierend grinsend. »Am Ende, hast du gesagt.«

»Verdammt Junge, leg mir keine Worte in den Mund«, fauchte Druss, sich selbst verwünschend. Wo bist du jetzt, Seben? dachte er. Jetzt, wo ich dich und deine glatten Worte und deinen flinken Geist brauche.

»Dann versuche auch nicht, mich wie einen Toren zu behandeln. Gib zu, daß die Dros verurteilt ist.«

»Wie du meinst«, gab Druss zu.

»Jeder Einäugige kann es sehen. Aber das kümmert mich einen Dreck, mein Freund. Bis zu dem Moment, wenn sie mich tatsächlich niederstrecken, werde ich immer noch versuchen zu siegen. Und die Kriegsgötter sind bestenfalls launisch. Wo stehst du in dieser Sache?«

Bowman lächelte und füllte die Becher noch einmal. Einen

Augenblick schwieg er, genoß den Wein und das Unbehagen des alten Mannes.

»Nun?« fragte Druss.

»Jetzt kommen wir endlich dahin«, meinte Bowman.

»Wohin?« fragte Druss, der sich unter dem zynischen Blick des jungen Bogenschützen sichtlich unwohl fühlte.

»Zu dem Grund für deinen Besuch in meinem Wald«, antwortete Bowman und spreizte die Hände. Sein Lächeln war jetzt offen und freundlich. »Komm schon, Druss, ich habe zuviel Respekt vor dir, um noch länger mit dir herumzuzanken. Du willst meine Männer für deine verrückte Schlacht. Und die Antwort lautet nein. Aber genieße deinen Wein trotzdem.«

»Bin ich so leicht zu durchschauen?« fragte der alte Krieger.

»Wenn Druss die Legende am Vorabend des Untergangs durch Skultik spaziert, sucht er nicht nur Bucheckern.«

»Ist das alles, was du vom Leben verlangst?« fragte Druss. »Du schläfst in einer klapprigen Hütte und ißt, wenn du Wild findest. Wenn nicht, hungerst du. Im Winter frierst du. Im Sommer krabbeln dir die Ameisen in die Kleider, und den Läusen geht es prächtig. Du bist nicht für so ein Leben geschaffen.«

»Wir sind überhaupt nicht fürs Leben geschaffen, altes Schlachtroß. Es ist für uns geschaffen worden. Wir leben es. Wir verlassen es. Ich werde mein Leben nicht in deinem blutigen Wahn fortwerfen. Solche Heldentaten überlasse ich Männern wie dir. Du hast deine Jahre in einem schmutzigen Krieg nach dem anderen vergeudet. Und was hat sich geändert? Hast du mal daran gedacht, daß wir, wenn du die Ventrier nicht vor fünfzehn Jahren bei Skeln geschlagen hättest, jetzt zu diesem mächtigen Reich gehören würden, und *sie* müßten sich Sorgen um die Nadir machen?«

»Es lohnt sich, für die Freiheit zu kämpfen«, erklärte Druss.

»Warum? Niemand kann einem Mann die Freiheit der Seele nehmen.«

»Unabhängigkeit, vielleicht?« schlug Druss vor.

»Unabhängigkeit wird nur geschätzt, wenn sie in Gefahr ist. Also ist es die Bedrohung, die den Wert erst verdeutlicht. Wir müßten den Nadir also dankbar sein, daß sie uns den Wert unserer Unabhängigkeit erkennen lassen.«

»Mit schönen Worten hast du bei mir verloren, verdammt. Du bist wie diese Politiker in Drenan, voller Wind wie eine kranke

Kuh. Erzähl mir nicht, ich hätte mein Leben vergeudet, das dulde ich nicht! Ich habe eine gute Frau geliebt und habe immer nach meinen Prinzipien gehandelt. Ich habe niemals etwas getan, dessen ich mich schämen müßte, und war nie grausam.«

»Aber, aber, Druss. Nicht alle Menschen sind wie du. Ich werde deine Prinzipien nicht kritisieren, wenn du nicht versuchst, sie mir aufzuzwingen. Ich habe keine Zeit dafür. Ich wäre ein schöner Heuchler als gesetzloser Räuber mit Prinzipien.«

»Warum hast du dann nicht zugelassen, daß Jorak mich erschießt?«

»Wie schon gesagt, das wäre unsportlich gewesen. Stillos. Aber an einem anderen Tag, wenn mir kälter gewesen wäre . . .«

»Du bist ein Adeliger, nicht wahr?« fragte Druss. »Ein reicher Knabe, der Räuberhauptmann spielt. Warum sitze ich eigentlich hier und streite mit dir?«

»Weil du meine Bogenschützen brauchst.«

»Nein. Den Gedanken habe ich aufgegeben«, widersprach Druss und hielt dem grüngekleideten Gesetzlosen seinen Becher hin. Bowman füllte ihn. Wieder umspielte ein zynisches Lächeln seine Lippen.

»Aufgegeben? Unsinn. Ich werde dir sagen, was du denkst. Du wirst noch ein wenig mit mir streiten und mir dann Geld anbieten und Straferlaß für meine Verbrechen. Wenn ich ablehne, wirst du mich töten und dein Glück mit demselben Angebot bei meinen Männern versuchen.«

Druss war erschüttert, doch seine Miene blieb unbeweglich.

»Liest du auch aus der Hand?« fragte er und nippte an seinem Wein.

»Du bist zu aufrichtig, Druss. Und ich mag dich. Deswegen möchte ich dich darauf hinweisen, daß Jorak mit schußbereitem Bogen dort hinten in den Büschen steht.«

»Dann habe ich verloren«, sagte Druss. »Behalte deine Bogenschützen.«

»Na, na, na, mein Lieber. Von Druss der Legende erwarte ich etwas anderes als Resignation. Mach dein Angebot.«

»Ich habe keine Zeit für diese Spiele. Ich hatte einen Freund wie dich, Seben, den Sagenmeister. Er konnte den ganzen Tag reden und dich davon überzeugen, daß das Meer aus Sand besteht. Ich habe nie einen Streit mit ihm gewonnen. Er redete auch davon, daß er keine Prinzipien hätte – und genau wie du hat er gelogen.«

»Er war der Dichter, der die Legende über dich schrieb. Er hat dich unsterblich gemacht«, sagte Bowman leise.

»Ja«, bestätigte Druss. Seine Gedanken wanderten viele Jahre zurück.

»Hast du deine Frau wirklich in der ganzen Welt gesucht?«

»Zumindest dieser Teil der Geschichte ist wahr. Wir heirateten, als wir noch sehr jung waren. Dann wurde mein Dorf von einem Sklavenjäger namens Harib überfallen, der meine Frau an einen Kaufmann aus dem Osten verkaufte. Ich war bei dem Überall nicht dabei, da ich gerade in den Wäldern arbeitete. Aber ich habe sie verfolgt. Schließlich hat es mich sieben Jahre gekostet, und als ich sie endlich fand, lebte sie mit einem anderen Mann.«

»Was ist mit ihm geschehen?« fragte Bowman leise.

»Er starb.«

»Und sie kam mit dir zurück nach Skoda.«

»Ja. Sie liebte mich. Wirklich.«

»Ein interessanter Zusatz zu deiner Geschichte«, sagte Bowman.

Druss kicherte. »Es muß am Alter liegen, daß ich melancholisch werde. Normalerweise schwätze ich nicht über die Vergangenheit.«

»Was ist aus Seben geworden?« wollte der Gesetzlose wissen.

»Er fiel bei Skeln.«

»Ihr habt euch nahegestanden?«

»Wie Brüder.«

»Ich kann mir nicht vorstellen, wieso ich dich an ihn erinnere«, meinte Bowman.

»Vielleicht liegt es daran, daß ihr beide ein dunkles Geheimnis hütet«, sagte Druss.

»Vielleicht«, gab der Gesetzlose zu. »Wie auch immer, mach mir ein Angebot.«

»Straferlaß für jeden und fünf Goldraq pro Kopf.«

»Das reicht nicht.«

»Das ist mein letztes Wort, höher gehe ich nicht.«

»Dein Angebot muß wie folgt lauten: Straferlaß, fünf Goldraq für jeden der sechshundertzwanzig Männer, und folgende Vereinbarung: Wenn die dritte Mauer fällt, ziehen wir mit unserem Geld und mit den Straferlassen ab, die das Siegel des Grafen tragen.«

»Warum die dritte Mauer?«

»Weil das der Anfang vom Ende sein wird.«

»Ein kleiner Stratege, was, Bursche?«

»Könnte man sagen. Übrigens, was hältst du von Kriegerinnen?«

»Ich habe ein paar gekannt. Warum fragst du?«

»Ich werde eine mitbringen.«

»Und? Was macht das für einen Unterschied, solange sie mit einem Bogen umgehen kann?«

»Ich habe nicht gesagt, daß es einen Unterschied macht. Ich dachte nur, ich sollte es erwähnen.«

»Sollte ich irgend etwas über diese Frau wissen?« fragte Druss.

»Nur, daß sie ein Killer ist.«

»Dann ist sie vollkommen, und ich werde sie mit offenen Armen empfangen.«

»Das würde ich dir nicht empfehlen«, sagte Bowman leise.

»Seid in vierzehn Tagen in Dros Delnoch, und ich werde euch alle mit offenen Armen empfangen.«

Als Rek erwachte, sah er, wie die Sonne eben über den fernen Bergen aufging. Nach traumlosem Schlaf kam er schnell zu sich, reckte sich und schlüpfte unter den Decken hervor. Dann ging er zum Turmfenster des Schlafgemachs. Unten im Hof sammelten die Dreißig ihre Pferde, große Tiere mit kurzgeschnittenen Mähnen und geflochtenen Schwänzen. Vom Geklapper der stahlbeschlagenen Hufe abgesehen, lag eine beklemmende Stille über der Szene. Niemand sprach ein Wort. Rek schauderte.

Virae stöhnte im Schlaf und warf einen Arm quer über das Bett.

Rek beobachtete, wie die Männer im Hof ihre Rüstungen überprüften und die Sattelgurte festzurrten. Wo sind die Scherze, das Gelächter, all die Geräusche, die Soldaten für gewöhnlich machen, wenn sie in den Krieg ziehen? Scherze, um die Angst zu betäuben, Flüche, um die Spannung zu mildern?

Serbitar erschien. Er trug einen weißen Umhang über der silbernen Rüstung; auf seinem geflochtenen weißen Haar saß ein silberner Helm. Die Dreißig begrüßten ihn. Rek schüttelte den Kopf. Das war schon unheimlich. Vollkommen zeitgleich, wie ein und derselbe Gruß in dreißig Spiegeln.

Virae öffnete die Augen und gähnte. Sie rollte sich auf die Seite und sah Reks Silhouette vor dem Fenster. Sie lächelte.

»Dein Bauch gehört bald der Vergangenheit an«, sagte sie.

»Spotte nicht«, sagte er lächelnd. »Wenn du nur mit deiner Haut bekleidet vor dreißig Kriegern erscheinen willst, brauchst du dich nicht zu beeilen. Sie sind schon im Hof.«

»Das wäre natürlich eine Möglichkeit herauszufinden, ob sie menschlich sind«, meinte sie und setzte sich auf. Rek riß sich von ihrem Anblick los.

»Du hast eine ganz merkwürdige Wirkung auf mich«, erklärte er und sah ihr in die Augen. »Du läßt mich immer zur falschen Zeit an Liebe denken. Jetzt zieh dich an.«

Im Hof leitete Serbitar das Gebet der Männer, eine schweigende Vereinigung der Gedanken. Vintar beobachtete den jungen Albino voller Zuneigung. Er freute sich, weil dieser sich so rasch auf die Verantwortung der Führerschaft eingestellt hatte.

Serbitar beendete das Gebet und kehrte zum Turm zurück. Er fühlte sich unbehaglich – nicht in Harmonie. Er stieg die abgerundeten steinernen Stufen zum Schlafraum des Turms empor und lächelte bei dem Gedanken an das Versprechen, das er dem großen Drenai und seiner Frau gegeben hatte. Es wäre sehr viel einfacher gewesen, die Gedanken Reks zu lesen, als die Treppe hinaufzusteigen, um festzustellen, ob sie fertig waren.

Er klopfte an die eisenbeschlagene Tür. Rek öffnete und bat ihn hinein.

»Ich sehe, daß ihr bereit seid«, sagte er. »Wir brauchen nicht lange.«

Serbitar nickte. »Die Drenai sind schon auf die Nadir gestoßen.«

»Sie sind schon in Dros Delnoch?« fragt Rek alarmiert.

»Nein, nein«, beruhigte Serbitar ihn. »Die Legion hat sie weit draußen getroffen. Sie haben sich gut geschlagen. Ihr Anführer heißt Hogun. Wenigstens er zeigt Qualitäten.«

»Wann war das?«

»Gestern.«

»Wieder deine besonderen Kräfte?«

»Ja. Beunruhigt dich das?«

»Es verursacht mir Unbehagen. Aber nur, weil ich diese Gabe nicht habe.«

»Eine kluge Beobachtung, Rek. Aber glaub mir, du wirst sie bald zu schätzen lernen.« Serbitar verbeugte sich, als Virae aus dem rückwärtig gelegenen Bad trat.

»Tut mir leid, daß ihr warten mußtet«, sagte sie. Sie trug ihre Rüstung, ein silbernes Kettenhemd mit bronzenen Schulterpolstern, und zusätzlich einen silbernen Helm mit Rabenflügeln und einen weißen Umhang – Geschenke von Vintar. Ihr helles Haar war zu beiden Seiten des Kopfes zu Zöpfen geflochten.

»Du siehst aus wie eine Göttin«, sagte Rek.

Im Hof schlossen sie sich den Dreißig an, überprüften ihre Pferde und ritten neben Serbitar und Menahem davon, zur Bucht von Drin.

»Sobald wir dort sind«, erklärte Menahem, »buchen wir eine Passage auf einem lentrischen Schiff nach Dros Purdol. Das spart uns zwei Wochen Reisezeit. Von Purdol aus geht es auf dem Fluß und über die Straße weiter. Wir müßten Dros Delnoch in spätestens vier Wochen erreichen. Ich fürchte, die Kämpfe werden schon begonnen haben, wenn wir eintreffen.«

Die Stunden vergingen, und der Ritt wurde zu einem persönlichen Alptraum für Rek. Sein Rücken war voller blauer Flecke, und sein Hinterteil war gefühllos, noch ehe Serbitar für eine Mittagspause haltmachen ließ. Sie war nur kurz, und als der Abend hereinbrach, waren Reks Schmerzen beinahe unerträglich.

Sie schlugen ihr Lager in einem kleinen Wald in der Nähe eines Flusses auf. Virae fiel fast aus dem Sattel, Müdigkeit – tief und bleiern – sprach aus jeder ihrer Bewegungen. Aber sie war Reiterin genug, um erst ihr Pferd zu versorgen, bevor sie an einem Baum zu Boden sank. Rek nahm sich mehr Zeit, um den Schweiß von Ulans Rücken und Schultern zu reiben. *Er* hatte kein Verlangen, sich zu setzen! Er breitete eine Decke über das Pferd; dann ging er zum Fluß. Ulan hält sich genauso gut wie die Pferde der Priester, dachte Rek stolz.

Aber in der Nähe des Wallachs war er immer noch auf der Hut. Er hatte selbst jetzt noch die Neigung, nach ihm zu schnappen. Rek lächelte, als er sich erinnerte.

»Ein gutes Pferd«, hatte Serbitar am Morgen gesagt und war vorgetreten, um ihm über die Mähne zu streichen. Ulan schnappte nach ihm, und Serbitar machte einen Satz rückwärts. »Darf ich mit ihm sprechen?« hatte Serbitar gebeten.

»Mit einem Pferd?«

»Es ist mehr eine . . . intensive Verbindung. Ich werde ihm sagen, daß ich ihm nichts zuleide tun will.«

»Nur zu.«

Nach einer Weile lächelte Serbitar. »Er tut sehr freundlich, aber er wartet nur darauf, wieder nach mir schnappen zu können. Das, mein Freund, ist ein sehr streitsüchtiges Tier.«

Rek ging zum Lager zurück, wo vier Feuer fröhlich flackerten und die Reiter ihre Haferkuchen verzehrten. Virae schlief unter einem Baum, in eine rote Decke gewickelt; ihr Kopf ruhte auf dem weißen Mantel. Rek gesellte sich zu Serbitar, Vintar und Menahem, die zusammen an einem der Feuer saßen. Arbedark sprach leise zu einer anderen Gruppe in der Nähe.

»Wir reiten zu scharf«, sagte Rek. »Das werden die Pferde nicht durchhalten.«

»Auf dem Schiff können wir uns ausruhen«, erklärte Serbitar. »Und wir werden schon morgen früh an Bord des lentrischen Schiffes ›Tunichtgut‹ sein. Sie läuft mit der Morgenflut aus, daher die Eile.«

»Selbst meine Knochen sind müde«, sagte Rek. »Gibt es etwas Neues aus Dros Delnoch?«

»Das sehen wir später«, antwortete Menahem lächelnd. »Tut mir leid, Freund Rek, daß ich dich auf die Probe gestellt habe. Es war ein Fehler.«

»Bitte, vergiß es – und was ich gesagt habe. Die Worte waren im Zorn gesprochen.«

»Das ist sehr großmütig. Ehe du zu uns kamst, sprachen wir von der Dros. Wir glauben, daß sie bei der derzeitigen Führung keine Woche hält. Die Moral ist niedrig, und der Anführer Orrin ist ganz überwältigt von seiner Macht und seiner Stellung. Wir brauchen einen guten Wind und keine Verzögerungen.«

»Du meinst, es könnte vorbei sein, ehe wir dort sind?« fragte Rek mit klopfendem Herzen.

»Das glaube ich nicht«, antwortete Vintar. »Aber das Ende könnte schon nahe sein. Sag mir, Regnak, warum gehst du nach Delnoch?«

»Die Möglichkeit der Dummheit darf man nie ganz ausschließen«, erklärte Rek ohne Humor. »Jedenfalls, es könnte doch sein, daß wir nicht verlieren. Wir haben doch wenigstens eine kleine Chance, oder nicht?«

»Druss wird bald dort sein«, sagte Vintar. »Es hängt viel davon ab, wie er aufgenommen wird. Wenn es gut verläuft und wenn es uns gelingt, dort zu sein, solange die erste Mauer noch hält, müßten wir es schaffen, die Stärke der Verteidiger zu nutzen und für einen Monat gesichert Widerstand leisten zu können. Ich sehe allerdings nicht, wie nur zehntausend Mann länger aushalten könnten.«

»Wundweber könnte Verstärkung schicken«, warf Menahem ein.

»Vielleicht«, sagte Serbitar. »Aber unwahrscheinlich. Praktisch die ganze Armee befindet sich in Delnoch. Dreitausend Mann halten Dros Purdol und weitere tausend Corteswain.

Es war töricht von Abalayn, in den letzten Jahren die Armee abzubauen und Handelsvereinbarungen mit Ulric einzugehen. Das war reine Torheit. Wären es jetzt nicht die Nadir, die angreifen, so wäre es über kurz oder lang Vagria. Meinem Vater würde es gefallen, die Drenai zu demütigen. Davon hat er lange genug geträumt.«

»Dein Vater?« fragte Rek.

»Graf Drada von Dros Sergril. Wußtest du das nicht?« sagte Serbitar.

»Nein. Aber Segril liegt nur hundertzwanzig Kilometer westlich von Delnoch. Er schickt doch bestimmt seine Männer, wenn er weiß, daß du dort bist?«

»Nein. Mein Vater und ich sind keine Freunde. Meine Gabe macht ihm angst. Wenn ich getötet werde, befindet er sich jedenfalls in Blutfehde mit Ulric. Das bedeutet, daß er mit seinen Truppen Wundweber unterstützen wird. Das könnte den Drenai helfen – aber nicht mehr Dros Delnoch.«

Menahem warf Zweige auf das Feuer und streckte seine dunklen Hände der Wärme entgegen. »Abalayn hat wenigstens eins richtig gemacht. Dieser lentrische Wundweber hat Qualitäten. Ein Krieger der alten Schule, hart, entschlossen und praktisch.«

»Es gibt Zeiten, Menahem«, lächelte Vintar, dem man nach dem scharfen Ritt sein Alter deutlich ansehen konnte, »da bezweifle ich, daß du dein Ziel erreichst. Krieger der alten Schule, also wirklich!«

Menahem grinste breit. »Ich kann einen Mann für seine Talente bewundern und gleichzeitig seine Prinzipien in Frage stellen.«

»Das kannst du in der Tat, mein Junge. Aber habe ich da nicht einen leisen Hauch von Empathie bemerkt?« fragte Vintar.

»Doch, Meister Abt. Aber nur einen Hauch, sei versichert.«

»Ich hoffe es, Menahem. Ich möchte dich nicht vor der REISE verlieren. Deine Seele muß sicher sein.«

Rek schauderte. Er hatte keine Ahnung, wovon sie redeten. Und wenn er genauer darüber nachdachte, wollte er es auch lieber nicht wissen.

Die erste Verteidigungslinie von Dros Delnoch war die Mauer Elbidar, die sich schlangengleich fast vierhundert Meter über den Delnoch-Paß wand. Von Norden her gesehen war sie achtzehn Meter hoch, von Süden her jedoch nur anderthalb Meter. Sie war wie eine Riesenstufe aus dem Granit des Berges gehauen worden.

Cul Gilad saß auf der Brustwehr und schaute finster über die wenigen Bäume auf die Ebene im Norden. Seine Augen suchten den fernen Horizont nach den verräterischen Staubwolken ab, die die Invasion ankündigen würden. Aber nichts war zu sehen. Seine dunklen Augen wurden schmal, als er einen Adler am Morgenhimmel entdeckte. Gilad lächelte. »Flieg, großer goldener Vogel! Lebe!« rief er. Dann stand er auf und reckte sich. Seine Beine waren lang und schlank, seine Bewegungen fließend und elegant. Die neuen Armeeschuhe waren ihm eine halbe Nummer zu groß; er hatte sie mit Papier ausgestopft. Der Helm, ein sonderbares Ding aus Bronze und Silber, rutschte ihm über ein Auge. Fluchend warf er ihn zu Boden. Eines Tages würde er einen Schlachtgesang über die Wirksamkeit von Armeen schreiben, dachte er. Sein Magen knurrte, und er sah sich suchend nach seinem Freund Breganum, der gegangen war, um ihre Vormittagsration zu holen: schwarzes Brot und Käse – was sonst. Endlose Wagenreihen mit Vorräten kamen jeden Tag in Delnoch an, doch die Vormittagsmahlzeit bestand unweigerlich aus Schwarzbrot und Käse. Er beschattete seine Augen und konnte gerade die rundliche Gestalt Bregans ausmachen, der mit zwei Tellern und einem Krug aus dem Kasino kam. Gilad lächelte. Der gutmütige Bregan. Bauer, Ehemann, Vater. All dies war er auf seine sanfte, freundliche, leichte Art gut. Aber Soldat?

»Schwarzbrot und Sahnekäse«, sagte Bregan lächelnd. »Wir hatten es erst dreimal, und ich bin es schon leid.«

»Kommen immer noch Wagen an?« fragte Gilad.

»In Scharen. Trotzdem, ich denke, sie werden wohl am besten wissen, was ein Krieger braucht«, sagte Bregan. »Ich frage mich, wie Lotis und die Jungs zurechtkommen.«

»Wir erhalten vielleicht später Nachricht. Sybad bekommt immer Briefe.«

»Ja. Ich bin erst seit zwei Wochen hier und vermisse meine Familie schon schrecklich«, sagte Bregan. »Ich habe mich aus einer Augenblickslaune registrieren lassen, Gil. Die Rede dieses Offiziers hat mich einfach mitgerissen, denke ich.«

Gilad hatte das alles schon gehört – fast jeden Tag in diesen zwei Wochen, seit sie zum erstenmal die Rüstung trugen. Er wußte, Bregan sollte nicht in Dros Delnoch sein. Er war zwar hart genug, aber in gewisser Weise fehlte ihm das Herz dazu. Er war Bauer, ein Mann, der es liebte, etwas wachsen zu lassen. Etwas zu vernichten war ihm völlig fremd.

»Übrigens«, sagte Bregan plötzlich, und Aufregung spiegelte sich in seinem Gesicht, »du wirst nie erraten, wer eingetroffen ist!«

»Wer?«

»Druss die Legende. Kannst du dir das vorstellen?«

»Bist du sicher, Bregan? Ich dachte, er wäre tot.«

»Nein. Er ist vor einer Stunde angekommen. Das ganze Kasino summt vor Neuigkeiten. Sie sagen, er bringt fünftausend Bogenschützen und eine Legion von Axtkämpfern mit.«

»Verlaß dich nicht darauf, mein Freund«, sagte Gilad. »Ich bin zwar noch nicht lange hier, aber ich hätte gern ein Kupferstück für jede Geschichte, die ich schon über Verstärkung, Friedenspläne, Verträge und Dienstentlassung gehört habe.«

»Nun, selbst wenn er niemanden mitbringt, ist es doch eine gute Nachricht, oder? Ich meine, er ist doch ein Held, nicht wahr?«

»Sicher. Bei den Göttern, er muß allerdings schon an die siebzig sein. Das ist ein bißchen zu alt, findest du nicht?«

»Aber er ist ein *Held.*« Bregan betonte das Wort, und seine Augen strahlten. »Ich habe mein Leben lang Geschichten über ihn gehört. Er ist ein Bauernsohn. Und er ist noch nie besiegt worden, Gilad. Niemals. Im nächsten Lied über Druss die Legende werden auch wir vorkommen. Oh, natürlich nicht mit Namen, das weiß ich – aber wir werden wissen, wer gemeint ist, nicht? Ich kann Klein-Legan erzählen, daß ich Seite an Seite mit Druss der Legende gekämpft habe. Das ist schon etwas, oder?«

»Natürlich«, antwortete Gilad, tunkte sein Brot in den Käse und blickte prüfend auf den Horizont. Immer noch keine Bewegung. »Paßt dir eigentlich dein Helm?« fragte er.

»Nein, er ist zu klein. Warum?«

»Versuch mal meinen.«

»Das haben wir doch schon hinter uns, Gilad. Bar Kistrid sagt, es verstößt gegen die Vorschriften, zu tauschen.«

»Die Pest über Bar Kistrid und seine albernen Vorschriften. Probier schon.«

»Sie sind alle innen mit Nummern versehen.«

»Wen kümmert's? Versuch schon, um Missaels willen.«

Bregan sah sich vorsichtig um, nahm Gilads Helm und probierte ihn.

»Nun?« fragte Gilad.

»Besser. Immer noch ein bißchen eng, aber viel besser.«

»Gib mir deinen.« Gilad setzte Bregans Helm auf, der ihm fast genau paßte. »Wunderbar!« sagte er. »So geht es.«

»Aber die Vorschriften ...«

»Es gibt keine Vorschrift, die besagt, daß ein Helm nicht passen darf«, erwiderte Gilad. »Wie kommst du mit der Schwertspielerei zurecht?«

»Gar nicht so übel«, meinte Bregan. »Ich komme mir nur so blöd vor, wenn es in der Scheide steckt. Es baumelt mir immer zwischen den Beinen herum, so daß ich darüber stolpere.« Gilad brach in Gelächter aus, das von den Bergen widerhallte.

»Ach, Breg, was machen wir bloß hier?«

»Wir kämpfen für unser Land. Darüber lacht man nicht, Gilad.«

»Ich lache ja nicht über dich«, log er. »Ich lache über diese ganze alberne Angelegenheit. Wir stehen der größten Bedrohung in unserer Geschichte gegenüber, und mir geben sie einen zu großen Helm, dir einen zu kleinen, und dann heißt es, wir dürften nicht tauschen. Das ist zuviel. Wirklich. Zwei Bauern auf einer Mauer, die über ihre Schwerter stolpern.« Er kicherte und brach dann wieder in lautes Lachen aus.

»Wahrscheinlich merken sie gar nicht, daß wir getauscht haben«, meinte Bregan.

»Nein. Jetzt muß ich nur noch jemanden mit einer breiten Brust finden, der meine Brustplatte trägt.« Gilad beugte sich vornüber; er hatte Seitenstechen vor Lachen.

»Das mit Druss ist eine gute Neuigkeit, nicht wahr?« sagte Bregan, verwundert über Gilads plötzliche gute Laune.

»Was? Oh, ja.« Gilad holte tief Luft und lächelte seinen Freund an. Ja, es war eine gute Neuigkeit, wenn sie einen Mann wie Bregan so aufmuntern konnte, dachte er. Ein wahrer Held. Nein, kein Held, Bregan, du Narr. Nur ein Krieger. Du bist der Held. Du hast deine Familie und deinen Hof verlassen, alles was du liebst, und bist hergekommen, um zu sterben, um sie zu beschützen. Und wer wird dein Lied singen – oder meins? Wenn sich später überhaupt jemand an Dros Delnoch erinnert, dann nur deshalb, weil ein weißhaariger alter Mann hier gestorben ist. Er konnte schon hören, wie die Psalmisten und Sagendichter ihre Verse sangen. Und die Lehrer werden den kleinen Kindern – Nadir- und Drenaikindern – die Geschichte von Druss erzählen: »Und am Ende eines langen, ruhmreichen Lebens kam Druss die Legende schließlich nach Dros Delnoch, wo er gewaltig kämpfte und fiel.«

»Im Kasino sagen sie«, begann Bregan, »daß das Brot nach einem Monat voller Würmer ist.«

»Glaubst du eigentlich alles, was man dir erzählt?« fuhr Gilad plötzlich wütend, auf. »Wenn ich sicher wäre, in einem Monat noch am Leben zu sein, wäre ich glücklich, verwurmtes Brot zu essen.«

»Ich nicht«, erwiderte Bregan. »Es kann dich vergiften, heißt es.«

Gilad schluckte seinen Zorn hinunter.

»Ehrlich gesagt«, murmelte Bregan nachdenklich, »ich weiß gar nicht, warum so viele Leute glauben, daß wir dem Untergang geweiht sind. Guck dir doch mal an, wie hoch diese Mauer ist. Und davon gibt es sechs. Und danach kommt erst die eigentliche Dros. Meinst du nicht auch?«

»Ja.«

»Was ist los, Gil? Du benimmst dich so merkwürdig. In einem Moment lachst du, im nächsten bist du wütend. So warst du doch sonst nicht. Du warst immer so ... kühl, glaube ich.«

»Kümmer dich nicht um mich, Breg. Ich habe lediglich Angst.«

»Ich auch. Ich frage mich, ob Sybad wohl einen Brief bekommen hat. Es ist zwar nicht dasselbe, wie sie zu sehen, aber es muntert mich auf, wenn ich höre, daß es ihnen gutgeht. Ich wette, Legan schläft ohne mich nicht besonders gut.«

»Denk nicht daran«, sagte Gilad, der spürte, wie sich die Stimmung seines Freundes änderte und daß er den Tränen nah war. Ein so sanfter Mann ... nicht schwach. Das auf keinen Fall. Aber sanft, freundlich und liebevoll. Nicht wie er selbst. Er war nicht nach Dros Delnoch gekommen, um seine Familie und die Drenai zu verteidigen – er war aus Langeweile gekommen. Gelangweilt von seinem Leben als Bauer, gefühlskalt gegenüber seiner Frau und ohne wirkliches Interesse an seinem Land. Beim ersten Sonnenstrahl aus den Federn und die Tiere versorgen, die Felder bestellen bis zum späten Nachmittag, dann Zäune, lederne Angeln und löchrige Eimer reparieren bis lange nach Einbruch der Dunkelheit.

Dann auf einer harten Matratze neben einer dicken, nörgelnden Frau liegen, deren Gezeter noch lange weiterging, nachdem der Schlaf ihn schon auf die viel zu kurze Reise zu einem neuen Sonnenaufgang davongetragen hatte.

Er hatte geglaubt, nichts könnte schlimmer sein, aber er hätte sich nicht gründlicher irren können.

Er dachte an Bregans Worte über die Stärke von Dros Delnoch. Vor seinem geistigen Auge erschienen Hunderttausende von Barbarenkriegern, die wie Ameisen die dünne Linie der Verteidiger überrannten. Seltsam, dachte er, wie unterschiedlich die Menschen einund dasselbe betrachten. Bregan kann nicht erkennen, wie die Feinde Delnoch einnahmen können.

Und ich kann nicht erkennen, wie sie scheitern sollten.

Alles in allem, dachte er lächelnd, wäre ich wohl lieber wie Bregan.

»Ich wette, in Dros Purdol ist es kühler«, sagte Bregan. »Mit dem Wind vom Meer her und so. An diesem Paß scheint selbst die Frühlingssonne schon zu brennen.«

»Er schützt vor dem Ostwind«, erklärte Gilad, »und der graue Marmor strahlt die Hitze zurück. Aber ich glaube, daß es im Winter ganz angenehm ist.«

»Na, das werde ich nicht mehr erleben«, sagte Bregan. »Ich habe mich nur für den Sommer gemeldet und hoffe, daß ich rechtzeitig zum Erntefest zurück bin. Das habe ich Lotis versprochen.«

Gilad lachte; die Spannung wich von ihm. »Druss ist mir egal«, sagte er, »ich bin froh, daß du hier bist, Breg. Ehrlich.«

Bregans braune Augen suchten in Gilads Gesicht nach Spuren von Sarkasmus. Beruhigt lächelte er. »Danke, daß du das sagst. Im Dorf hatten wir nie viel miteinander zu tun. Ich habe immer geglaubt, du hältst mich für langweilig und dumm.«

»Ich habe mich geirrt. Hier, meine Hand darauf. Wir halten zusammen, du und ich. Wir schicken die Nadir dorthin, wo sie hergekommen sind, und reisen zum Erntedankfest heim, mit Geschichten und allem Drum und Dran.« Bregan ergriff grinsend seine Hand. Dann sagte er plötzlich: »Nicht so. Es muß der Kriegergruß sein. Ums Handgelenk.«

Beide Männer kicherten.

»Laß doch die Sagendichter«, meinte Gilad. »Wir werden unser eigenes Lied verfassen. Bregan vom Breitschwert und Gilad, Dämon von Dros Delnoch. Wie findest du das?«

»Ich finde, du solltest einen anderen Namen für dich finden. Mein Legan hatte immer Angst vor Dämonen.«

Gilads Gelächter drang bis zu dem Adler hoch über dem Paß empor. Er schlug einen scharfen Bogen und flog nach Süden davon.

10

Druss marschierte ungeduldig in der großen Halle der Festung auf und ab und betrachtete geistesabwesend die Marmorstatuen vergangener Helden, die die hohen Wände flankierten. Niemand hatte ihn etwas gefragt, als er in die Dros kam, und überall saßen Soldaten in der Sonne und würfelten um ihren mageren Sold, während andere im Schatten schliefen. Die Stadtbevölkerung ging ihren üblichen Geschäften nach, und eine düstere, apathische Stimmung hing über der Festung. Die Augen des alten Mannes funkelten vor kalter Wut. Offiziere schwatzten mit den Söldnern – es war fast mehr, als der alte Krieger ertragen konnte. Überaus wütend war er in die Festung marschiert und hatte einen jungen Offizier in rotem Mantel angesprochen, der im Schatten des Fallgittertores stand.

»Du da! Wo finde ich den Grafen?«

»Woher soll ich das wissen?« erwiderte der Mann und ging an dem schwarzgekleideten Axtkämpfer vorbei. Eine mächtige Pranke packte die Falten des roten Mantels und zog kräftig daran. Der Offizier blieb ruckartig stehen, verlor das Gleichgewicht und fiel gegen den alten Mann, der ihn am Gürtel ergriff und in die Luft hob. Es klang blechern, als die Brustplatte gegen den Torweg schepperte.

»Vielleicht hast du mich nicht gehört, Sohn einer Schlampe!« zischte Druss. Der junge Mann schluckte.

»Ich glaube, er ist in der großen Halle«, sagte er. »Herr!« setzte er rasch hinzu. Die Offiziere hatten bislang weder Kämpfe noch sonst eine Form von Gewalt erlebt, aber der junge Mann wußte instinktiv, daß die eiskalten blauen Augen eine Drohung enthielten. Er ist verrückt, dachte er, als der Alte ihn langsam wieder auf den Boden setzte.

»Bring mich zu ihm und melde mich an. Ich heiße Druss. Glaubst du, du kannst dir das merken?«

Der junge Mann nickte so heftig, daß ihm der roßhaargeschmückte Helm über die Augen rutschte.

Wenige Minuten später schritt Druss in der großen Halle auf und ab. Er konnte seinen Ärger kaum noch unterdrücken. Ging so der Untergang eines Reiches vonstatten?

»Druss, alter Freund, welche Freude für meine Augen!« Wenn schon der Zustand der Festung Druss erstaunte, so war er nun doppelt schockiert von der Erscheinung Graf Delnars, Hüter des Nordens. Gestützt auf einen jungen Offizier wirkte er nicht einmal mehr wie der Schatten eines Mannes, der er vor kaum fünfzehn Jahren am Skeln-Paß gewesen war. Seine Haut spannte sich wie Pergament über den totenschädelgleichen Kopf, gelb und trocken; die Augen brannten hell und fiebrig in dunklen Höhlen. Der junge Offizier brachte ihn zu dem alten Krieger, und der Graf streckte ihm eine klauenartige Hand entgegen. Götter von Missael! dachte Druss. Er ist fünf Jahre jünger als ich!

»Ich finde dich nicht bei guter Gesundheit vor, Graf«, sagte Druss.

»Immer noch so unverblümt, wie ich sehe! Nein, du hast ganz recht. Ich sterbe, Druss.« Er tätschelte den Arm des jungen Offiziers. »Hilf mir in den Stuhl dort in der Sonne, Mendar.« Der junge Mann rückte den Stuhl zurecht. Als er saß, lächelte der Graf dankend und schickte ihn Wein holen. »Du hast den Jungen erschreckt, Druss. Er schlotterte mehr als ich – und ich habe allen Grund dazu.« Er hielt inne und begann, tief und bebend zu atmen. Seine Arme zitterten. Druss beugte sich vor, legte seine Riesenhand auf die zerbrechliche Schulter und wünschte, er könnte dem Mann Kraft einflößen. »Ich habe keine Woche mehr zu leben. Aber Vintar ist mir gestern im Traum erschienen. Er reitet mit den Dreißig und meiner Virae. Sie werden im Laufe des Monats hier sein.«

»Die Nadir auch«, sagte Druss und zog sich einen hochlehnigen Stuhl heran.

»Wohl wahr. In der Zwischenzeit möchte ich, daß du die Dros übernimmst. Bereite die Männer vor. Wir haben viele Deserteure. Die Moral ist schwach. Du mußt ... übernehmen.« Wieder hielt der Graf inne, um zu atmen.

»Das kann ich nicht – nicht einmal für dich. Ich bin kein General, Delnar. Ein Mann sollte seine Grenzen kennen. Ich bin ein Krieger – manchmal ein Sieger, aber niemals ein Gan. Ich verstehe nur wenig von der Verwaltungsarbeit, die zur Führung einer Stadt gehört. Nein, das kann ich nicht tun. Aber ich werde bleiben und kämpfen, das muß genügen.«

Die fiebernden Augen des Grafen hefteten sich auf die eisblauen

Augen des Axtkämpfers. »Ich kenne deine Grenzen, Druss, und ich verstehe deine Befürchtungen. Aber es gibt keinen anderen. Wenn die Dreißig hier sind, werden sie organisieren und planen. Bis dahin wirst du als Krieger gebraucht. Nicht zum Kämpfen, obwohl die Götter wissen, wie gut du das kannst, sondern um auszubilden und deine Jahre der Erfahrung weiterzugeben. Stell dir die Männer hier als rostige Waffe vor, die die feste Hand eines Kriegers braucht. Sie muß geschärft, geschliffen, vorbereitet werden. Sonst ist sie nutzlos.«

»Dann muß ich vielleicht Gran Orrin töten«, sagte Druss.

»Nein! Du mußt verstehen, daß er nicht bösartig ist, nicht einmal eigensinnig. Er ist ein Mann, der völlig überfordert ist, und er bemüht sich sehr. Ich glaube nicht, daß es ihm an Mut mangelt. Lerne ihn kennen und urteile selbst.«

Ein heftiger Husten schüttelte den alten Mann. Blutiger Schaum stand auf seinen Lippen, als Druss an seine Seite sprang. Die Hand des Grafen suchte in den Falten des Mantels nach einem Tuch. Druss zog es heraus, tupfte dem Grafen den Mund ab und klopfte ihm sanft auf den Rücken. Schließlich ließ der Anfall nach.

»Es ist nicht gerecht, wenn jemand wie du so sterben muß«, sagte Druss. Er haßte das Gefühl der Hilflosigkeit, das ihn überwältigte.

»Niemand von uns ... kann wählen ... wie er gehen muß. Nein, das stimmt nicht ganz ... Denn du bist hier, altes Schlachtroß. Ich sehe, daß wenigstens du dich weise entschieden hast.«

Druss lachte, laut und herzlich. Der junge Offizier Mendar kehrte mit einem Krug Wein und zwei Kristallkelchen zurück. Er schenkte dem Grafen ein, der eine kleine Flasche aus der Tasche seiner Purpurtunika zog, sie entkorkte und einige Tropfen einer dunklen Flüssigkeit in seinen Wein fallen ließ. Als er trank, kehrte ein Hauch von Farbe in sein Gesicht zurück.

»Dunkelsaat«, sagte er. »Es hilft mir.«

»Es wird leicht zur Gewohnheit«, bemerkte Druss, doch der Graf kicherte.

»Sag mir, Druss«, bat er schließlich, »warum hast du gelacht, als ich sagte, du hättest dir deinen Tod gewählt?«

»Weil ich noch nicht bereit bin, dem alten Bastard nachzugeben. Er will mich, aber ich werde es ihm verdammt schwer machen.«

»Du hast den Tod immer als deinen persönlichen Feind angesehen. Was meinst du, gibt es ihn wirklich?«

»Wer weiß? Ich stelle es mir gern vor. Ich stelle mir gern vor, daß alles nur ein Spiel ist. Das ganze Leben ein Wettrennen zwischen ihm und mir.«

»Ist es das wirklich?«

»Nein. Aber es verschafft mir einen Vorteil. In vierzehn Tagen werden sechshundert Bogenschützen zu uns stoßen.«

»Das ist ja großartig. Wie um alles in der Welt hast du das fertiggebracht? Wundweber hat mir mitgeteilt, daß er keinen Mann erübrigen kann.«

»Es sind Gesetzlose. Ich habe ihnen Straferlaß versprochen – und fünf Goldraq pro Kopf.«

»Das gefällt mir nicht, Druss. Es sind Söldner, denen man nicht trauen kann.«

»Du wolltest, daß ich die Führung übernehme«, wandte Druss ein. »Also vertrau mir, ich werde dich nicht enttäuschen. Laß die Straferlasse aufsetzen und bereite eine Nachricht an die Schatzkammer in Drenan vor.« Er wandte sich an den jungen Offizier, der am Fenster stand. »Du, Jung-Mendar!«

»Herr?«

»Geh und sage ... bitte ... Gan Orrin, mich in einer Stunde zu treffen. Mein Freund und ich haben uns noch viel zu sagen, aber richte ihm bitte aus, daß ich für eine Unterredung dankbar wäre. Verstanden?«

»Jawohl, Herr!«

»Dann troll dich.« Der Offizier salutierte und ging. »Und jetzt, ehe du müde wirst, mein Freund, laß uns zur Sache kommen. Wie viele Kämpfer hast du?«

»Knapp über neuntausend. Aber davon sind sechstausend Rekruten, und nur tausend – die Legion – sind kampferprobte Krieger.«

»Ärzte?«

»Zehn, unter der Leitung von Calvar Syn. Erinnerst du dich noch an ihn?«

»Ja. Ein Punkt auf der Habenseite.«

Den Rest der Stunde fragte Druss den Grafen aus, und gegen Ende war er sichtlich geschwächt. Er fing wieder an, Blut zu husten, und schloß die Augen vor Schmerzen, die ihn regelrecht durchschüttelten. Druss stand auf. »Wo ist dein Zimmer?« fragte er. Doch der Graf war bewußtlos.

Druss verließ die Halle, die kraftlose Gestalt des Hüters des Nordens auf den Armen. Er rief einen vorbeigehenden Soldaten an, ließ sich den Weg erklären und Calvar Syn rufen.

Druss saß am Fußende des Bettes, als der ältere Arzt den Sterbenden untersuchte. Calvar Syn hatte sich kaum verändert. Sein rasierter Schädel glänzte noch immer wie polierter Marmor, und seine schwarze Augenklappe sah noch zerfetzter aus, als Druss sie in Erinnerung hatte.

»Wie geht es ihm?« fragte Druss.

»Wie soll es ihm schon gehen, alter Schwachkopf?« fuhr der Arzt ihn an. »Er liegt im Sterben. Er wird keine zwei Tage mehr am Leben bleiben.«

»Wie ich sehe, hast du besonders gute Laune, Doktor«, sagte Druss grinsend.

»Weswegen sollte ich gutgelaunt sein?« fragte der Arzt. »Ein alter Freund liegt im Sterben, und Tausende junger Männer werden ihm in den nächsten Wochen folgen.«

»Vielleicht. Trotzdem tut es gut, dich wiederzusehen«, sagte Druss und erhob sich.

»Aber es tut nicht gut, dich zu sehen«, erwiderte Calvar Syn mit einem Glitzern in den Augen und dem Anflug eines Lächelns. »Wo du auch hingehst, sammeln sich die Krähen in Scharen. Übrigens, wie kommt es, daß du so lächerlich gesund aussiehst?«

»Du bist der Arzt – sag es mir!«

»Weil du kein Mensch bist! Du bist in einer Winternacht aus Stein gehauen worden, und ein Dämon hat dir Leben verliehen. Jetzt verschwinde! Ich habe zu tun.«

»Wo finde ich Gan Orrin?«

»Hauptkaserne. Und jetzt geh!« Druss grinste und verließ das Zimmer.

Dun Mendar holte tief Luft. »Du magst ihn wohl nicht, Doktor?«

»Ihn mögen? Natürlich mag ich ihn!« fuhr der Arzt ihn an. »Er tötet sauber, Junge. Spart mir Arbeit. Und jetzt solltest du auch verschwinden.«

Als Druss über das Exerzierfeld vor der Hauptkaserne ging, wurde ihm bewußt, daß die Soldaten ihn anstarrten und die Gespräche verstummten, wenn er vorbeiging. Er lächelte innerlich. Es hatte begonnen! Von jetzt an würde er sich keinen Moment mehr entspannen können. Niemals durfte er diesen Männern einen kurzen Blick auf Druss, den Menschen, erlauben. Er war *die* Legende. Der unbesiegbare Meister der Axt. Der unzerstörbare Druss.

Er ignorierte die Grüße, bis er zum Haupteingang kam, wo zwei Wächter plötzlich Haltung einnahmen.

»Wo finde ich Gan Orrin?« fragte Druss den ersten.

»Dritte Tür rechts, fünfter Gang«, antwortete der Soldat strammstehend, die Augen starr geradeaus gerichtet.

Druss marschierte hinein, fand das Zimmer und klopfte.

»Herein!« sagte eine Stimme, und Druss trat ein. Der Schreibtisch war makellos aufgeräumt, das Büro spartanisch, aber gut eingerichtet. Der Mann hinter dem Schreibtisch war rundlich, mit sanften, dunklen Rehaugen. Er wirkte in den Gold-Epauletten eines Drenai-Gan seltsam verkleidet.

»Bist du Gan Orrin?« fragte Druss.

»Ja. Du mußt Druss sein. Komm näher, mein lieber Freund, und nimm Platz. Du hast den Grafen schon gesehen? Ja, natürlich. Natürlich hast du das. Ich nehme an, er hat dir von unseren Schwierigkeiten erzählt. Nicht einfach. Ganz und gar nicht einfach. Hast du schon gegessen?« Der Mann schwitzte und war sichtlich nervös. Er tat Druss leid. In seinem Leben hatte er schon unter zahlreichen Kommandanten gedient. Es waren viele gute Männer darunter gewesen, aber auch unfähige, dumme, eitle oder feige. Er wußte noch nicht, in welche Kategorie Orrin gehörte, aber er konnte ihm seine Probleme nachfühlen.

Auf einem Tisch am Fenster stand eine Platte mit schwarzem Brot und Käse. »Darf ich mich bedienen?« fragte Druss.

»Aber natürlich.« Orrin reichte ihm die Platte. »Wie geht es dem Grafen? Schlimme Sache. So ein guter Mann. Du bist ein Freund von ihm, nicht wahr? Wart beide in Skeln zusammen. Wunderbare Geschichte. Inspirierend.«

Druss aß langsam und genoß das kräftige Brot. Auch der Käse war gut, weich und voll im Geschmack. Er überdachte sein ursprüngliches Vorhaben, Orrin hart anzufassen, indem er ihm den Zustand der Dros, die Apathie und die unzulängliche Organisation vorhielt. Ein Mann sollte seine Grenzen kennen, dachte er. Wenn er sie überschreitet, hat die Natur eine eigene Methode, grausame Tricks anzuwenden. Orrin hätte den Rang eines Gan nie annehmen dürfen. In Friedenszeiten hätte das leicht wettgemacht werden können. Jetzt aber stand er da wie ein Schaukelpferd vor der Schlacht.

»Du mußt erschöpft sein«, bemerkte Druss schließlich.

»Was?«

»Erschöpft. Die Arbeitsbelastung reicht aus, um einen schwächeren Mann zerbrechen zu lassen. Die Organisation von Nachschub, Ausbildung, Patrouillen, Strategien, Planung. Du mußt doch völlig ausgelaugt sein.«

»Ja, es ist ermüdend«, gab Orrin zu und wischte sich den Schweiß von der Stirn. »Nur wenige Menschen verstehen, welche Probleme ein Kommandant bewältigen muß. Es ist ein Alptraum. Kann ich dir etwas zu trinken anbieten?«

»Nein, danke. Würde es dir helfen, wenn ich dir einen Teil der Last abnähme?«

»Inwiefern? Du erwartest doch nicht, daß ich meinen Platz räume?«

»Großer Missael, nein«, sagte Druss mit Nachdruck. »Ich wäre völlig verloren. Nein, nein, ich meinte nichts dergleichen.

Aber die Zeit ist knapp, und niemand kann erwarten, daß du diese Bürde allein trägst. Ich wollte vorschlagen, daß du mir die Ausbildung der Rekruten und die Verantwortung für die Verteidigungsanlagen überträgst. Wir müssen die Tunnel hinter den Toren blockieren und Trupps den Befehl erteilen, die Gebäude zwischen Mauer Vier und Mauer Sechs einzureißen.«

»Die Tunnel blockieren? Die Gebäude einreißen? Ich verstehe nicht, Druss«, sagte Orrin. »Das alles ist Privateigentum. Es würde einen Aufstand geben.«

»Genau!« sagte der alte Krieger milde. »Und deswegen solltest du einem Außenstehenden die Verantwortung dafür übertragen. Die Tunnel hinter den Toren wurden einst gebaut, damit eine kleine Nachhut die feindlichen Kräfte so lange aufhalten konnte, bis die Verteidiger sich hinter die nächste Mauer zurückgezogen hatten. Ich schlage vor, die Gebäude zwischen Mauer Vier und Sechs einzureißen und die Trümmer dafür zu verwenden, die Tunnel zu blockieren. Ulric wird viele Männer verschleißen, um durch die Tore zu brechen. Und es wird ihm nichts nützen.«

»Aber warum die Gebäude zerstören?« fragte Orrin. »Wir könnten doch Gestein von Süden heranschaffen.«

»Wir haben keine Schlachtfelder«, erklärte der alte Krieger. »Wir müssen die ursprüngliche Anlage der Dros wiederherstellen. Wenn Ulrics Männer durch die erste Mauer brechen, will ich, daß jeder Bogenschütze der Dros sie mit Pfeilen spickt. Jeder Meter offenes

Gelände wird mit toten Nadir übersät sein. Wir sind ihnen fünfhundert zu eins unterlegen, und wir müssen die Chancen irgendwie angleichen.«

Orrin biß sich auf die Lippen und rieb sich das Kinn. Seine Gedanken arbeiteten fieberhaft. Er betrachtete den weißbärtigen Krieger, der da so ruhig vor ihm saß. Sobald er hörte, daß Druss eingetroffen war, hatte er sich auf die Möglichkeit vorbereitet, daß man ihn ablösen und unter Schimpf und Schande nach Drenan zurückschicken wollte. Jetzt bot man ihm ein ganzes Leben an. Er hätte selbst daran denken sollen, die Gebäude einzureißen und die Tunnel zu blockieren. Er wußte es, genauso wie er wußte, daß er als Gan eine Fehlbesetzung war. Es war schwer, diese Tatsache zu akzeptieren.

Während der letzten fünf Jahre, seit seiner Beförderung, hatte er jede Selbstkritik vermieden. Vor wenigen Tagen erst hatte er Hogun und zweihundert seiner Legionsreiter ins Ödland geschickt. Zuerst hatte er sich an den Glauben geklammert, es sei eine vernünftige militärische Entscheidung. Aber als die Tage verstrichen und keine Nachricht kam, hatte er zu grübeln angefangen. Dieser Auftrag hatte nur wenig mit Strategie zu tun, dafür aber viel mit Eifersucht. Er hatte mit Entsetzen festgestellt, daß Hogun der beste Soldat der Dros war. Als er zurückkehrte und Orrin erklärte, daß sich seine Entscheidung als klug erwiesen hatte, ohne Orrin dabei im geringsten zu schmeicheln, hatte ihm das schließlich die Augen für seine eigene Unzulänglichkeit geöffnet. Er hatte darüber nachgedacht, ob er seinen Abschied einreichen sollte, aber er konnte den Gedanken an die Schande nicht ertragen, die er damit über seinen Onkel Abalayn gebracht hätte. Ihm blieb nur, auf der ersten Mauer zu fallen. Und darauf hatte er sich vorbereitet. Er hatte gefürchtet, daß Druss ihm selbst diese Möglichkeit nehmen würde.

»Ich war ein Idiot, Druss«, sagte er schließlich.

»Genug davon!« fuhr der alte Mann auf. »Hör mir zu. Du bist der Gan. Vom heutigen Tage an wird niemand mehr schlecht über dich reden. Jeder macht mal Fehler. Behalte für dich, wovor du dich fürchtest, und glaube mir. Die Dros wird durchhalten, denn ich will verdammt sein, wenn ich sie untergehen lasse. Wenn ich das Gefühl gehabt hätte, du wärst ein Feigling, Orrin, hätte ich dich auf ein Pferd gebunden und davongejagt. Du hast noch nie eine Belagerung erlebt oder eine Truppe in den Kampf geführt. Nun, jetzt wirst du beides lernen und es gut machen, denn ich stehe dir zur Seite.

Wirf deine Zweifel über Bord. Das Gestern ist tot. Vergangene Fehler sind wie Rauch. Was zählt, ist das Morgen, und zwar jeder Morgen, bis Wundweber mit Verstärkung hier eintrifft. Täusche dich nicht, Orrin. Wenn wir überleben und die Lieder gesungen werden, wirst du einen Platz darin haben, und niemand wird dich verhöhnen. Keine Seele – glaub mir!

Jetzt habe ich genug geredet. Gib mir ein Papier mit deinem Siegel, und ich fange noch heute mit meinen Pflichten an.«

»Willst du, daß ich heute mit dir komme?«

»Lieber nicht«, meinte Druss. »Ich muß noch ein paar Schädel zurechtrücken.«

Wenige Minuten später marschierte Druss zur Offiziersmesse, flankiert von zwei Legionswächtern. Sie waren groß und diszipliniert. Die Augen des alten Mannes funkelten vor Zorn, und die beiden warfen sich einen Blick zu. Sie hörten den Gesang, der aus dem Kasino drang, und freuten sich darauf, Druss die Legende in Aktion zu sehen.

Er öffnete die Tür und trat in den verschwenderisch ausgestatteten Raum. Eine Theke war an der gegenüberliegenden Wand aufgebockt worden und reichte bis in die Mitte des Raumes. Druss drängte sich durch die Müßiggänger, wobei er das Gezeter ignorierte. Dann schlug er mit der Faust unter die Theke, so daß sie in die Luft geschleudert wurde und Flaschen, Becher und Speisen auf die Offiziere herabregneten. Eine Welle von zornigen Flüchen und Verwünschungen folgte auf die zunächst betäubte Stille. Ein junger Offizier drängelte sich durch die Menge nach vorn. Er hatte dunkle Haare und wirkte mürrisch und arrogant. Er stellte sich dem weißbärtigen Krieger in den Weg.

»Zum Teufel, was glaubst du eigentlich, wer du bist, Alter?« sagte er.

Druss beachtete ihn nicht. Er sah sich die etwa dreißig hier versammelten Männer an. Eine Hand packte seine Weste.

»Ich sagte, wer . . .« Druss schleuderte den Mann mit einer Handbewegung quer durch den Raum, so daß er gegen die Wand krachte und halb betäubt zu Boden glitt. »Ich bin Druss. Manchmal nennt man mich auch Meister der Axt. In Ventria bin ich Druss der Todesbringer. In Vagria bin ich lediglich der Axtkämpfer. Für die Nadir bin ich der Todeswanderer. In Lentria der Silberne Schlächter.

Und wer seid ihr? Ihr dreckfressenden Mistkerle! Wer zum Teufel seid ihr?«

Der alte Mann zog Snaga aus der Scheide. »Ich hätte Lust, heute ein Exempel zu statuieren. Ich hätte Lust, das Fett von dieser unglückseligen Festung zu schneiden. Wo ist Dun Pinar?«

Der junge Mann drängte sich von den hinteren Reihen nach vorn, ein halbes Lächeln auf den Lippen, mit kühlem Blick. »Ich bin hier, Druss.«

»Gan Orrin hat mich beauftragt, die Ausbildung und die Verteidigung zu übernehmen. Ich will alle Offiziere in einer Stunde auf dem Übungsplatz sehen. Pinar, du organisierst das. Ihr anderen räumt hier auf und macht euch bereit. Die Ferien sind vorbei. Jeder Mann, der versagt, wird den Tag verfluchen, an dem er geboren wurde.« Er winkte Pinar, ihm zu folgen, und ging hinaus. »Suche Hogun«, sagte er, »und bring ihn sofort zu mir in die Haupthalle.«

»Ja, Herr! Und, Herr . . .«

»Heraus damit, Bursche.«

»Willkommen in Dros Delnoch.«

Die Neuigkeit verbreitete sich wie ein Lauffeuer in Delnoch, von den Schänken über die Läden zu den Marktständen. Druss war da! Frauen gaben die Nachricht an ihre Männer weiter, Kinder sangen seinen Namen in den Gassen. Geschichten von seinen Taten wurden erzählt, die mit jeder Minute großartiger wurden. Vor den Unterkünften der Soldaten sammelte sich eine große Menschenmenge und beobachtete, wie sich die Offiziere auf dem Platz einfanden. Kinder wurden auf Schultern gehoben, damit sie einen Blick auf den größten Drenai-Helden aller Zeiten werfen konnten. Als er erschien, brach die Menge in lauten Jubel aus, und der alte Mann blieb stehen und winkte.

Sie konnten zwar nicht hören, was er zu den Offizieren sagte, aber die Männer hatten etwas zielbewußtes an sich, als er sie entließ. Dann, mit einem letzten Winken, kehrte Druss in die Festung zurück.

Wieder in der Haupthalle, zog er seine Weste aus und ließ sich in einen Lehnstuhl sinken. Sein Knie pochte, der Rücken schmerzte höllisch. Und Hogun war noch immer nicht aufgetaucht.

Er befahl einem Diener, ihm etwas zu essen zu bringen, und erkundigte sich nach dem Grafen. Der Diener erzählte, daß der Graf friedlich schlief. Er kehrte mit einem noch blutigen Steak zurück, das Druss verschlang und mit einer Flasche vom besten lentrischen Roten hinunterspülte. Er wischte sich das Fett aus dem Bart und rieb sich das Knie. Wenn er mit Hogun gesprochen hatte, würde er ein heißes Bad nehmen, damit er morgen wieder fit war. Er wußte, daß der erste Tag ihn bis an seine Grenzen beanspruchen würde – und er durfte nicht versagen.

»Gan Hogun, Herr«, meldete der Diener. »Und Dun Elicas.«

Die beiden Männer, die eintraten, ließen Druss' Herz höher schlagen. Der erste – das mußte Hogun sein – war breitschultrig und groß, mit blauen Augen und einem eckigen Kinn.

Und Elicas, obwohl schlanker und kleiner, hatte etwas von einem Adler an sich. Beide Männer trugen das Schwarzsilber der Legion, ohne Rangabzeichen. Das war eine lange Tradition, die zurückging auf die Tage, als der Bronzegraf die Legion für die Vagrischen Kriege aufgebaut hatte.

»Setzt euch, meine Herren«, sagte Druss.

Hogun zog sich einen Stuhl heran, drehte ihn um und setzte sich, so daß er die Arme auf die Rückenlehne stützen konnte. Elicas ließ sich auf der Tischkante nieder, die Arme vor der Brust verschränkt.

Elicas beobachtete die beiden Männer scharf. Er hatte nicht gewußt, was er von Druss erwarten sollte, aber er hatte Hogun angefleht, ihn mitzunehmen. Er verehrte Hogun, doch der grimmige alte Mann, der da vor ihm saß, war immer sein Idol gewesen.

»Willkommen in Delnoch, Druss«, begrüßte ihn Hogun. »Du hast es bereits geschafft, die Moral zu stärken. Die Männer reden von nichts anderem mehr. Es tut mir leid, daß ich dich vorhin verpaßt habe, aber ich war auf der ersten Mauer und habe einen Schießwettkampf überwacht.«

»Ich habe gehört, ihr seid bereits auf die Nadir gestoßen?« fragte Druss.

»Ja. Sie werden in weniger als einem Monat hier sein.«

»Bis dahin sind wir bereit. Aber das bedeutet harte Arbeit. Die Männer sind schlecht ausgebildet – wenn überhaupt. Das muß sich ändern. Wir haben nur zehn Ärzte und keine medizinischen Hilfskräfte, keine Bahrenträger und nur ein Krankenhaus, und das liegt an Mauer Eins, wo es uns nichts nützt. Bemerkungen?«

»Genaue Einschätzung. Ich kann nur noch hinzufügen, daß – abgesehen von meinen Männern – nur noch ein Dutzend Offiziere von Wert da sind.«

»Ich habe noch nicht über den Wert eines jeden entschieden.

Aber laß uns erst einmal anderes bereden. Ich brauche einen Mann mit mathematischem Verstand, der die Lebensmittelvorräte verwaltet und Rationslisten erstellt. Er wird seine Berechnungen ständig unseren Verlusten anpassen müssen. Er muß auch die Verantwortung für die Zusammenarbeit mit Gan Orrin übernehmen.« Druss beobachtete, wie die beiden einen Blick austauschten, sagte jedoch nichts.

»Dun Pinar ist dein Mann«, erklärte Hogun. »Er leitet die Dros praktisch jetzt schon.«

Druss' Augen blickten kalt, als er sich zu dem jungen General vorbeugte. »Solche Bemerkungen wird es nicht mehr geben, Hogun. Das gehört sich nicht für einen Berufssoldaten. Wir machen heute reinen Tisch, fangen neu an. Das Gestern ist vorbei. Ich werde mir mein Urteil bilden, und ich erwarte von meinen Offizieren, daß sie keine hämischen Bemerkungen über einander machen.«

»Ich dachte, du wolltest die Wahrheit hören«, mischte sich Elicas ein, bevor Hogun antworten konnte.

»Die Wahrheit ist ein seltsames Wesen, mein Freund. Sie ist für jeden anders. Und jetzt halt den Mund. Versteh mich recht, Hogun, ich schätze dich. Du hast einen guten Ruf. Aber von jetzt an spricht niemand mehr schlecht vom Ersten Gan. Das ist nicht gut für die Moral, und was nicht gut für die Moral ist, ist gut für die Nadir. Wir haben auch so genug Probleme.« Druss zog ein Stück Pergament hervor und schob es Elicas zusammen mit Federkiel und Tinte zu. »Mach dich nützlich, Junge, und schreib mit. Setz Pinar ganz nach oben, er ist unser Quartiermeister. Jetzt brauchen wir noch fünfzig Lazaretthelfer und zweihundert Bahrenträger. Die ersten kann Calvar Syn sich aus Freiwilligen aussuchen, aber die Träger müssen ausgebildet werden. Ich will, daß sie den ganzen Tag laufen können. Missael weiß, daß sie das tun müssen, wenn es hier erst richtig losgeht. Diese Männer müssen tapfer sein. Es ist nicht einfach, nur leicht bewaffnet über ein Schlachtfeld zu laufen. Denn sie werden nicht Tragen und Schwerter schleppen können.

Wen schlägst du also vor, der sie aussucht und trainiert?«

Hogun wandte sich an Elicas, der die Achseln zuckte. »Du mußt doch jemanden nennen können«, sagte Druss.

»Ich kenne die Männer von Dros Delnoch nicht so gut«, erwiderte Hogun, »und jemand von der Legion wäre nicht angemessen.«

»Warum nicht?«
»Das sind Krieger. Wir brauchen sie auf den Mauern.«
»Wer ist dein bester Offizier?«
»Bar Britan. Aber er ist ein ausgezeichneter Krieger, Herr.«
»Gerade deswegen ist er mein Mann. Hör gut zu. Die Bahrenträger werden nur mit Dolchen bewaffnet sein, und sie werden ihr Leben genauso riskieren wie die Männer, die auf den Mauern kämpfen. Aber es ist keine ruhmreiche Aufgabe, also muß man ihnen deutlich machen, wie wichtig sie sind. Wenn du deinen besten Offizier dazu bestimmst, diese Männer auszubilden und während der Schlacht mit ihnen zu arbeiten, wird sie das anspornen. Bar Britan muß darüber hinaus noch fünfzig Männer seiner Wahl erhalten, die als beweglicher Trupp die Träger so gut wie möglich schützen.«
»Ich verbeuge mich deiner Logik, Druss«, sagte Hogun.
»Du sollst dich vor gar nichts verbeugen, mein Sohn. Ich mache genauso Fehler wie jeder andere. Wenn du glaubst, daß ich mich irre, sei so gut und sag es, verdammt noch mal!«
»Mach dir darüber mal keine Sorgen, Axtkämpfer!« fauchte Hogun.
»Gut. Und jetzt zur Ausbildung. Ich möchte, daß die Männer in Gruppen zu je fünfzig eingeteilt werden. Jede Gruppe muß einen Namen bekommen – nimm sie aus Legenden, von Helden, Schlachtfeldern, was auch immer, solange diese Namen das Blut in Wallung bringen.

Jeder Gruppe werden ein Offizier und fünf Unteroffiziere zugeteilt, die je zehn Mann befehligen. Diese Unteroffiziere werden nach den ersten drei Übungstagen ausgewählt. Dann müßten wir sie einschätzen können. Verstanden?«
»Warum Namen?« fragte Hogun. »Wäre es nicht einfacher, wenn jede Gruppe ein Nummer hätte? Götter, sonst müssen wir hundertachtzig Namen finden!«
»Hogun, zur Kriegführung gehört mehr als Taktik und Ausbildung. Ich will, daß auf diesen Mauern stolze Männer stehen. Männer, die ihre Kameraden kennen und sich mit ihnen identifizieren können. ›Gruppe Karnak‹ wird an Karnak den Einäugigen erinnern, ›Gruppe Sechs‹ ist lediglich eine Bezeichnung.

Während der nächsten Wochen werden wir die Gruppen gegeneinander antreten lassen, in Arbeit, Spiel und Wettkämpfen. Wir werden Einheiten aus ihnen schmieden – stolze Einheiten. Wir werden sie verspotten und auslachen, sogar verhöhnen. Dann, ganz allmählich, wenn sie uns mehr hassen als die Nadir, werden wir sie loben. In so kurzer Zeit wie nur möglich müssen wir sie dazu bringen, daß sie sich selbst als Elitetruppe betrachten. Das ist schon die halbe Schlacht. Dies sind verzweifelte, blutige Tage, Tage des Todes. Ich will Männer auf diesen Mauern, starke, kräftige Männer – aber vor allem stolze Männer.

Morgen wirst du die Offiziere aussuchen und die Gruppen zusammenstellen. Ich will, daß die Gruppen laufen, bis sie umfallen, und dann weiterlaufen. Ich will Schwertübungen und Mauerklettern. Ich will, daß Tag und Nacht Abbrucharbeiten ausgeführt werden. Nach zehn Tagen werden wir daran gehen, mit den Einheiten zu arbeiten. Ich will, daß die Träger mit riesigen Steinen auf den Armen laufen, bis ihre Arme abbrechen und die Muskeln brennen.

Ich will, daß jedes Gebäude zwischen Mauer Vier und Mauer Sechs dem Erdboden gleichgemacht wird und die Tunnel mit den Trümmern verfüllt werden.

Ich will, daß tausend Mann gleichzeitig in Drei-Stunden-Schichten arbeiten. Das sollte ihre Rücken kräftigen und die Schwertarme stärken.

Noch Fragen?«

Hogun sagte: »Nein. Alles wird geschehen, wie du es wünschst. Aber eins möchte ich noch wissen: Glaubst du, daß die Dros bis zum Herbst halten wird?«

»Natürlich glaube ich das, mein Freund«, log Druss leichthin. »Warum sollte ich mir sonst die Mühe machen? Die Frage ist, glaubst *du* daran?«

»O ja«, log Hogun glatt. »Ohne jeden Zweifel.«

Die beiden Männer grinsten.

»Trinkt ein Glas lentrischen Roten mit mir«, sagte Druss. »Macht durstig, diese ganze Planerei.«

11

In einem Bodenraum, dessen Fenster im Schatten der großen Festung lagen, wartete ein Mann, der ungeduldig mit den Fingern auf die Tischplatte trommelte. Hinter ihm putzten sich Tauben in einem geflochtenen Käfig das Gefieder. Der Mann war nervös. Angespannt.

Schritte auf der Treppe ließen ihn nach seinem schmalen Dolch greifen. Er fluchte und wischte sich die schweißnasse Hand an seinen Wollhosen ab.

Ein zweiter Mann trat ein, schloß die Tür und ließ sich dem ersten gegenüber nieder.

Der Neue sprach zuerst. »Nun? Wie lauten die Befehle?«

»Wir warten ab. Aber das kann sich ändern, wenn sie erfahren, daß Druss hier ist.«

»Ein Mann macht doch keinen Unterschied«, meinte der zweite.

»Vielleicht nicht. Wir werden sehen. Die Stämme werden in fünf Wochen hier sein.«

»Fünf? Ich dachte . . .«

»Ich weiß«, sagte der erste. »Aber Ulrics Erstgeborener ist tot. Ein Pferd stürzte auf ihn. Die Bestattungsriten werden fünf Tage dauern, und es ist ein schlechtes Omen für Ulric.«

»Schlechte Omen können die Nadir nicht davon abhalten, diese blöde Festung einzunehmen.«

»Was hat Druss vor?«

»Er will die Tunnel blockieren. Das ist bislang alles, was ich weiß.«

»Komm in drei Tagen wieder«, sagte der erste. Er nahm ein kleines Stück Papier und schrieb es mit winzigen Buchstaben voll. Er schüttete Sand auf die Tinte, pustete darauf und las dann noch einmal, was er geschrieben hatte:

Todesbringer hier. Tunnel blockieren. Moral gestiegen.

»Vielleicht sollten wir Druss töten«, sagte der zweite und stand auf.

»Wenn man es uns befiehlt«, erwiderte der erste. »Vorher nicht.«

»Dann sehe ich dich in drei Tagen.«

An der Tür rückte er seinen Helm zurecht und schlug seinen Umhang über das Rangabzeichen an der Schulter zurück. Er war ein Dun de Drenai.

Cul Gilad lag zusammengesunken auf dem kurzgeschnittenen Gras an der Mauer am Eldibar-Kasino und atmete schwer. Sein langes, dunkles Haar klebte ihm in schweißnassen Strähnen am Kopf. Er drehte sich auf die Seite und stöhnte bei dieser Anstrengung. Jeder Muskel seines Körpers schien zu schmerzen. Dreimal waren er und Bregan zusammen mit den achtundvierzig anderen Männern der Gruppe Karnak gegen fünf andere Gruppen gelaufen: von Mauer Eins bis Mauer Zwei, die Taue hinaufklettern, zu Mauer Drei laufen, die Taue hinaufklettern, zu Mauer Vier laufen ... eine endlose, sinnlose Schinderei.

Nur seine Wut ließ ihn weitermachen, vor allem nach der ersten Mauer. Der weißbärtige alte Bastard hatte gesehen, wie er sechshundert Mann auf dem Weg zu Mauer Zwei abgehängt hatte, mit schmerzenden Beinen und müden Armen und in voller Rüstung. Er war Erster gewesen! Und was hatte der Alte gesagt: »Ein taumelnder alter Mann, gefolgt von lauter taumelnden, alten Weibern. Also bleib hier nicht einfach liegen, Junge. Auf zu Mauer Drei!«

Dann hatte er gelacht. Und damit hatte er es entschieden.

Gilad hätte ihn dafür umbringen können – ganz langsam. Fünf elende, endlose Tage lang waren die Soldaten von Dros Delnoch gerannt, geklettert, hatten gekämpft, unter den hysterischen Verwünschungen der enteigneten Besitzer Gebäude eingerissen und einen Wagen voller Trümmer nach dem anderen in die Tunnel an Mauer Eins und Zwei geschafft. Sie waren hundemüde, denn sie arbeiteten Tag und Nacht. Und der dicke alte Mann hetzte sie immer weiter.

Bogenschießen, Speerwerfen, Schwertkämpfe, Dolchübungen und Ringen zwischen der Schwerstarbeit stellten sicher, daß nur wenige der Culs noch das Bedürfnis hatten, die Wirtsstuben der Umgebung aufzusuchen.

Wohl aber die verdammte Legion. Sie absolvierten die Übungen mit grimmigem Lächeln und machten spöttische Bemerkungen über die Bauern, die versuchten, es ihnen gleichzutun. Die sollten mal achtzehn Stunden auf dem Feld arbeiten, dachte Gilad. Bastarde!

Stöhnend vor Schmerzen setzte er sich auf, lehnte sich mit dem Rücken an die Mauer und beobachtete die anderen bei den Übungen. Er hatte noch zehn Minuten, bis die nächste Schicht begann, die Trümmerkarren zu beladen. Bahrenträger jagten über das offene Gelände, mit Steinen unter dem Arm, die das doppelte Gewicht eines Verwundeten hatten. Der schwarzbärtige Bar Britan trieb sie an.

Bregan kam herangetrottet und ließ sich ins Gras fallen. Sein Gesicht war krebsrot. Wortlos reichte er Gilad eine halbe Apfelsine – sie war süß und frisch.

»Danke, Breg.« Gilads Blick wanderte über die acht anderen Männer seiner Gruppe. Die meisten lagen schweigend da. Midras mußte sich allerdings übergeben. Der Idiot hatte ein Mädchen in der Stadt und hatte sie letzte Nacht besucht. Er war erst kurz vor Tagesanbruch für eine Stunde Schlaf zurück in sein Quartier geschlichen.

Dafür mußte er jetzt büßen. Bregan hielt sich gut. Er war ein bißchen schneller, ein bißchen kräftiger geworden. Und er beklagte sich nie, was schon fast ein Wunder war.

»Es ist soweit, Gil«, sagte er. Gilad sah zum Tunnel hinüber, wo die Arbeit jetzt langsamer voranging. Andere Mitglieder der Gruppe Karnak gingen zu den halb eingerissenen Häusern.

»Kommt, Jungs«, sagte Gilad. »Erst mal aufsetzen. Und dann tief durchatmen.« Ein Stöhnen folgte auf diesen Befehl, die Männer rührten sich kaum. »Nun kommt schon. Gruppe Kestian hat sich bereits in Bewegung gesetzt. Bastarde!« Gilad erhob sich und zog Bregan auf die Füße. Dann ging er zu jedem der Männer. Langsam standen sie auf und gingen zum Tunnel.

»Ich glaube, ich sterbe«, sagte Midras.

»Das wirst du auch, wenn du uns heute im Stich läßt«, murmelte Gilad. »Wenn das alte Schwein noch einmal über uns lacht ...«

»Die Pest über ihn«, sagte Midras. »Man sieht nie, daß er ins Schwitzen gerät, was?«

Bei Einbruch der Dämmerung trabten die erschöpften Männer von den Tunnels in den Frieden und die relative Ruhe ihrer Baracken. Sie warfen sich auf die schmalen Kojen und nahmen Brustplatten und Beinschienen ab.

»Die Arbeit macht mir ja nichts aus«, erklärte Baile, ein untersetzter Bauer aus Gilads Nachbardorf, »aber ich sehe nicht ein, warum wir sie in voller Rüstung tun müssen.«

Niemand antwortete ihm.

Gilad schlief schon fast, als eine Stimme bellte: »Gruppe Karnak zum Exerzierplatz!«

Druss stand auf dem Platz, die Hände in die Hüften gestemmt. Die blauen Augen musterten die erschöpften Männer, die aus der Baracke stolperten und im Licht der Fackeln blinzelten. Flankiert von Hogun und Orrin lächelte er finster, als die Männer Aufstellung nahmen.

Zu den fünfzig Männern der Gruppe Karnak gesellten sich die Gruppen Kestrian und Schwert.

Schweigend warteten sie darauf, was für eine gemeine Idee Druss nun wieder parat hatte.

»Ihr drei Gruppen«, sagte Druss, »werdet einmal die ganze Länge der Mauer ablaufen und wieder zurück. Die Gruppe des letzten muß noch einmal laufen. Los!«

Als die Männer sich an die anstrengenden achthundert Meter machten, rief einer: »Was ist mit dir, Dicker? Kommst du mit?«

»Heute nicht«, brüllte Druss zurück. »Paß auf, daß du nicht letzter wirst.«

»Sie sind völlig am Ende«, meinte Orrin. »Ist das klug, Druss?«

»Vertrau mir. Wenn die Angriffe kommen, werden die Männer noch oft genug aus dem Schlaf gerissen. Ich will, daß sie ihre Grenzen kennen.«

Drei weitere Tage vergingen. Tunnel Eins war schon fast gefüllt, die Arbeit an Tunnel Zwei hatte begonnen. Niemand jubelte mehr, wenn Druss vorbeiging, nicht einmal mehr die Stadtbevölkerung. Viele hatten ihr Heim verloren, andere ihre Geschäfte. Eine Abordnung hatte Orrin aufgesucht und ihn angefleht, mit dem Abriß aufzuhören. Andere fanden, daß der Anblick von offenem Gelände zwischen den Mauern nur unterstrich, daß Druss erwartete, die Nadir würden die Dros einnehmen. Der Widerstand wuchs, aber der alte Krieger schluckte seinen Ärger hinunter und setzte seinen Plan weiter fort.

Am neunten Tag geschah etwas, das den Männern neuen Gesprächsstoff bot.

Als die Gruppe Karnak sich zum Laufen sammelte, trat Gan Orrin zu Dun Mendar, dem diensthabenden Offizier.

»Ich werde heute mit dieser Gruppe laufen«, sagte er.

»Du willst übernehmen?« fragte Mendar.

»Nein, nein. Nur mitlaufen. Auch ein Gan muß körperlich fit sein, Mendar.«

Mürrisches Schweigen grüßte Orrin, als er sich in die Reihe einordnete. Seine Gold- und Bronzerüstung stach deutlich unter den Soldaten hervor.

Den ganzen Vormittag trainierte er mit den Männern, kletterte an Seilen empor und spurtete zwischen den Mauern hin und her. Immer war er Letzter. Wenn er lief, lachten einige der Männer, andere spotteten. Mendar tobte. Der Mann macht noch einen größeren Narren aus sich als sonst, dachte er. Und er macht auch uns andere zum Gespött. Gilad ignorierte den Gan, bis auf eine Ausnahme, als er ihn über die Brustwehr zog, weil er abzustürzen drohte.

»Laß ihn doch fallen«, rief ein Mann, der ein Stück weiter kletterte.

Orrin biß die Zähne zusammen und machte weiter. Er blieb den ganzen Tag bei der Gruppe und arbeitete sogar beim Abbruch der Häuser mit. Am Nachmittag war er nur noch halb so schnell wie die anderen. Niemand hatte bis jetzt ein Wort mit ihm geredet. Er aß abseits von den anderen, wenn auch nicht freiwillig – wo er sich hinsetzte, wollte kein anderer hin.

Bei Einbruch der Dunkelheit machte er sich auf den Weg in seine Unterkunft. Sein Körper zitterte, die Muskeln brannten. Er schlief in der Rüstung ein.

Im Morgengrauen badete er, legte die Rüstung an und schloß sich wieder Gruppe Karnak an. Nur bei den Schwertübungen tat er sich hervor, aber selbst dabei hatte er fast den Eindruck, die Männer ließen ihn gewinnen. Und wer konnte es ihnen übelnehmen?

Eine Stunde vor Sonnenuntergang kam Druss mit Hogun und befahl vier Gruppen, sich am Tor von Mauer Zwei einzufinden: Karnak, Schwert, Egel und Feuer.

Von der Brustwehr herab rief Druss den zweihundert Männern zu: »Nur ein kleines Rennen, um eure Muskeln zu strecken, Jungs. Von diesem Tor sind es anderthalb Kilometer, eine ganze Runde. Ihr werdet zweimal laufen. Die Gruppe des letzten läuft noch einmal. Los!«

Als alle auf einmal drängelten und losliefen, beugte Hogun sich vor.

»Verdammt!« sagte er.

»Was ist los?« fragte Druss.

»Orrin. Er läuft mit ihnen. Ich dachte, er hätte von gestern noch genug. Was ist mit dem Mann los? Ist er verrückt?«

»Du läufst doch auch mit den Männern«, sagte Druss. »Warum nicht auch er?«

»Ach, komm, Druss, was ist denn das für eine Frage? Ich bin Soldat und trainiere jeden Tag. Aber er! Sieh ihn dir an – er ist jetzt schon Letzter. Also wirst du den Vorletzten die Runde noch einmal laufen lassen, nicht wahr?«

»Das kann ich nicht, mein Freund. Das würde Orrin beschämen. Er hat seine Entscheidung selbst getroffen, und ich nehme an, daß er seine Gründe hat.«

Nach dem ersten Kilometer lag Orrin dreißig Meter hinter dem letzten Mann und hatte schwer zu kämpfen. Er heftete seinen Blick fest auf den Rücken des Mannes und lief weiter, ohne auf die Schmerzen in seiner Seite zu achten. Schweiß brannte ihm in den Augen, und sein Helm fiel ihm vom Kopf. Es war eine Erleichterung. Nach zwei Kilometern lag er vierzig Meter zurück. Gilad warf aus der führenden Gruppe einen Blick zurück, machte kehrt und lief leichtfüßig zurück zu dem atemlosen Gan. Sobald er bei ihm war, fiel er mit ihm in Gleichschritt.

»Hör zu«, sagte er, mühelos atmend. »Ball die Fäuste nicht so, dann kannst du leichter atmen. Denk an nichts anderes, als mit mir Schritt zu halten. Nein, versuch nicht, mir zu antworten. Zähl deine Atemzüge. Atme tief ein und aus, so schnell wie möglich. So ist es gut. Alle zwei Schritte ein tiefer Atemzug. Und zähl weiter. Denk an nichts anderes als an die Zahl deiner Atemzüge. Und jetzt halt dich immer an mich.«

Er setzte sich vor den General und behielt erst dessen langsame Gangart bei; dann erhöhte er allmählich das Tempo.

Druss ließ sich auf der Brustwehr nieder, als das Rennen sich dem Ende näherte. Orrin wurde von dem schlanken Unteroffizier mitgezogen. Die meisten Männer hatten ihren Lauf schon beendet und beobachteten nun die letzten Läufer. Orrin lag immer noch an letzter Stelle, aber ihn trennten nur noch knapp zehn Meter von dem erschöpften Cul der Gruppe Feuer. Die Männer begannen, den Cul anzufeuern. Jede Gruppe außer Karnak beteiligte sich daran.

Noch dreißig Meter. Gilad ließ sich neben Orrin zurückfallen. »Gib jetzt alles«, sagte er. »Lauf, du fettes Schwein!«

Gilad beschleunigte sein Tempo und überholte den Cul. Orrin biß die Zähne zusammen und setzte ihm nach. Die Wut verlieh ihm Kraft. Frisches Adrenalin strömte in die müden Muskeln.

Noch zehn Meter, und er war Schulter an Schulter mit dem Mann. Er konnte die Anfeuerungsrufe der Menge hören. Der Mann neben ihm gab sein Letztes, das Gesicht vor Anstrengung verzerrt.

Orrin holte im Schatten des Tores auf und überholte. Er warf sich nach vorn, krachte zu Boden und rollte in die Zuschauer. Er konnte nicht mehr aufstehen, doch Hände griffen nach ihm, zogen ihn auf die Füße und klopften ihm auf die Schulter. Er rang nach Atem ... eine Stimme sagte: »Weitergehen. Das hilft. Komm schon, beweg die Beine.« Auf beiden Seiten gestützt, begann er langsam zu gehen. Druss' Stimme tönte von der Brustwehr.

»Die Gruppe von dem da, noch eine Runde.«

Gruppe Feuer setzte sich in Bewegung, diesmal in langsamem Dauerlauf.

Gilad und Bregan halfen Orrin auf einen vorspringenden Stein und setzten ihn dorthin. Seine Beine zitterten, aber er atmete nicht mehr so stoßweise.

»Tut mir leid, daß ich dich beschimpft habe«, sagte Gilad. »Ich wollte dich nur wütend machen. Mein Vater sagte immer, Wut verleiht Kräfte.«

»Du mußt dich nicht entschuldigen«, sagte Orrin. »Ich werde nichts gegen dich unternehmen.«

»Das war keine Entschuldigung. Ich könnte die Runde zehnmal laufen, und die meisten meiner Männer auch. Ich dachte einfach, es würde helfen.«

»Hat es auch. Vielen Dank, daß du dich hast zurückfallen lassen.«

»Ich finde, du hast es großartig gemacht«, sagte Bregan. »Ich weiß, wie du dich gefühlt hast. Aber wir machen das seit fast zwei Wochen. Heute ist erst dein zweiter Tag.«

»Wirst du morgen wieder mit uns arbeiten?« fragte Gilad.

»Nein. Ich würde gern, aber ich habe noch anderes zu tun.« Plötzlich lächelte er. »Andererseits«, sagte er, »macht Pinar den Papierkram sehr gut, und ich bin es verdammt leid, alle fünf Minuten eine Abordnung vor der Tür stehen zu haben, die sich über irgendwas beschwert. Ja, ich werde hier sein.«

»Darf ich einen Vorschlag machen?« fragte Gilad.

»Natürlich.«

»Besorg dir eine normale Rüstung. Dann fällst du weniger auf.«

»Ich soll aber auffallen«, antwortete Orrin lächelnd. »Ich bin der Gan.«

Hoch über ihren Köpfen teilten sich Druss und Hogun eine Flasche lentrischen Roten.

»Es hat ihn ganz schön Überwindung gekostet, heute herzukommen, nachdem sie gestern so über ihn gelacht haben«, sagte Druss.

»Ja, das glaube ich auch«, meinte Hogun. »Nein, verdammt, du hast recht, man muß den Mann loben. Aber es geht mir gegen den Strich. Du hast ihm erst das nötige Rückgrat gegeben.«

»Man kann niemandem etwas geben, das nicht schon da ist«, sagte Druss. »Er hat nur nie danach gesucht.« Druss grinste, nahm einen tiefen Zug aus der Flasche und reichte sie halbleer an Hogun weiter.

»Ich mag den kleinen Mann«, sagte er. »Er hat Biß!«

Orrin lag auf seinem schmalen Bett, den Rücken von weichen Kissen gestützt, die Hände um einen Becher aus Ton gelegt. Er versuchte sich einzureden, daß es nicht sehr ruhmreich war, Vorletzter zu sein. Aber zum Glück mißlang es ihm. Er war nie sportlich gewesen, nicht einmal als Kind. Aber er stammte aus einer Familie von Kriegern und Führern der Drenai, und sein Vater hatte darauf bestanden, daß er an allen Bereichen des Soldatenlebens teilnahm. Er hatte schon immer gut mit dem Schwert umgehen können – was in den Augen seines Vaters wettmachte, daß er auf anderen Gebieten kläglich versagte. So, wie er zum Beispiel körperliche Schmerzen nicht aushalten konnte. Oder nicht verstand, selbst nach geduldigen Erklärungen, welchen großen Fehler Nazredas in der Schlacht von Plettii gemacht hatte. Er überlegte, ob es seinem Vater wohl gefallen hätte, daß er sich zu Boden geworfen hatte, um einen Cul bei einem Rennen zu schlagen. Er lächelte: Es hätte ihn um den Verstand gebracht.

Ein Klopfen an der Tür brachte ihn in die Gegenwart zurück.

»Herein!«

Es war Druss, ohne seine schwarzsilberne Weste. Seltsam, wie sehr er ohne seine legendäre Kleidung wie ein alter Mann aussieht, dachte Orrin. Der Krieger hatte sich den Bart gekämmt und trug ein fließendes, weißes Hemd mit weiten Ärmeln, die am Handgelenk zusammengefaßt waren. Er hatte eine große Flasche lentrischen Roten mitgebracht.

»Ich dachte, wenn du noch wach bist, könnten wir einen Schluck zusammen trinken«, sagte Druss, zog sich einen Stuhl heran und drehte ihn um, wie Orrin es oft bei Hogun beobachtet hatte.

»Warum tust du das?« fragte Orrin.

»Was?«

»Den Stuhl umdrehen.«

»Alte Gewohnheiten legt man nur schwer ab – selbst wenn man unter Freunden ist. Es ist eine Angewohnheit von Kriegern. Wenn du die Beine rittlings über dem Stuhl hast, kannst du leichter aufstehen. Außerdem hast du eine dicke Schicht Holz zwischen deinem Bauch und dem Mann, mit dem du redest.«

»Verstehe«, sagte Orrin. »Ich wollte Hogun immer schon danach fragen, bin aber nie dazu gekommen. Wie kommt es zu solchen Angewohnheiten?«

»Wenn man einen Freund mit einem Messer im Bauch sieht!« antwortete Druss.

»Ja, das kann ich mir vorstellen. Wirst du mir deine Tricks beibringen, Druss, ehe die Nadir kommen?«

»Nein. Du wirst sie auf die mühsame Art lernen müssen. In kleinen Dingen werde ich dir zur rechten Zeit helfen – sie machen viel aus.«

»Kleine Dinge? Du machst es spannend. Erzähl mir jetzt etwas.« Orrin nahm einen Becher Roten und lehnte sich zurück. Druss trank aus der Flasche.

»Na schön«, sagte der Axtkämpfer, als er die Flasche halb geleert hatte, »beantworte mir folgende Frage: Warum bekommen die Männer jeden Morgen Apfelsinen?«

»Es hält sie gesund und beugt der Ruhr vor. Sie sind billig und erfrischend. Meinst du das?« fragte Orrin verwirrt.

»Zum Teil«, sagte Druss. »Der Bronzegraf führte Apfelsinen in der Armee ein, zum Teil aus den Gründen, die du gerade genannt hast, aber vor allem, weil man sich den Saft in die Hände reibt, damit man das Schwert auch dann sicher im Griff hat, wenn man schwitzt. Und wenn du dir mit dem Saft die Stirn einreibst, tropft dir der Schweiß nicht in die Augen.«

»Das wußte ich nicht«, sagte Orrin erstaunt. »Erzähl mir noch etwas!«

»Nein«, lehnte Druss ab. »Ein andermal. Sag mir, warum hast du bei den Übungen der Culs mitgemacht?«

Orrin setzte sich auf, seine dunklen Augen auf Druss' Gesicht geheftet. »Hältst du das nicht für eine gute Idee?«

»Das hängt davon ab, was du damit erreichen willst. Versuchst du, dir Respekt zu verschaffen?«

»Große Götter, nein!« rief Orrin. »Dafür ist es zu spät, Druss. Nein, es hat etwas damit zu tun, was du mir neulich abends gesagt hast, als die Männer für dieses Nachtrennen aus dem Bett geholt wurden. Ich habe dich gefragt, ob das klug sei, und du hast gesagt: ›Sie müssen ihre Grenzen kennen.‹ Nun, ich auch. Ich habe nie an einer Schlacht teilgenommen. Ich will wissen, wie es ist, nach einem ganzen Tag Training aus dem Schlaf gerissen zu werden und wieder kämpfen zu müssen.

Ich habe hier eine Menge Leute enttäuscht. Vielleicht werde ich sie wieder enttäuschen, wenn die Nadir über die Mauern klettern, aber ich hoffe nicht. Doch ich muß stärker und schneller werden. Und das werde ich schaffen. Ist das eine so schlechte Idee?«

Druss nahm einen Zug aus der Flasche, leckte sich die Lippen und lächelte.

»Nein, es ist eine gute Idee. Aber wenn du etwas kräftiger bist, dann geh auch zu anderen Gruppen. Es wird sich bezahlt machen.«

»Bezahlt machen?«

»Du wirst schon sehen.«

»Hast du den Grafen gesehen?« fragte Orrin plötzlich. »Syn sagt, es geht ihm schlecht. Sogar sehr schlecht.«

»Ich glaube nicht, daß ich schon etwas Schlimmeres gesehen habe. Er liegt im Delirium – wie er überhaupt noch durchhält, weiß ich nicht.«

Die beiden Männer unterhielten sich noch über eine Stunde. Orrin fragte den alten Mann nach seinem Leben und den vielen Schlachten, an denen er teilgenommen hatte, und kam immer wieder auf die unsterbliche Geschichte von Skeln und dem Sturz von König Gorben zurück.

Als die Alarmglocke der Festung ertönte, reagierten beide Männer unverzüglich. Druss fluchte, warf die Flasche weg und lief zur Tür. Orrin sprang aus dem Bett und folgte ihm. Druss rannte über den Paradeplatz, die kurze Steigung zur Festung empor, unter dem Fallgitter hindurch und die lange steinerne Wendeltreppe zum Schlafgemach des Grafen hinauf. Calvar Syn stand an seinem Bett, zusammen mit Dun Mendar, Pinar und Hogun. Ein alter Diener stand weinend am Fenster.

»Ist er tot?« fragte Druss.

»Noch nicht. Aber bald«, antwortete Calvar Syn.

Druss ging zum Bett und setzte sich neben die zerbrechliche Gestalt. Der Graf öffnete die Augen und blinzelte.

»Druss?« sagte er mit schwacher Stimme. »Bist du das?«

»Ich bin hier.«

»Er kommt. Ich sehe ihn. Er ist schwarz und trägt eine Kapuze.«

»Spuck ihm mit einem Gruß von mir ins Gesicht«, sagte Druss. Seine riesige Hand strich über die fieberheiße Stirn.

»Ich dachte . . . nach Skeln . . . ich würde ewig leben.«

»Sei ruhig, mein Freund. Eins habe ich über den Tod gelernt: Er bellt mehr, als er beißt.«

»Ich kann sie sehen, Druss. Die Unsterblichen! Sie schicken die Unsterblichen!« Der Sterbende ergriff Druss am Arm und versuchte sich aufzurichten. »Hier kommen sie! Bei den Göttern, willst du dir das nicht ansehen, Druss!«

»Es sind nur Menschen. Wir werden sie fortschicken.«

»Setz dich ans Feuer, Kind, dann erzähle ich dir davon. Aber du darfst deiner Mutter nichts sagen. Du weißt, sie haßt blutrünstige Geschichten. Ach, Virae, mein kleiner Liebling! Du wirst nie verstehen, was es für mich bedeutet hat, einfach nur dein Vater zu sein . . .« Druss senkte den Kopf, als der alte Graf mit dünner, zittriger Stimme weiterredete. Hogun biß die Zähne zusammen und schloß die Augen. Calvar Syn saß zusammengesunken in einem Lehnstuhl, und Orrin stand an der Tür und dachte an den Tod seines eigenen Vaters vor so vielen Jahren.

»Wir waren viele Tage lang am Paß und hielten allem stand, was sie uns entgegenwarfen: den Stämmen, Wagen, Infanterie, Kavallerie. Aber immer hing die Drohung der Unsterblichen über uns. Noch nie besiegt! Der alte Druss stand inmitten unserer vordersten Front, und als die Unsterblichen auf uns zumarschierten, erstarrten wir. Du konntest die Panik geradezu mit Händen greifen. Ich wollte weglaufen, und ich konnte sehen, wie sich derselbe heiße Wunsch in den Gesichtern der anderen widerspiegelte. Dann hob der alte Druss seine Axt hoch in die Luft und schrie den vorrückenden Reihen etwas zu. Es war großartig. Fast magisch. Der Bann wich von uns. Die Angst verging. Er hob seine Axt, damit die Männer sie sehen konnten, und dann brüllte er. Ich höre es jetzt noch: ›Kommt her, ihr dickbäuchigen Hurensöhne! Ich bin Druss, und das ist der Tod!‹

Virae? Virae? Ich habe auf dich gewartet ... Nur noch einmal. Dich sehen. So sehr ... so sehr gewünscht.« Der abgemagerte Körper zitterte, dann lag er still. Druss schloß dem Toten die Augen und wischte sich mit der Hand über die eigenen.

»Er hätte sie nie fortschicken dürfen«, sagte Calvar Syn. »Er liebte das Mädchen. Sie war alles, wofür er lebte.«

»Vielleicht hat er sie deswegen geschickt«, sagte Hogun.

Druss zog das seidene Laken über das Gesicht des Grafen und ging zum Fenster. Jetzt war er allein – der letzte Überlebende von Skeln. Er lehnte sich gegen die Fensterbank und atmete tief die Nachtluft ein.

Draußen badete der Mond die Dros in zauberisches Licht, grau und geisterhaft, und der alte Mann sah nach Norden. Eine Taube flatterte heran und umkreiste eine Dachkammer unterhalb der Festung. Sie war von Norden gekommen.

Er drehte sich wieder um. »Begrabt ihn morgen in aller Stille«, sagte er. »Wir werden wegen der Begräbnisfeierlichkeiten die Übungen nicht unterbrechen.«

»Aber Druss, das ist Graf Delnar!« widersprach Hogun mit funkelnden Augen.

»Das«, sagte Druss und deutete auf das Bett, »ist ein krebszerfressener Leichnam. Es ist niemand mehr. Tut, was ich sage.«

»Du kaltherziger Dreckskerl!« rief Dun Mendar.

Druss warf dem Offizier einen eisigen Blick zu.

»Vergiß das nicht, mein Freund, an dem Tag, an dem du – oder sonst einer von euch – sich gegen mich wendet.«

12

Rek lehnte an der Steuerbordreling, einen Arm um Viraes Schultern gelegt, und starrte aufs Meer hinaus. Seltsam, dachte er, wie die Nacht alles verändert. Ein unendlich erscheinender Spiegel, der das Licht der Sterne reflektiert, während der Zwilling des Mondes, in Facetten zerlegt und ätherisch, in einiger Entfernung von ihnen trieb. Immer ein, zwei Kilometer entfernt. Eine sanfte Brise blähte das dreieckige Segel der *Tunichtgut*, die sich einen weißen Pfad durch die Wellen bahnte und leise mit der Dünung schaukelte. Achtern stand der Maat am Ruder; seine silberne Augenklappe glänzte im Mondlicht. Im Bug warf ein junger Seemann das Lot in die Wellen und rief die wechselnden Tiefen nach achtern, als sie über ein verborgenes Riff fuhren.

Alles war Ruhe, Frieden und Harmonie. Das ständige Plätschern der Wellen erhöhte noch das Gefühl der Einsamkeit, das Rek umhüllte, als er aufs Meer schaute. Sterne oben und unten. Sie könnten geradesogut auf den Fluten der Galaxis treiben, weit weg von den allzu menschlichen Plagen, die auf sie warteten.

Das ist Zufriedenheit, dachte Rek.

»Was denkst du gerade?« fragte Virae und schlang einen Arm um seine Hüften.

»Ich liebe dich«, sagte er. Ein Delphin glitt an ihnen vorbei und rief ihnen einen musikalischen Gruß zu, ehe er wieder in den Tiefen verschwand. Rek beobachtete, wie die geschmeidige Gestalt inmitten der Sterne schwamm.

»Ich weiß, daß du mich liebst«, sagte Virae. »Ich habe dich gefragt, was du gerade denkst.«

»Ich bin bei dir. Ich bin zufrieden. Ich fühle mich friedlich.«

»Natürlich. Wir sind auf einem Schiff, und es ist eine schöne Nacht.«

»Virae, du hast keine Seele«, sagte er und küßte sie auf die Stirn.

Sie sah zu ihm auf und lächelte. »Wenn du das denkst, bist du ein Idiot! Ich bin nur nicht so geübt wie du, schöne Lügen zu erzählen.«

»Harte Worte, meine Dame. Würde ich dich je belügen? Du würdest mir die Kehle durchschneiden.«

»Das würde ich allerdings. Wie viele Frauen haben dich schon sagen hören, daß du sie liebst?«

»Hunderte«, antwortete Rek, schaute ihr in die Augen und sah, wie das Lächeln darin schwand.

»Warum sollte ich glauben, daß du mich liebst?«

»Weil du es tust.«

»Das ist keine Antwort.«

»Doch, natürlich. Du bist nicht irgendein dummes Milchmädchen, das sich durch ein Lächeln täuschen läßt. Du erkennst die Wahrheit, wenn du sie hörst. Warum zweifelst du plötzlich daran?«

»Ich bezweifle nicht, daß du mich liebst, du Hornochse! Ich wollte nur wissen, wie viele Frauen du schon geliebt hast.«

»Mit wie vielen ich geschlafen habe, meinst du?«

»Wenn du es so grob ausdrücken willst.«

»Ich weiß es nicht«, log er. »Ich pflege nicht mitzuzählen. Und wenn deine nächste Frage lauten sollte: Wie schneide ich im Vergleich ab?, dann wirst du feststellen müssen, daß du allein bist, denn dann werde ich nach unten gehen.«

Sie war es. Und er ging nicht.

Der Maat am Ruder beobachtete sie, hörte ihr leises Lachen und lächelte mit ihnen, obwohl er nicht wußte, woher ihre gute Laune kam. Zu Hause hatte er eine Frau und sieben Kinder, und es gab ihm ein gutes Gefühl, den jungen Mann und seine Frau zu beobachten. Er winkte ihnen zu, als sie unter Deck gingen, aber sie sahen ihn nicht.

»Schön, jung und verliebt zu sein«, sagte der Kapitän, der lautlos aus dem Schatten vor seiner Kabine gekommen war und sich zu dem Rudergänger gesellte.

»Schön, alt und verliebt zu sein«, antwortete der Maat grinsend.

»Eine ruhige Nacht, aber der Wind frischt auf. Die Wolken im Westen gefallen mir nicht.«

»Sie werden an uns vorbeiziehen«, sagte der Maat. »Aber wir bekommen bestimmt schlechtes Wetter. Und zwar von hinten. Es wird uns vorantreiben. Vielleicht machen wir ein paar Tage gut. Wußtest du, daß sie auf dem Weg nach Delnoch sind?«

»Ja«, antwortete der Kapitän, kratzte sich den roten Bart und prüfte am Stand der Sterne ihren Kurs.

»Traurig«, sagte der Maat mit aufrichtiger Teilnahme. »Sie sagen, Ulric hat versprochen, Delnoch dem Erdboden gleichzumachen.

Hast du gehört, was er in Gulgothir getan hat? Er hat jeden zweiten Mann und ein Drittel der Frauen und Kinder getötet. Hat sie in einer Reihe aufstellen und von seinen Kriegern niedermetzeln lassen.«

»Ich habe davon gehört. Es geht mich nichts an. Wir haben seit Jahren mit Nadir Handel getrieben, und sie sind als Menschen ganz in Ordnung – wie alle anderen.«

»Da hast du recht. Ich hatte mal eine Nadir-Frau. Sie war eine wahre Furie und ist mit einem Kesselflicker durchgebrannt. Später hörte ich, daß sie ihm die Kehle durchgeschnitten und seinen Wagen gestohlen hat.«

»Höchstwahrscheinlich wollte sie nur das Pferd«, sagte der Kapitän. »Für ein gutes Pferd konnte sie sich einen richtigen Nadir-Mann kaufen.« Beide kicherten; dann schwiegen sie und genossen die Nachtluft.

»Warum gehen sie nach Delnoch?« fragte der Rudergänger nach einer Weile.

»Sie ist die Tochter des Grafen. Von ihm weiß ich nichts. Wenn sie meine Tochter wäre, hätte ich dafür gesorgt, daß sie nicht wiederkommt. Ich hätte sie zum südlichsten Punkt des Reiches geschickt.«

»Über kurz oder lang werden die Nadir auch dorthin kommen – und noch weiter. Das ist nur eine Frage der Zeit.«

»Ja, aber in dieser Zeit kann viel geschehen. Die Drenai werden sich mit Sicherheit schon lange vorher unterwerfen. Sieh mal! Der verdammte Albino und sein Freund. Sie machen mir eine Gänsehaut.«

Der Maat schaute über das Deck und erkannte Serbitar und Vintar, die an der Backbordreling standen.

»Ich weiß, was du meinst – sie sagen nie ein Wort. Ich bin froh, wenn ich sie nur noch von hinten sehe«, sagte der Maat und schlug das Zeichen der Klaue vor der Brust.

»Das wehrt diese Art von Dämonen auch nicht ab«, sagte der Kapitän.

Serbitar lächelte, als Vintar pulsierte: »Wir sind nicht gerade beliebt, mein Junge.«

»Ja. Es ist immer so. Es ist schwer, die Verachtung zu unterdrücken.«

»Aber du mußt.«

»Ich sagte schwer, nicht unmöglich.«

»Wortspielerei. Selbst zu bemerken, daß es schwer ist, ist ein Zugeständnis an die Niederlage«, sagte Vintar.

»Immer der Lehrmeister, Abt Vintar.«

»Solange es Schüler auf der Welt gibt, Meister Priester.«

Serbitar grinste, ein seltener Anblick. Eine Möwe kreiste über dem Schiff; beiläufig berührte der Albino ihren Geist, als sie über den Mast segelte.

Dort waren weder Freude noch Trauer oder Hoffnung. Nur Hunger und Not. Und Enttäuschung, weil das Schiff keine Nahrung bot.

Eine wilde Hochstimmung überflutete den jungen Priester in einem geistigen Impuls von unglaublicher Kraft; ein Gefühl von Ekstase und Erfüllung durchströmte seinen Körper. Er umklammerte die Reling und verfolgte diesen geistigen Pfad zurück, schirmte seinen Vorstoß jedoch ab, als er sich der Tür von Reks Kabine näherte.

»Ihre Gefühle sind sehr stark«, pulsierte Vintar.

»Es schickt sich nicht, dabei zu verweilen«, erwiderte Serbitar prüde. Selbst im Mondschein konnte man sehen, daß er rot geworden war.

»Nein, nein, Serbitar. Die Welt hat nur wenig Lohnendes zu bieten, und dazu gehört die Fähigkeit der Menschen, einander mit tiefer und anhaltender Leidenschaft zu lieben. Ich erfreue mich an ihrem Liebesspiel. Es ist etwas sehr Schönes für sie.«

»Du bist ein Voyeur, Vater Abt«, sagte Vintar, der jetzt lächelte. Vintar lachte laut.

»Wohl wahr. Sie haben so viel Energie, die Jungen.«

Plötzlich erschien Arbedarks schmales Gesicht im Geist der beiden Männer. Seine Miene war sehr ernst.

»Tut mir leid«, pulste er. »Ich habe traurige Nachrichten aus Dros Delnoch.«

»Sprich«, bat Serbitar.

»Der Graf ist tot. Und es gibt einen Verräter in der Dros. Ulric hat befohlen, Druss zu töten.«

»Bildet einen Kreis um mich«, rief Druss, als die erschöpften Männer von der Mauer taumelten. »Und setzt euch, bevor ihr umfallt.«

Seine blauen Augen überflogen den Kreis; dann schnaubte er verächtlich. »Ihr Abschaum! Ihr wollt Soldaten sein? Nach ein paar Läufen seid ihr völlig ausgepumpt. Wie, zum Teufel, glaubt ihr, werdet ihr euch nach drei Tagen Kampf fühlen, Tag und Nacht, gegen eine Nadir-Armee, die euch fünfzig zu eins überlegen ist? He?«

Niemand antwortete. Die Frage war allzu offensichtlich rhetorischer Natur. Tatsächlich waren die meisten Männer froh, heruntergeputzt zu werden, denn das bedeutete einen kleinen Aufschub, ehe das endlose Training weiterging.

Druss zeigte auf Gilad. »Du. Welche vier Gruppen sind hier versammelt?«

Gilad drehte sich um, blickte in die Gesichter der Männer. »Karnak, Bilad ... und Gorbadac ... und, äh, die anderen kenne ich nicht.«

»Was ist?« brüllte der alte Mann. »Will es mir keiner von euch Lumpen sagen? Wie heißt die verdammte andere Gruppe?«

»Falke«, piepste eine Stimme aus dem Hintergrund.

»Gut! Gruppenoffiziere vortreten«, sagte Druss. »Ihr anderen macht ein bißchen Atempause.« Er ging ein Stück beiseite und winkte den Offizieren, ihm zu folgen.

»Bevor ich sage, was ich zu sagen habe – würde der Offizier von Gruppe Falke sich vielleicht zu erkennen geben?«

»Ich bin der Offizier, Herr. Dun Hedes«, sagte ein junger Mann. Er war klein, aber gut gebaut.

»Warum hast du deine Gruppe dann nicht gemeldet, als ich gefragt habe? Warum mußte das ein pickliger Bauernlümmel tun?«

»Ich bin teilweise taub. Und wenn ich müde bin und mein Puls schnell geht, höre ich kaum etwas.«

»Dann, Dun Hedes, betrachte dich als entlassen.«

»Das kannst du nicht machen! Ich habe immer gut gedient. Du kannst mich doch nicht einfach mit Schande davonjagen«, rief der junge Mann.

»Hör zu, du junger Narr. Es ist keine Schande, taub zu sein. Und du kannst von mir aus auch auf den Wehrgängen herumlaufen, wenn die Nadir kommen. Aber wie gut kannst du mir als Offizier dienen, wenn du meine Befehle nicht hörst?«

»Das schaffe ich schon«, sagte Dun Hedes.

»Und wie gut sollen es deine Männer schaffen, wenn sie dich um Rat fragen? Was passiert, wenn wir Rückzug anordnen, und du hörst es nicht? Nein. Die Entscheidung steht fest. Wegtreten.«

»Ich verlange das Recht, Gan Orrin zu sprechen!«

»Wie du willst. Aber heute abend habe ich einen neuen Dun für die Falken. Und jetzt zur Sache. Ich will, daß jeder von euch – du eingeschlossen, Hedes – eure zwei stärksten Männer aussucht. Die besten im Armdrücken, Ringen, was auch immer. Sie werden die Chance erhalten, mich von den Füßen zu holen. Das sollte die Stimmung etwas heben. Ab jetzt!«

Dun Mendar rief Gilad zu sich, als er zu seiner Gruppe zurückkehrte; dann hockte er sich zwischen die Männer, um ihnen von Druss' Vorschlag zu erzählen. Einige Soldaten kicherten, als sich Freiwillige meldeten. Der Lärm schwoll an, als Männer das Recht für sich beanspruchten, den alten Mann niederzuringen, und Druss lachte laut, als er ein Stück abseits seine Apfelsine schälte. Schließlich waren die Paare ausgewählt, und er erhob sich.

»Hinter dieser kleinen Übung steckt natürlich ein Zweck, aber das erkläre ich euch später. Für den Augenblick könnt ihr das ganze als Unterhaltung betrachten«, sagte Druss, die Hände in die Hüften gestemmt. »Jedenfalls habe ich festgestellt, daß das Publikum immer aufmerksamer ist, wenn es was zu gewinnen gibt, also biete ich der Gruppe einen freien Nachmittag, deren stärkster Mann mich besiegt.« Diese Ankündigung wurde mit Jubel begrüßt. Dann fuhr Druss fort: »Aber wenn ich nicht besiegt werde, sind drei Kilometer zusätzlich zu laufen.« Er grinste, als die Männer stöhnten.

»Seid doch nicht solche Hasenherzen! Was habt ihr denn schon vor euch? Hier steht ein fetter, alter Mann ... wir fangen mit den beiden Kriegern von Gruppe Bilad an.«

Die Männer hätten Zwillinge sein können: Beide waren sehr groß, hatten schwarze Bärte, muskulöse Arme und Schultern; zwei so prächtige Krieger, wie man sie in den Gruppen nur finden konnte.

»Schön, Jungs«, sagte Druss, »ihr könnt ringen oder boxen, treten oder drücken. Fangt an, wenn ihr soweit seid.« Der alte Mann zog seine Weste aus, während er sprach, und die zwei umkreisten ihn langsam, entspannt und lächelnd. Sobald jeder von ihnen auf einer Seite des Alten war, sprangen sie vor. Druss ließ sich auf ein Knie fallen, duckte sich unter einem weit ausholenden rechten Schwinger, rammte dem Mann eine Hand in die Leisten, packte sein Hemd mit der anderen Hand und schleuderte ihn gegen seinen Kameraden. Beide Männer gingen ineinander verschlungen zu Boden.

Aus der Gruppe Bilad kamen laute Verwünschungen, die jedoch im Hohngelächter der anderen untergingen.

»Gorbades als nächste!« befahl Druss. Die beiden Krieger gingen vorsichtiger voran als ihre Vorgänger; dann duckte sich der größere mit ausgestrecktem Arm und zielte auf Druss' Mitte. Das Knie des Axtschwingers kam ihm entgegen, traf ihn, und er sackte ins Gras. Der zweite griff fast im selben Moment an – nur um sich einen geradezu verächtlichen Rückhandhieb quer übers Gesicht einzuhandeln. Er stolperte über seinen gestürzten Kameraden und ging schwer zu Boden. Der erste war bewußtlos und mußte aus dem Ring getragen werden.

»Jetzt Falke!« sagte Druss. Diesmal beobachtete er, wie die Gegner vorrückten, stieß dann mit lauter Stimme einen Schrei aus und griff an. Dem ersten blieb vor lauter Überraschung der Mund offenstehen, der zweite machte einen Schritt zurück und stolperte. Druss traf den ersten mit einer linken Geraden. Der Mann ging zu Boden und rührte sich nicht mehr.

»Karnak?« fragte Druss. Gilad und Bregan traten in den Kreis. Druss hatte den Dunklen schon einmal gesehen und mochte ihn. Ein geborener Krieger, hatte er gedacht. Es gefiel ihm, daß der Junge ihm jedesmal einen haßerfüllten Blick zuwarf, wenn er über ihn lachte, und es hatte ihm auch gefallen, wie er sich hatte zurückfallen lassen, um Orrin zu helfen. Druss warf einen raschen Blick auf den zweiten. Das war doch bestimmt ein Irrtum? Dieses Dickerchen war kein Kämpfer und würde es auch nie sein – er war gutmütig und stark, aber niemals ein Krieger.

Gilad warf sich nach vorn und ging in Deckung, als Druss die Fäuste hob. Druss drehte sich, um ihn im Auge zu behalten, hörte dann hinter sich ein Geräusch, fuhr herum und sah, wie der Dicke angriff, stolperte und ihm vor die Füße fiel, alle Viere von sich gestreckt. Kichernd drehte er sich wieder zu Gilad um – in einen Fußtritt, der ihn wuchtig gegen die Brust traf. Er machte einen Schritt zurück, um sich wieder zu fangen, aber der Dicke hatte sich genau hinter ihn gerollt, so daß Druss mit einem Grunzen stolperte und zu Boden ging.

Wildes Geschrei erhob sich aus zweihundert Kehlen. Druss grinste und kam geschmeidig auf die Füße; dann hob er, um Ruhe bittend, die Hand.

»Ich möchte, daß ihr darüber nachdenkt, was ihr heute gesehen habt, Jungs«, sagte Druss, »denn das war nicht einfach nur Spaß.

Ihr habt gesehen, was ein einzelner ausrichten kann, und auch, was man mit ein bißchen Zusammenarbeit zu erreichen vermag.

Wenn die Nadir über die Mauern schwärmen, werdet ihr alle sehr damit beschäftigt sein, euch selbst zu verteidigen – aber ihr müßt noch mehr tun. Ihr müßt eure Kameraden schützen, wo ihr nur könnt, denn kein Krieger kann sich gegen ein Schwert in den Rücken wappnen. Ich möchte, daß jeder von euch sich einen Schwertbruder sucht. Auch wenn ihr noch keine Freunde seid – das kommt schon. Aber ihr braucht Verständnis und müßt dafür arbeiten. Ihr werdet den Rücken des anderen schützen, wenn die Angriffe kommen, also trefft eure Wahl gut. Wer seinen Schwertbruder verliert, wenn die Kämpfe beginnen, sucht sich einen neuen. Wem das nicht gelingt, tut für die, die in seiner Nähe sind, was er kann.

Ich bin seit mehr als vierzig Jahren Krieger – doppelt so lange, wie die meisten von euch auf dieser Welt sind. Vergeßt das nicht. Was ich euch sage, ist von Wert – denn ich habe überlebt.

Und es gibt nur einen Weg, im Krieg zu überleben – indem man bereit ist zu sterben. Ihr werdet schon bald feststellen, daß gute Schwertkämpfer von ungehobelten Wilden niedergemetzelt werden können, die sich blutige Finger holen würden, wenn sie Fleisch aufschneiden sollten. Und warum? Weil der Wilde zu allem bereit ist. Schlimmer noch, er ist vielleicht ein Berserker.

Der Mann, der vor einem Nadir einen Schritt zurückweicht, macht einen Schritt in die Ewigkeit. Ihr müßt ihnen von Angesicht zu Angesicht begegnen, als Wilder einem Wilden gegenüber.

Ihr habt viele Leute sagen hören, daß dies ein verlorenes Unterfangen ist, und ihr werdet es noch öfter hören. Ich habe es schon tausendmal in hundert Ländern gehört.

Meist hört ihr es von Angsthasen. Dann könnt ihr es getrost ignorieren. Oft hört ihr es aber auch von kampferprobten Veteranen. Doch letztendlich sind solche Unkereien sinnlos.

Die Nadir haben eine halbe Million Krieger. Eine ungeheure Zahl. Eine Zahl, die einen ganz schwindlig macht. Aber die Mauern haben nur eine bestimmte Breite und Länge. Die Feinde können nicht alle gleichzeitig herüberkommen. Wir werden sie dabei töten, und wir werden noch Hunderte von ihnen töten, während sie klettern. Tag um Tag werden wir sie ausbluten.

Ihr werdet Freunde verlieren, Kameraden, Brüder. Ihr werdet zu wenig Schlaf bekommen. Ihr werdet Blut verlieren. In den nächsten Monaten wird nichts einfach sein.

Ich rede hier nicht von Patriotismus, Pflichten, Freiheit, der Verteidigung der Unabhängigkeit – denn das ist alles Dreck für einen Soldaten.

Ich will, daß ihr ans Überleben denkt. Und das geht am besten, wenn ihr auf die Nadir herabseht, sobald sie kommen, und euch denkt: Da sind fünfzig Mann ganz für mich allein. Und, bei allen Göttern, ich werde einen nach dem anderen fertig machen!

Was mich angeht ... nun, ich bin ein kampferprobter Krieger. Ich nehme hundert.« Druss holte tief Luft und machte eine kurze Pause, damit seine Worte wirken konnten.

»Und jetzt«, sagte er schließlich, »könnt ihr an eure Arbeit zurückgehen – mit Ausnahme von Gruppe Karnak.« Als er sich umdrehte, sah er Hogun, und als die Männer sich erhoben, ging er mit dem jungen General zurück zum Kasino bei Mauer Eins.

»Nette Ansprache«, sagte Hogun. »Klang wie die, die du heute morgen an Mauer Drei gehalten hast.«

»Du hast nicht richtig aufgepaßt, mein Freund«, entgegnete Druss. »Ich habe diese Rede gestern sechsmal gehalten. Und ich bin dreimal niedergerungen worden. Ich bin durstig wie ein Pferd.«

»Ich gebe dir eine Flasche vagrischen Roten aus«, bot Hogun an. »In diesem Teil der Dros servieren sie keinen Lentrier – er ist zu teuer.«

»Das wird's auch tun. Ich sehe, du hast deine gute Laune wiedergefunden.«

»Ja. Du hattest recht mit dem Begräbnis für den Grafen. Du hattest nur so verdammt *schnell* Recht, das ist alles.«

»Was soll das heißen?«

»Was ich gesagt habe. Du hast die Fähigkeit, Druss, deine Gefühle einfach an- und abzuschalten. Die meisten Menschen können das nicht. Darum erscheinst du ihnen so, wie Mendar dich genannt hat – kaltherzig.«

»Der Ausdruck hat mir nicht gefallen, aber er paßt«, sagte Druss und stieß die Tür zur Kantine auf. »Ich habe um Delnar getrauert, als er im Sterben lag. Aber sobald er tot war, war er eben nicht mehr. Und ich bin immer noch da. Und ich habe noch einen verdammt langen Weg vor mir.«

Die beiden Männer setzten sich an einen Fenstertisch und bestellten bei einem Kellner etwas zu trinken. Er kam mit einer großen Flasche und zwei Bechern zurück. Beide Männer sahen eine Zeitlang schweigend dem Training zu.

Druss war tief in Gedanken versunken. Er hatte in seinem Leben schon viele Freunde verloren, aber keiner war ihm näher gewesen als Seben und Rowena – der eine sein Schwertbruder, die andere seine Frau. Die Erinnerungen an sie waren noch immer empfindlich wie offene Wunden. Wenn ich sterbe, dachte er, werden alle um Druss die Legende trauern.

Aber wer wird um *mich* trauern?

13

»Sag uns, was du gesehen hast«, bat Rek, als er sich zu den Anführern der Dreißig in Serbitars Kabine gesellte.

Menahem hatte ihn aus tiefstem Schlaf geweckt und ihm rasch die Probleme auseinandergesetzt, denen sich die Dros jetzt gegenübersah. Aufmerksam hörte Serbitar zu, als der blonde Krieger-Priester die Bedrohung umriß.

»Der Meister der Axt trainiert die Männer. Er hat alle Gebäude bis Mauer Drei abreißen und auf diese Weise wieder Schlachtfelder schaffen lassen. Er hat auch die Tunnel bis zu Mauer Vier blockiert – er hat gute Arbeit geleistet.«

»Du hast Verräter erwähnt«, warf Rek ein.

Serbitar hob die Hand. »Geduld!« bat er. »Fahr fort, Arbedark.«

»Es gibt einen Mann namens Musar, der ursprünglich vom Stamm der Wolfsschädel stammt. Er lebt seit elf Jahren in Dros Delnoch. Er und ein Drenai-Offizier haben vor, Druss zu töten. Es können auch noch mehr sein. Ulric hat von der Blockade der Tunnel erfahren.«

»Wie?« fragte Rek. »Es gibt doch bestimmt keinen Reiseverkehr nach Norden?«

»Er hält Tauben«, erklärte Arbedark.

»Was könnt ihr tun?« wollte Rek von Serbitar wissen, der nur die Achseln zuckte und sich hilfesuchend an Vintar wandte. Der Abt breitete die Hände aus. »Wir haben versucht, Kontakt zu Druss aufzunehmen, aber er ist nicht empfänglich, und die Entfernung ist immer noch sehr groß. Ich sehe nicht, wie wir helfen können.«

»Was gibt es Neues von meinem Vater?« fragte Virae. Die Männer sahen einander unbehaglich an. Schließlich ergriff Serbitar das Wort.

»Er ist tot. Es tut uns sehr leid.«

Virae sagte nichts; ihr Gesicht spiegelte kein Gefühl wider. Rek legte ihr einen Arm um die Schulter, aber sie schob ihn weg und stand auf. »Ich gehe an Deck«, sagte sie leise. »Bis später, Rek.«

»Soll ich mit dir kommen?«

»Nein. Ich muß allein sein.«

Als sich die Tür hinter ihr schloß, sprach Vintar. Seine Stimme klang sanft und traurig. »Auf seine Art war er ein guter Mann. Ich habe vor dem Ende noch Kontakt zu ihm aufgenommen. Er war in Frieden mit sich und befand sich in der Vergangenheit.«

»In der Vergangenheit?« fragte Rek. »Was bedeutet das?«

»Sein Geist ist in glücklichere Zeiten zurückgeflohen. Er ist friedlich gestorben. Ich denke, die QUELLE wird ihn annehmen – ich werde dafür beten. Aber was ist mit Druss?«

»Ich habe versucht, den General Hogun zu erreichen«, sagte Arbedark, »aber es lag große Gefahr darin. Ich habe fast den Kontakt verloren. Die Entfernung...«

»Ja«, sagte Serbitar. »Hast du herausgefunden, wie der Anschlag verübt werden soll?«

»Nein. Ich konnte nicht in den Geist des Mannes eindringen. Aber vor ihm stand eine Flasche lentrischen Rotweins, die er neu versiegelte. Es könnte ein Gift sein, ein Opiat oder so etwas.«

»Ihr müßt doch irgend etwas tun können!« sagte Rek. »Mit all eurer Macht.«

»Jede Macht – außer einer – hat ihre Grenzen«, erklärte Vintar. »Wir können nur beten. Druss ist seit vielen Jahren Krieger, und er hat überlebt. Das heißt, er ist nicht nur fähig, er hat auch Glück. Menahem, du mußt zur Dros reisen und für uns Ausschau halten. Vielleicht findet der Anschlag erst statt, wenn wir näher sind.«

»Du hast einen Drenai-Offizier erwähnt«, wandte sich Rek an Arbedark. »Wer? Warum?«

»Das weiß ich nicht. Als ich die Reise beendete, verließ er gerade Musars Haus. Er bewegte sich verstohlen, und das erregte meine Aufmerksamkeit. Musar war auf dem Dachboden, und auf dem Tisch neben ihm lag eine Notiz in der Sprache der Nadir. Sie lautete: ›Töte Todeswanderer‹. Das ist der Name, unter dem Druss bei den Stämmen bekannt ist.«

»Du hattest Glück, daß du den Offizier gesehen hast«, meinte Rek. »In einer Festungsstadt dieser Größe müssen die Chancen, einen Akt des Verrats zu sehen, sehr gering sein.«

»Ja«, gab Arbedark zu. Rek bemerkte den Blick, den der blonde Priester und der Albino einander zuwarfen.

»Oder steckt mehr dahinter als Glück?« fragte er.

»Vielleicht«, antwortete Serbitar. »Wir sprechen später darüber. Für den Augenblick sind wir hilflos. Menahem wird die Lage beobachten und uns auf dem laufenden halten. Falls sie den Anschlag noch um zwei Tage hinausschieben, können wir vielleicht helfen.«

Rek sah Menahem an, der aufrecht am Tisch saß. Er hatte die Augen geschlossen und atmete flach.

»Ist er fort?« fragte er.

Serbitar nickte.

Druss brachte es fertig, interessiert auszusehen, als die Reden ihren Fortgang nahmen. Seit das Bankett beendet war, hatte der alte Krieger dreimal gehört, wie dankbar die Stadtbevölkerung, die Kaufleute und die Rechtsanwälte waren, daß er zu ihnen gekommen war. Wie das die Angsthasen entlarvte, die immer bereit waren, die Macht des Drenai-Reiches schon abzuschreiben. Wie – wenn die Schlacht gewonnen war, und das schnell – Dros Delnoch Schaulustige aus dem ganzen Kontinent anziehen würde. Wie neue Strophen für Serbars Sage von Der Legende gedichtet würden. Die Worte strömten dahin; die Lobpreisungen wurden immer geschmackloser und übertriebener, je mehr der Wein in Strömen floß.

Etwa zweihundert der reichsten und einflußreichsten Familien von Delnoch waren in der Großen Halle versammelt und saßen um den massiven runden Tisch, der normalerweise für Staatsangelegenheiten reserviert war. Das Bankett war das geistige Kind von Bricklyn, dem Ersten Bürger, einem kleinen, wichtigtuerischen Geschäftsmann, der Druss während des Essens die Ohren vollgeschwatzt hatte und sich nun die Freiheit nahm, sein Geschwätz mit der bislang längsten aller Reden fortzusetzen.

Druss hatte ein starres Lächeln aufgesetzt und nickte hier und dort, wo er es für angemessen hielt. Er hatte in seinem Leben schon vielen solcher Festlichkeiten beigewohnt, obwohl sie meist nach der Schlacht und nicht schon vorher stattfanden.

Wie man es von ihm erwartete, hatte Druss den Reigen der Ansprachen mit einem kurzen Bericht über sein Leben eröffnet, den er mit dem aufwühlenden Versprechen abschloß, daß die Dros halten würde, wenn nur die Soldaten denselben Mut zeigten wie die hier am Tisch versammelten Familien. Wie ebenfalls zu erwarten gewesen war, erhielt er donnernden Beifall.

Wie immer bei solchen Gelegenheiten trank Druss nur wenig

und nippte kaum an dem guten lentrischen Roten, den der Wirt Musar, Zeremonienmeister des Banketts, vor ihn stellte.

Plötzlich merkte Druss, daß Bricklyn seine Rede beendet hatte, und applaudierte heftig. Der kleine grauhaarige Mann ließ sich links von ihm nieder, strahlte ihn an und verbeugte sich, als der Beifall anhielt.

»Eine schöne Rede«, sagte Druss. »Sehr schön.«

»Danke. Obwohl deine, glaube ich, besser war«, sagte Bricklyn und goß sich ein Glas vagrischen Weißwein aus einem Steinkrug ein.

»Unsinn. Du bist ein geborener Redner.«

»Seltsam, daß du das sagst. Ich erinnere mich, als ich in Drenan bei der Hochzeit von Graf Maritin ... du kennst doch den Grafen, nicht wahr? ... eine Rede hielt ... Jedenfalls, er sagte ...« Und so ging es weiter, und Druss lächelte und nickte dazu. Bricklyn fand mehr und mehr Geschichten, die seine Vorzüge unterstrichen.

Wie vorher abgesprochen, kam Delnars alter Diener Arshin gegen Mitternacht zu Druss und meldete, laut genug, daß Bricklyn es hören konnte, daß Druss auf Mauer Drei gebraucht werde, um eine neue Abteilung Bogenschützen und ihre Aufstellung zu überwachen. Es war keine Minute zu früh. Den ganzen Abend hatte Druss nicht mehr als einen einzigen Becher getrunken, doch sein Kopf fühlte sich an wie ein Schwamm, und seine Beine zitterten, als er aufzustehen versuchte. Er entschuldigte sich bei dem untersetzten Ersten Bürger, verbeugte sich vor der Tischrunde und marschierte hinaus. Draußen im Gang blieb er stehen und lehnte sich an eine Säule.

»Geht es dir nicht gut?« fragte Arshin.

»Der Wein war schlecht«, murmelte Druss. »Das war für meinen Bauch ja schlimmer als ein ventrisches Frühstück.«

»Du solltest zu Bett gehen, Herr. Ich benachrichtige Dun Mendar, daß er dich in deinem Zimmer aufsucht.«

»Mendar? Warum sollte er mich aufsuchen?«

»Tut mir leid, Herr. Ich konnte es in der Halle nicht erwähnen, da du mir aufgetragen hattest, was ich sagen sollte. Aber Dun Mendar bittet dich um ein paar Minuten. Er sagte, er hätte ein ernstes Problem.«

Druss rieb sich die Augen und atmete ein paarmal tief ein. Sein Magen fühlte sich an wie in Stücke gerissen. Er spielte mit dem Gedanken, Arshin zu dem jungen Offizier zu schicken und es ihm zu erklären, aber er erkannte, daß sich dann herumsprechen würde, Druss sei krank, oder schlimmer noch, daß er keinen Wein vertrug.

»Vielleicht tut mir die Luft gut. Wo ist er?«

»Er sagte, er würde dich gern in dem Wirtshaus an der Einhorngasse treffen. Du biegst vor der Festung rechts ab, bis du zum ersten Marktplatz kommst; dann geht es bei dem Müller links ab und durch die Bäckergasse, bis du zu dem Waffenschmied kommst. Dort mußt du rechts abbiegen. Das ist die Einhorngasse, und am Ende ist das Wirtshaus.«

Druss bat den Mann, die Wegbeschreibung zu wiederholen. Dann stieß er sich von der Wand ab und taumelte in die Nacht hinaus. Die Sterne funkelten von einem wolkenlosen Himmel. Er sog die frische Luft ein und spürte, wie sein Magen sich umdrehte. »Verdammt«, sagte er wütend, suchte ein abgelegenes Fleckchen weit entfernt von den Wächtern und übergab sich. Kalter Schweiß stand ihm auf der Stirn, und sein Kopf schmerzte, als er sich wieder aufrichtete, aber zumindest schien sein Magen sich etwas zu beruhigen. Er machte sich auf den Weg zum ersten Marktplatz, fand den Müller und bog links ab. Aus der Bäckergasse drang schon der Duft von frischgebackenem Brot.

Der Geruch ließ wieder Übelkeit in Druss aufsteigen. Er war jetzt wütend über seinen Zustand und polterte gegen die erste Tür, an die er gelangte. Ein kleiner, dicker Bäcker in weißem Baumwollkittel öffnete und spähte nervös ins Freie.

»Ja?« fragte er.

»Ich bin Druss. Hast du schon einen Laib fertig?«

»Es ist gerade erst nach Mitternacht. Ich habe noch Brot von gestern. Aber wenn du ein bißchen wartest, kannst du auch frisches Brot haben. Was ist mit dir? Du siehst ganz grün aus.«

»Hol mir einfach ein Brot – und zwar schnell!« Druss klammerte sich an den Türrahmen, um sich auf den Beinen zu halten. Was, zum Teufel, war mit dem verdammten Wein los? Oder lag es am Essen? Er haßte überreiches Essen. Zu viele Jahre bei getrocknetem Fleisch und rohem Gemüse. Sein Körper konnte es nicht vertragen. Aber so hatte er noch nie reagiert.

Der Mann kam mit einem großen Stück Schwarzbrot und einer kleinen Phiole über den kurzen Flur zurückgetrottet.

»Trink das«, sagte er. »Ich habe ein Magengeschwür, und Calvar Syn sagt, es beruhigt den Magen schneller als alles andere.«

Dankbar trank Druss. Es schmeckte wie Kohle. Dann biß er ein großes Stück aus dem Brot und ließ sich zufrieden zu Boden gleiten, den Rücken gegen die Tür gelehnt. Sein Magen rebellierte, doch er biß die Zähne zusammen und aß das Brot auf. Schon nach wenigen Minuten fühlte er sich besser. Sein Kopf schmerzte höllisch, und sein Blick war leicht verschwommen, aber seine Beine zitterten nicht mehr, und er fühlte sich kräftig genug, um ein kurzes Gespräch mit Mendar zu führen, ohne sich etwas anmerken zu lassen.

»Vielen Dank, Bäcker. Was schulde ich dir?«

Der Bäcker wollte schon um zwei Kupferstücke bitten, bemerkte aber noch rechtzeitig, daß der alte Mann offensichtlich keine Taschen hatte und keinen Geldbeutel. Er seufzte und sagte, was von ihm erwartet wurde: »Du schuldest mir nichts, Druss. Natürlich nicht.«

»Sehr anständig von dir.«

»Du solltest nach Hause gehen«, riet der Bäcker. »Und versuchen zu schlafen.«

»Noch nicht. Muß erst einen meiner Offiziere treffen.«

»Mendar«, sagte der Bäcker lächelnd.

»Woher weißt du das?«

»Ich sah ihn vor noch nicht ganz zwanzig Minuten mit drei oder vier anderen Richtung ›Einhorn‹ gehen. Wir sehen hier um diese Nachtzeit nicht allzu viele Offiziere. Das Einhorn ist eine Schänke für Soldaten.«

»Ja. Nochmals danke. Ich mache mich jetzt lieber auf den Weg.«

Druss blieb noch einen Moment im Türrahmen stehen, nachdem der Bäcker wieder an seinen Ofen zurückgekehrt war. Wenn Mendar noch mit drei oder vier anderen zusammen war, erwarteten sie vielleicht, daß er ein Glas mit ihnen trank, und er zermarterte sich das Hirn nach einer Ausrede. Ihm fiel keine überzeugende Entschuldigung ein. Er fluchte und ging mit schnellen Schritten die Bäckergasse hinunter.

Jetzt war alles dunkel und still. Die Stille beunruhigte ihn, aber sein Kopf schmerzte zu sehr, als daß er sich darum scherte.

Voraus sah er den Amboß im Schild des Waffenschmieds im Mondlicht glitzern. Er blieb wieder stehen und blinzelte, als das Schild zu schimmern und sich zu verzerren schien. Er schüttelte den Kopf.

Stille... was war nur mit dieser verdammten Stille?

Er ging angespannt weiter und löste Snaga in ihrer Scheide, mehr aus Reflex und Gewohnheit als aus einer bewußten Ahnung von Gefahr heraus. Er bog rechts ab ...

Etwas zischte durch die Luft. Sterne explodierten vor seinen Augen, als die Keule ihn traf. Er stürzte schwer und rollte in den Straßendreck, als eine dunkle Gestalt auf ihn zusprang. Snaga sang und schlitzte dem Mann den Oberschenkel auf, traf auf Knochen, der splitterte und brach. Der Angreifer stieß einen lauten Schrei aus. Druss kam auf die Füße, als weitere Gestalten aus den Schatten kamen. Sein Blick verschwamm; er konnte jedoch noch das Glitzern von Stahl im Mondlicht erkennen. Er stieß einen Schlachtruf aus und warf sich nach vorn. Ein Schwert kam auf ihn zu, aber er schlug es beiseite und hieb seine Axt in den Schädel des Schwertkämpfers, während er gleichzeitig nach einem zweiten trat. Ein Schwert riß ihm das Hemd auf und ritzte seinen Nacken. Er schleuderte Snaga und drehte sich um, um sich dem dritten Mann zu stellen.

Es war Mendar!

Druss bewegte sich seitwärts, mit ausgestreckten Armen wie ein Ringer. Der junge Offizier trat ihm zuversichtlich entgegen, das Schwert in der Hand. Druss warf einen Blick auf den zweiten Mann, der stöhnend am Boden lag und mit seinen schwächer werdenden Fingern verzweifelt versuchte, sich die Axt aus dem Bauch zu ziehen. Druss war wütend auf sich. Er hätte niemals die Axt werfen dürfen – er schob es auf seine Kopfschmerzen und die Übelkeit. Jetzt sprang Mendar vor und schwang sein Schwert. Druss sprang rückwärts, als der silberne Stahl an ihm vorbeisauste und nur um Haaresbreite seinen Hals verfehlte.

»Du kannst nicht mehr viel weiter zurück, Alter!« sagte Mendar grinsend.

»Warum tust du das?« fragte Druss.

»Versuchst du, Zeit zu schinden? Tut mir leid. Du würdest es doch nicht verstehen.«

Noch einmal sprang er vor, und wieder sprang Druss außer Reichweite. Aber jetzt stand er mit dem Rücken an einer Wand und konnte nicht mehr ausweichen.

Mendar lachte. »Ich hätte nicht gedacht, daß es so einfach sein würde, dich zu töten, Druss«, sagte er und griff an. Druss drehte sich, schlug mit der Hand gegen die flache Seite der Klinge, sprang vor, als die Waffe ihm die Haut über den Rippen aufriß, und hämmerte Mendar seine Faust ins Gesicht. Der große Offizier taumelte rücklings. Blut rann aus seinem Mund. Ein zweiter Hieb traf ihn unter dem Herzen und brach ihm eine Rippe. Er ging zu Boden, ließ das Schwert los, aber eine gewaltige Pranke packte ihn an der Kehle und zog ihn hoch. Er blinzelte – der Griff ließ gerade genug nach, daß er Luft bekam.

»Einfach, Bursche? In diesem Leben ist nichts einfach.«

Ein leises Geräusch hinter ihm...

Druss packte Mendar und schwang ihn herum. Eine doppelköpfige Axt drang durch die Schulter des Offiziers und traf das Brustbein. Druss warf dem Angreifer den Körper in den Weg und griff mit einem Schulterhieb an, als der Angreifer sich noch bemühte, seine Waffe freizubekommen.

Der Mann stolperte rückwärts. Als Druss wieder auf die Beine kam, warf der Unbekannte sich herum und hastete in die Bäckergasse davon.

Druss fluchte und wandte sich dem sterbenden Offizier zu. Blut quoll aus der scheußlichen Wunde und tränkte die Straße.

»Hilf mir!« sagte Mendar. »Bitte!«

»Du kannst dich glücklich schätzen, du Hurensohn. Ich hätte dich viel langsamer umgebracht. Wer war das?«

Aber Mendar war tot. Druss zog Snaga aus dem Leib des anderen Toten; dann suchte er nach dem Mann, den er am Bein verwundet hatte. Er folgte einer Blutspur in eine schmale Gasse, wo er den Mann an einer Mauer liegend fand – einen Dolch bis zum Heft ins Herz gerammt. Seine Finger umklammerten noch den Griff.

Druss rieb sich die Augen und fühlte etwas Klebriges. Er fuhr sich mit den Fingern über die Schläfe. Eine Beule, groß wie ein Ei, weich und aufgeplatzt. Er fluchte erneut.

War auf dieser Welt denn nichts mehr, wie es früher gewesen war?

In seinen Tagen war eine Schlacht eine Schlacht gewesen, Armee gegen Armee.

Reiß dich zusammen, befahl er sich. Es hat schon immer Verräter und Attentäter gegeben.

Nur, daß er noch nie das Ziel gewesen war.

Plötzlich lachte er auf, als er sich an die Stille erinnerte. Die Wirtsstube war leer. Als er in die Einhorngasse eingebogen war, hätte er die Gefahr erkennen müssen. Warum sollten wohl fünf

Männer nach Mitternacht in einer verlassenen Gasse auf ihn warten?

Alter Narr, schalt er sich selbst. Du wirst langsam senil.

Musar saß allein in seiner Dachkammer und horchte auf die Tauben, die ihr Gefieder putzten, um den neuen Morgen zu begrüßen. Er war jetzt ruhig, fast gelassen, und seine großen Hände zitterten auch nicht mehr. Er ging zum Fenster und lehnte sich weit hinaus, um nach Norden zu schauen. Sein einziger, alles verzehrender Ehrgeiz war es gewesen, Ulric in Dros Delnoch und den reichen Süden einziehen zu sehen – endlich den Aufstieg des Nadir-Reiches zu erleben. Jetzt lagen seine Drenai-Frau und sein acht Jahre alter Sohn unten; ihr Schlaf dämmerte in den Tod hinüber, während er seinen letzten Sonnenaufgang erlebte.

Es war schwer gewesen, sie ihre vergifteten Becher leeren zu sehen, dem liebenswerten Geplauder seiner Frau zuzuhören, die ihm von ihren Plänen für den nächsten Tag erzählte. Als sein Sohn ihn fragte, ob er mit Brentars Jungen reiten gehen dürfte, hatte er es ihm erlaubt.

Er hätte seinem ersten Instinkt folgen und den alten Krieger vergiften sollen, aber Dun Mendar hatte ihn überredet. Der Verdacht wäre dann sofort auf den Zeremonienmeister gefallen. Dieser Weg war sicherer, hatte Mendar versprochen: ihn zu betäuben und in einer dunklen Gasse zu töten. So einfach!

Wie konnte ein alter Mann sich nur so rasch bewegen?

Musar hatte das Gefühl gehabt, er hätte damit durchkommen können. Er wußte, Druss hätte in ihm nie den fünften Angreifer erkannt, da sein Gesicht halb von einem dunklen Schal verdeckt gewesen war. Aber das Risiko war zu groß, hatte sein Nadir-Oberst, Surip, erklärt. Die letzte Nachricht hatte ihn zu seiner Arbeit in den letzten zwölf Jahren beglückwünscht und geschlossen: ›Friede mit Dir, Bruder, und Deiner Familie.‹

Musar füllte einen Eimer mit warmem Wasser aus einem großen Kupferkessel.

Dann nahm er einen Dolch von einem Regal an der Wand und schärfte ihn an einem Wetzstein. War das Risiko zu groß? Das war es wirklich. Musar wußte, daß die Nadir noch einen Mann in Delnoch hatten, in einer höheren Position als er. Unter keinen Umständen durfte dieser Mann gefährdet werden.

Er tauchte den linken Arm in den Eimer, hielt den Dolch fest mit der rechten Hand und öffnete die Arterien an seinem linken Handgelenk. Das Wasser änderte seine Farbe.

Er war ein Tor gewesen zu heiraten, dachte er mit Tränen in den Augen.

Aber sie war so reizend gewesen ...

Hogun und Elicas beobachteten, wie die Männer der Legion die Leichen der Attentäter fortschafften. Neugierige blickten aus den Fenstern ringsum und stellten Fragen, aber die Legion ignorierte sie.

Elicas zupfte an seinem kleinen goldenen Ohrring, als Lebus der Fährtenleser den Kampf schilderte. Elicas war immer schon von den Fähigkeiten des Spurenlesers fasziniert gewesen. Aus einer Fährte konnte Lebus das Geschlecht der Pferde bestimmen, das Alter der Reiter und praktisch sogar die Gespräche am Lagerfeuer. Es war eine Wissenschaft, die über Elicas' Verständnis ging.

»Der alte Mann hat die Gasse dort drüben betreten. Der erste Mann war im Schatten verborgen. Er hat ihn getroffen, und Druss stürzte. Er stand schnell wieder auf. Seht ihr das Blut hier? Ein Axthieb quer über den Oberschenkel. Dann hat er die drei anderen angegriffen, aber er hat seine Axt geworfen, da er bis an die Mauer zurückweichen mußte.«

»Wie ist es ihm gelungen, Mendar zu töten?« fragte Hogun, der es bereits von Druss erfahren hatte. Aber auch er schätzte Lebus' Talent hoch ein.

»Das hat mich verwirrt, Herr«, sagte der Spurenleser. »Aber ich glaube, ich weiß es jetzt. Da war noch ein fünfter Angreifer, der sich während des Kampfes zurückgehalten hat. Es gibt Anzeichen dafür, daß Druss und Mendar den Kampf unterbrochen hatten und sich dicht gegenüber standen. Der fünfte Mann muß dazugekommen sein. Seht ihr hier den Absatzabdruck? Der gehört zu Druss. Und hier den runden Abdruck? Ich würde sagen, Druss hat Mendar herumgeschleudert, um den fünften Mann abzuwehren.«

»Gute Arbeit, Lebus«, sagte Hogun. »Die Männer sagen, du könntest auch einem fliegenden Vogel folgen, und ich glaube ihnen.«

Lebus verbeugte sich und ging.

»Allmählich glaube ich, daß Druss wirklich all das ist, was man sich von ihm erzählt«, sagte Elicas. »Erstaunlich!«

»Stimmt«, sagte Hogun, »und auch beunruhigend. Eine Armee von der Größe Ulrics vor sich zu haben ist eine Sache; Verräter in der Dros eine ganz andere. Und was Mendar betrifft ... es ist fast nicht zu glauben.«

»Aus guter Familie, soweit ich weiß. Ich habe verbreiten lassen, daß Mendar Druss beim Kampf gegen eingeschleuste Nadir beigestanden hat. Vielleicht klappt es. Nicht jeder hat Lebus' Talent, und wenn erst heller Tag ist, sind sowieso alle Spuren rasch zertrampelt.«

»Die Geschichte mit Mendar ist gut«, sagte Hogun. »Aber es wird trotzdem durchsickern.«

»Wie geht es dem alten Mann?« fragte Elicas.

»Zehn Stiche in der Seite und vier am Kopf. Er schlief, als ich ihn verließ. Calvar Syn sagt, es ist ein Wunder, daß sein Schädel nicht geplatzt ist wie ein rohes Ei.«

»Wird er trotzdem bei den ›Offenen Schwertkämpfen‹ als Schiedsrichter auftreten?« fragte der Jüngere. Hogun hob lediglich eine Augenbraue. »Ja, bestimmt. Eine Schande.«

»Warum?« fragte Hogun.

»Nun, wenn er nicht den Schiedsrichter gemacht hätte, hättest du es getan. Und dann hätte ich das Vergnügen verpaßt, dich zu schlagen.«

»Du eitler Spunt!« sagte Hogun lachend. »Der Tag ist noch nicht gekommen, an dem du meine Abwehr durchbrechen kannst – nicht einmal mit einem Holzschwert.«

»Es gibt immer ein erstes Mal. Und du wirst auch nicht jünger, Hogun. Na, du mußt schon über dreißig sein. Mit einem Bein im Grab!«

»Wir werden sehen. Eine kleine Wette, vielleicht?«

»Einen Schlauch Roten?«

»Abgemacht, mein Junge! Nichts schmeckt süßer als Wein, für den ein anderer bezahlen muß.«

»Wie ich zweifellos heute abend feststellen werde«, gab Elicas zurück.

14

Es war eine schlichte Hochzeit, die von Vintar, dem Abt der Schwerter, vollzogen wurde. Der Kapitän und der Maat der *Tunichtgut* waren die Trauzeugen. Die See war ruhig, der Nachthimmel wolkenlos. Möwen kreisten über dem Schiff und stießen hin und wieder herab; ein sicheres Zeichen dafür, daß Land in der Nähe war.

Antaheim, einer der Dreißig, ein großer, schlanker Mann, dessen dunkle Züge seine vagrische Herkunft verrieten, lieferte den Ring: einen schlichten Goldreif.

Jetzt, als die Morgendämmerung nahte und die anderen schliefen, stand Rek allein im Bug. Das Licht der Sterne glitzerte auf seinem silbernen Stirnreif, und der Wind ließ seine langen Haare flattern wie ein Banner.

Jetzt waren die Würfel gefallen. Durch eigene Hand war er nun an die Belange Delnochs geschmiedet. Gischt sprühte ihm in die Augen, und er trat zurück, setzte sich mit dem Rücken zur Reling und zog seinen Umhang fest um die Schultern. Sein ganzes Leben hatte er nach einer Richtung gesucht und nach einem Ausweg vor der Angst; er hatte gehofft, daß seine Hände aufhörten zu zittern und sein Herz beständiger wurde. Jetzt hatten sich seine Ängste aufgelöst wie Wachs in der Sonne.

Graf Regnak von Dros Delnoch, Hüter des Nordens.

Zuerst hatte Virae sein Angebot abgelehnt, aber er wußte, daß sie letztendlich gezwungen gewesen war, es anzunehmen. Wenn sie ihn nicht geheiratet hätte, hätte Abalayn ihr postwendend einen Gatten geschickt. Es war unvorstellbar, daß Delnoch führerlos war, und ebenso unvorstellbar, daß eine Frau diese Aufgabe übernahm.

Der Kapitän hatte ihre Köpfe beim rituellen Segen mit Meerwasser bespritzt, aber Vintar, der die Wahrheit liebte, hatte den Fruchtbarkeitssegen ausgelassen und durch das schlichte: »Seid glücklich, meine Kinder, jetzt und bis ans Ende eures Lebens« ersetzt.

Druss war dem Anschlag auf sein Leben entgangen; Gan Orrin

hatte seine Stärke gefunden, und die Dreißig waren nur noch zwei Tagesreisen von Dros Purdol und der letzten Etappe ihrer Reise entfernt. Der Wind war günstig gewesen, und die *Tunichtgut* war zwei, vielleicht drei Tage ihrem Zeitplan voraus.

Rek studierte die Sterne und erinnerte sich an den blinden Seher und seine prophetischen Sprüche.

»Der Graf und die Legende werden zusammen auf der Mauer sein, und Männer werden träumen, und Männer werden sterben, aber wird die Festung fallen?«

Rek stellte sich Virae vor, wie sie ausgesehen hatte, als er sie vor fast einer Stunde verlassen hatte. Ihr helles Haar auf den Kissen ausgebreitet, die Augen geschlossen, das Gesicht voll friedlicher Ruhe. Er hätte sie gern berührt, sie an sich gezogen und ihre Arme um sich gespürt. Statt dessen hatte er sie behutsam zugedeckt, sich angezogen und war leise an Deck gegangen. Von Steuerbord her hörte er die geisterhafte Musik der Delphine.

Er setzte sich auf und ging in seine Kabine zurück. Wieder hatte Virae die Decke fortgestrampelt. Langsam zog er sich aus und legte sich neben sie.

Und diesmal berührte er sie.

Mittschiffs beendeten die Führer der Dreißig ihre Gebete und brachen zusammen das Brot, das Vintar segnete. Sie aßen schweigend und unterbrachen das Band der Einheit, um ihren eigenen Gedanken nachzuhängen. Schließlich lehnte sich Serbitar zurück und signalisierte die Öffnung. Im Geiste verschmolzen sie miteinander.

»Der alte Mann ist ein furchtbarer Krieger«, sagte Menahem.

»Aber er ist kein Stratege«, wandte Serbitar ein. »Seine Methode, die Dros zu halten, wird darin bestehen, die Mauern zu bemannen und zu kämpfen, bis ein Ergebnis erzielt ist.«

»Es gibt kaum andere Möglichkeiten«, sagte Menahem. »Wir werden auch nichts anderes anbieten können.«

»Das ist wahr. Ich will damit sagen, daß Druss lediglich die Mauern mit Männern spicken wird, was keine sehr brauchbare Idee ist. Er hat zehntausend Mann, und für eine wirksame Verteidigung kann er zur Zeit nur siebentausend einsetzen. Die anderen Mauern müssen ebenfalls bemannt werden. Wichtige Dienstleistungen müssen weiterlaufen. Boten müssen ernannt werden. Und es muß eine mobile Einheit geben, die in der Lage ist, an Schwachstellen unverzüglich einzugreifen.

Unsere Stärke muß darin liegen, mit möglichst sparsamen Mitteln die größtmögliche Wirkung zu erzielen. Rückzüge müssen zeitlich genau kalkuliert werden. Jeder Offizier muß sich seiner Rolle nicht nur bewußt, sondern auch völlig sicher sein.«

»Und wir müssen«, sagte Arbedark, »eine aggressive Einstellung zur Verteidigung entwickeln. Wir haben selbst gesehen, daß Ulric ganze Wälder abholzt, um seine Wurfgeschütze und Belagerungstürme zu bauen. Wir brauchen Zündstoff und Behälter dafür.«

Über eine Stunde lang, bis die Morgensonne am östlichen Horizont aufging, skizzierten die Anführer ihre Pläne: Manche Ideen wurden verworfen, andere verbessert und ausgeweitet.

Schließlich bat Serbitar alle, sich bei den Händen zu fassen. Arbedark, Menahem und Vintar lösten sich von den anderen und trieben in die Dunkelheit, als Serbitar ihre Kraft an sich zog.

»Druss! Druss!« pulsierte er. Sein Geist schwang sich hoch über das Meer, an der Hafenfestung Dros Purdol vorbei, über die Delnoch-Berge an den Sathuli-Siedlungen vorbei, über die ausgedehnte sentrische Ebene – er flog schneller und schneller.

Druss erwachte mit einem Ruck. Seine blauen Augen durchsuchten das Zimmer. Mit geblähten Nasenflügeln versuchte er, den Geruch von Gefahr zu entdecken. Er schüttelte den Kopf. Jemand sprach seinen Namen aus, aber kein Laut war zu hören. Rasch schlug er das Zeichen der Klaue über seinem Herzen. Und noch immer rief ihn jemand.

Kalter Schweiß stand auf seiner Stirn.

»Hör mich an«, flehte die Stimme.

»Geh raus aus meinem Kopf, du Hurensohn!« brüllte der alte Mann und schwang sich aus dem Bett.

»Ich gehöre zu den Dreißig. Wir sind auf dem Weg nach Dros Delnoch, um euch zu helfen. Hör mich an!«

»*Raus* aus meinem Kopf!«

Serbitar blieb keine Wahl, denn die Schmerzen waren unglaublich. Er ließ den alten Krieger los und kehrte zum Schiff zurück.

Druss kam taumelnd auf die Füße, stürzte und erhob sich wieder. Die Tür ging auf, und Calvar Syn eilte auf ihn zu.

»Ich habe doch gesagt, daß du vor Mittag nicht aufstehen darfst!« fuhr er ihn an.

»Stimmen«, sagte Druss. »Stimmen ... in meinem Kopf!«

Leg dich hin. Und hör mir zu. Du bist der Hauptmann, und du erwartest, daß deine Männer dir gehorchen. Das ist Disziplin. Ich bin der Arzt, und ich erwarte, daß meine Patienten mir gehorchen. Jetzt erzähl mir von den Stimmen.«

Druss legte den Kopf in die Kissen zurück und schloß die Augen. Sein Schädel tat abscheulich weh, und sein Magen war immer noch empfindlich. »Es war nur eine Stimme. Sie rief meinen Namen. Dann sagte sie, sie gehöre zu den Dreißig, und daß sie kämen, um uns zu helfen.«

»Ist das alles?«

»Ja. Was ist los mit mir, Calvar? Ich habe so etwas noch nie erlebt nach einem Schlag auf den Schädel.«

»Es kann an dem Schlag liegen. Eine Gehirnerschütterung hat manchmal seltsame Nebenwirkungen – auch, daß man Visionen hat oder Stimmen hört. Aber das hält selten länger an. Höre auf meinen Rat, Druss. Du darfst dich nicht allzusehr aufregen. Du könntest eine Bewußtseinstrübung erleiden . . . oder Schlimmeres. Schläge auf den Kopf können fatale Folgen haben, selbst nach ein paar Tagen. Ich möchte, daß du dich ausruhst und entspannst. Wenn die Stimme wiederkommt, hör ihr zu – antworte ihr sogar. Aber beunruhige dich nicht. Verstanden?«

»Natürlich habe ich das verstanden«, sagte Druss. »Normalerweise neige ich nicht zur Panik, aber es gibt Dinge, die ich einfach nicht mag.«

»Ich weiß, Druss. Brauchst du etwas, um schlafen zu können?«

»Nein. Weck mich am Mittag. Ich muß bei einem Schwertkampf den Schiedsrichter machen. Und mach dir keine Sorgen«, setzte er hinzu, als er im Blick des Arztes Zorn aufkeimen sah. »Ich werde mich nicht aufregen, und ich werde mich anschließend sofort wieder ins Bett legen.«

Draußen warteten Hogun und Orrin. Calvar Syn ging zu ihnen, gebot ihnen Schweigen und winkte sie in ein nahe gelegenes Arbeitszimmer.

»Ich bin nicht glücklich«, berichtete er. »Er hört Stimmen. Das ist kein gutes Zeichen. Aber er ist stark wie ein Bulle.«

»Ist er in Gefahr?« fragte Hogun.

»Schwer zu sagen. Heute morgen hätte ich das verneint. Aber er hat in letzter Zeit sehr unter Druck gestanden, und das bessert seinen Zustand nicht gerade. Und er ist schließlich kein junger Mann mehr, auch wenn man es leicht vergißt.«

»Was ist mit den Stimmen?« fragte Orrin. »Könnte er verrückt werden?«

»Ich würde dagegen wetten«, erwiderte Calvar. »Er sagte, es war eine Botschaft von den Dreißig. Graf Delnar hat mir erzählt, daß er Virae mit einer Botschaft zu ihnen geschickt hat, und es ist möglich, daß unter den Dreißig ein Sprecher ist. Es könnte auch jemand von Ulric sein. Unter seinen Schamanen gibt es auch Sprecher. Ich habe Druss befohlen, sich zu entspannen, in Zukunft auf die Stimmen zu hören und mir davon zu erzählen.«

»Dieser alte Mann ist lebenswichtig für uns«, sagte Orrin leise. »Tu, was du kannst, Calvar. Es wäre ein schwerer Schlag für die Moral, wenn ihm etwas zustieße.«

»Glaubst du, das weiß ich nicht?« fauchte der Arzt.

Das Bankett zur Feier der Offenen Schwertkämpfe war eine rauhe Angelegenheit. Alle, die es bis unter die letzten hundert geschafft hatten, waren eingeladen. Offiziere und Soldaten saßen Seite an Seite und tauschten Geschichten, Scherze und Prahlereien aus.

Gilad saß zwischen Bar Britan, der ihn gründlich besiegt hatte, und Dun Pinar, der im Gegenzug Britan geschlagen hatte. Der schwarzbärtige Bar verwünschte Pinar gutgelaunt und beschwerte sich, daß dessen Holzschwert nicht so gut ausbalanciert war wie sein eigener Kavalleriesäbel.

»Es überrascht mich, daß du nicht um Erlaubnis gebeten hast, zu Pferde zu kämpfen«, sagte Pinar.

»Habe ich doch«, protestierte Britan, »und sie haben mir ein Zielpony angeboten.« Die drei Männer brachen in Gelächter aus, in das andere einfielen, als der Scherz die Runde machte. Das Zielpony war ein Sattel, der an eine bewegliche Leiste angebunden war und an Seilen gezogen werden konnte. Man verwendete es für Übungen im Bogenschießen und für Turniere.

Je mehr Wein floß, desto mehr entspannte sich Gilad. Er hatte ernsthaft überlegt, dem Bankett fernzubleiben, da er fürchtete, sich aufgrund seiner Herkunft unter den Offizieren unwohl zu fühlen. Er hatte nur zugestimmt, weil die Männer seiner Gruppe auf ihn eingeredet und dabei unterstrichen hatten, daß er der einzige der Gruppe Karnak war, der die letzten hundert erreicht hatte. Jetzt war er froh, daß er sich hatte überreden lassen.

Bar Britan war ein trockener, witziger Gesprächspartner, während Pinar, trotz seiner Erziehung – oder vielleicht gerade deswegen – Gilad das Gefühl gab, unter Freunden zu sein.

Am anderen Ende des Tisches saß Druss, flankiert von Hogun, Orrin und dem Anführer der Bogenschützen aus Skultik. Gilad wußte nichts von dem Mann, nur daß er sechshundert Bogenschützen mitgebracht hatte.

Hogun, der die volle Legionsrüstung mit silberner Brustplatte, eingelegt mit Ebenholz, und dazu ein schwarzsilbernes Kettenhemd trug, starrte auf das silberne Schwert, das vor Druss auf dem Tisch lag.

Mehr als fünftausend Zuschauer hatten das Finale miterlebt, als Hogun und Orrin einander gegenüberstanden. Der erste Streich ging auf Hoguns Konto, eine saubere Parade und Riposte nach einem vierminütigen Duell. Den zweiten konnte Orrin anbringen, nach einer auf den Kopf gezielten Finte. Hogun hatte rasch pariert, aber eine leichte Drehung des Handgelenks, und die Holzwaffe seines Gegners traf seine Seite. Nach etwa zwanzig Minuten führte Hogun mit zwei Treffern zu eins – und war nur noch einen Treffer vom Sieg entfernt.

In der ersten Pause schlenderte Druss zu Hogun und seinen Sekundanten, die im Schatten von Mauer Eins mit Wasser verdünnten Wein tranken.

»Gut gemacht«, sagte Druss. »Aber er ist auch gut.«

»Ja«, gab Hogun zu und wischte sich mit einem weißen Handtuch den Schweiß von der Stirn. »Aber rechts ist er nicht ganz so stark.«

»Stimmt. Aber du bist langsam bei Angriffen auf die Beine.«

»Hauptfehler eines Lanzenträgers. Kommt von zuviel Arbeit im Sattel«, sagte Hogun. »Er ist kleiner als ich, daher hat er in dieser Hinsicht einen Vorteil.«

»Richtig. Es hat Orrin gut getan, in die Endausscheidung zu kommen. Ich glaube, er wird mehr angefeuert als du, was?«

»Ja, aber das stört mich nicht«, meint Hogun.

»Ich will es hoffen«, sagte Druss. »Trotzdem, für die Moral ist nichts besser, als zu sehen, wie gut sich der Gan der Festung schlägt.« Hogun blickte auf und schaute Druss in die Augen. Dann lächelte der alte Krieger und ging zurück zu seinem Schiedsrichterstuhl.

»Was sollte das?« fragte Elicas, stellte sich hinter Hogun und massierte ihm die Nackenmuskeln. »Aufmunternde Worte?«

»Ja«, antwortete Hogun. »Nimm dir auch den Unterarm vor, ja? Die Muskeln sind ganz verspannt.«

Der junge General grunzte, als Elicas das Fleisch mit seinen kräftigen Daumen knetete. Bat Druss ihn zu verlieren? Sicher nicht. Und doch ...

Es würde keinen Schaden anrichten, wenn Orrin das Silberschwert gewann, und es würde seinen wachsenden Ruf unter den Soldaten sicherlich noch stärken.

»Woran denkst du?« fragte Elicas.

»Ich denke, daß er rechts schwach ist.«

»Du wirst ihn schon schaffen, Hogun«, sagte der junge Offizier. »Versuch es mit der gemeinen Parade-Riposte, die du bei mir angewandt hast.«

Als beide Gegner zwei Treffer erzielt hatten, zerbrach Hoguns hölzerne Waffe. Orrin trat einen Schritt zurück, wartete, bis die Waffe ausgetauscht war, und ließ seinem Gegner noch Zeit, kurz mit der neuen Waffe zu üben. Hogun war mit der Ausgewogenheit des Holzschwerts nicht zufrieden und ließ sich ein neues geben. Er brauchte Zeit zum Nachdenken. Hatte Druss wirklich vorgeschlagen, daß er verlieren sollte?

»Du konzentrierst dich nicht«, sagte Elicas streng. »Was ist los mit dir? Die Legion hat einen guten Teil ihres Solds auf dich gesetzt.«

»Ich weiß.«

Seine Gedanken klärten sich. Aus welchen Gründen auch immer, er konnte nicht kämpfen, um zu verlieren.

Er warf alles in den letzten Angriff, was er nur konnte, parierte einen Rückhandhieb und griff an. Kurz bevor seine Klinge gegen Orrins Bauch traf, berührte ihn das Schwert des Gan jedoch am Hals. Orrin hatte seine Bewegung vorausgeahnt und ihn dorthin gelockt. In einem echten Kampf wären beide umgekommen, aber dies war kein echter Kampf, und Orrin hatte gewonnen. Die beiden Männer schüttelten sich die Hände, als die jubelnden Soldaten heranstürmten.

»Nun ist mein Geld dahin«, klagte Elicas. »Aber trotzdem hat es auch eine gute Seite.«

»Welche?« fragte Hogun und rieb sich den schmerzenden Unterarm.

»Ich kann es mir nicht leisten, unsere eigene Wette zu begleichen. Du wirst für den Wein bezahlen müssen. Das ist das mindeste, Hogun, nachdem du die Legion so im Stich gelassen hast!«

Das Bankett hob Hoguns Stimmung, und die Ansprachen von Bar Britan an die Soldaten und von Dun Pinar an die Offiziere waren geistreich und kurz, das Essen war gut, Wein und Bier gab es reichlich, und die Kameradschaft war ermutigend. Das ist kaum noch dieselbe Dros, dachte Hogun.

Draußen an den Fallgittertoren stand Bregan mit einem hochgewachsenen jungen Cul aus der Gruppe Feuer auf Wache. Bregan wußte seinen Namen nicht und konnte auch nicht fragen, da es den Wachen verboten war, im Dienst zu reden. Eine merkwürdige Regel, dachte Bregan, aber man muß sich fügen.

Die Nacht war kühl, doch er spürte es kaum. Seine Gedanken waren in seinem Dorf bei Lotis und den Kindern. Sybad hatte an diesem Tag einen Brief erhalten, und alles ging gut. Legan, Bregans fünfjähriger Sohn, war offenbar auf eine hohe Ulme geklettert, und als er nicht mehr herunterkonnte, hatte er geweint und nach seinem Vater gerufen. Bregan hatte Sybad gebeten, in seinem nächsten Brief nach Hause auch ein paar Worte für ihn zu schreiben. Eigentlich hatte er Sybad bitten wollen, daß er schrieb, wie sehr er sie alle liebte und vermißte, aber er brachte es nicht fertig, Sybad um solche intimen Dinge zu bitten. Statt dessen bat er ihn, Legan zu schreiben, er solle ein guter Junge sein und seiner Mutter gehorchen. Sybad nahm Notizen von allen Dorfbewohnern entgegen und verbrachte den frühen Abend damit, den Brief aufzusetzen, der dann mit Wachs versiegelt und in die Poststelle gebracht wurde. Ein Reiter würde ihn mit anderen Briefen und militärischen Nachrichten nach Drenan bringen.

Jetzt hat Lotis wahrscheinlich das Feuer abgedeckt und die Lampen gelöscht, dachte Bregan. Sie lag bestimmt in ihrem binsengefüllten Bett und schlief. Legan würde neben ihr liegen, denn er wußte, daß Lotis immer schlecht schlief, wenn er nicht da war.

»Du wirst die Wilden aufhalten, Papa, nicht wahr?«

»Ja«, hatte Bregan geantwortet. »Aber wahrscheinlich kommen sie gar nicht. Die Politiker werden das schon regeln, wie sie es immer schon getan haben.«

»Kommst du bald wieder nach Hause?«

»Zum Erntedank.«

»Versprochen?«

»Versprochen.«

Als das Bankett vorüber war, bat Druss Orrin, Hogun, Elicas und Bowman in das Arbeitszimmer des Grafen, das über der Großen

Halle lag. Der Diener Arshin brachte Wein, und Druss stellte den Führern der Festung den Gesetzlosen vor. Orrin schüttelte ihm kühl die Hand; seine Augen verrieten sein Mißfallen. Zwei Jahre hatte er Patrouillen nach Skultik geschickt mit dem Befehl, den Gesetzlosen zu fangen und zu hängen. Hogun interessierte sich weniger für Bowmans Herkunft als für seine Fähigkeiten. Elicas hatte keine vorgefaßte Meinung, konnte den blonden Bogenschützen aber auf Anhieb gut leiden.

Sobald sie saßen, räusperte Bowman sich und nannte ihnen die Größe der Nadir-Horde, die sich bei Gulgothir versammelt hatte.

»Wie kommst du an diese Information?« fragte Orrin.

»Vor drei Tagen haben wir in Skultik einige Reisende ... getroffen. Sie waren über Segril und Dros Purdol gekommen und hatten die nördliche Wüste durchquert. In der Nähe von Gulgothir wurden sie überfallen und in die Stadt geschleppt, wo man sie vier Tage festhielt. Da sie vagrische Kaufleute waren, wurden sie höflich behandelt, aber von einem Nadir-Offizier namens Surip verhört. Einer von ihnen ist ein ehemaliger Offizier, und er hat ihre Stärke geschätzt.«

»Aber eine halbe Million?« fragte Orrin. »Ich dachte, die Zahl wäre übertrieben.«

»Untertrieben, wenn überhaupt«, erwiderte Bowman. »Es trafen immer noch Stämme von weither ein, als man sie gehen ließ. Ich würde sagen, euch steht eine nette Schlacht bevor.«

»Ich möchte ja nicht pedantisch erscheinen«, warf Hogun ein, »aber wolltest du nicht sagen, *uns* stünde eine nette Schlacht bevor?«

Bowman warf Druss einen Blick zu. »Hast du es ihnen etwa nicht gesagt, altes Roß? Nein? Oh, was für ein peinlicher Moment, fürwahr.«

»Uns was gesagt?« fragte Orrin.

»Daß sie Söldner sind«, antwortete Druss unbehaglich. »Sie bleiben nur, bis Mauer Drei fällt. So ist es abgemacht.«

»Und für diese ... jämmerliche Unterstützung erwarten sie Straferlaß?« brüllte Orrin und sprang auf. »Eher will ich sie baumeln sehen.«

»Nach Mauer Drei brauchen wir die Bogenschützen nicht mehr so dringend«, sagte Hogun ruhig. »Dann gibt es keine Schlachtfelder mehr.«

»Wir brauchen Bogenschützen, Orrin«, sagte Druss. »Wir brauchen sie unbedingt. Und dieser Mann hier hat sechshundert der besten. Wir wissen, daß Mauern fallen werden, und wir brauchen jeden einzelnen Pfeil. Die Ausfalltore werden bis dahin versperrt sein. Mir gefällt die Situation auch nicht, aber die Notwendigkeiten ... Besser, wir haben genügend Männer für die ersten drei Mauern als gar keine. Stimmst du mir zu?«

»Und wenn nicht?« fragte Orrin zurück, immer noch aufgebracht.

»Dann schicke ich sie fort«, antwortete Druss. Hogun setzte zu einer zornigen Erwiderung an, wurde aber durch eine Handbewegung von Druss zum Schweigen gebracht. »Du bist der Gan, Orrin. Es ist deine Entscheidung.«

Orrin setzte sich, schwer atmend. Er hatte viele Fehler gemacht, ehe Druss gekommen war, das wußte er jetzt. Die Situation ärgerte ihn maßlos, aber er hatte keine andere Wahl, als den Axtkämpfer zu unterstützen, und das wußte Druss auch. Die beiden Männer tauschten einen Blick und lächelten.

»Sie sollen bleiben«, sagte Orrin.

»Eine weise Entscheidung«, meinte Bowman. »Was glaubt ihr, wann werden die Nadir hier sein?«

»Viel zu schnell«, murmelte Druss. »Irgendwann in den nächsten drei Wochen, unseren Spähern zufolge. Ulric hat einen Sohn verloren, was uns ein paar Tage verschafft hat. Aber nicht genug.«

Eine Zeitlang besprachen die Männer die vielen Probleme, denen sich die Verteidiger gegenübersahen. Schließlich ergriff Bowman das Wort, wenn auch ein wenig zögernd.

»Weißt du, Druss, da ist etwas, das ich dir erzählen sollte, aber ich wollte nicht, daß ihr mich für ... seltsam haltet. Ich habe mit dem Gedanken gespielt, nichts davon zu sagen, aber ...«

»Sprich schon, Junge. Du bist hier unter Freunden ... größtenteils.«

»Ich hatte letzte Nacht einen seltsamen Traum, und du kamst darin vor. Ich hätte nicht mehr daran gedacht, aber als ich dich heute sah, begann ich wieder nachzudenken. Ich habe geträumt, daß mich ein Krieger in silberner Rüstung aus tiefem Schlaf weckte. Ich konnte durch ihn hindurchsehen, wie durch einen Geist. Er sagte mir, daß er versucht hatte, mit dir Kontakt aufzunehmen, aber ohne Erfolg. Als er sprach, war es wie eine Stimme in meinem Kopf. Er sagte, er hieße Serbitar, und daß er mit seinen Freunden und einer Frau namens Virae unterwegs ist.

Er sagte, es sei wichtig, daß ich dir ausrichte, du sollst Zündstoff und Behälter sammeln, da Ulric große Belagerungstürme gebaut hat. Er schlug auch Feuergräben zwischen den Mauern vor. In meinen Gedanken zeigte er mir ein Bild von dir, wie du angegriffen wirst. Er nannte auch einen Namen: Musar.

Ergibt das für euch irgendeinen Sinn?«

Für einen Augenblick sprach niemand, obwohl Druss außerordentlich erleichtert wirkte.

»Allerdings, mein Junge. Allerdings!«

Hogun schenkte noch ein Glas lentrischen Wein ein und reichte es Bowman.

»Wie sah dieser Krieger aus?« fragte er.

»Groß, schlank. Ich glaube, sein Haar war weiß, obwohl er noch jung war.«

»Das ist Serbitar«, sagte Hogun. »Es war eine echte Vision.«

»Du kennst ihn?« fragte Druss.

»Nur vom Hörensagen. Er ist der Sohn des Grafen Drada von Dros Segril. Es heißt, daß der Junge verflucht und von Dämonen besessen gewesen sei. Er konnte Gedanken lesen. Er ist ein Albino, und ihr wißt, daß die Vagrier dies als böses Omen betrachten. Man hat ihn zum Tempel der Dreißig geschickt, südlich von Drenan, als er etwa dreizehn war. Es heißt auch, daß sein Vater versuchte, ihn zu ersticken, als er noch ein Kleinkind gewesen ist. Aber das Kind spürte, wie der Vater näher kam, und hat sich vor dem Schlafzimmerfenster versteckt. Das sind natürlich nur Geschichten.«

»Nun, seine Talente sind noch gewachsen, wie es scheint«, sagte Druss. »Aber es schert mich nicht. Er wird hier nützlich sein – vor allem, wenn er Ulrics Gedanken lesen kann.«

15

Zehn Tage lang gingen die Arbeiten nun schon voran. Zehn Meter breite und ein Meter zwanzig tiefe Feuergräben wurden auf den offenen Flächen zwischen Mauer Eins und Zwei ausgehoben sowie zwischen Mauer Drei und Vier. Sie wurden mit Buschwerk und kleinen Zweigen gefüllt, und entlang der Gräben wurden Kessel aufgestellt, aus denen Öl auf das trockene Holz gegossen werden konnte.

Bowmans Bogenschützen hämmerten an verschiedenen Stellen zwischen den Mauern und auf dem freien Feld vor der Festung weiße Pfähle in den Boden. Jede Reihe von Pfählen bedeutete sechzig Schritte. Bowmans Männer übten jeden Tag mehrere Stunden, so daß schwarze Wolken aus Pfeilen über jeder Reihe durch die Luft schossen, wenn das Kommando ertönte.

Zielpuppen wurden auf der Ebene aufgestellt, um durch einen Hagel von Pfeilen zersplittert zu werden, und das selbst aus hundertzwanzig Schritt Entfernung. Das Können der Bogenschützen war bemerkenswert.

Hogun ließ Rückzüge üben und gab den Männern durch Trommeln die Zeit vor, als sie von den Brustwehren sprangen und über die Planken der Feuergräben jagten, um die Seile an der nächsten Mauer zu erklettern. Mit jedem Tag wurden sie schneller.

Kleinere Dinge begannen, immer mehr Zeit zu beanspruchen – in dem Maße, wie die allgemeine Fähigkeit und Bereitschaft der Truppe wuchs.

»Wann setzen wir das Öl zu?« fragte Hogun Druss, als sie nachmittags eine Pause machten.

»Zwischen Mauer Eins und Zwei muß es am Tag des ersten Angriffs eingefüllt werden. Bis zum ersten Tag haben wir keine richtige Vorstellung davon, wie gut die Männer dem Angriff standhalten.«

»Es bleibt noch das Problem«, fügte Orrin hinzu, »wer die Gräben anzündet und wann. Wenn erst mal Breschen in die Mauern geschlagen sind, kann es gut sein, daß die Nadir Seite an Seite mit unseren Männern um ihr Leben laufen. Keine leichte Entscheidung, dann eine brennende Fackel zu werfen.«

»Und was geschieht, wenn die Männer, denen wir diese Aufgabe übertragen, auf der Mauer getötet werden?« fragte Hogun.

»Wir werden eine Fackelabteilung aufstellen«, erklärte Druss. »Und die Entscheidung wird von einem Hornbläser auf Mauer Zwei verkündet. Wir brauchen einen Offizier mit guten Nerven, der die Sachlage beurteilt. Wenn das Horn erklingt, geht der Graben in Flammen auf – egal, wer zurückbleibt.«

Solche Dinge nahmen Druss mehr und mehr in Anspruch, bis sein Kopf von Plänen, Ideen, Strategien und Vorgehensweisen nur so schwamm. Mehrere Male während solcher Diskussionen flackerte das Temperament des alten Mannes auf, und er schlug mit seiner Riesenfaust auf den Tisch oder lief wie ein Tiger im Käfig hin und her.

»Ich bin Soldat – kein verdammter Planer«, erklärte er dann, und die Besprechung wurde um eine Stunde vertagt. Brennstoff wurde von entfernten Dörfern herbeigeschafft, eine schier endlose Zahl von Eilbotschaften kam aus Drenan und von Abalayns in Panik geratener Regierung, und eine Vielzahl kleiner Probleme – verspätete Post, neue Rekruten, persönliche Sorgen und Streitigkeiten unter den Gruppen – drohte die drei Männer zu überwältigen.

Ein Offizier beklagte, daß der Latrinenbereich von Mauer Eins die Gesundheit gefährdete, da er nicht die vorgeschriebene Tiefe hatte und nicht über eine ausreichende Senkgrube verfügte.

Druss ließ einen Arbeitstrupp den Bereich vergrößern.

Abalayn selbst verlangte eine vollständige strategische Auflistung aller Verteidigungsvorhaben von Dros Delnoch, was Druss ablehnte, da die Informationen durch Nadir-Sympathisanten durchsickern könnten. Dies wiederum brachte einen sofortigen Verweis aus Drenan ein und eine entschiedene Forderung nach Abbitte. Orrin setzte ein entsprechendes Schreiben auf – mit der Begründung, damit würden sie sich die Politiker vom Hals schaffen.

Dann schickte Wundweber eine Forderung nach den Pferden der Legion. Da sie Befehl hatten, bis zum letzten Mann auszuharren, schrieb er, wären die Pferde in Delnoch nur von geringem Nutzen. Er gestattete jedoch, daß zwanzig für Kurierdienste zurückblieben. Dies versetzte Hogun derart in Rage, daß er für Tage unansprechbar war.

Darüber hinaus hatten die Bürger der Stadt angefangen, sich über das ruppige Benehmen der Truppe in zivilen Bereichen zu beschweren. Alles in allem fühlte sich Druss allmählich am Ende seiner Geduld und sprach offen seine Hoffnung aus, daß die Nadir bald kommen sollten – und zum Teufel mit den Folgen!

Drei Tage später ging sein Wunsch teilweise in Erfüllung.

Ein Nadir-Trupp mit einer Parlamentärsflagge galoppierte von Norden heran. Wie ein Lauffeuer verbreitete sich die Nachricht. Als Druss in der Haupthalle der Festung davon erfuhr, stand die Stadt kurz vor einer Panik.

Die Nadir stiegen im Schatten der großen Tore von ihren Ponies. Sie sagten kein Wort. Aus ihren Satteltaschen holten sie Wasserschläuche und getrocknetes Fleisch. Sie setzten sich zusammen, aßen und warteten.

Als Druss mit Orrin und Hogun eintraf, hatten sie ihre Mahlzeit beendet. Druss rief sie von der Brustwehr herunter an.

»Wie lautet eure Botschaft?«

»Öffnet die Tore«, rief einer der Offiziere der Nadir zurück, ein kleiner Mann mit mächtigem Brustkasten, krummen Beinen und offensichtlich großer Kraft.

»Bist du der Todesbringer?« fragte er.

»Ja.«

»Du bist alt und fett. Das gefällt mir.«

»Schön! Denk daran, wenn wir uns das nächste Mal begegnen, denn ich kenne dich, du Schreihals, und meine Axt kennt den Namen deines Geistes. Also, wie lautet nun die Botschaft?«

»Ulric, Herrscher des Nordens, hat mir aufgetragen, dir zu sagen, daß er nach Drenan reiten wird, um ein Bündnis mit Abalayn, dem Herrscher der Drenai zu besprechen. Er wünscht bekanntzugeben, daß er erwartet, daß die Tore von Dros Delnoch für ihn offenstehen. Wenn das geschieht, garantiert er, daß weder Mann, Frau, Kind noch Soldat ein Leid zugefügt wird. Es ist Ulrics Wunsch, daß die Drenai und die Nadir eine Nation werden. Er bietet euch das Geschenk seiner Freundschaft an.«

»Sag Ulric«, antwortete Druss, »daß er jederzeit nach Drenan reiten kann. Wir werden ihm sogar eine Eskorte von hundert Kriegern zur Verfügung stellen, wie es sich für den Herrscher des Nordens geziemt.«

»Ulric akzeptiert keine Bedingungen«, erklärte der Offizier.

»Das sind meine Bedingungen – und sie werden sich nicht ändern«, erwiderte Druss.

»Dann habe ich eine zweite Botschaft. Sollten die Mauern

bemannt und die Tore verschlossen sein, gibt Ulric bekannt, daß jeder zweite, der lebend gefangengenommen wird, erschlagen wird, daß alle Frauen in die Sklaverei verkauft werden und daß je einer von drei Bürgern der Stadt die rechte Hand verlieren wird.«

»Bevor das geschehen kann, Bürschchen, muß Ulric erst einmal die Dros einnehmen. Und jetzt eine Botschaft an ihn – von Druss Todeswanderer. Im Norden mögen die Berge erzittern, wenn er einen Wind läßt, aber dies ist das Land der Drenai, und so weit es mich betrifft, ist Ulric ein dickbäuchiger Wilder, der ohne eine Drenai-Landkarte nicht mal seine eigene Nase finden würde.

Glaubst du, du kannst das behalten, Bursche? Oder muß ich es dir in großen Lettern in den Hintern ritzen?«

»Auch wenn deine Worte sehr inspirierend waren, Druss«, sagte Orrin, »muß ich dir sagen, daß mir dabei ganz übel geworden ist. Ulric wird toben.«

»Schön wär's«, sagte Druss trocken, als die Nadirtruppe wieder nordwärts galoppierte. »Dann nämlich wäre er wirklich nichts weiter als ein dickbäuchiger Wilder. Nein. Er wird lachen ... lange und laut.«

»Warum sollte er?« fragte Hogun.

»Weil er keine Wahl hat. Er ist beleidigt worden und sollte das Gesicht verlieren. Wenn er lacht, werden die Männer mit ihm lachen.«

»Das war ein nettes Angebot, das er da gemacht hat«, meinte Orrin, als die drei sich auf den langen Rückweg zur Festung machten. »Es wird sich herumsprechen. Gespräche mit Abalayn ... Ein Reich der Nadir und der Drenai ... Schlau!«

»Schlau und wahr«, sagte Hogun. »Wir wissen aus Erfahrung, daß er es ernst meint. Wenn wir uns unterwerfen, wird er durchmarschieren und niemandem ein Haar krümmen. Todesdrohungen kann man annehmen und ihnen Widerstand leisten – das Angebot zu leben ist ein ganz anderer Schuh. Ich möchte wissen, wie lange es dauert, bis die Bürger die nächste Audienz verlangen.«

»Bevor es dunkel wird«, prophezeite Druss.

Wieder auf der Mauer, beobachteten Gilad und Bregan, wie sich die Staubwolke der Nadir-Reiter immer weiter entfernte.

»Was hat er damit gemeint, Gil, daß er nach Drenan reiten will, um mit Abalayn zu sprechen?«

»Er hat gemeint, wir sollen seine Armee ungehindert passieren lassen.«

»Oh. Sie sahen nicht gerade sehr wild aus, oder? Ich meine, sie wirkten ganz normal, abgesehen davon, daß sie Pelze trugen.«

»Ja, sie sind auch ganz normal«, antwortete Gilad, nahm seinen Helm ab und fuhr sich mit den Fingern durch das Haar, so daß der kühle Nachtwind über seine Kopfhaut streichen konnte. »Ganz normal. Abgesehen davon, daß sie nur für den Krieg leben. Kämpfen ist für sie so natürlich wie Ackerbau für dich. Oder mich«, setzte er hinzu, obwohl er wußte, daß es nicht stimmte.

»Warum nur?« fragte Bregan. »Das hat in meinen Augen noch nie viel Sinn ergeben. Ich meine, ich kann verstehen, warum manche Männer Soldaten werden: um die Nation zu beschützen und all das. Aber ein ganzes Volk, das nur lebt, um Soldaten zu sein, kommt mir irgendwie . . . verrückt vor. Findest du nicht auch?«

Gilad lachte. »O ja. Das ist wirklich verrückt. Aber die nördlichen Steppen geben kein gutes Ackerland ab. Die Menschen dort züchten vor allem Ziegen und Ponies. Jeden Luxus, den sie begehren, müssen sie stehlen. Für die Nadir, das hat mir Dun Pinar beim Bankett erzählt, ist das Wort für Fremder dasselbe wie für Feind. Jeder, der nicht zum Stamm gehört, ist nur da, um getötet und beraubt zu werden. Es ist eine Lebensform. Kleinere Stämme werden von größeren vernichtet. Ulric hat dieses Muster geändert, indem er die besiegten Stämme mit seinem eigenen verschmolz. So sind sie größer und mächtiger geworden. Er kontrolliert jetzt alle Königreiche des Nordens und viele im Osten. Vor zwei Jahren hat er Manea, das Reich am Meer, eingenommen.«

»Ich habe davon gehört«, sagte Bregan. »Aber ich dachte, er hätte sich zurückgezogen, nachdem er einen Vertrag mit dem König gemacht hatte.«

»Dun Pinar sagt, der König hat sich bereit erklärt, Ulrics Vasall zu sein, und Ulric hielte den Sohn des Königs als Geisel fest. Das Volk gehört ihm.«

»Er muß ein ziemlich kluger Mann sein«, überlegte Bregan. »Aber was würde er tun, wenn er erst die ganze Welt erobert hätte? Ich meine, wozu soll das gut sein? Ich hätte gern einen größeren Hof und ein Haus mit mehreren Stockwerken. Das kann ich verstehen. Aber was sollte ich mit zehn Höfen anfangen? Oder gar hundert?«

»Du wärst reich und mächtig. Dann könntest du deinen Pächtern vorschreiben, was sie tun sollen, und sie würden sich allesamt verbeugen, wenn du in deiner schönen Kutsche vorbeikämst.«

»Das reizt mich nicht, ganz und gar nicht«, sagte Bregan.

»Na, mich schon«, erklärte Gilad. »Ich habe es immer gehaßt, wenn ich vor einem Adeligen auf seinem hohen Roß den Hut ziehen mußte. Wie sie dich ansehen und dich verachten, weil du auf deinem bißchen Land arbeitest! Und sie bezahlen mehr für ihre handgearbeiteten Stiefel, als ich in einem Jahr harter Arbeit verdienen kann. Nein, ich hätte nichts dagegen, reich zu sein – so steinreich, daß nie wieder jemand auf mich herabsehen würde.«

Gilad wandte das Gesicht ab und starrte auf die Ebene hinaus – sein wilder Zorn war fast greifbar.

»Würdest *du* dann auf andere herabsehen, Gil? Würdest du mich verachten, weil ich lieber ein Bauer bleiben wollte?«

»Natürlich nicht. Ein Mann sollte frei entscheiden dürfen, was er tun will, solange er andere damit nicht verletzt.«

»Vielleicht will Ulric deshalb alles unter seine Herrschaft bringen. Vielleicht ist er es leid, daß alle auf die Nadir herabsehen.«

Gilad wandte sich wieder Bregan zu. Sein Zorn verrauchte. »Weißt du, Breg, genau das hat Dun Pinar gesagt, als ich ihn fragte, ob er Ulric dafür haßt, daß er die Drenai unterwerfen will, Er sagte: ›Ulric versucht nicht, die Drenai zu unterwerfen, sondern die Nadir zu erhöhen.‹ Ich glaube, Pinar bewundert ihn.«

»Ich bewundere Orrin«, meinte Bregan. »Es muß ihn viel Mut gekostet haben, herauszukommen und mit den Männern zu trainieren. Vor allem, weil er so unbeliebt war. Ich war sehr froh, als er die Schwerter zurückgewonnen hat.«

»Nur weil du dadurch fünf Silberstücke gewonnen hast«, neckte Gilad ihn.

»Das ist ungerecht, Gil! Ich habe ihn unterstützt, weil er zu Karnak gehörte. Auf dich habe ich ja auch gesetzt.«

»Auf mich hast du ein viertel Kupferstück gesetzt und auf ihn ein halbes Silberstück. Das hat mir Drebus jedenfalls erzählt, der deine Wetten angenommen hat.«

Bregan tippte sich lächelnd an die Nase. »Ah, aber du zahlst ja auch nicht denselben Preis für eine Ziege wie für ein Pferd. Aber der Gedanke war da. Schließlich wußte ich ja, daß du nicht gewinnen konntest.«

»Bar Britan hätte ich um ein Haar besiegt. Es war letztendlich eine Schiedsrichterentscheidung.«

»Das stimmt«, gab Bregan zu. »Aber Pinar hättest du niemals geschlagen. Oder den Knaben mit dem Ohrring von der Legion. vor allem hättest du Orrin niemals geschlagen. Ich habe euch beide üben gesehen.«

»Das ist vielleicht ein Urteilsvermögen!« rief Gilad. »Mich wundert fast, daß du nicht selbst angetreten bist, bei dem, was du alles weißt.«

»Ich muß ja auch nicht fliegen können, um zu wissen, daß der Himmel blau ist«, erwiderte Bregan. »Auf wen hast du denn gesetzt?«

»Gan Hogun.«

»Und wen noch? Drebus sagt, du hast zwei Wetten abgegeben«, sagte Bregan unschuldig.

»Das weißt du doch genau. Drebus hat es dir bestimmt erzählt.«

»Ich habe vergessen, ihn zu fragen.«

»Lügner! Na, ist ja auch egal. Ich habe auf mich selbst gewettet, daß ich unter die letzten fünfzig komme.«

»Und du warst so nah dran«, sagte Bregan. »Nur ein Treffer fehlte noch.«

»Ein geschickter Treffer, und ich hätte einen Monatssold gewonnen.«

»So ist das Leben«, sagte Bregan. »Vielleicht kommst du nächstes Jahr wieder und versuchst es noch einmal.«

»Vielleicht regnet es auch gebratene Hühner!« sagte Gilad.

In der Festung hatte Druss alle Mühe, an sich zu halten, als die Ältesten der Stadt über das Angebot der Nadir beratschlagten. Sie hatten erstaunlich rasch davon erfahren. Druss hatte es kaum geschafft, ein wenig Brot und Käse zu essen, als ihm ein Bote von Orrin meldete, daß der Ältestenrat eine Sitzung einberufen hatte.

Es war ein altbewährtes Gesetz der Drenai, daß außer in Kriegszeiten die Ältesten das demokratische Recht hatten, sich mit dem Stadtoberhaupt zusammenzusetzen und in wichtigen Dingen mitzureden. Weder Orrin noch Druss konnten sich weigern. Niemand konnte behaupten, daß Ulrics Ultimatum unwichtig sei.

Der Ältestenrat der Stadt bestand aus sechs Männern, einem gewählten Gremium, das praktisch den gesamten Handel in der Stadt beherrschte. Der Oberbürger und Erste der Ältesten war Bricklyn, der Druss in der Nacht des Mordanschlags so großartig unterhalten hatte. Malphar, Backda, Shinell und Alphus waren Kaufleute, Beric hingegen ein Adeliger, ein entfernter Vetter von

Graf Delnar, der im Stadtleben einen hohen Rang einnahm. Daß er nicht wirklich vermögend war, war der einzige Grund, daß er in Delnoch blieb, statt in Drenan zu leben, das er liebte.

Shinell, ein fetter, öliger Seidenhändler, war die Hauptursache für Druss' Zorn. »Aber natürlich haben wir ein Recht, Ulrics Bedingungen zu diskutieren! Und wir müssen ein Mitspracherecht haben, ob diese Bedingungen akzeptiert oder abgelehnt werden«, wiederholte er. »Es ist schließlich von höchstem Interesse für die Stadt, und nach geltendem Recht muß unsere Stimme zählen.«

»Du weißt sehr gut, mein lieber Shinell«, sagte Orrin glattzüngig, »daß der Ältestenrat das volle Recht genießt, in allen zivilen Angelegenheiten mitzureden. Aber diese Situation fällt doch wohl kaum in diese Kategorie. Dennoch wird dein Standpunkt vermerkt.«

Malphar, ein rotgesichtiger Weinhändler von lentrischer Abstammung, unterbrach Shinell, als dieser protestieren wollte. »Dieses Gerede von Rechten und Präzedenzfällen führt doch zu nichts. Tatsache bleibt, daß wir uns praktisch im Kriegszustand befinden. Ist es ein Krieg, den wir gewinnen können?« Er ließ seine grauen Augen über die Gesichter ringsum schweifen, und Druss trommelte mit den Fingern auf die Tischplatte, das einzige äußere Zeichen seiner Anspannung. »Ist es ein Krieg, den wir lange genug führen können, um einen ehrenhaften Frieden zu erzwingen? Ich glaube nicht«, fuhr Malphar fort. »Das ist alles Unsinn. Abalayn hat die Armee reduziert. Sie hat nur noch ein Zehntel der Größe wie vor einigen Jahren. Auch die Marine ist nur noch halb so stark. Diese Dros wurde zuletzt vor zweihundert Jahren belagert und fast eingenommen. Und das, obwohl wir allen Berichten zufolge vierzigtausend Krieger auf dem Feld hatten.«

»Mach voran, Mann! Komm zur Sache«, sagte Druss.

»Werde ich, aber erspar mir diese harten Blicke, Druss. Ich bin kein Feigling. Ich will folgendes sagen: Wenn wir nicht durchhalten und gewinnen können, was ist dann der Sinn dieser ganzen Verteidigung?«

Orrin warf Druss einen Blick zu, und der alte Krieger beugte sich vor. »Der Sinn ist«, sagte er, »daß du nie weißt, ob du verlierst – bis du verloren hast. Alles kann passieren: Ulric kann einen Herzschlag erleiden, die Pest kann über die Nadir hereinbrechen. Wir müssen versuchen auszuhalten.«

»Was ist mit den Frauen und Kindern?« fragte Backda, ein hagerer Rechtsanwalt und Ladenbesitzer.

»Was mit ihnen ist?« fragte Druss zurück. »Sie können jederzeit gehen.«

»Wohin denn, bitte? Und wie?«

»Gerechter Himmel!« donnerte Druss und sprang auf. »Was wollt ihr als nächstes von mir? Wohin sie gehen, wie sie gehen, falls sie gehen – ist eure und ihre Angelegenheit. Ich bin Soldat, und meine Aufgabe besteht darin, zu kämpfen und zu töten. Und ihr könnt mir glauben, das kann ich sehr gut. Wir haben Befehl, bis zum letzten Mann zu kämpfen, und das werden wir tun.

Nun, ich weiß vielleicht nicht sehr viel von Gesetzen und all dem Kleinkram der Stadtpolitik, aber eins weiß ich: Wer angesichts einer bevorstehenden Belagerung von Unterwerfung spricht, ist ein Verräter.

Und jeden Verräter werde ich hängen sehen.«

»Gut gesprochen, Druss«, sagte Beric, ein großer Mann mittleren Alters mit schulterlangem grauen Haar. »Ich selbst hätte es nicht besser ausdrücken können. Sehr eindringlich.« Er lächelte, als Druss sich wieder auf seinen Stuhl fallen ließ. »Aber da ist noch ein Punkt. Dieser Befehl kann jederzeit abgeändert werden, und so, wie die Politik nun einmal ist, kommt die Frage der Zweckmäßigkeit ins Spiel. Du sagst, ihr seid aufgefordert, bis zum Ende zu kämpfen. Im Moment ist es für Abalayn zweckmäßig, daß wir uns auf den Krieg vorbereiten. Vielleicht denkt er, das gäbe ihm einen besseren Stand in den Verhandlungen mit Ulric. Letztendlich jedoch muß er auch Unterwerfung berücksichtigen. Tatsache bleibt Tatsache: Die Stämme haben bis jetzt jedes Volk erobert, das sie angegriffen haben, und Ulric ist ein unvergleichlicher General.

Ich schlage vor, wir schreiben an Abalayn und drängen ihn, sich diesen Krieg noch einmal zu überlegen.«

Orrin warf Druss einen warnenden Blick zu.

»Sehr gut gesagt, Beric«, sagte er. »Als loyale Männer des Militärs müssen Druss und ich natürlich dagegen stimmen. Aber bitte, fühle dich frei zu schreiben, und ich werde dafür sorgen, daß die Petition mit dem nächsten verfügbaren Reiter befördert wird.«

»Danke, Orrin. Das ist sehr zivilisiert von dir«, sagte Beric. »Können wir uns jetzt mit den abgerissenen Häusern beschäftigen?«

Ulric saß vor dem Kohlebecken, einen Schaffellmantel um den nackten Oberkörper geschlungen. Vor ihm kauerte die ausgemergelte Gestalt seines Schamanen Nosta Khan.

»Was meinst du?« fragte Ulric ihn.

»Wie ich schon sagte, ich kann nicht länger über der Festung reisen. Dort ist eine Barriere für meine Macht. Letzte Nacht, als ich über Todeswanderer schwebte, spürte ich eine Kraft wie ein Sturmwind. Sie stieß mich zurück bis hinter die äußere Mauer.«

»Und du hast nichts gesehen?«

»Nein. Aber ich spürte ... fühlte ...«

»Sprich!«

»Es ist schwierig. In meinem Geist konnte ich das Meer und ein schlankes Schiff spüren. Es war nur ein Fragment. Da war auch ein Mystiker mit weißem Haar. Ich habe lange darüber gerätselt. Ich glaube, Todeswanderer hat den weißen Tempel gerufen.«

»Und ihre Macht ist größer als deine?« fragte Ulric.

»Nur anders«, wich der Schamane aus.

»Wenn sie übers Meer kommen, dann wollen sie nach Dros Purdol«, überlegte Ulric und starrte in die glimmenden Kohlen. »Mach sie ausfindig.«

Der Schamane schloß die Augen, löste seinen Geist von allen Fesseln und stieg, befreit von seinem Körper, empor. Formlos eilte er hoch über die Ebene dahin, über Hügel und Flüsse, Berge und Ströme, am Delnoch-Gebirge entlang, bis schließlich das Meer unter ihm lag, im Licht der Sterne schimmernd. Weit mußte er ziehen, bis er, durch das winzige Glühen ihrer Hecklaterne, die *Tunichtgut* entdeckte.

Rasch sank er vom Himmel herab, bis er über dem Mast schwebte. An der Backbordreling standen ein Mann und eine Frau. Behutsam erkundete er ihren Geist; dann ließ er sich durch das hölzerne Deck treiben, durch den Laderaum und bis vor die Kabinen, in die er jedoch nicht eindringen konnte. Leicht wie das Wispern einer Meeresbrise berührte er den Rand der unsichtbaren Barriere. Sie verhärtete sich vor ihm, und er wich zurück. Er schwebte wieder an Deck, umfing den Seemann im Heck, lächelte und huschte dann zurück zu dem wartenden Herrscher der Nadir.

Nosta Khans Körper zitterte; seine Augen öffneten sich.

»Nun?« fragte Ulric.

»Ich habe sie gefunden.«

»Kannst du sie vernichten?«

»Ich glaube schon. Ich muß meine Akolyten zusammenrufen.«

Auf der *Tunichtgut* erhob sich Vintar von seinem Bett. Sein Blick verriet Unruhe, und seine Gedanken waren besorgt. Er reckte sich.

»Du hast es auch gespürt«, pulste Serbitar und schwang seine langen Beine aus der anderen Koje.

»Ja. Wir müssen auf der Hut sein.«

»Er hat nicht versucht, den Schild zu durchbrechen«, sagte Serbitar. »Ist das nun ein Zeichen von Schwäche oder von Zuversicht?«

»Ich weiß es nicht«, antwortete der Abt.

Über ihm im Heck rieb der Matrose sich die Augen, legte eine Tauschlinge um das Ruder und richtete seinen Blick auf die Sterne. Er war immer schon von diesen flackernden, weit entfernten Kerzen fasziniert gewesen. Heute strahlten sie heller als gewöhnlich, wie Juwelen auf einem Samtmantel. Ein Priester hatte ihm einmal erzählt, es seien Löcher im Universum, durch die die strahlenden Augen der Götter auf die Menschen der Erde hinabsähen. Das war natürlich Unsinn, aber es hatte ihm gefallen.

Plötzlich schauderte er. Er drehte sich um, nahm seinen Mantel von der Reling und schlang ihn sich um die Schultern. Er rieb sich die Hände.

Hinter ihm schwebend, hob Nosta Khans Geistgestalt die Hände und konzentrierte seine Macht auf die langen Finger. Klauen, glitzernd wie Stahl, scharf und gekrümmt, wuchsen daraus. Langsam näherte er sich dem Seemann und stieß ihm die Krallen in den Kopf.

Brennende Qualen löschten das Hirn aus. Der Mann taumelte und fiel. Blut schoß aus Mund, Ohren und Augen. Ohne einen Laut starb er. Nosta Khan lockerte seinen Griff. Er zog die Macht seiner Akolyten an sich und befahl dem Toten durch Willenskraft, sich zu erheben, wisperte obszöne Worte in einer Sprache, die schon lange aus der Erinnerung gewöhnlicher Menschen getilgt war. Dunkelheit quoll um den Toten auf, wabernd wie schwarzer Rauch, und wurde durch den blutigen Mund eingesogen. Der Körper erzitterte.

Und erhob sich.

Da sie nicht schlafen konnte, zog Virae sich leise an, stieg an Deck und ging nach backbord. Die Nacht war kühl, die sanfte Brise beruhigend. Sie blickte über die Wellen zu der fernen Linie, durch die sich das Land vor dem mondhellen Himmel abzeichnete.

Dieser Anblick beruhigte sie immer, die Verschmelzung von Land und Meer. Als Kind in der Schule von Dros Purdol hatte sie es geliebt zu segeln, vor allem nachts, wenn das Land wie ein schlafendes Ungeheuer der Tiefe zu treiben schien, dunkel und geheimnisvoll und wunderbar unwiderstehlich.

Plötzlich wurden ihre Augen schmal. Bewegte sich das Land? Zu ihrer Linken schienen sich die Berge zurückzuziehen, während zu ihrer Rechten die Küste näher zu kommen schien. Nein, nicht schien. Sie kam näher. Virae warf einen prüfenden Blick auf die Sterne. Das Schiff hatte nach Nordwesten gedreht! Dabei waren sie noch Tage von Dros Purdol entfernt.

Verwirrt ging sie nach achtern zu dem Zweiten Steuermann, der am Ruder stand.

»Wohin fahren wir eigentlich?« fragte sie, stieg die vier Stufen hinauf und lehnte sich an die Reling.

Sein Kopf drehte sich zu ihr. Leere, blutrote Augen hefteten sich auf sie, als seine Hände das Ruder losließen und nach ihr griffen.

Angst durchzuckte sie wie eine Lanze und wurde nur von aufloderndem Zorn überdeckt. Sie war schließlich nicht irgendein Milchmädchen, das so leicht zu erschrecken war. Sie war Virae, und in ihren Adern floß das Blut von Kriegern.

Sie senkte die Schulter und schlug ihm die rechte Faust ans Kinn. Der Kopf des Mannes kippte zurück, doch er kam weiter auf sie zu. Sie trat zwischen die ausgestreckten Arme, packte seine Haare und stieß heftig mit dem Kopf gegen sein Gesicht. Er nahm es ohne einen Laut hin. Seine Hände fuhren an ihre Kehle. Sie wand sich verzweifelt, ehe sein Griff fester wurde, und warf ihn mit einem Hüftschwung um, so daß er hart mit dem Rücken auf die Planken prallte. Virae taumelte. Er stand langsam auf und kam erneut auf sie zu.

Sie rannte vorwärts, sprang hoch, drehte sich in der Luft und hämmerte ihm beide Füße ins Gesicht. Wieder stürzte er.

Und stand wieder auf.

Von plötzlicher Panik erfüllt, suchte Virae nach einer Waffe, konnte jedoch keine finden. Geschmeidig sprang sie über die Reling des Ruderstands und landete auf dem Deck. Der Mann folgte ihr.

»Weg von ihm!« rief Serbitar, der mit gezogenem Schwert herbeigestürmt kam. Virae lief auf ihn zu.

»Gib es mir!« rief sie und riß ihm das Schwert aus der Faust.

Zuversicht durchströmte sie, als ihre Hand sich um den Ebenholzgriff schloß. »Jetzt aber, du Hurensohn!« rief sie und bewegte sich auf den Seemann zu.

Er machte sich nicht die Mühe, ihr auszuweichen. Das Schwert blitzte im Mondlicht auf und traf seinen Hals. Noch zweimal schlug Virae zu; dann fiel der grinsende Kopf vom Rumpf. Doch der Körper stürzte nicht.

Öliger Rauch drang aus dem Halsstumpf und bildete einen formlosen, vagen Kopf. Glühendrote Augen glitzerten im Rauch.

»Zurück!« rief Serbitar. »Zurück!«

Diesmal gehorchte sie und zog sich zu dem Albino zurück.

»Gib mir das Schwert.«

Vintar und Rek liefen herbei.

»Was, um alles in der Welt, ist das?« flüsterte Rek.

»Nichts von dieser Welt«, antwortete Vintar.

Das Ding blieb stehen, die Arme vor der Brust verschränkt.

»Das Schiff treibt auf die Felsen zu«, sagte Virae, und Serbitar nickte.

»Es will uns vom Ruder fernhalten. Was meinst du, Vater Abt?«

»Der Zauber wurde ihm in den Kopf gepflanzt. Wir müssen ihn über Bord werfen. Das Biest wird ihm folgen«, antwortete Vintar. »Greif es an.«

Serbitar rückte vor, Rek an seiner Seite. Das Wesen bückte sich, packte mit der rechten Hand seinen Kopf an den Haaren und drückte ihn an die Brust. Dann wartete es auf den Angriff.

Rek sprang vor und hieb es in die Stirn. Es taumelte. Serbitar lief herbei und zerschnitt die Sehnen in den Kniegelenken. Als es stürzte, hämmerte Rek seine Waffe beidhändig gegen den Arm. Der Arm fiel herab, die Finger ließen den Kopf los, der über das Deck davonrollte. Rek ließ sein Schwert fallen und jagte hinterher. Seinen Ekel unterdrückend, hob er den Kopf an den Haaren und schleuderte ihn über die Reling. Als er auf dem Wasser auftraf, lief ein Zittern durch den Körper des Wesens. Wie von einer starken Bö getrieben, wehte der Rauch vom Hals über die Reling und in die Dunkelheit der Tiefe.

Der Kapitän löste sich aus den Schatten am Mast.

»Was war das?« fragte er.

Vintar ging auf ihn zu und legte ihm sanft eine Hand auf die Schulter.

»Wir haben viele Feinde«, sagte er. »Und sie haben große Macht.

Aber fürchte dich nicht, wir sind auch nicht machtlos, und dem Schiff wird nichts mehr zustoßen. Das verspreche ich dir.«

»Und was ist mit seiner Seele?« fragte der Kapitän und ging an die Reling. »Ist sie verdammt?«

»Sie ist frei«, antwortete Vintar. »Glaub mir.«

»Wir werden bald alle frei sein«, sagte Rek, »wenn niemand das Schiff von den Felsen wegsteuert.«

Die Akolyten verließen schweigend das verdunkelte Zelt Nosta Khans und ließen ihn in der Mitte des Kreidekreises auf dem Boden sitzend zurück. Gedankenverloren beachtete Nosta Khan sie nicht weiter – er war erschöpft und zornig.

Denn sie hatten ihn geschlagen, und er war ein Mann, der nicht an Niederlagen gewöhnt war. Sie schmeckten bitter.

Er lächelte.

Es würde ein nächstes Mal geben...

16

Durch Wind von achtern begünstigt, lief die *Tunichtgut* nach Norden, bis endlich die silbergrauen Türme von Dros Purdol am Horizont auftauchten. Kurz vor Mittag segelte das Schiff in den Hafen ein, vorbei an den drenaischen Kriegstriremen und Handelsschiffen, die in der Bucht vor Anker lagen.

Auf den überfüllten Docks verkauften Händler Zaubertränke, Schmuck, Waffen und Decken an die Seeleute, während kräftige Hafenarbeiter Vorräte über schwankende Laufstege schleppten, Ladung verstauten und überprüften. Überall herrschte Lärm und scheinbares Durcheinander. Das Hafenviertel war voller Leben und dem hektischen Treiben der Städter, und Rek spürte ein leises Bedauern, daß sie das Schiff verließen. Als Serbitar die Dreißig von Bord führte, verabschiedeten Rek und Virae sich vom Kapitän.

»Mit einer Ausnahme war es eine mehr als angenehme Reise«, sagte Virae. »Ich danke dir für deine Zuvorkommenheit.«

»Es war mir ein Vergnügen, euch zu Diensten zu sein, meine Dame. Bei meiner Rückkehr werde ich die Hochzeitspapiere nach Drenai schicken. Es war für mich das erste Mal. Ich war noch nie bei der Hochzeit einer Grafentochter dabei, geschweige denn, daß ich die Trauung vollzogen hätte. Ich wünsche dir alles Gute.« Er verbeugte sich und küßte ihr die Hand.

Er hätte gern noch hinzugefügt: »Glück und langes Leben«, aber er wußte ja, wohin sie unterwegs waren.

Virae ging den Laufsteg hinab, und Rek ergriff die Hand des Kapitäns. Es überraschte ihn, daß der Mann ihn umarmte.

»Möge dein Schwertarm stark sein, deine Gedanken glücklich und dein Pferd schnell, wenn die Zeit kommt«, sagte er.

Rek grinste. »Die beiden ersten Dinge werde ich brauchen. Und was das Pferd angeht – glaubst du wirklich, daß diese Dame auch nur im Traum an Flucht denken würde?«

»Nein. Sie ist eine wunderbare Frau. Viel Glück.«

»Ich werde mein möglichstes tun«, erwiderte Rek.

Am Kai bahnte sich ein junger Offizier im roten Umhang seinen Weg durch die Menge zu Serbitar.

»Was wollt ihr in Dros Purdol?« fragte er.

»Wir reisen nach Delnoch, sobald wir Pferde erstanden haben«, antwortete der Albino.

»Die Festung wird in Kürze belagert werden, Herr. Ihr wißt doch, daß ein Krieg bevorsteht?«

»Ja. Wir reisen mit Virae, der Tochter Graf Delnars, und ihrem Gatten Regnak.«

Als er Virae sah, verbeugte sich der Offizier: »Es ist mir eine Ehre, meine Dame. Wir haben uns auf der Feier zu Eurem achtzehnten Geburtstag im letzten Jahr kennengelernt. Ihr erinnert Euch wahrscheinlich nicht mehr an mich.«

»Ganz im Gegenteil, Dun Degas! Wir haben getanzt, und ich trat dir auf den Fuß. Du warst sehr galant und hast die Schuld auf dich genommen.«

Degas lächelte und verbeugte sich erneut. Wie sie sich verändert hat, dachte er. Wo war das schwerfällige Mädchen, das sich ständig auf den Rocksaum trat? Das tiefrot geworden war, als es bei einer hitzigen Diskussion einen Kristallkelch zerbrochen und das Gewand der Dame links von ihr völlig durchnäßt hatte? Was hatte sich verändert? Sie war noch dieselbe mädchenhafte Frau, die er in Erinnerung hatte – mausblondes Haar, zu großer Mund, gewitterfinstere Brauen über tiefliegenden Augen. Er sah ihr Lächeln, als Rek vortrat, und seine Frage war beantwortet. Sie war begehrenswert geworden.

»Woran denkst du, Degas?« fragte sie. »Du siehst aus, als wärst du weit weg.«

»Bitte verzeiht mir, meine Dame. Ich dachte gerade, daß Graf Pindak hocherfreut sein wird, Euch zu empfangen.«

»Du wirst ihm mein Bedauern ausrichten müssen«, sagte Virae, »denn wir müssen so schnell wie möglich aufbrechen. Wo können wir Pferde kaufen?«

»Ich bin sicher, wir finden gute Pferde für euch«, sagte Degas. »Trotzdem, es ist schade, daß ihr nicht eher gekommen seid, denn vor vier Tagen haben wir dreihundert Mann als Unterstützung nach Dros Delnoch geschickt. Ihr hättet mit ihnen reiten können – das wäre sicherer gewesen. Seit der Bedrohung durch die Nadir sind die Sathuli immer frecher geworden.«

»Wir werden den Weg schon schaffen«, sagte der große Mann neben Virae. Degas musterte ihn prüfend: ein Soldat, dachte er. Zumindest war er mal einer. Hält sich gut. Degas geleitete die

Gruppe zu einem großen Gasthaus und versprach, in zwei Stunden mit den Pferden zurück zu sein.

Er hielt Wort und kam mit einer Kavallerieabteilung auf zweiunddreißig Pferden zurück. Es waren jedoch keine Pferde von der Art, wie die Reisegruppe sie in Lentria zurückgelassen hatten, sondern für die Arbeit in den Bergen gezüchtete, kräftige Tiere. Als die Pferde verteilt und die Verpflegung verladen war, sprach Degas Rek an.

»Die Pferde kosten euch nichts, aber ich wäre euch dankbar, wenn ihr dem Grafen diese Schreiben überbringen würdet. Sie sind gestern per Schiff aus Drenan eingetroffen und haben unsere Truppe verfehlt. Das mit dem roten Siegel ist von Abalayn.«

»Der Graf wird sie bekommen«, versprach Rek. »Vielen Dank für deine Hilfe.«

»Schon gut. Viel Glück!« Der Offizier ging, um sich von Virae zu verabschieden. Rek steckte die Schreiben in die Satteltaschen seiner Rotschimmelstute, stieg auf und setzte sich an die Spitze der Gruppe. Sie verließen Dros Purdol in westlicher Richtung, entlang der Drenai-Berge. Serbitar trabte zu Rek, als sie in den ersten der tiefen Wälder außerhalb der Stadt gelangten.

»Du wirkst besorgt«, sagte Rek.

»Ja. Entlang unseres Weges werden Gesetzlose, Abtrünnige, vielleicht Deserteure und mit Sicherheit Sathuli-Stämme auf uns warten.«

»Aber das ist es nicht, was dir Sorgen macht, nicht wahr?«

»Du bist sehr einfühlsam«, sagte Serbitar.

»Kann sein. Aber schließlich habe ich den Toten laufen sehen.«

»Allerdings.«

»Du hast nun lange genug um diese Nacht herumgeredet«, sagte Rek. »Jetzt erzähl mir die Wahrheit. Weißt du, was es war?«

»Vintar glaubt, daß es ein Dämon gewesen ist, den Nosta Khan gerufen hat. Er ist der oberste Schamane von Ulrics Wolfsschädeln – und damit Herr über alle Schamanen der Nadir. Er ist alt, und es heißt, daß er schon Ulrics Großvater gedient hat. Er ist böse bis ins Mark.«

»Und seine Macht ist größer als eure?«

»Als einzelner, ja. Aber zusammen? Ich glaube nicht. Im Augenblick hindern wir ihn daran, nach Delnoch einzudringen, aber er hat im Gegenzug einen Schleier über die Festung geworfen, so daß wir auch nicht hineinkönnen.«

»Wird er uns wieder angreifen?« fragte Rek.

»Mit Sicherheit. Die Frage ist nur, welche Methode er wählt.«

»Ich glaube, ich überlasse es dir, sich darüber den Kopf zu zerbrechen«, sagte Rek. »Ich kann nur ein gewisses Maß Trübsinn pro Tag vertragen.«

Serbitar antwortete nicht. Rek zügelte sein Pferd und wartete auf Virae.

In dieser Nacht lagerten sie an einem Gebirgsbach, entzündeten jedoch keine Feuer. Am frühen Abend rezitierte Vintar Gedichte. Seine Stimme war weich und melodiös, die Worte beflügelten die Fantasie.

»Es sind seine eigenen«, flüsterte Serbitar Virae zu. »Obwohl er es nicht zugibt. Ich weiß auch nicht, warum. Er ist ein guter Dichter.«

»Aber sie sind so traurig«, meinte sie.

»Jegliche Schönheit ist traurig«, erwiderte der Albino, »denn sie vergeht.«

Er verließ sie und zog sich unter eine nahe gelegene Weide zurück und setzte sich, den Rücken an den Stamm gelehnt; ein silberner Geist im Mondlicht.

Arbedark gesellte sich zu Rek und Virae und reichte ihnen Honigkuchen, die er im Hafen gekauft hatte. Rek blickte hinüber zur einsamen Gestalt des Albinos.

»Er reist«, erklärte Arbedark. »Allein.«

Als frühmorgens die Vögel zu singen begannen, stöhnte Rek und rollte seinen schmerzenden Körper von den Baumwurzeln, die ihn drückten. Er öffnete die Augen. Die meisten der Dreißig schliefen noch, doch der große Antaheim stand am Fluß Wache. Serbitar saß noch genauso unter der Weide wie am letzten Abend.

Rek setzte sich auf und reckte sich; sein Mund war trocken. Er schlug die Decke zurück und ging zu den Pferden, holte sein Bündel, spülte sich den Mund mit einem Schluck Wasser aus der Feldflasche aus und ging zum Fluß. Er nahm ein Stück Seife aus seinem Gepäck, zog sein Hemd aus und kniete an dem rasch dahinfließenden Wasser nieder.

»Bitte, tu das nicht«, bat Antaheim.

»Was?«

Der große Krieger kam zu ihm und hockte sich neben ihn. »Die

Seifenblasen werden flußabwärts getragen. Es ist nicht klug, unser Kommen so anzukündigen.«

Rek schalt sich selbst einen Idioten und entschuldigte sich.

»Nicht nötig. Tut mir leid, daß ich mich eingemischt habe. Siehst du die Pflanze dort drüben, bei dem flechtenbewachsenen Felsen?« Rek blickte in die angegebene Richtung und nickte. »Das ist Zitronenminze. Wasch sie im Wasser, zerdrücke ein paar Blätter und reibe dich damit ab. Das erfrischt und sorgt für einen etwas ... angenehmeren Duft.«

»Danke. Reist Serbitar noch immer?«

»Er sollte es eigentlich nicht tun. Ich werde ihn suchen.« Antaheim schloß für ein paar Sekunden die Augen. Als er sie wieder öffnete, sah Rek die Panik darin. Der Krieger stürzte davon. Im selben Moment sprangen die Dreißig allesamt von ihrem Lager auf und rannten zu Serbitar.

Rek ließ Hemd und Seife fallen und stürmte hinter ihnen her. Vintar beugte sich über die reglose Gestalt des Albinos, schloß die Augen und legte seine Hände auf das schmale Gesicht des jungen Anführers. Lange verharrte er so. Schweißperlen erschienen auf seiner Stirn, und er begann zu schwanken. Als er eine Hand hob, kam Menahem ihm sofort zu Hilfe und hob Serbitars Kopf an. Der dunkle Krieger zog das rechte Augenlid des Albinos zurück; die Iris war blutrot.

Virae sank neben Rek auf die Knie. »Seine Augen sind doch sonst grün«, sagte sie. »Was ist denn los?«

»Ich weiß nicht«, antwortete Rek.

Antaheim löste sich aus der Gruppe und stürzte ins Unterholz. Wenige Minuten später kam er mit einem Armvoll Rankenblätter zurück, die er zu Boden fallen ließ. Er sammelte trockene Zweige und entzündete ein kleines Feuer; dann stellte er einen dreibeinigen Kessel in die Flammen, füllte ihn mit Wasser, zerrieb die Blätter und ließ sie in den Topf fallen. Bald begann das Wasser zu brodeln, und ein süßer Duft erfüllte die Luft. Antaheim nahm den Topf vom Feuer, füllte ihn mit kaltem Wasser aus seiner Feldflasche, goß die grünliche Flüssigkeit in einen lederummantelten Becher und reichte ihn Menahem. Langsam öffneten sie Serbitar den Mund, während Vintar ihm die Nase zuhielt, und flößten ihm das Getränk ein. Serbitar hustete und schluckte, und Vintar ließ seine Nase wieder los. Menahem bettete Serbitars Kopf wieder ins Gras, und Antaheim löschte das Feuer. Es hatte keinen Rauch gegeben.

»Was ist los?« fragte Rek, als Vintar zu ihm kam.

»Wir unterhalten uns später«, sagte Vintar. »Jetzt muß ich ruhen.« Er stolperte zu seinen Decken und legte sich hin. Er fiel sofort in einen tiefen, traumlosen Schlaf.

»Ich komme mir wie ein Einbeiniger bei einem Wettlauf vor«, sagte Rek.

Menahem kam zu ihm. Sein dunkles Gesicht war grau vor Erschöpfung, als er einen Schluck Wasser trank. Er streckte seine langen Beine im Gras aus und drehte sich auf die Seite, den Kopf auf den Ellbogen gestützt. Dann wandte er sich an Rek.

»Ich wollte nicht lauschen«, sagte er, »aber ich habe dich gehört. Du mußt Vintar verzeihen. Er ist älter als wir anderen, und die Anstrengung der Jagd war zuviel für ihn.«

»Die Jagd? Was für eine Jagd?« fragte Virae.

»Wir haben Serbitar gesucht. Er ist weit gereist, und sein Weg war gegabelt. Er konnte nicht zurück. Wir mußten ihn finden. Vintar hat richtig erraten, daß er sich in die Nebel zurückgezogen hatte und das Risiko eingegangen war. Er mußte ihn aufspüren.«

»Es tut mir leid, Menahem. Du siehst abgespannt aus«, sagte Rek. »Aber sag mir bitte, wovon du sprichst. In die Nebel? Was bedeutet das?«

Menahem seufzte. »Wie soll man einem Blinden Farbe erklären?«

»Man sagt«, fuhr Rek auf, »daß Rot wie Seide ist, Blau wie kühles Wasser und Gelb wie Sonnenschein auf der Haut.«

»Verzeih, Rek. Ich bin müde, ich wollte nicht grob sein«, sagte Menahem. »Ich kann dir die Nebel nicht so erklären, wie ich sie verstehe. Aber ich will versuchen, dir eine Vorstellung davon zu geben.

Es gibt viele mögliche Zukünfte, aber nur eine Vergangenheit. Wenn wir außerhalb unseres Selbst reisen, wandern wir einen geraden Pfad entlang, so wie wir jetzt nach Delnoch reisen. Wir können über riesige Entfernungen hinweg steuern. Aber der Rückweg ist festgelegt, denn er ist in unserer Erinnerung verankert. Verstehst du?«

»Soweit ja«, sagte Rek. »Virae?«

»Ich bin ja nicht blöd, Rek.«

»Entschuldige. Weiter, Menahem.«

»Jetzt versuche dir vorzustellen, daß es noch andere Pfade gibt. Sagen wir, nicht nur von Drenan nach Delnoch, sondern von heute ins Morgen. Morgen ist noch nicht geschehen, und die Möglichkeiten dafür sind unendlich. Jeder von uns trifft eine Entscheidung, die das Morgen beeinflußt. Aber laß uns sagen, wir reisen nach Morgen. Dann sehen wir uns einer Vielzahl von Pfaden gegenüber, spinnwebdünn und sich ständig verändernd. In einem Morgen ist Dros Delnoch bereits gefallen, in einem anderen wurde es gerettet, oder es steht kurz davor zu fallen oder gerettet zu werden. Damit haben wir schon vier Pfade. Welcher ist der wahre? Und wenn wir dem Pfad folgen, wie kehren wir ins Heute zurück, das von dort, wo wir sind, eine Vielzahl von Gestern ist? In welches Gestern kehren wir zurück? Serbitar ist weit über das Morgen hinaus gereist. Und Vintar fand ihn, weil wir den Pfad für ihn sichtbar hielten.«

»Du hast den falschen Vergleich gewählt«, meinte Rek. »Es ist nicht so, wie einem Blinden Farben zu erklären. Es ist eher, als versuchte man einem Felsen Bogenschießen beizubringen. Ich habe nicht die leiseste Ahnung, wovon du eigentlich sprichst. Wird Serbitar wieder gesund?«

»Das wissen wir noch nicht. Wenn er es überlebt, werden wir Informationen von großem Wert haben.«

»Was ist mit seinen Augen? Wieso haben sie die Farbe geändert?« fragte Virae.

»Serbitar ist ein Albino – ein echter Albino. Er braucht bestimmte Kräuter, um bei Kräften zu bleiben. Letzte Nacht ist er zu weit gereist und hat sich verirrt. Es war tollkühn. Aber sein Herzschlag ist kräftig, und jetzt ruht er.«

»Dann wird er nicht sterben?« fragte Rek.

»Das können wir noch nicht sagen. Er ist einen Weg gegangen, der seinen Geist gewaltig beansprucht hat. Es kann sein, daß er den SOG erleidet. Das passiert einigen Reisenden. Sie entfernen sich so weit von sich selbst, daß sie dahintreiben wie Rauch. Wenn sein Geist zerbrochen ist, wird er ihn verlassen und in die Nebel zurückkehren.«

»Könnt ihr denn gar nichts tun?«

»Wir haben getan, was wir konnten. Wir können ihn nicht für immer halten.«

»Wann werden wir es wissen?«

»Wenn er erwacht. Falls er erwacht.«

Der Vormittag zog sich in die Länge, und Serbitar lag noch immer reglos da. Die Dreißig boten keine Unterhaltung, und Virae war flußaufwärts gegangen, um zu baden. Gelangweilt und müde nahm Rek die Schreiben aus seinem Beutel. Die dicke, mit rotem Wachs versiegelte Rolle war an Graf Delnar gerichtet. Rek erbrach das Siegel und breitete den Brief aus. In fließender Handschrift war zu lesen:

Mein lieber Freund,

wenn Du dies liest, werden euch, nach unseren Informationen, die Nadir bereits angreifen. Wir haben wiederholt versucht, den Frieden zu sichern, und alles angeboten, was wir haben, außer dem Recht, uns selbst als freies Volk zu regieren. Ulric will nichts davon hören – er will ein Reich für sich, das sich vom Nordmeer bis zum Südmeer erstreckt.

Ich weiß, daß die Dros nicht halten kann, und daher ziehe ich meinen Befehl zurück, bis zum letzten Mann zu kämpfen. Es wird eine Schlacht ohne Gewinn und ohne Hoffnung.

Wundweber ist – unnötig zu sagen – gegen diese Politik, und er hat deutlich gemacht, daß er sich mit seiner Armee als Untergrundkämpfer in die Berge zurückzieht, wenn wir den Nadir erlauben, in die sentrische Ebene zu ziehen.

Du bist ein alter Soldat, und die Entscheidung liegt bei Dir.

Gib mir die Schuld für die Niederlage. Es geschieht mir recht, denn ich habe das Volk der Drenai in diese schlimme Lage gebracht. Denk nicht zu schlecht von mir. Ich habe immer versucht zu tun, was das Beste für mein Volk war.

Aber vielleicht haben mir die Jahre doch mehr zugesetzt, als ich dachte, denn in meinen Verhandlungen mit Ulric hat mich meine Weisheit verlassen.

Der Brief war schlicht mit ›Abalayn‹ unterzeichnet. Darunter befand sich das rote Siegel des drenaischen Drachen.

Rek rollte den Brief wieder zusammen und steckte ihn zurück in seine Satteltasche.

Kapitulation ... eine helfende Hand am Rand des Abgrunds.

Virae kam vom Fluß zurück, mit nassen Haaren und rosigen Wangen.

»Ach, Götter, hat das gutgetan!« sagte sie und setzte sich neben ihn. »Warum das lange Gesicht? Ist Serbitar noch nicht erwacht?«

»Nein. Sag mir, was hätte dein Vater getan, wenn Abalayn ihm befohlen hätte, die Dros auszuliefern?«

»Er würde meinem Vater niemals einen solchen Befehl geben.«

»Aber wenn doch?« drängte Rek.

»Die Frage stellt sich nicht. Warum stellst du immer Fragen, die ohne Bedeutung sind?«

Er legte ihr eine Hand auf die Schulter. »Hör mir zu. Was hätte er getan?«

»Er hätte sich geweigert. Abalayn weiß, daß mein Vater Herrscher von Dros Delnoch ist, der Hohe Hüter des Nordens. Er kann von seinem Kommando entbunden werden, aber man kann ihn nicht dazu zwingen, die Festung aufzugeben.«

»Dann nimm einmal an, Abalayn hätte Delnar die Entscheidung überlassen. Was dann?«

»Er hätte bis zum Letzten gekämpft. Das war nun mal seine Art. Willst du mir jetzt sagen, was das alles soll?«

»Das Schreiben, das Degas mir für deinen Vater gab. Es ist ein Brief von Abalayn, mit dem er seinen Befehl, bis zum letzten Mann zu kämpfen, zurückzieht.«

»Wie kannst du es wagen, den Brief zu öffnen?« tobte Virae. »Er war an meinen Vater gerichtet! Er hätte mir gegeben werden müssen! Wie kannst du nur!« Ihr Gesicht war rot vor Wut, und plötzlich schlug sie nach ihm. Als er den Schlag abwehrte, holte sie erneut aus, und ohne zu überlegen, schlug er sie mit der flachen Hand, so daß sie der Länge nach ins Gras fiel.

Dort lag sie nun; ihre Augen funkelten.

»Ich werde dir sagen, warum ich es wagen konnte«, erwiderte er, mühsam seine Wut unterdrückend. »Weil *ich* der Graf bin. Und wenn Delnar tot ist, war der Brief an *mich* gerichtet. Was bedeutet, daß die Entscheidung zu kämpfen bei mir liegt. Ebenso die Entscheidung, die Tore für die Nadir zu öffnen.«

»Das ist es doch, was du willst, nicht wahr? Einen Ausweg!« Sie stand auf und schnappte sich ihre Lederweste.

»Denk doch, was du willst«, sagte er. »Es ist mir egal. Ich hätte es besser wissen müssen, als mit dir über den Brief zu reden. Ich hatte vergessen, wieviel dir dieser Krieg bedeutet. Du kannst es nicht abwarten zu erleben, wie die Krähen ihr Festmahl halten, nicht wahr? Kannst es nicht abwarten, bis die Toten verfaulen und stinken! Hörst du mich?« schrie er ihr nach, als sie davonging.

»Ärger, mein Freund?« fragte Vintar und setzte sich dem zornigen Rek gegenüber.

»Das geht dich nichts an«, erwiderte der neue Graf hitzig.

»Das bezweifle ich nicht«, sagte Vintar ruhig. »Aber vielleicht kann ich dir helfen. Schließlich kenne ich Virae schon viele Jahre.«

»Tut mir leid, Vintar. Das war unverzeihlich.«

»Ich habe in meinem Leben festgestellt, Rek, daß es nur sehr wenige Dinge gibt, die wirklich unverzeihlich sind. Und bestimmt keine Worte. Ich fürchte, es ist das Los eines Mannes, zuzuschlagen, wenn man ihn verletzt hat. Also, kann ich dir helfen?«

Rek erzählte ihm von dem Brief und Viraes Reaktion.

»Ein haariges Problem, mein Junge. Was willst du nun tun?«

»Ich weiß es noch nicht.«

»Das ist auch gut so. Man sollte in derart wichtigen Dingen keine vorschnellen Entscheidungen treffen. Sei nicht zu hart mit Virae. Sie sitzt jetzt am Fluß und fühlt sich elend. Es tut ihr schrecklich leid, was sie gesagt hat. Sie wartet nur darauf, daß du dich bei ihr entschuldigst, damit sie dir sagen kann, daß alles ihre Schuld war.«

»Ich denke nicht daran, mich zu entschuldigen«, sagte Rek.

»Es wird aber ein ziemlich frostiger Ritt, wenn du es nicht tust«, meinte der Abt.

Ein leises Stöhnen kam von dem schlafenden Serbitar. Sofort liefen Vintar, Menahem, Arbedark und Rek zu ihm. Die Lider des Albinos flatterten; dann schlug er die Augen auf . . . sie zeigten wieder das Grün von Rosenblättern.

»Danke, Vater Abt«, wisperte er. Vintar strich ihm liebevoll übers Gesicht.

»Geht es dir wieder gut?« fragte Rek.

Serbitar lächelte. »Es geht mir gut. Ich bin noch schwach, aber es geht mir gut.«

»Was ist passiert?« fragte Rek.

»Nosta Khan. Ich habe versucht, mir den Zugang zur Festung zu erzwingen, und bin in die äußeren Nebel geschleudert worden. Ich war verloren . . . zerbrochen. Ich sah Zukünfte, die furchtbar waren, und Chaos, das über alle Vorstellungskraft hinausgeht. Ich floh.« Er senkte den Blick. »Ich bin in Panik geflohen. Ich weiß nicht, wohin oder in welche Zeit.«

»Sprich nicht weiter, Serbitar«, sagte Vintar. »Ruh dich aus.«

»Ich kann nicht ruhen«, widersprach der Albino und versuchte mühsam, sich aufzurichten. »Hilf mir, Rek.«

»Vielleicht solltest du ruhen, wie Vintar sagt«, meinte Rek.

»Nein. Hört mir zu. Ich war in Delnoch, und ich habe dort den Tod gesehen. Einen fürchterlichen Tod!«

»Sind die Nadir bereits da?« fragte Rek.

»Nein. Sei jetzt still. Ich konnte den Mann nicht deutlich erkennen, aber ich sah, daß der Musif-Brunnen hinter Mauer Zwei vergiftet wurde. Jeder, der von diesem Brunnen trinkt, wird sterben.«

»Aber wir müßten dort sein, bevor Mauer Eins fällt«, sagte Rek. »Und vorher brauchen sie den Musif-Brunnen bestimmt nicht.«

»Das ist nicht der Punkt. Eldibar, oder Mauer Eins, wie ihr sie nennt, ist nicht zu verteidigen. Sie ist zu breit. Jeder fähige Kommandant wird sie aufgeben. Verstehst du nicht? Deswegen hat der Verräter den anderen Brunnen vergiftet. Druss muß seine erste Schlacht *dort* schlagen, und die Männer werden bei Morgengrauen *dort* ihre Mahlzeit erhalten. Gegen Mittag werden die ersten sterben, und am Abend haben wir eine Armee von Toten.«

»Wir müssen aufbrechen!« rief Rek. »Sofort. Setzt ihn auf ein Pferd!«

Rek lief los, um Virae zu suchen, während die Dreißig ihre Pferde sattelten. Vintar und Arbedark halfen Sebitar auf.

»Das war noch nicht alles, nicht wahr?« fragte Vintar.

»Ja, aber manche Tragödien bleiben besser unausgesprochen.«

Drei Tage lang ritten sie im Schatten der Delnoch-Berge durch tiefe Täler und bewaldete Hügel. Sie ritten schnell, aber wachsam. Menahem ritt als Späher voraus und pulsierte Serbitar seine Beobachtungen zu. Virae hatte seit dem Streit kaum etwas gesagt und ging Rek aus dem Weg. Er wiederum gab keinen Zoll nach und machte keinen Versuch, das Schweigen zu brechen, obwohl es ihn sehr schmerzte.

Am Morgen des vierten Tages, als sie einen kleinen Hügel über dichten Wäldern erklommen, hob Serbitar die Hand, um den Trupp zum Stehen zu bringen.

»Was ist los?« fragte Rek.

»Ich habe den Kontakt zu Menahem verloren.«

»Ärger?«

»Ich weiß nicht. Vielleicht ist er vom Pferd geworfen worden.«

»Dann wollen wir es herausfinden«, sagte Rek und gab seiner Stute die Sporen.

»Nein!« rief Serbitar, doch Rek war schon hügelabwärts unterwegs und wurde immer schneller. Er zerrte an den Zügeln und lehnte sich zurück, um das Pferd zum Stehen zu bringen. Dann sah er sich um. Zwischen den Bäumen konnte er Menahems Grauen erkennen, der mit gesenktem Kopf dastand. Dahinter lag der Krieger mit dem Gesicht im Gras. Rek galoppierte hin, doch als er zwischen die ersten Bäume gelangte, nahm er den Hauch einer Bewegung wahr. Er warf sich aus dem Sattel, als ein Mann aus dem Geäst sprang. Rek landete auf der Seite, rollte sich herum, kam auf die Füße und zog sein Schwert. Zu dem Angreifer gesellten sich zwei weitere. Alle trugen die fließenden weißen Gewänder der Sathuli.

Rek zog sich zu dem gefallenen Menahem zurück und blickte auf ihn hinab. Der Kopf des Kriegers blutete an der Schläfe. Wurfschlinge, dachte Rek, konnte aber nicht feststellen, ob der Priester noch lebte. Weitere Sathuli krochen aus dem Unterholz, in den Händen breite Krummsäbel und Langmesser.

Langsam rückten sie vor, ein breites Grinsen auf den dunklen, bärtigen Zügen. Rek grinste zurück.

»Ein schöner Tag zum Sterben«, sagte er. »Warum kommt ihr nicht her?«

Er faßte das Schwert mit der Rechten etwas höher, so daß er noch Platz für die Linke hatte. Dies war nicht der Moment für irgendwelche Spielereien. Es würde mit harten Bandagen gekämpft, beidhändig. Wieder spürte er das seltsame Gefühl, das die Berserkerwut ankündigte: als ob er sich von sich selbst entfernen würde. Diesmal hieß Rek dieses Gefühl willkommen.

Mit einem durchdringenden Schrei griff er die Gegner an, durchschlug dem ersten, dem der Mund vor Überraschung noch offenstand, die Kehle. Dann war er mitten unter ihnen; seine Klinge ein zuckender Bogen aus weißem Licht und rotem Tod. Für einen Augenblick waren die Sathuli wie betäubt von seinem Angriff und wichen zurück; dann aber rückten sie wieder vor und stießen ihre eigenen Schlachtrufe aus. Aus dem Unterholz hinter ihnen stürmten noch mehr Stammeskrieger, als Hufgedonner zu hören war.

Rek merkte nichts von der Ankunft der Dreißig. Er parierte einen Hieb und zog seine Waffe seinem Angreifer beidhändig übers Gesicht, trat über den Leichnam hinweg und widmete sich dem nächsten.

Serbitar kämpfte vergebens darum, einen Verteidigungsring zu errichten, der Rek einschloß. Seine schmale Klinge zuckte, zischte und tötete mit chirurgischer Präzision. Selbst Vintar, der älteste und am wenigsten geschickte Schwertkämpfer, hatte kaum Mühe, die Sathuli-Krieger zu erschlagen. Da sie Wilde waren, hatten sie nie Verteidigungsstrategien gelernt. Sie verließen sich auf ihre Wildheit, Furchtlosigkeit und ihre Überzahl, um einen Feind zu überwältigen. Und diese Taktik würde auch hier wieder siegen, das wußte Vintar, denn die Gegner waren ihnen etwa vier zu eins an Zahl überlegen, und für die Dreißig gab es keine Rückzugsmöglichkeit.

Stahl klirrte auf Stahl, und die Schreie der Verwundeten hallten auf der kleinen Lichtung wider. Virae, die eine Schnittwunde am Arm davongetragen hatte, schlitzte einem Mann den Bauch auf und duckte sich dann unter einem Säbelhieb, als ein weiterer Angreifer heranstürmte. Der große Antaheim sprang vor, um einen zweiten Hieb abzuwehren. Arbedark bewegte sich wie ein Tänzer durch die Schlacht. In jeder Hand ein Kurzschwert, choreographierte er Tod und Zerstörung wie ein silberner Geist aus alten Legenden.

Reks Zorn wuchs. Sollte alles nur dafür gewesen sein? Daß er Virae getroffen hatte? Daß er gelernt hatte, mit seinen Ängsten umzugehen? Daß er den Umhang des Grafen angenommen hatte? Alles nur, damit er in einem namenlosen Wald bei einem Säbelgefecht mit einem Stamm von Wilden getötet würde? Er hämmerte seine Klinge durch die ungeschickte Verteidigung des nächsten Sathli; dann trat er den fallenden Körper einem neuen Angreifer vor die Füße.

»Genug!« brüllte er plötzlich mit Donnerstimme. »Steckt eure Schwerter ein, ihr alle!« Die Dreißig gehorchten unverzüglich, traten zurück und bildeten einen Ring aus Stahl um den gefallenen Menahem, so daß Rek allein stehenblieb. Die Sathuli ließen langsam ihre Schwerter sinken und sahen einander nervös an.

Sie wußten, daß alle Schlachten nach demselben Muster verliefen: kämpfen und gewinnen, kämpfen und sterben oder kämpfen und fliehen. Es gab keinen anderen Weg. Doch die Worte des hochgewachsenen Mannes waren machtvoll gewesen; seine Stimme hielt sie im Augenblick gebannt.

»Laßt euren Anführer vortreten«, befahl Rek, stieß sein Schwert zu seinen Füßen in den Boden und verschränkte die Arme, obwohl die Klingen der Sathuli noch immer auf ihn gerichtet waren.

Die Männer traten beiseite, als ein großer, breitschultriger Mann, ganz in Blau und Weiß gekleidet, nach vorn kam. Er war ebenso groß wie Rek, allerdings hakennasig und dunkel. Ein dreispitziger Bart verlieh ihm ein sardonisches Aussehen, und eine Säbelnarbe, die von der Augenbraue zum Kinn verlief, verstärkte noch diesen Eindruck.

»Ich bin Regnak, Graf von Dros Delnoch«, stellte Rek sich vor.

»Ich bin Sathuli – Joacim Sathuli – und ich werde dich töten«, erwiderte der Mann grimmig.

»Angelegenheiten wie diese sollten von Männern wie dir und mir geregelt werden«, sagte Rek. »Sieh dich um – überall liegen tote Sathulis. Wie viele von meinen Männern sind darunter?«

»Sie werden sich bald dazugesellen«, erklärte Joacim.

»Warum regeln wir das nicht wie Herrscher?« fragte Rek. »Nur du und ich.«

Die vernarbte Augenbraue des Mannes hob sich. »Das würde deine Chancen auch nicht verbessern. Du hast nichts zum Verhandeln anzubieten. Warum sollte ich dir deinen Wunsch gewähren?«

»Weil es Sathuli-Leben retten wird. Oh, ich weiß, sie geben freudig ihr Leben, aber wofür? Wir haben keine Vorräte bei uns, kein Gold. Wir haben nur die Pferde, und die Delnoch-Berge sind voll davon. Hier geht es um Stolz, nicht um Beute. Es ist an dir und mir, solche Dinge zu entscheiden.«

»Wie alle Drenai redest du, statt zu kämpfen«, sagte der Sathuli und wandte sich ab.

»Hat die Angst deine Gedärme in Wasser verwandelt?« fragte Rek sanft.

Der Mann drehte sich um und lächelte. »Aha, jetzt versuchst du, mich zu ärgern. Sehr schön! Wir werden kämpfen. Werden deine Männer ihre Schwerter ablegen, wenn du stirbst?«

»Ja.«

»Und wenn ich sterbe, erlauben wir euch weiterzuziehen?«

»Ja.«

»So sei es. Ich schwöre es bei der Seele von Mehmet, gelobt sei Sein Name.«

Joacim zog einen schlanken Krummsäbel, und die Sathuli um Rek zogen sich etwas zurück und bildeten einen Kreis um die beiden Männer. Rek zog sein Schwert aus der Erde, und der Kampf begann.

Der Sathuli war ein fähiger Schwertkämpfer, und Rek wurde zurückgedrängt, sobald der Kampf begonnen hatte. Serbitar, Virae und die anderen sahen ruhig zu, wie wieder und wieder Klinge auf Klinge traf. Parade und Angriff, Hieb und Parade, schlagen und taxieren. Zuerst verteidigte Rek sich vehement, begann dann aber allmählich, seinerseits anzugreifen. Der Kampf ging weiter, beide Männer schwitzten heftig. Es war für alle offensichtlich, daß die beiden sich in Fertigkeit und Geschick in nichts nachstanden und sich an Kraft und Reichweite ebenbürtig waren. Reks Klinge ritzte die Haut über Joacims Schulter auf. Der Krummsäbel schoß vor und verwundete Rek am Handrücken. Beide umkreisten sich wachsam, schwer atmend.

Joacim griff an. Rek parierte und konterte. Joacim sprang zurück, und beide umkreisten sich erneut. Arbedark, der beste Schwertkämpfer Der Dreißig, staunte über ihre Technik. Er hätte es zwar mit beiden aufnehmen können, aber seine Fertigkeiten waren durch eine geistige Macht geschärft, die diese beiden Kämpfer bewußt nie begreifen würden. Und doch verwendeten beide unbewußt dieselben Techniken. Es war ebensosehr ein Kampf des Geistes wie der Schwerter – und auch auf diesem Gebiet waren sie sich ebenbürtig.

Serbitar pulsierte eine Frage an Arbedark: »Ich bin zu nahe dran, um ein Urteil zu fällen. Wer wird gewinnen?«

»Ich weiß es nicht«, antwortete Arbedark. »Es ist faszinierend.«

Beide Männer wurden jetzt rasch müde. Rek hatte sein Langschwert mit beiden Händen gepackt. Sein rechter Arm konnte das volle Gewicht der Klinge nicht mehr allein bewältigen. Er holte zu einem Hieb aus, den Joacim verzweifelt parierte; dann traf sein Schwert den Säbel zwei Fingerbreit über dem Heft – und die gekrümmte Klinge zerbrach. Rek trat vor und setzte Joacim die Spitze seines Schwerts an die Kehle. Der dunkle Sathuli rührte sich nicht, starrte Rek nur trotzig an. Seine braunen Augen hielten dem Blick des Gegners stand.

»Und was ist dein Leben nun wert, Joacim Sathuli?«

»Ein zerbrochenes Schwert«, antwortete Joacim.

Rek streckte die Hand aus und nahm das nutzlose Heft entgegen.

»Was soll das bedeuten?« fragte der verblüffte Anführer der Sathuli.

»Ganz einfach«, antwortete Rek. »Wir alle hier sind praktisch tot. Wir reiten nach Dros Delnoch, um uns einer Armee zu stellen, wie die Welt sie noch nie gesehen hat. Wir werden den Sommer nicht überleben. Du bist ein Krieger, Joacim – und ein würdiger dazu. Dein Leben ist mehr wert als eine zerbrochene Klinge. Wir haben durch diesen Kampf nichts bewiesen, außer daß wir Männer sind. Ich habe nichts weiter zu erwarten als Krieg und Feinde.

Da wir uns in diesem Leben nicht mehr begegnen werden, würde ich gern glauben, daß ich wenigstens ein paar Freunde zurücklasse. Willst du meine Hand nehmen?« Rek schob sein Schwert in die Scheide und reichte ihm die Hand.

Der große Sathuli lächelte. »In unserer Begegnung liegt etwas Seltsames«, sagte er, »denn als mein Schwert zerbrach, in dem Moment, als ich dem Tod ins Auge sah, fragte ich mich, was ich getan hätte, wenn dein Schwert zerbrochen wäre. Sag mir, warum reitest du in den Tod?«

»Weil ich muß«, antwortete Rek schlicht.

»Sei es denn. Du bittest um Freundschaft, und ich gewähre sie dir, obwohl ich Schwüre geleistet habe, daß sich kein Drenai je auf Sathuli-Land sicher fühlen würde. Ich gewähre dir diese Freundschaft, weil du ein Krieger bist und weil du sterben wirst.«

»Sag mir, Joacim, von Freund zu Freund, was hättest du getan, wenn *meine* Klinge zerbrochen wäre?«

»Ich hätte dich getötet«, antwortete der Sathuli.

17

Der erste Frühjahrssturm brach über den Delnoch-Bergen los, als Gilad den Wachposten auf Mauer Eins ablöste. Donner grollte zornig, während zackige Blitze den Nachthimmel zerrissen und die Festung für einen Augenblick hell erleuchteten. Ein wütender Wind pfiff und fauchte über die Mauern.

Gilad kauerte sich unter den Vorsprung unter dem Torturm und rückte das kleine Kohlebecken in den Windschatten der Mauer. Sein Umhang war bereits durchweicht, und Wasser rann ihm aus dem nassen Haar auf die Schultern und sickerte von dort unter die Brustplatte, wo es das Leder seines Panzerhemdes durchdrang. Doch die Mauer strahlte die Hitze der glühenden Kohlen zurück, und Gilad hatte schon schlimmere Nächte auf der sentrischen Ebene verbracht, wo er zugewehte Schafe in winterlichen Schneestürmen freigeschaufelt hatte. In regelmäßigen Abständen stand er auf und spähte über die Mauer nach Norden, auf einen Blitz wartend, der die Ebene erhellte. Nichts rührte sich dort.

Ein Stück weiter entlang der Mauer explodierte ein Kohlebecken, als der Blitz einschlug, und ein Schauer von glühenden Kohlen regnete auf ihn herab. Was für ein Ort, um eine Rüstung zu tragen, dachte er. Er schauderte und drückte sich enger an die Mauer. Langsam zog das Gewitter weiter und jagte, von einem wütenden Wind aus Norden getrieben, über die sentrische Ebene. Der Regen hielt noch eine Weile an, klatschte gegen die grauen Steine der Wehranlagen und rann die Mauern des Turms hinab, zischend und spritzend, wenn einzelne Tropfen auf den Kohlen verdampften. Gilad öffnete sein kleines Verpflegungspäckchen und holte einen Streifen Trockenfleisch heraus. Er riß ein Stück ab und begann zu kauen. Noch drei Stunden – und dann drei Stunden in einer warmen Koje.

Er hörte, wie sich etwas in der Dunkelheit hinter der Brustwehr bewegte. Gilad fuhr herum und tastete nach seinem Schwert. Phantom-Ängste aus seiner Kindheit überfluteten seine Gedanken. Eine große Gestalt trat in den Lichtkreis des Kohlebeckens.

»Ganz ruhig, mein Freund. Ich bin's nur«, sagte Druss und setzte sich ihm gegenüber. Er hielt seine großen Hände über die Flammen. »Feuer, was?«

Sein weißer Bart war triefnaß, und seine schwarze Lederweste glänzte, als wäre sie vom Sturm poliert worden. Der Regen hatte bis auf ein Nieseln nachgelassen, und der Wind heulte nicht mehr so geisterhaft. Druss summte für ein paar Augenblicke ein altes Kriegslied vor sich hin, während er sich vom Feuer wärmen ließ. Gilad, angespannt und erwartungsvoll, wartete auf die sarkastischen Bemerkungen, die jetzt kommen mußten. »Wir frieren, nicht wahr? Brauchen ein kleines Feuer, um die Phantome fernzuhalten, was?« Warum muß es ausgerechnet meine Wache sein, du alter Bastard? dachte er. Nach einer Weile wurde das Schweigen drückend, und Gilad ertrug es nicht länger.

»Eine kalte Nacht zum Spazierengehen, Hauptmann«, sagte er und verwünschte sich im gleichen Moment für den respektvollen Tonfall.

»Ich habe schon Schlimmeres erlebt. Und ich mag die Kälte. Sie ist wie der Schmerz – sie sagt dir, daß du am Leben bist.«

Das Feuer warf tiefe Schatten in dem wettergegerbten Gesicht des alten Kriegers, und zum erstenmal sah Gilad die Müdigkeit, die sich dort eingegraben hatte. Hinter der legendären Rüstung und den Augen aus feurigem Eis war er einfach nur ein alter Mann. Hart und stark wie ein Bulle vielleicht, aber alt. Verschlissen von der Zeit, einem Feind, der niemals müde wurde.

»Du wirst es vielleicht nicht glauben«, sagte Druss, »aber das ist die schlimmste Zeit für einen Soldaten – das Warten vor der Schlacht. Ich habe das alles schon erlebt. Hast du jemals eine Schlacht mitgemacht, Freund?«

»Nein, niemals.«

»Es ist nie so schlimm, wie man befürchtet – sobald man erkannt hat, daß Sterben nichts Besonderes ist.«

»Warum sagst du das? Für mich ist es etwas Besonderes. Ich habe eine Frau und einen Hof, die ich wiedersehen möchte. Ich habe noch ein langes Leben vor mir«, erwiderte Gilad.

»Natürlich hast du das. Aber du könntest diese Schlacht überleben und dann die Pest kriegen oder von einem Löwen zerrissen werden oder Krebs bekommen. Letztendlich wirst du ohnehin sterben. Jedermann stirbt. Ich sage nicht, du sollst aufgeben und den Tod mit ausgebreiteten Armen willkommen heißen. Du mußt immer gegen ihn kämpfen. Ein alter Soldat – ein guter Freund von mir – hat mir, als ich noch jung war, einmal etwas gesagt. Daß der, der Angst hat zu verlieren, niemals gewinnen wird. Und das stimmt. Du weißt, was ein Berserker ist, mein Junge?«

»Ein starker Krieger«, antwortete Gilad.

»Oh, ja. Aber er ist mehr als das. Er ist eine Tötungsmaschine, die man nicht aufhalten kann. Weißt du warum?«

»Weil er verrückt ist?«

»Ja, das spielt auch eine Rolle. Aber noch mehr. Er verteidigt sich nicht, denn während er kämpft, ist ihm alles egal. Er greift einfach an, und geringere Männer – denen es nicht egal ist – sterben.«

»Was meinst du mit ›geringer‹? Ein Mann muß doch kein Mörder sein, um groß zu sein.«

»Das habe ich nicht gemeint ... Aber ich denke, das hätte es auch sein können. Wenn ich mich als Bauer versuchte – als dein Nachbar –, würden die Leute sagen, ich wäre nicht so gut wie du. Sie würden auf mich herabsehen als einen schlechten Bauern. Auf diesen Wehrgängen werden die Männer danach beurteilt, wie lange sie am Leben bleiben. Geringere Männer, oder schlechtere Soldaten, wenn du willst, werden sich entweder ändern oder fallen.«

»Warum bist du hergekommen, Druss?« fragte Gilad, der nur erfahren wollte, warum der Axtkämpfer sich entschlossen hatte, während seiner Wache zu ihm zu kommen. Aber der Krieger mißverstand ihn.

»Ich kam her, um zu sterben«, sagte er leise, wärmte sich die Hände und starrte in die Wolken. »Um einen Platz auf den Brustwehren zu finden, wo ich meinen Mann stehen kann, und dann zu sterben. Ich hatte nicht erwartet, daß ich die ganze verdammte Verteidigung übernehmen muß. Die Pest darauf! Ich bin Soldat, kein General.«

Als Druss weiterredete, merkte Gilad, daß der Axtkämpfer überhaupt nicht mit ihm sprach, nicht mit Cul Gilad, dem einstigen Bauern. Er schwatzte einfach von Soldat zu Soldat an einem Feuer in irgendeiner Festung. Im Mikrokosmos war diese Szene Druss' Leben, das Warten vor dem Krieg.

»Ich habe ihr immer versprochen, daß ich damit aufhören und mich um den Hof kümmern würde, aber irgendwo war immer eine Schlacht für irgendwen zu schlagen. Jahrelang dachte ich, daß ich für etwas stand – Unabhängigkeit, Freiheit, was weiß ich. Die

Wahrheit war immer sehr viel einfacher. Ich kämpfe gern. Sie wußte es, aber sie war so anständig, es sich nie anmerken zu lassen. Kannst du dir vorstellen, was es heißt, eine Legende zu sein – DIE verdammte Legende? Kannst du das, mein Junge?«

»Nein, aber es muß dich sehr stolz machen«, antwortete Gilad unsicher.

»Es macht mich müde. Es zehrt an deinen Kräften, wenn es sie stärken sollte. Weil du es dir nicht leisten kannst, müde zu sein. Du bist Druss die Legende, und du bist unverwundbar, unbesiegbar. Du lachst nur über Schmerzen. Du kannst ununterbrochen marschieren. Mit einem Schlag bringst du Berge zum Wanken. Sehe ich aus, als könnte ich Berge zum Wanken bringen?«

»Ja«, erklärte Gilad.

»Oh! Ich kann es aber nicht. Ich bin ein alter Mann mit einem schwachen Knie und einem arthritischen Rücken. Meine Augen sind nicht mehr so gut, wie sie mal waren. Als ich noch jung und stark war, heilten meine Wunden schnell. Ich wurde nie müde. Ich konnte den ganzen Tag kämpfen. Als ich älter wurde, lernte ich, so zu tun als ob, und mir eine Verschnaufpause zu verschaffen, wo immer ich konnte. Meine Kampferfahrung zu nutzen, wo ich vorher meine Kraft eingesetzt hatte. In meinen Fünfzigern war ich vorsichtig. Zu der Zeit ließ die Legende allein schon Männer erzittern. Seitdem habe ich dreimal gegen Männer gekämpft, die mich hätten besiegen können. Aber sie haben sich selbst besiegt, weil sie wußten, wer ich war, und Angst hatten.

Glaubst du, daß ich ein guter Führer bin?«

»Ich weiß nicht. Ich bin Bauer, kein Soldat«, antwortete Gilad.

»Weich mir nicht aus, Junge. Ich habe dich nach deiner Meinung gefragt.«

»Wahrscheinlich bist du kein guter Anführer. Aber du *bist* ein großer Krieger. Ich nehme an, in früheren Zeiten wärst du so etwas wie ein Kriegerhäuptling gewesen. Ich kann es nicht sagen. Mit deinen Übungen hast du Wunder bewirkt. Du hast dafür gesorgt, daß ein neuer Geist durch die Dros weht.«

»Zu meiner Zeit hat es immer Anführer gegeben«, sagte Druss. »Starke Männer mit flinkem Geist. Ich habe versucht, mich an all ihre Lektionen zu erinnern. Aber das ist schwer, mein Junge. Verstehst du? Es ist schwer. Ich hatte nie Angst vor Gegnern, denen ich mich mit einer Axt oder mit bloßen Händen stellen konnte, falls es nötig war. Aber die Feinde hier in der Festung sind von ganz anderer Art. Moral, Vorbereitungen, Feuergräben, Vorräte, Zusammenarbeit, Organisation. Das zehrt.«

»Wir werden dich nicht enttäuschen«, sagte Gilad, dessen Herz dem alten Mann entgegenflog. »Wir werden an deiner Seite stehen. Du hast uns sehr viel gegeben, auch wenn ich dich die meiste Zeit gehaßt habe.«

»Aus Haß wächst Stärke, mein Freund. Natürlich werdet ihr durchhalten. Ihr seid Männer. Hast du von Dun Mendar gehört?«

»Ja, tragisch. Es war gut, daß er da war, um dir zu helfen«, antwortete Gilad.

»Er war da, um mich zu töten, mein Junge. Und er hätte es fast geschafft.«

»Was?« rief Gilad schockiert.

»Du hast ganz richtig gehört. Und ich erwarte, daß du das für dich behältst. Er stand im Dienste der Nadir und war der Anführer der Attentäter.«

»Aber ... das heißt ja, du warst allein gegen sie alle«, sagte Gilad. »Sie waren zu fünft, und du hast überlebt?«

»Ja, aber ich wußte, daß sie nur ein zusammengewürfelter, schlecht ausgebildeter Haufen waren. Weißt du, warum ich dir das erzähle ... von Mendar?«

»Weil du darüber reden möchtest?«

»Nein. Ich bin noch nie ein großer Redner gewesen, und ich habe nur selten das Bedürfnis, meine Ängste mit jemandem zu teilen. Nein, ich wollte dich merken lassen, daß ich dir vertraue. Ich möchte, daß du Mendars Stelle übernimmst. Ich befördere dich zum Dun.«

»Das will ich nicht«, entgegnete Gilad hitzig.

»Glaubst du, ich hätte diese Verantwortung gewollt? Warum, meinst du wohl, habe ich die ganze Zeit hier verbracht? Ich versuche, dir verständlich zu machen, daß wir oft – sogar meistens – gezwungen sind, etwas zu tun, vor dem wir Angst haben. Du wirst die Stelle morgen antreten.«

»Warum ich?«

»Weil ich dich beobachtet habe und glaube, du hast Talent zum Anführer. Du hast mich beeindruckt, wie du deine zehn Mann angeführt hast. Und du hast Orrin bei diesem Wettrennen geholfen. Das war Stolz. Ich brauche dich und andere deiner Art.«

»Ich habe keine Erfahrung«, wandte Gilad ein, wohl wissend, wie lahm das klang.

»Die wird schon kommen. Denk daran: Dein Freund Bregan ist kein Soldat, und einige deiner Männer werden beim ersten Angriff sterben. Ein guter Offizier kann einige von ihnen retten.«

»Na schön. Aber ich kann es mir nicht leisten, im Offizierskasino zu essen oder die Rechnung eines Waffenschmiedes zu bezahlen. Ihr werdet mir die Uniform zur Verfügung stellen müssen.«

»Mendars Sachen müßten dir passen, und du wirst sie ehrenvoller tragen.«

»Danke. Du hast eben gesagt, du wärst hergekommen, um zu sterben. Heißt das, daß wir nicht gewinnen können?«

»Nein, das heißt es nicht. Vergiß, was ich gesagt habe.«

»Verdammt, Druss, behandle mich nicht so von oben herab! Du hast gerade von Vertrauen gesprochen. Nun, ich bin jetzt Offizier, und ich habe dir eine direkte Frage gestellt. Ich werde es nicht weitersagen. Also, vertrau mir.«

Druss lächelte und blickte dem zornigen jungen Wachposten in die Augen.

»Sehr schön. Langfristig haben wir keine Chance. Jeder Tag bringt uns einem Sieg der Nadir näher. Aber wir werden sie teuer bezahlen lassen. Das kannst du mir glauben, mein Junge, denn das sagt die Legende.«

»Laß die Legende aus dem Spiel«, sagte Gilad und erwiderte das Lächeln des anderen. »Das ist der Mann, der fünf Attentäter in einer finsteren Gasse überwältigt hat.«

»Überschätze mich deswegen nicht, Gilad. Alle Männer haben irgendwelche Begabungen. Manche bauen, einige malen oder schreiben, einige kämpfen. Für mich ist das anders. Ich hatte schon immer eine Begabung, mit dem Tod umzugehen.«

Das Mädchen ging die Brustwehr entlang, ohne die Bemerkungen der Soldaten zu beachten. Ihr kastanienbraunes Haar schimmerte in der Morgensonne; die langen, schlanken, gebräunten Beine waren Ziel vieler freundlicher, wenn auch anzüglicher Kommentare der Soldaten. Sie lächelte einmal, als sie einen Mann im Vorübergehen murmeln hörte: »Ich glaube, ich bin verliebt.« Sie warf ihm einen Kuß zu und winkte.

Bowman lächelte und schüttelte leicht den Kopf. Er wußte, daß Caessa ihren Auftritt genoß. Wer wollte es ihr bei der Figur auch verübeln? So groß wie die meisten Männer, gertenschlank und anmutig, war jede ihrer Bewegung das Versprechen höchsten Vergnügens für jeden Mann, der sie ansah. Körperlich, dachte Bowman, ist sie die vollkommene Frau. Die Frau schlechthin.

Er beobachtete, wie sie eine Sehne auf ihren Langbogen legte. Jorak sah Bowman fragend an, doch er schüttelte den Kopf. Die andern Bogenschützen mußten zurückstehen. Dies war Caessas Moment, und nach einem solchen Auftritt hatte sie ein wenig Beifall verdient.

Hundert Schritt von der Mauer entfernt hatte man Strohpuppen aufgestellt. Die Köpfe waren gelb angemalt, die Körper rot. Es war eine normale Entfernung für einen guten Bogenschützen, aber von einer Brustwehr herunterzuschießen, machte die Sache um einiges schwieriger.

Caessa griff über die Schulter zu ihrem rehledernen Köcher und zog einen schwarzgefiederten Pfeil heraus. Sie prüfte, ob er gerade war, dann legte sie ihn auf die Sehne.

»Kopf«, sagte sie.

Mit einer fließenden Bewegung zog sie die Sehne zurück, bis sie ihre Wange berührte, und ließ den Pfeil los. Er schoß durch die Morgenluft und traf kraftvoll den Hals der nächststehenden Puppe. Die zuschauenden Männer brachen in begeisterten Beifall aus, und Caessa warf Bowman einen Blick zu. Er hob eine Braue.

Noch fünf weitere Pfeile landeten in der Strohpuppe, ehe Bowman als Signal für die anderen Bogenschützen die Hand hob. Dann rief er Caessa zu sich und verließ die Brustwehr.

»Du hast dir Zeit gelassen, um herzukommen, Mädchen«, sagte er lächelnd.

Sie hakte sich bei ihm ein und hauchte ihm einen Kuß zu. Wie immer fühlte er Erregung in sich aufsteigen. Wie immer unterdrückte er sie.

»Hast du mich vermißt?« Ihre Stimme war tief und kehlig, voller sexueller Lockungen, wie ihr Körper eine Vision war.

»Ich vermisse dich immer«, sagte er. »Du hebst meine Laune.«

»Nur deine Laune?«

»Nur meine Laune.«

»Du lügst. Das sehe ich in deinen Augen«, sagte sie.

»Du siehst nichts, von dem ich nicht will, daß du es siehst – oder sonst irgend jemand. Du bist sicher bei mir, Caessa. Habe ich dir das nicht schon oft gesagt? Aber gestatte mir eine Bemerkung. für eine Frau, die nicht die Gesellschaft von Männern sucht, war das ein sehr spektakulärer Auftritt. Wo ist deine Hose?«

»Es ist so heiß. Die Tunika verhüllt genug«, sagte sie, geistesabwesend an deren Saum zupfend.

»Ich frage mich, ob du wirklich weißt, was du willst«, sagte er.

»Ich will in Ruhe gelassen werden.«

»Warum suchst du dann meine Freundschaft?«

»Du weißt, was ich meine.«

»Ja, *ich* schon«, meinte er, »aber ich bin nicht sicher, ob du es weißt.«

»Du bist so ernst heute, o Herr des Waldes. Ich kann mir nicht vorstellen, weshalb. Wir werden bezahlt. Wir haben unsere Straferlasse, und die Unterkunft ist entschieden besser als Skultik.«

»Wo hat man dich untergebracht?« fragte er.

»Der junge Offizier ... Pinar? ... bestand darauf, daß ich ein Zimmer im Hauptgebäude bekam. Er wollte nichts davon hören, daß ich mit anderen Männern zusammenwohne. Er war wirklich rührend. Er hat mir sogar die Hand geküßt.«

»Er ist in Ordnung«, sagte Bowman. »Laß uns etwas trinken gehen.« Er führte sie ins Eldibar-Kasino in den hinten gelegenen Teil für die Offiziere und bestellte eine Flasche Weißwein. Sie setzten sich an ein Fenster, und er trank eine Weile schweigend, während er die Männer bei den Übungen beobachtete.

»Warum hast du dich auf diese Sache hier eingelassen?« fragte sie ihn plötzlich. »Und erzähl mir nicht diesen Quatsch von den Straferlassen. Du scherst dich keinen Deut darum, und um das Geld auch nicht.«

»Versuchst du immer noch, aus mir schlau zu werden? Das kannst du nicht«, sagte er und nippte an seinem Wein. Dann drehte er sich um und bestellte Brot und Käse. Sie warteten, bis der kellnernde Soldat sich wieder entfernt hatte.

»Komm schon, sag es mir!«

»Manchmal, meine Liebe, gibt es, wie du feststellen wirst, wenn du etwas älter bist, keine einfache Erklärung für die Handlungen eines Mannes. Impulse. Eine Tat aus dem Augenblick heraus. Wer weiß, weshalb ich mich einverstanden erklärte, herzukommen? Ich bestimmt nicht.«

»Du lügst schon wieder. Du willst es mir nicht sagen. Ist es dieser alte Mann, Druss?«

»Warum interessiert dich das so? Warum bist du eigentlich hier?«

»Warum nicht? Es könnte ganz aufregend werden, und ist nicht allzu gefährlich. Wir gehen doch, wenn die dritte Mauer fällt, nicht wahr?«

»Natürlich. So ist es vereinbart«, antwortete er.

»Du traust mir nicht, was?« fragte sie lächelnd.

»Ich traue niemandem. Weißt du, manchmal benimmst du dich wie alle anderen Frauen, die ich kenne.«

»Ist das ein Kompliment, Herr des grünen Waldes?«

»Ich glaube nicht.«

»Was soll es dann bedeuten? Ich bin schließlich eine Frau. Wie erwartest du, daß ich mich verhalte?«

»Da ist es schon wieder. Laß uns noch mal auf das Vertrauen zurückkommen. Warum hast du gefragt?«

»Du willst mir nicht sagen, weshalb du hergekommen bist, und dann lügst du, was unsere Abreise betrifft. Hältst du mich für einen Vollidioten? Du hast nicht die Absicht, diesen zum Untergang verdammten Steinhaufen zu verlassen. Du wirst bis zum Ende bleiben.«

»Und wie bist du zu dieser bemerkenswerten Einsicht gekommen?« fragte er.

»Es steht dir im Gesicht geschrieben. Aber mach dir keine Sorgen, ich werde Jorak oder den anderen nichts davon erzählen. Aber verlaß dich nicht darauf, daß ich bleibe. Ich habe nicht die Absicht, hier zu sterben.«

»Caessa, meine kleine Taube, das zeigt mir, wie wenig du mich kennst. Jedenfalls, was es auch wert sein mag ...«

Er unterbrach seine Erklärung, als die große Gestalt Hoguns im Türrahmen auftauchte und der Gan zwischen den Tischen hindurchging und zu ihnen kam. Caessa sah den Legionsgeneral zum erstenmal und war beeindruckt. Er bewegte sich mit Anmut, eine Hand am Schwert. Seine Augen waren klar, das Kinn fest und seine Züge angenehm – er sah beinahe gut aus. Sie konnte ihn auf Anhieb nicht leiden. Ihre Meinung wurde noch bestärkt, als er einen Stuhl heranzog, ihn umdrehte und sich Bowman gegenüber setzte, ohne sie im geringsten zu beachten.

»Bowman, wir müssen miteinander reden«, sagte er.

»Dann leg los. Aber laß mich dir zuerst Caessa vorstellen. Caessa, meine Liebe, das ist Gan Hogun von der Legion.« Hogun nickte einmal kurz in ihre Richtung.

»Hast du was dagegen, wenn wir uns allein unterhalten?« fragte er Bowman. Caessas grüne Augen funkelten vor Zorn, aber sie stand schweigend auf, verzweifelt nach einer bissigen Bemerkung suchend.

»Ich sehe dich später«, sagte Bowman, als sie den Mund öffnete. »Geh jetzt etwas essen.« Als sie auf dem Absatz kehrtmachte und den Raum verließ, sah Bowman ihr nach und erfreute sich an der katzengleichen Anmut ihrer Bewegungen.

»Du hast sie verärgert«, sagte er.

»Ich? Ich habe nicht einmal mit ihr gesprochen«, wandte Hogun ein, nahm seinen schwarzsilbernen Helm ab und legte ihn auf den Tisch. »Aber das spielt auch keine Rolle. Ich möchte mit deinen Männern reden.«

»Worüber?«

»Sie verbringen viel Zeit damit, herumzutrödeln und die Soldaten bei den Übungen zu verspotten. Das ist nicht gut für die Moral.«

»Warum sollten sie nicht? Sie sind freiwillige Zivilisten. Es wird schon aufhören, wenn die Kämpfe beginnen.«

»Es geht darum, Bowman, daß die Kämpfe schon beginnen könnten, ehe die Nadir überhaupt hier sind. Ich habe gerade einen meiner Männer davon abgehalten, diesem schwarzbärtigen Riesen Jorak den Bauch aufzuschlitzen. Nicht mehr lange, und hier gibt es Mord und Totschlag.«

»Ich rede mit ihnen«, sagte Bowman. »Beruhige dich und trink etwas. Was hältst du von meiner Bogenschützin?«

»Ich habe sie mir nicht so genau angesehen. War ganz hübsch.«

»Es muß wohl stimmen, was man sich über die Kavallerie erzählt«, sagte Bwoman. »Ihr seid alle in eure Pferde verliebt! Große Götter, Mann, sie ist mehr als einfach nur hübsch!«

»Rede jetzt mit deinen Männern. Dann werde ich mich wesentlich wohler fühlen. Die Spannungen nehmen zu, und die Nadir werden in zwei Tagen hier sein.«

»Ich habe es dir versprochen. Jetzt trink einen Schluck und entspanne dich. Du wirst noch genauso nervös wie deine Männer, und auch das ist nicht gut für die Moral.«

Hogun grinste plötzlich. »Du hast recht. Vor einer Schlacht ist es immer so. Druss läuft herum wie ein Bär mit Kopfschmerzen.«

»Ich habe gehört, du hast die Offenen Schwertkämpfe gegen den Dicken verloren«, sagte Bowman grinsend. »So ein Zufall, was? Das ist nicht die Zeit, sich bei den Höheren beliebt zu machen.«

»Ich habe Orrin nicht gewinnen lassen. Er ist ein guter Schwertkämpfer. Urteile nicht zu hart über ihn, mein Freund, vielleicht überrascht er dich noch. Mich hat er jedenfalls überrascht. Was hast du damit gemeint, ich hätte das Mädchen geärgert?«

Bowman lächelte; dann lachte er laut auf. Er schüttelte den Kopf und schenkte sich noch ein Glas Wein ein.

»Mein lieber Hogun, wenn eine Frau schön ist, erwartet sie ... wie soll ich sagen ... eine gewisse Aufmerksamkeit von einem Mann. Du hättest die Güte haben können, von ihrer Schönheit wie vom Donner gerührt zu sein. Wie betäubt zu schweigen oder, noch besser, zu plappern wie ein Idiot. Dann hätte sie dich einfach ignoriert und deine Verehrung mit arroganter Verachtung beantwortet. Jetzt hast du sie geringschätzig behandelt, und dafür haßt sie dich. Schlimmer noch, sie wird alles in ihrer Macht Stehende tun, um dein Herz zu gewinnen.«

»Was? Das begreife ich nicht. Warum sollte sie versuchen, mein Herz zu gewinnen, wenn sie mich haßt?«

»Weil sie dann in der Lage ist, dich mit Verachtung zu strafen. Verstehst du denn gar nichts von Frauen?«

»Ich weiß genug«, meinte Hogun. »Ich weiß auch, daß ich für solche Torheiten keine Zeit habe. Meinst du, ich sollte mich bei ihr entschuldigen?«

»Und sie damit wissen lassen, daß du weißt, wie gekränkt sie war? Mein lieber Freund, bei deiner Erziehung hat man aber einiges vergessen.«

18

Druss begrüßte die Ankunft der Reiter aus Dros Purdol – nicht so sehr wegen ihrer Anzahl, sondern eher, weil es bewies, daß die Dros von der Welt draußen noch nicht ganz vergessen war.

Doch wie Druss wußte, würde die Verteidigung trotz der Verstärkung unter einem ungeheuren Druck stehen. Die erste Schlacht auf Eldibar, Mauer Eins, würde die Männer entweder aufrichten oder zerstören. Die Kampfkraft in Dros Delnoch war groß genug, doch der richtige Geist war eine andere Sache. Man kann eine Schwertklinge aus feinstem Stahl schmieden, von vergänglicher Güte, aber gelegentlich verursacht der Wechsel von Feuer ins Wasser einen Bruch, wo Klingen aus schlechterem Stahl standhielten. Eine Armee war genauso, und das wußte Druss. Er hatte gesehen, wie hervorragend ausgebildete Männer in Panik geraten und davongelaufen waren, und Bauern, die ihre Stellung gehalten hatten, nur mit Piken und Hacken bewaffnet.

Bowman und seine Bogenschützen übten jetzt jeden Tag auf Kania, Mauer Drei, die die längste Ausdehnung zwischen den Bergen hatte. Die Männer waren unübertrefflich. Diese sechshundert Bogenschützen konnten alle zehn Herzschläge dreitausend Pfeile in die Luft schicken. Der erste Angriff würde die Nadir fast zwei Minuten lang in ihre Reichweite bringen, ehe die Belagerungsleitern die Mauern erreichten. Die angreifenden Krieger würden auf dem offenen Gelände schreckliche Verluste erleiden. Es würde ein furchtbares Blutbad geben. Aber würde das reichen?

Sie würden vor der größten Armee stehen, die es je gegeben hatte, eine Horde, die im Laufe von zwanzig Jahren ein Reich aufgebaut hatte, das sich über fünf Länder und hundert Städte erstreckte. Ulric stand kurz davor, das größte Reich der Geschichte zu schaffen, ein gewaltiges Ziel für einen Mann, der noch nicht einmal fünfzig war.

Druss wanderte über die Brustwehr, plauderte hier und da mit einem Soldaten, machte Scherze und lachte mit ihnen. Ihr Haß auf ihn hatte sich in den letzten Tagen aufgelöst wie Frühnebel in der Sonne. Sie sahen in ihm jetzt das, was er war: ein eiserner alter

Mann, ein Krieger aus der Vergangenheit, ein lebendes Echo uralter Glorie.

Sie erinnerten sich daran, daß er sich entschlossen hatte, ihnen zur Seite zu stehen. Und sie wußten warum. Dies war der einzige Ort auf der ganzen Welt für den letzten der alten Helden: Druss die Legende, mit der letzten Hoffnung der Drenai auf der Brustwehr der größten Festung stehend, die je gebaut worden war, und auf die größte Armee der Welt wartend. Wo sonst hätte er sein sollen?

Langsam scharte sich die Menge um ihn, und immer mehr Männer machten sich auf den Weg zu Eldibar. Nach kurzer Zeit mußte sich Druss seinen Weg durch die Massen bahnen, während sich auf dem freien Feld hinter der Mauer noch mehr einfanden. Er kletterte auf die Zinnen und wandte sich an sie. Seine Stimme erscholl, und alle Gespräche erstarben.

»Seht euch um!« rief er. Die Sonne glitzerte auf seinen silbernen Schulterstücken und der schwarzen Lederweste, sein weißer Bart schimmerte. »Seht euch jetzt um. Die Männer, die ihr seht, sind eure Kameraden – eure Brüder. Sie werden mit euch leben und für euch sterben. Sie werden euch schützen und für euch bluten. Niemals mehr werdet ihr eine solche Kameradschaft kennenlernen. Und wenn ihr so alt werden solltet, wie ich es bin, werdet ihr euch immer an diesen und die vor uns liegenden Tage erinnern. Ihr werdet euch mit einer Klarheit daran erinnern, die ihr nie für möglich gehalten hättet. Jeder Tag wird wie ein Kristall sein, der in euren Gedanken funkelt.

Ja, es wird Blut und Verwüstung geben, Qualen und Schmerzen, und ihr werdet euch auch daran erinnern. Aber über all dem werdet ihr den süßen Geschmack des Lebens spüren. Und nichts läßt sich damit vergleichen, meine Freunde!

Ihr könnt einem alten Mann glauben, wenn er das sagt. Vielleicht denkt ihr jetzt, daß das Leben süß ist. Aber wenn der Tod nur noch einen Herzschlag entfernt ist, wird das Leben unerträglich begehrenswert. Und wenn ihr überlebt, wird alles, was ihr tut, verstärkt und von einer größeren Freude erfüllt sein: der Sonnenschein, der Wind, ein guter Wein, der Kuß einer Frau, das Lachen eines Kindes.

Das Leben ist nichts, wenn man nicht dem Tod ins Angesicht gesehen hat.

In künftigen Zeiten wird man sagen: ›Ich wünschte, ich wäre dabeigewesen.‹ Aber dann spielt die Ursache keine Rolle mehr. Ihr steht an einem erstarrten Moment der Geschichte. Die Welt wird sich ändern, wenn diese Schlacht vorüber ist – entweder werden die Drenai wieder aufsteigen, oder es wird der Beginn eines neuen Reiches.

Ihr seid jetzt Teil der Geschichte.« Druss schwitzte jetzt und fühlte sich seltsam müde, aber er wußte, daß er weitermachen mußte. Er versuchte verzweifelt, sich an Sebens Saga von den alten Tagen und an die erschütternden Worte eines alten Generals zu erinnern. Aber er konnte es nicht. Er atmete tief ein und schmeckte die süße Bergluft.

»Einige von euch denken wahrscheinlich, daß ihr in Panik geraten und davonlaufen werdet. Aber das werdet ihr nicht! Andere haben Angst vor dem Sterben. Einige von euch werden auch sterben. Aber jeder Mensch muß sterben. Niemand kann sich lebendig aus diesem Leben hinausstehlen.

Ich habe am Skeln-Paß gekämpft, als jeder sagte, wir wären am Ende. Als jeder sagte, die Chancen stünden zu schlecht. Ich aber sagte, zur Hölle mit euch! Denn ich bin Druss, und ich bin noch nie besiegt worden, nicht von den Nadir, nicht von den Sathuli noch von den Ventriern, den Vagriern oder den Drenai.

Bei allen Göttern und Dämonen dieser Welt, ich erwarte auch nicht, daß ich *hier* besiegt werde!« Druss rief dies mit aller Kraft und hielt Snaga hoch in die Luft. Die Klinge fing einen Sonnenstrahl ein, und die Männer begannen zu intonieren:

»DRUSS DIE LEGENDE! DRUSS DIE LEGENDE!« Die Männer auf den anderen Brustwehren konnten Druss zwar nicht verstehen, aber sie hörten den Schlachtruf und fielen darin ein. Durch ganz Dros Delnoch scholl es, ein gewaltiger Lärm, der zwischen den Gipfeln widerhallte, so daß die Vögel scharenweise vor Angst flatternd in den Himmel stoben. Schließlich hob Druss die Arme und bat um Ruhe. Allmählich verebbten die Rufe, wenn auch immer mehr Männer von Mauer Zwei herbeiliefen, um seine Worte zu hören. Jetzt hatten sich fast fünftausend Krieger um ihn versammelt.

»Wir sind die Ritter von Dros Delnoch, der belagerten Stadt. Wir werden hier eine neue Legende schaffen, die Skeln-Paß in den Schatten stellt. Und wir werden den Nadir zu Tausenden den Tod bringen. Ja, zu Hunderttausenden! WER SIND WIR?«

»DIE RITTER VON DROS DELNOCH!« donnerte es aus fünftausend Kehlen.

»Und was bringen wir?«

»TOD DEN NADIR!«

Druss wollte gerade fortfahren, als er sah, wie die Männer sich umdrehten und ins Tal schauten. In der Ferne bildeten Staubsäulen Wolken, die sich drohend zum Himmel reckten, wie ein sich zusammenbrauender Sturm. Und dann konnten sie durch den Staub hindurch die glitzernden Speere der Nadir sehen, die das Tal von allen Seiten erfüllten, vorwärts stürmten, eine riesige dunkle Masse von Kriegern, denen immer mehr folgten. Welle um Welle neuer Krieger kam in Sicht. Riesige Belagerungstürme wurden von Hunderten von Pferden gezogen, gewaltige Katapulte, lederbezogene Rammböcke, Tausende von Karren und Hunderttausende von Pferden, große Viehherden und mehr Männer, als man zählen konnte.

Unter den Beobachtern gab es keinen, dessen Herz nicht einen Schlag aussetzte. Verzweiflung war spürbar, und Druss fluchte leise. Er hatte nichts mehr zu sagen. Und er fühlte, daß er sie verloren hatte. Er drehte sich um, so daß er die Nadir-Reiter sehen konnte, die die Roßhaarbanner ihrer Stämme trugen. Jetzt konnte man auch ihre Gesichter erkennen, grimmig und schrecklich. Druss reckte Snaga in die Höhe und stand dort mit gespreizten Beinen, ein Inbild des Trotzes. Wütend starrte er die Vorhut der Nadir an.

Als sie ihn sahen, zügelten sie ihre Pferde und starrten zurück. Plötzlich teilten sich die Reiter, um einen Herold durchzulassen. Er galoppierte auf seinem Steppenpony auf die Tore zu und riß das Tier herum, als er die Stelle erreicht hatte, an der Druss auf ihn hinuntersah. Er brachte sein Pferd zum Stehen, das auf die Hinterhand stieg und schnaubte.

»Ich bringe diesen Befehl von Ulric dem Herrscher«, rief er. »Laßt die Tore öffnen, und er wird alle in der Stadt verschonen, mit Ausnahme des Weißbärtigen, der ihn beleidigte.«

»Ach, du bist's wieder, Dickbauch«, rief Druss. »Hast du ihm meine Botschaft ausgerichtet, wie ich es dir aufgetragen hatte?«

»Habe ich, Todeswanderer. Wie du gesagt hast.«

»Und er hat gelacht, nicht wahr?«

»Er hat gelacht. Und geschworen, daß er deinen Kopf bekäme. Und mein Herrscher Ulric ist ein Mann, der sich immer seine Wünsche erfüllt.«

»Dann sind wir vom selben Schlag. Und mein Wunsch ist es,

daß er am Ende einer Kette einen wilden Tanz aufführt wie ein Tanzbär. Und das werde ich erleben, und wenn ich in euer Lager kommen und ihn eigenhändig an die Kette legen müßte.«

»Deine Worte sind wie Eis auf Feuer, alter Mann – laut und hohl«, sagte der Herold. »Wir kennen eure Stärke. Ihr habt vielleicht zehntausend Mann. Die meisten davon Bauern. Wir wissen alles, was es zu wissen gibt. Seht euch die Armee der Nadir an! Könnt ihr dagegen bestehen? Wo liegt der Sinn darin? Unterwerft euch. Unterwerft euch der Gnade meines Herrn.«

»Bürschchen, ich habe die Größe eurer Armee gesehen, und sie beeindruckt mich nicht. Ich hätte Lust, die Hälfte meiner Männer auf ihre Bauernhöfe zurückzuschicken. Was seid ihr schon? Ein Haufen dickbäuchiger, krummbeiniger Nordländer! Ich höre, was du sagst. Aber erzähl mir nicht, was ihr alles tun könnt. Zeigt es mir! Und jetzt genug des Redens. Von nun an wird das meine Rede sein!« Er schwenkte Snaga, so daß Sonnenlicht auf der Klinge glitzerte.

Unter den Soldaten stieß Gilad Bregan in die Seite. »Druss die Legende!« intonierte er, und Bregan fiel mit einem Dutzend anderer ein. Wieder schwoll der Gesang an, als der Herold sein Pferd wendete und davonstob, verfolgt von ohrenbetäubendem Lärm:

»DRUSS DIE LEGENDE! DRUSS DIE LEGENDE!«

Druss beobachtete schweigend, wie die riesigen Belagerungsmaschinen zentimeterweise auf die Mauern zurückten, gewaltige hölzerne Türme, zwanzig Meter hoch und sechs Meter breit. Wurfgeschütze zu Hunderten, ungeschlachte Katapulte auf großen hölzernen Rädern. Unzählige Männer zerrten und zogen an Tausenden von Seilen und rückten die Maschinen, die Gulgothir erobert hatten, an ihren Platz.

Der alte Krieger studierte das Bild, das sich ihm dort unten bot, und suchte nach dem legendären Kriegsmeister Khitan. Es dauerte nicht lange, bis er ihn ausgemacht hatte. Er war der ruhende Pol in einem Wirbel von Aktivität, das Auge des Sturms. Wo er war, wurde die Arbeit unterbrochen, wenn er seine Anweisungen erteilte, um dann mit erneuerter Intensität fortgesetzt zu werden.

Khitan blickte zu den hoch aufragenden Befestigungen empor. Er konnte Todeswanderer nicht sehen, aber er spürte seine Gegenwart und grinste.

»Mit einer Axt kannst du mich nicht aufhalten«, flüsterte er.

Müßig kratzte er sich den narbigen Stumpf seines Arms. Seltsam, daß er nach all den Jahren immer noch seine Finger spürte. Die Götter waren gnädig gewesen an jenem Tag, als die Steuereintreiber von Gulgothir sein Dorf überfielen. Er war damals kaum zwölf gewesen, und sie hatten seine Familie erschlagen. Um seine Mutter zu schützen, war er mit dem Dolch seines Vaters vorgestürmt. Ein herabsausendes Schwert hatte seine Hand durch die Luft sausen lassen, bis sie neben dem Körper seines Bruders landete. Dasselbe Schwert hatte sich in seine Seite gebohrt.

Bis zum heutigen Tag konnte er nicht erklären, warum er nicht gestorben war wie die anderen Dorfbewohner, geschweige denn, warum Ulric soviel Zeit mit dem Versuch zubrachte, ihn zu retten. Ulrics Männer hatten die Mörder überrascht und in die Flucht geschlagen und dabei zwei Gefangene gemacht. Dann hatte ein Krieger die Toten durchsucht und dabei Khitan gefunden, der kaum noch lebte. Sie hatten ihn mit in die Steppe genommen und in Ulrics Zelt gebracht. Dort hatten sie den blutenden Stumpf mit kochendem Teer verschlossen und die Wunde an seiner Seite mit Baummoos behandelt. Fast einen Monat lang war er nur halb bei Bewußtsein und ständig im Fieberwahn. Er hatte nur eine Erinnerung an diese schreckliche Zeit, eine Erinnerung, die er mit sich tragen würde bis zu dem Tag, an dem er starb.

Wenn er seine Augen öffnete, sah er ein Gesicht über sich, stark und fesselnd. Die Augen waren violett, und er spürte ihre Kraft.

»Du wirst nicht sterben, Kleiner. Hörst du?« Die Stimme war sanft, aber wenn er wieder in Alpträume und Fieberwahn versank, wußte er, daß die Worte kein Versprechen waren, sondern ein Befehl.

Und Ulrics Befehlen wurde gehorcht ...

Seit jenem Tag hatte Khitan jeden wachen Moment damit verbracht, dem Herrscher der Nadir zu dienen. Im Kampf war er unbrauchbar, also hatte er gelernt, seinen Verstand zu gebrauchen, um die Mittel zu ersinnen, mit denen sein Herr sein Reich errichten konnte.

Zwanzig Jahre Krieg und Plünderung. Zwanzig Jahre wilder Freude.

Mit seiner kleinen Helfergruppe bahnte sich Khitan einen Weg durch die Scharen der Krieger und betrat den ersten der zwanzig Belagerungstürme. Sie waren sein ganzer Stolz. Von der Idee her waren sie verblüffend einfach. Man nehme eine hölzerne Kiste, an drei Seiten geschlossen und vier Meter hoch. Darin baue man Stufen, die zum Dach hinaufführen. Nun nehme man eine zweite Kiste und setze sie auf die erste. Sichere das ganze mit Eisennägeln. Noch eine dritte Kiste obenauf, und fertig ist der Turm. Er war verhältnismäßig einfach zusammenzubauen und wieder auseinanderzunehmen, und die Bauteile konnten auf Wagen verstaut und dorthin geschafft werden, wo der General sie brauchte.

Aber auch wenn die Idee einfach war, die praktische Ausführung war von vielen Problemen behindert worden. Die Decken brachen unter dem Gewicht bewaffneter Männer zusammen, die Wände gaben nach, die Räder barsten, und – am schlimmsten – sobald die Konstruktion höher als zehn Meter war, wurde sie instabil und neigte dazu, umzukipppen.

Khitan dachte daran, wie er über ein Jahr härter geschuftet hatte als seine Sklaven und weniger als drei Stunden die Nacht geschlafen hatte. Er hatte die Decken verstärkt, aber dadurch war lediglich die gesamte Konstruktion schwerer und weniger stabil geworden. Verzweifelt hatte er Ulric davon berichtet. Der Kriegsherr der Nadir hatte ihn nach Ventria geschickt, damit er an der Universität von Tetullus studieren konnte. Er hatte das Gefühl gehabt, entehrt und gedemütigt worden zu sein. Dennoch hatte er gehorcht. Er hätte alles erduldet, um Ulric zu gefallen.

Aber er hatte sich geirrt, und das Jahr, das er bei Rebow, dem ventrischen Gelehrten, studiert hatte, war zur schönsten Zeit seines Lebens geworden.

Er hatte gelernt, was Massenzentren sind, parallele Vektoren, und er lernte das notwendige Gleichgewicht zwischen inneren und äußeren Kräften kennen. Sein Wissensdurst war kaum zu stillen, und Rebow stellte fest, daß er den häßlichen Nadir ins Herz geschlossen hatte. Es dauerte nicht lange, bis der schlanke Ventrier Khitan in sein Haus einlud, wo sie ihre Studien bis tief in die Nacht fortsetzten. Der Nadir war unermüdlich. Oft schlief Rebow in seinem Stuhl ein, nur um einige Stunden später aufzuwachen und den kleinen, einarmigen Khitan immer noch über den Aufgaben zu finden, die er ihm gestellt hatte. Rebow war begeistert. Selten hatte ein Schüler solche Fähigkeiten gezeigt, und niemals hatte er einen Mann getroffen, der so hart arbeiten konnte.

Jede Kraft, lernte Khitan, besaß eine gleiche entgegengesetzte Kraft. Ein Kranbalken, zum Beispiel, der an der Spitze einen Druck ausübt, muß am unteren Ende seines Stützbalkens einen gleichen, entgegengesetzten Druck ausüben. Khitans Einführung in die Welt der Stabilität bestand darin, daß er das Wesen von Kräften verstehen lernte.

Für ihn war die Universität von Tertullus so etwas wie das Paradies.

Am Tag, als er sich auf die Heimreise machte, weinte der kleine Stammesmann, als er den gerührten Ventrier umarmte. Rebow hatte ihn angefleht, es sich noch einmal zu überlegen, eine Stelle an der Universität anzunehmen, aber Khitan brachte es nicht übers Herz, ihm zu sagen, daß ihn das nicht im mindesten reizte. Er schuldete sein Leben einem einzigen Mann und träumte von nichts anderem, als ihm zu dienen.

Als er wieder zu Hause war, begann er zu arbeiten. Während des Baus wurden die Türme schichtweise angeordnet und erhielten eine künstliche Grundplatte, die fünfmal so groß war wie der eigentliche Sockel. Während die Türme in Position gebracht wurden, waren nur die beiden ersten Ebenen bemannt, so daß tief unten ein Massegewicht erzeugt wurde. Sobald sie an einer Mauer standen, wurden Seile vom Turm herabgeworfen und mit Eisennägeln im Boden verankert, wodurch Stabilität entstand. Die Räder bekamen eiserne Speichen und Kränze, und jeder Turm erhielt acht Räder, damit das Gewicht gut verteilt war.

Khitan setzte sein Wissen ein, um Katapulte und Wurfgeschosse zu entwerfen. Ulric war hocherfreut und Khitan begeistert.

Sich wieder der Gegenwart zuwendend, kletterte Khitan auf die Spitze des Turms und befahl den Männern, die verankerte Plattform an der Vorderseite herabzulassen. Er betrachtete prüfend die Mauern, die noch dreihundert Schritt entfernt waren, und sah den schwarzgekleideten Todeswanderer auf der Brustwehr lehnen.

Die Mauern waren höher als in Gulgothir, und Khitan fügte jedem Turm noch eine Ebene hinzu. Er befahl, die Plattform wieder hochzuhieven, prüfte die Spannung in den Halteseilen und kletterte durch die fünf Ebenen hinunter, hier und da innehaltend, um Verstrebungen oder Knoten zu überprüfen.

Heute abend würden seine vierhundert Sklaven unterhalb der Mauern an die Arbeit gehen, um den Felssaum abzuschlagen und alle vierzig Schritt einen riesigen Flaschenzug aufzustellen. Für den Entwurf dieser Flaschenzüge, zwei Meter hoch um eingefettete Halterungen herum gegossen, hatte Khitan Monate gebraucht, und

Jahre, bis sie zu seiner Zufriedenheit ausfielen. Fertiggestellt wurden sie schließlich von den Eisenwerkstätten in Lentrias Hauptstadt, fünfzehnhundert Kilometer weiter südlich. Sie hatten ein Vermögen gekostet, und selbst Ulric war blaß geworden, als die Endsumme genannt wurde. Aber im Laufe der Jahre hatten sie sich bezahlt gemacht.

Tausende von Männern würden jeden Turm bis auf zwanzig Meter an die Mauern heranziehen. Danach konnten es immer weniger sein, da der Abstand zur Mauer geringer wurde. Aber die zentimeterdicken Taue konnten um die Flaschenzüge herumgeschlungen und unter den Türmen hindurchgezogen werden, so daß diese so von hinten bewegt werden konnten.

Die Sklaven, die gruben und aushuben, um den Untergrund für die Flaschenzüge zu schaffen, wurden von Bogenschützen bewacht, die hinter beweglichen, mit Ochsenhaut bespannten Schirmen standen. Viele wurden von Felsen erschlagen, die von oben herabgerollt wurden. Das berührte Khitan jedoch nicht. Was ihn berührte, war die mögliche Beschädigung der Flaschenzüge, denn diese ließen sich nicht durch Eisenbeschläge schützen.

Nach einem letzten langen Blick auf die Mauern machte er sich auf den Weg zu seiner Unterkunft, um den Technikern Anweisungen zu geben. Druss sah ihm nach, bis er die Zeltstadt betrat, die sich jetzt über drei Kilometer durch das Tal erstreckte.

So viele Zelte, so viele Krieger. Druss befahl seinen Männern, sich auszuruhen und zu entspannen, solange sie es noch konnten, denn er sah in ihren Gesichtern Angst aufkeimen und kaum kontrollierte Panik in den schreckgeweiteten Augen. Die schiere Zahl des Feindes drückte sie nieder. Er fluchte leise, streifte seine schwarze Lederjacke ab, kletterte von der Brustwehr und ließ seine massige Gestalt in das weiche Gras sinken. Binnen weniger Augenblicke war er eingeschlafen. Die Männer stießen einander an und zeigten auf ihn. Diejenigen, die ihm am nächsten waren, kicherten, als er zu schnarchen anfing. Sie sollten nicht wissen, daß dies sein erster Schlaf seit zwei Tagen war, und auch nicht, daß er dort lag, weil er fürchtete, seine Beine würden ihn nicht mehr bis zu seinem Bett tragen. Sie wußten nur, daß er Druss war: der Meister der Axt.

Und daß er für die Nadir nichts als Verachtung übrighatte.

Bowman, Hogun, Orrin und Caessa zogen sich ebenfalls von den Befestigungen in den Schatten des Kasinos zurück. Der grüngekleidete Bogenschütze deutete auf den schlafenden Riesen.

»Hat es schon jemals einen wie ihn gegeben?« fragte er.

»Für mich sieht er einfach nur alt und müde aus«, sagte Caessa. »Ich verstehe nicht, warum du ihn mit solcher Ehrfurcht betrachtest.«

»O doch, das verstehst du sehr wohl«, widersprach Bowman. »Du willst nur wieder provozieren, wie immer, meine Liebe. Aber das liegt halt in der Natur deines Geschlechts.«

»Keineswegs«, entgegnete Caessa lächelnd. »Was ist er denn schon? Ein Krieger. Nicht mehr, nicht weniger. Was hat er je getan, daß man einen solchen Helden aus ihm macht? Seine Axt geschwenkt? Menschen getötet? Das habe ich auch. Das ist nichts Besonderes. Niemand hat je eine Saga über mich geschrieben.«

»Wird man noch, meine Schöne, wird man noch«, sagte Bowman. »Warte nur ab.«

»Druss ist mehr als einfach nur ein Krieger«, sagte Hogun leise. »Ich glaube, das war er schon immer. Er ist ein Maßstab, ein Beispiel, wenn du so willst...«

»Ein Beispiel dafür, wie man tötet?« fragte Caessa.

»Nein, das habe ich nicht gemeint. Druss steht für jeden, der sich weigert aufzugeben, sich zu unterwerfen, wenn das Leben keine Hoffnung mehr bereithält, beiseite zu treten, wenn die Alternative der Tod ist. Er ist ein Mann, der anderen gezeigt hat, daß es so etwas wie eine sichere Niederlage nicht gibt. Er hebt die Lebensgeister einfach dadurch, daß er Druss ist und als Druss gesehen wird.«

»Worte!« sagte Caessa. »Ihr Männer seid alle gleich. Nichts als leere Worte. Würdest du auch das Loblied auf einen Bauern singen, der jahrelang gegen Mißernten und Überschwemmungen kämpft?«

»Nein«, gab Hogun zu. »Aber es ist eben ein Mann wie Druss, der die Bauern dazu bringt, weiterzukämpfen.«

»Quatsch!« schnaubte Caessa. »Arroganter Quatsch! Der Bauer schert sich keinen Deut um Krieger oder den Krieg.«

»Du wirst nie gewinnen, Hogun«, sagte Bowman und öffnete die Tür zur Messe. »Gib lieber jetzt auf, solange du noch kannst.«

»Du machst einen grundlegenden Fehler in deinen Überlegungen, Caessa«, sagte Orrin plötzlich, als die Gruppe sich an einem langen, aufgebockten Tisch niederließ. »Du ignorierst die schlichte Tatsache, daß die überwiegende Mehrheit unserer Truppen hier Bauern *sind*. Sie haben sich für die Dauer dieses Krieges verpflichtet.« Er lächelte sanft und winkte einem Bediensteten.

»Dann sind sie um so größere Narren«, erwiderte Caessa.

»Wir sind alle Narren«, stimmte Orrin ihr zu. »Krieg ist eine lächerliche Torheit. Und du hast recht – Männer lieben es, sich im Kampf zu beweisen. Ich weiß nicht warum, denn ich habe dieses Bedürfnis nie verspürt. Aber ich habe es allzu oft bei anderen beobachtet. Doch selbst für mich ist Druss, so wie Hogun ihn beschreibt, ein Vorbild.«

»Warum?« wollte sie wissen.

»Ich kann es nicht in Worte fassen, fürchte ich.«

»Natürlich kannst du das.«

Orrin lächelte und schüttelte den Kopf. Er füllte ihre Becher mit weißem Wein; dann brach er das Brot und reichte es herum. Eine Zeitlang aßen sie schweigend; dann ergriff Orrin erneut das Wort.

»Es gibt eine grüne Pflanze, die Naptis heißt. Wenn man ihre Blätter zerkaut, lindert sie Zahn- oder Kopfschmerzen. Niemand weiß warum. Sie wirkt einfach. Ich glaube, Druss ist so ähnlich. Wenn er in der Nähe ist, scheinen Ängste zu schwinden. Besser kann ich es nicht erklären.«

»Auf mich hat er nicht diese Wirkung«, meinte Caessa.

Auf der Brustwehr des Turmes beobachteten Gilad und Bregan die Vorbereitungen der Nadir. Auf der Mauer überwachte Dun Pinar, wie gekerbte Pfosten aufgestellt wurden, um die Belagerungleitern abzuwehren, während Bar Britan dafür sorgte, daß zahllose irdene Ölgefäße herbeigeschafft wurden. Sobald sie gefüllt und verschlossen waren, wurden die Gefäße in Flechtkörben an verschiedenen Stellen der Mauer plaziert. Die Stimmung war ernst. Nur wenige Worte wurden gewechselt. Die Männer überprüften ihre Waffen, schärften bereits scharfe Schwerter noch einmal, ölten ihre Rüstung oder überprüften jeden einzelnen Pfeil an ihren Köchern erneut.

Hogun und Bowman gingen zusammen aus der Messe und ließen Orrin und Caessa tief in ein Gespräch versunken zurück. Sie setzten sich etwa zwanzig Schritt von dem Axtkämpfer ins Gras. Bowman legte sich auf die Seite und stützte sich auf den Ellbogen.

»Ich habe mal ein Stück aus dem Buch der Alten gelesen«, erzählte der Bogenschütze. »Jetzt fällt mir vor allem eine Zeile wieder ein. ›Kommt der Moment, kommt der Mann.‹ Niemals hat ein

Moment verzweifelter nach einem Mann gerufen als dieser. Und Druss ist gekommen. Vorsehung, oder was meinst du?«

»Große Götter, Bowman! Du wirst doch wohl nicht abergläubisch, oder?« fragte Hogun grinsend.

»Ich glaube nicht. Ich frage mich nur, ob es so etwas wie Schicksal gibt, das einen solchen Mann zu einer solchen Zeit schickt.«

Hogun zupfte einen Grashalm aus und steckte ihn zwischen die Lippen. »Also schön, untersuchen wir das Argument. Können wir drei Monate aushalten, bis Wundweber seine Armee zusammen und ausgebildet hat?«

»Nein. Nicht mit den paar Mann.«

»Dann spielt es keine Rolle, ob Druss' Ankunft vorherbestimmt war oder nicht. Vielleicht halten wir aufgrund seines Trainings ein paar Tage länger durch, aber das ist nicht genug.«

»Die Stimmung ist gut, altes Roß, also wiederholst du solche Bemerkungen lieber nicht.«

»Hältst du mich für einen Idioten? Ich werde neben Druss stehen und sterben, wenn die Zeit kommt, wie andere auch. Ich teile dir meine Gedanken mit, weil du sie verstehst. Du bist Realist. Du bleibst nur, bis die dritte Mauer fällt. Mit dir kann ich doch ganz offen reden?«

»Druss hielt den Skeln-Paß, als alle anderen sagten, er würde fallen«, sagte Bowman.

»Elf Tage lang – keine drei Monate. Und damals war er fünfzehn Jahre jünger. Ich will seine Verdienste nicht schmälern, er ist seiner Legende würdig. Ritter von Dros Delnoch! Hast du jemals solche Ritter gesehen? Bauern, Pächter und frische Rekruten. Nur die Legion hat schon wirkliche Kämpfe erlebt, und sie ist dafür ausgebildet, kurze, schnelle Angriffe zu Pferde auszuführen. Unsere Verteidigung könnte beim ersten Angriff zusammenbrechen.«

»Aber das wird sie nicht, oder?« sagte Bowman lachend. »Wir sind Druss' Ritter und die Zutaten für eine neue Legende.« Sein Lachen schwoll an, reich und voll guter Laune. »Ritter von Dros Delnoch! Du und ich, Hogun. In künftigen Tagen werden sie von uns singen. Der gute alte Bowman kam einer bedrängten Festung zu Hilfe, weil er die Freiheit, die Unabhängigkeit und die Ritterlichkeit so liebte ...«

»... und Gold. Vergiß das Gold nicht.«

»Das ist doch nicht so wichtig, altes Schlachtroß. Wir wollen doch den Geist des Augenblicks nicht verderben.«

»Natürlich nicht, Verzeihung. Aber du wirst heldenhaft sterben müssen, ehe du in Lied und Dichtung unsterblich werden kannst.«

»Ein strittiger Punkt«, gab Bowman zu. »Aber ich bin sicher, ich finde einen Weg, dieses Problem zu umgehen.«

Über ihnen, auf Musif, Mauer Zwei, hatten einige junge Culs Befehl, Eimer für den Turmbrunnen zu holen. Brummend verließen sie die Brustwehr, um sich in die Reihe der Soldaten einzugliedern, die am Lager warteten.

Jeder mit vier hölzernen Eimern ausgestattet, bildeten die Männer eine Reihe vom Gebäude bis zu der flachen Höhle, wo der Musifbrunnen sich in die kahlen Schatten der Mauer schmiegte. Sie befestigten die Eimer an einem komplizierten System von Flaschenzügen und ließen sie langsam in das dunkle Wasser hinab.

»Wie lange ist der nicht mehr benutzt worden?« fragte ein Soldat, als der erste Eimer wieder zum Vorschein kam, völlig von Spinnweben überzogen.

»Wahrscheinlich zehn Jahre«, antwortete der Offizier, Dun Garta. »Die Leute, die hier ihre Häuser hatten, waren gewohnt, den Zentralbrunnen zu benutzen. Hier ist einmal ein Kind ertrunken, und der Brunnen war mehr als drei Monate vergiftet. Das und die Ratten hat die meisten Leute ferngehalten.«

»Haben sie je die Leiche herausgeholt?« fragte Cul.

»Soviel ich weiß, nein. Aber mach dir keine Sorgen, Junge. Jetzt sind es nur noch Knochen, die dem Geschmack keinen Abbruch tun. Komm, probier mal.«

»Komischerweise bin ich gar nicht durstig.«

Garta lachte, tauchte seine Hände in den Eimer und hob sie an den Mund.

»Gewürzt mit Rattendreck und garniert mit toten Spinnen!« sagte er. »Seid ihr sicher, daß ihr nichts davon abhaben wollt?«

Die Männer grinsten, aber keiner trat vor.

»Na schön, der Spaß ist vorbei«, sagte Garta. »Die Flaschenzüge arbeiten, die Eimer stehen bereit. Ich würde sagen, wir haben unsere Aufgabe hier erledigt. Schließt das Tor, und dann zurück an die Arbeit.«

Garta erwachte in der Nacht. Schmerzen zerrissen ihn, als wäre eine wütende Ratte in seinem Bauch gefangen. Als er sich vom Bett rollte und aufzustehen versuchte, weckte sein Stöhnen die drei anderen Männer, mit denen er den Raum teilte. Einer eilte an seine Seite.

»Was ist los, Garta?« fragte er und drehte den sich krümmenden Mann auf den Rücken. Garta zog die Knie an; sein Gesicht lief dunkelrot an. Seine Hände schossen vor und packten den anderen am Hemd.

»Das ... Wasser! Wasser!« Er begann nach Luft zu ringen.

»Er will Wasser!« rief der Mann, der ihn hielt.

Garta schüttelte den Kopf. Plötzlich bäumte er sich auf, als Schmerzen ihn durchzuckten.

»Große Götter! Er ist tot«, sagte sein Zimmergenosse, als er in seinen Armen zusammensackte.

19

Eine Stunde vor Sonnenaufgang saßen Rek, Serbitar und Vintar um ein kleines Lagerfeuer. In der letzten Nacht hatten sie ihr Lager erst spät in einer geschützten Senke am Südhang eines bewaldeten Hügels aufgeschlagen.

»Die Zeit wird knapp«, sagte Vintar. »Die Pferde sind erschöpft, und es ist mindestens noch ein Fünfstundenritt bis zur Festung. Vielleicht schaffen wir es, dort zu sein, ehe das Wasser ausgegeben wird, vielleicht auch nicht. Vielleicht wäre es jetzt schon zu spät. Aber wir haben noch eine andere Möglichkeit.«

»Und die wäre?« fragte Rek.

»Es ist deine Entscheidung, Rek. Niemand anders kann sie treffen.«

»Sag es mir einfach, Abt. Ich bin zu müde zum Denken.«

Vintar wechselte einen Blick mit dem Albino.

»Wir – die Dreißig – können unsere Kräfte verbinden und versuchen, die Barriere um die Festung zu durchdringen.«

»Dann versucht es«, sagte Rek. »Wo liegt das Problem?«

»Es wird all unsere Kräfte brauchen, und vielleicht mißlingt es. Wenn nicht, haben wir nicht mehr genug Kraft, weiterzureiten. Selbst wenn es uns gelingt, werden wir den größten Teil des Tages ruhen müssen.«

»Glaubt ihr, daß ihr die Barriere durchdringen könnt?« fragte Virae.

»Ich weiß es nicht. Wir können es nur versuchen.«

»Denkt daran, was geschah, als Serbitar es versuchte«, mahnte Rek.

»Ihr alle könntet in das ... was auch immer ... geschleudert werden. Was dann?«

»Wir sterben«, antwortete Vintar leise.

»Und du sagst, es ist *meine* Entscheidung?«

»Ja«, sagte Vintar, »denn die Regel der Dreißig ist einfach: Wir haben uns in den Dienst des Herrn von Delnoch gestellt. Du bist dieser Herr.«

Rek schwieg ein paar Minuten; sein müdes Hirn wurde von der

Schwere dieser Entscheidung betäubt. Er merkte, daß er an all die anderen Sorgen dachte, die ihn in seinem Leben bedrückt hatten und die ihm so wichtig erschienen waren. Aber er hatte nie vor einer Entscheidung wie dieser gestanden. Seine Gedanken umwölkten sich vor Müdigkeit, und er konnte sich nicht konzentrieren.

»Tut es!« sagte er. »Durchbrecht die Barriere!« Er erhob sich und entfernte sich vom Feuer, beschämt, daß man einen solchen Befehl von ihm erzwang, zu einer Zeit, da er nicht klar denken konnte.

Virae kam zu ihm und legte ihm einen Arm um die Taille.

»Es tut mir leid«, sagte sie.

»Was?«

»Was ich gesagt habe, als du mir von dem Brief erzählt hast.«

»Es spielt keine Rolle. Warum solltest du auch gut von mir denken?«

»Weil du ein Mann bist und wie einer handelst«, sagte sie. »Jetzt bist du dran.«

»Ich?«

»Dich zu entschuldigen, du Idiot! Du hast mich geschlagen!«

Er zog sie an sich, hob sie hoch und küßte sie.

»Das war keine Entschuldigung«, sagte sie. »Außerdem kratzen deine Stoppeln.«

»Wenn ich mich entschuldige, darf ich dann noch mal?«

»Mich schlagen?«

»Nein, dich küssen!«

In der Senke bildeten die Dreißig einen Kreis um das Feuer, zogen ihre Schwerter und stießen sie zu ihren Füßen in die Erde.

Die Vereinigung begann. Ihre Geister flossen und strömten Vintar zu. Er hieß jeden in den Hallen seines Unterbewußtseins mit Namen willkommen.

Und sie verschmolzen. Die vereinte Macht erschütterte Vintar, und er mußte kämpfen, um die Erinnerung an sich selbst zu behalten. Er stieg empor wie ein geisterhafter Riese, ein neues Wesen von unglaublicher Macht. Das winzige Ding, das Vintar war, klammerte sich im Innern des neuen Kolosses fest und zwang die vereinte Essenz der neunundzwanzig Persönlichkeiten nieder.

Jetzt gab es nur noch eine.

Sie nannte sich selbst Tempel und wurde unter den Sternen von Delnoch geboren.

Tempel reckte sich hoch in die Wolken, streckte ätherische Arme über die Felsen von Delnoch.

Jubilierend stieg er empor. Seine Augen tranken den Anblick des Universums. Lachen wallte in ihm auf. Vintar taumelte und trieb sich tiefer in sein Innerstes.

Schließlich wurde Tempel des Abtes gewahr, mehr wie eines winzigen Gedankens, der am Rande seiner neuen Realität kauerte.

»Dros Delnoch. Nach Westen.«

Tempel flog nach Westen, hoch über die Berge. Unter ihm lag schweigend die Festung, grau und geisterhaft im Mondlicht. Er sank darauf zu und spürte die Barriere.

Barriere?

Für ihn?

Er schlug dagegen – und wurde in die Nacht geschleudert, zornig und verletzt. Seine Augen funkelten, und er lernte Wut kennen: Die Barriere hatte ihm Schmerzen zugefügt.

Wieder und wieder warf Tempel sich gegen die Dros und teilte Schläge von furchtbarer Kraft aus. Die Barriere erzitterte und veränderte sich.

Tempel zog sich verwirrt zurück und beobachtete.

Die Barriere brach in sich selbst zusammen wie wirbelnder Nebel und formte sich neu. Dann verdunkelte sie sich zu einem dichten Strahl, schwärzer als die Nacht. Arme erschienen, Beine bildeten sich und ein gehörnter Kopf mit sieben schrägstehenden roten Augen.

Tempel hatte in seinen wenigen Lebensminuten schon viel gelernt.

Freude, Freiheit und Wissen um das Leben waren zuerst dagewesen. Dann Schmerz und Wut.

Jetzt kannte er Furcht und lernte das Wissen um das Böse.

Sein Feind flog auf ihn zu; gekrümmte schwarze Fänge zerrissen den Himmel. Tempel griff mit dem Kopf voran an und schlang ihm die Arme um den Rücken. Scharfe Zähne rissen an seinem Gesicht; die Klauen zerfetzten ihm die Schultern. Seine eigenen Riesenfäuste schlossen sich um das Rückgrat des Wesens und versuchten, es zu zerquetschen.

Unter ihnen, auf Musif, Mauer Zwei, nahmen dreitausend Mann ihre Stellung ein. Trotz aller Argumente hatte Druss sich geweigert, Mauer Eins kampflos aufzugeben, und wartete dort mit sechstausend Mann. Orrin hatte getobt, es sei reine Dummheit, die Breite der Mauer mache eine Verteidigung unmöglich. Druss blieb hartnäckig, auch als Hogun Orrin beipflichtete.

»Vertraut mir«, drängte Druss. Aber es fehlten ihm die Worte, sie zu überzeugen. Er versuchte zu erklären, daß die Männer einen kleinen Sieg am ersten Tag brauchten, um ihrem Kampfgeist den letzten Schliff zu geben.

»Aber das Risiko, Druss!« wandte Orrin ein. »Wir könnten am ersten Tag auch *verlieren*. Siehst du das denn nicht ein?«

»Du bist der Gan«, schnaubte Druss. »Wenn du willst, kannst du meine Entscheidung ja widerrufen.«

»Aber das will ich nicht, Druss. Ich werde neben dir auf Eldibar stehen.«

»Und ich auch«, sagte Hogun.

»Ihr werdet sehen, daß ich recht habe«, sagte Druss. »Ich verspreche es euch.«

Beide Männer nickten und lächelten, um ihre Verzweiflung zu verbergen.

Jetzt bildeten die diensthabenden Culs Schlangen an den Mauern, sammelten die Wassereimer und machten sich auf den Weg entlang der Befestigungen. Dabei traten sie über die Beine und Körper derjenigen, die noch schliefen.

Auf Mauer Eins tauchte Druss einen Kupferbecher in einen Eimer und trank in tiefen Zügen. Er war sich nicht sicher, daß die Nadir heute angreifen würden. Seine Instinkte sagten ihm, daß Ulric noch einen vollen Tag dieser mörderischen Anspannung verstreichen lassen würde, damit der Anblick seiner Armee, die sich auf die Schlacht vorbereitete, den Verteidigern den Mut nahm und sie aller Hoffnung beraubte. Aber auch dann blieb Druss keine Wahl. Den ersten Schritt mußte Ulric tun; die Drenai würden warten müssen.

Über ihnen litt Tempel unter der Wut des Ungeheuers. Seine Schultern und sein Rücken waren aufgerissen, seine Kraft ließ nach. Doch das gehörnte Wesen wurde ebenfalls schwächer. Beide standen dem Tod gegenüber.

Tempel wollte nicht sterben – nicht, nachdem er gerade erst das bittersüße Leben gekostet hatte. Er wollte all die Dinge von nahem sehen, von denen er bisher nur einen kurzen Eindruck aus der Ferne bekommen hatte: das farbige Licht sich ausdehnender Sterne, das Schweigen im Zentrum ferner Sonnen.

Sein Griff wurde fester. Es würde keine Freude am Licht geben, keinen Schauer inmitten des Schweigens, wenn dieses Ding hier am Leben blieb. Plötzlich schrie das Wesen auf. Es war ein schrecklicher, hoher Laut, unwirklich und furchteinflößend. Sein Rückgrat brach, und es schwand dahin wie Nebel.

Nur halb bei Bewußtsein in Tempels Seele schrie Vintar auf.

Tempel sah hinab und beobachtete die Männer, winzige, zerbrechliche Wesen, die sich auf ihr Frühstück aus dunklem Brot und Wasser vorbereiteten. Vintar schrie erneut, und Tempel runzelte die Stirn.

Er deutete mit dem Finger auf die Mauer.

Männer begannen zu schreien und warfen Wasserbecher und Eimer von Musif hinab. In jedem Gefäß krochen und ringelten sich Würmer. Jetzt sprangen noch mehr Männer auf, liefen durcheinander und schrien.

»Was, zum Teufel, geht da oben vor?« sagte Druss, als der Lärm zu ihm hinunterdrang. Er sah zu den Nadir hinab und stellte fest, daß Männer von den Belagerungsmaschinen zurück in die Zeltstadt strömten. »Ich weiß nicht, was da los ist«, sagte Druss. »Aber selbst die Nadir machen kehrt. Ich gehe zurück zu Musif.«

In der Zeltstadt war Ulric nicht weniger zornig, als er sich einen Weg zu dem großen Zelt Nosta Khans bahnte. Seine Gedanken waren kühl und ruhig, und er sprach den Wächter vor dem Zelt an.

Die Neuigkeit breitete sich wie ein Steppenbrand in der Armee aus: Als der Morgen anbrach, waren die Zelte von Nosta Khans sechzig Akolyten von markerschütternden Schreien erfüllt gewesen. Wächter waren herbeigeeilt und fanden die Männer, die sich mit gebrochenem Rückgrat am Boden wanden, ihre Körper gekrümmt wie überspannte Bogen.

Ulric wußte, daß Nosta Khan seine Jünger zusammengerufen hatte, um mit ihrer vereinten Macht den weißen Templern entgegenzuwirken, aber er hatte die damit verbundenen Gefahren nie wirklich verstanden.

»Nun?« fragte er den Wächter.

»Nosta Khan lebt«, sagte der Mann.

Ulric hob die Zeltklappe und trat in den Gestank von Nosta Khans Behausung. Der alte Mann lag auf einer schmalen Pritsche; sein Gesicht war grau vor Erschöpfung, eine Haut schweißnaß. Ulric zog sich einen Hocker heran und setzte sich neben ihn.

»Meine Akolyten?« wisperte Nosta Khan.
»Alle tot.«
»Sie waren zu stark, Ulric«, sagte der alte Mann. »Ich habe dich enttäuscht.«
»Ich bin schon oft enttäuscht worden«, sagte Ulric. »Es spielt keine Rolle.«
»Aber für mich!« rief der Schamane und zuckte zusammen, als die Anstrengung seinen Rücken streckte.
»Stolz«, sagte Ulric. »Du hast nichts verloren, du bist lediglich von einem stärkeren Feind besiegt worden. Es wird ihnen wenig nützen, denn meine Armee wird die Dros einnehmen. Sie können nicht aushalten. Ruh dich aus – und gehe kein Risiko ein, Schamane. Das ist ein Befehl!«
»Ich werde gehorchen.«
»Ich weiß. Ich will nicht, daß du stirbst. Werden sie kommen, um dich zu holen?«
»Nein. Die weißen Templer sind voller ehrenhafter Ideen. Wenn ich ruhe, werden sie mich in Frieden lassen.«
»Dann ruhe dich aus. Und wenn du dich wieder kräftiger fühlst, werden wir sie dafür bezahlen lassen, daß sie dich verletzt haben.«
Nosta Khan grinste. »Ja.«
Weit im Süden stieg Tempel zu den Sternen empor. Vintar konnte ihn nicht aufhalten und kämpfte darum, die Ruhe zu bewahren, als Tempels Panik über ihn hinwegflutete. Beim Tod seines Feindes hatte Vintar versucht, die Dreißig in den Kammern des Geistes des Kolosses zu rufen. In diesem Moment hatte Tempel in sich hineingeschaut und Vintar entdeckt.
Vintar hatte versucht, seine Gegenwart zu erklären und die Notwendigkeit, daß Tempel seine Individualität aufgab. Tempel nahm die Wahrheit zwar auf, floh aber davor wie ein Komet und jagte hinauf in den Himmel.
Der Abt versuchte erneut, Serbitar zu rufen, und suchte die Nische, in die er ihn in den Hallen seines Unterbewußtseins gelegt hatte. Der Lebensfunke, der den Albino darstellte, blühte unter dem Tasten des Abtes auf, und Tempel schauderte. Er hatte das Gefühl, ein Teil von ihm sei abgeschnitten worden. Er wurde langsamer auf seiner Flucht.
»Warum tust du mir das an?« fragte er Vintar.
»Weil ich muß.«
»Ich werde sterben.«

»Nein. Du wirst in uns allen weiterleben.«

»Warum mußt du mich töten?«

»Es tut mir unendlich leid«, sagte Vintar sanft. Mit Serbitars Hilfe suchte er Arbedark und Menahem. Tempel schrumpfte, und Vintar verschloß sein Herz voller Kummer vor der überwältigenden Verzweiflung. Die vier Krieger riefen die anderen Mitglieder der Dreißig, und mit schweren Herzen kehrten sie zurück.

Rek eilte zu Vintar, als der Abt sich rührte und die Augen öffnete.

»Seid ihr noch rechtzeitig gekommen?« fragte er.

»Ja«, murmelte der Abt erschöpft. »Laß mich jetzt ruhen.«

Etwa eine Stunde vor Sonnenuntergang ritten Rek, Virae und die Dreißig unter dem großen Fallgittertor der Festung hindurch. Ihre Pferde waren erschöpft, schweißbedeckt, mit nassen Flanken. Männer eilten herbei, um Virae zu begrüßen, Soldaten nahmen die Helme ab, und Bürger fragten nach Neuigkeiten aus Drenan. Rek hielt sich im Hintergrund, bis sie in der Festung waren. Ein junger Offizier geleitete die Dreißig zu den Unterkünften, während Rek und Virae sich auf den Weg in die ganz oben gelegenen Räume machten. Rek war erschöpft.

Er entkleidete sich und badete mit kaltem Wasser. Dann rasierte er sich die vier Tage alten Stoppeln ab und fluchte, als das scharfe Messer – ein Geschenk von Horeb – ihm die Haut aufritzte. Er schüttelte den Großteil des Staubes aus seinen Kleidern und zog sich wieder an. Virae hatte sich in ihre eigenen Räume zurückgezogen, und er hatte keine Ahnung, wo diese lagen. Er band den Schwertgürtel um und ging zurück in die Haupthalle, mußte unterwegs allerdings zweimal einen Bediensteten nach dem Weg fragen. Sobald er sie gefunden hatte, setzte er sich und betrachtete die Marmorstatuen antiker Helden. Er kam sich verloren vor, unbedeutend und überwältigt.

Als sie eingetroffen waren, hatten sie gehört, daß die Nadir vor den Mauern standen. In der Stadtbevölkerung war die Panik nahezu greifbar, und sie hatten gesehen, wie scharenweise Flüchtlinge mit hochbeladenen Karren die Stadt verließen – ein langer, trauriger Konvoi auf dem Weg nach Süden. Rek war sich nicht sicher, ob Hunger oder Müdigkeit ihm im Augenblick mehr zusetzten. Er erhob sich mühsam und leicht schwankend; dann fluchte er laut. In der Nähe der Tür war ein mannshoher, ovaler Spiegel angebracht. Als er sich davorstellte, erschien ihm der Mann, der ihn daraus anstarrte, großgewachsen, breitschultrig und kraftvoll. Die graublauen Augen blickten zielstrebig, das Kinn war fest, der Körper schlank. Der blaue Umhang saß gut, auch wenn er deutliche Spuren der Reise trug, und die schenkellangen, rehledernden Stiefel verliehen ihm etwas von einem Kavallerieoffizier.

Als Rek den Grafen von Delnoch betrachtete, sah er sich so, wie andere ihn sahen. Sie durften nichts von seinen inneren Ängsten erfahren und nur das Bild sehen, das er für sie schuf.

So sollte es sein.

Er verließ die Halle und hielt den ersten Soldaten an, um zu fragen, wo er Druss finden konnte. Mauer Eins, sagte der Soldat und beschrieb ihm, wo die Ausfallpforten waren. Der große junge Graf machte sich auf den Weg zu Eldibar. Die Sonne ging langsam unter, und auf dem Weg durch die Stadt kaufte er sich einen kleinen Honigkuchen, den er beim Gehen verzehrte. Als er die Pforte an Mauer Zwei erreichte, wurde es schon dunkel, aber ein Wächter zeigte ihm den Weg, und schließlich erreichte er das Schlachtfeld hinter Mauer Eins. Wolken verdeckten den Mond, und er stürzte fast in den Feuergraben, der sich quer über das Feld erstreckte. Ein junger Soldat grüßte ihn und zeigte ihm die nächste Brücke hinüber.

»Du bist einer von Bowmans Bogenschützen, nicht wahr?« fragte der Soldat, der den hochgewachsenen Fremden nicht kannte.

»Nein. Wo ist Druss?«

»Keine Ahnung. Vielleicht auf den Wehrgängen. Vielleicht versuchst du es aber auch in der Messe. Du bist wohl ein Bote?«

»Nein. Wo ist die Messe?«

»Siehst du die Lichter dort drüben? Das ist das Krankenhaus. Dahinter ist das Lager. Du gehst einfach geradeaus daran vorbei, bis du den Gestank der Latrinen riechst. Dann biegst du rechts ab. Du kannst die Messe nicht verfehlen.«

»Danke.«

»Keine Ursache. Bist du ein neuer Rekrut?«

»Ja«, erwiderte Rek. »So etwas Ähnliches.«

»Na, dann komme ich wohl besser mit dir.«

»Nicht nötig.«

»O doch«, sagte der Mann, und Rek spürte etwas Spitzes an seinem Hals. »Das ist ein ventrischer Dolch, und ich schlage vor, daß du einfach ein kurzes Stück mit mir gehst.«

»Was soll das?«

»Erstens hat vor kurzem jemand versucht, Druss umzubringen, und zweitens kenne ich dich nicht«, antwortete der Mann. »Also, schön weitergehen, und wir werden ihn zusammen suchen.«

Die beiden Männer gingen auf die Messe zu. Als sie näher kamen, hörten sie die Geräusche aus den vor ihnen liegenden Gebäuden. Ein Wächter grüßte sie von den Wehrgängen herunter. Der Soldat antwortete und fragte dann nach Druss.

»Er ist beim Torturm auf der Mauer«, kam die Antwort.

»Hier lang«, sagte der Soldat, und Rek kletterte die wenigen Stufen zu den Wehranlagen empor. Dann blieb er wie angewurzelt stehen. Auf der Ebene erhellten Tausende von Fackeln und kleinen Feuern das Lager der Nadir. Belagerungstürme standen wie Riesen auf dem Paß zwischen den Bergen. Das ganze Tal war erleuchtet, soweit das Auge reichte – es war wie der Blick in die Hölle.

»Kein schöner Anblick, was?« meinte der Soldat.

»Ich nehme nicht an, daß es bei Tageslicht besser aussieht«, sagte Rek.

»Da hast du nicht Unrecht«, stimmte der andere ihm zu. »Weiter.«

Ein Stück voraus saß Druss und sprach zu einer kleinen Gruppe von Soldaten. Er erzählte eine wunderbar ausgeschmückte Geschichte, die Rek schon einmal gehört hatte. Die Pointe hatte die gewünschte Wirkung, und die nächtliche Stille wurde von Gelächter unterbrochen.

Druss lachte herzlich mit; dann bemerkte er die beiden Neuankömmlinge. Er drehte sich um und betrachtete prüfend den großen Mann im blauen Umgang.

»Nun?« fragte er den Soldaten.

»Er hat dich gesucht, Hauptmann, da habe ich ihn hergebracht.«

»Um es etwas genauer zu sagen«, warf Rek ein, »er hielt mich für einen Attentäter. Daher der Dolch in meinem Rücken.«

Druss hob eine Augenbraue. »Und, bist du einer?«

»In letzter Zeit nicht. Können wir miteinander reden?«

»Mir scheint, das tun wir bereits.«

»Allein.«

»Fang schon mal an. Dann entscheide ich, wie allein wir weiterreden«, sagte Druss.

»Ich heiße Regnak. Ich bin soeben mit den Kriegern vom Tempel der Dreißig und Virae, der Tochter Delnars, angekommen.«

»Wir unterhalten uns allein«, entschied. Druss. Die Männer zogen sich außer Hörweite zurück.

»Also los«, sagte Druss und fixierte Rek mit seinen kühlen grauen Augen.

Rek setzte sich auf die Mauer und starrte auf das flimmernde Tal hinaus.

»Ein bißchen groß, nicht?«

»Macht dir wohl angst?«

»Bis zu den Zehenspitzen. Aber da du offensichtlich nicht in der Stimmung bist, unsere Unterredung einfach zu gestalten, werde ich dir lediglich meine Position klarmachen. Ob es nun gut oder schlecht ist – ich bin der Graf. Ich bin weder ein Narr noch ein General – wenn das auch oft dasselbe bedeutet. Vorläufig werde ich nichts ändern. Aber denk daran ... ich werde hinter niemandem zurückstehen, wenn Entscheidungen nötig sind.«

»Glaubst du, mit der Tochter eines Grafen zu schlafen, gibt dir dieses Recht?«

»Ja, und das weißt du genau! Aber das ist nicht der Punkt. Ich habe schon gekämpft, und ich verstehe genausoviel von Strategie wie jeder andere hier. Darüber hinaus habe ich die Dreißig, und ihr Wissen und Können ist unübertroffen. Aber, was noch wichtiger ist: Wenn ich schon an diesem elenden Ort sterben muß, dann nicht als Zuschauer. Ich werde mein Schicksal selbst in die Hand nehmen.«

»Da lädst du dir aber eine Menge auf, Freundchen.«

»Nicht mehr, als ich bewältigen kann.«

»Glaubst du das wirklich?«

»Nein«, gab Rek offen zu.

»Das dachte ich mir«, sagte Druss grinsend. »Warum, zum Teufel, bist du hergekommen?«

»Manchmal denke ich, das Schicksal hat einen ganz besonderen Sinn für Humor.«

»Zu meiner Zeit hatte es das immer. Aber du siehst wie ein vernünftiger junger Mann aus. Du hättest das Mädchen mit nach Lentria nehmen und dort eine Familie gründen sollen.«

»Druss, niemand bringt Virae irgendwohin, wenn sie nicht will. Sie ist mit Krieg und Kriegsgerede aufgewachsen. Sie kennt alle deine Legenden auswendig und weiß alles über jeden Feldzug, an dem du teilgenommen hast. Sie ist eine Amazone – und hier ist genau der Platz, an dem sie sein will.«

»Wie habt ihr euch kennengelernt?«

Rek erzählte von der Abreise aus Drenan, der Reise durch Skultik, Reinhards Tod, dem Tempel der Dreißig, der Hochzeit auf dem Schiff und dem Kampf mit den Sathuli. Der alte Mann hörte sich die Geschichte kommentarlos an.

»... und hier sind wir nun«, schloß Rek.

»Du bist also ein Berserker«, sagte Druss.

»Das habe ich nicht gesagt!« fuhr Rek auf.

»O doch, mein Freund – weil du es nicht gesagt hast. Es spielt keine Rolle. Ich habe schon oft mit Berserkern Seite an Seite gekämpft. Ich bin nur erstaunt, daß die Sathuli euch haben ziehen lassen – sie sind nicht gerade als besonders ehrenhaft bekannt.«

»Ich glaube, Joacim, ihr Anführer, ist eine Ausnahme. Hör zu, Druss, ich wäre dir dankbar, wenn du das mit dem Berserker für dich behalten könntest.«

Druss lachte. »Sei nicht albern, Junge! Was meinst du wohl, wie lange das ein Geheimnis bleibt, wenn erst die Nadir auf den Mauern sind? Bleib dicht bei mir, dann passe ich auf, daß du nicht über unsere eigenen Leute herfällst.«

»Das ist nett von dir – aber ich finde, du könntest ruhig etwas gastfreundlicher sein. Ich bin so ausgetrocknet wie eine Wüste.«

»Zweifellos«, meinte Druss, »macht reden durstiger als kämpfen. Komm mit, wir suchen Hogun und Orrin. Es ist die letzte Nacht vor der Schlacht, das schreit geradezu nach einer Feier.«

20

Als am dritten Tag der Morgen dämmerte, brachen die ersten Anzeichen der apokalyptischen Wirklichkeit über die Mauern von Dros Delnoch herein. Tausende schwitzender Krieger zogen an Hunderten von Wurfgeschützen die Arme zurück. Muskeln spannten und verhärteten sich, und die Nadir zogen die riesigen Arme so weit zurück, daß die Flechtkörbe an den Spitzen fast den Boden berührten. Jeder Korb war mit einem Felsbrocken geladen.

Die Verteidiger sahen in erstarrtem Entsetzen zu, wie ein Nadirhäuptling den Arm hob. Der Arm senkte sich, und die Luft war erfüllt von einem tödlichen Regen, der auf die Verteidiger niederprasselte. Die Brustwehren erbebten, als die Felsbrocken aufschlugen. Am Torturm wurden drei Männer zermalmt, als ein Teil des Wehrgangs unter dem Aufprall eines riesigen Brockens förmlich explodierte. An der Mauer suchten die Männer Deckung, warfen sich flach auf den Boden, die Hände schützend über den Kopf gelegt. Der Lärm war beängstigend, die darauffolgende Stille entsetzlich. Als der erste donnernde Angriff nachließ und die Soldaten wieder vorsichtig die Köpfe hoben, mußten sie sehen, daß der gleiche Vorgang wie beiläufig wiederholt wurde. Hoch ging die Hand des Hauptmanns. Und herunter.

Und der Regen des Todes fiel erneut.

Rek, Druss und Serbitar standen über dem Torturm und erlebten den ersten Schrecken des Krieges zusammen mit ihren Männern. Rek hatte nicht geduldet, daß der alte Krieger allein dort stand, obwohl Orrin gewarnt hatte, es sei Wahnsinn, wenn beide Anführer dort zusammen wären. Druss hatte nur gelacht. »Du und Virae, ihr könnt von der zweiten Mauer aus zusehen, mein Freund. Und du wirst sehen, daß die Nadir mich mit ihren Kieselsteinen nicht umwerfen.«

Virae hatte wütend darauf bestanden, mit den anderen auf der ersten Mauer zu sein, aber Rek hatte entschieden abgelehnt. Ein Streit wurde rasch von Druss beendet: »Gehorch deinem Mann, Weib!« donnerte er. Rek war regelrecht zuammengezuckt und hatte die Augen vor dem zu erwartenden Ausbruch geschlossen. Aber seltsamerweise hatte Virae lediglich genickt und sich mit Hogun und Orrin auf Musif, Mauer Zwei, zurückgezogen.

Jetzt kauerte Rek neben Druss und blickte die Mauer entlang. Mit Schwertern und Speeren in den Händen warteten die Männer von Dros Delnoch grimmig darauf, daß der tödliche Ansturm abflaute.

Während unten zum zweitenmal nachgeladen wurde, befahl Druss, daß sich die Hälfte der Männer unter die zweite Mauer zurückzog, außer Reichweite der Katapulte. Dort schlossen sie sich Bowmans Bogenschützen an.

Drei Stunden dauerte der Angriff, pulverisierte Abschnitte der Mauer, zermalmte Männer und vernichtete einen überhängenden Turm, der unter dem titanischen Aufprall zusammenbrach und langsam ins Tal hinunterstürzte. Die meisten Männer konnten sich mit einem Sprung in Sicherheit bringen, und nur vier wurden schreiend mit in den Abgrund gerissen.

Bahrenträger stürmten mutig durch den Angriff, um Verwundete zum Eldibar-Lazarett zu schaffen. Mehrere Steine hatten das Gebäude getroffen, doch es war solide gebaut, und bislang hatte noch kein Stein das Dach durchschlagen. Bar Britan, schwarzbärtig und kräftig, rannte mit dem Schwert in der Hand neben den Bahrenträgern her und trieb sie an.

»Bei den Göttern, das nenne ich Tapferkeit«, sagte Rek, stieß Druss in die Seite und zeigte auf die Bahrenträger. Druss nickte. Er bemerkte, daß Rek offensichtlich stolz auf den Mut des Mannes war. Reks Herz flog Britan entgegen, der den tödlichen Ansturm ignorierte.

Mindestens fünfzig Soldaten waren auf den Tragen fortgeschafft worden. Weniger, als Druss befürchtet hatte. Er erhob sich und spähte über die Brustwehr hinab.

»Bald«, sagte er. »Sie sammeln sich hinter den Belagerungstürmen.«

Ein Felsbrocken krachte zehn Schritt neben ihm durch die Mauer, so daß Männer auseinanderstoben wie eine Sandwolke. Wunderbarerweise stand nur einer nicht wieder auf; die anderen nahmen ihre Plätze neben ihren Kameraden wieder ein. Druss hob einen Arm, das Signal für Orrin. Ein Trompetenstoß ertönte, und Bowman stürmte mit dem Rest der Männer vorwärts. Jeder Bogenschütze trug fünf Köcher mit je zwanzig Pfeilen. Sie rannten über das freie Feld, über die Brücken der Feuergräben und erklommen die Brustwehren.

Mit einem Haßgeschrei, das den Verteidigern durch Mark und Bein ging, stürmten die Nadir auf die Mauer zu, eine riesige schwarze Masse, eine finstere Flut, um die Dros zu überschwemmen. Tausende der Barbaren begannen, die großen Belagerungstürme vorwärts zu schleppen, während andere mit Leitern und Tauen kamen. Die Ebene vor den Mauern schien geradezu lebendig, als die Nadir sich darüber ergossen und ihre Schlachtrufe ausstießen.

Keuchend und mit klopfenden Herzen erreichte Bowman Druss, Rek und Serbitar. Die Gesetzlosen schwärmten auf der Mauer aus.

»Schießt, wenn ihr bereit seid«, sagte Druss. Der grüngekleidete Gesetzlose fuhr sich mit der schmalen Hand durch das blonde Haar und grinste.

»Wir können sie kaum verfehlen«, sagte er. »Aber es wird sein, als würde man gegen ein Gewitter anspucken.«

»Jedes bißchen hilft«, erwiderte der Axtträger.

Bowman legte eine Sehne auf seinen Eibenholzbogen und legte einen Pfeil auf. Links und rechts von ihm wurde diese Bewegung tausendfach wiederholt. Bowman zielte auf einen der vorderen Krieger und schoß. Der Pfeil zischte durch die Luft und drang dem Mann mit voller Wucht durch die Lederweste. Als er taumelte und stürzte, erscholl Jubel auf der Mauer. Tausend Pfeile folgten, dann noch einmal tausend und noch einmal. Viele Nadir-Krieger trugen Schilde, aber längst nicht alle. Hunderte fielen, von Pfeilen getroffen, so daß die Nachrückenden über sie stolperten. Doch noch immer drängte die schwarze Flut weiter vor, trampelte über die Toten und Verwundeten hinweg.

Bewaffnet mit seinem vagrischen Bogen, schoß Rek Pfeil um Pfeil in die Horde. Sein mangelndes Können spielte keine Rolle, da – wie Bowman gesagt hatte – man kaum daneben treffen konnte. Die Pfeile waren eine spitze Verhöhnung der schwerfälligen Wurfgeschosse, die man gegen sie eingesetzt hatte. Aber sie forderten einen höheren Tribut.

Die Nadir waren jetzt dicht genug, daß man einzelne Gesichter erkennen konnte. Rauhe Kerle, dachte Rek, aber stark und zäh – erzogen zu Krieg und Blutvergießen. Viele von ihnen hatten keine Rüstung, einige trugen Kettenhemden, doch die meisten besaßen nur schwarze Brustplatten aus bemaltem Leder und Holz. Ihr Schlachtggeschrei wirkte fast tierisch. Man konnte keine Worte erkennen, nur ihren Haß spüren. Wie der zornige Schrei eines riesigen, unvollkommenen Ungeheuers, dachte Rek, als das vertraute Gefühl der Angst seinen Magen zusammenschnürte.

Serbitar hob das Visier seines Helms und beugte sich über die Brustwehr, ohne die wenigen Pfeile, die zu ihm heraufschwirrten, zu beachten.

»Sie haben mit den Leitern die Mauer erreicht«, sagte er leise.

Druss wandte sich an Rek. »Das letztemal, als ich neben einem Grafen von Dros Delnoch im Kampf stand, haben wir eine Legende geschaffen.«

»Das Merkwürdige an solchen Sagen ist«, erwiderte Rek, »daß nie von trockenen Lippen und vollen Blasen die Rede ist.«

Ein Enterhaken fuhr fauchend über die Mauer.

»Noch ein letzter Rat?« fragte Rek und zog sein Schwert aus der Scheide.

Druss grinste und zog Snaga. »Lebe!« sagte er.

Weitere Enterhaken rasselten über die Mauer, fanden sofort Halt und gruben sich tief in den Stein, als von unten Hunderte von Händen Druck ausübten. Außer sich vor Angst, hieben die Männer mit ihren Klingen auf die schlangengleichen Taue ein, bis Druss ihnen brüllend Einhalt gebot.

»Wartet, bis sie klettern!« rief er. »Ihr sollt Männer töten, keine Seile!«

Serbitar, der sich mit Krieg beschäftigte, seit er dreizehn war, beobachtete das Vorrücken der Belagerungstürme mit entrückter Faszination. Offenkundig stand die Idee dahinter, so viele Männer wie möglich mit Tauen und Leitern auf die Mauern zu bekommen und dann die Türme heranzuziehen. Das Blutbad unter den Männern, die unten die Türme schleppten, war furchtbar, denn Bowman und seine Schützen spickten sie mit Pfeilen. Aber immer mehr eilten herbei, um die Plätze der Toten und Sterbenden einzunehmen.

Obwohl wild auf die Taue eingehackt wurde, waren die ersten Nadir durch die schiere Anzahl der Enterhaken und ihrer Werfer auf die Brustwehr gelangt.

Hogun, der mit fünftausend Mann auf Musif stand, Mauer Zwei, war in Versuchung, seinen Befehl zu ignorieren und Mauer

Eins zu Hilfe zu eilen. Doch als Berufssoldat war er gewöhnt zu gehorchen, und so hielt er seine Stellung.

Tsubodai wartete am unteren Ende des Seils, während die Stammeskrieger über ihm langsam kletterten. Ein Körper stürzte an ihm vorbei und wurde auf den vorspringenden Felsen zerschmettert. Blut spritzte auf seine bemalte Brustplatte. Er grinste, als er die verzerrten Züge von Nestzan, dem Wettläufer, erkannte.

»Das mußte ja so kommen«, sagte er zu dem Mann neben sich. »Wenn er so schnell gelaufen wäre, wie er jetzt gefallen ist, hätte ich nicht soviel Geld verloren.«

Über ihnen hielten die Kletternden inne, denn die Verteidiger zwangen die Angreifer zurück an die Brüstung. Tsubodai sah zu dem Mann über sich hoch.

»Wie lange willst du noch da hängenbleiben, Nakrash?« rief er. Der Mann beugte sich und sah hinunter.

»Das sind diese Dungfresser von der Grünsteppe!« brüllte er. »Sie könnten nicht mal auf einer Kuhhaut Tritt fassen!«

Tsubodai lachte fröhlich und stemmte sich vom Seil ab, um zu sehen, wie die anderen vorwärtskamen. Überall an der Mauer dasselbe Bild: Man kletterte nicht weiter, von oben drang Schlachtlärm herunter. Als mehrere Körper auf den umliegenden Felsen aufschlugen, drückte er sich wieder dicht an die Mauer.

»Wir werden noch den ganzen Tag hier hängen«, sagte er. »Der Khan hätte die Wolfsschädel zuerst hochschicken sollen. Bei Gulgothir waren diese Grünen schon nicht zu gebrauchen, und hier sind sie es noch weniger.«

Sein Kamerad grinste und zuckte die Achseln. »Es geht weiter.«

Tsubodai packte das geknotete Seil und zog sich hoch. Er hatte ein gutes Gefühl für heute – vielleicht gewann er ja die Pferde, die Ulric dem Krieger versprochen hatte, der den alten Graubart niederstreckte, von dem alles redete.

›Todeswanderer‹! Ein dicker alter Mann ohne Schild.

»Tsubodai«, rief Nakrash. »Du wirst doch wohl nicht heute sterben, oder? Jedenfalls nicht, solange du mir noch was von dem Wettlauf schuldest.«

»Hast du gesehen, wie Nestzan gefallen ist?« schrie Tsubodai zurück. »Wie ein Pfeil. Du hättest sehen sollen, wie seine Arme ruderten. Als ob er den Boden wegstoßen wollte.«

»Ich behalte dich im Auge. Und daß du mir nicht stirbst, hörst du?«

»Paß auf dich selbst auf. Ich werde dich mit Todeswanderers Pferden bezahlen.«

Als die Männer höher kletterten, rückten von unten weitere nach. Tsubodai blickte nach unten.

»He, du!« rief er. »Du bist doch wohl kein verlauster Grüner, oder?«

»Dem Gestank nach mußt du ein Wolfsschädel sein«, erwiderte der Kletternde grinsend.

Nakrash erreichte die Brustwehr, zog sein Schwert und drehte sich um, um Tsubodai hochzuziehen. Die Angreifer hatten sich einen Keil durch die Reihen der Drenai erkämpft, und noch konnten weder Tsubodai noch Nakrash in das Geschehen eingreifen.

»Platz da! Macht doch Platz!« rief der Mann hinter ihm.

»Warte gefälligst, Ziegenatem«, sagte Tsubodai. »Ich frage die Rundaugen nur mal eben, ob sie dir hochhelfen. He, Nakrash, stell dich auf deine langen Beine und sag mir, wo Todeswanderer ist.«

Nakrash deutet nach rechts. »Ich glaube, du hast bald die Gelegenheit, an deine Pferde zu kommen. Es sieht aus, als wäre er jetzt näher als eben.« Tsubodai sprang leichtfüßig auf die Brüstung, um den alten Mann in Aktion zu sehen.

»Diese Grünen klettern einfach hier rauf und bitten um seine Axt, diese Narren.«

Aber niemand hörte ihn bei dem Lärm.

Der breite Keil aus Kriegern vor ihm wurde rasch ausgedünnt, und Nakrash sprang in eine Lücke und schlitzte einem Drenaikrieger die Kehle auf, der verzweifelt versuchte, sein Schwert wieder aus dem Bauch eines Nadir zu ziehen. Tsubodai war kurze Zeit später neben ihm und hieb lachend auf die großen, rundäugigen Südländer ein.

Kampflust überkam ihn, wie es in den zehn Jahren Krieg unter Ulrics Banner immer gewesen war. Als die erste Schlacht begann, war er noch ganz jung und hatte die Ziegen seines Vaters auf den Granitsteppen weit im Norden gehütet. Damals war Ulric erst seit wenigen Jahren Feldherr gewesen. Er hatte den Stamm der Langaffen unterworfen und den Männern die Chance geboten, unter ihrem eigenen Banner mit seinen Truppen zu reiten. Sie hatten abgelehnt und bis auf einen Mann den Tod gefunden. Tsubodai erinnerte sich gut an jenen Tag: Ulric hatte eigenhändig ihren

Häuptling an zwei Pferde gebunden und ihn zerreißen lassen. Achthundert Männer waren geköpft und ihre Rüstungen an junge Männer wie Tsubodai verteilt worden.

Beim nächsten Überfall war er in vorderster Reihe dabeigewesen. Ulrics Bruder Gat-sun hatte ihn sehr gelobt und ihm einen Schild aus gespannter Kuhhaut geschenkt, der mit Messing eingefaßt war. Tsubodai hatte ihn noch in derselben Nacht beim Knöchelspiel wieder verloren, aber er dachte noch immer voller Zuneigung an dieses Geschenk. Der arme Gat-sun! Im darauffolgenden Jahr hatte Ulric ihn hinrichten lassen, weil er eine Rebellion angezettelt hatte. Tsubodai war mit gegen ihn geritten und hatte am lautesten gejubelt, als sein Kopf fiel. Jetzt war Tsubodai, mit sieben Frauen und vierzig Pferden, nach seinen Maßstäben ein reicher Mann. Und noch nicht einmal dreißig.

Die Götter mußten ihn wirklich lieben!

Ein Speer streifte seine Schulter. Sein Schwert holte aus und hackte den Arm beinahe ab. Oh, und wie die Götter ihn liebten! Er wehrte mit seinem Schild einen Hieb ab.

Nakrash kam zu seiner Rettung und schlitzte dem Angreifer den Bauch auf, der schreiend stürzte und unter den Füßen der nachdrängenden Krieger begraben wurde.

Zu seiner Rechten gab die Reihe der Nadir nach, und er wurde zurückgedrängt, als Nakrash von einem Speer in der Seite erwischt wurde. Tsubodais Klinge sauste durch die Luft und traf den Lanzenträger hoch im Nacken. Blut spritzte, der Mann fiel. Tsubodai sah zu Nakrash hinunter, der sich vor seinen Füßen am Boden wand und mit den Händen den glatten Schaft der Lanze umklammerte.

Er bückte sich und zog seinen Freund aus dem Kampfgeschehen. Mehr konnte er nicht tun, denn Nakrash lag im Sterben. Es war eine Schande und nahm dem Tag jeden Reiz für den kleinen Stammeskrieger. Nakrash war ihm in den letzten beiden Jahren ein guter Kamerad gewesen. Als er aufblickte, sah er eine schwarzgekleidete Gestalt mit weißem Bart, die sich ihren Weg vorwärts bahnte, eine schreckliche Axt aus silbernem Stahl in den blutbespritzten Händen.

Auf der Stelle hatte Tsubodai Nakrash vergessen. Er sah nur noch Ulrics Pferde. Er drängte sich vor, um sich dem Axtkämpfer zu stellen, beobachtete seine Bewegungen, seine Technik. Für jemanden, der so alt war, bewegt er sich gut, dachte Tsubodai, als der alte Mann einen mörderischen Schlag abwehrte und seine Axt rückhändig in das Gesicht eines Stammeskriegers hieb, der schreiend über die Brustwehr stürzte.

Tsubodai sprang vor und zielte einen geraden Hieb auf den Bauch des alten Mannes. Von da an schien es, als würde sich die Szene unter Wasser abspielen. Der weißbärtige Krieger heftete seine blauen Augen auf Tsubodai, und kaltes Entsetzen stieg in ihm auf. Die Axt schien gegen sein Schwert zu schweben, wischte seinen Hieb beiseite, kehrte sich um und drang mit quälender Langsamkeit in Tsubodais Brust.

Sein Körper fiel krachend gegen die Brüstung, rutschte daran ab und kam neben Nakrash zu liegen. Als er an sich herunterschaute, sah er helles Blut und dann dunkles, arterielles Blut. Er preßte die Hand auf das Loch und stöhnte, als eine gebrochene Rippe unter seiner Faust nachgab.

»Tsubodai?« fragte Nakrash leise. Irgendwie drang der Laut zu ihm durch.

Er krümmte sich über seinen Freund und legte den Kopf auf dessen Brust. »Ich höre dich, Nakrash.«

»Du warst schon ganz nahe an den Pferden dran. Ganz nah.«

»Verdammt gut, dieser alte Mann, was?« sagte Tsubodai.

Der Schlachtlärm ließ nach. Tsubodai merkte, daß es statt dessen in seinen Ohren rauschte wie eine Meeresbrandung.

Er dachte an das Geschenk, das er von Gat-sun bekommen hatte, und wie dieser am Tag seiner Hinrichtung Ulric ins Gesicht gespuckt hatte.

Tsubodai grinste. Er hatte Gat-sun gemocht.

Er wünschte, er hätte nicht so laut gejubelt.

Er wünschte...

Druss hackte auf ein Seil ein, drehte sich um und fand sich einem Nadir-Krieger gegenüber, der gerade über die Mauer kroch. Er wehrte einen Schwerthieb ab und spaltete dem Mann den Schädel; dann kletterte er über den Toten und griff einen zweiten Krieger an, dem er mit einem Rückhandhieb den Bauch aufriß. Das Alter fiel von ihm ab. Er war dort, wo er immer hatte sein wollen – mitten in einer wütenden Schlacht. Hinter ihm kämpften Rek und Serbitar als Gespann; das schlanke Rapier des Albinos und Reks schweres Langschwert zuckten tödlich durch die Luft.

Druss erhielt nun Unterstützung von mehreren Drenai-Kriegern, und gemeinsam säuberten sie ihren Abschnitt der Mauer. Entlang der Mauer wurden ähnliche Manöver wiederholt, denn die fünftausend Krieger hielten Stand. Auch die Nadir spürten das, denn die Drenai drängten sie Zoll um Zoll zurück. Die Stammeskrieger kämpften mit neuer Entschlossenheit, schlugen und töteten mit wildem Geschick. Sie mußten nur so lange durchhalten, bis die Belagerungleitern an den Mauern lagen; dann würden Tausende ihrer Kameraden zu ihrer Verstärkung heranschwärmen. Und sie waren nur noch wenige Meter entfernt.

Druss warf einen Blick hinter sich. Bowman und seine Bogenschützen waren fünfzig Schritt hinter ihm, in Deckung hinter kleinen Feuern, die hastig entzündet worden waren. Druss hob einen Arm und winkte Hogun zu, der Befehl für ein Trompetensignal gab.

Mehrere hundert Mann zogen sich auf der Mauer vom Kampfgeschehen zurück, um mit Wachs versiegelte Tonkessel zu greifen und sie auf die herannahenden Türme zu schleudern. Tonscherben krachten gegen hölzerne Rahmen und verspritzten eine dunkle Flüssigkeit, die das Holz tränkte.

Gilad, das Schwert in der einen und einen Tonkessel in der anderen Hand, parierte einen Hieb von einem dunkelhäutigen Axtkämpfer, zog dem anderen sein Schwert durchs Gesicht und warf sein Gefäß. Er konnte gerade noch sehen, wie es in der offenen Tür oben im Turm zerschellte, wo die Nadir sich sammelten, ehe ihn zwei weitere Eindringlinge belästigen. Dem ersten stieß er sein Schwert in den Bauch, mußte dann aber feststellen, daß er es nicht wieder freibekam. Der zweite Angreifer schrie auf und holte aus, aber Gilad ließ sein Schwert los und machte einen Satz rückwärts. Sofort sprang ein anderer Drenai dem Nadir in den Weg, wehrte den Angreifer ab und enthauptete ihn fast. Gilad zerrte sein Schwert aus dem toten Nadir und lächelte Bregan dankend an.

»Nicht schlecht für einen Bauern«, rief Gilad, kämpfte sich seinen Weg zurück in die Schlacht und durchbrach die Deckung eines bärtigen Kriegers mit eisengespickter Keule.

»Jetzt, Bowman!« rief Druss.

Die Gesetzlosen legten Pfeile auf die Sehnen, deren Spitzen mit ölgetränkten Lappen umwickelt waren, und hielten sie in die Flammen. Sobald sie brannten, schossen sie die Pfeile über die Brüstung in die Wände der riesigen Belagerungstürme. Sofort züngelten Flammen und dichter, erstickender schwarzer Qualm auf, der von der Morgensonne hochgeweht wurde. Ein flammender Pfeil fuhr durch den offenen Türbogen des Turms, den Gilads ölgefüllter Kessel getroffen hatte, und drang einem Nadir-Krieger ins Bein, dessen Kleider naß von Öl waren. In Windeseile war der Mann eine zuckende, schreiende menschliche Fackel, taumelte gegen seine Kameraden und setzte auch sie in Brand.

Weitere Tonkessel segelten durch die Luft und gaben den Flammen auf den zwanzig Türmen neue Nahrung. Der furchtbare Gestank brennenden Fleisches wurde vom Wind über die Mauern getragen.

Der Rauch brannte Serbitar in den Augen, aber er bewegte sich mühelos zwischen den Nadir. Sein Schwert webte kunstvolle Muster in der Luft. Ohne Anstrengung tötete er, eine Maschine von tödlicher, furchterregender Kraft. Ein Stammeskrieger erhob sich mit gezücktem Messer hinter ihm, doch Serbitar drehte sich blitzschnell um und schnitt dem Mann mit einer fließenden Bewegung die Kehle durch.

»Danke, Bruder«, pulste er an Arbedark auf Mauer Zwei.

Rek fehlte zwar Serbitars Eleganz und tödliche Schnelligkeit, aber er benutzte sein Schwert nicht weniger wirkungsvoll, hielt es mit beiden Händen gepackt und knüppelte sich neben Druss zum Sieg. Ein Wurfmesser drang in seine Brustplatte und ritzte ihm die Haut auf. Er fluchte und ignorierte den Schmerz, so wie er auch die anderen kleineren Wunden ignorierte, die ihm dieser Tag eingetragen hatte: den aufgerissenen Schenkel und die gestauchten Rippen, die von einem Nadirspeer stammten, der von Brustplatte und Kettenhemd abgelenkt worden war.

Fünf Nadir drangen durch die Reihen der Verteidiger und rannten auf die schutzlosen Bahrenträger zu. Bowman streckte den ersten aus vierzig Schritt nieder. Caessa erledigte den zweiten. Dann rannte Bar Britan ihnen mit zwei seiner Männer entgegen. Der Kampf war kurz und heftig, das Blut der Nadir tränkte die Erde.

Langsam, fast unmerklich, fand eine Veränderung im Kampf statt. Immer weniger Stammeskrieger waren auf der Mauer, denn ihre Kameraden waren zu den Brustwehren zurückgedrängt worden, und sie hatten wenig Platz, Stellung einzunehmen. Die Nadir kämpften nicht mehr, um zu erobern, sondern um zu überleben.

Das Kriegsglück – immer launisch – hatte sich gewendet, und nun mußten sie sich verteidigen.

Doch die Nadir waren grimmig und tapfer. Weder schrien sie,

noch versuchten sie sich zu ergeben, sondern hielten ihre Stellung und starben kämpfend.

Einer nach dem anderen fiel, bis der letzte Krieger von der Brustwehr stürzte und auf den Felsen zerschmettert wurde.

Still zog die Nadir-Armee sich außer Reichweite der Bogenschützen zurück. Die Krieger sanken zu Boden und starrten die Dros mit dumpfem, unversöhnlichem Haß an. Schwarze Rauchfahnen stiegen von den verkohlenden Türmen auf, und der Gestank der Toten drang in ihre Nasen.

Rek lehnte sich über die Brüstung und rieb sich mit der blutigen Hand übers Gesicht. Druss kam hinzu und wischte Snaga sauber. Blutspritzer besudelten den eisengrauen Bart des alten Mannes, und er lächelte den neuen Grafen an.

»Du hast also auf meinen Rat gehört, Freund?«

»Ein bißchen«, sagte Rek. »Aber wir haben es doch nicht allzu schlecht gemacht, was?«

»Das war nur ein Vorgeplänkel. Morgen werden sie uns erst richtig auf die Probe stellen.«

Doch Druss irrte sich. Noch dreimal griffen die Nadir an jenem Tag an, ehe die hereinbrechende Dunkelheit sie zurück an ihre Lagerfeuer zwang, niedergeschlagen und fürs erste besiegt. Auf den Wehrgängen sanken erschöpfte Männer auf den blutgetränkten Boden und warfen Helme und Schilde beiseite. Bahrenträger schleppten Verwundete vom Schauplatz. Die Toten wurden vorläufig liegengelassen; ihre Bedürfnisse waren nicht länger wichtig. Drei Gruppen wurden eingeteilt, um die gefallenen Nadir zu untersuchen. Die Toten wurden über die Brüstung geworfen, die Lebenden rasch erlöst und ebenfalls auf die Ebene hinuntergeschleudert.

Druss rieb sich die müden Augen. Seine Schulter brannte vor Anstrengung, sein Knie war geschwollen und seine Glieder bleiern. Aber er hatte den Tag besser überstanden, als er gehofft hatte. Er sah sich um. Einige Männer lagen ausgestreckt auf den Steinen und schliefen. Andere saßen einfach nur da, mit dem Rücken an die Mauer gelehnt, mit leerem Blick und schweifenden Gedanken. Es wurde nur wenig gesprochen. Ein Stück von ihm entfernt unterhielt sich der junge Graf mit dem Albino. Sie hatten beide gut gekämpft. Der Albino wirkte noch frisch. Nur das Blut, das sein weißes Gewand und die Brustplatte sprenkelte, zeugte davon, was er heute geleistet hatte. Regnak jedoch schien müde genug für zwei zu sein. Sein Gesicht, grau vor Erschöpfung, wirkte älter, die Linien tiefer eingegraben. Staub, Blut und Schweiß vermischten sich auf seinen Zügen, und aus einem Verband am Unterarm tropfte langsam Blut auf die Steine.

»Du schaffst es schon, Freund«, sagte Druss leise.

»Druss, altes Pferd, wie fühlst du dich?« fragte Bowman.

»Ich hatte schon bessere Tage«, knurrte der alte Mann, richtete sich auf und biß die Zähne zusammen, weil das Knie schmerzte. Der junge Bogenschütze beging um ein Haar den Fehler, Druss seinen Arm als Stütze anzubieten, besann sich aber gerade noch rechtzeitig eines Besseren. »Komm mit zu Caessa«, sagte er.

»Ungefähr das letzte, was ich jetzt brauche, ist eine Frau. Ich werde ein bißchen schlafen«, sagte Druss. »Direkt hier, das geht schon.« Mit dem Rücken zur Mauer glitt er sacht zu Boden, das schmerzende Knie gerade ausgestreckt. Bowman machte kehrt und ging zurück zum Kasino, wo er Caessa fand und ihr die Lage erklärte. Nach einem kurzen Wortwechsel suchte sie etwas Leinen zusammen, während Bowman einen Krug Wasser holte. In der zunehmenden Dämmerung gingen sie zurück auf die Brustwehr. Druss schlief, erwachte jedoch, als sie näher kamen.

Das Mädchen war eine Schönheit, daran gab es keinen Zweifel. Ihr Haar war kastanienbraun, hatte jedoch im Mondlicht einen goldenen Schimmer, der zu den goldbraunen Flecken in ihren Augen paßte. Sie brachte sein Blut in Wallung, wie es heutzutage nur noch wenige Frauen schafften. Aber es war noch etwas anderes an ihr, etwas Unerreichbares. Sie kauerte sich neben ihn. Ihre schlanken Finger tasteten sein geschwollenes Knie ab. Druss stöhnte, als sie fester zudrückte. Dann zog sie ihm den Stiefel aus und rollte das Hosenbein hoch. Das Knie war verfärbt und aufgedunsen, die Adern an den Waden dick und empfindlich.

»Leg dich hin«, befahl sie. Mit der linken Hand faßte sie seinen Oberschenkel, hob das Bein hoch und faßte den Knöchel mit der rechten. Langsam beugte sie das Gelenk.

»Du hast Wasser im Knie«, sagte sie, senkte das Bein wieder und begann das Knie zu massieren. Druss schloß die Augen. Der scharfe Schmerz wich einem dumpfen Pochen. Die Minuten vergingen, und er döste ein. Sie weckte ihn mit einem leichten Klaps, und er stellte fest, das sein Knie fest bandagiert war.

»Was hast du sonst noch für Probleme?« fragte sie kühl.

»Keine«, erwiderte er.

»Lüg mich nicht an, alter Mann. Dein Leben hängt davon ab.«

»Meine Schulter brennt«, gab er zu.

»Du kannst jetzt laufen. Komm mit zur Krankenstation, dann kann ich deine Schmerzen lindern.« Sie winkte Bowman, der sich vorbeugte und dem Axtkämpfer auf die Füße half. Das Knie fühlte sich gut an, besser als seit Wochen.

»Du kannst wirklich etwas, Frau«, sagte er. »Ganz ehrlich.«

»Ich weiß. Geh langsam – es wird etwas weh tun, bis wir dort sind.«

In einem Nebenraum der Krankenstation befahl sie ihm, sich auszuziehen. Bowman lächelte und lehnte sich an den Türrahmen, die Arme vor der Brust verschränkt.

»Ganz?« fragte Druss.

»Ja. Bist du etwa schüchtern?«

»Nicht, wenn du es nicht bist«, sagte Druss, schlüpfte aus Weste und Hemd und setzte sich dann aufs Bett, um Hose und Stiefel auszuziehen.

»Und jetzt?«

Caessa stellte sich vor ihn und untersuchte ihn gründlich. Sie fuhr mit den Händen über die breiten Schultern und tastete die Muskeln ab.

»Steh auf«, bat sie, »und dreh dich um.« Er tat, wie ihm geheißen, so daß sie seinen Rücken untersuchen konnte. »Heb den rechten Arm über den Kopf – aber langsam.« Während die Untersuchung ihren Fortgang nahm, betrachtete Bowman den alten Krieger und staunte über die vielen Narben. Sie waren überall: vorn und hinten, manche lang und gerade, andere zackig, manche genäht, andere unregelmäßig und wuchernd. Auch seine Beine trugen Spuren vieler leichter Verwundungen. Aber bei weitem die meisten fanden sich auf der Brust. Bowman lächelte. Du hast deinen Feinden immer ins Auge gesehen, Druss, dachte er.

Caessa bat den Krieger, sich bäuchlings auf das Bett zu legen, und begann, die Muskeln auf seinem Rücken zu bearbeiten, Verspannungen zu lösen und Knoten unter den Schulterblättern zu beseitigen.

»Hol mir etwas Öl«, bat sie Bowman, ohne sich umzusehen. Er holte ein Einreibungsmittel aus dem Lager und überließ das Mädchen dann seiner Arbeit. Über eine Stunde lang massierte sie den alten Mann, bis zum Schluß ihre Arme vor Müdigkeit brannten. Druss war längst eingeschlafen, und sie breitete eine Decke über ihn und verließ leise den Raum. Draußen im Gang blieb sie einen Moment stehen, lauschte auf die Schreie der Verwundeten in den notdürftig errichteten Kabinen und beobachtete, wie die Hilfskräfte den Ärzten assistierten. Der Geruch nach Tod war stark hier, und sie ging hinaus in die Nacht.

Die Sterne funkelten hell, wie gefrorene Schneeflocken auf einer Samtdecke, mit dem Mond als strahlender Silbermünze in der Mitte. Sie schauderte. Vor ihr ging ein großer Mann in schwarzsilberner Rüstung auf die Messe zu. Es war Hogun. Er sah sie und winkte, änderte seine Richtung und kam zu ihr. Sie fluchte unterdrückt. Sie war müde und nicht in der Stimmung für männliche Gesellschaft.

»Wie geht's ihm?« fragte Hogun.

»Er ist stark.«

»Ich weiß, Caessa. Die ganze Welt weiß das. Aber wie geht es ihm?«

»Er ist alt, und er ist müde – erschöpft. Und das nach dem ersten Tag. Setz nicht zuviel Hoffnung auf ihn. Sein Knie kann jederzeit unter ihm nachgeben, sein Rücken wird immer schlimmer, und seine Gelenke sind verschlissen.«

»Du zeichnest ein pessimistisches Bild«, sagte der General.

»Ich sage, wie es ist. Es ist ein Wunder, daß er überhaupt noch lebt. Ich verstehe nicht, wie ein Mann in seinem Alter, mit den vielen Verletzungen, die er davongetragen hat, den ganzen Tag lang kämpfen und am Leben bleiben kann.«

»Und er war immer da, wo der Kampf am heftigsten tobte«, sagte Hogun. »Wie er es auch morgen sein wird.«

»Wenn du willst, daß er am Leben bleibt, dann sorge dafür, daß er übermorgen ausruht.«

»Das wird er niemals tun«, wandte Hogun ein.

»Er wird. Vielleicht schafft er es morgen noch – und selbst das bezweifle ich. Aber morgen abend wird er kaum noch in der Lage sein, den Arm zu heben. Ich werde ihm helfen, aber er wird einen von drei Tagen ausruhen müssen. Und ich möchte, daß morgen eine Stunde vor Tagesanbruch eine Wanne hier in seinem Raum für ihn bereitsteht. Ich werde ihn noch einmal massieren, ehe die Schlacht beginnt.«

»Du wendest viel Zeit für einen Mann auf, den du als ›alt und müde‹ beschrieben hast und über dessen Taten du vor kurzem noch gespottet hast.«

»Sei kein Narr, Hogun. Ich bringe diese Zeit für ihn auf, *weil* er alt und müde ist. Und obwohl ich ihn nicht so verehre wie du, sehe ich, daß die Männer ihn brauchen. Hunderte von kleinen Jungs, die Soldat spielen, um einem alten Mann zu imponieren, der im Krieg aufblüht.«

»Ich sorge dafür, daß er übermorgen ruht«, versprach Hogun.

»Falls er überlebt«, setzte Caessa grimmig hinzu.

21

Um Mitternacht wurden die endgültigen Verlustzahlen des ersten Tages der Schlacht bekanntgegeben. Vierhundertundsieben Männer waren tot. Einhundertachtundsechzig verwundet, von denen die Hälfte nicht mehr würde kämpfen können.

Die Ärzte arbeiteten noch immer, und die Zahl der Toten wurde doppelt geprüft. Viele Drenai-Krieger waren während des Kampfes von der Brustwehr gestürzt, und nur ein vollständiger Anwesenheitsappell würde Aufschluß über die genaue Zahl geben.

Rek war entsetzt, obwohl er versuchte, sich bei der Besprechung mit Orrin und Hogun im Arbeitszimmer über der großen Halle nichts anmerken zu lassen. An dieser Besprechung nahmen sieben Personen teil: Hogun und Orrin als Vertreter der Krieger, Bricklyn als Vertreter der Stadtbevölkerung, Serbitar, Vintar und Virae. Rek war es gelungen, sich vier Stunden Schlaf zu gönnen, und fühlte sich deshalb etwas erfrischt. Der Albino hatte überhaupt nicht geschlafen und wirkte ebenso frisch.

»Das sind bekümmernde Verluste für einen einzigen Kampftag«, sagte Bricklyn. »Jedenfalls können wir so nicht länger als zwei Wochen durchhalten.« Sein allmählich grau werdendes Haar war nach der am Hofe in Drenan herrschenden Mode frisiert, hinter die Ohren zurückgekämmt und im Nacken dicht gelockt. Er sah gut aus, obwohl sein Gesicht etwas fleischig war, und er besaß einen gut eingeübten Charme. Der Mann ist Politiker, und deswegen kann man sich nicht auf ihn verlassen, dachte Rek. Serbitar antwortete Bricklyn. »Statistiken bedeuten nach dem ersten Tag noch gar nichts«, erklärte er. »Da wird die Spreu vom Weizen getrennt.«

»Was bedeutet das, Prinz von Dros Segril?« fragte der Bürger. Ohne sein übliches Lächeln wirkte die Frage schärfer als sonst.

»Das sollte keine Respektlosigkeit gegenüber den Toten sein«, erwiderte Serbitar. »Es ist lediglich eine Realität des Krieges, daß die am wenigsten guten Kämpfer zuerst fallen. Verluste sind zu Beginn immer größer. Die Männer haben gut gekämpft, aber vielen Toten mangelte es an Können – deswegen sind sie tot. Die Verluste werden abnehmen, aber trotzdem hoch sein.«

»Sollten wir uns nicht mit dem befassen, was erträglich ist?« fragte der Bürger, an Rek gewandt. »Denn wenn wir davon ausgehen, daß die Nadir ohnehin die Mauern erobern, worin liegt dann der Sinn, weiter Widerstand zu leisten? Sind Leben denn gar nichts wert?«

»Schlägst du etwa vor, daß wir uns ergeben?« fragte Virae.

»Nein, meine Dame«, antwortet Bricklyn gewandt. »Das müssen die Krieger entscheiden, und ich werde jede Entscheidung unterstützen, die sie fällen. Aber ich glaube, wir sollten auch Alternativen bedenken. Vierhundert Mann sind heute gestorben, und man sollte sie für ihr Opfer ehren. Wir müssen darauf achten, daß wir den Stolz nicht über die Wirklichkeit stellen.«

»Wovon redet er?« wollte Virae von Rek wissen. »Ich verstehe kein Wort.«

»Was sind das für Alternativen, von denen zu sprichst?« fragte Rek. »So wie ich es sehe, gibt es nur zwei. Wir kämpfen und siegen, oder wir kämpfen und verlieren.«

»Das sind im Moment die wichtigsten Dinge«, sagte Bricklyn. »Aber wir müssen auch an die Zukunft denken. Glauben wir daran, daß wir hier aushalten können? Wenn ja, müssen wir mit allen Mitteln weiterkämpfen. Wenn nicht, müssen wir für einen ehrenvollen Frieden sorgen, wie es andere Völker vor uns getan haben.«

»Was ist ein ehrenvoller Friede?« fragte Hogun sanft.

»Ein Friede, in dem Feinde zu Freunden werden und alle Streitigkeiten vergessen sind. Dann werden wir den Herrscher Ulric in unserer Stadt als Verbündeten Drenans willkommen heißen, nachdem er uns das Versprechen gegeben hat, daß den Einwohnern kein Leid geschieht. Letzten Endes werden alle Kriege so beendet – wie die Anwesenheit von Serbitar, einem Prinzen von Vagria, hier bezeugt. Vor dreißig Jahren lagen wir im Krieg mit Vagria. Heute sind wir Freunde. In dreißig Jahren werden wir vielleicht eine Besprechung wie diese hier mit Fürsten der Nadir abhalten. Wir müssen Perspektiven schaffen.«

»Ich verstehe deinen Standpunkt«, sagte Rek, »und es ist ein guter ...«

»Das denkst du vielleicht! Andere aber nicht!« brauste Virae auf.

»Es ist ein guter Punkt«, fuhr Rek unbeirrt fort. »Diese Besprechungen sind kein Ort für säbelrasselnde Reden. Wir müssen, wie du sagst, die Gegebenheiten prüfen. Die erste Gegebenheit ist folgende: Wir sind gut ausgebildet, gut mit Vorräten ausgestattet, und wir halten die mächtigste Festung, die je gebaut wurde. Die zweite Gegebenheit ist, daß Magnus Wundweber Zeit braucht, um eine Armee aufzubauen und auszubilden, die den Nadir widersteht, selbst wenn Delnoch fallen sollte. Es hat keinen Sinn, zum jetzigen Zeitpunkt über Kapitulation zu reden, aber für künftige Besprechungen werden wir das im Auge behalten.

Gibt es noch eine andere Angelegenheit von städtischem Belang, über die du sprechen willst? Denn es ist schon spät, und wir haben dich bereits zu lange aufgehalten, Bricklyn.«

»Nein, Graf, ich glaube, wir haben das Thema abgeschlossen«, erwiderte der Bürger.

»Dann darf ich dir für deine Hilfe – und deinen weisen Rat – danken und dir eine gute Nacht wünschen.«

Der Bürger stand auf, verbeugte sich vor Rek und Virae und verließ den Raum. Einen Augenblick lauschten sie noch seinen verklingenden Schritten nach. Virae, erzürnt und errötet, setzte gerade an, um etwas zu sagen, als Serbitar das Schweigen brach.

»Das war gut gesprochen, Graf. Er wird immer ein Stachel in unserem Fleisch sein.«

»Er ist ein politisches Wesen«, sagte Rek. »Ihn kümmern weder Moral noch Ehre oder Stolz. Aber er hat seinen Platz und seinen Nutzen. Was ist mit morgen, Serbitar?«

»Die Nadir werden mit einer mindestens dreistündigen Bombardierung durch die Wurfgeschütze beginnen. Da die Armee derweil nicht vorrücken kann, schlage ich vor, daß wir bis auf fünfzig alle Männer eine Stunde vor Sonnenaufgang auf Musif zurückziehen. Wenn der Angriff nachläßt, rücken wir wieder vor.«

»Und was ist«, wandte Orrin ein, »wenn sie ihren zweiten Angriff schon bei Morgengrauen unternehmen? Dann werden sie über die Mauer sein, ehe unsere Truppen die Wehrgänge erreichen.«

»Das haben sie nicht vor«, erklärte der Albino schlicht.

Orrin war nicht überzeugt, fühlte sich jedoch in Serbitars Gegenwart unbehaglich. Rek bemerkte das.

»Glaub mir, mein Freund. Die Dreißig haben Kräfte, die weit über die normaler Menschen hinausgehen. Wenn er es sagt, dann ist es auch so.«

»Wir werden sehen, Graf«, sagte Orrin zweifelnd.

»Wie geht es Druss?« fragte Virae. »Als ich ihn bei Sonnenuntergang sah, wirkte er ziemlich erschöpft.«

»Caessa hat sich um ihn gekümmert«, berichtete Hogun, »und sie sagt, er wird es schon schaffen. Er ruht sich im Lazarett aus.«

Rek schlenderte zum Fenster, öffnete es und atmete tief die frische Nachtluft ein. Von hier aus konnte er bis weit ins Tal hinabsehen, wo die Lagerfeuer der Nadir flackerten. Sein Blick blieb auf dem Eldibar-Lazarett hängen, in dem noch immer die Lampen brannten.

»Wer möchte schon Arzt sein?« meinte er.

In Eldibar bewegte sich Calvar Syn, angetan mit einer blutbespritzten ledernen Schürze, wie ein Schlafwandler. Müdigkeit saß ihm tief in den Knochen, während er von Bett zu Bett ging und Arzneien verteilte.

Der Tag war für den kahlen, einäugigen Arzt ein Alptraum gewesen – mehr als ein Alptraum. Im Laufe von dreißig Jahren hatte er schon viele Male den Tod gesehen. Er hatte Männer sterben sehen, die hätten leben sollen, Männer, die Verwundungen überstanden, die sie eigentlich auf der Stelle hätten töten müssen. Und oft hatten seine eigenen besonderen Fertigkeiten den Tod abgewehrt, wo andere nicht einmal die Blutungen hätten stillen können. Aber heute war der schlimmste Tag seines Lebens gewesen. Vierhundert starke junge Männer, am Morgen noch gesund und in voller Blüte, jetzt nur noch faulendes Fleisch. Zahlreiche andere hatten Glieder oder Finger verloren. Die Schwerverletzten hatte man nach Musif geschafft. Die Toten hatte man hinter Mauer Sechs gekarrt, um sie vor den Toren zu begraben.

Um den müden Arzt herum schütteten seine Helfer eimerweise gesalzenes Wasser auf den Fußboden, um die Spuren der Qualen fortzuschrubben.

Calvar Syn ging schweigend in Druss' Zimmer und starrte auf die schlafende Gestalt hinab. Neben dem Bett hing Snaga, der silberne Töter. »Wie viele noch, du Schlächter?« sagte Calvar. Der alte Mann regte sich, wachte jedoch nicht auf.

Der Arzt taumelte in den Flur hinaus und ging auf sein Zimmer. Dort warf er die Schürze auf einen Stuhl und fiel aufs Bett. Er hatte nicht einmal mehr die Kraft, die Decke über sich zu ziehen. Doch der Schlaf wollte sich nicht einstellen. Alptraumhafte Bilder von Qualen und Entsetzen zuckten durch seine Gedanken, und er begann zu schluchzen. Ein Gesicht tauchte auf, alt und milde. Das

Gesicht wurde größer, saugte seinen Kummer auf und strahlte Harmonie aus. Größer und größer wurde es, bis es wie eine warme Decke seinen Schmerz zudeckte. Und er schlief, tief und traumlos.

»Er ruht jetzt«, sagte Vintar, als Rek sich vom Fenster abwandte.

»Gut«, sagte Rek. »Morgen wird er nicht viel Ruhe finden. Serbitar, ist dir noch etwas zu unserem Verräter eingefallen?«

Der Albino schüttelte den Kopf. »Ich weiß nicht, was wir tun können. Wir kontrollieren die Lebensmittel und die Brunnen. Es gibt keinen anderen Weg, uns zu schaden. Du wirst bewacht, ebenso Druss und Virae.«

»Wir müssen ihn finden«, erklärte Rek. »Kannst du nicht in die Gedanken jedes einzelnen in der Festung eindringen?«

»Natürlich. Wir hätten auch bestimmt innerhalb von drei Monaten die Antwort.«

»Ich verstehe«, sagte Rek bedauernd.

Khitan beobachtete schweigend, wie der Rauch von seinen Türmen aufstieg. Sein Gesicht war ausdruckslos, die Augen dunkel umwölkt. Ulric kam zu ihm und legte ihm eine Hand auf die Schulter.

»Es ist nur Holz, mein Freund.«

»Ja, Herr. Ich dachte gerade, daß wir in Zukunft eine falsche Vorderseite aus eingeweichten Häuten brauchen. Das dürfte nicht allzu schwierig sein, obwohl das zusätzliche Gewicht ein Problem für die Stabilität bedeuten könnte.«

Ulric lachte. »Ich dachte, ich finde dich gebeugt vor Gram. Statt dessen planst du bereits wieder.«

»Ich komme mir dumm vor«, antwortete Khitan. »Ich hätte voraussehen müssen, daß sie Öl verwenden. Ich wußte, daß sie nie durch Brandpfeile allein Feuer fangen würden und habe keinen Gedanken an andere Brennstoffe verschwendet. Niemand wird uns noch einmal so schlagen.«

»Ganz gewiß nicht, mein gelehrter Architekt«, sagte Ulric mit einer Verbeugung.

Khitan kicherte. »Die Jahre machen mich großspurig, Herr. Todeswanderer hat sich heute gut geschlagen. Er ist ein würdiger Gegner.«

»Das ist er in der Tat – aber ich glaube nicht, daß die Pläne für den heutigen Tag von ihm stammten. Sie haben weiße Templer bei sich, die Nosta Khans Akolyten vernichtet haben.«

»Ich dachte mir doch, daß dabei eine Teufelei im Spiel war«, murmelte Khitan. »Was willst du mit den Verteidigern machen, wenn wir die Festung einnehmen?«

»Ich habe gesagt, ich werde sie töten.«

»Ich weiß. Ich habe nur überlegt, ob du deine Meinung vielleicht geändert hast. Sie sind sehr tapfer.«

»Und ich habe Achtung vor ihnen. Aber die Drenai müssen lernen, was mit denen geschieht, die sich mir widersetzen.«

»Was wirst du also tun, Herr?«

»Ich werde sie alle auf einem großen Scheiterhaufen verbrennen – alle bis auf einen, der weiterleben soll, um es überall zu erzählen.«

Eine Stunde vor Sonnenaufgang schlüpfte Caessa leise in Druss' Zimmer und ging zu Bett. Der Krieger schlief tief und fest. Er lag auf dem Bauch und hatte den Kopf auf die starken Arme gebettet. Als sie ihn ansah, rührte er sich. Er öffnete die Augen. Sein Blick fiel auf ihre schlanken Beine, die in schenkellangen Rehlederstiefeln steckten. Dann ließ er seinen Blick aufwärts gleiten. Sie trug eine enganliegende grüne Tunika mit einem breiten, silberbeschlagenen Gürtel, der ihre schlanke Linie betonte. An ihrer Seite hing ein Kurzschwert mit Ebenholzgriff. Er drehte sich um und begegnete ihrem Blick – in den gelbbraunen Augen stand Zorn.

»Fertig mit der Begutachtung?« fuhr sie ihn an.

»Was ist los, Mädchen?«

Jeder Ausdruck wich aus ihrem Gesicht, zog sich wie eine Katze in die Schatten zurück.

»Nichts. Dreh dich um, ich will deinen Rücken untersuchen.«

Geschickt begann sie, die Muskeln an den Schulterblättern zu kneten. Ihre Finger waren die Stahlnägel, so daß er ab und zu mit zusammengebissenen Zähnen stöhnte.

»Dreh dich wieder um.«

Als Druss auf dem Rücken lag, nahm sie seinen rechten Arm und drehte ihn mit einem Ruck im Gelenk. Ein scharfes Knirschen folgte, und für einen Moment dachte Druss, sie hätte ihm die Schulter gebrochen. Sie ließ seinen Arm los und legte ihn auf seine linke Schulter, den linken Arm auf die rechte Schulter. Sie beugte sich vor, rollte ihn auf die Seite und legte ihm die geballte Faust zwischen den Schulterblättern auf die Wirbelsäule. Dann rollte sie ihn wieder auf den Rücken. Plötzlich warf sie sich mit ihrem ganzen Gewicht auf seine Brust, so daß die Wirbelsäule heftig gegen ihre Faust gepreßt wurde. Er stöhnte noch zweimal auf, während beunruhigende Geräusche das Zimmer erfüllten, die ihm vorkamen, als würde etwas knirschend einschnappen. Schweiß stand auf seiner Stirn.

»Du bist kräftiger, als du aussiehst, Mädchen.«

»Sei still und setz dich hin, mit dem Gesicht zur Wand.«

Diesmal schien sie ihm fast das Genick zu brechen, indem sie ihre Hände unter sein Kinn und über die Ohren legte, seinen Kopf erst kräftig nach links, dann nach rechts drehte. Es klang, als würde ein trockener Zweig brechen.

»Morgen wirst du ruhen«, sagte sie, als sie sich zum Gehen wandte.

Er reckte sich und bewegte die schlimme Schulter. Er fühlte sich gut – besser als seit Wochen.

»Was war dieses Knirschen?« fragte er, als sie schon an der Tür war.

»Du hast Arthritis. Die ersten drei Wirbel waren verklemmt, deswegen konnte das Blut nicht richtig fließen. Der Muskel unter dem Schulterblatt hatte sich verhärtet. Das hat Krämpfe ausgelöst, die deinen rechten Arm schwächten. Aber hör auf mich, alter Mann, morgen mußt du ruhen. Oder sterben.«

»Wir alle sterben«, sagte er.

»Wohl wahr. Aber du wirst gebraucht.«

»Kannst du nur mich nicht leiden oder alle Männer?« fragte er, als sie die Tür öffnete.

Sie drehte sich noch einmal um, schloß die Tür wieder und kam zurück. Sie blieb nur Zentimeter vor seiner nackten Gestalt stehen.

»Würdest du gerne mit mir schlafen, Druss?« fragte sie und legte ihm den linken Arm um die Schulter.

»Nein«, antwortete er leise und sah ihr in die Augen. Die Pupillen waren klein, unnatürlich klein.

»Die meisten Männer wollen«, flüsterte sie und schmiegte sich noch näher an ihn.

»Ich bin nicht die meisten Männer.«

»Bist du ausgetrocknet?«

»Vielleicht.«

»Oder sind es Knaben, nach denen es dich gelüstet? Wir haben ein paar hübsche Männer in unserer Bande.«

»Nein, ich kann nicht behaupten, daß es mich je zu einem Mann gezogen hätte. Aber ich hatte einst eine wirkliche Frau, und seitdem habe ich nie mehr eine andere gebraucht.«

Sie trat einen Schritt zurück. »Ich habe ein heißes Bad für dich richten lassen, und ich möchte, daß du darin bleibst, bis das Wasser abkühlt. Dann kann das Blut leichter durch deine müden Muskeln fließen.« Damit drehte sie sich um und war fort. Einige Augenblicke starrte Druss die Tür an; dann setzte er sich aufs Bett und kratzte sich den Bart.

Das Mädchen beunruhigte ihn. Da war etwas in ihren Augen: Druss hatte noch nie gut mit Frauen umgehen können; er war nicht so sensibel wie manche Männer. Für ihn gehörten Frauen einer anderen Rasse an, fremd und furchterregend. Aber dieses Kind war anders – in ihren Augen stand Wahnsinn, Wahnsinn und Angst. Er zuckte die Achseln und tat, was er immer getan hatte, wenn ein Problem sich ihm entzog; er vergaß es.

Nach dem Bad zog er sich rasch an, kämmte Bart und Haar, verschlang dann ein hastiges Frühstück im Eldibar-Kasino und gesellte sich zu den fünfzig Freiwilligen auf den Wehrgängen, als die ersten Sonnenstrahlen den Morgennebel durchdrangen. Es war kühl und frisch; es würde Regen geben. Unten sammelten sich die Nadir; mit hochbeladenen Karren voller Steine zogen sie langsam zu den Katapulten. Um ihn herum wurde wenig geredet – an solchen Tagen richteten sich die Gedanken eines Mannes nach innen. Werde ich heute sterben? Was macht meine Frau jetzt? Warum bin ich hier?

Weiter entfernt auf der Brustwehr waren Orrin und Hogun. Orrin sagte nur wenig und überließ es dem Legionsgeneral, Scherze mit den Männern zu machen oder Fragen zu stellen. Er verübelte Hogun seinen lockeren Umgangston mit den Soldaten, aber nicht zu sehr; wahrscheinlich war es mehr Bedauern als Übelnehmen.

Ein junger Cul – Bregan? – sorgte dafür, daß Orrin sich besser fühlte, als sie an einer kleinen Gruppe nahe dem Torturm vorbeikamen.

»Wirst du heute mit Karnak kämpfen, Gan?« fragte er.

»Ja.«

»Danke, Gan. Das ist eine große Ehre für uns alle.«

»Nett von dir, das zu sagen«, erwiderte Orrin.

»Nein, ich meine es wirklich ernst«, sagte Bregan. »Wir haben heute nacht darüber gesprochen.«

Verlegen und erfreut lächelte Orrin und ging weiter.

»Nun«, begann Hogun, »das ist eine größere Verantwortung, als Vorräte zu überprüfen.«

»In welcher Hinsicht?«

»Sie respektieren dich. Und der Mann da verehrt dich als Held. Es ist nicht leicht, damit zu leben. Sie werden neben dir stehen, wenn alle anderen längst geflohen sind. Oder sie werden mit dir fliehen, wenn alle anderen bleiben.«

»Ich werde nicht davonlaufen, Hogun.«

»Ich weiß. Das habe ich auch nicht gemeint. Für einen Mann gibt es Zeiten, da möchte er sich hinlegen oder aufgeben oder einfach weglaufen. Das bleibt meist dem einzelnen überlassen. Aber in diesem Fall bist du kein Einzelner mehr. Du bist fünfzig. Du bist Karnak. Das ist eine große Verantwortung.«

»Und was ist mir dir?« fragte Orrin.

»Ich bin die Legion«, kam die schlichte Antwort.

»Ja, ich glaube, das bist du wirklich. Hast du Angst vor dem heutigen Tag?«

»Natürlich.«

»Das freut mich«, sagte Orrin lächelnd. »Ich wäre nicht gern der einzige gewesen.«

Wie Druss vorausgesagt hatte, brachte der Tag neue Schrecken: Steingeschosse zerstörten Abschnitte der Brustwehr, dann das furchtbare Kriegsgeschrei und der stürmische Angriff mit Leitern auf die Mauer, eine johlende Horde, die die Granitwand erklomm, um sich dem silbernen Stahl der Drenai entgegenzuwerfen. Heute waren die dreitausend Kämpfer von Musif, Mauer Zwei, an der Reihe, um die Krieger abzulösen, die am Vortag so lange und schwer gekämpft hatten.

Schwerter klirrten, Männer schrien und stürzten, und das Chaos wütete endlose Stunden. Druss stapfte über die Mauer wie ein wilder Riese, blutbespritzt und grimmig. Seine Axt lichtete die Reihen der Nadir; seine Flüche und groben Schmähungen brachten sie dazu, sich auf ihn zu konzentrieren. Rek kämpfte wie am Vortag, mit Serbitar Seite an Seite, aber jetzt waren noch Menahem, Anaheim, Virae und Arbedark dabei.

Am Nachmittag waren die sechs Meter breiten Wehrgänge glitschig vor Blut und mit Toten übersät, doch der Kampf tobte weiter.

Orrin kämpfte in der Nähe des Torturms wie besessen, Seite an Seite mit den Kriegern der Gruppe Karnak. Bregan, dessen Schwert zerbrochen war, hatte eine Nadiraxt erobert, doppelköpfig, mit langem Griff, die er mit erstaunlichem Geschick schwang.

»Die wahre Waffe eines Bauern!« rief Gilad während einer kurzen Verschnaufpause.

»Sag das mal Druss!« rief Orrin und schlug Bregan auf die Schulter.

Bei Einbruch der Dunkelheit zogen sich die Nadir wieder zurück, begleitet von Hohn und Gejohle. Sie hatten schweren Tribut zahlen müssen. Druss, in Rot gebadet, trat über die Toten und hinkte zu Rek und Serbitar, die ihre Waffen säuberten.

»Die verdammte Mauer ist zu breit, als daß wir sie lange halten könnten«, murmelte er und bückte sich, um Snaga an der Weste eines toten Nadir abzuwischen.

»Allerdings«, stimmte Rek ihm zu und wischte sich mit dem Ärmel den Schweiß vom Gesicht. »Aber du hast recht. Wir können sie ihnen noch nicht einfach überlassen.«

»Im Moment«, sagte Serbitar, »töten wir sie im Verhältnis von drei zu eins. Das reicht nicht. Sie werden uns langsam mürbe machen.«

»Wir brauchen mehr Männer«, sagte Druss, setzte sich auf die Brüstung und kratzte sich den Bart.

»Ich habe letzte Nacht einen Boten zu meinem Vater nach Dros Egril geschickt«, berichtete Serbitar. »In etwa zehn Tagen sollten wir Verstärkung bekommen.«

»Drada haßt die Drenai«, sagte Druss. »Warum sollte er Männer schicken?«

»Er muß meine persönliche Leibwache schicken. Das ist Gesetz in Vagria, und obwohl mein Vater und ich seit zwölf Jahren nicht mehr miteinander gesprochen haben, bin ich doch immer noch sein erstgeborener Sohn. Es ist mein Recht. Dreihundert Schwerter werden zu uns stoßen – nicht mehr, aber es wird helfen.«

»Worum ging es denn bei dem Streit?« fragte Rek.

»Streit?« fragte der Albino zurück.

»Zwischen dir und deinem Vater.«

»Es gab keinen Streit. Er betrachtete meine Fähigkeiten als ›Gaben der Finsternis‹ und versuchte mich zu töten. Das habe ich nicht zugelassen. Vintar rettete mich.« Serbitar nahm den Helm ab, löste den Knoten, der sein weißes Haar zusammenhielt, und schüttelte den Kopf. Der Abendwind fuhr ihm durchs Haar. Rek tauschte einen Blick mit Druss und wechselte das Thema.

»Ulric muß inzwischen gemerkt haben, daß er einen schweren Kampf vor sich hat.«

»Das wußte er sowieso«, meinte Druss. »Das macht ihm keine Kopfschmerzen.«

»Wieso eigentlich nicht? Mir macht es Sorgen«, sagte Rek und erhob sich, als Virae mit Menahem und Antaheim zu ihnen kam. Die drei Mitglieder des Ordens gingen ohne ein Wort davon, und Virae setzte sich neben Rek, legte einen Arm um seine Taille und bettete den Kopf an seine Schulter.

»Kein leichter Tag«, sagte Rek und strich ihr zärtlich übers Haar.

»Sie haben auf mich aufgepaßt«, flüsterte sie. »Wie du ihnen aufgetragen hast, nehme ich an.«

»Bist du wütend?«

»Nein.«

»Schön. Wir haben uns gerade erst kennengelernt, und ich will dich nicht schon wieder verlieren.«

»Ihr beide solltet etwas essen«, sagte Druss. »Ich weiß, im Moment ist euch nicht danach, aber nehmt den Rat eines alten Kriegers an.« Der alte Mann stand auf, warf noch einen Blick auf das Lager der Nadir und ging langsam zum Kasino. Er war müde. Unsagbar müde.

Seinen eigenen Rat in den Wind schlagend, ließ er das Kasino links liegen und ging in sein Zimmer in der Krankenstation. In dem langgestreckten Gebäude blieb er stehen und lauschte dem Stöhnen aus den Verschlägen. Der Gestank des Todes war überall. Bahrenträger drängten mit blutigen Körpern an ihm vorbei, andere Helfer mit Wischlappen und Eimern voll Sand, um den Boden für den nächsten Tag zu reinigen. Er sprach mit keinem von ihnen.

Als er die Tür zu seinem Zimmer aufstieß, blieb er abrupt stehen. Caessa war da. »Ich habe etwas zu essen für dich«, sagte sie, mied jedoch seinen Blick. Schweigend nahm er den Teller mit Fleisch, roten Bohnen und dickem Schwarzbrot und begann zu essen.

»Im Nebenzimmer wartet ein Bad auf dich«, sagte sie, als er fertig war. Er nickte und streifte die Kleider ab.

In der Sitzwanne wusch er sich das Blut aus Haar und Bart. Als ein kalter Luftzug seinen Rücken streifte, wußte er, daß sie hereingekommen war. Sie kniete neben der Wanne nieder, goß sich eine duftende Flüssigkeit in die Hände und begann, ihm die Haare zu waschen. Er schloß die Augen und genoß das Gefühl ihrer Finger auf seiner Kopfhaut. Sie spülte ihm das Haar mit frischem, warmem Wasser aus und rieb es mit einem sauberen Handtuch trocken.

Wieder in seinem Zimmer stellte Druss fest, daß sie ihm eine saubere Unterjacke und schwarze Wollhosen zurechtgelegt hatte. Sie hatte auch seine Lederweste und die Stiefel gesäubert. Ehe sie ging, schenkte sie ihm noch einen Becher lentrischen Rotwein ein. Druss trank den Wein und legte sich wieder aufs Bett, den Kopf auf die Hand gestützt. Seit Rowena hatte sich keine Frau mehr so um ihn gekümmert, und seine Gedanken waren sanft.

Rowena, seine Kindsbraut, entführt von Sklavenjägern bald nach der Hochzeit unter der alten Eiche. Druss hatte sie verfolgt, ohne auch nur seine Eltern zu begraben. Monatelang war er durchs Land gereist, bis er schließlich zusammen mit Seben, dem Dichter, das Lager des Sklavenjägers entdeckt hatte. Nachdem er erfahren hatte, daß Rowena an einen Händler verkauft worden war, der nach Osten ziehen wollte, erschlug er den Anführer in seinem Zelt und brach erneut auf. Fünf Jahre durchwanderte er den Kontinent, ein Söldner, der sich einen Ruf als furchtbarster Krieger seiner Zeit schuf und schließlich Streiter des Gottkönigs von Ventria, Gorben, wurde.

Endlich hatte er seine Frau in einem Palast im Osten gefunden, und er hatte geweint. Denn ohne sie war er immer nur ein halber Mann gewesen. Sie allein machte ihn menschlich, besänftigte für eine Weile die dunkle Seite seines Wesens, machte ihn zu einem Ganzen, zeigte ihm die Schönheit einer Blumenwiese, wo er nur die Vollkommenheit in einer stählernen Klinge suchte.

Sie hatte ihm immer das Haar gewaschen, die Spannungen aus seinem Nacken vertrieben und den Zorn aus seinem Herzen.

Jetzt war sie fort und die Welt leer, ein wechselndes, schimmerndes Grau, wo einst Farben von strahlender Leuchtkraft gewesen waren.

Draußen begann es leise zu regnen. Eine Weile lauschte Druss dem Prasseln der Tropfen auf dem Dach. Dann schlief er ein.

Caessa saß im Freien, die Arme um die Knie geschlungen. Hätte sich ihr jemand genähert, er hätte nicht sagen können, wo der Regen aufhörte und die Tränen begannen.

22

Als die Nadir sich zum Angriff sammelten, wurde Eldibar zum erstenmal von den Dreißig bemannt. Serbitar hatte Rek und Druss gewarnt, daß der heutige Tag anders verlaufen würde: kein Beschuß mit den Wurfgeschützen, sondern nur eine endlose Reihe von Attacken, um die Verteidiger zu zermürben. Druss hatte jeden Rat, diesen Tag auszuruhen, entschieden abgelehnt und stand mitten auf der Mauer. Um ihn verteilten sich die Dreißig in ihren silbernen Stahlrüstungen und weißen Mänteln. Hogun war bei ihnen, während Rek und Virae vierzig Schritt weiter links mit den Männern der Gruppe Feuer standen. Orrin blieb mit Karnak auf der rechten Seite. Fünftausend Mann warteten, die Schwerter in den Händen, die Schilde umgeschnallt, die Visiere herabgelassen.

Der Himmel war zornig und düster; mächtige Wolken türmten sich im Norden auf. Oberhalb der Mauer wartete noch ein Stückchen blauer Himmel auf den Sturm. Rek lächelte plötzlich, als ihm die Poesie des Augenblicks bewußt wurde.

Die Nadir begannen, sich als brodelnde, wütende Masse voranzuschieben; das Trampeln der zahllosen Füße klang wie Donnergrollen.

Druss sprang auf die zinnenbewehrte Brüstung.

»Kommt schon, ihr Hurensöhne!« brüllte er. »Todeswanderer wartet auf euch!« Seine Stimme scholl weit über das Tal und wurde von den hohen Granitwänden zurückgeworfen. In dem Moment zerriß ein Blitz den Himmel, ein gezackter Speer hoch über der Dros. Donner folgte.

Und das Blutvergießen begann.

Wie Serbitar vorausgesehen hatte, erlitt das Zentrum ihrer Linie die wütendsten Angriffe; eine Woge von Stammeskriegern nach der anderen erklomm die Mauer, um unter der stählernen Verteidigung der Dreißig zu sterben. Ihr Können war unglaublich. Eine hölzerne Keule riß Druss von den Füßen, und ein dicker Nadir zielte mit der Axt auf seinen Kopf. Serbitar sprang herbei, um den Hieb abzuwehren, während Menahem den Mann mit einem Schlag gegen den Hals außer Gefecht setzte. Erschöpft taumelte Druss über den gestürzten Körper und fiel drei Angreifern vor die Füße. Arbedark und Hogun kamen zu seiner Rettung, als er noch nach seiner Axt griff.

Zur Rechten durchbrachen die Nadir die Kampflinie und zwangen Orrin und die Gruppe Karnak von den Wehrgängen hinunter auf das Schlachtfeld. Während Verstärkung der Nadir ungehindert über die Mauer setzte, erkannte Druss die Gefahr und brüllte eine Warnung. Er schlug zwei Männer nieder, die seinen Weg kreuzten, und rannte los, um die Lücke allein zu füllen. Hogun versuchte verzweifelt, ihm zu folgen, doch ihm wurde der Weg abgeschnitten.

Drei junge Culs von Karnak schlossen zu dem alten Mann auf, der sich hämmernd und schlagend seinen Weg zur Mauer bahnte, aber sie waren schon bald umzingelt. Orrin – ohne Helm, und mit gesplittertem Schild – hielt mit dem Rest seiner Gruppe seine Stellung. Er wehrte den ausholenden, wuchtigen Hieb eines bärtigen Stammeskriegers ab und stieß dem Mann sein Schwert in den Bauch. Dann sah er Druss. Und erkannte, daß er verloren war, wenn nicht ein Wunder geschah.

»Zu mir, Karnak!« brüllte er und warf sich der vorrückenden Horde entgegen. Hinter ihm stürmten Bregan, Gilad und zwanzig weitere vorwärts, gefolgt von Bar Britan und einer Abteilung seiner Bahrenträger. Serbitar erkämpfte sich mit fünfzehn der Dreißig einen Weg über die Mauer.

Der letzte von Druss' jungen Kameraden fiel mit gespaltenem Schädel, und der alte Krieger war allein, als der Ring der Nadir sich um ihn schloß. Er duckte sich unter einem sausenden Schwert, packte den Mann an der Weste und rammte ihm den Kopf gegen die Nase. Eine Schwertklinge schlitzte ihm den Oberarm auf, eine andere die Lederweste über der Hüfte. Den betäubten Nadir als Schild benutzend, zog Druss sich an die Wehrgänge zurück, doch eine Axtschneide grub sich in den Leib des gefangenen Stammeskriegers und entriß ihn Druss' Griff. Ohne eine Rückzugsmöglichkeit, stieß Druss sich mit den Füßen von der Brustwehr ab und warf sich in die Menge. Sein Gewicht ließ sie zurückweichen, und einige gingen mit ihm zu Boden. Snaga entglitt ihm. Er packte den über ihm liegenden Krieger am Hals und erwürgte ihn. Dann umklammerte er den Toten und wartete auf den unvermeidlichen tödlichen Hieb. Als der Tote fortgetreten wurde, warf Druss sich gegen das Bein neben sich und zog den Mann von den Füßen.

»He, Druss! Ich bin's, Hogun!«

Der alte Mann rollte sich herum und sah Snaga in wenigen Metern Entfernung liegen. Er stand auf und packte seine Axt.

»Das war knapp«, sagte der Gan der Legion.

»Ja«, gab Druss zu. »Danke! Gute Arbeit, mein Freund.«

»Das würde ich mir gern an die Brust heften, aber es waren Orrin und die Männer von Karnak. Sie haben sich zu dir durchgekämpft. Wie, weiß ich auch nicht.«

Es hatte zu regnen angefangen, und Druss hieß den Regen willkommen. Er wandte sein Gesicht mit offenem Mund und geschlossenen Augen dem Himmel zu.

»Sie kommen wieder!« rief jemand. Druss und Hogun gingen zur Brustwehr und beobachteten den Angriff der Nadir. Es war schwer, sie durch den Regen zu erkennen.

Zur Linken führte Serbitar die Dreißig von der Mauer. Schweigend marschierten sie zurück zu Musif.

»Wohin, in drei Teufels Namen, gehen sie?« murmelte Hogun.

»Keine Zeit, sich darum zu kümmern«, fauchte Druss. Er fluchte lauthals, da seine Schulter ihn erneut mit Schmerzen plagte.

Die Nadirwoge spülte heran. Dann grollte Donner, und eine gewaltige Explosion ereignete sich mitten unter ihnen. Alles geriet in Verwirrung. Der Angriff geriet ins Stocken.

»Was ist passiert?« fragte Druss.

»Der Blitz hat sie getroffen«, erklärte Hogun, nahm seinen Helm ab und schnallte die Brustplatte los. »Das kann beim nächstenmal hier passieren – und das ist alles verdammtes Metall.«

Ein ferner Trompetenstoß ertönte, und die Nadir marschierten zurück in ihr Lager. Mitten auf der Ebene war ein riesiger Krater entstanden, umgeben von verkohlten Leichen. Rauch stieg aus dem Loch auf.

Druss drehte sich um und sah, wie die Dreißig durch das Ausfalltor von Musif schritten.

»Sie *wußten* es«, sagte er leise. »Was für Menschen sind das eigentlich?«

»Keine Ahnung«, antwortete Hogun. »Aber sie kämpfen wie Teufel, und im Moment ist das alles, was mich interessiert.«

»Sie wußten es«, wiederholte Druss kopfschüttelnd.

»Und?«

»Was mögen sie noch alles wissen?«

»Könnt ihr das Geschick vorhersagen?« fragte der Mann Antaheim, als sie unter dem notdürftigen Unterstand kauerten, zusammen mit fünf anderen der Gruppe Feuer. Regen prasselte auf die Plane und tropfte auf die Steine herab. Das hastig errichtete Dach war an die Brustwehr hinter ihnen genagelt und wurde an den vorderen Ecken von Speeren gestützt. Darunter drängten sich die Männer zusammen. Sie hatten gesehen, wie Antaheim allein durch den Regen ging, und einer von ihnen, Cul Rabil, hatte ihn trotz der Warnungen seiner Kameraden herangerufen. Jetzt herrschte unter der Zeltplane eine ungemütliche Atmosphäre.

»Könnt ihr es?« fragte Rabil noch einmal.

»Nein«, erwiderte Antaheim, nahm den Helm ab und löste den Knoten, mit dem er sein langes Haar für den Kampf zusammengebunden hatte. Er lächelte. »Wir sind keine Magier. Nur Männer wie du – wie wir alle. Unsere Ausbildung ist anders, das ist alles.«

»Aber ihr könnt miteinander sprechen, ohne zu reden«, sagte ein anderer. »Das ist doch nicht natürlich.«

»Für mich schon.«

»Könnt ihr in die Zukunft sehen?« fragte ein dünner Krieger und schlug dabei das Zeichen des Schützenden Horns unter seinem Mantel.

»Es gibt viele Zukünfte. Ich kann einige davon sehen, aber ich weiß nicht, welche eintreffen wird.«

»Wie kann es viele Zukünfte geben?« fragte Rabil.

»Es ist nicht leicht zu erklären, aber ich will es versuchen. Morgen schießt ein Bogenschütze einen Pfeil ab. Wenn der Wind nachläßt, wird er den einen Mann treffen, wenn er auffrischt, einen anderen. Deswegen hängt die Zukunft dieser beiden Männer vom Wind ab. Ich kann nicht vorhersagen, woher der Wind weht, denn das hängt von zu vielen Dingen ab. Ich kann ins Morgen blicken und sehe beide Männer sterben, obwohl nur einer tatsächlich sterben wird.«

»Worin liegt dann der Sinn eurer Gabe?« fragte Rabil.

»Das ist eine ausgezeichnete Frage. Ich habe viele Jahre darüber nachgedacht.«

»Werden wir morgen sterben?« fragte ein anderer.

»Wie könnte ich das sagen?« entgegnete Antaheim. »Aber alle Menschen müssen irgendwann sterben. Das Geschenk des Lebens ist nicht von Dauer.«

»Du sagst ›Geschenk‹«, sagte Rabil. »Das schließt aber doch einen Schenkenden ein.«

»So ist es.«

»Welchen Göttern folgt ihr dann?«

»Wir folgen der Quelle aller Dinge. Wie fühlt ihr euch nach der heutigen Schlacht?«

»In welcher Hinsicht?« fragte Rabil und wickelte seinen Mantel fester um sich.

»Welche Gefühle hattet ihr, als die Nadir zurückwichen?«

»Schwer zu beschreiben.« Er zuckte die Achseln. »Erfüllt von Macht. Glücklich, am Leben zu sein.« Die anderen nickten zustimmend.

»Jubilierend?« schlug Antaheim vor.

»Ich glaube schon. Warum fragst du?«

Antaheim lächelte. »Das hier ist Eldibar, Mauer Eins. Wißt ihr, was ›Eldibar‹ bedeutet?«

»Ist es nicht einfach nur ein Wort?«

»Nein, weit mehr als das. Egel, der diese Festung erbaut hat, ließ in jede Mauer Namen einmeißeln. ›Eldibar‹ bedeutet ›Jubel‹. Hier begegnet man dem Feind zum erstenmal. Hier sieht man, daß auch er nur ein Mensch ist. Macht durchströmt die Adern der Verteidiger. Der Feind zieht sich vor der Wucht unserer Schwerter und der Stärke unserer Arme zurück. Wir fühlen den Kitzel der Schlacht und den Ruf unseres Erbes, wie Helden es tun sollten. Wir jubeln! Egel kannte die Herzen der Menschen. Ich frage mich, ob er wohl auch die Zukunft kannte.«

»Was bedeuten die anderen Namen?«

Antaheim zuckte die Achseln. »Das erzähle ich euch ein andermal. Es bringt kein Glück, von Musif zu sprechen, während wir im Schatten Eldibars Schutz suchen.« Antaheim lehnte sich gegen die Mauer und schloß die Augen, lauschte dem Regen und dem heulenden Wind.

Musif! Die Mauer der Verzweiflung! Wenn die Stärke nicht gereicht hatte, um Eldibar zu halten, wie sollte man dann Musif halten! Wenn wir Eldibar nicht halten können, können wir auch Musif nicht halten. Furcht wird unseren Lebenswillen zerfressen. Viele unserer Freunde sind auf Eldibar gestorben, und noch einmal werden wir in unseren Gedanken die lachenden Gesichter sehen. Wir wollen nicht zu ihnen gehen. Musif ist die Probe.

Und wir werden nicht standhalten. Wir werden uns auf Kania zurückziehen müssen, die Mauer der Erneuerten Hoffnung. Wir sind nicht auf Musif gestorben, und Kania ist ein schmaler Kampfplatz. Und überhaupt, gibt es nicht noch drei weitere Mauern? Hier können die Nadir ihre Wurfgeschütze nicht mehr einsetzen. Das ist doch schon etwas, oder nicht? Jedenfalls, wir wußten doch immer, daß wir ein paar Mauern verlieren würden, nicht wahr?

Sumitos, die Mauer der Hoffnungslosigkeit, wird folgen. Wir sind müde, zu Tode erschöpft. Wir kämpfen nur mehr aus Instinkt, mechanisch und gut. Nur die besten werden übrigbleiben, um sich der wilden Flut entgegenzustemmen.

Valteri, Mauer Fünf, ist die Mauer der Gelassenheit. Jetzt haben wir uns mit unserer Sterblichkeit abgefunden. Wir akzeptieren, daß unser Tod unausweichlich ist und finden in uns Tiefen des Mutes, die wir nicht für möglich gehalten hätten. Der Humor wird wieder aufleben, und jeder wird dem anderen ein Bruder sein. Wir werden zusammen dem gemeinsamen Feind getrotzt haben, Schild an Schild, und wir haben ihn bluten lassen. Auf dieser Mauer wird die Zeit langsamer vergehen. Wir werden unsere Sinne zu schätzen wissen, denn wir haben sie neu entdeckt. Die Sterne werden uns wie Juwelen der Schönheit erscheinen, wie wir sie nie zuvor sahen, und Freundschaft wird eine Süße haben, die wir nie zuvor kosteten.

Und schließlich Geddon, die Mauer des Todes ...

Ich werde Geddon nicht erleben, dachte Antaheim.

Und schlief ein.

»Probe! Immer hören wir nur, daß die Probe erst morgen kommt. Wie viele verdammte Proben soll es denn noch geben?« wütete Elicas. Rek hob eine Hand, als der junge Krieger Serbitar unterbrach.

»Beruhige dich!« bat er. »Laß ihn ausreden. Wir haben nur noch wenig Zeit, bis die Stadtältesten kommen.«

Elicas starrte Rek an, schwieg jedoch, nachdem er Hogun um Unterstützung bittend angeschaut und sein fast unmerkliches Kopfschütteln wahrgenommen hatte. Druss rieb sich die Augen und nahm einen Becher Wein von Orrin entgegen.

»Es tut mir leid«, sagte Serbitar leise. »Ich weiß, wie ermüdend solches Gerede ist. Acht Tage haben wir nun die Nadir zurückgehalten, und es ist wahr, ich spreche immer noch von neuen Proben. Aber ihr müßt verstehen, Ulric ist ein meisterhafter Stratege. Seht euch seine Armee an – zwanzigtausend Stammeskrieger. Diese erste Woche hat sie auf unseren Mauern bluten sehen. Es sind nicht seine besten Truppen. So wie wir unsere Männer ausgebildet haben, hat er es auch. Er hat keine Eile, und er hat die Tage dazu genutzt, die Schwachen aus seinen Reihen zu tilgen, denn er weiß, daß noch mehr Schlachten warten, wenn – falls – er die Dros einnimmt. Wir haben auch teuer dafür bezahlt. Vierzehnhundert Männer sind gefallen, und weitere vierhundert werden nie mehr kämpfen können. Ich will euch folgendes sagen: Morgen werden seine Veteranen kommen.«

»Und woher hast du diese Erkenntnisse?« fauchte Elicas.

»Genug, Junge!« brüllte Druss. »Es reicht, daß er bis jetzt immer recht hatte. Wenn er sich irrt, kannst du sagen, was du willst.«

»Was schlägst du vor, Serbitar?« fragte Rek.

»Überlaß ihnen die Mauer«, antwortete der Albino.

»Was?« fragte Virae. »Nach all dem Kämpfen und Töten? Das ist doch Wahnsinn.«

»Nein«, mischte sich Bowman ein, der zum erstenmal das Wort ergriff. Alle Augen richteten sich auf den Bogenschützen, der nicht mehr seine übliche Kluft aus grüner Tunika und Hose trug. Jetzt hatte er einen herrlichen, schwer bestickten Rehledermantel an, der auf dem Rücken das Bild eines Adlers zeigte, aus kleinen Perlen gestickt. Sein langes blondes Haar wurde von einem rehledernen Stirnband zurückgehalten, und an seiner Seite hing ein silberner Dolch mit einem Ebenholzgriff in Form eines Falken, dessen ausgebreitete Schwingen den Handschutz bildeten. Er stand auf. »Es ist nur vernünftig. Wir wußten, daß Mauern fallen würden. Eldibar ist die längste und damit die am schwersten zu verteidigende. Wir sind hier zu weit auseinandergezogen. Auf Musif brauchen wir weniger Männer, und wir werden deshalb auch weniger verlieren. Und wir haben das Schlachtfeld zwischen den Mauern. Meine Bogenschützen könnten unter Ulrics Veteranen ein schreckliches Massaker anrichten, ehe auch nur ein Schwerthieb fällt.«

»Es gibt noch einen Punkt«, sagte Rek, »der genauso wichtig ist. Früher oder später werden wir von der Mauer zurückgedrängt, und trotz der Feuergräben werden unsere Verluste gewaltig sein. Wenn wir uns während der Nacht zurückziehen, könnten wir Leben retten.«

»Und wir dürfen die Moral nicht vergessen«, erklärte Hogun. »Der Verlust der Mauer wird die Dros schwer treffen. Wenn wir es jedoch als strategischen Rückzug ausgeben, verkehren wir die Situation zu unserem Vorteil.«

»Was ist mit dir, Orrin?« fragte Rek. »Wie denkst du in dieser Sache?«

»Wir haben noch etwa fünf Stunden. Laßt uns anfangen«, antwortete der Gan.

Zuletzt wandte Rek sich an Druss. »Und du?«

Der alte Mann zuckte die Schultern. »Hört sich vernünftiger an«, sagte er.

»Dann ist es beschlossen«, sagte Rek. »Ich entlasse euch jetzt, damit ihr den Rückzug organisieren könnt. Ich muß mich nun dem Ältestenrat stellen.«

Während der ganzen langen Nacht wurde der schweigende Rückzug durchgeführt. Verwundete wurden auf Tragen davongeschleppt, medizinische Vorräte auf Handkarren verladen und persönliche Habseligkeiten hastig in Taschen verstaut. Diejenigen, die schwerer verwundet waren, hatte man schon längst ins Musif-Lazarett gebracht, und seit Beginn der Belagerung waren die Eldibar-Baracken nur wenig genutzt worden.

Mit dem ersten geisterhaften Tageslicht betraten die letzten Männer das Ausfalltor an Musif und kletterten die lange Wendeltreppe zu den Wehrgängen empor. Dann begann die Arbeit, Felsen und Geröll auf die Treppe zu schaffen, um den Eingang zu blockieren. Die Männer schwitzten und schufteten, als der Morgen heller wurde. Zum Schluß wurde sackweise Mörtelpulver auf die Steine gekippt und dann fest in die Ritzen gestopft. Andere tränkten die Mischung mit Wasser.

»Nach einem Tag«, sagte Maric, der Baumeister, »ist diese Masse praktisch unbeweglich.«

»Nichts ist unbeweglich«, sagte sein Kamerad. »Aber der Feind wird Wochen brauchen, um sich einen Weg zu den Treppen zu bahnen. Und die Treppen sind so gut gebaut, daß man sie gut verteidigen kann.«

»So oder so, ich werde es nicht mehr erleben«, erklärte Maric. »Ich reise ab.«

»Das ist aber sehr früh, oder?« fragte sein Freund. »Marissa und ich wollen auch weg von hier. Aber nicht, ehe die vierte Mauer fällt.«

»Erste Mauer, vierte Mauer, wo ist da der Unterschied? Um so mehr Zeit, ein gutes Stück zwischen mich und diesen Krieg hier zu bringen. In Ventria brauchen sie Baumeister. Und ihre Armee ist stark genug, um die Nadir jahrelang zurückzuhalten.«

»Vielleicht. Aber ich will noch warten.«

»Warte nicht zu lange, mein Freund«, sagte Maric.

Rek war wieder in der inneren Festung, lag auf dem Bett und starrte an die verzierte Decke. Das Bett war bequem, und Viraes nackte Gestalt schmiegte sich an ihn, ihr Kopf ruhte an seiner Schulter. Die Besprechung hatte schon vor zwei Stunden geendet, aber er konnte nicht einschlafen. Sein Kopf war voller Pläne, Gegenpläne und all den tausend Problemen einer belagerten Stadt. Die Debatte war erbittert gewesen, und diese Politiker auf etwas festnageln zu wollen war so, als wollte man unter Wasser eine Nadel einfädeln. Die allgemeine Ansicht war, daß Delnoch sich ergeben sollte.

Nur Malphar, der rotgesichtige Lentrier, hatte Rek unterstützt. Diese ölige Schlange, Shinell, hatte sich erboten, persönlich eine Abordnung zu Ulric zu leiten. Und was war mit Beric, der sich vom Schicksal betrogen fühlte, weil seine Vorfahren jahrhundertelang Herrscher von Dros Delnoch gewesen waren und der doch zurückstehen müßte, weil er der zweite Sohn war? In ihm war tiefe Bitterkeit. Der Anwalt, Backda, hatte nur wenig gesagt, das aber beißend.

»Ihr versucht, mit einem löchrigen Eimer das Meer aufzuhalten.«

Rek hatte mühsam die Beherrschung gewahrt. Er hatte noch keinen von ihnen mit einem Schwert in der Faust auf den Wehrgängen gesehen. Und er würde sie dort auch nicht zu sehen bekommen. Horeb hatte einen Spruch, der genau auf solche Leute paßte:

»In jeder Brühe steigt der Schaum an die Oberfläche.«

Er hatte ihnen für ihren Rat gedankt und zugestimmt, in fünf Tagen erneut zusammenzukommen, um auf ihre Vorschläge zu antworten.

Virae regte sich neben ihm. Ihr Arm schlug die Bettdecke weg und enthüllte eine sanft gerundete Brust. Rek lächelte und dachte zum erstenmal seit Tagen an etwas anderes als Krieg.

Bowman stand mit tausend Bogenschützen auf der Brüstung von Eldibar und beobachtete, wie die Nadir sich zum Angriff sammelten, die Pfeile lose auf die Sehnen gelegt, die Hüte schräg aufgesetzt, damit das rechte Auge vor der aufgehenden Sonne beschattet wurde.

Die Horde schrie ihren Haß heraus und stürmte voran.

Bowman wartete. Er leckte sich die trockenen Lippen.

»Jetzt!« rief er und zog geschmeidig die Sehne zurück, bis sie seine rechte Wange berührte. Der Pfeil schoß mit tausend anderen zugleich davon und sirrte in die wogende Masse dort unten. Wieder und wieder schossen sie, bis ihre Köcher leer waren. Schließlich sprang Caessa auf die Brüstung und jagte ihren letzten Pfeil direkt auf den Körper eines Mannes, der gerade eine Leiter an die Mauer lehnte. Der Pfeil fuhr in seine Schulter, durch die Lederweste, durchbohrte die Lunge und drang in seinen Bauch. Er fiel ohne einen Laut.

Enterhaken flogen klirrend über die Brüstung.

»Zurück!« rief Bowman und stürmte über das offene Gelände, über die Brücken und den Feuergraben mit dem ölgetränkten Buschwerk. Taue wurden hinabgelassen, an denen die Bogenschützen rasch emporkletterten. Die ersten Nadir hatten nun Eldibar erklommen. Einen langen Augenblick blieben sie verwirrt stehen, ehe sie die Bogenschützen entdeckten, die sich in Sicherheit brachten. Innerhalb von Minuten hatten sich mehrere tausend Stammeskrieger auf der Mauer versammelt. Sie zogen die Leitern über Eldibar und liefen auf Musif zu. Dann schossen Brandpfeile über das freie Feld und verschwanden in dem ölgetränkten Gestrüpp. Sofort quoll dichter Rauch aus dem Graben, rasch gefolgt von lodernden Flammen, die übermannshoch waren.

Die Nadir wichen zurück, die Drenai jubelten.

Der Graben brannte über eine Stunde lang, und die viertausend Mann auf Musif hatten während dieser Zeit Pause. Manche lagen in Gruppen im Gras, andere schlenderten für ein zweites Frühstück zu den drei Kasinos. Viele saßen im Schatten der Brüstungstürme.

Druss schlenderte zwischen den Soldaten umher, machte hier und dort einen Scherz, nahm ein Stück Brot von dem einen entgegen, eine Apfelsine von einem anderen. Er sah Rek und Virae nahe der Ostklippe sitzen und ging zu ihnen.

»So weit, so gut!« sagte er und ließ seine massige Gestalt ins Gras sinken. »Sie sind nicht sicher, was sie jetzt machen sollen. Sie hatten Befehl, die Mauer zu nehmen, und das haben sie erreicht.«

»Was, glaubst du, kommt als nächstes?« fragte Rek.

»Der alte Bursche selbst«, antwortete Druss. »Er wird kommen. Und er wird reden wollen.«

»Sollte ich hinuntergehen?« fragte Rek.

»Besser, ich gehe. Die Nadir kennen mich. ›Todeswanderer‹. Ich bin Teil ihrer Legenden. Sie glauben, ich bin ein alter Gott des Todes, der durch die Welt wandert.«

»Ich frage mich, ob sie recht haben«, meinte Rek grinsend.

»Vielleicht. Ich wollte es nie sein, weißt du. Ich wollte nur meine Frau zurück. Hätten Sklavenjäger sie nicht gefangengenommen, wäre ich Bauer geworden. Das ist sicher – obgleich Rowena das bezweifelte. Es gibt Zeiten, da gefällt mir nicht besonders, was ich bin.«

»Es tut mir leid, Druss. Es war nur ein Scherz«, sagte Rek. »Ich betrachte dich nicht als Todesgott. Du bist ein Mensch und ein Krieger. Aber vor allem ein Mensch.«

»Das sind nicht nur deine Worte, mein Junge. Sie spiegeln das wider, was ich längst fühle. Ich werde bald sterben ... hier in dieser Dros. Und was habe ich in meinem Leben erreicht? Ich habe weder Söhne noch Töchter. Keine lebenden Verwandten ... wenige Freunde. Man wird sagen: ›Hier liegt Druss. Er hat vielen das Leben genommen und niemandem das Leben geschenkt.‹«

»Sie werden viel mehr sagen als das«, widersprach Virae plötzlich. »Sie werden sagen: ›Hier liegt Druss die Legende, der niemals gemein war oder kleinlich oder unnötig grausam. Er war ein Mann, der niemals nachgab, niemals seine Ideale verriet, niemals einen Freund betrog, niemals eine Frau schändete und niemals seine Stärke gegenüber den Schwachen ausnutzte.‹ Sie werden sagen: ›Er hatte keine Söhne, aber viele Frauen konnten mit ihren Kindern ruhiger schlafen, weil sie wußten, daß Druss zu den Drenai stand.‹ Sie werden vieles sagen, Graubart. Viele Generationen lang werden sie es sagen, und schwache Männer werden Stärke finden, wenn sie es hören.«

»Das wäre schön«, sagte der alte Mann lächelnd.

Der Morgen verging, und die Dros strahlte im warmen Sonnenschein. Einer der Soldaten zog eine Flöte hervor und begann, eine fröhliche Frühlingsmelodie zu spielen, die im Tal widerhallte, ein Lied der Freude in einer Zeit des Todes.

Gegen Mittag wurden Rek und Druss auf die Brüstung gerufen. Die Nadir hatten sich bis zu Eldibar zurückgezogen, aber mitten auf dem Schlachtfeld saß ein Mann auf einem großen purpurnen Teppich. Er aß Datteln und Käse und trank Wein aus einem goldenen Kelch. Hinter ihm steckte ein Banner im Boden, das einen Wolfsschädel zeigte.

»Stil hat er auf jeden Fall«, sagte Rek, der den Mann auf der Stelle bewunderte.

»Ich sollte hinuntergehen, ehe er alles aufgegessen hat«, erklärte Druss. »Wir verlieren das Gesicht, wenn wir warten.«

»Sei vorsichtig!« bat Rek.

»Es sind doch nur ein paar tausend«, erwiderte Druss mit einem breiten Grinsen.

Hand über Hand ließ er sich auf das Eldibar-Feld hinab und schlenderte zu dem Essenden hinüber.

»Ich bin ein Fremder in deinem Lager«, grüßte er.

Der Mann blickte auf. Sein Gesicht war breit und klar geschnitten, das Kinn kräftig. Die Augen waren violett und standen schräg unter den dunklen Brauen. Es waren Augen voller Macht.

»Willkommen, Fremder. Iß etwas mit mir«, sagte der Mann. Druss setzte sich ihm mit gekreuzten Beinen gegenüber. Langsam schnallte der andere seine bemalte schwarze Brustplatte ab, zog sie aus und legte sie behutsam neben sich. Dann streifte er die schwarzen Handschuhe ab und schnallte die Unterarmschienen los. Druss sah die kräftigen Muskeln an den Armen und die geschmeidigen, katzenhaften Bewegungen. Ein geborener Krieger, dachte der alte Mann.

»Ich bin Ulric von den Wolfsschädeln.«

»Ich bin Druss von der Axt.«

»Gut gekontert! Iß!«

Druss nahm eine Handvoll Datteln vom Silberteller und aß bedächtig. Dann nahm er etwas von dem Ziegenkäse und spülte ihn mit einem Schluck Rotwein hinunter. Seine Augenbrauen hoben sich.

»Lentrischer Roter«, sagte Ulric. »Ohne Gift.«

Druss grinste. »Ich bin schwer zu töten. Das ist ein Talent von mir.«

»Du hast wohl getan. Ich freue mich für dich.«

»Ich war voll Kummer, als ich von deinem Sohne hörte. Ich habe keine Söhne, aber ich weiß, es ist schwer für einen Mann, einen geliebten Menschen zu verlieren.«

»Es war ein grausamer Schlag«, sagte Ulric. »Er war ein guter Junge. Aber das ganze Leben ist grausam, nicht wahr? Ein Mann muß an seinem Kummer wachsen.«

Druss schwieg und nahm sich ein paar Datteln.

»Du bist ein großer Mann, Druss. Es tut mir leid, daß du hier sterben mußt.«

»Ja. Es wäre schön, ewig zu leben. Andererseits werde ich langsamer. Einige von deinen Männern hätten mich fast erwischt – und das ist beschämend.«

»Ich habe einen Preis für den Mann ausgesetzt, der dich tötet. Hundert Pferde, aus meinem Stall.«

»Wie beweist der Mann, daß er mich getötet hat?«

»Er bringt mir deinen Kopf und zwei Augenzeugen.«

»Sieh zu, daß meine Männer das nicht erfahren. Sie würden es für fünfzig Pferde tun.«

»Das glaube ich nicht! Du hast gut gekämpft. Wie kommt der neue Graf zurecht?«

»Er hätte ein weniger lärmendes Willkommen vorgezogen, aber ich glaube, es macht ihm Spaß. Er kämpft gut.«

»Wie ihr alle. Aber das wird nicht genügen.«

»Wir werden sehen«, meinte Druss. »Diese Datteln sind sehr gut.«

»Glaubst du, du kannst mich aufhalten? Sag es mir ehrlich, Todeswanderer.«

»Ich hätte gern unter dir gedient«, sagte Druss. »Ich bewundere dich seit Jahren. Ich habe vielen Fürsten gedient. Einige waren schwach, andere wankelmütig. Viele waren gute Männer, aber du . . . du hast die Größe. Ich glaube, du wirst letztendlich bekommen, was du willst. Aber nicht, solange ich lebe.«

»Du wirst nicht lange leben, Druss«, sagte Ulric sanft. »Wir haben einen Schamanen, der solche Dinge weiß. Er sagte mir, er habe dich an den Toren von Mauer Vier – Sumitos heißt sie, glaube ich – gesehen, und der grinsende Schädel des Todes schwebte über dir.«

Druss lachte laut auf. »Der Tod schwebt überall, wo ich stehe, Ulric! Ich bin der, der mit dem Tod wandert. Kennt dein Schamane eure eigenen Legenden nicht? Vielleicht entschließe ich mich, auf Sumitos zu sterben. Vielleicht auch auf Musif. Aber wie immer ich mich entscheide, eins sollst du wissen: Wenn ich ins Tal der Schatten gehe, nehme ich mehr als nur ein paar Nadir zur Gesellschaft mit.«

»Sie werden stolz sein, mit dir zu gehen. Geh in Frieden.«

23

Ein blutiger Tag folgte auf den nächsten; eine endlose Folge des Kämpfens, Tötens und Sterbens. Einzelne Gefechte brachten Gruppen von Nadir-Kriegern auf das Schlachtfeld vor Musif und drohten, die Drenai-Armee auf den Mauern einzukesseln. Aber immer wieder wurden sie zurückgeschlagen, und die Kampflinie hielt stand. Langsam, wie Serbitar es vorhergesagt hatte, wurden die Starken von den Schwachen getrennt. Es war leicht, den Unterschied zu erkennen. In der sechsten Woche waren nur noch die Stärksten am Leben. Dreitausend Drenaikrieger waren entweder tot oder mit furchtbaren Verwundungen vom Schlachtfeld getragen worden.

Druss schritt wie ein Riese über die Brustwehr, Tag für Tag, und widersetzte sich allen Ratschlägen, sich auszuruhen. Er vertraute darauf, daß sein erschöpfter Körper ihn nicht im Stich ließ, und zog verborgene Kraftreserven aus seiner Kriegerseele. Auch Rek machte sich einen Namen, wenn er sich auch nicht darum scherte. Zweimal hatten seine Berserker-Attacken die Nadir in Angst und Schrecken versetzt und ihre Reihen erschüttert. Orrin kämpfte noch immer mit den Resten von Karnak, die jetzt nur noch achtzehn Mann zählte. Gilad kämpfte zu seiner Rechten und Bregan, der noch immer die eroberte Axt benutzte, zu seiner Linken. Hogun hatte fünfzig seiner Legionssoldaten um sich geschart und hielt sich etwas im Hintergrund, bereit, jederzeit in eine entstandene Bresche zu springen.

Die Tage waren voller Schmerzen und den Schreien der Sterbenden. Und die Liste in der Halle der Toten wurde mit jedem Sonnenaufgang länger. Dun Pinar fiel, die Kehle von einem schartigen Dolch aufgerissen. Bar Britan fand man unter einem Berg von toten Nadir; aus seiner Brust ragte eine zerbrochene Lanze. Der große Antaheim von den Dreißig wurde durch einen Speer in den Rücken getötet. Elicas von der Legion war an einem der Türme umzingelt worden und hatte sich mit lautem Schrei den Nadir entgegengeworfen. Er fiel unter einem Regen von Schwerthieben. Jorak, dem riesigen Gesetzlosen, wurde der Schädel von einer

Keule zerschmettert – und sterbend packte er noch zwei Nadir und warf sich mit ihnen über die Brüstung, so daß sie schreiend mit ihm den Tod auf dem schroffen Felsen fanden.

Mitten im Chaos der sausenden Schwerter blieben viele Heldentaten unbemerkt. Ein junger Soldat kämpfte Rücken an Rücken mit Druss und sah, wie ein feindlicher Speerträger auf den alten Mann zielte. Ohne zu überlegen, warf er sich der funkelnden Stahlspitze entgegen und starb qualvoll inmitten der anderen Verwundeten. Ein anderer Soldat, ein Offizier namens Portitac, sprang in eine Bresche nahe dem Torturm und trat auf die Brüstung, wo er die Spitze einer Leiter packte und sich nach vorn warf, so daß die Leiter von der Mauer wegschwenkte. Zwanzig Nadir, die auf der Leiter waren, starben mit ihm auf den Felsen, fünf weitere brachen sich die Glieder. Es gab viele solcher Beispiele der Tapferkeit.

Und immer noch tobte die Schlacht weiter. Rek trug inzwischen eine Narbe, die schräg von der Braue zum Kinn verlief und rot leuchtete. Orrin hatte drei Finger der linken Hand verloren, aber nach nur zwei Tagen hinter den Kampflinien stieß er wieder zu seinen Männern auf der Mauer.

Aus der Hauptstadt in Drenan kam ein endloser Strom von Botschaften:

Haltet aus.

Gebt Wundweber noch etwas Zeit.

Nur noch einen Monat.

Und die Verteidiger wußten, daß sie nicht aushalten konnten.

Doch sie kämpften weiter.

Zweimal versuchten die Nadir einen nächtlichen Angriff, doch beide Male warnte Serbitar die Verteidiger, und die Angreifer büßten bitter für ihren Versuch. Des Nachts waren die Haltegriffe schwierig zu finden, und der lange Kletterweg zu den Wehrgängen barg viele Gefahren. Hunderte von Stammeskriegern starben, ohne mit der Klinge oder einem Pfeil der Drenai in Berührung gekommen zu sein.

Jetzt waren die Nächte still und in mancher Hinsicht so schlimm wie die Tage. Denn der Friede und die Ruhe der monderhellten Dunkelheit bildeten ein seltsames Gegengewicht zu den blutroten Qualen des Sonnenlichts. Die Männer hatten Zeit, an ihre Frauen und Kinder zu denken, von ihren Bauernhöfen zu träumen oder, besonders schlimm, von einer Zukunft, wie sie hätte sein können.

Hogun und Bowman gingen des öfteren nachts zusammen auf der Brustwehr spazieren – der grimmige Legionsgeneral und der geistreiche Gesetzlose. Hogun stellte fest, daß er in Bowmans Gesellschaft den Verlust von Elicas eher vergessen konnte; er konnte sogar wieder lachen. Bowman für seinen Teil fühlte sich dem Gan verwandt, denn auch er besaß eine ernsthafte Seite, wenn er sie auch gut verbergen konnte.

Aber in dieser besonderen Nacht war Bowman in einer eher melancholischen Stimmung; sein Blick ging in die Ferne.

»Was ist los mit dir, Mann?« fragte Hogun.

»Erinnerungen«, antwortete der Bogenschütze, lehnte sich über die Brüstung und betrachtete die Lagerfeuer der Nadir weit unten im Tal.

»Dann müssen sie entweder sehr gut oder sehr schlecht sein, daß sie dich so berühren.«

»Diese sind sehr schlecht, mein Freund. Glaubst du an Götter?«

»Manchmal. Meist dann, wenn ich mit dem Rücken zur Wand stehe und von Feinden umzingelt bin«, erklärte Hogun. »Ich glaube an die Zwillingsmächte von Wachstum und Bosheit. Ich glaube, daß bei seltenen Gelegenheiten jede dieser Mächte einen Menschen auswählt und auf unterschiedliche Weise vernichtet.«

»Und diese Mächte haben dich berührt, Bowman?« fragte Hogun sanft.

»Vielleicht. Denk doch mal an die letzte Zeit zurück – du wirst Beispiele finden.«

»Das brauche ich nicht. Ich weiß, worauf du hinauswillst«, sagte Hogun.

»Was weißt du?« fragte der Bogenschütze und drehte sich um, so daß er dem dunkelgekleideten Offizier ins Gesicht sehen konnte. Hogun lächelte mild, obwohl er bemerkte, daß sich Bowmans Finger um den Griff seines Dolches gekrallt hatten.

»Ich weiß, daß du ein Mann bist, dessen Leben von einer geheimen Tragödie zerbrochen wurde: die Frau gestorben, der Vater getötet . . . so etwas. Vielleicht sogar eine finstere Tat, die du selbst begangen hast und nicht vergessen kannst. Aber was auch immer es gewesen sein mag – daß du dich mit solchem Schmerz daran erinnerst, bedeutet, daß du aus Charakter gehandelt hast. Laß es hinter dir, Mann. Wer von uns kann schon die Vergangenheit ändern?«

»Ich wünschte, ich könnte es dir sagen«, erklärte Bowman. »Aber ich kann nicht. Es tut mir leid, ich bin heute abend keine gute Gesellschaft. Geh ruhig weiter. Ich bleibe noch ein Weilchen hier.«

Hogun hätte dem anderen gern die Hand auf die Schulter gelegt und die Stimmung mit einer geistreichen Bemerkung vertrieben, wie es Bowman so oft für ihn getan hatte. Aber er konnte es nicht. Es gab Zeiten, in denen ein grimmiger Krieger gebraucht, ja, sogar geliebt wurde, aber dies gehörte nicht dazu, und er verwünschte sich und ging ohne ein Wort.

Über eine Stunde blieb Bowman an der Brüstung stehen, starrte ins Tal hinaus und lauschte auf die fernen Lieder der Nadirfrauen, die aus dem Lager heraufdrangen.

»Hast du Kummer?« fragte eine Stimme.

Bowman fuhr herum und sah sich Rek gegenüber. Der junge Graf trug wieder die Kleider, in denen er angekommen war – schenkellange Rehlederstiefel, eine Tunika mit hohem, goldbesticktem Kragen und eine schaffellgefütterte Weste. An seiner Seite hing ein Langschwert.

»Ich bin nur müde«, sagte Bowman.

»Ich auch. Ist meine Narbe noch sehr auffällig?«

Bowman betrachtete die zackige rote Linie, die von der Braue zum Kinn verlief. »Du hast Glück, daß du kein Auge verloren hast, Rek«, meinte er.

»Schlechter Nadirstahl«, sagte Rek. »Ich habe die Klinge perfekt abgewehrt, aber das verdammte Schwert ist zersprungen und mir ins Gesicht gefahren. Bei allen Göttern, Mann, hast du eine Ahnung, wie lange ich mein Gesicht geschützt habe?«

»Zu spät, um sich jetzt noch darum zu sorgen«, grinste Bowman.

»Manche Menschen werden häßlich geboren«, erklärte Rek. »Es ist nicht ihre Schuld, und ich habe es nie jemandem vorgeworfen, wenn er häßlich war. Aber andere – und dazu darf ich mich auch zählen – werden mit angenehmen Zügen geboren. Das ist ein Geschenk, mit dem man nicht leichtfertig umgehen darf.«

»Ich nehme an, du hast den Übeltäter dafür büßen lassen?«

»Natürlich! Und weißt du, ich glaube, er lächelte, als ich ihn erschlug. Aber er war auch ein häßlicher Mann. Ich meine, richtig häßlich. Das ist nicht gerecht.«

»Das Leben kann so ungerecht sein«, stimmte Bowman ihm zu. »Aber du mußt es von der guten Seite sehen, Graf. Weißt du, im

Gegensatz zu mir warst du nie außergewöhnlich gutaussehend. Nur ganz nett anzuschauen. Die Brauen etwas zu dicht, der Mund eine Spur zu groß. Wenn du jetzt mit dem geradezu märchenhaft guten Aussehen gesegnet gewesen wärst wie ich und meinesgleichen, dann hättest du wirklich allen Grund, dich zu grämen.«

»Da ist was Wahres dran«, meinte Rek. »Du bist wahrlich gesegnet. Wahrscheinlich wollte die Natur damit ausgleichen, daß du etwas klein geraten bist.«

»Klein? Ich bin fast so groß wie du.«

»Tja, aber was für ein großes Wort ist ›fast‹. Kann ein Mensch fast am Leben sein? Fast im Recht sein? In der Frage der Größe, mein Freund, bewegen wir uns nicht in feinen Abstufungen. Ich bin größer, du bist kleiner. Aber ich will gerne zugeben, daß es keinen besser aussehenden kleinen Mann in dieser Festung gibt als dich.«

»Die Frauen waren immer der Meinung, daß ich genau die richtige Größe habe«, erklärte Bowman. »Wenn ich mit ihnen tanze, kann ich ihnen wenigstens Liebesworte ins Ohr flüstern. Mit deinen langen Stelzen würden ihre Köpfe ja in meiner Achselhöhle ruhen.«

»Hast im Wald wohl viel Zeit zum Tanzen, was?« fragte Rek liebenswürdig.

»Ich habe nicht immer im Wald gelebt. Meine Familie . . .« Bowman brach ab.

»Ich kenne deinen familiären Hintergrund«, sagte Rek. »Aber es wird Zeit, daß du darüber redest. Du schleppst es schon viel zu lange mit dir herum.«

»Woher weißt du von meiner Familie?«

»Serbitar hat es mir erzählt. Du weißt, er war in deinen Gedanken . . . als er dir die Botschaft für Druss aufgetragen hat.«

»Ich nehme an, dann weiß es die ganze verdammte Festung, was?« rief Bowman. »Ich reise bei Tagesanbruch ab!«

»Nur Serbitar und ich kennen die Geschichte . . . und die Wahrheit darüber. Aber geh, wenn du willst.«

»Die Wahrheit ist, daß ich meinen Vater und meinen Bruder getötet habe.« Bowman war kreidebleich und erregt.

»Beides Unfälle – und das weißt du genau«, widersprach Rek. »Warum mußt du dich selbst so quälen?«

»Warum? Weil ich mich über so manche Unfälle im Leben wundere. Ich frage mich, wie viele davon unseren geheimsten Wünschen entspringen. Es gab einmal einen Wettläufer – den besten, den ich je gesehen habe. Er hat sich auf die Großen Spiele vorbereitet, um dort zum erstenmal gegen die schnellsten Läufer vieler Völker anzutreten. Am Tag vor dem Rennen stürzte er und verstauchte sich den Knöchel. War das wirklich ein Unfall – oder hatte er Angst vor dem Wettstreit?«

»Das kann nur er selbst beurteilen«, sagte Rek. »Aber darin liegt das Geheimnis. Er weiß es, und du solltest es auch wissen. Serbitar hat mir erzählt, daß du mit deinem Bruder und deinem Vater auf der Jagd warst. Dein Vater war links von dir, dein Bruder rechts von dir, als du einem Hirsch ins Dickicht gefolgt bist. Vor dir raschelte etwas im Gebüsch, du hast gezielt und geschossen. Aber es war dein Vater, der unbemerkt herangekommen war. Woher solltest du es wissen?«

»Der Punkt war, daß er uns gelehrt hatte, niemals zu schießen, ehe wir das Ziel sehen können.«

»Du hast also einen Fehler gemacht. Was ist auf dieser Welt so neu daran?«

»Und mein Bruder?«

»Er sah, was du getan hattest, mißdeutete es und lief wutentbrannt auf dich zu. Du hast ihn weggestoßen, und er stürzte und schlug sich an einem Stein den Schädel ein. Du hast dir lange genug Vorwürfe gemacht. Jetzt ist es an der Zeit, dich davon zu befreien.«

»Ich habe meinen Vater und meinen Bruder nie geliebt«, sagte Bowman. »Mein Vater hat meine Mutter umgebracht. Er hat sie monatelang allein gelassen und hatte zahlreiche Geliebte. Als meine Mutter sich einen Geliebten genommen hat, ließ er ihn blenden und erschlagen . . . grausam.«

»Ich weiß. Grüble nicht länger darüber nach.«

»Und mein Bruder war genau wie mein Vater.«

»Auch das weiß ich.«

»Und weißt du, was ich fühlte, als sie beide tot vor meinen Füßen lagen?«

»Ja. Du hast gejubelt.«

»Ist das nicht schrecklich?«

»Ich weiß nicht, ob du dir das mal überlegt hast, Bowman, aber denk darüber nach: Du gibst den Göttern die Schuld dafür, daß sie einen Fluch auf dich geladen haben – aber in Wirklichkeit fiel der Fluch auf die beiden Männer, die es verdienten.

Ich weiß noch nicht, ob ich wirklich an Schicksal glaube, aber es geschehen bestimmte Dinge im Leben eines Mannes, die er nicht erklären kann. Daß ich hier bin, zum Beispiel. Druss' Überzeugung, daß er hier sterben wird, weil er einen Pakt mit dem Tod geschlossen hat. Und du ... Aber ich glaube, du warst nur das Werkzeug von ... wer weiß? ... einem Gesetz für natürliche Gerechtigkeit vielleicht.

Was immer du auch von dir selbst glaubst, eins solltest du wissen: Serbitar hat in deinem Herzen geforscht und fand dort nichts Böses. Und er *weiß* ...«

»Mag sein«, sagte Bowman. Dann grinste er plötzlich. »Hast du bemerkt, daß Serbitar kleiner ist als ich, wenn er den Helm mit diesem Federbusch abnimmt?«

Der Raum war spartanisch eingerichtet: ein Teppich, ein Kissen und ein Stuhl, alles vor dem kleinen Fenster angeordnet, an dem der Albino stand, nackt und allein. Mondlicht überflutete seine blasse Haut, und die Nachtbrise fuhr ihm durch das Haar. Seine Schultern waren gebeugt, die Augen geschlossen. Eine Müdigkeit lastete auf ihm, wie er sie in seinem jungen Leben noch niemals verspürt hatte. Denn sie entsprang dem Geist und der Wahrheit.

Die Philosophen redeten oft davon, daß Lügen unter der Zunge saßen wie gesalzener Honig. Wie Serbitar wußte, war das nur zu wahr. Aber öfter noch war die verborgene Wahrheit schlimmer. Denn sie ließ sich im Bauch nieder und wuchs, um den Geist zu verschlingen.

Unter ihm lagen die vagrischen Unterkünfte, die Suboden und die dreihundert Männer beherbergten, die aus Dros Segril eingetroffen waren. Mehrere Tage hatte er gemeinsam mit seiner persönlichen Leibwache gekämpft und war wieder Prinz von Dros Segril geworden, der Sohn des Grafen Drada. Aber die Erfahrung war schmerzlich gewesen, denn seine eigenen Männer schlugen das Zeichen des Schützenden Horns, wenn er sich ihnen näherte. Sie sprachen nur selten mit ihm und dann auch nur, um rasch auf eine direkte Frage zu antworten. Suboden, der so offen sprach wie immer, hatte den Albino gebeten, sich wieder zu seinen Kameraden zu gesellen.

»Wir sind hier, Prinz Serbitar, weil es unsere Pflicht ist. Und diese erfüllen wir am besten, wenn Ihr nicht an unserer Seite seid.«

Noch schmerzlicher war allerdings das lange Gespräch mit dem

Abt der Schwerter gewesen – dem Mann, den er verehrte und wie einen Vater liebte, seinem Mentor und Freund.

Serbitar schloß die Augen und öffnete seinen Geist, befreite sich aus dem Gefängnis seines Körpers und zog die Vorhänge der Zeit auf.

Zurück reiste er, weiter und weiter zurück. Dreizehn lange, mühsame freudenreiche Jahre fliegen an ihm vorbei, und er sieht wieder die Karawane, die ihn zum Abt der Schwerter gebracht hatte. An der Spitze der zehn Krieger reitet der riesige, rotbärtige Drada, der junge Graf von Segril – kampferprobt, impulsiv, ein gnadenloser Feind, doch ein wahrer Freund. Hinter ihm sind zehn jener Krieger, denen er am meisten vertraut, Männer, die für ihn sterben würden, ohne auch nur einen Moment zu zögern, denn sie lieben ihn mehr als ihr Leben. Am Schluß ein Wagen, auf dem der junge Prinz liegt, auf einer strohgefüllten Matratze mit seidenen Laken; eine Zeltplane schützt sein geisterhaft bleiches Gesicht vor der Sonne.

Drada reißt sein Pferd herum und galoppiert zurück zu dem Wagen. Er beugt sich vor und blickt auf den Jungen nieder. Der Junge schaut auf. Vor dem strahlenden Himmel kann er nur die breiten Schwingen am Kampfhelm seines Vaters ausmachen.

Der Wagen bewegt sich wieder, in die Schatten der verzierten schwarzen Tore. Sie schwingen auf, und ein Mann erscheint.

»Ich entbiete euch ein Willkommen, Drada«, sagt er. Die Stimme paßt nicht zu der silbernen Rüstung, die er trägt. Diese Stimme hat einen sanften Klang; es ist die Stimme eines Dichters.

»Ich bringe dir meinen Sohn«, antwortete der Graf. Seine Stimme ist schroff, die eines Soldaten.

Vintar geht zu dem Wagen und betrachtet das Kind. Er legt ihm eine Hand auf die blasse Stirn, lächelt und tätschelt dem Jungen den Kopf.

»Komm und geh mit mir, Junge«, sagte er.

»Er kann nicht gehen«, erklärt Drada.

»Doch, er kann«, entgegnete Vintar.

Der Junge richtet die roten Augen fragend auf Vintar, und zum erstenmal in seinem einsamen Leben spürt er die Berührung mit einem anderen Geist. Es gibt keine Worte. Vintars sanftes Dichtergesicht kommt mit dem Versprechen von Stärke und Freundschaft zu ihm. Die schwächlichen Muskeln an Serbitars magerem Körper beginnen zu zittern, als Kraft in ihn strömt, die unbenutzte Zellen neu belebt.

»Was ist mit dem Jungen los?« fragt Drada beunruhigt.

»Nichts. Verabschiede dich von deinem Sohn.«

Der rotbärtige Krieger wendet sein Pferd nach Norden und blickt auf das weißhaarige Kind hinab. »Tu, was man dir sagt. Sei ein braver Junge.« Er zögert ... tut so, als würde sein Pferd scheuen. Er versucht, Worte für den letzten Abschied zu finden, aber es gelingt ihm nicht. Er hatte immer Schwierigkeiten mit diesem rotäugigen Kind. »Sei brav«, wiederholt er. Dann hebt er den Arm und führt seine Männer nach Norden auf die lange Heimreise.

Als der Wagen weggezogen wird, strömt strahlendes Sonnenlicht auf die Pritsche, und der Junge reagiert, als hätte man ihn aufgespießt. Sein Gesicht spiegelt Schmerz wider; er kneift die Augen fest zusammen. Vintar sucht sanft seinen Geist und pulsiert: »Steh jetzt auf und folge den Bildern, die ich dir auf deinen Augenlidern zeige.«

Sofort läßt der Schmerz nach, und der Junge kann sehen, deutlicher als je zuvor. Und seine Muskeln tragen ihn schließlich – ein Gefühl, das er vergessen zu haben glaubte, seit er vor einem Jahr im Schnee der Delnochberge zusammengebrochen war. Von diesem Moment an war er gelähmt gewesen und konnte nicht sprechen.

Jetzt steht er, und mit fest geschlossenen Augen sieht er klarer als je zuvor. Ohne Schuldgefühl stellt er fest, daß er seinen Vater vergessen hat und glücklich darüber ist.

Der Geist des älteren Serbitar kostet erneut die vollkommene Freude, die den Jungen an dem Tag erfüllte, als er Arm in Arm mit Vintar der Seele über den Hof ging, bis sie schließlich in einer strahlendhellen Ecke zu einer winzigen Rose kamen, die sich an eine hohe Steinmauer schmiegte.

»Das ist deine Rose, Serbitar. Du sollst sie lieben. Pflege sie und wachse mit ihr. Eines Tages wird sich auf dieser kleinen Pflanze eine Blüte zeigen. Und ihr Duft wird nur für dich allein sein.«

»Ist sie weiß?«

»Sie ist, wie immer du sie haben willst.«

Und in den folgenden Jahren fand Serbitar Frieden und Freude in der Kameradschaft, aber nie mehr als die Erfahrung der wahren Zufriedenheit mit Vintar der Seele an jenem ersten Tag.

Vintar hatte ihn gelehrt, das Kraut Lorassium zu finden und von seinen Blättern zu essen. Zuerst hatten sie ihn schläfrig gemacht und seine Gedanken mit Farben erfüllt. Aber als die Tage vergingen, lernte sein starker junger Geist die Visionen zu beherrschen und die grünen Säfte, die sein schwaches Blut kräftigten. Selbst seine Augen änderten ihr Farbe und nahmen die der Pflanze an.

Und er lernte wieder zu laufen, genoß den Wind in seinem Gesicht, lernte klettern und ringen, lachen und leben.

Und er hatte gelernt zu sprechen, ohne zu reden, sich zu bewegen, ohne sich zu rühren und zu sehen, ohne die Augen zu öffnen.

In all diesen glücklichen Jahren war Serbitars Rose gewachsen und erblüht.

Eine weiße Rose...

Und jetzt war alles so weit gekommen! Ein Blick in die Zukunft hatte dreizehn Jahre des Lernens und Glaubens zerstört. Ein schneller Pfeil, gesehen durch die Nebel der Zeit, hatte sein Schicksal verändert.

Serbitar hatte starr vor Entsetzen auf das Bild gestarrt, das sich unter ihm bot, auf den kampfgezeichneten Mauern der Dros. Sein Gesicht war vor der Gewalt zurückgeschreckt, die er dort sah, und er war geflohen, kometenschnell, in einen fernen Winkel des Universums, wo er sich selbst und seine geistige Gesundheit unter explodierenden Sternen und der Geburt neuer Sonnen verlor. Und doch hatte Vintar ihn gefunden.

»Du mußt zurückkehren.«

»Ich kann nicht. Ich habe gesehen.«

»So wie ich.«

»Dann weißt du, daß ich lieber sterben würde, als es noch einmal zu sehen.«

»Aber du mußt, denn es ist dein Schicksal.«

»Dann verweigere ich mich meinem Schicksal.«

»Und deine Freunde? Verweigerst du dich auch ihnen?«

»Ich kann dich nicht noch einmal sterben sehen, Vintar.«

»Warum nicht? Ich selbst habe das Bild schon hundertmal gesehen. Ich habe sogar ein Gedicht darüber geschrieben.«

»So wie wir jetzt sind – werden wir wieder so sein, nach dem Tod? Freie Seelen?«

»Ich weiß es nicht, aber es wäre schön. Und jetzt mußt du wieder zurück zu deinen Pflichten. Ich habe die Dreißig gerufen. Sie halten deinen Körper so lange am Leben, wie sie können.«

»Das haben sie immer getan. Warum sollte ich der letzte sein, der stirbt?«

»Weil wir es so haben wollen. Wir lieben dich, Serbitar. Das haben wir immer getan. Du warst ein schüchternes Kind, das niemals Freundschaft gekannt hatte. Du warst mißtrauisch gegenüber der leisesten Berührung oder Umarmung – eine Seele, die allein in der kosmischen Leere weinte. Selbst jetzt bist du allein.«

»Aber ich liebe euch alle.«

»Weil du unsere Liebe brauchst.«

»Das stimmt nicht, Vintar!«

»Liebst du Rek und Virae?«

»Sie sind nicht Teil der Dreißig.«

»Das warst du auch nicht, bis wir dich dazu machten.«

Und Serbitar war beschämt zu der Festung zurückgekehrt. Aber die Scham, die er früher gefühlt hatte, war nichts im Vergleich zu dem Gefühl, das er jetzt erlebte.

War es erst eine Stunde her, daß er mit Vintar auf der Mauer spaziert war und sich über viele Dinge beklagt und viele Sünden gestanden hatte?

»Du hast Unrecht, Serbitar. Auch ich bin in der Schlacht blutdürstig. Wer ist das nicht? Frag Arbedark oder Menahem. Wir sind trotz allem Menschen, und wir fühlen wie andere Menschen.«

»Dann ist es also umsonst, daß wir Priester sind?« weinte Serbitar. »Wir haben Jahre unseres Lebens damit verbracht, den Irrsinn des Krieges zu studieren, die Machtlust der Menschen, ihren Drang zum Blutvergießen. Wir erheben uns über die normalen Menschen mit Kräften, die fast göttergleich sind. Doch bei den letzten Prüfungen stellen wir fest, daß auch sie nach Kampf und Tod lechzen. Es *ist* umsonst!«

»Du täuschst dich, Serbitar!« sagte Vintar. Seine Stimme klang scharf, und in seinen Augen stand eine Andeutung von Zorn. »Du sprichst von ›göttergleich‹. Du sprichst von ›normalen Menschen‹. Wo liegt in deinen Worte die Demut, nach der wir streben?

Als du zuerst zum Tempel kamst, warst du schwach und einsam, und für mehrere Jahre der jüngste. Aber du hast um so rascher gelernt. Und du wurdest zur Stimme auserwählt. Hast du denn nur die Fächer gelernt und die Philosophie ausgelassen?«

»Es scheint so«, antwortete Serbitar.

»Du irrst schon wieder. Denn in der Weisheit liegt Leiden. Du leidest nicht, weil du ungläubig bist, sondern weil du glaubst. Laß uns noch einmal von vorn anfangen. Warum reisen wir zu einem fernen Krieg?«

»Um zu sterben.«

»Warum wählen wir diesen Weg? Warum hungern wir uns nicht einfach zu Tode?«

»Weil der Wille eines Menschen zu leben im Krieg besonders stark ist. Er wird hart kämpfen, um am Leben zu bleiben. Er wird wieder lernen, das Leben zu lieben.«

»Und wozu zwingt uns diese Kraft?«

»Uns unseren Zweifeln zu stellen«, flüsterte Serbitar.

»Aber du hast nie geglaubt, daß auch dir solche Zweifel kommen könnten, so sicher warst du deiner gottähnlichen Kräfte?«

»Ja. Ich war sicher. Jetzt bin ich es nicht. Ist das eine so große Sünde?«

»Nein, und das weißt du. Warum bin ich am Leben, mein Junge? Warum bin ich nicht vor zwei Jahrzehnten mit Magnars Dreißig gestorben?«

»Weil du der Eine warst, der auserwählt war, den neuen Tempel zu gründen.«

»Warum wurde ich auserwählt?«

»Du warst vollkommen. Das muß so sein.«

»Warum war ich dann nicht der Anführer?«

»Ich verstehe dich nicht.«

»Wie wird der Anführer auserwählt?«

»Ich weiß es nicht. Du hast es mir nie gesagt.«

»Dann rate, Serbitar.«

»Weil er die beste Wahl ist, der am meisten ...«

»... vollkommene?«

»Das hatte ich sagen wollen. Aber ich sehe, worauf du hinauswillst. Wenn du der Vollkommenste warst, warum war Magnar dann der Anführer?«

»Du hast die Zukunft gesehen. Du hättest dieses Gespräch sehen und hören müssen. Sag es mir.«

»Ich habe das Gespräch nicht gehört«, sagte Serbitar. »Ich hatte keine Zeit, mich um Kleinigkeiten zu kümmern.«

»Oh, Serbitar, du willst immer noch nicht verstehen! Was du gesehen und studiert hast, *waren* die Kleinigkeiten! Unwichtige und triviale Dinge. Was bedeutet es schon für die Geschichte dieses

Planeten, daß die Dros fällt? Wie viele Festungen sind im Laufe der Zeitalter schon erobert worden? Welche kosmische Bedeutung hatte ihr Untergang? Wie wichtig ist unser Tod?«

»Dann sag mir, Vater Abt, wie wird der Anführer auserwählt?«

»Hast du es noch nicht erraten, mein Sohn?«

»Ich glaube schon.«

»Dann sprich.«

»Er ist der am wenigsten vollkommene der Akolyten«, sagte Serbitar leise. Seine grünen Augen suchten in Vintars Gesicht und flehten um Widerspruch.

»Er ist der am wenigsten vollkommene«, wiederholte Vintar traurig.

»Aber warum?« fragte Serbitar.

»Damit seine Aufgabe um so schwieriger ist, um so fordernder. Um ihm die Chance zu geben, aufzustehen und sich der Stellung, die er einnimmt, gewachsen zu zeigen.«

»Und habe ich versagt?«

»Noch nicht, Serbitar, noch nicht.«

24

Tag für Tag verließen mehr Menschen die belagerte Stadt, luden ihre Besitztümer auf Wagen, Karren oder Maultiere und bildeten Konvois, die sich langsam ins Landesinnere schlängelten, um in die relative Sicherheit der Skodaberge und der dahinterliegenden Hauptstadt zu gelangen.

Mit jeder Abreise tauchten für die Verteidiger neue Probleme auf. Kämpfende Männer mußten zu anderen Aufgaben abkommandiert werden: Latrinen reinigen, Vorräte verstauen, Mahlzeiten zubereiten. Jetzt wurden die Reserven von zwei Seiten angegriffen.

Druss war wütend und bestand darauf, die Tore zu schließen und die Evakuierung aufzuhalten. Rek wies darauf hin, daß dann noch mehr Soldaten benötigt würden, um die Südstraße zu kontrollieren.

Am Mittsommertag – zehn Wochen nach Beginn der Schlacht – fiel Musif, und das Chaos regierte. Die Nadir brachen in der Mitte durch die Mauer und trieben einen Keil in das dahinterliegende Schlachtfeld. Die Männer gerieten in Gefahr, umzingelt zu werden, wichen zurück und rannten zu den Feuergräben. Einzelne Gefechte begannen, sobald die Disziplin nachließ, und zwei der Brücken brachen unter dem Ansturm der Soldaten zusammen.

Auf Kania, Mauer Drei, wartete Rek, solange er es wagte. Dann befahl er, die Feuergräben in Brand zu schießen. Druss, Orrin und Hogun konnten sich gerade noch rechtzeitig in Sicherheit bringen, als die Flammen aufzüngelten. Doch jenseits des Grabens kämpften mehr als achthundert Drenaikrieger ohne alle Hoffnung weiter, in dichten Gruppen, die von Augenblick zu Augenblick kleiner wurden. Viele auf Kania wandten sich ab, denn sie konnten nicht ertragen, mit anzusehen, wie ihre Freunde vergebens kämpften. Rek stand mit geballten Fäusten da und schaute voller Verzweiflung zu. Der Kampf währte nicht lange. Hoffnungslos unterlegen, wurden die Drenai überrannt, und Tausende von Stammeskriegern stimmten ein Siegeslied an.

Sie sammelten sich singend vor den Flammen, blutige Schwerter und Äxte schwingend. Nur wenige auf der Mauer verstanden die

Worte, aber das war auch nicht nötig. Die Botschaft war unmißverständlich, die Bedeutung klar. Es traf Herz und Seele mit erschreckender Deutlichkeit.

»Was singen sie?« fragte Rek Druss, als der alte Mann nach der mühsamen Kletterei wieder zu Atem kam.

»Es ist ihr Lied des Ruhms:

Nadir sind wir,
der Jugend geboren,
Blut wird vergossen und
Äxte geschwungen,
doch Sieger sind wir.«

Jenseits des Feuers stürmten die Stammeskrieger das Feldlazarett, erschlugen Männer in ihren Betten und zerrten andere hinaus in die Sonne, wo ihre Kameraden auf der Mauer sie sehen konnten. Dann wurden sie mit Pfeilen gespickt oder langsam verstümmelt. Einer wurde sogar an die Fensterläden des Gebäudes genagelt, wo er schreiend zwei Stunden lang hing, ehe man ihm den Bauch aufschlitzte und den Kopf abschlug.

Die toten Drenai wurden, ihrer Waffen und Rüstungen beraubt, in die Feuergräben geworfen. Der Gestank nach brennendem Fleisch erfüllte die Luft; beißender Qualm brannte in den Augen.

Die Evakuierung an den Südtoren wurde zu einer wahren Flut, als die Stadt sich leerte. Soldaten schlossen sich an, warfen ihre Waffen weg und mischten sich unter die Menge. Auf einen direkten Befehl von Rek hin hielt niemand sie auf.

In einem kleinen Haus nahe der Müllergasse versuchte Maerie, das Kleinkind zu trösten, das in ihren Armen schluchzte. Der Lärm auf den Straßen ängstigte sie. Es waren Familien, die ihre Habseligkeiten auf Karren und Wagen luden, vor die Ochsen oder Milchkühe gespannt waren. Es war ein Höllenlärm.

Maerie drückte das Kind an sich, summte ein Schlaflied und küßte die dichten Locken.

»Ich muß zurück auf die Mauer«, sagte ihr Mann, ein großer junger Krieger mit dunklem Haar und großen, sanften blauen Augen. Wie müde er aussieht, hohläugig und ausgemergelt, dachte Maerie.

»Geh nicht, Carin«, bat sie, als er den Schwertgürtel umlegte.

»Ich muß.«

»Laß uns Delnoch verlassen. Wir haben Freunde in Purdol, und du könntest dort Arbeit finden.«

Er war kein einfühlsamer Mann und bemerkte die Verzweiflung in ihrer Stimme nicht, sah nicht die aufsteigende Panik in ihren Augen.

»Laß dir durch diese Narren keine Angst einjagen, Maerie. Druss ist noch immer bei uns, und wir werden Kania halten. Das verspreche ich dir.«

Das schluchzende Kind klammerte sich an den Rock der Mutter, beruhigt von der sanften Kraft in der Stimme des Vaters. Zu jung, um die Worte zu verstehen, wurde es durch Tonfall und Stimme getröstet. Der Lärm draußen ließ nach, und es schlief an der Schulter der Mutter ein. Aber Maerie war älter und klüger als das Kind, und für sie waren die Worte nichts als Worte. »Hör mir zu, Carin. Ich will weg von hier. Heute!«

»Ich habe jetzt keine Zeit. Ich muß zurück. Bis später. Es wird alles gut.« Er küßte sie; dann ging er hinaus in das Chaos auf den Straßen.

Sie sah sich um und erinnerte sich: Die Truhe an der Tür war ein Geschenk von Carins Eltern. Die Stühle hatte ihr Onkel Damus gemacht; sie waren so sorgfältig hergestellt wie alle seine Arbeiten. Sie hatten die Stühle und die Truhe vor zwei Jahren mit hierhergebracht.

Gute Jahre?

Carin war freundlich, rücksichtsvoll und lieb. Er besaß so viel Güte. Sie setzte das Kind in sein Stühlchen und ging in das kleine Schlafzimmer. Sie schloß das Fenster vor dem Lärm. Bald würden die Nadir kommen. Sie würden die Tür einschlagen, und dreckige Stammeskrieger würden ihr die Kleider vom Leib reißen...

Sie schloß die Augen.

Druss war immer noch bei ihnen, hatte Carin gesagt.

Dummer Kerl! Lieber, rücksichtsvoller, dummer Kerl! Carin der Müller.

Sie war nie wirklich glücklich mit ihm gewesen, wenn sie es auch ohne diesen Krieg vielleicht nie gemerkt hätte. Aber sie war nahe daran gewesen, wirklich zufrieden zu sein. Dann hatte er sich den Verteidigern angeschlossen und war stolz mit der glänzenden Brustplatte und dem zu großen Helm nach Hause gekommen.

Dummer Carin. Lieber Carin.

Die Tür ging auf, und sie drehte sich um und sah ihre Freundin Delis, mit einem Reiseschal über dem blonden Haar und einem schweren Mantel um die Schultern.

»Kommst du?« fragte sie.

»Ja.«

»Kommt Carin auch mit?«

»Nein.«

Rasch sammelte sie ihre Habseligkeiten und stopfte sie in einen Beutel, der Carin gehörte. Delis trug die Tasche zum Wagen, der draußen wartete, während Maerie ihren Sohn auf den Arm nahm und ihn in eine zweite Decke hüllte. Sie bückte sich, öffnete die kleine Truhe, schob das Leinen beiseite und holte den kleinen Beutel mit Silber heraus, den Carin dort versteckt hatte.

Sie machte sich nicht die Mühe, die Tür zu schließen.

In der inneren Festung wütete Druss mit Rek und schwor, jeden Deserteur zu töten, den er erwischte.

»Dafür ist es jetzt zu spät!« sagte Rek.

»Verdammt, Junge«, brummte Druss. »Wir haben nicht einmal mehr tausend Mann. Serbitar sagt, wir können Kania vielleicht noch zwei Tage halten, Sumitos drei, Valteri desgleichen und Geddon eher weniger. Zehn Tage alles in allem. Zehn elende Tage.«

Der junge Graf lehnte an der Balkonbrüstung oberhalb der Tore und beobachtete die Konvois, die nach Süden zogen. »Sieh sie dir an, Druss! Bauern, Bäcker, Händler. Welches Recht haben wir, von ihnen zu verlangen, daß sie sterben? Spielt es für sie eine Rolle, ob wir es schaffen oder nicht? Die Nadir werden nicht jeden einzelnen Bäcker in Drenan töten – für sie bedeutet es lediglich eine andere Herrschaft.«

»Du gibst zu schnell auf«, schnaubte Druss.

»Ich bin Realist. Und halt mir keine Vorträge über Skeln-Paß. Ich gehe nirgends hin.«

»Könntest du aber genausogut«, sagte Druss und ließ sich in einen Ledersessel fallen. »Du hast die Hoffnung schon aufgegeben.«

Rek drehte sich um, seine Augen funkelten. »Was ist eigentlich mit euch Kriegern? Es ist verständlich, daß ihr in Klischees redet, aber unverzeihlich, wenn ihr so *denkt*. Verlorene Hoffnung? Ich *hatte* niemals Hoffnung. Dieses Unternehmen war von Anfang an zum Scheitern verurteilt, aber wir tun, was wir können und müssen. Ein junger Bauer mit Frau und Kindern entschließt sich also, nach Hause zu gehen. Gut! Er zeigt eine Vernunft, die Männer wie du und ich nie verstehen werden. Man wird Lieder über uns singen, aber der Bauer wird dafür sorgen, daß es Menschen gibt, die sie singen können. Er pflanzt. Wir zerstören.

Jedenfalls hat er seinen Part erfüllt und gekämpft wie ein Mann. Es ist verbrecherisch, daß er es für nötig hält, in Schande zu fliehen.«

»Warum gibst du nicht gleich allen die Gelegenheit, nach Hause zu gehen?« fragte Druss. »Dann können wir beide auf den Mauern stehen und die Nadir auffordern, einzeln gegen uns anzutreten, wie gute Sportsleute.«

Plötzlich lächelte Rek, Spannung und Zorn fielen von ihm ab. »Ich will nicht mit dir streiten, Druss«, sagte er sanft. »Du bist ein Mann, den ich mehr bewundere als alle anderen. Aber ich glaube, hier liegst du falsch. Nimm dir noch Wein – ich bin gleich zurück.«

Weniger als eine Stunde später wurde die Botschaft des Grafen allen Abteilungen vorgelesen.

Bregan überbrachte Gilad die Neuigkeit, der im Schatten des Feldhospitals aß, unter dem hochaufragenden Westteil Kanias.

»Wir können nach Hause gehen«, sagte Bregan, ganz rot im Gesicht. »Wir können zum Erntedankfest dort sein!«

»Ich verstehe nicht«, sagte Gilad. »Haben wir uns denn ergeben?«

»Nein. Der Graf sagt, jeder, der will, kann gehen. Er sagt, wir können stolz gehen, stolz, da wir gekämpft haben wie Männer – und als Männer müßten wir das Recht haben, nach Hause zu gehen.«

»Werden wir uns denn ergeben?« fragte Gilad verwirrt.

»Ich glaube nicht«, antwortete Bregan.

»Dann werde ich nicht gehen.«

»Aber der Graf sagt, es ist in Ordnung!«

»Es ist mir egal, was er sagt.«

»Ich verstehe dich nicht, Gil. Viele von den anderen gehen. Und es stimmt, daß wir unseren Part erfüllt haben. Oder nicht? Ich meine, wir haben doch unser Bestes gegeben.«

»Ich glaube schon.« Gilad rieb sich die müden Augen und beobachtete den Rauch, der träge von den Feuergräben aufstieg. »Sie haben auch ihr Bestes gegeben«, flüsterte er.

»Wer?«

»Die, die gestorben sind. Die, die noch sterben werden.«

»Aber der Graf sagt, es ist in Ordnung. Er sagt, wir können weiterleben und den Kopf hoch tragen. Stolz sein auf uns.«

»Sagt er das?«

»Ja.«

»Na, ich würde den Kopf nicht hoch tragen.«

»Du hast die ganze Zeit gesagt, wir können diese Festung nicht halten. Jetzt haben wir die Möglichkeit zu gehen. Warum kannst du das nicht einfach hinnehmen und mit uns kommen?«

»Weil ich ein Narr bin. Grüße daheim alle von mir.«

»Du weißt, daß ich nicht ohne dich gehe.«

»Nun benimm dich nicht auch noch wie ein Narr, Breg! Du hast alles, wofür zu leben sich lohnt. Stell dir nur Klein-Legan vor, wie er auf dich zukrabbelt! Und all die Geschichten, die du erzählen kannst. Geh. Geh schon.«

»Nein. Ich weiß zwar nicht, warum du bleibst, aber ich bleibe auch.«

»Das darfst du nicht«, widersprach Gilad weich. »Ich möchte, daß du nach Hause gehst. Wirklich. Denn wenn du nicht gehst, wer soll ihnen dann erzählen, was für ein Held ich bin? Im Ernst, Bregan, ich würde mich viel besser fühlen, wenn ich wüßte, daß du aus all dem heraus bist. Der Graf hat recht. Männer wie du haben ihren Part erfüllt. Und zwar großartig. Und was mich anbelangt – nun, ich will einfach bleiben. Ich habe viel über mich selbst und andere gelernt. Ich werde sonst nirgends gebraucht, nur hier. Ich bin nicht nötig. Ich werde nie ein Bauer sein, und ich habe weder das Geld, um Kaufmann zu werden, noch die Erziehung, um Fürst zu werden. Ich gehöre nirgends hin. Hier ist mein Platz – unter all den anderen, die nirgends hingehören. Bitte, Bregan. Bitte, geh!«

In Bregans Augen standen Tränen, und die beiden Männer umarmten sich. Dann stand der junge Bauer mit dem lockigen Haar auf. »Ich hoffe, es wird alles gut für dich ausgehen, Gil. Ich werde es allen erzählen – das verspreche ich dir. Viel Glück!«

»Dir auch, Bauer. Nimm deine Axt. Sie können sie in der Dorfhalle aufhängen.«

Gilad sah ihm nach, wie er zu den Ausfalltoren ging und die

Festung verließ. Bregan drehte sich einmal um und winkte. Dann war er fort.

Insgesamt entschlossen sich sechshundertfünfzig Männer zu gehen.

Zweitausendundvierzig blieben. Dazu kamen Bowman, Caessa und fünfzig Bogenschützen. Die anderen Gesetzlosen kehrten nach Skultik zurück, nachdem sie ihren Vertrag erfüllt hatten.

»Wir sind jetzt zu wenige«, murmelte Druss, als die Besprechung beendet war.

»Ich konnte Menschenmassen noch nie leiden«, sagte Bowman leichthin.

Hogun, Orrin, Rek und Serbitar blieben sitzen, als Druss und Bowman in die Nacht hinausgingen.

»Nicht verzweifeln, altes Schlachtroß«, sagte Bowman und schlug Druss auf den Rücken. »Es könnte schlimmer sein, weißt du.«

»Wirklich? Wie denn?«

»Na, uns könnte der Wein ausgehen.«

»Uns *ist* der Wein ausgegangen.«

»Was? Das ist ja furchtbar. Ich wäre niemals geblieben, wenn ich das gewußt hätte. Glücklicherweise habe ich rein zufällig noch ein paar Krüge lentrischen Roten in meiner neuen Unterkunft. Zumindest heute abend haben wir also unser Vergnügen. Vielleicht gelingt es uns sogar, etwas für morgen aufzuheben.«

»Gute Idee«, sagte Druss. »Vielleicht können wir den Wein in Flaschen füllen, damit er noch ein paar Monate altern kann. Lentrischen Roten, bei Göttern! Das Zeug, das du da hast, braut ihr in Skultik doch aus Seife, Kartoffeln und Rattengedärmen. Spülwasser von den Nadir würde ja besser schmecken.«

»Du hast mir da was voraus, altes Roß, denn ich hatte noch nie Gelegenheit, Spülwasser von den Nadir zu probieren. Aber mein Gebräu hat's ziemlich in sich.«

»Eher würde ich einem Nadir den Schweiß aus den Achseln lecken«, brummte Druss.

»Schön! Dann trinke ich ihn eben allein!« fuhr Bowman ihn an.

»Kein Grund, beleidigt zu sein, mein Junge. Ich komme mit dir. Ich war immer schon der Meinung, daß Freunde gemeinsam leiden sollten.«

Die Arterie wand sich unter Viraes Fingern wie eine Schlange. Blut quoll aus ihr in die Bauchhöhle.

»Fester!« befahl Calvar Syn, der seine Hände tief in der Wunde hatte und blaue, schleimige Därme beiseite schob in dem verzweifelten Versuch, die innere Blutung zu stoppen. Es war sinnlos. Er wußte, daß es sinnlos war. Aber er war es dem Mann schuldig, daß er jeden Kunstgriff anwandte. Trotz all seiner Bemühungen fühlte er, wie das Leben ihm zwischen den Fingern zerrann. Noch ein Stich, noch ein kleiner Pyrrhussieg.

Der Mann starb, als der elfte Stich die Bauchwunde wieder verschloß.

»Ist er tot?« fragte Virae. Calvar nickte und streckte sich.

»Aber das Blut fließt noch immer«, sagte sie.

»Nur noch ein paar Minuten.«

»Ich habe wirklich gedacht, er würde überleben«, wisperte sie. Calvar wischte sich die blutigen Hände an einem Leintuch ab und ging um den Tisch herum zu ihr. Er legte ihr die Hände auf die Schultern und drehte sie zu sich herum.

»Seine Chancen standen eins zu tausend, selbst wenn ich die Blutung hätte stillen können. Die Lanze hat seine Milz durchbohrt. Er hätte mit Sicherheit Wundbrand bekommen.«

Ihre Augen waren rot, das Gesicht aschgrau. Sie blinzelte und zitterte am ganzen Körper, aber es waren keine Tränen zu sehen, als sie auf das tote Gesicht schaute.

»Ich dachte er hätte einen Bart«, sagte sie verwirrt.

»Das war der davor.«

»Ach ja. Er ist auch gestorben.«

»Du solltest dich ausruhen.« Er legte den Arm um sie und führte sie hinaus, an den dichten Reihen der dreistöckigen Kojenbetten vorbei. Helfer und Pfleger bewegten sich lautlos zwischen den Reihen. Überall hing der Geruch nach Tod und der süßliche, übelkeiterregende Verwesungsgestank, der sich mit der antiseptischen Bitterkeit von Lorassiumsaft und heißem, mit Zitronenminze parfümiertem Wasser mischte.

Vielleicht lag es an dem unangenehmen Geruch, aber Virae stellte zu ihrem Erstaunen fest, daß der Brunnen noch nicht versiegt war und sie noch immer Tränen hatte.

Er brachte sie in ein Hinterzimmer, füllte ein Becken mit warmem Wasser und wusch ihr das Blut von Gesicht und Händen. Dabei tätschelte er sie sanft, als wäre sie ein Kind.

»Er hat gesagt, ich würde den Krieg lieben«, sagte sie. »Aber das ist nicht wahr. Vielleicht früher. Ich weiß es nicht mehr.«

»Nur ein Narr liebt den Krieg«, sagte Calvar. »Oder ein Mensch, der ihn noch nie erlebt hat. Das Problem ist, daß die Überlebenden die ganzen Schrecken vergessen und sich nur noch an die Kampflust erinnern. Sie geben diese Erinnerung weiter, und andere Männer hungern danach. Zieh deinen Mantel über und geh an die frische Luft. Dann wirst du dich besser fühlen.«

»Ich glaube nicht, daß ich morgen wiederkommen kann, Calvar. Ich bleibe mit Rek auf der Mauer.«

»Ich verstehe.«

»Ich fühle mich so hilflos, wenn ich die Männer hier sterben sehe.« Sie lächelte. »Ich mag es nicht, mich hilflos zu fühlen. Das bin ich nicht gewohnt.«

Er sah ihr von der Tür aus nach. Ihre hohe Gestalt war in einen weißen Mantel gehüllt, das Haar flatterte im Nachtwind.

»Ich fühle mich auch hilflos«, sagte er leise.

Der letzte Tod hatte ihn tiefer getroffen, als er sollte, aber er hatte den Mann auch gekannt, wohingegen die anderen nur namenlose Fremde waren.

Carin, der ehemalige Müller. Calvar erinnerte sich, daß der Mann eine Frau und einen Sohn hatte, die in Delnoch lebten.

»Wenigstens wird jemand um dich trauern, Carin«, flüsterte er den Sternen entgegen.

25

Rek beobachtete die hoch über dem Wachturm stehenden Sterne und die vorbeiziehenden Wolken, die sich schwarz vor dem mondhellen Himmel abzeichneten. Die Wolken wirkten wie Klippen am Himmel, schroff und bedrohlich, unausweichlich und eindrucksvoll. Rek riß sich von dem Anblick los und rieb sich die Augen. Er hatte auch früher schon Müdigkeit gespürt, aber noch nie diese Erschöpfung, die die Seele abstumpfte, diese Niedergeschlagenheit des Geistes. Das Zimmer lag im dunkeln. Er hatte vergessen, die Kerzen anzuzünden, so sehr hatte ihn der Nachthimmel in Bann gezogen. Er sah sich um. So offen und einladend der Raum bei Tage war, so düster und leblos wirkte er jetzt. Er kam sich vor wie ein Eindringling. Er zog den Mantel enger um die Schultern.

Er vermißte Virae, aber sie arbeitete mit dem erschöpften Calvar Syn im Hospital. Dennoch war sein Bedürfnis groß, und er stand auf, um zu ihr zu gehen – und blieb stehen. Fluchend entzündete er die Kerzen. Scheite lagen im Kamin bereit, und so machte er Feuer, obwohl es nicht kalt war. Er setzte sich in den großen Ledersessel und beobachtete, wie die Flammen erst am Zunder entlangzüngelten, bis sie schließlich die großen Scheite erfaßten. Der Nachtwind fachte die Flammen an, so daß die Schatten tanzten, und Rek begann sich zu entspannen.

»Du Narr«, schalt er sich, als die Flammen höherschlugen und ihm der Schweiß ausbrach. Er zog Mantel und Schuhe aus und schob den Sessel vom Feuer weg.

Ein leichtes Pochen an der Tür schreckte Rek aus seinen Gedanken auf. Er rief ›Herein‹, und Serbitar trat ein. Im ersten Moment erkannte Rek ihn nicht, denn er trug nicht seine Rüstung, sondern eine grüne Tunika. Das lange weiße Haar war im Nacken zusammengebunden.

»Störe ich, Rek?« fragte er.

»Überhaupt nicht. Setz dich zu mir.«

»Danke. Frierst du?«

»Nein. Ich sehe nur so gern den Flammen zu.«

»Ich auch. Es hilft beim Nachdenken. Vielleicht eine weit

zurückreichende Erinnerung an eine warme Höhle und die Sicherheit vor Raubtieren?« meinte Serbitar.

»Damals habe ich noch nicht gelebt – trotz meines wilden Äußeren.«

»O doch. Die Atome, aus denen du bestehst, sind so alt wie das Universum.«

»Ich habe nicht die leiseste Ahnung, wovon du sprichst, wenn ich auch nicht bezweifle, daß es stimmt«, sagte Rek. Ein unbehagliches Schweigen entstand; dann fingen beide gleichzeitig an zu reden, und Rek lachte. Serbitar lächelte und zuckte die Achseln.

»Ich bin es nicht gewohnt, leichte Unterhaltungen zu führen. Ich kann das nicht.«

»Das können nur die wenigsten, wenn es darauf ankommt. Es ist eine Kunst«, erklärte Rek. »Man muß sich entspannen und das Schweigen genießen, das ist es, was Freunde ausmacht – Menschen, mit denen man schweigen kann.«

»Wirklich?«

»Ich gebe dir mein Ehrenwort als Graf.«

»Es ist schön, daß du deinen Humor wiedergefunden hast. Das hätte ich in Anbetracht der Umstände nicht für möglich gehalten.«

»Anpassungsfähigkeit, mein lieber Serbitar. Man kann nur eine Zeitlang über den Tod nachdenken, dann wird es langweilig. Ich habe festgestellt, daß ich weniger Angst davor habe zu sterben als davor, ein Langweiler zu sein.«

»Du bist selten langweilig, mein Freund.«

»›Selten‹! ›Nie‹ ist das Wort, das ich zu hören hoffte.«

»Verzeihung. ›Nie‹ ist natürlich das Wort, das ich suchte.«

»Wie wird es morgen sein?«

»Das kann ich nicht sagen«, antwortete Serbitar rasch. »Wo ist Virae?«

»Bei Calvar Syn. Die Hälfte der zivilen Helfer ist nach Süden geflohen.«

»Du kannst ihnen keinen Vorwurf machen«, sagte Serbitar. Er stand auf und ging zum Fenster. »Die Sterne strahlen heute nacht so hell«, stellte er fest. »Obwohl es akkurater wäre zu sagen, daß der Neigungswinkel der Erde die Sichtbarkeit erhöht.«

»Ich glaube, ich ziehe ›die Sterne strahlen heute nacht so hell‹ vor«, meinte Rek und trat zu Serbitar ans Fenster.

Unter ihnen ging Virae langsam dahin, einen weißen Mantel um die Schultern gelegt, das lange Haar im Nachtwind flatternd.

»Ich glaube, ich gehe zu ihr, wenn du mich entschuldigst«, sagte Rek.

Serbitar lächelte. »Natürlich. Ich bleibe ein bißchen am Feuer sitzen und denke nach, wenn ich darf.«

»Fühl dich ganz wie zu Hause«, sagte Rek und zog sich die Stiefel an. Wenige Augenblicke, nachdem Rek gegangen war, trat Vintar ein. Auch er hatte die Rüstung abgelegt und mit einer schlichten, dicken Tunika aus weißer Wolle mit Kapuze getauscht.

»Das war schmerzlich für dich, Serbitar. Du hättest mir erlauben sollen, mit dir zu kommen«, sagte er und legte dem jungen Mann die Hand auf die Schulter.

»Ich konnte ihm nicht die Wahrheit sagen.«

»Aber du hast nicht gelogen«, flüsterte Vintar.

»Wann wird das Verschweigen der Wahrheit zur Lüge?«

»Ich weiß nicht. Aber du hast die beiden zusammengebracht, und das war deine Absicht. Sie haben diese Nacht für sich.«

»Hätte ich es ihm sagen sollen?«

»Nein. Er hätte versucht zu ändern, was nicht geändert werden kann.«

»Kann oder darf?« fragte Serbitar.

»Kann. Er könnte ihr befehlen, morgen nicht zu kämpfen, und sie würde sich weigern. Er kann sie nicht einsperren – schließlich ist sie die Tochter eines Grafen.«

»Und wenn wir es ihr sagen?«

»Sie würde sich weigern, es zu glauben, oder dem Schicksal trotzen.«

»Dann ist sie verdammt.«

»Nein. Sie wird nur sterben.«

»Ich werde alles tun, was in meiner Macht steht, um sie zu schützen, Vintar. Das weißt du.«

»Ich auch. Aber wir werden versagen. Morgen nacht mußt du dem Grafen Egels Geheimnis zeigen.«

»Er wird kaum in der Stimmung sein, es zu sehen.«

Rek legte Virae den Arm um die Schultern, beugte sich vor und küßte sie auf die Wange. »Ich liebe dich«, flüsterte er.

Sie lächelte und lehnte sich an ihn, ohne etwas zu sagen.

»Ich kann es einfach nicht sagen«, sagte Virae, und ihre großen Augen ruhten auf ihm.

»Das ist schon in Ordnung. Fühlst du es denn?«

»Das weißt du doch. Mir fällt es nur schwer, es auszusprechen. Romantische Worte klingen ... komisch ... unbeholfen, wenn ich sie sage. Es ist, als ob meine Kehle nicht dafür geschaffen wäre, solche Laute hervorzubringen. Ich komme mir dumm vor. Verstehst du, was ich sagen will?« Er nickte und küßte sie wieder. »Und außerdem habe ich nicht soviel Übung wie du.«

»Das stimmt.«

»Was soll das heißen?« fuhr sie auf.

»Ich habe dir nur zugestimmt.«

»Na, dann laß es. Ich bin nicht in der Stimmung für Witze. Für dich ist es leicht – du bist ein Redner, ein Geschichtenerzähler. Deine Phantasie trägt dich davon. Ich möchte alles ausdrücken, was ich fühle, aber ich kann es nicht. Und dann, wenn du es zuerst sagst, dann habe ich einen Kloß im Hals und weiß, ich müßte etwas sagen, aber ich kann es trotzdem nicht.«

»Hör mal, bezaubernde Dame, es macht nichts! Es sind einfach nur Worte. Ich bin gut mit Worten, du bist gut mit Taten. Ich weiß, daß du mich liebst; ich erwarte nicht, daß du jedesmal das Echo spielst, wenn ich dir sage, was ich empfinde. Ich habe eben an etwas gedacht, das Horeb mir vor vielen Jahren sagte. Er sagte, daß es für jeden Mann die eine Frau gibt und daß ich meine erkennen würde, wenn ich sie sähe. Er hat recht gehabt.«

»Als ich dich sah«, sagte sie, wandte sich ihm zu und legte ihm die Arme um die Taille, »dachte ich, du wärst ein Lackaffe.« Sie lachte.

»Du hättest dein Gesicht sehen sollen, als dieser Gesetzlose dich angriff!«

»Ich habe mich konzentriert. Ich habe dir schon einmal gesagt, daß Treffsicherheit nicht gerade meine Stärke ist.«

»Du warst wie versteinert.«

»Stimmt.«

»Und doch hast du mich gerettet?«

»Ja. Ich bin der geborene Held.«

»Nein, das bist du nicht – und deswegen liebe ich dich. Du bist einfach ein Mann, der sein Bestes tut und versucht, ehrenhaft zu sein. Das ist selten.«

»Trotz meiner Phantasie fühle ich mich unbehaglich, wenn man mir Komplimente macht.«

»Aber ich möchte sagen, was ich fühle. Es ist mir wichtig. Du bist der erste Mann, bei dem ich mich als Frau wirklich wohl fühle. Du hast mir das Leben gegeben. Ich werde vielleicht während der Belagerung sterben, aber ich möchte, daß du weißt, daß es die Sache wert war.«

»Rede nicht vom Sterben. Sieh dir die Sterne an. Spüre die Nacht. Ist sie nicht schön?«

»Ja, das ist sie. Warum bringst du mich nicht zurück in die Festung, damit ich dir zeigen kann, daß Taten lauter sprechen als Worte?«

»Ja, warum nicht?«

Sie liebten sich ohne Leidenschaft, aber zärtlich und liebevoll, und schliefen ein, während die Sterne durch das Fenster über sie wachten.

Der Nadir-Hauptmann, Ogasi, drängte seine Männer weiter, schrie den Kriegsruf von Ulrics Wolfsschädeln und hieb seine Axt in das Gesicht eines Verteidigers. Die Hände des Mannes krallten sich in die Wunde, als er rücklings stürzte. Das gräßliche Schlachtlied trug sie weiter, spaltete die Reihen, so daß sie auf dem Gras Fuß faßten.

Aber wie immer, scharten sich Druss und die weißen Templer um die Verteidiger.

Ogasis Haß gab ihm Kraft, als er nach links und rechts schlug, um sich einen Weg zu dem alten Mann zu bahnen. Ein Schwert traf ihn an der Stirn, und er taumelte kurz, erholte sich aber, um dem Schwertkämpfer den Bauch aufzuschlitzen. Zur Linken wurde die Reihe zurückgedrängt, aber zur Rechten drang sie vor wie das Horn eines Bullen.

Der kräftige Nadir wollte seinen Triumph zum Himmel hinausschreien.

Endlich hatten sie sie!

Aber wieder scharten sich die Drenai zusammen. Ogasi zog sich ein Stück in die Menge zurück, damit er sich das Blut aus den Augen wischen konnte. Er beobachtete den großen Drenai und seine Schwertdame, wie sie den Keil abblockten, als er herumschwang. An der Spitze von etwa zwanzig Kriegern schien der große Mann mit der silbernen Brustplatte und dem blauen Mantel verrückt geworden zu sein. Sein Gelächter übertönte den Kriegsgesang der Nadir, und die Männer wichen vor ihm zurück.

Seine Berserkerwut trug ihn mitten in die Reihen der Stammeskrieger, und er verteidigte sich nicht. Sein rotgetränktes Schwert schlitzte, hämmerte und stach in ihre Reihen. Die Frau neben ihm duckte sich und parierte, schützte seine linke Seite; ihre schlanke Klinge war ebenso tödlich wie seine.

Langsam brach der Keil in sich zusammen, und Ogasi wurde mit den anderen zurück an die Brustwehr gedrängt. Er stolperte über den Körper eines Drenai-Bogenschützen, der noch immer seinen Bogen umklammerte. Ogasi kniete nieder, entriß der leblosen Hand den Bogen und zog einen schwarzschäftigen Pfeil aus dem Köcher. Leichtfüßig sprang er auf die Brustwehr und hielt nach Todeswanderer Ausschau, doch der alte Mann war in der Mitte und wurde von Nadir verdeckt. Nicht aber der große Berserker – die Männer fuhren vor ihm auseinander. Ogasi legte den Pfeil auf die Sehne, spannte den Bogen, zielte und schoß mit einer leisen Verwünschung.

Der Pfeil streifte Reks Unterarm – und flog weiter.

Virae drehte sich suchend nach Rek um, und der Pfeil drang durch ihr Kettenhemd und grub sich unter ihrer rechten Brust ins Fleisch. Sie stöhnte bei dem Aufprall, taumelte und stürzte halb. Ein Nadir-Krieger durchbrach die Linie und rannte auf sie zu.

Sie biß die Zähne zusammen und richtete sich halb auf, blockierte seinen wilden Angriff und schnitt ihm rückhändig die Kehle auf.

»Rek!« schrie sie. Panik stieg in ihr auf, als ihre Lungen zu sprudeln begannen, weil sie das Blut aus den Arterien aufnahmen. Aber er konnte sie nicht hören. Schmerz breitete sich aus, und sie fiel, ihren Körper so drehend, daß der Pfeil nicht noch tiefer eindringen konnte.

Serbitar lief zu ihr und hob ihren Kopf.

»Verdammt!« sagte sie. »Ich sterbe.«

Er berührte ihre Hand, und sofort schwand der Schmerz.

»Danke, mein Freund! Wo ist Rek?«

»Er ist jetzt in der Berserkerwut, Virae. Ich kann ihn nicht erreichen.«

»Oh, ihr Götter! Hör mir zu – laß ihn eine Weile nach ... du weißt schon ... nicht allein. Er ist ein großer romantischer Esel, und ich fürchte, er könnte etwas Dummes tun. Verstehst du?«

»Ich verstehe. Ich werde bei ihm bleiben.«

»Nein, nicht du. Schicke Druss – er ist älter, und Rek verehrt ihn.« Sie wandte ihren Blick gen Himmel. Eine einzelne Sturmwolke schwebte dort, verloren und zornig. »Er hat mich gewarnt, ich solle eine Brustplatte tragen – aber sie ist so verdammt schwer.« Die Wolke schien ihr jetzt größer – sie versuchte, es Serbitar zu sagen, aber die Wolke wurde bedrohlich, und Dunkelheit verschlang sie.

Rek stand auf dem Balkon, umklammerte das Geländer. Tränen liefen ihm übers Gesicht, und unkontrollierte Schluchzer entrangen sich seinen zusammengebissenen Zähnen. Hinter ihm lag Virae, still, kalt und friedlich. Ihr Gesicht war weiß, ihre Brust rot von der Wunde, die eine Lunge durchbohrt hatte. Das Blut hatte aufgehört zu fließen.

Mit schaudernden Atemzügen versuchte Rek, seinen Kummer zu kontrollieren. Blut tropfte aus der Wunde aus seinem Unterarm, die er ganz vergessen hatte. Er rieb sich die Augen und wandte sich wieder dem Bett zu; er setzte sich neben sie, hob ihren Arm und suchte den Puls. Vergeblich.

»Virae!« sagte er leise. »Komm zurück. Komm zurück. Hör mir zu. Ich liebe dich! Du bist die Eine.« Er beugte sich über sie und betrachtete ihr Gesicht. Eine Träne erschien dort, dann noch eine . . . Aber es waren seine eigenen. Er hob ihren Kopf und barg ihn in seinen Armen. »Warte auf mich«, flüsterte er. »Ich komme.« Er fingerte an seinem Gürtel herum, um den lentrischen Dolch aus der Scheide zu ziehen, und setzte ihn an sein Handgelenk.

»Leg ihn weg, Junge«, sagte Druss von der Tür her. »Es wäre sinnlos.«

»Raus!« schrie Rek. »Laß mich!«

»Sie ist nicht mehr, mein Freund. Deck sie zu.«

»Sie zudecken? Meine Virae zudecken? Nein! Nein, das kann ich nicht. Ach, ihr Götter von Missael, ich kann ihr Gesicht nicht zudecken.«

»Ich mußte es auch einst tun«, sagte der alte Mann, als Rek nach vorn sank. Tränen brannten in seinen Augen, und lautlose Schluchzer schüttelten ihn. »Meine Frau ist gestorben. Du bist nicht der einzige, der sich dem Tod stellen muß.«

Lange Zeit stand Druss schweigend in der Tür; das Herz war ihm schwer. Dann schloß er die Tür und kam herein.

»Laß sie eine Weile und rede mit mir, Junge«, sagte er und nahm

Rek beim Arm. »Hier, am Fenster. Erzähl mir noch einmal, wie ihr euch kennengelernt habt.«

Und Rek erzählte ihm von dem Überfall im Wald, vom Tod Reinards, von ihrem Ritt zum Tempel und der Reise nach Delnoch.

»Druss!«

»Ja.«

»Ich glaube nicht, daß ich damit leben kann.«

»Ich habe Männer gekannt, die es nicht konnten. Aber du brauchst dir nicht die Adern zu öffnen. Da draußen ist eine ganze Horde von Stammeskriegern, die das gern für dich übernehmen.«

»Sie sind mir völlig egal – sie können den verdammten Ort haben. Ich wünschte, ich wäre nie hergekommen.«

»Ich weiß«, sagte Druss sanft. »Ich habe gestern im Hospital mit Virae gesprochen. Sie hat mir gesagt, daß sie dich liebt. Sie sagte . . .«

»Ich will es nicht hören.«

»Doch, du willst. Weil es eine Erinnerung ist, an der du festhalten kannst. Und es hält sie in deinen Gedanken am Leben. Sie sagte, auch wenn sie sterben müßte, wäre es das wert, weil sie dich kennengelernt hatte. Sie hat dich angebetet, Rek. Sie hat mir von dem Tag erzählt, als du neben ihr gegen Reinard und all seinen Männern standest – sie war sehr stolz auf dich. Ich war es auch, als ich davon hörte. Du hattest etwas, mein Junge, das nur wenige Menschen je besitzen.«

»Und jetzt habe ich es verloren.«

»Aber du *hattest* es! Das kann dir niemand mehr nehmen. Sie hat nur bedauert, daß sie dir nie wirklich sagen konnte, wie sie fühlte.«

»Oh, sie hat es mir gesagt – das brauchte keine Worte. Was war mit dir, als deine Frau starb? Wie hast du dich gefühlt?«

»Ich glaube nicht, daß ich dir das sagen muß. Du weißt, wie ich mich gefühlt habe. Und glaube nicht, es wäre nach dreißig Jahren einfacher geworden. Wenn überhaupt, wird es noch schwerer. Und jetzt wartet Serbitar in der Halle auf dich. Er sagt, es ist wichtig.«

»Nichts ist mehr wichtig. Druss, deckst du ihr Gesicht zu? Ich könnte es nicht ertragen.«

»Ja. Dann mußt du zu dem Albino gehen. Er hat etwas für dich.«

Serbitar wartete am Fuß der Treppe, als Rek langsam in die Halle hinunterging. Der Albino trug volle Rüstung und den Helm mit dem weißen Roßhaarbusch. Das Visier war herabgelassen, so daß seine Augen verborgen waren. Er sieht aus wie eine silberne Statue, dachte Rek. Nur seine Hände waren bloß und so weiß wie poliertes Elfenbein.

»Du wolltest mich sprechen?« fragte Rek.

»Folge mir«, sagte Serbitar. Er machte auf dem Absatz kehrt und ging durch die Halle zur steinernen Wendeltreppe, die zu den Verliesen unter der inneren Festung führte. Rek hatte eigentlich jede Bitte ablehnen wollen, aber jetzt war er gezwungen zu folgen, und sein Zorn wuchs. Der Albino blieb oben an der Treppe stehen und nahm eine brennende Fackel aus einem kupfernen Wandhalter.

»Wohin gehen wir?« fragte Rek.

»Folge mir«, wiederholte Serbitar.

Langsam und vorsichtig stiegen die beiden Männer die ausgetretenen Stufen hinunter, bis sie schließlich die erste Ebene der Verliese erreichten. In dem lange nicht benutzten Gang glitzerten mit Wassertropfen überzogene Spinnweben; die Bögen waren mit feuchtem Moos bewachsen. Serbitar ging weiter, bis sie zu einer Eichentür kamen, die mit einem rostigen Riegel verschlossen war. Er mühte sich eine Weile mit dem Riegel ab, bis er ihn schließlich freibekam; dann mußten beide an der Tür zerren, bis sie sich knirschend und ächzend öffnete. Dahinter gähnte die Dunkelheit einer weiteren Treppe. Wieder ging Serbitar voraus. Die Stufen endeten in einem langen Gang, in dem knöcheltief das Wasser stand. Sie wateten hindurch bis zu einer Tür am Ende, die geformt war wie ein Eichenblatt und ein goldenes Schild mit einer eingravierten Inschrift in der Alten Sprache trug.

»Was heißt das?« fragte Rek.

»Es heißt: ›Dem Würdigen – willkommen. Hier ruht Egels Geheimnis und die Seele des Bronzegrafen.‹«

»Und was bedeutet das?«

Serbitar rüttelte am Türgriff, aber die Tür war verschlossen, anscheinend von innen, denn man konnte weder Riegel noch Kette oder Schlüsselloch sehen.

»Sollen wir sie aufbrechen?« fragte Rek.

»Nein. Du öffnest sie.«

»Sie ist verschlossen. Ist das ein Spiel?«

»Versuch's.«

Rek drehte den Griff behutsam, und die Tür schwang ohne einen Laut auf. Sanftes Licht glomm in dem Raum auf, aus glühenden Glaskugeln, die in die Wände eingelassen waren. Der Raum war trocken, wenn jetzt auch das Wasser aus dem Gang eindrang und sich über den reich mit Teppichen bedeckten Boden ergoß.

In der Mitte des Raumes befand sich auf einem hölzernen Ständer eine herrliche Rüstung. Sie war wunderbar in Bronze gearbeitet; die überlappenden Metallschuppen glänzten im Licht. Die Brustplatte zeigte einen bronzenen Adler mit ausgebreiteten Schwingen, deren Spitzen bis an die Schultern reichten. Darüber hing ein geflügelter Helm, gekrönt von einem Adlerkopf. Auch Handschuhe waren vorhanden, aus mit Ringen verbundenen Metallplättchen, sowie Beinschienen. Auf dem Tisch vor der Rüstung lag ein Kettenhemd aus Bronzeringen, das mit feinstem Leder gefüttert war, dazu Ketten-Beinschoner mit bronzenen Kniekappen. Vor allem aber wurde Rek von dem Schwert angezogen, das in einen Block aus massivem Kristall eingeschlossen war. Die Klinge war golden und über sechzig Zentimeter lang, der Griff zweihändig, der Handschutz ein Paar ausgebreiteter Schwingen.

»Das ist die Rüstung von Egel, dem ersten Bronzegrafen«, erklärte Serbitar.

»Wieso liegt sie noch immer hier?«

»Niemand konnte die Tür öffnen«, antwortete der Albino.

»Sie war doch nicht verschlossen.«

»Nicht für dich.«

»Was soll das heißen?«

»Die Bedeutung ist klar: Du und kein anderer solltest die Tür öffnen.«

»Das kann ich nicht glauben.«

»Soll ich dir das Schwert holen?« fragte Serbitar.

»Wenn du möchtest.«

Serbitar ging zu dem kristallenen Würfel, zog sein eigenes Schwert und schlug damit gegen den Block. Nichts geschah. Seine Klinge prallte ab, ohne eine Spur auf dem Kristall zu hinterlassen.

»Versuch du«, sagte Serbitar.

»Leihst du mir dein Schwert?«

»Nimm es einfach am Griff.«

Rek trat vor und senkte seine Hand auf den Kristall, in der Erwartung, das kühle Glas zu berühren, doch nichts geschah.

Seine Hand sank in den Würfel; seine Finger schlossen sich um den Griff. Mühelos zog er die Klinge heraus.

»Ist das ein Trick?« fragte er.

»Wahrscheinlich. Aber nicht meiner. Sieh!« Der Albino legte seine Hände auf den jetzt leeren Kristall und zog sich hinauf. »Jetzt schieb deine Hände unter mir durch«, bat er.

Rek gehorchte – für ihn existierte der Kristall nicht.

»Was bedeutet das?«

»Ich weiß es nicht, mein Freund. Ehrlich nicht.«

»Woher wußtest du dann, daß es hier war?«

»Das ist noch schwieriger zu erklären. Erinnerst du dich an den Tag in dem Wäldchen, als ihr mich nicht wecken konntet?«

»Ja.«

»Nun, ich bin weit über den Planeten gereist und sogar darüber hinaus, aber auf meinen Reisen habe ich die Ströme der Zeit überschritten und Delnoch besucht. Es war Nacht, und ich sah mich, wie ich dich durch die Halle und hinab in diesen Raum führte. Ich sah, wie du das Schwert nahmst, und ich hörte dich dieselbe Frage stellen, die du mir gerade gestellt hast. Und dann hörte ich meine Antwort.«

»In diesem Moment schwebst du also über uns und hörst uns zu?«

»Ja.«

»Ich weiß genug, um dir zu glauben. Aber beantworte mir eine Frage. Dann weiß ich vielleicht, wieso du jetzt mit mir hier bist. Woher wußte der erste Serbitar, daß die Rüstung in dieser Kammer ist?«

»Das kann ich dir natürlich nicht erklären, Rek. Es ist, als ob man in einen Spiegel sieht, in dem man einen Spiegel sieht – und immer so weiter. Aber ich habe bei meinen Studien herausgefunden, daß es oft mehr in diesem Leben gibt, als wir wissen.«

»Und das heißt?«

»Es gibt die Macht der QUELLE.«

»Ich bin nicht in der Stimmung für Religion.«

»Dann laß uns statt dessen sagen, daß vor all diesen Jahrhunderten Egel in die Zukunft blickte und diese Invasion gesehen hat. Deshalb ließ er seine Rüstung hier, bewacht von einer Magie, die nur du – als der Graf – durchbrechen konntest.«

»Beobachtet dein Geist uns immer noch?«

»Ja.«

»Weiß er von Virae?«
»Ja.«
»Dann wußtest du, daß sie sterben würde?«
»Ja.«
»Warum hast du es mir nicht gesagt?«
»Es wäre eine Vergeudung von Freude gewesen.«
»Was soll das bedeuten?« fragte Rek. Zorn erwachte in ihm und überdeckte seinen Kummer.

»Es bedeutet, daß ich dich vielleicht gewarnt hätte, wenn du ein Bauer wärst, der ein langes Leben zu erwarten hat. Aber das bist du nicht; du kämpfst gegen eine wilde Horde, und dein Leben ist jeden Tag in Gefahr, so, wie Viraes Leben es war. Hätte ich dir gesagt, daß sie sterben muß, hätte es dich der Freude beraubt, die du noch hattest.«

»Ich hätte sie retten können.«
»Nein, das hättest du nicht.«
»Das glaube ich nicht.«
»Warum sollte ich lügen? Warum sollte ich ihren Tod wünschen?«

Rek antwortete nicht. Das Wort ›Tod‹ drang in sein Herz und zermalmte seine Seele. Wieder stiegen Tränen in ihm auf, und er hielt sie zurück, indem er sich auf die Rüstung konzentrierte. »Ich werde sie morgen tragen«, sagte er mit zusammengebissenen Zähnen. »Ich werde sie tragen und sterben.«

»Vielleicht«, antwortete der Albino.

26

Der Morgen war klar, die Luft frisch und süß, als sich die zweitausend Drenaikrieger auf den Angriff auf Kania vorbereiteten. Unten ging der Nadir-Schamane durch die Reihen der Stammeskrieger und besprenkelte die Klingen, die sie ihm entgegenhielten, mit dem Blut von Hühnern und Schafen.

Dann sammelten sich die Nadir, und ein lauter, anschwellender Gesang kam aus Tausenden von Kehlen, als die Horde vorwärtsstürmte, mit Leitern, geknoteten Tauen und Enterhaken. Rek beobachtete sie von der Mitte der Mauer aus. Er nahm den Bronzehelm, setzte ihn auf und befestigte den Kinnriemen. Links von ihm war Serbitar, rechts Menahem. Die anderen der Dreißig waren auf der Mauer verteilt.

Und das Blutvergießen begann.

Drei Angriffswellen wurden zurückgeschlagen, ehe die Nadir auf den Wehrgängen Fuß fassen konnten. Und dies auch nur für kurze Zeit. Etwa vierzig Stammeskrieger durchbrachen die Verteidigung, nur um sich einem Verrückten in Bronze und zwei silbernen Geistern gegenüber zu finden, die in ihrer Mitte Tod säten. Gegen diese Männer gab es keine Verteidigung, und das Schwert des Bronzeteufels drang durch jeden Schild und jede Rüstung; Männer starben unter dieser furchtbaren Klinge, schreiend, als ob ihre Seelen in Flammen stünden. In jener Nacht brachten die Hauptleute der Nadir Ulric ihre Berichte in sein Zelt, und überall wurde von der neuen Kraft auf den Wehrgängen geredet. Selbst der legendäre Druss wirkte menschlicher – so, wie er beim Anblick der Nadir-Schwerter lachte – als diese goldene Zerstörungsmaschine.

»Wir kamen uns vor wie Hunde, die mit einem Stock vom Weg vertrieben werden«, murmelte ein Mann. »Oder unbewaffnete Kinder, die von einem Erwachsenen beiseite geschoben werden.«

Ulric war beunruhigt, obwohl es ihm schließlich gelang, die Männer wieder aufzurichten, indem er immer wieder darauf hinwies, daß es nur ein Mann in bronzener Rüstung sei. Nachdem die Hauptleute gegangen waren, rief er den alten Schamanen Nosta

Khan in sein Zelt. Vor einem glühenden Kohlebecken kauernd, lauschte der alte Mann seinem Kriegsherrn und nickte hin und wieder. Schließlich verbeugte er sich und schloß die Augen.

Rek schlief, erschöpft von Kampf und Trauer. Der Alptraum kam langsam und umhüllte ihn wie schwarzer Rauch. Seine Traumaugen öffneten sich, und er sah den Eingang einer Höhle vor sich, schwarz und schrecklich. Furcht quoll heraus wie eine spürbare Kraft. Dahinter lag ein Loch, das bis in die feurigen Eingeweide der Erde reichte und aus dem seltsame Laute, Wimmern und Schreien drangen. In seiner Hand war kein Schwert; sein Körper trug keine Rüstung. Ein schabendes Geräusch kam aus dem Loch, und als Rek sich umdrehte, sah er, wie ein gigantischer Wurm sich herausschlängelte, schleimbedeckt und nach Verwesung riechend. Der Gestank ließ ihn zurückweichen. Das Maul des Wurms war riesig und konnte einen Mann mühelos verschlingen; darum herum waren drei Reihen spitzer Zähne, zwischen denen der Arm eines Mannes hervorsah, blutig und gebrochen. Rek zog sich zum Höhleneingang zurück, doch ein Zischen ließ ihn herumfahren. Aus der Schwärze der Höhle kam eine Spinne, aus deren riesigem Maul Gift troff. In dem Maul war ein Gesicht, grün und schimmernd, und aus dem Mund dieses Gesichtes strömten Worte der Macht. Mit jedem Wort wurde Rek schwächer, bis er sich kaum noch auf den Beinen halten konnte.

»Willst du den ganzen Tag hier stehenbleiben?« sagte eine Stimme.

Rek drehte sich um und erblickte Virae. Sie stand neben ihm gekleidet in ein fließendes weißes Gewand. Sie lächelte ihn an.

»Du bist zurück!« sagte er und streckte die Hand nach ihr aus.

»Dafür ist keine Zeit, du Narr! Hier! Nimm dein Schwert.« Ihre Arme streckten sich nach ihm aus, und Egels Bronzeschwert erschien darin. Ein Schatten fiel über sie, als Rek das Schwert packte. Er fuhr herum und stand dem Wurm gegenüber, der sich turmhoch über ihnen aufbäumte. Die Klinge fuhr durch den meterdicken Hals des Unwesens, als das Maul niederfuhr. Grünes Blut quoll aus der Wunde. Rek hieb wieder und wieder darauf ein, bis das Wesen, fast in zwei Teile gespalten, rücklings in das Loch stürzte.

»Die Spinne!« rief Virae, und Rek fuhr erneut herum. Das Biest war über ihm, das gewaltige Maul nur wenige Schritte entfernt. Rek schleuderte sein Schwert in das klaffende Maul, und es flog wie ein Pfeil und spaltete das grüne Gesicht darin wie eine reife Melone. Die Spinne stieg hoch und fiel rücklings. Ein Wind erhob sich, und das Untier wurde zu schwarzem Rauch, der in die Luft stieg und verwehte.

»Ich nehme an, du wärst einfach weiter so dagestanden, wenn ich nicht gekommen wäre?« sagte Virae.

»Ich glaube schon«, antwortete Rek.

»Du Narr«, sagte sie lächelnd. Er ging vorsichtig mit ausgebreiteten Armen auf sie zu.

»Kann ich dich berühren?«

»Eine seltsame Frage von einem Ehemann.«

»Du wirst nicht verschwinden?«

Ihr Lächeln schwand. »Noch nicht, mein Liebster.«

Er zog sie heftig an sich. Tränen rannen ihm übers Gesicht. »Ich dachte, du wärst für immer gegangen. Ich dachte, ich würde dich nie wiedersehen.«

Eine Weile sagten sie nichts, hielten sich einfach in den Armen.

Schließlich erhob sie ihn sanft von sich. »Du mußt zurückgehen«, sagte sie.

»Zurück?«

»Nach Delnoch. Du wirst dort gebraucht.«

»Ich brauche dich mehr als Delnoch. Können wir nicht hierbleiben? Zusammen?«

»Nein. Es gibt kein ›hier‹. Es existiert nicht. Nur du und ich sind wirklich. Jetzt mußt du zurückkehren.«

»Ich werde dich doch wiedersehen, oder?«

»Ich liebe dich, Rek. Ich werde dich immer lieben.«

Er erwachte mit einem Ruck, die Augen auf die Sterne vor seinem Fenster gerichtet. Er konnte noch immer ihr Gesicht sehen, das vor dem mitternächtlichen Himmel verblaßte.

»Virae!« rief er, »Virae!« Die Tür ging auf, und Serbitar lief herbei.

»Rek, du träumst. Wach auf!«

»Ich bin wach. Ich habe sie gesehen. Sie kam im Traum zu mir und rettete mich.«

»Schon gut. Aber jetzt ist sie fort. Sieh mich an.«

Rek blickte in Serbitars grüne Augen. Er sah Besorgnis darin, doch sie verschwand bald, und der Albino lächelte.

»Alles in Ordnung«, sagte Serbitar. »Erzähl mir von dem Traum.«

Anschließend fragte Serbitar ihn nach dem Gesicht aus. Er wollte jede Einzelheit wissen, an die Rek sich erinnern konnte. Schließlich lächelte er.

»Ich glaube, du bist das Opfer von Nosta Khan geworden«, sagte er. »Aber du hast ihn abgewehrt – eine seltene Gabe, Rek.«

»Virae kam zu mir. Es war kein Traum?«

»Ich glaube nicht. Die QUELLE hat sie eine Zeitlang freigegeben.«

»Das würde ich gerne glauben, wirklich.«

»Das solltest du auch. Hast du mal nach deinem Schwert gesehen?«

Rek schwang sich aus dem Bett und ging zum Tisch hinüber, auf dem die Rüstung lag. Das Schwert war verschwunden.

»Wie?« flüsterte Rek. Serbitar zuckte die Achseln.

»Es wird schon wiederkommen. Nur keine Angst!«

Serbitar zündete die Kerzen an und entfachte das Feuer im Kamin. Als er fertig war, klopfte es leise an der Tür. »Herein«, rief Rek.

Ein junger Offizier kam herein, das Schwert Egels in den Händen.

»Entschuldigt, daß ich Euch störe, Graf, aber ich sah noch Licht. Einer der Wächter fand Euer Schwert auf den Wehrgängen Kanias, also habe ich es hergebracht. Ich habe zuerst das Blut abgewischt, Graf.«

»Blut?«

»Ja, Graf. Es war blutverschmiert. Seltsam, daß es immer noch naß war.«

»Nochmals danke.« Rek wandte sich an Serbitar. »Ich verstehe das nicht.«

In Ulrics Zelt flackerten die Kerzen. Der Kriegsherr saß wie erstarrt und stierte den kopflosen Körper an, der vor ihm auf dem Boden hockte. Der Anblick würde ihn bis ans Ende seiner Tage verfolgen. Im einen Moment hatte der Schamane in Trance vor den Kohlen gesessen, im nächsten erschien eine rote Linie quer über den Hals, und der Kopf war ins Feuer gerollt.

Endlich rief Ulric seine Wächter, um den Leichnam zu entfernen, nachdem er zuerst die Klinge seines Schwertes über den blutigen Hals gezogen hatte.

»Er hat mich erzürnt«, erzählte er den Wächtern, verließ sein Zelt und ging unter den Sternen spazieren. Erst der legendäre Axtkämpfer, dann die Krieger in Silber. Jetzt ein bronzener Teufel, dessen Magie größer war als die Nosta Khans. Warum hatte er diese Kälte in seiner Seele gespürt? Die Dros war doch nichts weiter als eine Festung. Hatte er nicht Hunderte solcher Festungen erobert? Sobald die Tore Delnochs offen waren, gehörte das Reich der Drenai ihm. Wie konnten sie nur gegen ihn bestehen? Die Antwort war einfach – sie konnten nicht! Ein Mann – oder auch ein Teufel – konnte den Nadir-Stämmen nicht standhalten.

Aber welche neuen Überraschungen hält diese Dros noch bereit? fragte er sich.

Er blickte an der hochaufragenden Mauer Kania empor.

»Du wirst fallen!« rief er. Seine Stimme hallte durch das Tal. »Ich werde dich einreißen!«

Im geisterhaften Licht des frühen Morgens ging Gilad aus der Kantine, mit einer Schale heißer Brühe und einem Stück krossen schwarzen Brotes. Langsam bahnte er sich einen Weg durch die Reihen der Männer an der Mauer, bis er seine Stellung oberhalb des blockierten Ausfalltores erreichte. Togi war schon dort; er kauerte mit dem Rücken an die Mauer gelehnt. Er nickte, als Gilad sich neben ihm niederließ; dann spuckte er auf den Wetzstein in seiner schwieligen Hand und fuhr fort, seinen langen Kavalleriesäbel zu schärfen. »Sieht nach Regen aus«, sagte Gilad.

»Ja. Dann müssen sie langsamer klettern.«

Togi und Gilad verband eine seltsame Freundschaft: Togi, wortkarg, seit fünfzehn Jahren Schwarzer Reiter, und Gilad, ein freiwilliger Bauer von der sentrischen Ebene. Gilad konnte sich nicht mehr recht erinnern, wie sie zusammengkommen waren, denn Togis Gesicht war eher unscheinbar. Er war sich einfach des Mannes bewußt geworden. Die Männer der Legion waren nun überall auf der Mauer verteilt und hatten sich anderen Gruppen angeschlossen. Niemand hatte gesagt warum, aber für Gilad war es offensichtlich: Sie waren die Kriegerelite, und wo immer sie standen, stählten sie die Verteidigung. Togi war ein brutaler Krieger, der schweigend kämpfte. Ohne Schreie oder Kampfgebrüll, nur schonungslose, knappe Bewegungen und außergewöhnliche Fähigkeiten, die die Nadir-Krieger tot oder verstümmelt zurückließen.

Togi wußte nicht, wie alt er war, nur daß er sich in seiner Jugend den Schwarzen Reitern angeschlossen hatte und später in den Sathuli-Kriegen seinen schwarzen Mantel erworben hatte. Er hatte einst eine Frau gehabt, aber sie hatte ihn verlassen und den gemeinsamen Sohn mitgenommen. Er hatte keine Ahnung, wohin sie gegangen war, und es interessierte ihn auch nicht besonders. Er sprach nie von Freunden und scherte sich wenig um Autorität. Gilad hatte ihn einmal gefragt, was er von den Offizieren der Legion hielt.

»Sie kämpfen genausogut wie wir«, sagte er. »Aber das ist auch das einzige, was wir je zusammen tun werden.«

»Was meinst du damit?« fragte Gilad.

»Adel. Du kannst für sie kämpfen oder sterben, aber du wirst nie einer der Ihren. Für sie existieren wir als Menschen gar nicht.«

»Druss wird aber akzeptiert«, meinte Gilad.

»Ja. Von mir auch«, erwiderte Togi mit einem feurigen Glitzern in den dunklen Augen. »Das ist mal ein Mann. Aber das ändert nichts. Guck dir doch die silbernen Männer an, die unter dem Albino kämpfen – keiner stammt aus einem kleinen Dorf. Ihr Anführer ist der Sohn eines Grafen, es sind alles Adelige.«

»Warum kämpfst du für sie, wenn du sie so haßt?«

»Sie hassen? Ich hasse sie nicht. Ich hasse niemanden, und niemand haßt mich. Wir verstehen einander, das ist alles. Für mich unterscheiden sich die Offiziere nicht von den Nadir – beides sind in meinen Augen fremde Völker. Und ich kämpfe, weil das meine Aufgabe ist – ich bin Soldat.«

»Wolltest du denn immer Soldat werden?«

»Was hätte ich sonst werden sollen?«

Gilad breitete die Hände aus. »Alles, was du wolltest.«

»Ich wäre gern König geworden.«

»Was für einer?«

»Ein blutiger Tyrann!« antwortete Togi mit einem leichten Zwinkern in den Augen, wenn auch ohne Lächeln. Er lächelte überhaupt sehr selten, und wenn, dann war es nie mehr als ein leichtes Zwinkern in den Augenwinkeln.

Am Tag zuvor, als der Bronzegraf seinen dramatischen Auftritt auf den Mauern hatte, hatte Gilad Togi angestoßen und auf ihn gedeutet.

»Neue Rüstung – paßt ihm«, sagte der Reiter.

»Neu? Sie sieht alt aus«, meinte Gilad.

Togi zuckte die Achseln. »Solange sie ihren Zweck erfüllt...«

An jenem Tag war Togis Säbel fünfzehn Zentimeter über dem Griff abgebrochen. Er hatte sich auf den nächsten Nadir geworfen und ihm die abgebrochene Klinge in den Hals gerammt; dann hatte er dem Mann das Kurzschwert entrissen und wild um sich geschlagen. Die Geschwindigkeit, mit der er dachte, und seine quecksilberschnellen Aktionen versetzten Gilad in Erstaunen. Später, während einer Pause zwischen den Angriffen, hatte Togi sich einen zweiten Säbel von einem toten Soldaten geholt.

»Du kämpfst gut«, sagte Gilad.

»Ich bin am Leben«, antwortete Togi.

»Ist das dasselbe?«

»Auf diesen Mauern, ja, obwohl auch gute Männer gefallen sind. Aber das ist auch eine Frage von Glück. Die schlechten oder schwerfälligen Krieger brauchen nicht auch noch Pech, um zu fallen. Und selbst Glück würde sie nicht lange retten.«

Jetzt verstaute Togi den Wetzstahl in seiner Tasche und wischte die gekrümmte Klinge mit einem geölten Lappen blank. Der Stahl schimmerte blauweiß im zunehmenden Tageslicht.

Ein Stück weiter schwatzte Druss mit den Kriegern und munterte sie mit Scherzen auf. Er kam auf sie zu, und Gilad erhob sich. Togi dagegen blieb sitzen. Druss, dem der Wind den weißen Bart zerzauste, blieb stehen und sprach leise mit Gilad.

»Ich freue mich, daß du geblieben bist«, sagte er.

»Ich wußte nicht, wo ich hingehen sollte«, erwiderte Gilad.

»Nein. Nicht viele Männer wissen das zu schätzen.« Er sah auf den Reiter hinab. »Schön, dich zu sehen, Togi, du junger Hüpfer. Immer noch am Leben, was?«

»Bis jetzt«, sagte Togi aufblickend.

»Sorg dafür, daß es so bleibt«, sagte Druss und ging weiter.

»Das ist ein großer Mann«, sagte Togi. »Ein Mann, für den man sterben könnte.«

»Kanntest du ihn denn schon?«

»Ja.« Togi wollte nichts mehr sagen, und Gilad wollte ihn schon drängen, als das markerschütternde Kriegsgeschrei der Nadir den Beginn eines weiteren blutigen Tages ankündigte.

Unter den Nadir war ein Riese namens Nogusha. Er war seit zehn Jahren Ulrics Streiter, und man hatte ihn mit der ersten

Angriffswelle vorgeschickt. Zwanzig Krieger der Wolfsschädel waren als persönliche Leibwache an seiner Seite. Es war ihre Pflicht, Nagusha zu beschützen, bis er eine Gelegenheit hatte, Todeswanderer zu stellen und zu töten. Auf seinem Rücken hing ein meterlanges Schwert mit zwölf Zentimeter breiter Klinge, an seiner Seite zwei Dolche in einer Doppelscheide. Gut einen Meter achtzig groß, war Nagusha der größte unter den Nadri-Kriegern und der tödlichste: ein Veteran, der dreihundert Zweikämpfe überstanden hatte.

Die Horde erreichte die Mauern. Seile wurden über die Brustwehr geworfen, Leitern krachten gegen die grauen Steine. Nogusha brüllte seinen Männern Befehle zu, und drei Stammeskrieger kletterten ihm voraus, die anderen hielten sich seitlich von ihm. Die ersten beiden über ihm stürzten auf die Felsen herab, aber der dritte konnte für Nogusha Platz schaffen, ehe er zerschmettert wurde. Die Brustwehr mit seiner Riesenpranke umklammernd, sauste Nogushas Schwert durch die Luft, während seine Leibwächter zu beiden Seiten aufschlossen. Das wuchtige Schwert bahnte sich einen Pfad, und die Gruppe formierte sich zu einem Keil und drängte in Druss' Richtung, der etwa zwanzig Schritt entfernt war. Obwohl sich die Drenai hinter Nogushas Trupp wieder zusammenschlossen und die Mauer blockierten, konnte sich niemand dem riesigen Stammeskrieger nähern. Männer starben unter seinem zuckenden Breitschwert. Seinen Leibwächtern zu beiden Seiten erging es schlechter; einer nach dem anderen fiel, bis Nogusha schließlich allein dastand. Aber jetzt war er nur noch wenige Schritte von Druss entfernt, der sich umdrehte. Ihre Blicke trafen sich, und sie verstanden sofort. Dies war ein Mann, den Druss kaum unbeachtet lassen konnte: Nogusha, der Schwertkämpfer, Ulrics Henker, ein Mann, aus dessen Taten die jüngsten Nadir-Legenden gewoben waren – ein lebendes, jüngeres Gegenstück von Druss selbst.

Der alte Mann sprang leichtfüßig von der Brüstung auf das dahinterliegende Grasstück und wartete dort. Er machte keine Anstalten, den Angriff auf den Nadir-Krieger zu unterbinden. Nogusha sah, daß Druss wartete, schlug sich einen Weg frei und sprang von der Brustwehr. Mehrere Drenai wollten ihm folgen, doch Druss winkte sie zurück.

»Gut gemacht, Nogusha«, sagte der alte Mann.

»Gut gemacht, Todeswanderer.«

»Du wirst nicht lange genug leben, um Ulrics Belohnung in Empfang zu nehmen«, sagte Druss. »Es gibt keinen Weg zurück.«

»Alle Menschen müssen sterben. Und dieser Augenblick ist für mich dem Paradies so nah, wie ich es mir nur wünschen kann. Mein ganzes Leben warst du mir voraus, so daß meine Taten nur Schatten waren.«

Druss nickte feierlich. »Ich habe auch an dich gedacht.«

Nogusha griff mit verblüffender Geschwindigkeit an. Druss hämmerte das Schwert beiseite, trat vor und schlug mit der gewaltigen Kraft seiner linken Faust zu. Nogusha taumelte, erholte sich jedoch rasch und wehrte einen Hieb von Druss' Axt ab. Der folgende Kampf war kurz und heftig. Wie gut ihre Fähigkeiten auch sein mochten, der Kampf zwischen einem Schwertkämpfer und einem Axtkämpfer konnte nie lange dauern. Nogusha täuschte nach links an; dann durchdrang sein Schwert Druss' Abwehr. Ohne zu überlegen, warf Druss sich unter die herabsausende Klinge und rammte Nogusha seine Schulter in die Rippen. Als der Stammeskrieger rückwärts taumelte, riß sein Schwert Druss' Weste im Rücken auf und drang durch Haut und Fleisch. Der alte Mann ignorierte den plötzlichen Schmerz und warf sich über den gestürzten Schwertkämpfer. Seine linke Hand umklammerte das rechte Handgelenk seines Gegners, Nogusha tat das gleiche.

Der Kampf war jetzt geradezu titanisch; beide Männer versuchten, den Griff des anderen zu lösen. Sie waren praktisch gleich stark, wobei Druss allerdings den Vorteil hatte, daß er auf dem anderen lag und so sein Gewicht einsetzen konnte, um ihn am Boden zu halten. Nogusha dagegen war jünger, und Druss hatte eine tiefe Wunde. Blut rann seinen Rücken hinab und sammelte sich über dem schweren Ledergürtel, der seine Weste zusammenhielt.

»Du kannst . . . nicht . . . gegen mich bestehen . . .«, zischte Nogusha mit zusammengebissenen Zähnen. Druss, dunkelrot im Gesicht vor Anstrengung, antwortete nicht. Der Mann hatte recht – er spürte, wie seine Kräfte nachließen. Nogushas rechter Arm kam langsam hoch; die Schwertklinge glitzerte in der Morgensonne. Druss' linker Arm begann vor Anstrengung zu zittern und würde jeden Moment nachgeben. Plötzlich hob der alte Mann den Kopf und rammte ihn dem hilflosen Nogusha ins Gesicht. Die Nase brach, als der Rand des silbergefaßten Helms darauf niederkrachte. Noch dreimal stieß Druss mit dem Kopf zu, und Nogusha geriet in Panik. Seine Nase und ein Wangenknochen waren bereits zerschmettert. Er drehte sich, ließ Druss' Arm los und brachte einen mächtigen Schlag gegen sein Kinn an, doch Druss steckte ihn ein und hämmerte dem Mann Snaga in den Hals. Blut quoll aus der Wunde, und Nogusha hörte auf zu kämpfen. Sein Blick begegnete dem des alten Mannes, aber kein Wort wurde gesprochen: Druss hatte keinen Atem, Nogusha keine Stimmbänder mehr. Der Stammeskrieger wandte die Augen zum Himmel und starb. Druss erhob sich langsam; dann packte er Nogusha bei den Füßen und zerrte ihn die wenigen Stufen zur Brustwehr hinauf. In der Zwischenzeit hatten sich die Nadir zurückgezogen, um sich auf den nächsten Angriff vorzubereiten. Druss rief zwei Männer herbei und befahl ihnen, Nogushas Körper aufzurichten. Dann kletterte er auf die Brüstung.

»Haltet meine Beine fest, aber so, daß man euch nicht sehen kann«, flüsterte Druss den beiden Soldaten zu. Voll im Blickfeld der sich sammelnden Nadir, zog er Nogushas Leiche in einer gewaltigen Bärenumarmung hoch, packte ihn an Hals und Leiste und stemmte den riesigen Körper mit ungeheurer Anstrengung hoch über seinen Kopf.

Mit Schwung und einem lauten Schrei schleuderte er ihn über die Mauer. Hätten die Männer ihn nicht festgehalten, er wäre gestürzt. Sie halfen ihm herab, und ihre Gesichter verrieten Besorgnis.

»Bringt mich ins Lazarett, bevor ich verblute«, flüsterte er.

27

Caessa saß schweigend, doch aufmerksam neben dem Bett, den Blick unverwandt auf den schlafenden Druss gerichtet. Mit dreißig Stichen war die Wunde auf dem breiten Rücken des Axtkämpfers genäht worden, die sich vom Schulterblatt über die Schulter selbst zog, wo sie am tiefsten war. Der alte Mann schlief, betäubt von Mohnwein. Er hatte viel Blut verloren und war auf dem Weg ins Lazarett zusammengebrochen. Caessa stand neben Calvar Syn, als er die Wunde nähte. Sie hatte nichts gesagt. Und jetzt saß sie einfach nur da.

Sie verstand nicht, warum der alte Krieger sie so faszinierte. Gewiß begehrte sie ihn nicht – Männer hatten in ihr noch nie Begehren geweckt. Liebe? War das Liebe? Sie konnte es nicht wissen, hatte keine Vergleichsmöglichkeiten, um ihre Gefühle einzuschätzen. Ihre Eltern waren auf gräßliche Weise ums Leben gekommen, als sie sieben Jahre alt war. Ihr Vater, ein friedlicher, sanftmütiger Bauer, hatte versucht, Männer aufzuhalten, die seine Scheune ausraubten, und sie hatten ihn ohne zu zögern niedergeschlagen. Caessas Mutter hatte sie bei der Hand genommen und war mit ihr zum Wald oberhalb der Klippen gerannt. Aber die Räuber sahen sie und schnitten ihnen den Weg ab. Die Frau konnte das Mädchen nicht tragen, denn sie war schwanger. Und sie wollte das Kind nicht allein lassen. Sie hatte gekämpft wie eine Wildkatze, aber man hatte sie überwältigt, vergewaltigt und erschlagen. Währenddessen saß das Mädchen die ganze Zeit unter einer Eiche, starr vor Angst, unfähig, auch nur zu schreien. Ein bärtiger Mann mit stinkendem Atem war schließlich zu ihr gekommen, hatte sie brutal an den Haaren hochgezerrt, sie zum Rand der Klippe geschleift und ins Meer geworfen.

Sie war nicht auf den Felsen zerschmettert worden, wenn sie sich auch beim Sturz den Kopf aufgeschlagen und das rechte Bein gebrochen hatte. Ein Fischer hatte ihren Sturz beobachtet und sie gerettet. Von jenem Tag an war sie verändert.

Das einst so fröhliche Kind lachte nicht mehr, tanzte nicht mehr, sang nicht mehr. Andere Kinder konnten nicht mehr mit ihm spielen, und als das Mädchen älter wurde, war es immer häufiger allein. Als Caessa fünfzehn war, tötete sie den ersten Mann, einen Reisenden, der mit ihr am Flußufer geplaudert und nach dem Weg gefragt hatte. Sie schlich in sein Lager und schnitt ihm die Kehle durch, während er schlief; dann setzte sie sich neben ihn und beobachtete, wie er starb.

Er war der erste von vielen.

Der Tod von Menschen ließ sie weinen. In ihren Tränen erwachte sie zum Leben. Für Caessa war es das wichtigste Ziel, am Leben zu bleiben. Und so mußten Männer sterben.

In späteren Jahren, seit ihrem zwanzigsten Geburtstag, hatte Caessa eine neue Methode entwickelt, sich ihre Opfer auszuwählen: die sich zu ihr hingezogen fühlten. Sie durften mit ihr schlafen, aber später, wenn sie träumten – vielleicht sogar von den Freuden, die sie genossen hatten –, schnitt sie ihnen mit einem scharfen Messer sanft die Kehle durch. Sie hatte niemanden mehr getötet, seit sie sich vor etwa sechs Monaten Bowman angeschlossen hatte, denn Skultik war zu ihrer letzten Zuflucht geworden.

Und doch saß sie jetzt am Bett eines Verwundeten und wünschte, daß er am Leben blieb. Warum nur?

Sie zog ihren Dolch und stellte sich vor, wie sie dem alten Mann damit die Kehle durchschnitt. Normalerweise erfüllte diese Todesphantasie sie mit Wärme, doch jetzt rief sie ein Gefühl der Panik hervor. Sie sah in Gedanken Druss neben sich in einem dunklen Raum sitzen, im Kamin ein prasselndes Feuer. Sein Arm lag um ihre Schulter, und sie schmiegte sich an seine Brust. Sie hatte sich dieses Bild schon viele Male vorgestellt, aber jetzt sah sie es mit neuen Augen, denn Druss war so groß – ein Riese in ihrer Phantasie. Und sie wußte, weshalb.

Sie sah ihn mit den Augen eines siebenjährigen Mädchens.

Orrin schlüpfte leise ins Zimmer. Er war jetzt dünner, müde und hager, doch kräftiger. Etwas Undefinierbares lag in seinen Zügen. Tief eingegrabene Linien der Erschöpfung ließen ihn älter wirken, aber die Veränderung war kaum merklich – sie ging von seinen Augen aus. Er war Soldat gewesen und hatte sich danach gesehnt, ein Krieger zu sein. Jetzt war er ein Krieger und sehnte sich danach, etwas anderes zu sein. Er hatte Krieg und Grausamkeit gesehen. Tod und Verstümmelung. Er hatte gesehen, wie die scharfen Schnäbel der Krähen auf die Augen der Toten einhackten, wie Würmer in eitrigen Höhlen krochen. Und er hatte sich selbst gefunden und wunderte sich nicht mehr.

»Wie geht es ihm?« fragte er Caessa.

»Er wird sich erholen. Aber er wird wochenlang nicht kämpfen können.«

»Dann wird er überhaupt nicht mehr kämpfen, denn uns bleiben nur noch wenige Tage. Bereite alles vor, daß er verlegt werden kann.«

»Er ist nicht transportfähig«, sagte sie und blickte Orrin zum erstenmal an.

»Er muß. Wir geben die Mauer auf und ziehen uns am Abend zurück. Wir haben heute über vierhundert Mann verloren. Mauer Vier ist nur knapp hundert Meter lang – wir könnten sie tagelang halten. Sorg dafür, daß Druss verlegt werden kann.«

Sie nickte und erhob sich. »Du bist auch müde, General«, sagte sie. »Du solltest dich ausruhen.«

»Das werde ich bald«, antwortete er lächelnd. Das Lächeln sandte ihr einen Schauer über den Rücken. »Bald werden wir uns alle ausruhen, denke ich.« Träger legten Druss auf eine Bahre, hoben sie vorsichtig hoch und deckten ihn gegen die Nachtkälte mit weißen Decken zu. Zusammen mit anderen Verwundeten bildeten sie einen Konvoi zu Mauer Vier, von der Seile herabgelassen und die Tragen dann lautlos nach oben gezogen wurden. Es wurden keine Fackeln entzündet, nur das Licht der Sterne beschien die Szene. Orrin kletterte am letzten Seil empor und zog sich auf die Brustwehr. Eine helfende Hand streckte sich ihm entgegen und zog ihn auf die Füße – es war Gilad.

»Du scheinst mir dauernd zu helfen, Gilad. Nicht, daß ich mich beklagen wollte.«

Gilad lächelte. »Bei dem Gewicht, das du verloren hast, General, würdest du das Rennen jetzt gewinnen.«

»Ach, das Rennen! Das scheint wie aus einem anderen Zeitalter zu sein. Was ist mit deinem Freund? Dem mit der Axt?«

»Er ist nach Hause gegangen.«

»Kluger Mann. Warum bist du geblieben?«

Gilad zuckte die Achseln. Er war der Frage längst müde geworden.

»Es ist eine schöne Nacht, die beste bisher«, sagte Orrin. »Seltsam, früher habe ich immer im Bett gelegen und die Sterne betrachtet. Sie haben mich schläfrig gemacht. Jetzt brauche ich keinen

Schlaf mehr. Ich habe dann das Gefühl, mein Leben zu vergeuden. Geht es dir auch so?«

»Nein, General. Ich schlafe wie ein Säugling.«

»Schön. Na, dann sage ich gute Nacht.«

»Gute Nacht, General.«

Orrin ging langsam davon; dann drehte er sich noch einmal um. »Wir haben es nicht allzu schlecht gemacht, oder?« fragte er.

»Nein, General«, antwortete Gilad. »Ich glaube, die Nadir werden nicht gerade mit Zuneigung an uns zurückdenken.«

»Ja. Gute Nacht.« Er war schon auf den Stufen, die von der Brustwehr hinunterführten, als Gilad ihn noch einmal anrief.

»General!«

»Ja?«

»Ich ... ich wollte nur sagen ... nun, daß ich stolz darauf bin, unter dir gedient zu haben. Das ist alles, General.«

»Danke, Gilad. Aber ich bin derjenige, der stolz sein kann. Gute Nacht.«

Togi sagte nichts, als Gilad zur Mauer zurückkehrte, aber der junge Offizier spürte, daß die Augen des Reiters auf ihm ruhten. »Na, sag schon«, forderte Gilad ihn auf. »Bring es hinter dich.«

»Was?«

Gilad blickte in das ausdruckslose Gesicht seines Freundes und suchte nach Anzeichen von Belustigung oder Verachtung. Er fand nichts dergleichen. »Ich dachte, du würdest denken ... ach, ich weiß nicht«, schloß er lahm.

»Der Mann hat Qualitäten und Mut bewiesen, und du hast es ihm gesagt. Daran ist nichts verkehrt, wenn es auch nicht deine Sache war. In Friedenszeiten hätte ich dich für einen Kriecher gehalten, der mit einer solchen Bemerkung versucht, sich Vorteile zu verschaffen. Aber nicht hier. Hier kannst du nichts gewinnen, und das weißt du. Also war es gut gesagt.«

»Danke«, sagte Gilad.

»Wofür?«

»Für dein Verständnis. Weißt du, ich glaube, er ist ein großer Mann – größer vielleicht noch als Druss. Denn er hat weder Druss' Mut noch Hoguns Fähigkeiten, und doch ist er immer noch da. Versucht es immer noch.«

»Er wird es nicht mehr lange machen.«

»Das wird keiner von uns«, sagte Gilad.

»Nein, aber er wird den letzten Tag nicht mehr erleben. Er ist zu müde – er ist zu müde hier oben.« Togi tippte sich an die Stirn.

»Ich glaube, du irrst dich.«

»Nein, das glaubst du nicht. Deswegen hast du ja so zu ihm gesprochen. Du hast es auch gespürt.«

Druss trieb auf einem Meer des Schmerzes, der seinen Körper verbrannte und versengte. Die Kiefer zusammengepreßt, knirschte er mit den Zähnen, um die beharrliche Qual auszuhalten, die wie Säure langsam über seinen Rücken kroch. Es war fast unmöglich, mit zusammengebissenen Zähnen zu sprechen, und die Gesichter derer, die um ihn herumstanden, waberten und verschwammen bis zur Unkenntlichkeit.

Er verlor das Bewußtsein, aber der Schmerz folgte ihm bis in die Tiefen seiner Träume, wo karge, schattendüstere Landschaften ihn umgaben und zerklüftete Berge vor einem grauen, brütenden Himmel aufragten. Druss lag auf dem Berg. Er konnte sich nicht rühren vor Schmerzen und hatte die Augen fest auf ein Wäldchen vom Blitz getroffener Bäume gerichtet, das etwa zwanzig Schritt entfernt war. Vor den Bäumen stand ein ganz in Schwarz gekleideter Mann. Er war schlank, die Augen dunkel. Er kam näher, setzte sich auf einen Felsen und blickte auf den Axtkämpfer hinunter.

»So weit ist es also gekommen«, sagte er. Die Stimme klang hohl, wie der Wind, der durch eine Höhle streift.

»Ich werde wieder gesund«, zischte Druss und blinzelte den Schweiß weg, der ihm in die Augen rann.

»Diesmal nicht«, widersprach der Mann. »Du solltest eigentlich schon tot sein.«

»Ich habe auch früher Wunden davongetragen.«

»Ja, aber die Klinge war vergiftet – mit grünem Saft aus den nördlichen Marschen. Jetzt wühlt der Wundbrand in dir.«

»Nein! Ich werde mit der Axt in der Hand sterben.«

»Glaubst du? Ich habe auf dich gewartet, Druss, in all diesen Jahren. Ich habe die Legionen von Reisenden beobachtet, die durch deine Hand den dunklen Fluß überquerten. Und ich habe dich beobachtet. Dein Stolz ist ungeheuerlich, deine Einbildung maßlos. Du hast Ruhm gekostet und deine Stärke über alles gepriesen. Jetzt wirst du sterben. Ohne Axt. Ohne Ruhm. Du wirst nie den dunklen Fluß zu den Ewigen Hallen überqueren. Darin liegt eine

Befriedigung für mich, kannst du das verstehen? Kannst du das begreifen?«

»Nein. Warum haßt du mich?«

»Warum? Weil du die Angst besiegst. Und weil dein Leben mich verhöhnt. Es ist nicht genug, daß du stirbst. Alle Menschen sterben, Bauern wie Könige, und alle gehören sie mir, wenn das Ende kommt. Aber du, Druss, du bist etwas Besonderes. Wenn du sterben würdest, wie du es dir wünschst, würdest du mich selbst dann noch verhöhnen. Deswegen habe ich mir diese erlesenen Qualen für dich ausgedacht.

Du hättest schon längst an einer Wunde sterben müssen. Aber ich habe noch keinen Anspruch auf dich erhoben. Und jetzt werden deine Schmerzen immer schlimmer werden. Du wirst dich winden ... du wirst schreien ... Schließlich wird dein Wille brechen und du wirst flehen ... mich anflehen. Und dann werde ich kommen und dich bei der Hand nehmen, und du wirst mir gehören. Die letzte Erinnerung, die die Menschen an dich haben, wird die Erinnerung an ein jammerndes, wimmerndes Wrack sein. Sie werden dich verachten, und deine Legende wird endlich besudelt sein.«

Druss zwang seine kräftigen Arme unter sich und versuchte, sich aufzurichten. Doch der Schmerz warf ihn zurück und entrang ihm ein Stöhnen durch die zusammengebissenen Zähne.

»Das ist es, Axtkämpfer. Kämpfe nur weiter. Versuch's noch einmal. Du hättest auf deinem Berg bleiben und deine Senilität genießen sollen. Eitler Mann! Du konntest dem Ruf des Blutes nicht widerstehen. Nun mußt du leiden – und mir Vergnügen bereiten.«

In dem provisorischen Hospital nahm Calvar Syn die heißen Tücher von Druss' nacktem Rücken und ersetzte sie rasch durch frische, als Gestank den Raum erfüllte. Serbitar kam herbei und untersuchte ebenfalls die Wunde. »Es ist hoffnungslos«, sagte Calvar Syn und rieb sich den glänzenden, kahlen Schädel. »Wieso lebt er immer noch?«

»Ich weiß nicht«, sagte der Albino leise. »Caessa, hat er etwas gesagt?«

Das Mädchen blickte von ihrem Stuhl neben dem Bett auf. Ihre Augen waren stumpf vor Müdigkeit. Sie schüttelte den Kopf. Die Tür ging auf, und Rek trat leise ein. Er hob fragend die Brauen und sah den Arzt an, doch Calvar Syn schüttelte den Kopf.

»Wieso?« fragte Rek. »Die Wunde ist doch nicht schlimmer als andere, die er überlebt hat.«

»Wundbrand. Die Wunde schließt sich nicht, und das Gift hat sich im Körper ausgebreitet. Ich kann ihn nicht retten. Nach aller Erfahrung, die ich in vierzig Jahren gesammelt habe, müßte er längst tot sein. Sein Körper verfault mit einer erstaunlichen Geschwindigkeit.«

»Er ist ein zäher alter Bursche. Wie lange wird er es noch machen?«

»Er wird den Morgen nicht mehr erleben«, antwortete der Arzt.

»Wie steht es auf der Mauer?« fragte Serbitar. Rek zuckte die Achseln. Seine Rüstung war blutverkrustet, die Augen müde.

»Wir halten sie im Moment, aber der Feind ist schon im Tunnel unter uns, und die Tore werden nicht halten. Es ist eine verdammte Schande, daß wir keine Zeit hatten, den Tunnel zu verfüllen. Ich denke, sie werden vor Einbruch der Dunkelheit hier sein. Sie haben bereits eins der Ausfalltore aufgebrochen, aber Hogun hält mit ein paar anderen die Treppe.

Deswegen bin ich hier. Ich fürchte, du mußt dich auf eine weitere Evakuierung vorbereiten. Von jetzt an wird das Hospital in der Inneren Festung sein. Wie rasch kannst du umziehen?«

»Woher soll ich das wissen? Sie bringen mir dauernd neue Verwundete.«

»Trotzdem, beginne mit deinen Vorbereitungen. Die Männer, die zu schwer verletzt sind, müssen erlöst werden.«

»Was?« brüllte der Arzt. »Ermordet, meinst du wohl?«

»Genau. Verlege die, die transportfähig sind. Die anderen ... wie glaubst du wohl, werden die Nadir sie behandeln?«

»Ich werde trotzdem alle verlegen. Wenn sie während des Transports sterben, ist das immer noch besser, als sie in ihren Betten umzubringen.«

»Dann fang an. Wir vergeuden nur Zeit«, sagte Rek.

Auf der Mauer schlossen sich Gilad und Togi Hogun an der Treppe zum Ausfalltor an. Die Stufen waren von Toten übersät, doch immer mehr Nadir drängten um die Biegung der Treppe und kletterten über die Toten. Hogun trat vor, wehrte einen Hieb ab und schlitzte dem vordersten Mann den Bauch auf. Er stürzte, so daß der nächste Krieger ins Stolpern geriet. Togi verpaßte dem Mann einen beidhändigen Schlag gegen den Hals, so daß auch er fiel. Zwei weitere Krieger rückten vor, geschützt von runden, mit

Ochsenhaut bespannten Schilden. Hinter ihnen drängten weitere nach.

»Als wollte man das Meer mit einem Eimer auffangen«, rief Togi.

Über ihnen faßten die Nadir auf der Brüstung Fuß und trieben einen Keil in die Formation der Drenai. Orrin erkannte die Gefahr und stürmte mit fünfzig Mann der neuen Gruppe zu Karnak voran. Rechts unterhalb von ihnen donnerte ein Rammbock gegen die gewaltigen Tore aus Eiche und Bronze. Noch hielten die Tore, aber unter den gekreuzten Mittelbalken zeigten sich bereits feine Risse, und das Holz ächzte unter dem Aufprall.

Orrin kämpfte sich zu dem Keil der Nadir durch, sein Schwert beidhändig schwingend, zuschlagend und stoßend, ohne sich selbst zu verteidigen. Neben ihm fiel ein Drenai-Krieger mit durchschnittener Kehle. Orrin hieb dem Angreifer einen rückhändigen Schlag ins Gesicht; dann wehrte er einen Angriff von links ab.

Noch drei Stunden bis Einbruch der Dunkelheit. Bowman kniete im Gras hinter der Brustwehr, drei Köcher voller Pfeile vor sich. Kühl legte er einen Pfeil auf die Sehne, spannte und schoß. Ein Mann links von Orrin fiel; der Pfeil war ihm in die Schläfe gedrungen. Dann fiel ein zweiter Nadir unter Orrins Schwert, ehe ein weiterer Pfeil einen dritten fällte. Der Keil brach auseinander, als die Drenai sich vorwärts schlugen.

An der Treppe verband Togi eine lange Schnittwunde an seinem Unterarm, während eine frische Abteilung von Legionskriegern den Eingang hielt. Gilad lehnte sich gegen einen Felsen und wischte sich den Schweiß von der Stirn.

»Ein langer Tag«, sagte er.

»Er wird noch länger«, murmelte Togi. »Sie spüren, wie nahe sie daran sind, die Mauer zu nehmen.«

»Ja. Was macht der Arm?«

»Geht schon«, antwortete Togi. »Wohin jetzt?«

»Hogun sagt, wir sollten dort einspringen, wo wir gebraucht werden.«

»Das kann überall sein. Ich gehe zum Tor. Kommst du mit?«

»Warum nicht?« erwiderte Gilad lächelnd.

Rek und Serbitar säuberten einen Abschnitt der Brustwehr; dann rannten sie los, um zu Orrin und seiner Gruppe zu stoßen. Überall auf der Mauer geriet die Verteidigungslinie ins Wanken. Aber sie hielt.

»Wenn wie aushalten können, bis sie sich für den nächsten

Angriff neu formieren, haben wir vielleicht noch Zeit, alle hinter Valteri zurückzuziehen«, rief Orrin, als Rek sich zu ihm durchkämpfte.

Noch eine Stunde lang tobte der Kampf; dann brach die große, bronzene Spitze des Rammbocks durch das Tor. Der riesige Mittelbalken gab nach, als sich ein Riß bildete; dann glitt er knarrend und ächzend aus seiner Verankerung. Der Rammbock wurde langsam zurückgezogen, um Platz für die Kämpfenden zu machen.

Gilad schickte einen Läufer auf die Brustwehr, der entweder Rek oder einen der Gans informieren sollte. Dann zog er sein Schwert und wartete mit fünfzig anderen, um den Eingang zu halten.

Er bewegte den Kopf hin und her, um die verspannten Nackenmuskeln zu lockern, und sah Togi an. Er lächelte.

»Was ist so komisch?«

»Meine eigene Dummheit«, antwortete Togi. »Ich habe vorgeschlagen, zum Tor zu gehen, damit wir uns ein bißchen ausruhen können. Jetzt stehen wir dem Tod gegenüber.« Gilad sagte nichts. Tod! Sein Freund hatte recht – für die Männer am Tor gab es kein Entkommen zu Mauer Fünf. Er fühlte den Drang, davonzulaufen – und unterdrückte ihn. Was spielte es schon für eine Rolle? Er hatte in den letzten Wochen genug vom Tod gesehen. Und wenn er überlebte, was sollte er dann tun? Wohin sollte er gehen? Zurück zu seinem Hof und seiner langweiligen Frau? Irgendwo alt werden, zahnlos und senil und endlose, langweilige Geschichten von seiner Jugend und seinem Mut erzählen?

»Große Götter!« sagte Togi plötzlich. »Sieh dir das an!«

Gilad drehte sich um. Über das Gras kam langsam Druss auf sie zu, auf das Mädchen Caessa gestützt. Er taumelte und stürzte fast, doch sie hielt ihn fest. Als sie näher kamen, schluckte Gilad das Entsetzen hinunter, das er fühle. Das Gesicht des Mannes war eingefallen, es war bleich und schimmerte bläulich, wie eine zwei Tage alte Leiche. Die Männer traten beiseite, als Caessa Druss in die Mitte ihrer Reihen lenkte; dann zog sie ein kurzes Schwert und stellte sich neben ihn.

Die Tore öffneten sich, und die Nadir strömten hindurch. Mit großer Mühe zog Druss Snaga. Er konnte kaum etwas sehen durch die Schleier aus Schmerzen, und jeder Schritt war eine Qual gewesen. Caessa hatte ihn sorgfältig angezogen und dabei die ganze Zeit geweint; dann hatte sie ihm auf die Füße geholfen. Er selbst hatte angefangen zu weinen, denn die Schmerzen waren unerträglich.

»Ich schaffe es nicht«, hatte er gewimmert.

»Doch«, hatte sie ihm widersprochen. »Du *mußt.*«

»Die Schmerzen ...«

»Du hast schon andere Schmerzen ausgehalten. Kämpfe dagegen an.«

»Ich kann nicht. Ich bin am Ende.«

»Hör mir zu! Du bist Druss die Legende, und da draußen sterben Männer. Ein letztes Mal, Druss. *Bitte.* Du darfst nicht aufgeben wie ein einfacher Mann. *Du bist Druss.* Du kannst es. Halt sie auf. Du mußt sie aufhalten. Meine Mutter ist da draußen!«

Für einen Moment klärte sich sein Blick, und er sah ihren Wahnsinn. Er konnte ihn nicht verstehen, denn er wußte nichts von ihrem Leben, aber er spürte ihre Not. Mit einer Anstrengung, die ihm einen qualvollen Schrei entlockte, stellte er sich breitbeinig hin und klammerte sich mit einer Riesenhand an die Mauer, damit er nicht umfiel. Der Schmerz wurde stärker, aber jetzt war er wütend und nutzte ihn, um sich aufzuputschen.

Druss holte tief Luft. »Komm, kleine Caessa, wir wollen deine Mutter suchen«, sagte er. »Aber du mußt mir helfen. Ich bin ein bißchen wacklig auf den Beinen.«

Die Nadir drängten durch das Tor und weiter zu den wartenden Schwertern der Drenai. Über ihnen erhielt Rek die Nachricht von der Katastrophe. Für den Augenblick hatte der Angriff auf der Mauer nachgelassen, als die Männer sich unten im Tortunnel scharten.

»Zurück!« rief er. »Zu Mauer Fünf.« Männer rannten über das Gras, durch die verlassenen Straßen am Rande Delnochs, Straßen, die Druss vor so vielen Tagen von Menschen gesäubert hatte. Jetzt gab es keine Schlachtfelder mehr zwischen den Mauern, denn die Gebäude standen noch immer, verlassen und leer.

Krieger rannten zu der trügerischen Sicherheit von Mauer Fünf, ohne an die Nachhut an dem aufgebrochenen Tor zu denken. Gilad machte ihnen keinen Vorwurf und hatte seltsamerweise auch nicht den Wunsch, bei ihnen zu sein.

Nur Orrin bemerkte im Laufen die Nachhut. Er machte kehrt, um zu ihnen zu stoßen, aber Serbitar war neben ihm und packte seinen Arm. »Nein«, sagte er. »Es wäre sinnlos.«

Sie liefen weiter. Hinter ihnen überkletterten die Nadir die Mauer und nahmen die Verfolgung auf.

Am Tor ging das Butvergießen weiter. Druss kämpfte aus der

Erinnerung heraus, hackte und hieb auf die vorrückenden Krieger ein, Togi starb, als eine kurze Lanze in seine Brust getrieben wurde; Gilad sah ihn nicht fallen. Für Caessa war das Bild ein anderes; es waren zehn Räuber, und Druss kämpfte allein gegen sie alle. Jedesmal, wenn er einen tötete, lächelte sie: Acht... neun...

Der letzte Räuber, ein Mann, den sie nie vergessen hatte, weil er ihre Mutter getötet hatte, stürmte vor. Er trug einen goldenen Ohrring und hatte eine Narbe, die von der Augenbraue bis zum Kinn verlief. Sie hob ihr Schwert, warf sich nach vorn und rammte ihm die Klinge in den Bauch. Der untersetzte Nadir fiel rücklings und zog das Mädchen mit sich. Ein Messer drang zwischen ihren Schulterblättern ein. Doch sie spürte es nicht. Die Räuber waren alle tot, und zum erstenmal seit ihrer Kindheit war sie in Sicherheit. Ihre Mutter würde unter den Bäumen hervorkommen und sie nach Hause bringen, und Druss würde eine kräftige Mahlzeit vorgesetzt, und sie würden lachen. Und sie würde für ihn singen. Sie würde...

Nur noch sieben Männer standen um Druss herum, und die Nadir umzingelten ihn. Eine Lanze stieß plötzlich vor, brach Druss die Rippen und durchstach eine Lunge. Snaga holte zu einem mörderischen Gegenschlag aus, der dem Mann den Arm von der Schulter trennte. Als er fiel, schnitt Gilad ihm die Kehle durch. Dann fiel Gilad selbst, eine Lanze im Rücken, und Druss stand allein. Die Nadir zogen sich zurück, als einer ihrer Hauptleute nach vorn kam.

»Erinnerst du dich noch an mich, Todeswanderer?« fragte er.

Druss zog die Lanze aus seiner Seite und schleuderte sie von sich.

»Ich erinnere mich an dich, Dickbauch. Der Herold!«

»Du hast gesagt, du wolltest meine Seele, aber jetzt stehe ich hier, und du stirbst. Was hältst du davon?«

Plötzlich hob Druss den Arm und schleuderte Snaga, die den Kopf des Herolds wie einen Kürbis spaltete.

»Ich denk, du redest zuviel«, sagte Druss. Er fiel auf die Knie und sah, wie das Lebensblut aus ihm herausströmte. Gilad lag neben ihm im Sterben, doch seine Augen waren offen. »Es war gut, gelebt zu haben, was, Junge?«

Um sie herum standen die Nadir, aber niemand bewegte sich. Druss sah auf und deutete auf einen Krieger.

»Du, Junge«, sagte er in ihrer gutturalen Sprache, »hol mir meine Axt.« Im ersten Augenblick rührte der Krieger sich nicht; dann aber zuckte er die Achseln und zog Snaga aus dem Kopf des Herolds. »Bring sie her«, befahl Druss. Als der junge Soldat näher kam, konnte Druss sehen, daß er vorhatte, ihn mit seiner eigenen Waffe zu töten, aber eine Stimme brüllte einen Befehl, und der Soldat erstarrte. Er reichte Druss die Axt und zog sich zurück.

Druss' Augen verschleierten sich, und er konnte die Gestalt, die vor ihm aufragte, nicht erkennen.

»Du hast gut gekämpft, Todeswanderer«, sagte Ulric. »Jetzt kannst du ruhen.«

»Wenn ich nur noch ein Quentchen Kraft übrig hätte, würde ich dich niederschlagen«, murmelte Druss, sich mit der Axt abmühend. Aber sie war zu schwer.

»Ich weiß. Ich wußte nicht, daß Nogusha seine Klinge vergiftet hatte. Glaubst du mir das?«

Druss senkte den Kopf, und er fiel vornüber.

Druss die Legende war tot.

28

Sechshundert Drenaikrieger sahen schweigend zu, wie sich die Nadir um den toten Druss scharten, ihn behutsam hochhoben und zurück durch das Tor trugen, das er hatte halten wollen. Ulric war der letzte, der das Tor durchschritt. Im Schatten der zerbrochenen Balken drehte er sich um; seine violetten Augen glitten suchend über die Männer auf der Mauer und blieben schließlich an einer Gestalt in Bronze hängen. Ulric hob die Hand wie zum Gruß; dann deutete er langsam auf Rek. Die Botschaft war deutlich genug.

Zuerst *die* Legende, jetzt der Graf.

Rek antwortete nicht. Er sah nur zu, wie der Kriegsherr der Nadir in die Schatten des Tores trat, bis er außer Sicht war.

»Er hatte einen schweren Tod«, sagte Hogun, als Rek sich umdrehte und auf die Brüstung setzte, um das Visier seines Helmes hochzuklappen.

»Was hast du erwartet?« fragte Rek und rieb sich mit erschöpften Fingern die müden Augen. »Er hatte auch ein schweres Leben.«

»Wir werden ihm bald folgen«, sagte Hogun. »In den Männern, die wir noch haben, steckt kein ganzer Kampftag mehr. Die Stadt ist verlassen. Selbst der Lagerbäcker ist gegangen.«

»Was ist mit dem Rat?« fragte Rek.

»Weg, alle miteinander. Bricklyn müßte in ein oder zwei Tagen mit Nachricht von Abalayn zurückkommen. Ich glaube, er wird eine Botschaft direkt Ulric überbringen – bis dahin sitzt er in der Festung.«

Rek antwortete nicht – es war überflüssig. Es stimmte, die Schlacht war vorbei. Nur das Massaker blieb.

Serbitar, Vintar und Menahem kamen lautlos heran. Ihre weißen Mäntel waren zerrissen und blutverschmiert. Aber sie hatten keinerlei Wunden. Serbitar verbeugte sich.

»Das Ende ist gekommen«, sagte er. »Wie lauten deine Befehle?«

Rek zuckte die Achseln. »Was möchtet ihr, daß ich sage?«

»Wir könnten uns in die Innere Festung zurückziehen«, schlug Serbitar vor, »aber wir haben nicht einmal genug Leute, um diese zu halten.«

»Dann werden wir hier sterben«, entschied Rek. »Ein Ort ist genausogut wie jeder andere.«

»Wohl wahr«, sagte Vintar sanft. »Aber ich glaube, uns bleiben noch ein paar Stunden.«

»Wieso?« fragte Hogun, löste die Bronzespange an seiner Schulter und nahm den Mantel ab.

»Ich glaube, die Nadir werden heute nicht mehr angreifen. Heute haben sie einen wichtigen Mann erschlagen, eine Legende sogar für sie. Sie werden feiern und schmausen. Morgen, wenn wir sterben, werden sie erneut feiern.«

Rek nahm den Helm ab und genoß den kühlen Wind auf seinem schweißnassen Haar. Er atmete tief die klare Bergluft ein und fühlte, wie ihre Kraft durch seine Glieder strömte. Seine Gedanken flogen zurück zu Tagen der Freude, mit Horeb in seinem Wirtshaus in Drenan – Tage, die längst vergangen waren und nie wiederkehren würden. Er fluchte laut; dann lachte er.

»Wenn sie nicht angreifen, sollten wir selbst auch feiern«, sagte er. »Bei den Göttern, man stirbt nur einmal im Leben! Das ist doch ein Grund zum Feiern, oder?« Hogun grinste kopfschüttelnd, aber Bowman, der unbemerkt hinzugetreten war, schlug Rek auf die Schulter.

»Das ist genau meine Sprache«, sagte er. »Aber warum machen wir es dann nicht richtig, den ganzen Weg?«

»Den ganzen Weg?« fragte Rek.

»Wir könnten an der Feier der Nadir teilnehmen«, erklärte Bowman. »Dann müßten sie die Getränke bezahlen.«

»Darin liegt Wahrheit, Bronzegraf«, meinte Serbitar. »Sollen wir zu ihnen gehen?«

»Seid ihr verrückt geworden?« fragte Rek, von einem zum anderen blickend.

»Wie du schon sagtest, Rek, wir sterben nur einmal«, sagte Bowman. »Wir haben nichts zu verlieren. Auf jeden Fall werden uns ihre Gesetze der Gastfreundschaft schützen.«

»Das ist doch Irrsinn!« rief Rek. »Das ist doch nicht euer Ernst?«

»Doch«, erwiderte Bowman. »Ich glaube, ich würde Druss gern die letzte Ehre erweisen. Und für die Nadir-Dichter ist es eine Geschichte, von der sie in künftigen Jahren singen können. Und die Drenai-Dichter werden es bestimmt übernehmen. Mir gefällt die Idee – sie besitzt eine gewisse poetische Schönheit. Speisen in der Höhle des Drachen.«

»Verdammt, dann bin ich dabei«, sagte Rek. »Wenn ich auch den Eindruck habe, daß ihr einen Dachschaden habt. Wann sollen wir aufbrechen?«

Man hatte Ulrics Ebenholzthron vor sein Zelt geschafft, und der Kriegsherr der Nadir hatte darauf Platz genommen, gekleidet in seine golddurchwirkten Seidengewänder. Auf seinem Kopf saß die mit Ziegenleder eingefaßte Krone des Stammes der Wolfsschädel, und sein schwarzes Haar war nach der Art der ventrischen Könige geflochten. Um ihn herum saßen in einem großen Kreis mehrere Tausend seiner Hauptleute; dahinter saßen viele andere Gruppen im Kreis. In der Mitte jedes Kreises tanzten Nadir-Frauen mit wilden Bewegungen zu den fließenden Rhythmen von hundert Trommeln. Im Kreis der Hauptleute tanzten die Frauen um einen drei Meter hohen Scheiterhaufen, auf dem Druss die Legende lag, die Arme verschränkt. Die Axt ruhte auf seiner Brust.

Außerhalb der Kreise brannten zahllose Feuer, und der Geruch nach bratendem Fleisch erfüllte die Luft. Überall trugen Frauen Jochs mit Eimern herum, die mit Lyrrd, einem aus Ziegenmilch gebrauten alkoholischen Getränk, gefüllt waren. Ulric selbst trank Druss zu Ehren lentrischen Rotwein. Er mochte den Wein nicht. Für einen Mann, der an die stärkeren Getränke der nördlichen Steppen gewohnt war, war er zu dünn und wäßrig. Aber er trank ihn trotzdem. Es wäre ein Zeichen von schlechtem Benehmen, es nicht zu tun, denn Druss' Geist weilte als Gast unter ihnen: ein extra Kelch, bis zum Rand gefüllt, stand neben dem von Ulric, und rechts neben dem Kriegsherrn der Nadir war ein zweiter Thron aufgestellt worden.

Ulric starrte schwermütig über seinen Kelch hinweg auf den Toten auf dem Scheiterhaufen.

»Es war eine gute Zeit zu sterben, alter Mann«, sagte er leise. »Wir werden uns in unseren Liedern an dich erinnern, und noch Generationen lang werden die Männer an den Lagerfeuern von dir sprechen.«

Der Mond schien hell von einem wolkenlosen Himmel, und die Sterne funkelten wie ferne Kerzen. Ulric lehnte sich zurück und blickte in die Ewigkeit. Warum diese düstere Stimmung? Unter welcher Last stöhnte seine Seele? Selten zuvor hatte er sich so gefühlt, und gewiß noch nie am Vorabend eines solchen Sieges.

»Warum?«

Sein Blick wanderte zurück zu dem toten Axtkämpfer.

»Du hat mir das angetan, Todeswanderer«, sagte er. »Deine Heldentaten haben mir diese dunklen Schatten gebracht.«

In allen Legenden gab es, wie Ulric wußte, strahlendhelle Helden und das dunkle Böse. Das war der Stoff, aus dem solche Geschichten gemacht wurden.

»Ich bin nicht böse«, sagte er. »Ich bin ein geborener Krieger. Ich habe ein Volk zu beschützen und eine Nation aufzubauen.« Er nahm noch einen Schluck lentrischen Roten und schenkte sich nach.

»Stimmt etwas nicht, Herr?« fragte sein Carle-Hauptmann, Ogasi, der dickliche Steppenreiter, der Virae erschlagen hatte.

»Er klagt mich an«, erklärte Ulric und zeigte auf den Toten.

»Sollen wir den Scheiterhaufen anzünden?«

Ulric schüttelte den Kopf. »Nicht vor Mitternacht. Die Tore müssen bei seiner Ankunft offen sein.«

»Du erweist ihm große Ehre, Herr. Wieso klagt er dich dann an?«

»Durch seinen Tod. Nogushas Waffe war vergiftet – das habe ich von seinem Diener erfahren.«

»Das geschah nicht auf Befehl hin, Herr. Ich war dabei.«

»Spielt das eine Rolle? Bin ich nicht mehr verantwortlich für jene, die mir dienen? Ich habe meine Legende befleckt, um diese hier zu beenden. Eine finstere, finstere Tat, Ulric Wolfsschädel.«

»Morgen wäre er ohnehin gestorben«, sagte Ogasi. »Er hat nur einen Tag verloren.«

»Frag dich doch selbst, Ogasi, was dieser Tag bedeutete. Männer wie Todeswanderer gibt es vielleicht einmal in zwanzig Lebensaltern. Sie sind selten. Was bedeutet also dieser Tag für gewöhnliche Menschen? Ein Jahr? Zehn Jahre? Ein Leben? Hast du ihn sterben sehen?«

»Ja, Herr.«

»Wirst du das je vergessen?«

»Nein, Herr.«

»Warum nicht? Du hast doch schon tapfere Männer sterben sehen.«

»Er war etwas Besonderes«, sagte Ogasi. »Selbst als er schließlich fiel, dachte ich, er würde wieder aufstehen. Selbst jetzt werfen einige Männer furchtsame Blicke auf den Scheiterhaufen, weil sie erwarten, daß er wieder aufsteht.«

»Wie hätte er gegen uns bestehen können?« fragte Ulric. »Sein Gesicht war blau vom Wundbrand. Sein Herz hätte längst aufhören müssen zu schlagen. Und die Schmerzen ...«

Ogasi zuckte die Achseln. »Solange sich Männer im Krieg miteinander messen, wird es Krieger geben. Solange es Krieger gibt, wird es auch Fürsten unter den Kriegern geben. Unter den Fürsten wird es Könige geben, und unter den Königen einen Kaiser. Das hast du selbst gesagt, Herr. Einer wie er kommt nur alle zwanzig Lebensalter. Erwartest du, daß ein solcher Mann im Bett stirbt?«

»Nein. Ich hatte vor, seinen Namen sterben zu lassen. Bald werde ich das mächtigste Reich beherrschen, das die Menschen je gekannt haben. Die Geschichte wird so sein, wie *ich* sie schreibe.«

»Von Ulric erwarte ich auch nichts weniger«, sagte Ogasi. Seine dunklen Augen glühten im Feuerschein.

»Ja, aber du kennst mich auch, mein Freund. Unter den Drenai gibt es Männer, die erwarten, daß ich Druss' Herz verspeise. Kinderfresser, die Wandernde Pest, der Barbar von Gulgothir.«

»Namen, die du – glaube ich – selbst erfunden hast, Herr.«

»Ja. Aber schließlich muß ein Anführer alle Waffen des Krieges kennen. Und darunter gibt es viele, die nichts mit Schwert und Lanze, Bogen und Schlinge zu tun haben. Das Wort raubt die Seelen der Menschen, während das Schwert nur ihre Körper tötet. Die Menschen sehen mich und fürchten mich – es ist eine mächtige Waffe.«

»Manche Waffen wenden sich gegen ihre Benutzer, Herr. Ich habe ...« Er brach plötzlich ab.

»Sprich, Ogasi! Was ist los?«

»Die Drenai, Herr! Sie sind im Lager!« sagte Ogasi mit ungläubig aufgerissenen Augen. Ulric fuhr herum. Überall brachen die Kreise auf, als die Männer aufstanden, um den Bronzegrafen zu sehen, der auf den Herrn der Nadir zuschritt.

Hinter ihm kamen in Reihe sechzehn Männer in silberner Rüstung, dahinter ein Gan der Legion, der neben einem blonden Krieger mit einem Langbogen schritt.

Die Trommeln schwiegen, und aller Augen wanderten von den Drenai zu ihrem Herrscher. Ulrics Augen wurden schmal, als er sah, daß die Männer bewaffnet waren. Panik stieg in ihm auf, aber er kämpfte sie nieder. Seine Gedanken überschlugen sich. Würden sie einfach herkommen und ihn erschlagen? Er hörte ein Zischen, als Ogasi sein Schwert aus der Scheide zog, und hob die Hand.

»Nein, mein Freund. Laß sie herkommen.«

»Das ist Wahnsinn, Herr«, wisperte Ogasi, als die Drenai näher kamen.

»Schenk unseren Gästen Wein ein. Nach dem Fest ist die Zeit, sie zu töten. Bereite dich vor.«

Ulric blickte von seinem erhabenen Thron in die graublauen Augen des Bronzegrafen. Der Mann trug keinen Helm, war aber sonst in voller Rüstung. Das große Schwert Egels hing an seiner Seite. Seine Gefährten blieben abwartend ein Stück hinter ihm. Es lag kaum Spannung in der Luft, obwohl der Legionsgeneral, den Ulric als Hogun erkannte, die Hand leicht auf dem Schwertgriff ruhen und Ogasi nicht aus den Augen ließ.

»Warum seid ihr hier?« fragte Ulric. »Ihr seid in meinem Lager nicht willkommen.«

Der Graf sah sich langsam um und erwiderte dann den Blick des Kriegsherrn.

»Es ist seltsam«, sagte er, »wie eine Schlacht die Sichtweise eines Mannes verändern kann. Erstens bin ich nicht in deinem Lager, sondern stehe auf Delnochs Grund und Boden, der rechtmäßig mir gehört – du bist es, der sich auf meinem Land befindet. Wie dem auch sei, für heute abend bist du willkommen. Und warum ich hier bin? Meine Freunde und ich sind gekommen, um Druss der Legende – Todeswanderer – Lebewohl zu sagen. Steht es um die Gastfreundschaft der Nadir so schlecht, daß man uns keine Erfrischungen anbietet?«

Ogasis Hand fuhr zu seinem Schwert. Der Bronzegraf rührte sich nicht.

»Wenn er das Schwert zieht«, sagte er sanft, »schlage ich ihm den Kopf ab.«

Ulric winkte Ogasi zurück.

»Glaubst du, daß ihr lebend hier herauskommt?« fragte er Rek.

»Wenn ich es so will – ja«, erwiderte der Graf.

»Und ich habe dazu nichts zu sagen?«

»Nein.«

»Wirklich nicht? Du faszinierst mich. Um dich herum stehen meine Bogenschützen. Auf einen Wink von mir würden sie deine strahlende Rüstung unter schwarzen Pfeilen begraben. Und du sagst, ich kann das nicht?«

»Wenn du es kannst, dann gib den Befehl«, forderte der Graf ihn auf. Ulric warf einen Blick auf seine Bogenschützen. Die Pfeile waren bereit und viele Bögen bereits gespannt; die eisernen Spitzen glitzerten im Mondlicht.

»Warum kann ich den Befehl nicht geben?« fragte er.

»Warum hast du es nicht bereits getan?« entgegnete der Graf.

»Neugier. Was ist der eigentliche Zweck eures Besuchs? Seid ihr gekommen, um mich zu erschlagen?«

»Nein. Wenn ich gewollt hätte, hätte ich dich so töten können, wie ich deinen Schamanen getötet habe: lautlos und unsichtbar. Dein Kopf wäre jetzt nur noch eine hohle Schale, eine Heimstatt für Würmer. Doch es gibt keine Wiederholung. Ich kam her, um meinem Freund die Ehre zu erweisen. Wirst du deine Gastfreundschaft anbieten, oder soll ich in meine Festung zurückkehren?«

»Ogasi!« rief Ulric.

»Herr?«

»Hol Erfrischungen für den Grafen und seine Begleiter. Die Bogenschützen sollen sich an ihre Feuer zurückziehen. Die Unterhaltung soll weitergehen.«

»Ja, Herr«, sagte Ogasi zweifelnd.

Ulric winkte den Grafen zum Thron an seiner Seite. Rek nickte und sagte zu Hogun: »Geht und amüsiert euch. Holt mich in einer Stunde wieder ab.«

Hogun salutierte, und Rek sah ihm nach, wie er mit ihrer kleinen Gruppe im Lager umherschlenderte. Er lächelte, als Bowman sich über einen sitzenden Nadir beugte und einen Becher mit Lyrrd nahm. Der Mann blickte entsetzt drein, als sein Getränk verschwand, lachte aber laut auf, als Bowman den Becher mit einem Zug leerte.

»Verdammt gut, was?« fragte der Krieger. »Besser als dieser rote Essig aus dem Süden.«

Bowman nickte und zog eine Flasche aus seiner Hüfttasche, die er dem Mann anbot. Man merkte ihm sein Mißtrauen deutlich an, denn er nahm die Flasche nur zögernd, aber schließlich sahen seine Freunde zu.

Langsam öffnete er die Flasche, nahm einen vorsichtigen Schluck und dann einen kräftigen Zug.

»Das ist aber auch verdammt gut«, sagte er. »Was ist das?«

»Man nennt es lentrisches Feuer. Einmal probiert – nie vergessen.«

Der Mann nickte; dann rückte er beiseite, um Platz für Bowman zu machen.

»Setz dich zu uns, Langbogen. Heute abend kein Krieg. Wir reden, ja?«

»Anständig von dir, altes Roß. Ja.«

Auf dem Thron nahm Rek Druss' Kelch mit lentrischem Roten und hob ihn in Richtung des Scheiterhaufes. Ulric hob ebenfalls seinen Kelch, und beide tranken schweigend auf den gefallenen Axtkämpfer.

»Er war ein großer Mann«, sagte Ulric. »Mein Vater hat mir immer Geschichten von ihm und seiner Frau erzählt. Rowena, nicht wahr?«

»Ja. Er hat sie sehr geliebt.«

»Es ist auch richtig so«, sagte Ulric, »daß ein solcher Mann eine große Liebe kennenlernt. Es tut mir leid, daß er tot ist. Es wäre schön, wenn man Krieg führen könnte wie ein Spiel, so daß es kein Leben kosten würde. Am Schluß der Schlacht könnten sich die Gegner treffen – so wie wir es jetzt tun – und trinken und miteinander reden.«

»Druss hätte das nicht gewollt«, sagte der Graf. »Wenn dies ein Spiel wäre, in dem es auf die Chancen ankäme, wäre Dros Delnoch bereits dein. Aber Druss war ein Mann, der die Chancen ändern und die Logik in ihr Gegenteil verkehren konnte.«

»Bis auf einen Punkt – denn er ist tot. Aber was ist mit dir? Was für ein Mann bist du, Graf Regnak?«

»Nur ein Mensch, Fürst Ulric – genau wie du.«

Ulric lehnte sich vor, das Kinn auf die Hand gestützt. »Aber ich bin kein gewöhnlicher Mensch. Ich habe noch nie eine Schlacht verloren.«

»Ich auch nicht.«

»Du faszinierst mich. Du tauchst aus dem Nichts auf, ohne Vergangenheit, verheiratet mit der Tochter des sterbenden Grafen. Niemand hat je von dir gehört, niemand kann mir von deinen Taten berichten. Und doch sterben die Männer für dich, wie sie es für einen geliebten König tun würden. Wer bist du?«

»Ich bin der Bronzegraf.«

»Nein. Das akzeptiere ich nicht.«

»Was soll ich denn sagen?«

»Also schön, du bist der Bronzegraf. Es spielt keine Rolle. Morgen kannst du in dein Grab zurückkehren – du und alle, die dir folgen wollen. Du hast diese Schlacht mit zehntausend Mann begonnen, jetzt hast du vielleicht noch siebenhundert. Du hängst dein Schicksal an Magnus Wundweber, aber er kann nicht rechtzeitig hier sein – und selbst wenn, würde es nichts mehr ändern. Sieh dich um. Diese Armee wurde durch Siege aufgebaut. Und sie wächst. Ich habe vier solcher Armeen – kannst du sie aufhalten?«

»Es ist nicht so wichtig, dich aufzuhalten«, entgegnete der Graf. »Das war es nie.«

»Was macht ihr dann?«

»Wir *versuchen*, dich aufzuhalten.«

»Ist das ein Rätsel, das ich verstehen müßte?«

»Es ist nicht wichtig, ob du es verstehst. Vielleicht will das Schicksal, daß du Erfolg hast. Vielleicht erweist sich ein Nadir-Reich als segensreicher für die Welt. Aber stell dir eine Frage: Wenn keine Armee hier gewesen wäre, als du ankamst, sondern nur Druss allein, hätte er dir die Tore geöffnet?«

»Nein. Er kämpfte und wäre gestorben«, sagte Ulric.

»Aber er hätte nicht erwartet zu gewinnen. Warum hätte er es dann getan?«

»Jetzt versteh ich dein Rätsel, Graf. Es macht mich traurig, daß so viele Menschen sterben müssen, wenn Widerstand doch sinnlos ist. Dennoch respektiere ich dich. Ich werde dafür sorgen, daß dein Scheiterhaufen ebenso hoch ist wie der von Druss.«

»Danke, nein. Wenn du mich tötest, leg mich in den Garten hinter der Festung. Dort ist schon ein Grab, umgeben von Blumen. Darin liegt meine Frau. Bestatte mich neben ihr.«

Ulric schwieg einige Minuten und nahm sich Zeit, ihre Becher nachzufüllen.

»Es soll geschehen, wie du es wünschst, Bronzegraf«, sagte er schließlich. »Begleite mich in mein Zelt. Wir wollen ein wenig Fleisch essen, Wein trinken und Freunde sein. Ich werde dir von meinem Leben und meinen Träumen erzählen, und du wirst mir von deiner Vergangenheit und deinen Freuden erzählen.«

»Warum nur von der Vergangenheit, Ulric?«

»Sie ist alles, was du noch hast, mein Freund.«

29

Um Mitternacht, als die Flammen des Scheiterhaufens hochschlugen, zogen die Nadir ihre Waffen und hielten sie hoch, in schweigendem Tribut an den Krieger, dessen Seele, wie sie glaubten, vor den Toren des Paradieses stand.

Rek und die Gruppe der Drenai folgten diesem Brauch; dann drehte Rek sich um und verbeugte sich vor Ulric. Ulric erwiderte die Verbeugung, und die Gesellschaft machte sich wieder auf den Weg zu den Ausfalltoren von Mauer Fünf. Der Rückweg verlief schweigend. Jeder Mann hing seinen eigenen Gedanken nach.

Bowman dachte an Caessa und ihren Tod an Druss' Seite. Er hatte sie auf seine Weise geliebt, wenn er auch nie davon gesprochen hatte. Sie zu lieben hieß zu sterben.

Hogun dachte an das eindrucksvolle Bild der Nadir-Armee, wie er sie von nahem hatte sehen können, zahllos und mächtig. Unaufhaltsam!

Serbitar dachte an die Reise, die er mit den Überlebenden der Dreißig am Abend des morgigen Tages unternehmen würde. Nur Arbedark würde fehlen, denn sie hatten sich letzte Nacht beraten und ihn zum Abt erklärt. Jetzt würde er allein aus Delnoch abreisen, um in Ventria einen neuen Tempel zu gründen.

Rek kämpfte gegen tiefe Verzweiflung an. Ulrics letzte Worte hallten fortwährend in seinen Gedanken wider:

»Morgen wirst du die Nadir sehen wie noch nie zuvor. Wir haben eurem Mut Achtung gezollt, indem ihr in der Nacht ruhen konntet. Jetzt muß ich deine Festung einnehmen, und es wird keine Ruhe mehr geben, bis sie fällt. Bei Tag und Nacht werden wir angreifen, bis niemand mehr am Leben ist, der sich uns in den Weg stellt.«

Schweigend erklomm die Gruppe die Stufen und ging zum Kasino. Rek wußte, daß er in dieser Nacht ohnehin keinen Schlaf würde finden können. Es war seine letzte Nacht auf dieser Erde, und sein müder Körper mobilisierte frische Reserven, so daß er das Leben kosten und spüren konnte, wie süß es war zu atmen.

Die Gruppe ließ sich an einem langgestreckten Tisch nieder, und

Rek schenkte Wein aus. Von den Dreißig waren nur noch Serbitar und Vintar dabei. Lange Zeit schwiegen die fünf Männer, bis Hogun schließlich die unbehagliche Stille brach.

»Wir wußten, daß es so kommen würde, nicht wahr? Es gab keine Möglichkeit, endlos auszuhalten.«

»Sehr richtig, altes Roß«, sagte Bowman. »Trotzdem ist es ein bißchen enttäuschend, findest du nicht? Ich muß gestehen, daß ich immer eine kleine Hoffnung hatte, daß wir Erfolg haben würden. Jetzt, da diese Hoffnung nicht mehr besteht, spüre ich einen Anflug von Panik.« Er lächelte sanft und leerte seinen Becher mit einem Zug.

»Du bist nicht verpflichtet zu bleiben«, sagte Hogun.

»Das stimmt. Vielleicht gehe ich morgen früh.«

»Das glaube ich nicht – wenn ich auch nicht weiß, warum«, sagte Hogun.

»Nun, um die Wahrheit zu sagen, ich habe diesem Nadir-Krieger, Kaska, versprochen, noch einen mit ihm zu trinken, wenn sie die Festung eingenommen hätten. Netter Kerl – wenn auch ein bißchen sentimental. Er hat sechs Frauen und dreiundzwanzig Kinder. Es ist erstaunlich, daß er Zeit gefunden hat, in den Krieg zu ziehen.«

»Oder die Kraft!« setzte Hogun grinsend hinzu. »Und was ist mit Rek? Warum bleibst du?«

»Angeborene Dummheit«, antwortete Rek.

»Das ist nicht genug«, sagte Bowman. »Komm schon, Rek, die Wahrheit, bitte.«

Rek ließ seinen Blick rasch über die Gruppe schweifen. Er sah die Müdigkeit in den Gesichtern und stellte zum erstenmal fest, daß er sie alle liebte.

Sein Blick begegnete dem Vintars, und Verständnis floß zwischen ihnen. Der Ältere lächelte.

»Ich glaube«, sagte Rek, »daß nur der Abt der Schwerter diese Frage beantworten kann – für uns alle.

Vintar nickte und schloß für einen Moment die Augen. Jeder wußte, daß er in ihren Herzen und Gedanken suchte, doch dort war keine Furcht, keine Verlegenheit, kein Bedürfnis mehr, allein zu sein.

»Alles, was lebt, muß sterben«, sagte Vintar. »Doch es scheint, daß nur der Mensch sein Leben lebt im Wissen um den Tod. Und doch ist mehr am Leben als das Warten auf den Tod. Denn damit das Leben einen Sinn hat, muß es einen Zweck haben. Ein Mann muß etwas weitergeben – sonst ist er nutzlos.

Für die meisten Männer dreht sich dieser Zweck um Ehe und Kinder, die seinen Samen weitertragen. Für andere ist es ein Ideal – ein Traum, wenn ihr wollt. Jeder von uns hier glaubt an die Vorstellung von Ehre: daß es die Pflicht eines Mannes ist, zu tun, was richtig und gerecht ist, daß Macht allein nicht genügt. Wir alle haben zeitweise gesündigt. Wir haben gestohlen, gelogen, betrogen – sogar getötet – für unseren eigenen Vorteil. Aber letztendlich kehren wir zu unseren Überzeugungen zurück. Wir erlauben den Nadir nicht, ungehindert vorzudringen, denn das können wir nicht. Wie urteilen härter über uns selbst als andere. Wir wissen, daß der Tod dem Verrat an dem, was uns teuer ist, vorzuziehen ist.

Hogun, du bist Soldat, und du glaubst an die Sache der Drenai. Man hat dir befohlen, auszuharren, und das wirst du tun, ohne Fragen zu stellen. Es würde dir nicht einfallen, daß es auch andere Möglichkeiten gibt, sondern du gehorchst. Und doch verstehst du es, wenn andere anders denken. Du bist ein seltener Mann.

Bowman, du bist ein Romantiker, aber auch ein Zyniker. Du verhöhnst den Edelmut des Menschen, denn du hast zu oft gesehen, daß Edelmut niedrigeren Wünschen weicht. Und doch hast du für dich selbst geheime Maßstäbe gesetzt, die andere Menschen nie verstehen werden. Mehr als die anderen, wünscht du dir zu leben. Du verspürst den starken Drang, davonzulaufen. Aber das wirst du nicht – nicht, solange noch ein einziger Mann auf diesen Mauern steht. Dein Mut ist groß.

Rek, für dich zu antworten ist am schwierigsten. Wie Bowman bist du ein Romantiker, aber in dir ist eine Tiefe, die ich nicht auszuloten versucht habe. Du bist intuitiv und intelligent, aber du läßt dich von deiner Intuition leiten. Du weißt, daß es richtig ist zu bleiben – aber auch, daß es sinnlos ist. Dein Verstand sagt dir, daß es Unsinn ist, aber deine Intuition zwingt dich, deinen Verstand beiseite zu schieben. Du bist einer jener seltenen Menschen, ein geborener Führer. Und du kannst nicht gehen.

Ihr alle werdet von einem Band zusammengehalten, das tausendmal stärker ist als Stahl.

Und schließlich ist da noch der eine – der gerade kommt –, für den alles, was ich gesagt habe, zutrifft. Er ist geringer als jeder einzelne hier und doch größer, denn seine Ängste sind stärker als eure, und doch wird auch er standhalten und mit euch sterben.«

Die Tür ging auf, und Orrin trat ein. Seine Rüstung glänzte und war frisch geölt. Schweigend setzte er sich zu ihnen und nahm einen Becher Wein entgegen.

»Ich nehme an, Ulric war bei guter Gesundheit«, sagte er.

»Er hat nie besser ausgesehen, altes Roß«, antwortete Bowman.

»Dann werden wir ihm morgen die Nase blutig schlagen«, sagte der General mit einem Funkeln in den dunklen Augen.

Der Morgen war klar und strahlend, als die Drenai-Krieger ein kaltes Frühstück aus Brot und Käse einnahmen, das sie mit Honigwasser herunterspülten. Jeder Krieger, der noch stehen konnte, bemannte die Mauer, die Waffen waren bereit. Als die Nadir sich auf den Ansturm vorbereiteten, sprang Rek auf die Brüstung und drehte sich um, so daß die Verteidiger ihn sehen konnten.

»Keine langen Ansprachen heute«, rief er. »Wir alle kennen unsere Pflicht. Aber ich möchte sagen, daß ich stolz bin, stolzer, als ich mir je hätte vorstellen können. Ich wünschte, ich könnte die richtigen Worte finden . . .« Er brach ab; dann zog er sein Schwert und hielt es in die Höhe. »Bei allen Göttern, ich schwöre, daß ihr die besten Männer seid, die ich je gekannt habe. Und wenn ich das Ende dieser Geschichte wählen und sie mit Helden der Vergangenheit hätte bevölkern können, ich hätte nichts geändert. Denn niemand könnte mehr geben als ihr.

Ich danke euch.

Aber wenn einer von euch jetzt gehen möchte, dann kann er es tun. Viele von euch haben Frau und Kinder, Menschen, die von euch abhängig sind. Wenn das der Fall ist, dann geht jetzt mit meinem Segen. Denn was wir heute hier tun, wird den Ausgang des Krieges nicht mehr ändern.«

Er sprang leichtfüßig von der Brüstung und gesellte sich zu Orrin und Hogun.

Ein junger Cul rief: »Und was ist mit dir, Bronzegraf? Wirst du bleiben?«

Rek kletterte wieder auf die Mauer. »Ich muß bleiben, aber ihr könnt gehen.«

Niemand rührte sich, obgleich viele überlegten.

Der Kriegsruf der Nadir erklang, und die Schlacht begann.

An diesem langen Tag gelang es den Nadir nicht, Fuß zu fassen, und das Gemetzel war schrecklich.

Das große Schwert von Egel schlug und schmetterte durch Rüstung, Fleisch und Knochen, und die Drenai kämpften wie Dämonen, schlugen und hieben mit wütender Kraft. Denn diese waren, wie Serbitar vor so vielen Wochen vorausgesagt hatte, die besten der Kämpfer, und Tod und Furcht vor dem Tod hatten keinen Platz in ihren Gedanken. Wieder und wieder wichen die Nadir zurück, blutig und verwirrt.

Doch als die Dämmerung hereinbrach, wurden die Angriffe auf die Tore verstärkt, und das große Tor aus Bronze und Eiche begann nachzugeben. Serbitar führte die letzten der Dreißig, um den Eingang zu halten, wie Druss es getan hatte. Rek rannte zu ihnen, doch ein schwacher Gedankenimpuls von Serbitar schickte ihn zurück zur Mauer. Er wollte sich weigern; dann aber kletterten Nadir-Krieger hinter ihm über die Brüstung. Egels Schwert zuckte auf, trennte dem ersten den Kopf vom Rumpf, und Rek war wieder im wildesten Schlachtgetümmel.

Im Torweg schloß Suboden, der Hauptmann der vagrischen Leibwache, sich Serbitar an. Nur noch etwa sechzig Mann der Truppe, die ursprünglich eingetroffen war, waren noch am Leben.

»Zurück zur Mauer«, sagte Serbitar.

Der hellhaarige Vagrier schüttelte den Kopf. »Ich kann nicht. Wir sind hier als deine Leibwache, und wir werden mit dir sterben.«

»Du hegst keine Liebe für mich, Suboden. Das hast du deutlich genug gemacht.«

»Liebe hat wenig mit meiner Pflicht zu tun, Graf Serbitar. Trotzdem hoffe ich, daß du mir vergibst. Ich glaubte, deine Kräfte wären von Dämonen gesandt. Aber kein Besessener würde so standhalten, wie du es jetzt tust.«

»Da ist nichts zu vergeben, aber du hast meinen Segen«, sagte Serbitar zu dem blonden Hauptmann.

Plötzlich splitterte das Tor, und mit einem Triumphgeheul stürmten die Nadir hindurch und warfen sich auf die Verteidiger, an deren Spitze der weißhaarige Templer stand.

Serbitar zog einen ventrischen Dolch und kämpfte beidhändig – Abwehr, Stoß, Parade, Hieb. Vor ihm fielen Männer, aber immer mehr sprangen hinzu, um die Lücke zu füllen, die er schuf. Neben ihm hackte und hämmerte der vagrische Hauptmann auf die anstürmenden Barbaren ein. Eine Axt zerschmetterte seinen Schild, doch er warf die Teile weg, packte sein Schwert beidhändig, stieß einen lauten Schrei aus und warf sich nach vorn. Eine Axt brach ihm die Rippen, und eine Lanze drang in seinen Schenkel. Er fiel in die brodelnde Masse, nach links und rechts schlagend. Ein Tritt ließ ihn auf den Rücken fallen, und drei Speere drangen in seine Brust. Geschwächt versuchte er ein letztes Mal, mit dem Schwert auszuholen, doch ein eisenbeschlagener Stiefel trat auf seine Hand, und ein Keulenschlag setzte seinem Leben ein Ende.

Vintar kämpfte kühl, drängte sich zu dem Albino durch und wartete auf den Pfeil, von dem er wußte, daß er jeden Augenblick abgefeuert wurde. Er duckte sich unter einem niedersausenden Schwert, schlitzte seinem Gegner den Bauch auf und drehte sich um.

In den Schatten des zerbrochene Tores zog ein Bogenschütze die Sehne zurück, bis sie seine Wange berührte. Der Pfeil verließ den Bogen und traf Vintar ins rechte Auge. Er stürzte in die Speere der Nadir.

Die übrigen Verteidiger kämpften in einem immer enger werdenden Kreis, als aus der Dämmerung Nacht wurde. Die Schreie der Nadir waren verstummt, der Kampf angespannt und lautlos bis auf das Klirren von Stahl.

Menahem wurde von einem Speer von den Füßen gerissen, der seine Lunge zerriß. Sein Schwert sauste auf den Hals des knienden Lanzenträgers nieder – und hielt inne.

Er berührte mit der Klinge leicht die Schulter des Mannes. Der Krieger, der sein Glück kaum fassen konnte, zerrte seinen Speer frei und stieß ihn noch einmal in die Brust des Priesters.

Jetzt war Serbitar allein.

Für einen Moment zogen sich die Nadir zurück und starrten den blutbeschmierten Albino an. Ein großer Teil des Blutes war sein eigenes. Sein Mantel hing in Fetzen, seine Rüstung war verbeult, der Helm war längst vom Kopf gerissen.

Er tat drei tiefe Atemzüge, schaute in sich hinein und sah, daß er starb. Er sandte seinen Geist aus und suchte Vintar und die anderen.

Schweigen.

Ein entsetzliches Schweigen.

Dann war alles umsonst, dachte er, als die Nadir vorrückten, um ihn zu töten. Er kicherte.

Es gab keine QUELLE.

Keinen Mittelpunkt des Universums.

In den letzten Sekunden, die ihm blieben, fragte er sich, ob sein Leben vergeudet war.

Doch er wußte, das war nicht der Fall. Denn selbst wenn es keine QUELLE gab, es hätte eine geben sollen. Denn die QUELLE war schön.

Ein Nadirkrieger sprang vorwärts. Serbitar fegte seinen Hieb beiseite und stieß dem Mann seinen Dolch in die Brust, doch die anderen drängten nach, und zahllose scharfe Klingen drangen in seinen schmalen Körper. Blut schoß aus seinem Mund, und er fiel.

Von sehr weit her kam eine Stimme:

»Nimm meine Hand, mein Bruder. Wir reisen.«

Es war Vintar!

Die Nadir strömten in die verlassenen Gebäude der Stadt und durch die Straßen, die zu Geddon und der dahinterliegenden inneren Festung führten. In vorderster Linie reckte Ogasi sein Schwert empor und brüllte den Siegesgesang der Nadir. Er begann zu laufen, kam dann aber schliddernd zum Stehen.

Vor ihm, auf dem offenen Gelände vor den Gebäuden, stand ein großer Mann mit dreifach gegabeltem Bart, in die weißen Gewänder der Sathuli gekleidet. Er trug zwei Krummsäbel, scharf und tödlich. Ogasi ging langsam und verwirrt weiter.

Ein Sathuli in der Festung der Drenai?

»Was tust du hier?« brüllte Ogasi.

»Ich helfe nur einem Freund«, antwortete der Mann. »Zurück! Ich lasse dich nicht vorbei.«

Ogasi grinste. Der Mann war ein Irrer, kein Zweifel. Er hob sein Schwert und befahl seinen Männern, voran zu stürmen. Die weißgekleidete Gestalt kam ihnen entgegen.

»Sathuli!« rief er.

Aus den Gebäuden ertönte lautes Antwortgeschrei, als dreitausend Sathuli-Krieger, deren weiße Gewänder sich geisterhaft in der zunehmenden Dunkelheit abzeichneten, zum Angriff stürmten.

Die Nadir waren wie betäubt, und Ogasi traute seinen Augen nicht. Die Sathuli und die Drenai waren von jeher Feinde. Er wußte, daß es geschah, aber der Verstand wollte es nicht fassen. Wie eine weiße Flut gegen einen dunklen Strand brandete die Sathulifront in die Reihen der Nadir.

Joacim suchte Ogasi, doch der untersetzte Stammeskrieger war im Chaos verschwunden.

Die wütende Wende, von sicherem Sieg zu sicherem Tod, versetzte die Stammeskrieger in Panik, und aus einem langsamen Rückzug wurde wilde Flucht. Ihre Kameraden niedertrampelnd, machten die Nadir kehrt und rannten davon, die weiße Armee im Rücken, die sie mit Schreien davontrieb, die ebenso wild waren wie alle, die sie in den Steppen hören konnten.

Rek, oben auf der Mauer, blutete aus Wunden in den Armen, und Hogun hatte ein Schwertstreich am Kopf erwischt. Blut rann aus der klaffenden Wunde, während er weiter auf die Angreifer eindrosch.

Jetzt erschienen die Sathuli-Krieger auch auf den Wehrgängen, und wieder flohen die Nadir vor den entsetzlichen Krummsäbeln, zurück zu den Mauern, und suchten ihr Heil in der Flucht an den Seilen hinab.

Binnen weniger Minuten war alles vorüber. An verschiedenen Stellen auf dem offenen Gelände wurden kleine Gruppen der Nadir umzingelt und getötet.

Joacim Sathuli, dessen weißes Gewand blutbespritzt war, erklomm langsam die Stufen zur Brüstung der Brustwehr, gefolgt von sieben seiner Hauptleute. Er drehte sich um und reichte seine blutigen Krummsäbel einem Krieger mit dunklem Bart. Ein anderer reichte ihm ein parfümiertes Handtuch. Langsam und sorgfältig wischte er sich Gesicht und Hände ab. Schließlich sprach er:

»Herzlich willkommen«, sagte er. Er lächelte nicht, aber in seinen Augen funkelte Humor.

»Tatsächlich«, sagte Rek. »Glücklicherweise mußten unsere anderen Gäste gehen, sonst wäre es etwas eng geworden.«

»Du bist also nicht überrascht, mich zu sehen?«

»Nein, nicht überrascht. Erstaunt wäre der passende Ausdruck.«

Joacim lachte. »Ist dein Gedächtnis so kurz, Delnoch? Du sagtest, wir sollten als Freunde scheiden, und ich habe zugestimmt. Wo sonst sollte ich sein, wenn ein Freund in Not ist?«

»Du mußt mit Teufelszungen geredet haben, daß du deine Krieger dazu überreden konntest, dir zu folgen.«

»Keineswegs«, erwiderte Joacim mit einem verschmitzten Funkeln in den Augen. »Sie haben sich immer schon gewünscht, in diesen Mauern zu kämpfen.«

Der große Sathuli-Krieger stand auf den hohen Mauern von Geddon und blickte auf das Lager der Nadir hinab, das jenseits der verlassenen Brustwehr von Valteri lag. Rek schlief, und der bärtige Fürst schlenderte allein über die Mauer. Um ihn herum waren Wächter und Soldaten beider Völker, aber Joacim blieb allein.

Wochenlang hatten Sathulispäher auf den Bergen um Delnoch die tobende Schlacht beobachtet. Oft war Joacim selbst auf die Gipfel geklettert, um dem Kampf zuzusehen. Dann hatte ein Kommando der Nadir ein Dorf der Sathuli überfallen, und Joacim hatte seine Leute überredet, ihm nach Delnoch zu folgen. Außerdem wußte er von dem Verräter, der mit den Nadir zusammenarbeitete, denn er war Zeuge eines Treffens auf einem schmalen Paß zwischen dem Verräter und dem Nadir-Hauptmann Ogasi gewesen.

Zwei Tage später hatten die Nadir versucht, eine Truppe über die Berge zu schicken, doch die Sathuli hatten sie zurückgeschlagen.

Joacim hörte mit Trauer von Viraes Tod. Auch wenn er Fatalist war, konnte er doch die Gefühle eines Mannes teilen, der die Frau verloren hatte. Seine eigene Frau war vor zwei Jahren im Kindbett gestorben, und die Wunde war noch immer nicht verheilt.

Joacim schüttelte den Kopf. Der Krieg war eine wilde Geliebte, aber nichtsdestoweniger eine mächtige Kraft. Sie konnte mehr Schaden in der Seele eines Mannes anrichten als die Zeit. Die Sathuli waren zur rechten Zeit gekommen, und ihr Kampf war nicht ohne Verluste abgegangen. Vierhundert von Joacims Männern waren tot – ein kaum zu verkraftender Verlust für ein Bergvolk, das nur dreißigtausend Menschen zählte, von denen viele Kinder und Alte waren.

Aber Schuld war Schuld.

Hogun haßte ihn, das wußte Joacim. Aber das war verständlich, denn Hogun gehörte zur Legion, und die Sathuli hatten seit Jahren das Blut der Legion vergossen. Sie reservierten ihre ausgeklügeltsten Foltermethoden für gefangene Reiter. Das war eine Ehre, aber Joacim wußte, daß die Drenai das nie verstehen würden. Wenn ein Mann starb, wurde er auf die Probe gestellt – je schlimmer sein Tod war, desto größer seine Belohnung im Paradies. Folter erhöhte die Seele eines Mannes, und die Sathuli konnten einem gefangenen Feind keine größere Ehre antun.

Er setzte sich auf die Brüstung und starrte die innere Festung an. Seit wie vielen Jahren hatte er sich gewünscht, diese Festung einzunehmen? Wie viele seiner Träume waren erfüllt von der Festung in Flammen?

Und jetzt verteidigte er sie mit dem Leben seiner Leute.

Er zuckte die Achseln. Ein Mann, der die Augen zum Himmel richtet, sieht den Skorpion zu seinen Füßen nicht. Ein Mann, der die Augen zu Boden richtet, sieht den Drachen am Himmel nicht.

Er schritt über die Brustwehr, bis er schließlich den Torturm erreichte und die Inschrift, die dort eingemeißelt war: GEDDON.

Die Mauer des Todes.

Die Luft war schwer vom Geruch des Todes, und am Morgen würden die Krähen in Scharen kommen, um ihr Festmahl zu halten. Er hätte Rek im Wald töten sollen. Ein Versprechen gegenüber einem Ungläubigen zählte nicht. Warum hatte er es also gehalten? Plötzlich lachte er, als ihm die Antwort klar wurde: weil es den Mann nicht gekümmert hatte.

Und Joacim mochte ihn.

Er kam an einem Drenaiwächter vorbei, der salutierte und lächelte. Joacim nickte; er bemerkte die Unsicherheit in diesem Lächeln.

Er hatte dem Bronzegrafen gesagt, daß er und seine Männer noch einen Tag bleiben und dann in die Berge zurückkehren würden. Er hatte erwartet, daß man ihn anflehte zu bleiben – mit Angeboten, Versprechungen, Verträgen. Aber Rek hatte nur gelächelt.

»Das ist mehr, als ich verlangen könnte«, sagte er.

Joacim war verblüfft, aber er konnte nichts sagen. Er erzählte Rek von dem Verräter und dem Versuch der Nadir, die Berge zu überqueren. »Wirst du weiter den Weg blockieren?«

»Natürlich. Es ist Sathuli-Land.«

»Gut! Willst du mit mir essen?«

»Nein, aber ich danke dir für dein Angebot.«

Kein Sathuli konnte das Brot mit einem Ungläubigen brechen.

Rek nickte. »Ich glaube, ich werde mich ein wenig ausruhen«, sagte er. »Ich sehe dich morgen früh.«

In seinem hochgelegenen Zimmer in der Inneren Festung schlief Rek und träumte von Virae – immer von Virae. Er erwachte Stunden vor Morgengrauen und tastete nach ihr. Aber die Laken neben ihm waren kalt, und wie immer spürte er den Verlust von neuem. In dieser Nacht weinte er, lange und lautlos. Endlich stand er auf, zog sich an und stieg die Treppe zur Kleinen Halle hinab. Arshin, der Diener, brachte ihm ein Frühstück aus kaltem Schinken und Käse, dazu einen Krug mit kaltem Wasser, gewürzt mit Honig. Er aß mechanisch, bis ein junger Offizier die Nachricht brachte, daß Bricklyn mit den Botschaften aus Drenan zurückgekehrt sei.

Der Bürger betrat die Halle, verbeugte sich kurz und ging zum Tisch, auf den er mehrere Päckchen und eine große, versiegelte Schriftrolle vor Rek legte. Er setzte sich Rek gegenüber und fragte, ob er etwas zu trinken haben dürfte. Rek nickte, während er die Schriftrolle öffnete. Er las sie einmal, lächelte, dann legte er sie beiseite und sah den Bürger an. Er war dünner und vielleicht sogar etwas grauer als bei ihrer ersten Begegnung. Er trug noch immer Reitkleidung, und sein grüner Mantel war staubbedeckt. Bricklyn trank das Wasser in zwei langen Zügen und füllte seinen Becher erneut; dann merkte er, daß Reks Blick auf ihm ruhte.

»Du hast die Nachricht von Abalayn gelesen?« fragte er.

»Ja. Danke, daß du sie mir gebracht hast. Wirst du bleiben?«

»Aber natürlich. Kapitulationsvereinbarungen müssen getroffen und Ulric in der Festung willkommen geheißen werden.«

»Er hat versprochen, niemanden zu schonen«, sagte Rek leise.

Bricklyn wedelte mit der Hand. »Unsinn! Das ist Kriegsgerede. Jetzt wird er großzügig sein.«

»Und was ist mit Wundweber?«

»Er ist nach Drenan zurückgerufen und die Armee entlassen worden.«

»Freut dich das?«

»Daß der Krieg vorüber ist? Natürlich. Obwohl ich selbstverständlich traurig bin, daß so viele sterben mußten. Ich hörte, daß Druss auf Sumitos fiel. Ein großer Verlust. Er war ein guter Mann und ein hervorragender Krieger. Aber ich bin sicher, daß er so gehen wollte. Wann möchtest du, daß ich zu Ulric gehe?«

»Sobald du willst.«

»Wirst du mich begleiten?«

»Nein.«

»Wer dann?« fragte Bricklyn und sah mit Vergnügen die Resignation in Reks Gesicht.

»Niemand.«

»Niemand? Aber das wäre politisch nicht klug, Graf. Es sollte eine Abordnung geschickt werden.«

»Du wirst allein gehen.«

»Also schön. Welche Bedingungen soll ich aushandeln?«

»Du wirst gar nichts aushandeln. Du wirst lediglich zu Ulric gehen und sagen, daß ich dich geschickt habe.«

»Das verstehe ich nicht, Graf. Was soll ich denn sagen?«

»Du wirst ihm sagen, daß du versagt hast.«

»Versagt? Inwiefern? Du sprichst in Rätseln. Bist du verrückt geworden?«

»Nein. Nur müde. Du hast uns verraten, Bricklyn, aber von deiner Sorte erwarte ich nichts anderes. Deswegen bin ich auch nicht zornig. Du hast Ulrics Bezahlung angenommen, und jetzt kannst du zu ihm gehen. Der Brief von Abalayn ist eine Fälschung, und Wundweber wird in fünf Tagen mit über fünfzigtausend Mann hier sein. Draußen stehen dreitausend Sathuli, und wir können die Mauer halten. Und jetzt verschwinde! Hogun weiß, daß du ein Verräter bist, und er hat mir gesagt, daß er dich töten wird, wenn er dich sieht. Geh jetzt.«

Einige Minuten bleib Bricklyn wie betäubt sitzen; dann schüttelte er den Kopf. »Das ist doch Wahnsinn! Ihr könnt nicht aushalten! Es ist Ulrics Tag, seht ihr das denn nicht! Die Drenai sind am Ende, und Ulrics Stern strahlt. Was hofft ihr zu erreichen?«

Rek zog langsam einen langen, schmalen Dolch und legte ihn vor sich auf den Tisch.

»Geh jetzt«, wiederholte er ruhig.

Bricklyn stand auf und rannte zur Tür. Dort drehte er sich noch einmal um.

»Du Narr!« fauchte er. »Benutz den Dolch für dich selbst, denn was die Nadir tun werden, wenn sie dich in die Hände bekommen, wird einen schönen Anblick geben.« Damit war er fort. Hogun trat aus einem mit einem Wandteppich verhängten Alkoven und kam zum Tisch. Sein Kopf war verbunden, sein Gesicht blaß. In der Hand hielt er sein Schwert.

»Wie konntest du ihn nur gehen lassen, Rek? Wie nur?«

Rek lächelte. »Weil ich mich nicht damit abgeben wollte, ihn zu töten.«

30

Die letzte Kerze erstarb, als ein leichter Herbstwind die Vorhänge blähte. Rek schlief weiter; sein Kopf ruhte auf den Armen. Er saß immer noch am Tisch, von dem aus er Bricklyn nur eine Stunde zuvor zu den Nadir geschickt hatte. Sein Schlaf war leicht, aber traumlos. Er schauderte, als es kühler im Zimmer wurde, dann erwachte er ruckartig in der Dunkelheit. Die Angst griff nach ihm, und er tastete nach seinem Dolch. Er schauderte wieder; es war kalt . . . so kalt. Er blickte zum Feuer. Es flackerte, aber die Wärme erreichte ihn nicht. Er stand auf und ging zum Kamin hinüber, hockte sich davor und streckte seine Hände der Wärme entgegen. Nichts. Verwirrt stand er auf und ging zurück zum Tisch. Dann traf in der Schock.

Den Kopf auf die Arme gelegt, schlief dort die Gestalt des Grafen Regnak noch immer. Er rang die aufsteigende Panik nieder, beobachtete die schlafende Gestalt, sah die Erschöpfung in dem ausgezehrten Gesicht, die tiefen Schatten um die Augen und den müden Zug um den Mund.

Dann fiel ihm die Stille auf. Selbst zu dieser späten Stunde der tiefsten Dunkelheit müßte er Geräusche hören, von den Wachen, den Dienern oder den Köchen, die das Morgenmahl vorbereiteten. Aber er hörte nichts. Er ging zur Tür und auf den dunklen Gang hinaus, dann weiter in die Schatten des Fallgittertores. Er war allein – jenseits des Tores waren die Mauern, aber keine Wächter gingen darauf auf und ab. Er wanderte in die Dunkelheit hinaus, und die Wolken verzogen sich, der Mond schien hell.

Die Festung war verlassen.

Von der hohen Mauer Geddon blickte er nach Norden. Die Ebene war leer. Nirgendwo waren Zelte der Nadir aufgeschlagen.

Also war er wirklich allein. Die Panik schwand, und ein Gefühl tiefen Friedens umfing seine Seele wie eine warme Decke. Er setzte sich auf die Brustwehr und betrachtete die Festung.

Ist dies ein Vorgeschmack des Todes, fragte er sich? Oder nur ein Traum? Es kümmerte ihn nicht. Ob ein Vorgeschmack auf die

Wirklichkeit von morgen oder das Ergebnis einer überhitzten Phantasie – es spielte keine Rolle. Er genoß den Augenblick.

Und dann, mit einem tiefen Gefühl der Wärme, erkannte er, daß er nicht allein war. Sein Herz quoll über, und Tränen traten ihm in die Augen. Er drehte sich um, und da war sie: mit ihrer Felljacke und den wollenen Hosen. Sie breitete die Arme aus und kam in seine Umarmung. Er hielt sie fest an sich gepreßt und drückte sein Gesicht in ihr Haar. Lange Zeit standen sie da, während tiefe Schluchzer seinen Körper schüttelten. Endlich ließen die Tränen nach, und er ließ sie sanft los. Sie sah zu ihm auf und lächelte.

Du hast es gut gemacht, Rek«, sagte sie. »Ich bin sehr stolz auf dich.«

»Ohne dich ist es bedeutungslos«, sagte er.

»Ich würde nichts ändern, Rek. Wenn man mir sagte, ich könnte mein Leben zurückhaben, würde dich aber nicht kennenlernen, dann würde ich es ablehnen. Was spielt es für eine Rolle, daß wir nur wenige Monate hatten? Aber was waren das für Monate!«

»Ich habe nie jemanden so geliebt wie dich«, sagte er.

»Ich weiß.«

Sie redeten noch stundenlang, aber der Mond hing an derselben Stelle, und die Sterne standen fest; eine ewige Nacht. Endlich küßte sie ihn, um seine Worte aufzuhalten.

»Da sind noch andere, die du sehen mußt.«

Er versuchte, mit ihr zu streiten, aber sie legte ihm den Finger an die Lippen. »Wir werden uns wiedersehen, Liebster. Aber jetzt mußt du mit den anderen reden.«

Um die Mauern herum lag nun Nebel, dick und wabernd. Doch der Mond schien weiter von einem wolkenlosen Himmel. Sie ging in den Nebel und war verschwunden. Er wartete, und bald kam eine Gestalt in silberner Rüstung auf ihn zu. Wie immer sah er frisch und ausgeruht aus; auf der Rüstung glänzte das Mondlicht, und der weiße Mantel war makellos. Er lächelte.

»Gut gemacht, Rek«, sagte Serbitar. Sie umfaßten sich im Kriegergruß.

»Die Sathuli sind gekommen«, erzählte Rek. »Ihr habt das Tor gerade lange genug gehalten.«

»Ich weiß. Morgen wird ein schwerer Tag, und ich will dich nicht anlügen. Ich habe alle Zukünfte gesehen, und nur in einer wirst du den Tag überleben. Aber es gibt Kräfte hier, die ich dir nicht erklären kann und deren Magie selbst jetzt am Werke ist. Kämpfe gut!«

»Wird Wundweber kommen?« fragte Rek.

Serbitar zuckte die Achseln. »Nicht morgen.«

»Dann werden wir fallen?«

»Das ist wahrscheinlich. Aber wenn nicht, möchte ich, daß du etwas für mich tust.«

»Sprich es aus«, sagte Rek.

»Geh noch einmal in Egels Raum. Dort ist ein letztes Geschenk für dich. Der Diener Arshin wird es dir erklären.«

»Was ist es? Ist es eine Waffe? Ich könnte sie morgen gebrauchen.«

»Es ist keine Waffe. Geh morgen abend dorthin.«

»Serbitar?«

»Ja, mein Freund?«

»War alles, wie du es dir erträumt hast? Die QUELLE, meine ich.«

»Ja! Und noch viel mehr. Aber darüber kann ich jetzt nicht sprechen. Warte noch ein Weilchen. Hier ist noch jemand, der mit dir sprechen muß.«

Der Nebel wurde dichter, und Serbitars weiße Gestalt zog sich zurück, ging darin auf und verschwand.

Und Druss erschien. Mächtig und stark. Die schwarze Weste glänzte, die Axt hing an seiner Seite.

»Sie haben mir einen schönen Abschied bereitet«, sagte Druss. »Wie geht es dir, mein Junge? Du siehst müde aus.«

»Ich bin müde. Aber wo ich dich sehe, geht es mir schon besser.«

Druss schlug ihm auf die Schulter und lachte.

»Dieser Nogusha hat eine vergiftete Klinge benutzt. Ich sag' dir eins, Freund, es hat höllisch weh getan. Caessa hat mich verbunden. Ich weiß nicht, wie sie mich auf die Füße bekommen hat. Aber trotzdem ... sie hat es geschafft.«

»Ich habe es gesehen.«

»Ja, ein großer Abgang, was? Der junge Bursche, Gilad, hat gut gekämpft. Ich habe ihn noch nicht gesehen, aber das werde ich bestimmt bald. Du bist ein guter Junge, Rek. Würdig. Es war gut, dich gekannt zu haben.«

»Und dich, Druss. Ich habe nie einen besseren Mann getroffen.«

»Doch, natürlich, Junge. Hunderte! Aber es ist nett von dir, das zu sagen. Ich bin jedoch nicht hergekommen, um Komplimente auszutauschen. Ich weiß, was dich erwartet, und ich weiß, daß der morgige Tag hart werden wird – verdammt hart. Aber gib nicht nach. Zieh dich nicht in die Festung zurück – was auch passiert, haltet die Mauer. Viel hängt davon ab. Behalte Joacim an deiner Seite. Wenn er fällt, ist es aus mit dir. Ich muß gehen. Aber denk daran. *Haltet die Mauer. Zieht euch nicht in die Festung zurück.«*

»Ich werde daran denken. Auf Wiedersehen, Druss.«

»Nicht auf Wiedersehen. Noch nicht«, sagte Druss. »Bald.«

Der Nebel kam näher, umschloß den Axtkämpfer und fuhr über Rek hinweg. Dann verblaßte das Mondlicht, und Dunkelheit fiel auf den Bronzegrafen.

In der Festung erwachte Rek. Das Feuer brannte noch, und er war wieder hungrig.

In der Küche bereitete Arshin das Frühstück vor. Der alte Mann war müde, doch seine Miene hellte sich auf, als Rek hereinkam.

Er mochte den neuen Grafen. Erinnerte ihn an die Zeit, als Viraes Vater, Delnar, ein junger Mann gewesen war, stolz und stark. Es schien eine Ähnlichkeit zwischen ihnen zu bestehen. Aber vielleicht haben die vielen Jahre auch nur meine Erinnerung verzerrt, dachte Arshin.

Er reichte dem Grafen geröstetes Brot mit Honig, das er gierig verschlang und mit verdünntem Wein hinunterspülte.

Wieder in seinen Räumen, legte Rek die Rüstung an und begab sich auf die Wehrgänge. Hogun und Orrin waren bereits dort und überwachten den Barrikadenbau im Tortunnel.

»Das ist der schwache Punkt«, sagte Orrin. »Wir sollten uns in die innere Festung zurückziehen. Die Tore werden mindestens einige Stunden halten.«

Rek schüttelte den Kopf. »Wir bleiben auf Geddon. Es darf keinen Rückzug geben.«

»Dann werden wir hier sterben«, sagte Hogun. »Denn diese Barrikade wird sie nicht aufhalten.«

»Vielleicht«, meinte Rek. »Wir werden sehen. Guten Morgen, Joacim Sathuli.«

Der bärtige Krieger nickte und lächelte. »Gut geschlafen, Bronzegraf?«

»Allerdings. Ich danke dir, daß du uns diesen Tag deiner Zeit schenkst.«

»Nicht der Rede wert. Die Einlösung einer kleinen Schuld.«

»Du schuldest mir nichts. Aber eins sage ich dir: Wenn wir diesen Tag überleben, soll es keinen Krieg mehr zwischen uns geben. Die Rechte an den hohen Delnoch-Pässen gehören mir, auch wenn du das in Abrede stellst. Daher übertrage ich sie dir, hier vor diesen Zeugen.

In der Festung befindet sich auch eine Schriftrolle mit meinem Siegel. Wenn du uns heute abend verläßt, sollst du sie haben. Eine Kopie davon geht an Abalayn in Drenan.

Ich weiß, daß diese Geste nur wenig Bedeutung hat, wenn die Nadir heute siegen – aber es ist alles, was ich tun kann.«

Joacim verbeugte sich. »Die Geste als solche ist genug.«

Die Unterhaltung verstummte, als die Nadir-Trommeln erklangen, und die Krieger von Dros Delnoch schwärmten auf der Mauer aus, um die Angreifer im Empfang zu nehmen. Rek klappte sein Visier herunter und zog Egels Schwert. Unter ihm, in dem blockierten Tortunnel, standen Orrin und einhundert Krieger. Der Tunnel war in der Mitte nur knapp sieben Meter breit, und Orrin schätzte, daß er ihn fast den ganzen Vormittag würde halten können. Wenn die Barrikaden erst einmal eingerissen waren, würde der Ansturm der Nadir-Horden allein ausreichen, um sie auf das offene Gelände hinter der Brüstung hinauszudrängen.

Und so begann der letzte blutige Tag in Dros Delnoch.

31

Welle um Welle schreiender Stammeskrieger wurde im Laufe des Vormittags die Taue und Leitern hinaufgespült, aber sie mußten feststellen, daß die Schwerter und Krummsäbel der Verteidiger ihnen nur kalten, schrecklichen Tod bereiteten. Männer stürzten schreiend auf die Felsen unterhalb der Mauer oder wurden auf den Wehrgängen von den Kämpfenden zu Tode getrampelt. Sathuli und Drenai brachten den Nadir Seite an Seite den Tod.

Rek kämpfte beidhändig. Das Schwert Egels mähte die Reihen der Nadir nieder, wie eine Sichel Weizen mäht. Neben ihm kämpfte Joacim mit zwei Kurzschwertern, wirbelnd schnell und tödlich.

Orrins Männer wurden langsam in den breiten Teil des Tunnels zurückgedrängt, wenn die Nadir auch für jeden Zentimeter, den sie an Boden gewannen, teuer bezahlten.

Orrin wehrte eine zustoßende Lanze ab und landete einen rückhändigen Hieb im Gesicht eines Kriegers. Der Mann verschwand in der Menge, und ein anderer nahm sofort seinen Platz ein.

»Wir können den Tunnel nicht mehr halten!« rief ein junger Offizier rechts von Orrin.

Orrin hatte keine Zeit zu antworten.

Plötzlich schrie der vorderste Nadir-Krieger entsetzt auf und wich zurück in die Reihen seiner Kameraden. Andere folgten seinem Blick über die Reihen der Drenai hinweg zum Tunneleingang.

Eine Lücke öffnete sich zwischen den Drenai und den Nadir und wurde breiter, als die Stammeskrieger sich umdrehten und auf das offene Gelände zwischen Valteri und Geddon flohen.

»Große Götter von Missael!« sagte der Offizier. »Was ist denn los?« Orrin drehte sich um und sah, was die Nadir so in Schrecken versetzt hatte.

Hinter ihnen in dem dunklen Tunnel standen Druss die Legende, Serbitar und die Dreißig. Bei ihnen waren viele der gefallenen Krieger. Druss hielt die Axt in der Faust, und in seinen Augen funkelte Kampflust. Orrin schluckte und leckte sich die Lippen. Erst beim dritten Versuch gelang es ihm, das Schwert in die Scheide zu stecken.

»Ich glaube, wir überlassen es ihnen, den Tunnel zu verteidigen«, sagte er. Die übrigen Krieger drängten sich hinter ihm zusammen, als er auf Druss zuging.

Die geisterhaften Verteidiger schienen sie nicht wahrzunehmen. Ihre Augen waren fest auf den Tunnel gerichtet. Orrin versuchte, mit Druss zu sprechen, aber der alte Mann starrte einfach geradeaus. Als Orrin eine zitternde Hand ausstreckte, um den Axtkämpfer zu berühren, traf seine Hand auf nichts – nur kalte, kalte Luft.

»Wir gehen zurück zur Mauer«, sagte er. Er schloß die Augen und wanderte blindlings durch die Reihen der Geister. Als er den Tunneleingang erreichte, zitterte er. Die anderen sagten nichts.

Niemand sah zurück.

Auf der Mauer ging er zu Rek, und die Schlacht nahm ihren Fortgang. Kurze Zeit später, während einer kleinen Verschnaufpause, rief Rek: »Was ist mit dem Tunnel?«

»Druss ist dort!« antwortete Orrin. Rek nickte nur und drehte sich wieder um, als frische Nadir-Krieger über die Brüstung kamen.

Bowman, der Kurzschwert und Schild trug, kämpfte neben Hogun. Obwohl er mit der Klinge nicht so gewandt war wie mit dem Bogen, war er beileibe kein schlechter Krieger.

Hogun wehrte einen Axthieb ab – und sein Schwert zerbrach. Die Klinge zerschmetterte seine Schulter und drang in seine Brust. Er hämmerte dem Axtkämpfer das zerbrochene Schwert in den Bauch und fiel mit ihm zu Boden.

Eine Lanze schoß vor und durchbohrte den Rücken des Legionsgenerals, als er versuchte, auf die Füße zu kommen. Bowmans Kurzschwert riß dem Lanzenträger den Bauch auf, doch immer mehr Nadir drängten vor, und Hogun ging in dem Getümmel verloren.

Am Torturm fiel Joacim Sathuli, dem ein Wurfspeer in die Seite gedrungen war. Rek schleppte ihn hinter die Brüstung, mußte ihn aber allein lassen, da die Nadir fast durchgebrochen waren. Joacim griff den Speer mit beiden Händen und untersuchte die Wunde. Schweiß stand auf seiner Stirn. Die Spitze war gerade oberhalb der rechten Hüfte eingedrungen und an seinem Rücken wieder ausgetreten. Er wußte, daß die Spitze mit Widerhaken versehen war, so daß er sie nicht herausziehen konnte. Er packte den Speer fester und rollte sich auf die Seite, so daß er noch weiter eindrang, bis die Spitze ganz aus seinem Rücken ausgetreten war. Er verlor für einige Minuten das Bewußtsein, aber die sanfte Berührung einer Hand brachte ihn wieder zu sich. Ein Sathuli-Krieger namens Andisim stand neben ihm.

»Schneide die Spitze ab«, zischte Joacim. »Schnell!«

Wortlos nahm der Mann seinen Dolch und entfernte so sanft wie möglich die Speerspitze vom Schaft. Endlich hatte er es geschafft. »Jetzt«, flüsterte Joacim, »zieh den Schaft heraus.« Über ihm stehend, zog der Mann langsam den Speer heraus, während Joacim vor Schmerzen stöhnte. Blut spritzte, aber Joacim zerriß sein Gewand und verband die Wunde, während Andisim das gleiche mit dem Loch in seinem Rücken tat.

»Hilf mir auf die Füße«, befahl er, »und hol mir einen Säbel.«

Jenseits von Eldibar beobachtete Ulric in seinem Zelt, wie der Sand in einer großen Sanduhr zerrann. Neben ihm lag die Schriftrolle, die er an diesem Morgen aus dem Norden erhalten hatte.

Sein Neffe Jahingir hatte sich zum Khan erklärt – zum Herrscher des Nordens. Er hatte Ulrics Bruder Tsubodi erschlagen und Ulrics Geliebte Hasita als Geisel genommen.

Ulric konnte ihn dafür nicht tadeln und spürte keinen Zorn. Seine Familie war zur Herrschaft geboren, und sie waren alle von gleichem Blut.

Aber er konnte hier nicht untätig bleiben, und so hatte er die Sanduhr aufgestellt. War die Mauer noch nicht gefallen, wenn die Sanduhr abgelaufen war, würde er seine Armee wieder nach Norden führen, sein Reich zurückerobern und zu einem anderen Zeitpunkt zurückkehren, um Dros Delnoch zu erobern.

Er hatte die Nachricht erhalten, daß Druss den Tunnel hielt, und nur die Achseln gezuckt. Wieder allein, mußte er lächeln.

Also kann nicht einmal das Paradies dich von der Schlacht fernhalten, alter Mann!

Vor seinem Zelt standen drei Männer mit Widderhörnern und warteten auf sein Signal. Und der Sand floß weiter.

Auf Geddon brachen die Nadir auf der rechten Seite durch. Rek rief Orrin zu, daß er ihm folgen sollte, und hieb sich einen Pfad entlang der Brüstung frei. Weiter links eroberten die Nadir die Brüstung, und die Drenai wichen auf das Gras zurück, um sich neu zu formieren. Die Nadir schwärmten vorwärts.

Der Tag war verloren.

Sathuli und Drenai warteten mit gezogenen Schwertern, als die Nadir vor ihnen zusammenströmten. Bowman und Orrin standen neben Rek. Joacim Sathuli humpelte zu ihnen.

»Ich bin froh, daß wir dir nur einen Tag angeboten haben«, grunzte Joacim, den blutigen Verband umklammernd, der in seine Seite gedrückt war.

Die Nadir schwärmten aus und griffen an. Rek stützte sich schwer atmend auf sein Schwert, um die letzten Kräfte zu schonen. Er hatte weder genug Energie noch den Willen, sich in einen Berserkerrausch zu versetzen.

Sein ganzes Leben hatte er sich vor diesem Augenblick gefürchtet, und jetzt, wo er gekommen war, erschien er ihm so bedeutungslos wie ein Sandkorn in der Wüste. Müde richtete er den Blick auf die angreifenden Krieger.

»Ich sage dir, altes Roß«, murmelte Bowman, »meinst du, es ist zu spät, um uns zu ergeben?«

Rek grinste. »Ein bißchen«, antwortete er. Seine Hände umklammerten den Schwertgriff, und mit einer Drehung des Handgelenks ließ er die Klinge durch die Luft sausen. Die ersten Reihen der Nadir waren nicht einmal mehr zwanzig Schritt von ihnen entfernt, als in der Ferne Widderhörner erschollen, deren Klang im Tal widerhallte.

Der Angriff ebbte ab...

Und kam zum Stillstand. Weniger als zehn Schritt auseinander, lauschten beide Seiten auf das beharrliche Klagen der Hörner.

Ogasi fluchte und spie aus; dann schob er sein Schwert in die Scheide. Finster starrte er in die erstaunten Augen des Bronzegrafen. Rek nahm den Helm ab und stieß sein Schwert in die Erde. Ogasi machte einen Schritt nach vorn.

»Es ist vorbei!« sagte er. Er hob den Arm und winkte die Nadir zurück zu den Mauern. Dann drehte er sich noch einmal um. »Eins sollst du wissen, du rundäugiger Bastard. Ich war es, Ogasi, der deine Frau tötete.«

Es dauerte ein paar Sekunden, ehe Rek die Tragweite dieser Worte bewußt wurde. Dann holte er tief Luft und zog die Handschuhe aus.

»Glaubst du, das spielt eine Rolle, inmitten von all diesem?« fragte Rek. »Zu wissen, wer den Pfeil abschoß? Willst du, daß ich dich hasse? Das kann ich nicht. Vielleicht morgen. Oder nächstes Jahr. Vielleicht auch niemals.«

Einen Moment blieb Ogasi schweigend stehen; dann zuckte er die Achseln.

»Der Pfeil war für dich bestimmt«, erklärte er. Müdigkeit legte sich über ihn wie ein dunkler Mantel. Er machte auf dem Absatz kehrt und folgte den abziehenden Kriegern. Schweigend kletterten sie die Leitern und Taue hinab – niemand wählte den Weg durch den Tunnel.

Rek schnallte die Brustplatte ab und ging langsam zum Tunneleingang. Druss und die Dreißig kamen ihm entgegen. Rek hob die Hand zum Gruß, aber ein Windstoß verwandelte die Gestalten in Nebel, der verwehte.

»Lebewohl, Druss«, sagte er leise.

Später an jenem Abend verabschiedete Rek sich von den Sathuli und schlief ein paar Stunden, in der Hoffnung, Virae noch einmal zu begegnen. Er erwachte erfrischt, doch enttäuscht.

Arshin brachte ihm eine Mahlzeit, und er aß gemeinsam mit Bowman und Orrin. Sie sprachen nur wenig. Calvar Syn und seine Helfer hatten Hoguns Leichnam gefunden, und der Arzt arbeitete wie besessen, um die Hunderte von Verwundeten zu retten, die ins Geddon-Lazarett geschafft wurden.

Gegen Mitternacht ging Rek in sein Zimmer und legte die Rüstung ab. Dann erinnerte er sich an Serbitars Geschenk. Er war eigentlich zu müde, sich darum zu kümmern, aber der Schlaf wollte sich nicht einstellen, und so stand er wieder auf, zog sich an, nahm eine Fackel aus einem Wandhalter und stieg langsam in die Tiefen der Festung hinab. Die Tür zu Egels Raum war wieder verschlossen, aber für ihn öffnete sie sich wie zuvor.

Die Lichter im Innern flackerten, als Rek seine Fackel an die Wand lehnte und eintrat. Ihm stockte der Atem, als er den Kristallwürfel erblickte. Darinnen lag Virae! Ihr Körper war makellos, ohne eine Pfeilwunde aufzuweisen. Sie lag nackt und friedlich da, als ob sie schliefe, in dem durchsichtigen Würfel schwebend. Er ging hin, griff durch den Kristall hindurch und berührte sie. Sie regte sich nicht, ihr Körper war kalt. Er beugte sich vor, hob sie hoch und legte sie auf einen Tisch. Dann zog er seinen Mantel aus, wickelte sie hinein und nahm sie wieder auf den Arm. Er nahm die Fackel und ging langsam zurück in sein Zimmer über der Halle.

Er rief Arshin, und der alte Diener erbleichte, als er die reglose Gestalt der Gemahlin des Grafen erblickte. Er sah Rek an; dann senkte er den Blick.

»Es tut mir leid, Herr. Ich weiß nicht, warum der Weißhaarige sie in den magischen Kristall gelegt hat.«

»Was ist geschehen?« fragte Rek.

»Prinz Serbitar und sein Freund, der Abt, kamen zu mir, am Tag, als sie starb. Der Abt sagte, er hätte einen Traum gehabt. Er wollte es mir nicht erklären, aber er sagte, es wäre wichtig, daß der Körper meiner Herrin in den Kristall gebettet würde. Er sagte etwas über die QUELLE ... ich habe es nicht verstanden. Ich verstehe es immer noch nicht, Herr. Lebt sie, oder ist sie tot? Und wie hast du sie gefunden? Wir legten sie auf den Kristall, und sie sank sanft hinein. Doch als ich ihn berührte, war er fest. Ich verstehe überhaupt nichts mehr.« Tränen standen in den Augen des alten Mannes, und Rek ging zu ihm und legte ihm eine Hand auf die Schulter.

»Es ist schwer zu erklären. Hol Calvan Syn. Ich warte hier mit Virae.«

Ein Traum von Vintar – was konnte das bedeuten? Der Albino hatte gesagt, es gäbe viele morgen, und niemand könnte sagen, welches eintrat. Aber er hatte offensichtlich eine Zukunft gesehen, in der Virae lebte, und befohlen, daß ihr Körper bewahrt werden sollte. Und irgendwie war die Wunde in dem Kristall verheilt. Aber hieß das, sie würde leben?

Virae leben!

Seine Gedanken schreckten davor zurück. Er konnte weder denken noch fühlen; sein Körper war taub.

Ihr Tod hatte ihn fast umgebracht, doch jetzt, wo sie wieder hier war, hatte er Angst zu hoffen. Wenn das Leben ihn eins gelehrt hatte, dann die Tatsache, daß jeder Mensch eine Schwachstelle hatte. Er wußte, daß er jetzt der einen ins Gesicht sah. Er setzte sich ans Bett und nahm ihre kalte Hand. Seine eigene zitterte vor Anspannung. Er suchte nach ihrem Puls. Nichts. Er ging durchs Zimmer, um noch eine Decke zu holen, deckte Virae zu und machte Feuer im Kamin.

Es dauerte fast eine Stunde, bis er Calvar Syn draußen auf der Treppe hörte. Der Mann verfluchte Arshin lauthals. In einer schmutzigen blauen Tunika und blutverschmierter Lederschürze trat der Arzt ins Zimmer.

»Was ist das für ein Unsinn, Graf?« polterte er. »Da draußen sterben Männer! Wenn ich ihnen nicht helfe ... Was ...?« Er verstummte, als er das Mädchen im Bett sah. »Der alte Mann hat also nicht gelogen. Warum, Rek? Warum hast du ihren Leichnam zurückgeholt?«

»Ich weiß es nicht. Ehrlich nicht. Serbitar ist mir im Traum erschienen und hat mir erzählt, daß er ein Geschenk für mich zurückgelassen hätte. Ich habe Virae gefunden. Ich weiß nicht, was jetzt geschieht. Ist sie tot?«

»Natürlich ist sie tot. Der Pfeil ist durch ihre Lunge gedrungen.«

»Sieh sie dir an, bitte. Da ist keine Wunde.«

Der Arzt zog die Decke weg und hob ihr Handgelenk. Eine geraume Weile sagte er nichts. »Da ist ein Puls«, flüsterte er schließlich, »aber schwach und sehr, sehr langsam. Aber ich komme am Morgen wieder. Halte sie warm, mehr kannst du nicht tun.«

Rek setzte sich neben das Bett und hielt Viraes Hand. Hin und wieder nickte er für kurze Zeit ein. Schließlich brach der Morgen an, hell und klar, und die aufgehende Sonne tauchte den östlichen Horizont in goldenes Licht. Und als das Licht auf Viraes Wangen fiel, bekam ihr Gesicht wieder Farbe, und sie atmete tiefer und fester. Ein leises Stöhnen kam über ihre Lippen. Sofort war Rek hellwach.

»Virae? Kannst du mich hören, Virae?«

Sie schlug die Augen auf, schloß sie wieder. Ihre Lider flatterten.

»Virae!« Wieder öffnete sie die Augen, und diesmal lächelte sie.

»Serbitar hat mich zurückgebracht«, sagte sie. »Ich bin so müde... Ich muß... schlafen.« Sie drehte sich auf die Seite, drückte das Kissen an die Brust und fiel in tiefen Schlaf, als die Tür geöffnet wurde und Bowman hereinkam.

»Bei den Göttern! Es ist also wahr«, sagte er.

Rek führte ihn aus dem Zimmer auf den Gang.

»Ja. Irgendwie hat Serbitar sie gerettet. Ich kann es nicht erklären. Und es ist mir egal, wie es geschehen ist. Was tut sich draußen?«

»Sie sind fort! Sie alle – jeder einzelne von ihnen, altes Roß. Das Lager ist verlassen; Orrin und ich sind dort gewesen. Sie haben nur ein Banner mit dem Wolfsschädel und die Leiche des Bürgers Bricklyn zurückgelassen. Ich begreife das nicht. Hast du eine Erklärung dafür?«

»Nein«, sagte Rek. »Das Banner besagt jedenfalls, daß Ulric wiederkommt. Aber die Leiche? Ich weiß es nicht. Ich hatte Bricklyn zum Feind geschickt. Er war ein Verräter. Offensichtlich hatten sie keine Verwendung mehr für ihn.«

Ein junger Offizier kam die gewundene Treppe hinaufgestürmt.

»Herr!« rief er. »Ein Reiter der Nadir wartet an der Mauer Eldibar.«

Gemeinsam stiegen Rek und Bowman auf den Wehrgang der Mauer Eins. Tief drunten sahen sie einen Reiter auf einem Grauen Steppenpony. Es war Ulric, der Herrscher der Nadir. Er trug einen wollenen Wams, Stiefel aus Ziegenleder und einen Helm mit Pelzbesatz. Er hob den Kopf, als Rek sich über die Brüstung lehnte.

»Du hast gut gekämpft. Bronzegraf«, rief er. »Ich bin gekommen, dir Lebewohl zu sagen. In meinem Königreich ist ein Bürgerkrieg entbrannt, und ich muß euch eine Zeitlang verlassen. Aber ich komme wieder.«

»Ich werde hier sein«, sagte Rek. »Und beim nächstenmal wird dir ein noch wärmerer Empfang bereitet. Aber sag mir, warum deine Männer sich zurückziehen, wo wir doch schon geschlagen waren.«

»Glaubst du an die Macht des Schicksals?« fragte Ulric.

»Ja.«

»Dann laß es uns als einen Streich des Schicksals bezeichnen. Oder als einen Scherz, den die Götter sich mit uns Sterblichen erlaubt haben. Es ist mir egal. Du bist ein tapferer Mann. Deine Soldaten sind tapfere Männer. Und du hast gesiegt. Ich kann damit leben, Bronzegraf – ich wäre ein armseliger Mann, könnte ich's nicht. Aber nun sag' ich dir vorerst Lebewohl! Im Frühling sehen wir uns wieder.«

Ulric winkte Rek zu, wendete sein Pony und ritt im Galopp nach Norden davon.

»Weißt du«, sagte Bowman, »auch wenn es sich verrückt anhört, irgendwie mag ich den Mann.«

»Und ich mag heute jedermann«, sagte Rek lächelnd. »Der Himmel ist klar, der Wind ist frisch, und das Leben schmeckt herrlich. Was wirst du jetzt tun?«

»Ich glaube, ich werde Mönch und widme den Rest meines Lebens dem Gebet und guten Werken.«

»Ach?« sagte Rek schmunzelnd. »Ich wollte eigentlich nur wissen, was du heute tun wirst.«

»Heute! Heute werde ich saufen und huren«, erwiderte Bowman.

Im Laufe dieses langen Tages ging Rek immer wieder auf das Zimmer, in dem Virae schlief. Ihre Haut hatte eine frische, gesunde Farbe angenommen, und ihr Atem ging wieder tief und regelmäßig. Spät am Abend, als Rek allein in der Halle vor einem allmählich erlöschenden Feuer saß, kam sie zu ihm, in eine hellgrüne Tunika aus Wolle gekleidet. Er stand auf, schloß sie in die Arme und küßte sie. Dann setzte er sich wieder in den ledernen Stuhl und zog Virae auf seinen Schoß.

»Sind die Nadir wirklich abgezogen?« fragte sie.

»Ja, sie sind fort.«

»Und ich, Rek – ich bin wirklich gestorben? Es kommt mir jetzt wie ein Traum vor, wie ein verschwommenes Trugbild. Irgendwie glaube ich mich erinnern zu können, daß Serbitar mich zurückgebracht hat. Mein Körper war in einem Würfel aus Kristall eingeschlossen, tief unter der Festung.«

»Das war kein Traum«, sagte Rek. »Kannst du dich erinnern, daß du zu mir gekommen bist, als ich gegen einen gewaltigen Wurm und eine riesige Spinne gekämpft habe?«

»Nur ganz verschwommen. Und die Erinnerung schwindet mehr und mehr.«

»Mach dir darüber keine Gedanken. Ich werde dir alles erzählen – in den nächsten, na ja, ungefähr fünfzig Jahren.«

»Nur fünfzig Jahre?« sagte sie. »Dann willst du mich also verlassen, wenn ich alt und grau bin?«

Gelächter erfüllte die Halle.

Epilog

Ulric kehrte nie mehr nach Dros Delnoch zurück. Er schlug Jahingir in einer offenen Feldschlacht auf der Ebene von Gulgothir. Dann zog er mit seinen Armeen gegen Ventria. Während dieses Feldzugs erlitt Ulric einen Zusammenbruch und starb. Die verschiedenen Nadir-Stämme flüchteten zurück nach Norden, und ohne Ulrics Einfluß war die Einheit unter den Stämmen zerbrochen. Der Norden wurde erneut vom Bürgerkrieg heimgesucht, und die Menschen in den reichen Ländern des Südens atmeten auf.

In Drenan wurde Rek wie ein Held empfangen. Doch er war des Lebens in der Stadt bald überdrüssig und kehrte mit Virae nach Delnoch zurück. Im Laufe der Jahre wuchs ihre Familie; Virae schenkte Rek drei Söhne und zwei Töchter. Die Söhne trugen die Namen Hogun, Orrin und Horeb; die Töchter wurden Susay und Besa gerufen. Großvater Horeb zog mit seiner Familie von Drenan nach Delnoch und übernahm die Schenke des Verräters Musar.

Orrin kehrte nach Drenan zurück und trat aus der Armee aus. Sein Onkel Abalayn zog sich aus dem öffentlichen Leben zurück. Magnus Wundweber wurde vom Rat zum Ersten Bürger gewählt. Er bestimmte Orrin zu seinem Stellvertreter.

Bowman blieb noch ein Jahr in Delnoch. Dann reiste er nach Ventria, um erneut gegen die Nadir zu kämpfen. Er kehrte nie mehr zurück.

BASTEI
LÜBBE
Science Fiction
Bücher mit Zukunft
Die größten Erzähler der SF
holen Ihnen die Sterne vom Himmel
ISAAC ASIMOV
ROBOTER-TRÄUME
und 20 andere SF-Geschichten
ISBN 3-404-24144-4
DM 10,–
IAN McDONALD
REBELLIN DES GLÜCKS
Eine Frau kämpft gegen die Schöne Neue Welt
Science Fiction Roman
ISBN 3-404-24147-9
DM 9,80
MARGARET WEIS
☆DIE STERNENHÜTER☆
DER LETZTE KÖNIG
Science Fiction Roman
ISBN 3-404-24156-8
DM 12,80
LARRY NIVEN
STEVEN BARNES
DIE WAHL DES ACHILL
ScienceFiction Roman
ISBN 3-404-24157-6
DM 8,80
ORSON SCOTT CARD
XENOZID
Der Sprecher für die Toten kämpft um seinen Planeten
ISBN 3-404-24153-3
DM 12,80
ALLEN STEELE
MONDHUNDE
ISBN 3-404-23129-5
DM 9,80